suhrkamp taschenbuch 4760

Was verdankt ein von der Mutter »Glückskind« genannter Sohn dem Vater? Für Konstantin Boggosch ist er eine unausweichliche Antriebskraft. Jedoch in einem alles andere als positiven Sinn: Der Sohn, in der entstehenden DDR zur Welt gekommen, muss seit seiner Geburt im Jahr 1945 wegen seines kriegsverbrecherischen toten Vaters im Fluchtmodus leben: psychisch, physisch, beruflich, geographisch, in Liebesdingen.
Es gibt zahlreiche Versuche, aus dem Schatten des Vaters herauszutreten: Er nimmt einen anderen Namen an, will in Marseille Fremdenlegionär werden, reist kurz nach dem Mauerbau wieder in die DDR ein, darf dort kein Abitur machen, bringt es gleichwohl, glückliche Umstände ausnutzend – Glückskind eben –, in den späten DDR-Jahren bis zum Rektor einer Oberschule – fast.

Christoph Hein, geboren 1944 in Heinzendorf/Schlesien, aufgewachsen in Bad Düben bei Leipzig, lebt als freier Schriftsteller in Berlin. Er wurde mit zahlreichen Preisen ausgezeichnet. Im suhrkamp taschenbuch sind von Christoph Hein zuletzt erschienen: *Vor der Zeit* (st 4504), *Weiskerns Nachlass* (st 4392) und *Frau Paula Trousseau* (st 4004).

Christoph Hein
Glückskind mit Vater

Roman

Suhrkamp

*Der hier erzählten Geschichte
liegen authentische Vorkommnisse zugrunde,
die Personen der Handlung sind
nicht frei erfunden.*

Erste Auflage 2017
suhrkamp taschenbuch 4760
© Suhrkamp Verlag Berlin 2016
Suhrkamp Taschenbuch Verlag
Alle Rechte vorbehalten, insbesondere das
der Übersetzung, des öffentlichen Vortrags
sowie der Übertragung durch Rundfunk
und Fernsehen, auch einzelner Teile.
Kein Teil des Werkes darf in irgendeiner Form
(durch Fotografie, Mikrofilm oder andere Verfahren)
ohne schriftliche Genehmigung des Verlages reproduziert
oder unter Verwendung elektronischer Systeme verarbeitet,
vervielfältigt oder verbreitet werden.
Umschlagfoto: Elena Kovaleva / 123rf
Umschlaggestaltung: Hermann Michels und Regina Göllner
Druck und Bindung: CPI – Ebner & Spiegel, Ulm
Printed in Germany
ISBN 978-3-518-46760-2

Glückskind mit Vater

Die jungen Birken schienen miteinander zu flüstern, ihre Blätter bewegten sich lebhaft, obwohl kein Wind zu spüren war. Unter der lastenden Sommersonne des Spätnachmittags leuchtete das gebrochene Weiß der dünnen, verletzlich wirkenden Stämme aufreizend hell. Die Birken mussten jetzt drei Jahre alt sein und waren fast mannshoch, ich hatte Mühe, sie zu überblicken. Sie erinnerten mich an ein Bild in unserem Schulzimmer, an eine Landschaft, die ein russischer Maler aus dem vergangenen Jahrhundert gemalt hatte.

Vor drei Jahren wurden die Gebäude abgerissen und die drei Hektar des Ranenwäldchens mit schnell wachsenden Bäumen aufgeforstet. Ich sah sie heute zum ersten Mal. Ich war zu diesem Wald geradelt, obwohl meine Mutter es mir untersagt hatte. Trotz ihres Verbots war ich die ein oder zwei Kilometer aus der Stadt hinausgefahren, um dieses Wäldchen zu sehen, den Ranenwald, das Ranenwäldchen.

Das aufgeforstete Waldstück umschloss dicht und dunkel der alte Mischwald, groß und übermächtig, er schien den kleinen Birkenwald zu erdrücken. Ich lehnte mein Rad gegen eine Buche und ging in das Birkenwäldchen hinein. Es gab keine Wege, die Erde war von den Forstarbeiten durchgepflügt, große, riesige Erdschollen, von Traktoren und Pflügen herausgerissen, hatte ich zu überwinden und musste große Schritte machen und springen, um voranzukommen.

Ich sah Mauerreste zwischen den Bäumen, Ziegelsteinreste der quadratischen Fundamente der abgerissenen Gebäude, Betonflächen, auf denen die Baracken gestanden hatten. Ich konnte auf den verbliebenen Steinen und Betonstücken durch den Birkenwald gehen, an der Spur der Fundamente waren Größe und Lage der einst hier stehenden Gebäude zu erahnen. Der Abriss und die Aufforstung waren vor drei Jahren in großer Hast erfolgt, die Forstarbeiter hatten sich das Ausgraben und Ausstemmen der Fundamentmauern erspart, die Birken waren einfach rechts und links der Ziegelsteinreste angepflanzt worden.

Wind kam auf, die Birken bewegten sich heftiger, die dunklen Bäume des Mischwalds, der sie umgab, schwankten im aufkommenden Sturm, nun schienen sie den neuen Wald, die jungen Birken, zu schützen. Einzelne Wolken zogen über die Wipfel, schwer und regenvoll. Von ihnen verjagt, trieb eine weiße Wolkenwand dahin und entschwand. Minuten später hatte sich der Wind gelegt, die Wolken verharrten, lastend, drohend. Der dunkle Wald ragte bewegungslos und schweigend in den Himmel, und nur die kleinen Blätter der jungen Bäume des Birkenwalds flatterten und spielten ihr Spiel miteinander. Dann verharrten auch sie bewegungslos. Langsam schob sich die Sonne durch die schweren Wolken, doch immer wieder wurde sie von ihnen verdeckt, bis diese, bedrängt von den wärmenden Strahlen, sich lichteten, auflösten, dahinschwanden.

Ein Mann war aus dem Nichts erschienen und bewegte sich zwischen den Birken. Er schritt leicht und heiter, bewegte sich unbeschwert und sicher zwischen den dünnen Stämmen, als ob er durch das Wäldchen tanzte, traumhaft sicher und mit dem Gelände und dem unwegsamen

Waldboden vertraut. Der Mann überragte die jungen Birken um Kopfeslänge, die Bäume schienen vor ihm zu erstarren, als schrumpften sie angesichts dieser eleganten, schneidigen Erscheinung.

Der Mann trug eine vornehme weiße Uniform, einen weißen Frack mit silbernen Schulterstücken, er wirkte wie ein Märchenprinz, als stamme er aus einer anderen Welt, einer fernen Zauberlandschaft. In der Hand hielt er eine dünne, schwarze Peitsche, wie sie Reiter benutzen und die er unaufhörlich durch die Luft gleiten ließ, als sei er allmächtig, als gehöre ihm alles um ihn herum und sei ihm untertan. Die unachtsamen, doch gleichzeitig anmutig ausgeführten Peitschenschläge rissen die Birkenblätter ab, köpften die Spitzen der kleinen Bäume, schlugen die dünnen Äste beiseite, so dass sie zu Boden fielen. Bei seinem tänzelnden Gang, jeder Schritt verriet Macht, Kultur und Geist, den gebildeten Gebieter, achtete der Mann nicht auf die Zerstörungen. Traumverloren bewegte er sich durch das Wäldchen, knickte die Bäumchen um, zerbrach sie, ohne es wahrzunehmen. Mit keinem Blick bedachte er sie, er schlenderte durch sie hindurch, drehte sich schwungvoll und elegant. Sieghaft hob er den Kopf, er lächelte, er schien glücklich zu sein.

Unvermittelt hielt er inne und schaute mit einem schmerzlichen und bedauernden Blick zurück. Langsam trat er einen Schritt beiseite, atmete tief und vernehmlich auf, seine Peitsche fuhr mit einem raschen, fast unsichtbar schnellen Schlag durch die Bäumchen. Es war nur ein einziger Schlag, und im gleichen Moment waren sechs Birken gefällt und lagen ihm zu Füßen, lagen vor seinen glänzenden, makellosen Stiefeln. Er wandte sich ab, schritt lächelnd dahin und davon. Bevor er die Bühne seines überraschenden Auftritts verließ, schaute er selbstzufrieden zurück und verschwand so plötzlich, wie er erschienen war.

Die Birken verharrten bewegungslos, die Spur der Zerstörung, die der tänzelnde Mann im weißen Frack hinterlassen hatte, zog sich durch das kleine Ranenwäldchen und ließ die Reste der alten Fundamente aufleuchten.

Am Abend hatte ich Fieber und bekam Schüttelfrost. Mutter machte mir kalte Wadenwickel und steckte mich ins Bett.

Boggosch öffnete die Beifahrertür und stellte den Beutel mit den Einkäufen auf dem Sitzpolster ab, dann ging er um den Wagen herum und setzte sich hinter das Lenkrad. Er musste den Motor dreimal starten, bevor dieser mit einem bedrohlich klingenden Knirschen ansprang. Als er behutsam aus der Parklücke fuhr, klopfte ein Mann, der, eine Bierflasche in der Hand, vor der Dönerbude stand, mit den Knöcheln gegen die Autoscheibe. Boggosch stoppte und drehte das Fensterglas herunter.

Sie sollt'n auf 'n neues Auto sparen, Herr Direktor. Ihre Kiste machts nicht mehr lange.

Danke für den Hinweis, Thomas, ich werde darüber nachdenken. Und Sie sollten nicht so viel trinken. Es ist noch nicht einmal Mittag. Haben Sie keine Arbeit?

Freigestellt. Wieder einmal.

Was war mit der Umschulung?

Könn' Sie vergessen. Wurde nach vier Wochen ersatzlos eingestellt. Allet heiße Luft.

Ein Auto hinter ihm hupte zweimal.

Ich muss weiter, Thomas. Ich drück Ihnen die Daumen, aber lassen Sie das Trinken.

Mach ich. Versproch'n. Schönen Tach noch, Herr Direktor.

Der Mann mit der Bierflasche wandte sich an den kleinen Türken im Verkaufswagen.

Mein oller Schuldirektor, sagte er und wies mit dem Daumen auf den wegfahrenden Wagen, verstehste, Ali.

Der war in Ordnung. Guter Mann, auch wenn er ein Pauker war.

Der Türke nickte und hielt ihm lächelnd eine Bierflasche hin: Noch ein Pils, Thomas?

Gib her. Diese dünne Plörre schadet keinem. Reich schon rüber.

Als Boggosch an Lindners Blumenladen vorbeifuhr, drosselte er die Geschwindigkeit, er wollte einen kurzen Blick auf die vor dem Geschäft aufgestellten Töpfe werfen, auf das wöchentliche Angebot, das Lindner regelmäßig auswechselte. Sekunden später fuhr eine schwarze Limousine mit getönten Scheiben rasant um die Kurve und nahm ihm die Vorfahrt. Boggosch hatte wenig Mühe, seinen langsam fahrenden Wagen zu bremsen, um einen Zusammenstoß zu vermeiden, doch er war heftig erschrocken und musste tief durchatmen.

Das war knapp, rief ihm Lindner zu, der hinter dem Drahtzaun der Gärtnerei Pflanzenkübel aus einem Container nahm und auf einen Wagen stellte. Er unterbrach seine Arbeit und ging aus dem Vorgarten heraus zum Auto.

Haben Sie gesehen, wer das war? Das war Cornelius, sagte er zu Boggosch. Er hatte eine Hand auf die heruntergelassene Fensterscheibe gelegt, nickte bedeutsam und steckte den Kopf in den Wagen. Verschwörerisch raunte er: Sie sollten ihn anzeigen, Herr Boggosch. Ich bin kein Freund von solchen Anzeigen, aber Cornelius treibt es zu weit. Das ist nicht das erste Mal, dass er so verrückt durch die Stadt rast. Mit seinem dicken Auto glaubt er, er sei was Besseres. Irgendwann passiert noch einmal was. Zeigen Sie ihn an, Sie können mich als Zeugen benennen, ich hab es gesehen.

Danke, sagte Boggosch, aber es ist ja nichts passiert,

gottlob. Und dieser Herr Cornelius, der ist mir keine Anzeige wert, Herr Lindner. Ich will nichts mit ihm zu tun haben. Ich will mir an ihm nicht die Finger schmutzig machen.

Ja, da haben Sie auch recht. Ist schon ein Früchtchen, der Cornelius. War der nicht mal Lehrer? Früher, in der anderen Zeit.

In der anderen Zeit, ja. Das haben Sie schön gesagt. Das trifft es. In der anderen Zeit, das will ich mir merken. Alles Gute für Sie.

Wollen Sie nicht Ihrer Frau einen Blumenstrauß mitnehmen. Vor einer Stunde war der Transporter da. Sie wissen ja, dienstags gibt es frische Ware. Taufrisch, beste Qualität.

Danke. Ich melde mich.

Und fahren Sie vorsichtig. Immer auf der Hut sein. Schönen Tag noch.

Er klopfte zum Abschied zweimal auf den Türrahmen und ging zu seiner Arbeit zurück.

Als Boggosch daheim ankam und die Einkäufe in der Küche in die Speisekammer und den Kühlschrank räumte, kam seine Frau, auf eine Krücke gestützt, langsam aus dem Wohnzimmer und stellte sich in die offene Küchentür.

Hast du alles bekommen?

Ja, Marianne, alles. Nur keinen Ahornsirup. Der kommt erst am Freitag.

Die Frau fasste nach dem Türrahmen. Sie atmete schwer, die wenigen Schritte bis zur Küchentür hatten sie angestrengt.

Und gab es im Städtchen etwas? Etwas Interessantes? Hast du jemanden gesprochen?

Nein, Marianne, nur das Übliche.

Der *Kurier* hat vorhin angerufen. Man wollte dich sprechen.

Welcher Kurier? Wer schickt denn heute noch einen Kurier?

Das Lokalblatt, Konstantin. Deine Zeitung, die du jeden Tag studierst. Eine Redakteurin rief an, war wohl ein sehr junges Mädchen, eine ganz hohe Stimme, sie piepste am Telefon. Sie will vorbeischauen, um dich etwas zu fragen. Ich habe ihr gesagt, sie kann um drei kommen. Ist dir das recht?

Und warum kommt sie? Was wollen die von mir?

Das hat sie nicht gesagt. Ist drei Uhr für dich in Ordnung?

Jaja. Geh ins Wohnzimmer und setz dich. Ich habe Leinöl gekauft. Ich dachte, Kartoffeln mit Leinöl, das könnte dir schmecken. Das habt ihr doch bei euch zu Hause immer gegessen.

Ja, aber das war selbstgepresstes Leinöl. So was Feines kann man nicht kaufen.

Sie löste sich vom Türrahmen und ging bedächtig die wenigen Schritte ins Wohnzimmer zurück. Boggosch griff nach dem Kochbuch und las zum wiederholten Mal das Rezept durch, um sich die einzelnen Schritte einzuprägen. Ein Leben lang hatte er sich nie um die Küche und das Mittagessen kümmern müssen und erst vor vier Jahren begonnen, für sie beide zu kochen. Diese Arbeit war ihm noch immer unvertraut und lästig, und ohne Kochbuch vergaß er die selbstverständlichsten Zutaten, doch nach ihrer Bandscheiben-Operation konnte sich seine Frau nur noch mühsam bewegen, so dass er ihr vorgeschlagen hatte, die gesamte Küchenarbeit zu übernehmen. Was immer er ihr seitdem vorsetzte, sie lobte es jedes Mal übermäßig, obgleich er sie gebeten hatte, dies zu unterlassen, er benötige keine Ermunterungen, und über seine Kochkünste mache er sich keinerlei Illusionen.

Nach dem Essen wusch er das wenige Geschirr und die beiden Töpfe ab, bevor er sich mit einem Buch in den alten Liegesessel setzte. Er las ein paar Seiten, und von dem gleichmäßigen, schweren Atmen seiner schlafenden Frau verführt, nickte er über der Lektüre ein. Der leise Stundenschlag der Pendeluhr im Flur weckte ihn, er ging in die Küche, um Kaffee zu kochen.

Als es an der Tür klingelte, schaute er auf seine Armbanduhr.

Genau drei Uhr, stellte er fest, der Kurier des Zaren ist pünktlich auf die Minute.

Er sah seine Frau an: Willst du nicht im Zimmer bleiben? Dann kannst du alles hören, was die Zeitung mir zu sagen hat, und ich muss dir nicht alles hinterher erzählen.

Sie schüttelte den Kopf und stemmte sich aus ihrem Sessel hoch: Ich setz mich für einen Moment auf den Balkon. Ich will lieber noch ein wenig die Sonne genießen, die Tage werden ja schon kürzer.

Er ging zur Wohnungstür und öffnete, ein junges Mädchen lächelte ihn an, sagte, dass sie Loretta Rösler heiße und im Auftrag des »Kuriers« ein Gespräch mit ihm führen solle. Er bat sie ins Zimmer und fragte, ob er ihr etwas anbieten könne. Sie dankte und lehnte ab, war dabei derart verlegen, dass sie ins Stottern geriet. Er bot ihr einen Platz an und fragte, um was es gehe, was sie sich von einem solchen Gespräch erhoffe, was sie sich vorstelle.

Übersprudelnd erzählte das Mädchen, sie arbeite seit vier Monaten beim *Kurier*, wo sie nach ihrem Studium ein einjähriges Praktikum absolviere. In drei Wochen beginne das neue Schuljahr, und das sei in diesem Sommer ein besonderes Ereignis, da nach der dreijährigen Umbauzeit die Schüler nun nicht mehr in der alten Kaserne unterrichtet würden, sondern wieder im Gymnasium, das schöner denn je geworden sei. Er, der Herr Doktor Boggosch, kenne ja das alte Gymnasium, da er dort einmal Schuldirektor war. Von der Redaktion habe sie den Auftrag erhalten, mit ihm über seine Zeit als Direktor zu reden, und nicht nur mit ihm soll über das Gymnasium gesprochen werden. Ihrem Chef, dem Herrn Köstler, war aufgefallen, dass momentan vier Schuldirektoren des Pestalozzi-Gymnasiums in der Stadt wohnten, drei ehemalige und der neue, der vor sechs Jahren ins Städtchen gezogen sei. Auf diese Besonderheit soll bei der Wiedereröffnung verwiesen werden, und Herr Köstler habe ihr diesen Auftrag gegeben. Sie werde eine ganze Seite dafür bekommen, die zum Schulbeginn erscheinen solle, genau gesagt, in der Wochenendbeilage. Sie habe bereits mit Dr. Meyer-Keller ein großes Interview geführt, der die Schule nun leite, und mit Herrn Rutzfeld, der vor Jahrzehnten sein Nachfolger war, und sie werde auch noch mit Herrn Dr. Cornelius reden. Ein großes Foto des restaurierten Gymnasiums werde über der Seite stehen, und vor dem Gymnasium, das sei ihr Vorschlag, sollten die vier Direktoren zu sehen sein, die drei im Ruhestand und der jetzige.

Boggosch hatte ihr schweigend zugehört und belustigt das aufgeregte und von ihrem Auftrag offensichtlich begeisterte Mädchen betrachtet. Nachdem sie überhastet und fast atemlos ihr Anliegen geschildert hatte, sah sie ihn erwartungsvoll an. Da er nichts sagte, fügte sie hinzu: Der Herr Köstler, unser Lokalchef, war einer Ihrer Schüler. Er hat mir von Ihnen erzählt. Sie sind eine Legende, sagte er mir. Ich soll Sie von ihm grüßen.

Ja, der Michael Köstler war mein Schüler, das ist wahr. Und noch zwei andere Herren aus Ihrer Redaktion, alles Schüler von mir. Und ich lese, was meine Schüler schreiben.

Sie sind stolz auf Ihre Schüler.

Stolz? Nein. Ich schaue mir nur an, was sie bei mir gelernt haben. Ich will sehen, was sie nicht begriffen haben, was sie immer noch falsch machen. Die Artikel meiner drei Schüler lese ich sehr genau. Mit dem Rotstift in der Hand, sozusagen. Den zweiten Konjunktiv, den sollte der Michael Köstler meiden, der verrutscht ihm regelmäßig.

Das Mädchen kicherte nervös. Da er nichts weiter sagte, fragte sie ihn direkt, ob er ihr ein längeres Interview zu seiner Zeit am Gymnasium gebe.

Nun, Fräulein Rösler, das ist alles lange her. Und es interessiert keinen mehr. Ich bin ein alter Mann, und meine Welt ist längst versunken. Das ist vorbei, mein Fräulein. Vergangenheit. Abgeschlossenes Präteritum. Das war in der anderen Zeit.

Und darum will unsere Zeitung daran erinnern. Eine ganze große Seite mit Ihnen und den anderen Direktoren. Das ist schließlich ein Teil der Geschichte dieser Stadt. Und wann gibt es das schon mal, dass vier Direktoren derselben Schule gleichzeitig in einer Stadt leben. Und es war die Zeit des großen Umbruchs. Ich denke, dazu könnten Sie viel erzählen. Das interessiert die Abonnenten vom *Kurier*, das ist auch die Geschichte unserer Leser.

Ich weiß nicht, ob ich es will. Ob ich mich daran erinnern möchte. Es ist lange her und es ist vorbei.

Aber die Erinnerungen überkommen einen, ob man will oder nicht. Sie sind das Leben, das man führte. Sie sind jetzt siebzig ...

Siebenundsechzig, korrigierte Boggosch.

Verzeihung. Da müssen Sie einen Schatz von Erinnerungen besitzen.

Was für einen Schatz? Verlassen Sie sich nicht auf die Erinnerungen alter Männer. Mit unseren Erinnerungen versuchen wir ein missglücktes Leben zu korrigieren, nur darum erinnern wir uns. Es sind die Erinnerungen, mit denen wir uns gegen Ende des Lebens beruhigen. Es sind diese fatalen Erinnerungen, die es uns schließlich erlauben, Frieden mit uns selbst zu schließen. Schauen Sie sich die Memoirenbände an, die Jahr für Jahr erscheinen. Das sind alles prächtige Figuren. Wundervolle, aufrichtige, tapfere Charaktere. Unerschrocken, selbstlos, die Gerechtigkeit in Person. Kerle, die man gern als Zeitgenossen gehabt hätte. Das Problem ist, es waren meine Zeitgenossen, und sie waren nicht angenehm. Und glauben Sie nicht, ich will Ihnen nun einreden, dass meine Erinnerungen genauer sind, wahrhafter, glaubwürdiger. Nein, verehrtes Fräulein, auch ich würde Ihnen erzählen, was mir ins Bild passt, das ich von mir habe oder das ich anderen von mir vorgaukeln will. Ich würde selbstverständlich alles verschweigen, was mich an mir stört. Und dazu müsste ich mich nicht sonderlich anstrengen. Das Störende, das, was mir an mir nicht gefällt, ich müsste es nicht einmal verschweigen, das ist gar nicht nötig. Das habe ich längst vergessen, und zwar sehr gründlich. Kümmern Sie sich nicht um die Erinnerungen alter Leute, berichten Sie, was Sie sehen, was wirklich passiert. Und schreiben Sie es auf, wie Sie es gesehen haben. Schreiben Sie nicht, was man Ihnen einreden will, und auch nicht das, was Ihre Redaktion vielleicht gerne von Ihnen haben möchte.

Er sah sie fast triumphierend an, zufrieden, weil er das

Mädchen, diese kleine Redaktionsmaus, offensichtlich sprachlos gemacht hatte.

Nun, brauchen Sie jetzt etwas zu trinken? Soll ich Ihnen ein Glas Wasser bringen?

Danke, nein. – Das wäre ein guter Anfang, Herr Doktor Boggosch.

Was meinen Sie? Was für ein Anfang?

Für meine Seite. Für das Gespräch mit Ihnen. Wir fangen mit dem an, was Sie eben sagten, und dann legen Sie los.

Ich dachte, ich hätte Sie erschreckt.

Also sind Sie einverstanden? Sie geben mir das Interview?

Nein, nein, so rasch wickeln Sie mich nicht ein, Fräulein Rösler. Wie viel Zeit habe ich? Bis wann muss ich mich entscheiden?

Wenn wir uns in der nächsten Woche für ein paar Stunden zusammensetzen könnten …

Schön, dann habe ich also sieben Tage, um über Ihre Frage nachzudenken. Rufen Sie mich in der nächsten Woche an, dann kann ich Ihnen sagen, ob ich Ihnen Rede und Antwort stehe. Ob ich die alten Feldsteine noch einmal umdrehe, um zu schauen, was darunter ist.

Danke, Doktor Boggosch. Vielen Dank. Ich rufe Sie nächsten Dienstag an. Neun Uhr, ist das in Ordnung?

Er nickte. Sie standen auf und er reichte ihr die Hand.

Aber ich habe Ihnen nichts zugesagt. Seien Sie nicht allzu sehr enttäuscht, wenn ich Ihnen absage.

Ich bin zuversichtlich. Und jetzt bin ich auch sicher, dass Sie was zu sagen haben. Ich freue mich auf unser Gespräch.

Das ist nicht gewiss, das steht noch in den Sternen, mein schönes Fräulein. Aber eins kann ich Ihnen jetzt schon sagen. Ein Foto vom Gymnasium, das gehört auf diese Seite, da stimme ich Ihnen zu. Aber dass da vier Direktoren davorstehen, nein, das sehe ich nicht. Dazu werden Sie mich nicht überreden können.

Wieso nicht? Es geht doch um diese vier Direktoren, das wird auch irgendwie der Titel der Seite sein. Warum wollen Sie sich nicht fotografieren lassen?

Was habe ich mit diesem Herrn Doktor Meyer-Keller zu schaffen? Ich kenne den neuen Direktor kaum, wir hatten wenig miteinander zu tun. Warum sollte ich mich mit ihm fotografieren lassen?

Weil er der neue Direktor ist. Er ist einer Ihrer Nachfolger.

Das ist kein hinreichender Grund. Und diese anderen beiden Herren, Rutzfeld und Cornelius, die kenne ich nur allzu gut und werde mich daher nicht mit ihnen zusammen hinstellen. Verstehen Sie jetzt?

Auch nicht für ein Foto? Das würde nur eine Minute dauern.

Nicht einmal für eine Sekunde. Die Welt ist groß genug, dass wir uns alle in ihr irren können, aber unser Leben ist nicht so lang, dass wir alles vergessen könnten. Die Erinnerungen, Fräulein Rösler, die Erinnerungen erlauben es nicht. Das sollten Sie berücksichtigen. Sie müssen Ihren Artikel nicht mit dem Bild einer großen Lüge schmücken. Richtig ist, ich hatte mit diesen beiden Herren zu tun, mit Rutzfeld und Cornelius, durchaus. Sie waren Direktoren meines Gymnasiums, sie waren es nach mir und sie waren es vor mir, wie Sie vielleicht wissen. Aber das ist die einzige Gemeinsamkeit, an die ich mich erinnern könnte. Und das ist für ein Foto zu wenig. Vergessen Sie dieses Foto, dazu werden Sie mich niemals überreden können.

Er lächelte sie an: Sind Sie nun von mir enttäuscht?

Nein. Eher im Gegenteil. Ich hoffe jetzt umso mehr, dass Sie mir nächste Woche nicht absagen. Ich möchte die Wahrheit hören.

Die Wahrheit? Nun, die werden Sie auch von mir nicht bekommen. Lediglich meine Wahrheit. Und in ein paar Tagen sage ich Ihnen, ob wir darüber sprechen. Bis dahin werde ich zu tun haben.

Sie wollen alte Feldsteine umwälzen?

Ja. Leben Sie wohl, Fräulein Rösler.

Sehen wir uns in der Stadt? An diesem Wochenende, Herr Doktor?

Boggosch sah sie überrascht an: Was meinen Sie? Wo sollten wir uns sehen?

Es ist das erste Septemberwochenende. Der jährliche Jahrmarkt, das große Ereignis. Ich werde zum ersten Mal dabei sein, aber Sie werden es gewiss häufig erlebt haben.

Ach ja, Ihre Zeitung schreibt ja schon seit Wochen darüber. Dann wünsche ich Ihnen ein paar schöne Stunden auf dem Rummel. Ich glaube nicht, dass ich mir das antun werde. Das ist etwas für die jungen Leute.

Er blieb gedankenverloren an der Tür stehen, als das Mädchen gegangen war. Sein Blick fiel auf den Spiegel neben dem Eingang, und er betrachtete sich mit zusammengekniffenen Augen.

Der Herr Schuldirektor Boggosch, murmelte er leise, während er sein Abbild misstrauisch prüfte, nun, das war einmal.

Er war nicht unzufrieden mit seinem Aussehen, für sein Alter war er schlank und die Figur ausreichend elastisch. Ein, zwei Kilo mehr könnten ihm nicht schaden, aber er hatte nur noch wenig Appetit. Die gelbgrauen Flecken auf den Wangen und an den Schläfen hatten sich vergrößert, und es waren weitere Falten um den Mund und die

Augen hinzugekommen. Die Risse in seinem Gesicht, wie der kleine Sohn seiner Nachbarin bemerkt hatte.

Er ging zur Balkontür, um nach seiner Frau zu schauen. Sie hielt mit geschlossenen Augen ihr Gesicht in die Sonne. Er holte aus dem Wohnzimmer eine Wolldecke, um sie ihr umzulegen, und währenddessen erzählte er ihr, weshalb die junge Redakteurin ihn aufgesucht habe.

Eine Legende, sagte er auflachend, man hat dem Mädchen erzählt, ich sei eine Legende.

Das ist die Wahrheit, Konstantin. Du warst sehr geschätzt, in der ganzen Stadt, und das hat sich auch nicht verändert. Und fast hätten sie dich zum Ehrenbürger gemacht. Ich meine auch, dass du eine Legende bist.

Ach, Marianne, ich erinnere mich an ganz andere Geschichten. Ich war auch unerwünscht, mehr als unerwünscht. Das werde ich auch nicht vergessen. Es gab Zeiten, da hat man es sich zweimal überlegt, ob man mich grüßt.

Willst du mit der jungen Frau sprechen? Wirst du ihr das Interview geben?

Ich weiß es nicht. Ich glaube nicht. Wozu die alten Gespenster wecken? Uns geht es doch gut, Marianne. Soll ich das aufs Spiel setzen? Und mit dem Mädchen sprechen und verschweigen, was Ärger bringen könnte, nein, dazu bin ich nicht bereit. Diese alten Geschichten, davon will doch keiner mehr etwas wissen, sie haben alle mit sich zu tun. Erinnerungen stören. Ich denke, ich sollte es dabei bewenden lassen.

Aber du auf einer ganzen Seite im *Kurier*, das würde mir gefallen. Ich würde mir zehn Exemplare besorgen und sie an alle Freunde schicken.

Auf dieser Zeitungsseite wäre ich nicht allein, Marianne. Mit vier Direktoren wollen sie sprechen. Und am liebsten wäre ihnen noch ein Bild von uns, ein Treffen dieser vier. Ich soll mich zusammen mit Cornelius und Rutzfeld und diesem neuen Direktor hinstellen, damit sie ein Foto machen können. Nein, je länger ich darüber nachdenke, es verbietet sich. Ich will mit denen nichts zu tun haben.

Du wirst es schon richtig machen, Konstantin.

Willst du noch hier draußen sitzen bleiben?

Ein wenig. Solange mir warm ist. Es ist so schön hier draußen, der Blick über die Havel, das Wasser, der Wald, mein Gott, wie schön wir es haben. Ach, weißt du, diesmal freue ich mich richtig auf die Kur. Da unten im Harz ist es immer ein paar Grad wärmer als bei uns. Bei uns ist in einem Monat die Balkonzeit vorbei, dann kann ich das Zimmer nicht mehr verlassen, aber in der Kurklinik kann man sogar alle Mahlzeiten, vom Frühstück bis zum Abendbrot, auf der Terrasse einnehmen. Na, du kennst es ja. Und es bleibt dabei, du holst mich ab und kommst ein paar Tage eher?

Natürlich. Wie jedes Jahr, Marianne.

Er ging in sein Arbeitszimmer, setzte sich in seinen Schreibtischsessel, drehte sich in ihm und betrachtete die drei Wandregale. Über den Büchern, in der obersten Reihe, standen die Ordner, sauber beschriftet, in denen jene Schulunterlagen abgeheftet waren, die ihm seinerzeit bedeutsam schienen. Was würde man nach seinem Tod mit diesen alten Ordnern anfangen? Vermutlich kommt alles in eine Mülltonne, ohne dass irgendjemand einen dieser Aktendeckel aufschlägt, deren Inhalt einmal wichtig und vertraulich oder gar streng vertraulich war. Dann könnten sich Schulkinder die Akten aus dem Müll holen und die einmal so geheimen Unterlagen lesen. Aber vermutlich werden nicht einmal gelangweilte Kinder sich dies antun. Ebenso gut könnte er heute schon diese Zettelsammlung entsorgen, um Platz zu schaffen. Warum sollte jemand diese alten Akten öffnen?

Er warf einen letzten Blick auf die grauen Ordner, dann stieß er sich mit den Füßen ab und rollte in seinem Sessel zu dem kleinen Intarsientisch neben dem Fenster, auf dem das Schachbrett stand. Schon den dritten Tag grübelte er über die dort aufgestellte Partie nach, ohne eine der Figuren zu berühren oder gar zu führen. Es war eine Schachaufgabe, die er der Wochenbeilage seiner Zeitung entnommen hatte, dem *Kurier*, und er hoffte, sie zu lösen, bevor ihm in der nächsten Samstagausgabe der entscheidende und vermutlich sehr überraschende Zug mitgeteilt wird, für den er bislang offenbar blind war.

Als er in die Küche ging, um sich einen Tee zu machen, sah er für Momente durch das Küchenfenster zu seiner Frau, die ihren Stuhl an die Brüstung des Balkons gerückt hatte, um die letzten Strahlen der hinter dem Haus verschwindenden Sonne zu genießen.

Ach mein Mädchen, mein schönes Mädchen, murmelte er tonlos, was ist nur aus uns geworden? Und was wird noch kommen?

Er wartete, bis das Wasser im Elektrokessel aufhörte zu brodeln, dann goss er es in die kleine Kanne. Bevor er in sein Zimmer zurückging, öffnete er die Tür zum Balkon, fasste nach ihrer Hand und fragte, ob ihr nicht kalt sei.

Ich komme gleich, erwiderte sie.

In der Nacht lag er lange wach und grübelte. Er dachte an die junge Frau von der Zeitung und dass er ihr gesagt hatte, er wolle ein paar Steine umdrehen, doch dies hatte er keineswegs vor. Er wollte nichts umwälzen, wollte die Würmer nicht sehen, die dabei ans Tageslicht kommen. Die Aufregungen und der Ärger jener Jahre lagen lange zurück, er hatte alles vergessen, wollte sich nicht erinnern und war nur von dieser jungen, unerfahrenen Praktikantin wieder darauf gestoßen worden, von einem Mädchen, das nichts vom Leben wusste, nichts von quälenden Erinnerungen, von fatalen, aber unvermeidbaren Entscheidungen, die zu treffen man bei aller Lebenserfahrung genötigt war, das nicht die Spur einer Ahnung davon besaß, in welche Verlegenheiten man trotz aller Vorsicht und Umsicht geraten konnte. Man kommt nicht durch diese Welt ohne Schuld und Scham, aber das konnte und wollte er diesem kleinen Mädchen nicht erklären, das würde es früh genug in seinem Leben selbst erfahren. Auch sie wird irgendwann vor einer Entscheidung stehen, die so oder so nicht richtig ist, wo man sich immer nur falsch entscheiden kann und es dennoch tun muss. Boggosch ärgerte sich nun über diesen Besuch, der ihm den Nachtschlaf raubte, und er war entschlossen, dem Mädchen vom *Kurier* abzusagen. Er wollte nicht in der Zeitung stehen, wollte dort nicht irgendeinen Unsinn über sich lesen müssen, auf den ihn dann die ganze Stadt ansprechen würde, weil die Leute an das gedruckte Wort glaubten, weil sie meinten, in der Zeitung stehe die reine Wahrheit. Er starrte auf die vom Mond erhellte Zimmerdecke und dachte daran, was er am nächsten Tag kochen sollte.

Wie jeden Morgen stand er vor seiner Frau auf und ging, nachdem er die Morgentoilette beendet und sich rasiert hatte, in die Küche, um für sich einen Kaffee und für seine Frau Tee aufzubrühen und danach einen Apfel für den Joghurt zu reiben. Er deckte den kleinen Tisch in der Küche mit dem Frühstücksgeschirr, ging ins Schlafzimmer, um seiner Frau den Morgenmantel zu geben und ihr zu sagen, dass das Frühstück bereitstehe. Dann verließ er die Wohnung, stieg die zwei Treppen zur Eingangstür hinunter und nahm die Zeitung aus dem Briefkasten, den *Kurier*. In der Küche blätterte er in der Zeitung und wartete auf seine Frau.

Als er ihr den Tee eingoss, fragte sie nach seinen Plänen für den Tag und erinnerte ihn daran, sich bei Doktor Stremmler einen Termin geben zu lassen.

Ich rufe ihn gleich an, erwiderte er, oder ich geh bei ihm vorbei. Ich muss ohnehin noch ein paar reife Tomaten einkaufen, Tomaten für eine Sauce. Ich will uns Spaghetti machen, bist du einverstanden?

Ja, das hatten wir schon lange nicht mehr. Und bitte Doktor Stremmler, ein neues Rezept für mich auszustellen. Sag ihm, ich brauche alle drei Medikamente, sie gehen alle zu Ende. Und ich brauche sie für einen ganzen Monat, weil ich ja zur Kur fahre.

Natürlich. Ich werde ihm sagen, seine kleinen Pillen sind inzwischen deine Grundnahrungsmittel geworden. Die darf er dir nicht verweigern.

Hast du deine Zeitung schon gelesen?

Unser Bürgermeister ist wieder mit einem Foto drin. Den Tag, an dem man Otto einmal nicht in unserem Blatt sieht, kann man rot anstreichen.

Er tut halt viel. Muss überall hin, um zu gratulieren und sich sehen zu lassen. Das ist nun mal sein Amt. – Haben sie etwas über das Gymnasium geschrieben?

Nein, nichts.

Werden sie mit dem Umbau rechtzeitig fertig?

Aber Marianne, du kannst Fragen stellen. Woher soll ich denn das wissen? Was habe ich mit der Schule zu tun?

Und du, hast du es dir überlegt? Willst du mit dem Mädchen reden?

Ich glaube nicht. Wozu soll man alte Gespenster wecken. – Möchtest du einen Orangensaft?

Ich gieße mir selber ein, danke, du musst nicht alles tun. Wenn du schon aufstehen willst, so geh ruhig. Um den Abwasch bauchst du dich nicht zu kümmern, das schaff ich. Ich will ja nicht verrosten.

Boggosch erhob sich und ging ins Bad, dann zog er ein Jackett an, holte sich einen Stoffbeutel aus der Speisekammer, nickte seiner Frau zu und verließ die Wohnung.

Die Sprechstundenhilfe von Stremmler bot ihm an, sich ins Wartezimmer zu setzen. Zwei Patienten hätten überraschend abgesagt, und der Doktor hätte Zeit, Boggosch müsse nur ein paar Minuten warten.

Als er das Arztzimmer betrat, erhob sich Stremmler, kam ihm entgegen und begrüßte ihn herzlich. Er ließ ihn Platz nehmen und erkundigte sich, wie es seiner Frau gehe. Boggosch bat ihn um Medikamente für sie, der Arzt nickte zustimmend und tippte das Gewünschte in seinen Computer ein.

Und bei Ihnen?, fragte der Arzt, wieder der Rücken?

Boggosch nickte: Der Rücken, ja. Und die Beine. Das ist alles abgenutzt und verbraucht. Sie sollten nachschauen, die defekten Teile auswechseln und mir ein paar Ihrer fabelhaften Ersatzteile einschrauben.

Der Arzt lachte. Dann sprachen sie über die Kommunalwahl und das Überhandnehmen der Supermärkte in ihrer Stadt, und der Arzt schimpfte über die Unvernunft seiner Patienten.

Die Leute kaufen das billigste Zeug, stopfen es in sich rein und wundern sich, dass sie krank werden. Aber es gibt kaum etwas Frisches. Ich habe zum Glück zwei Landwirte unter meinen Patienten, die versorgen mich mit richtigen Eiern und gutem Gemüse. Kaufen kann man das in der Stadt nicht. Ich hoffe, Sie haben auch solche Lieferanten. Ein paar ehemalige Schüler vielleicht, die aufs Dorf gezogen sind?

Boggosch schüttelte den Kopf und wartete darauf, dass der Arzt mit der Untersuchung begann. Er wusste, er müsse sich vor ihm entkleiden, und dies war ihm wie immer unangenehm. Er war ein alter Mann, und Stremmler war vor Jahrzehnten sein Schüler gewesen. Sich vor einem jungen oder doch sehr viel jüngeren Mann auszuziehen, den er einst unterrichtet, den er gelobt und getadelt hatte, verstörte ihn. Als Stremmler schließlich mit einer Handbewegung auf die Liege wies, um mit der Untersuchung zu beginnen, wandte er sich von dem Arzt ab und begann seine Kleidungsstücke abzulegen. Nur noch mit einer Unterhose bekleidet, saß er auf dem äußersten Rand der Liege. Stremmler bat ihn, sich hinzustellen, fuhr mit der Hand über sein Rückgrat und klopfte mit dem Fingerknöchel den Lendenbereich ab. Er bat ihn, sich bäuchlings auf die Liege zu legen, und verschränkte seine Arme in die des Patienten.

Atmen Sie tief durch. Und jetzt entspannen Sie sich. Locker, ganz locker, sagte Doktor Stremmler.

Er riss plötzlich seine Arme hoch, Boggosch verspürte einen winzigen, schmerzhaften Schlag auf einem seiner Rückenwirbel und stöhnte laut auf. Der Arzt tastete mit den Fingern nochmals den Lendenbereich ab und sagte zufrieden: Sie können sich anziehen. Bleiben Sie noch eine halbe Stunde im Wartezimmer sitzen, bevor Sie sich auf den Heimweg machen. Das war zwar nur ein winziger Eingriff, aber etwas Ruhe tut gut. Und vermeiden Sie in den nächsten Wochen allzu heftige Anstrengungen. Bitte keine Meisterschaften, Doktor Boggosch, sportiv ist nicht mehr angesagt.

Gut, dass Sie es sagen. Dann werde ich wohl den

Marathonlauf absagen müssen, erwiderte Boggosch lächelnd.

Die Rezepte für Ihre Frau bekommen Sie an der Anmeldung. Alles Gute für Sie. Und ich will Sie hier so schnell nicht wieder sehen.

Im Wartezimmer nahm er sich zwei Zeitschriften und las uninteressiert in ihnen. Nach einem Blick auf die Uhr erhob er sich, grüßte die junge Frau am Tresen und ging in das benachbarte Einkaufscenter, um Gemüse und Joghurt einzukaufen.

Daheim stellte er den Einkaufsbeutel in der Küche ab und ging zu seiner Frau ins Wohnzimmer.

Alles in Ordnung, sagte er, heute Abend soll ich völlig schmerzfrei sein, hat mir Stremmler versprochen. Und was er sagt, ist ja bisher immer eingetroffen. Das Rezept für dich habe ich auch bekommen. Ich habe es in der Apotheke abgegeben, sie werden es heute Abend haben und wollen es uns dann vorbeibringen. Und hier hast du die Post. Schau sie bitte durch, wahrscheinlich ist alles zum Wegwerfen.

Er ging in die Küche, um das Mittagessen vorzubereiten. Durch die offene Küchentür fragte er seine Frau, ob ihr gebratener Speck in der Tomatensauce recht wäre.

Du hast einen Brief vom Finanzamt, erwiderte sie.

Den kannst du gleich wegwerfen. Vor einem halben Jahr haben sie mir geschrieben, dass ich fünfundvierzig Cent nachzubezahlen habe. Das Porto war teurer. Ich werde erst antworten, wenn es lohnt, eine Marke auf den Brief zu kleben.

Ein paar Minuten später rief sie seinen Namen.

Was gibt es denn, Marianne?

Der Brief vom Finanzamt, der ist von der Steuerfahndung.

Boggosch lachte auf: Was habe ich mit der Steuerfahndung zu tun? Meine Pension ist ausreichend, aber nicht genug, um noch etwas zu hinterziehen?

Es ist die Kirchensteuerfahndung, Konstantin. Seit wann bist du denn in der Kirche?

So ein Unsinn. Gib mir mal den Brief, das kann nur eine Verwechslung sein. Ich gehörte nie einer Kirche an.

Er nahm ihr den Brief aus der Hand und lachte auf: Na, sieh nur, der Brief ist gar nicht für mich. Hier steht es doch: Konstantin Müller. Müller, das ist der Schurke, nach dem sie fahnden. Ein gläubiges Schäfchen, das seinen geistlichen Hirten nicht bezahlen will. Den Brief kannst du wegwerfen, den muss ich nicht beantworten.

Lies ihn bitte, Konstantin. Lies ihn dir einmal richtig durch. Sie schreiben, sie haben nach einem auf den Namen Konstantin Müller Getauften gesucht und sind nach Jahrzehnten auf dich gestoßen. Und das Geburtsdatum ist der vierzehnte Mai 1945. Das ist dein Geburtstag. Der Vater heißt Gerhard Müller, und hier, siehst du, hier wird noch ein Bruder von diesem Konstantin Müller genannt, ein Gunthard.

Boggosch nahm seiner Frau den Brief aus der Hand und setzte sich. Beunruhigt las er das Schreiben Wort für Wort, während seine Frau ihm ununterbrochen Fragen stellte.

Hattest du mir nicht erzählt, dass dein Bruder Gunthard heißt? Ich habe ihn ja nie gesehen und du hast nie von ihm gesprochen, aber du hast einen Bruder. Und er heißt Gunthard, nicht wahr? Und wieso kennen sie dein Geburtsdatum? Was hast du mit diesem Müller zu tun? Wie kommen sie vom Finanzamt darauf?

Ich verstehe das nicht, sagte Boggosch erschöpft und

ließ den Brief sinken, ich weiß nicht, wieso sie darauf kommen, ich sei ihr gesuchter Müller. Seit ich denken kann, heiße ich Boggosch. Der Computer bei denen muss alles durcheinandergebracht haben, es kann gar nicht anders sein. Mach dir keine Sorgen, Marianne, das wird sich alles aufklären. Ich gehörte nie einer Kirche an, also ist das Ganze ohnehin unsinnig. Aber vielleicht muss ich den Brief doch beantworten. Oder ich rufe dort einmal an.

Ja, tu das. Ruf gleich an, dann ist das aus der Welt.

Ich mach es später. Ich habe zu tun. In zwanzig Minuten habe ich unser Essen fertig.

Beim Mittagessen sprach seine Frau noch immer von dem Brief und rätselte über die vielen Merkwürdigkeiten. Sie beklagte, dass Konstantin ihr so wenig von seiner Kindheit erzählt habe. Sie habe seine Eltern nicht mehr kennenlernen können, da beide bereits tot gewesen seien, als sie sich kennenlernten, aber sie habe auch nie seinen Bruder gesehen und wisse eigentlich gar nichts von seiner Familie.

Mein Gott, Marianne, wir haben ein halbes Leben miteinander verbracht, mehr als fünfundzwanzig Jahre. Was willst du denn noch wissen? Du weißt doch alles von mir. Du weißt besser über mich Bescheid als ich selbst. Und die Familie, nun, andere wären glücklich, wenn sie mit dem Ehepartner nicht auch noch die ganze Mischpoche mit heiraten müssten.

Du willst nicht über dich reden. Du warst immer der große Schweiger. Und jedes Wort hast du auf die Goldwaage gelegt, aber auch jedes. Wenn ich mich mal vertan habe, hast du mich immer sofort korrigiert. Ein Lehrer, wie er im Buche steht. Nur über dich selbst kein Wort, nichts über deine Gefühle, dein Befinden. Selbst deine Familiengeschichte hast du mir nur häppchenweise erzählt, und eigentlich weiß ich nichts von ihr.

Plötzlich legte sie Gabel und Löffel auf dem Teller ab und sah ihn an.

Alles auf die Goldwaage, ja, das machst du, sagte sie, und da fällt mir doch auf, was du vorhin gesagt hast. Seit du denken kannst, hast du gesagt, seit du denken kannst, heißt du Boggosch. Daran habe ich mich vorhin schon gestoßen. Seit du denken kannst? Wieso hast du nicht gesagt, seit du lebst? Oder seit der Geburt? Warum hast du diese merkwürdige Formulierung gebraucht? Du hast etwas mit diesem Müller zu tun, den sie suchen.

Mit dem Müller habe ich nichts zu tun. Nichts, nichts, nichts! Meinen Vater habe ich nicht kennengelernt, und meine Mutter heißt Boggosch. Mehr ist dazu nicht zu sagen, und das weißt du alles längst. Dieser Brief ist ein Irrtum vom Amt, das wird sich klären lassen. Was soll das, Marianne? Was kümmern dich plötzlich diese alten Familiengeschichten? Mich haben sie nie interessiert. Ich bin mit vierzehn Jahren von daheim abgehauen, das weißt du. Die Mutter ist tot, den Vater gab es nie und mit dem Bruder habe ich keinerlei Verbindung. Wir haben uns als Kinder recht gut verstanden, später gar nicht mehr, und dabei ist es geblieben. Ich habe keine Ahnung, was er treibt, ich weiß nicht einmal, ob er noch lebt. Und mit der Kirche, um das auch noch einmal zu sagen, hatte ich nie etwas zu tun. Bist du nun zufrieden?

Schweigend aßen sie zu Ende. Seine Frau fragte nichts und sagte nichts, die Zurechtweisung ihres Mannes hatte sie gekränkt und sie wollte, dass er ihre Verstimmung spürte.

Ich rufe an, sagte er schließlich, bevor er vom Tisch aufstand, ich rufe beim Finanzamt an und kläre das.

Eine Stunde später kam er mit einer Kaffeetasse ins Wohnzimmer, in dem seine Frau saß. Er setzte sich zu ihr und rührte bedächtig und ohne aufzusehen in der Tasse.

Ich habe mit dem Finanzamt gesprochen, sagte er schließlich, es ist alles in Ordnung. Ich muss keine Kirchensteuern zahlen. Man hat mich nur gebeten, ihnen eine schriftliche Erklärung zuzuschicken, das ist alles.

Und die Verwechslung? Die Namensverwechslung, wie haben sie das erklärt?

Gar nicht, sie haben nichts dazu gesagt, erwiderte er.

Merkwürdig. Wolltest du denn nicht wissen, wieso sie dir einen Brief für Herrn Müller schicken?

Ich habe gar nicht danach gefragt.

Seine Frau sah ihn überrascht an. Ich glaube, ich beginne zu verstehen, sagte sie sehr ruhig, du musstest gar nicht fragen, nicht wahr? Weil du es längst weißt, warum sie dir geschrieben haben. Gerhard Müller, das war dein Vater. Ich bin zwar halb gelähmt, aber nicht blöd. Auch wenn du mir kaum etwas von dir erzählt hast, auch wenn du nicht darüber sprechen willst, mit niemandem und selbst nicht mit mir, ein paar Sachen konnte ich mir zusammenreimen. Ich weiß nicht alles, aber mehr, als du glaubst. Du solltest mich nicht für dumm verkaufen.

Er schaute für einen Moment auf, stellte dann seine Tasse ab und betrachtete seine Hände. Er war fast siebenundzwanzig Jahre mit Marianne zusammen, er hatte sie vier Jahre nach dem Tod seiner ersten Frau kennengelernt und geheiratet und begriff in diesem Moment, dass all diese Jahre nicht ausgereicht hatten, um sie zu verstehen. Seine geliebte Frau konnte ihn noch immer zutiefst überraschen.

Ja, sagte er schließlich, ich musste den Finanzmenschen nicht danach fragen. Dieser Müller, das war wohl mein Vater. Ich weiß nicht, ob ich getauft wurde, darüber hat meine Mutter nie ein Wort verloren, aber im Register des Standesamtes wurde ich im Mai oder Anfang Juni eingetragen, damals, 1945. Und, du hast recht, ich wurde auf den Namen Müller eingetragen. Konstantin Müller, das war mein Geburtsname. Aber bevor der Familienname mir wichtig wurde, bevor er mir etwas bedeutete, hieß ich Boggosch. Mein Vater, ich sollte wohl besser sagen, der Kindsvater, war tot, wir hatten nichts mit ihm zu tun, und meine Mutter nahm ihren Mädchennamen wieder an. Und auch wir, mein Bruder und ich, bekamen ihren neuen oder vielmehr ihren alten Namen. Seit 1948 hießen wir Boggosch. Und dass ich einmal, als Säugling, Müller hieß, das hatte ich vergessen. Wirklich, Marianne, heiliges Ehrenwort.

Vergessen, Konstantin?

Ja. Oder von mir aus auch verdrängt, wie es heute heißt. Ich habe diesen Müller nie kennengelernt, und er hat mich auch nie gesehen. In meinem ganzen Leben gab es ihn nicht.

Und deine Mutter konnte ihre Kinder so einfach umbenennen? Ein Eintrag im Register eines Standesamts, das ist eigentlich für alle Ewigkeiten festgezurrt. Wie konnte sie das ändern?

Das war kurz nach dem Krieg. Die Nachkriegszeit, da ging so einiges drunter und drüber, und da waren Dinge möglich, die heute undenkbar sind. Ich weiß nicht, wie sie es geschafft hat, aber wir hießen plötzlich Boggosch. Mutter hat wenig darüber erzählt, sie wollte uns nichts dazu sagen, und wir haben sie nicht gedrängt. Ich war ein Kind und konnte gerade mal sprechen, was interessierte mich da der Familienname. Und mein Bruder Gunthard, er ist zwei Jahre älter, er hat, wenn ich mich recht erinnere, auch nie darüber gesprochen. Dieser unbekannte Vater war kein Thema in der Familie, nicht für meine Mutter, was vielleicht seltsam ist, und für uns Kinder schon gar nicht.

Ja, das ist seltsam, Konstantin. Warum hat deine Mutter das gemacht? Ihr Mann stirbt, und sie setzt Himmel und Hölle in Bewegung, denn das musste sie tun, um seinen Namen loszuwerden und ihren Mädchennamen wiederzubekommen. Und sie schafft es sogar, dass ihre Kinder diesen Namen erhalten. Warum machte sie das? Dein Vater ist schließlich im Krieg gefallen. Für die Hinterbliebenen waren die Kinder die lebendige, die wichtigste Hinterlassenschaft der toten Soldaten. Sie waren die Erinnerung an den Toten, sie waren das Einzige, was ihnen von ihm geblieben war. Und deine Mutter löscht seinen Namen aus. Warum? Weißt du es? Verstehst du es? Ich kann es nicht begreifen. Wieso tilgt sie den Namen ihres Mannes? Warum sollten seine Kinder nicht mehr seinen Namen tragen?

Ich weiß es nicht. Das sind uralte Geschichten, sagte Boggosch, und sie hat nicht darüber gesprochen. Die Verwandten meines Vaters wohnten irgendwo in München und im Schwarzwald, wir hatten zu ihnen keinerlei Kontakt, ich weiß nicht einmal, ob es da irgendeine Tante oder einen Onkel gibt. Es lohnt nicht, darüber nachzudenken.

Du willst nicht darüber sprechen. Wie immer. Und ich glaube dir nicht. Ich glaube dir nicht, dass du nichts darüber weißt. Irgendetwas stimmt nicht mit diesem Müller. Du verschweigst mir etwas. Was ist daran so schlimm, dass du es mir jahrzehntelang verheimlichst? Ein Familiengeheimnis? Hatte deine Mutter einen Liebhaber und war froh, dass ihr Mann nicht aus dem Krieg zurückkam? Das hat es alles gegeben und ist kein Grund, mich anzulügen. Denn das tust du. Du belügst mich. Es gibt etwas, was du mir verschweigst. Etwas, vor dem du davonrennst. Vor dem du ein Leben lang auf der Flucht bist.

Auf der Flucht! Mein Gott, du übertreibst mal wieder gewaltig, Marianne. Können wir es nicht einfach auf sich beruhen lassen? Mutter mit einem Liebhaber, nein, das kann ich mir nicht vorstellen. Aber wer weiß, vielleicht liegst du mit deiner Vermutung richtig. Wir als Kinder haben an so was natürlich nie gedacht, aber wir hätten es sicher bemerkt, wenn Mutter heimliche Herrenbesuche bekommen hätte. Nein, Marianne, eine Femme fatale war Mama nie und nimmer. Mein Gott, sie kam aus gutem Haus, aus sehr gutem Haus, beste Erziehung, Köchin, Dienstmädchen, sogar einen Chauffeur hatten ihre Eltern gehabt.

Das eine schließt das andere nicht aus. Mit einer feinen Erziehung ist man vor einem Seitensprung nicht gefeit.

Boggosch lachte auf: Glaub, was du willst. Mama ist tot, wir werden es nicht mehr erfahren. – Ich habe übrigens den Rollkoffer vom Sattler abgeholt. Er hat das fabelhaft hinbekommen. Ein Glück, dass wir noch den alten Thierbach haben. Er ist schon Rentner, und wenn er aufhört, dann ist auch das vorbei, dann gibt es hier keinen mehr, der uns etwas richten kann. Das sind Berufe, die einfach aussterben. Heutzutage wird alles weggeschmissen, was ein bisschen kaputt ist. Schad' drum.

Ach, ist das Gespräch schon zu Ende?, erkundigte sich seine Frau spitz.

Sag, was du willst, frag, was du willst. Ich kann dir jede Frage beantworten, auf die ich eine Antwort weiß. Aber du willst Dinge von mir wissen, von denen ich nichts weiß und die mich nicht interessieren. Die mich nie interessiert haben. Mein Erzeuger hieß Müller, das ist richtig, und ich hatte es vergessen. Ist das so schlimm? Und mir wäre es lieb, wenn du nicht immer wieder auf diesem leidigen Thema herumhacken würdest.

Marianne presste die Lippen zusammen und griff nach ihrem Buch. Sie blätterte darin, als suche sie die Seite, die sie zuletzt gelesen hatte, aber Boggosch spürte, dass sie verärgert war und noch immer unzufrieden. Er stand auf, brachte die Tassen in die Küche und wusch sie ab.

Ich setz mich noch einmal in mein Zimmer, sagte er, nur für ein, zwei Stunden. Ruf mich, wenn du etwas brauchst.

Am Abend sprachen sie wenig miteinander. Boggosch bemühte sich zwar, mit seiner Frau ein Gespräch anzufangen, doch sie war verstimmt und blieb einsilbig, schaute auch nur selten zu ihm und bat um nichts.

Was tu ich ihr nur an, dachte er, es ist nicht recht, es ist ihr gegenüber nicht fair, aber ich will diese alten Gespenster nicht wieder aufwecken, sie nicht wieder um mich haben. Ja, Marianne hat recht, sie hat durchaus recht, auch wenn sie nicht weiß, wovon sie redet. Ich bin davongelaufen, ich bin mein ganzes Leben lang vor diesem Müller davongelaufen, das ist wahr. Aber was blieb mir anderes übrig? Es ist Jahre her, dass ich auch nur einen Gedanken an ihn verschwendet habe. Es gab andere Zeiten, es gab Jahre, in denen ich Tag für Tag mit der Nase auf ihn gestoßen wurde, aber das habe ich überstanden, das ist Vergangenheit. Und dass ausgerechnet die Kirchensteuerfahndung nun wieder dieses Kapitel aufschlägt, ist geradezu lächerlich. Ein arger Witz. Was habe ich mit der Kirche zu tun? Marianne, es tut mir leid, aber ich will nicht darüber reden. Es wäre für mich nicht gut, und warum sollte ich dich mit dieser Vergangenheit belästigen. Lassen wir die Toten ruhen. Die Steuerfahndung hat aus Versehen eine Glocke angeschlagen, die für den Rest meines Lebens verstummt sein sollte. Dieser verfluchte Brief, vergessen wir ihn, meine Liebe. Es ist für mich besser, es ist für dich besser.

Er bemühte sich einzuschlafen, lag aber auch in dieser Nacht lange wach und grübelte.

In den folgenden Tagen packte er für seine Frau den Koffer, eine umständliche und langwierige Prozedur, da er ihr die gewünschten Kleidungsstücke aus dem Schrank holen, auf dem Bett ablegen und von ihr begutachten lassen musste und immer wieder einzelne Stücke auszutauschen hatte.

Am Dienstag klingelte es morgens an der Wohnungstür. Frau Rösler stand vor der Tür, sie entschuldigte sich, weil sie, statt anzurufen, selber gekommen sei. Sie habe mit Herrn Köstler gesprochen und dieser mit dem Chefredakteur und beide hätten vorgeschlagen, ein großes, ein sehr langes Interview mit Konstantin Boggosch zu machen, das man in drei oder vier Folgen abdrucken könne. Sie hätten das Ferienhaus der Zeitung, das dem Blatt seit vierzig Jahren gehörte, dafür angeboten, sie könnten dort jeder ein Zimmer bekommen, sie müssten sich zwar selbst versorgen, dürften aber dort so lange bleiben, wie sie wollten, zwei Tage oder auch eine ganze Woche.

Ich muss Sie enttäuschen, Fräulein Rösler, erwiderte Boggosch in der Tür stehend, es gibt nichts zu erzählen. Ich habe die Steine um und um gewälzt, es war nichts darunter, das sich lohnt zu erzählen.

Ist das endgültig?, fragte sie entgeistert.

Ich fürchte, ja, meinte er bedauernd, grüßen Sie den Michael Köstler von mir.

Am folgenden Tag half er seiner Frau in den Wagen des Fahrdienstes, der frühmorgens bei ihnen erschien, um sie zur Klinik im Harz zu bringen. Der junge Mann, der sie fahren würde, trug den Koffer hinunter und stellte ihn in sein Fahrzeug.

Willst du mit der Kleinen wirklich nicht sprechen?, fragte Marianne, bevor sie ins Auto stieg, mir wäre es lieb, denn dann wüsste ich, du wärst in den Wochen, wo ich nicht da bin, versorgt. Du kochst dir doch nichts, wenn du allein bist, und in dem Ferienhaus der Zeitung bekommst du zu essen, darum würde sich gewiss das kleine Fräulein kümmern.

Ich werde jeden Tag kochen. Und jetzt, wo du nicht da bist, werde ich mich an die Haute Cuisine wagen. Morgen gibt es ein Saltimbocca vom Seeteufel.

Ich verschloss hinter meiner Frau die Wagentür und schaute ihr nach, als sie abfuhr. Ich winkte, solange das Auto zu sehen war, und sagte halblaut vor mich hin: Nein, Marianne, ich habe nichts zu sagen. Ich habe dem kleinen Mädchen nichts zu sagen und dir auch nicht. Es gibt einfach nichts in meinem Leben, was sich zu erzählen lohnt. Gar nichts.

Der sechste Tag des Friedens war kalt.

Eisig kalt, sagte Mutter Jahre später zu mir, und ich war froh, mit deiner bevorstehenden Geburt einen triftigen Grund zu haben, nicht aus dem Haus gehen zu müssen und stattdessen die Hebamme kommen zu lassen.

Seit drei Wochen war das Rathaus der Sitz der Sowjetischen Militärverwaltung für den Landkreis, ein Soldat stand mit einer Maschinenpistole bewaffnet auf dem oberen Treppenabsatz vor dem massiven Eingangsportal, und fast stündlich brachten Soldaten Bürger aus unserer Stadt, vor allem Männer jeden Alters, in das Rathaus. Die zurückkamen, sprachen wenig über das, was im Rathaus passiert war, worüber man sie ausgefragt oder verhört hatte und wie es ihnen gelungen war, mit heiler Haut davonzukommen und nicht irgendwohin zu verschwinden, wie einige andere. Man hatte Respekt und Angst vor der fremden Besatzungsmacht, aber weit mehr war man damit beschäftigt, den Alltag zu bewältigen, irgendwelche Lebensmittel zu besorgen oder einzutauschen, Holz für den Küchenofen zu sammeln, die Schäden am Haus und den Schuppen notdürftig auszubessern und die Blumenstauden im Garten hinterm Haus und in den Vorgärten herauszureißen, um dort Kartoffeln und Rüben anzubauen.

Auf dem Markt vor dem Rathaus und neben der Kirche standen öffentliche Pumpen, uralte, gusseiserne Ungetüme mit gewaltigen Pumpenschwengeln, die man mit aller Kraft mehrmals herunterdrücken musste, ehe endlich das Wasser floss. Eine ganze Woche lang hatte es in der ganzen Stadt kein Wasser gegeben, und jeder hatte sich Tag für Tag mit Eimern und Kannen an einer der beiden Pumpen aufzustellen, und obwohl überraschend schnell wieder Wasser durch die Leitungen floß, bildeten sich immer noch Schlangen an den Pumpen, denn bei einigen Häusern hatten Bomben und Blindgänger die Zuleitungen zerstört, und es konnte Wochen dauern, ehe diese repariert waren. Allerdings war nur die Pumpe hinter der Kirche dicht umlagert, und nur dort gab es gelegentlich Streit und wurde mit Blecheimern um die besseren Plätze gekämpft. Vor der Pumpe auf dem Rathausplatz standen wenige Leute an und Streit gab es dort nie. Die Militärverwaltung in den Amtsstuben, die vor dem Rathaus patrouillierenden, bewaffneten Soldaten mit mongolisch wirkenden, regungslosen Gesichtern ließen es angeraten sein, sich auf diesem Platz möglichst unauffällig zu verhalten oder ihn nach Möglichkeit zu meiden. Allein alte Frauen und Männer sah man dort, sehr alte Frauen und Männer, vermummt in derart abgetragene Kleidung, als hätten sie sich für den Gang auf den Rathausplatz extra kostümiert, und wahrscheinlich hatten sie sich besonders ärmlich angezogen, um keinesfalls aufzufallen. Die jungen Frauen blieben daheim und ließen sich nie auf der Straße sehen, am Tage nicht und in der Nacht schon gar nicht, zumal es eine Sperrstunde gab, die ein jeder akkurat beachtete. Die jüngeren Männer vermieden es, den Besatzungssoldaten unter die Augen zu kommen. Zu viele Gerüchte hatten die Runde gemacht, der und jener soll verschwunden sein, anderen habe man die Wohnung geplündert und einigen, zumal den jüngeren Frauen, sei noch viel Schlimmeres zugestoßen.

Mutter drückte sich sehr unklar aus, und wenn ich nachfragte, sagte sie nur, es war alles schlimm genug, daran erinnere sich keiner gern. Alle, meinte sie, waren damals verängstigt und fürchteten das Kommende. Und das änderte sich auch nicht, als Deutschland kapitulierte. Die Russen behandelten uns nach dem achten Mai wie in den zwei Wochen zuvor, wir waren Feinde für sie, und sie für uns. Keiner traute dem anderen über den Weg. Sie fürchteten Anschläge von verrückten Anhängern der Nazis, von den Werwölfen, einer Organisation von fanatischen Hitlerjungen, die der Bruder von Vaters bewundertem Freund, dem Gebhard Himmler, ein Jahr zuvor gegründet hatte und die noch nach der Kapitulation gegen die siegreichen Armeen der Alliierten kämpfte. Ich glaube, für die russischen Soldaten, für die Rote Armee war jeder Deutsche ein Hitlerist, wie sich der junge Offizier ausgedrückt hatte.

Der Krieg war gottlob überstanden, doch was nun werden solle, wer über das Land und über ihre Stadt bestimme, was mit den Einwohnern passieren würde und welche Strafen die Russen, die Besatzungsmacht, ihnen allen auferlegen würden, keiner wusste es, und in den tollsten Befürchtungen und schrecklichsten Mutmaßungen schienen sich alle übertreffen zu wollen.

Mutter war zu Ende des Krieges hochschwanger. Als Geburtstermin hatte die Hebamme Ende Mai genannt, aber hinzugefügt, in Kriegszeiten sei auf all ihre Berechnungen wenig zu geben, denn wenn irgendwo in der Stadt eine Bombe einschlage oder Artilleriefeuer zu hören sei, könnten die Wehen plötzlich einsetzen. Mutter möge sich daher auf alles gefasst machen. Damals wohnten meine Eltern am Markt, in einem der schönsten Häuser der Stadt, einer wirklichen Villa mit zwei Stockwerken und einer prachtvollen Fassade. Ich habe das Haus später nur von außen gesehen, ich war nie hineingekommen, aber ich hörte in meiner Kindheit viele Geschichten über unser früheres Haus.

Am zweiten Mai kam ein russischer Offizier mit zwei Soldaten ins Haus. Er sei noch sehr jung gewesen, wahrscheinlich erst Mitte zwanzig, klein und stämmig, seine Augen waren kaum zu sehen, es waren winzige Schlitze. Er sprach Deutsch, etwas gebrochen und kehlig, aber verständlich. Laut und herrisch verkündete er die Beschlagnahme der Villa und ordnete die sofortige Räumung an. Zwei Stunden, habe er mehrmals wiederholt und zwei Finger in die Höhe gestreckt, um unmissverständlich zu sein. Als unsere Mamsell Mutter aus ihrem Zimmer holte und der Offizier die hochschwangere Frau sah, soll er verlegen und hochrot geworden sein wie ein Schuljunge. Er habe aufgehört herumzubrüllen, sich für die unumgängliche Beschlagnahmung sogar entschuldigt. Er bat Mutter, innerhalb von zwei Tagen auszuziehen, das sei ein großes Entgegenkommen seinerseits, mehr könne er für die deutsche Frau nicht tun. Als Mutter in Tränen ausbrach und mit beiden Armen ihren runden Leib umschlang, hätte der Offizier sich zu den Soldaten umgedreht und mit ihnen russisch gesprochen. Die Soldaten seien daraufhin aus dem Haus geeilt, und der Offizier habe sich wieder meiner Mutter zugewandt und ihr sehr höflich erklärt, er werde selbst dafür sorgen, dass sie nicht auf der Straße bleiben müsse. Er fragte sie nach ihrer Familie, Mutter sagte, sie habe ein zweijähriges Kind, einen Mann, der noch nicht aus dem Krieg zurückgekommen sei, und es wohnten noch vier weitere Personen im Haus. Das Personal, hatte Mutter gesagt und dann, da der Offizier sie nicht verstand, hinzugefügt, es seien Mitglieder der Familie, die seit Jahren bei ihnen wohnen würden und für die sie zu sorgen habe. Der Offizier habe sie misstrauisch oder überrascht angestarrt. Er bat Mutter, dass jemand aus der Familie ihm das Haus mit all seinen Zimmern zeige. Mutter bot ihm an, selbst mit ihm durch das Haus zu gehen, aber das lehnte er ab. Nein, habe er gesagt und dann hinzugefügt: ein Personal, bitte. Der Gärtner sei mit dem Offizier durch das Haus gegangen, sehr langsam, wie er später erzählte, denn in jedem Zimmer habe sich der Russe Notizen gemacht, er habe wohl aufgeschrieben, was für Möbel in jedem Zimmer stehen, denn sämtliche Einrichtungsgegenstände hätten, wie er gleich bei seiner Ankunft der Mamsell erklärt hatte, im Haus zu verbleiben, eine Mitnahme wäre Diebstahl von Militäreigentum und würde entsprechend bestraft werden. Mutter, die Mamsell und die beiden Mädchen wären in ihre Zimmer gegangen und hätten lange Zeit nur geweint und dann unter Tränen angefangen, ihre Sachen durchzuschauen, um die für jede Person des Hauses erlaubten zwei Koffer zu packen und die Bündel mit den Bettdecken herzurichten, wobei Mutter sich von Jule, dem älteren Hausmädchen, helfen ließ.

Der russische Offizier kam am nächsten Vormittag wieder zu ihnen. Er kam allein, um meiner Mutter mitzuteilen, er habe für sie und ihr Kind in der Bergstraße eine Stube mit Küche und Kammer räumen lassen. Er bitte und verlange, dass sie noch heute die Villa räume, er könne nicht warten. Er würde um drei Uhr am Nachmittag nochmals vorbeikommen, um zu überwachen, was sie und ihr Personal aus dem Haus, das nunmehr Eigentum der Sowjetischen Militärverwaltung sei, mitnähmen. Als Mutter fragte, wo die anderen Mitglieder ihrer Familie unterkämen, habe er sie nur finster angeblickt, nochmals drei Uhr gesagt und sei wortlos hinausgegangen.

Der junge Offizier erschien erst gegen sechs Uhr wieder. Mutter hatte mit der Mamsell, den Mädchen und dem Gärtner in der Villa gewartet. Sie waren ratlos und verwirrt, aber sie wagten es nicht, das Haus allein und entgegen der Aufforderung des Russen zu verlassen, zumal außer dem Gärtner keiner von ihnen wusste, wo er unterkommen könnte.

Der Offizier verlor kein Wort über seine Verspätung. Er kam mit vier Soldaten, begrüßte meine Mutter nicht, sondern starrte sie eindringlich an, ohne ein Wort zu sagen. Als meine Mutter ihn fragte, ob sie ihm etwas anbieten könne, einen Tee oder ein Glas Wasser, blieb er weiter wortlos. Sein Blick war so verachtungsvoll, sagte Mutter, dass ihr fröstelte und sie das Schlimmste erwartete. Sie habe versucht, die unbehagliche Situation aufzulösen, und von der Villa gesprochen, von den Arbeiten, die am Dach dringend zu erledigen wären, leider sei die alte Gewölbedecke des Kellers an mehreren Stellen auszubessern. Der junge Russe schwieg, und nach einer ihr endlos scheinenden Zeit sagte er lediglich: Gerhard Müller. Sie sind die Frau von Gerhard Müller.

Mutter habe es bestätigt, und der Russe habe sie gefragt: Kennen Sie Ihren Mann, diesen Gerhard Müller?

Die Frage schien ihr seltsam und sie habe nur genickt.

Kennen Sie ihn wirklich? Wissen Sie, was er in meiner Heimat und in Polen gemacht hat?

Mutter habe ihm gesagt, dass er von der Front nie etwas erzählte. Er sei in den letzten fünf Jahren sehr selten daheim gewesen, alle halbe Jahre nur und dann auch nur wenige Tage. Er habe sich dann vor allem um seine Fabrik gekümmert und habe mit dem von ihm eingesetzten

Direktor seines Betriebs mehr Zeit als mit ihr verbracht. Von der Front, von dem, was er dort zu tun hatte, habe er zu ihr nie gesprochen. Und sie habe in den letzten Monaten gar nichts mehr von ihm gehört, sie wisse nicht, ob er noch lebe oder ob er in Gefangenschaft geraten sei.

Und das da, das ist sein Kind?, habe er dann gefragt und dabei auf den Bauch meiner Mutter gewiesen. Und als Mutter nickte, sagte er: Ihr Mann, dieser Gerhard Müller, er ist nicht in Kriegsgefangenschaft, wie Sie glauben. Oder wie Sie es mich vielleicht glauben lassen wollen. Diesen Gerhard Müller suchen wir, er kommt vor ein Militärgericht. Ihr Mann ist ein Verbrecher. Ein Kriegsverbrecher. Und er ist einer der schlimmsten. Zeigen Sie mir nun, was Sie aus diesem Haus mitnehmen, Sie und Personal. Und dann gehen Sie. Sie müssen sich selber eine Unterkunft suchen. Die Wohnung, die ich für Sie beschlagnahmen ließ, wurde den Bewohnern zurückgegeben. Ich kann für die Frau von Gerhard Müller keine Wohnung bereitstellen.

Auf alles, was Mutter dann noch von ihm wissen wollte, antwortete er nicht. Immer heftiger forderte er sie und die anderen Hausbewohner auf, ihre Koffer zu öffnen. Mit einem einzigen Wort befahl er den ihn begleitenden Soldaten, sie zu durchsuchen. Aus den Koffern von Mutter und der Mamsell holten sie Briefe heraus, zwei kleine Bündel, das eine mit Gummiband umwickelt und das andere, die Briefe der Mamsell, steckte in einer Pralinenschachtel. Mit einer Kopfbewegung befahl er den Soldaten, die Briefe auf den Tisch zu legen. Als Mutter ihn nach dem Grund fragte und ihm sagte, es seien persönliche Briefe, erwiderte er knapp, es dürfen keinerlei Schriftstücke, ob Akten, Papiere oder Briefe, aus diesem Haus entfernt werden. Lediglich ihre persönlichen Dokumente, den Passport, hätten sie mitzunehmen. Daraufhin wies er ihnen mit einer Handbewegung die Tür.

Mutters Koffer und das Bettenbündel trug der Gärtner aus dem Haus, packte sie auf die hölzerne Schubkarre, die er vorsorglich vor dem separaten Eingang zum Kohlenkeller abgestellt hatte, und kehrte dann ins Haus zurück, um seine eigenen Habseligkeiten zu holen, während Mutter zu ihrem zweijährigen Sohn im Kinderzimmer ging und mit ihm an der Hand das Haus verließ, in dem sie seit ihrer Eheschließung wohnte und das sie in ihrem Leben nie wieder betreten sollte.

Und dass ich gehen durfte, das verdanke ich allein dir, sagte sie mir, ich verdanke dir mein Leben. Du warst mein Glückskind, Junge, denn da ich mit dir hochschwanger war, wagte der russische Offizier nicht, mich abführen zu lassen. Anderenfalls wäre ich gewiss verhaftet worden, und was dann mit mir passiert wäre, daran wage ich nicht zu denken.

Mutter kam bei ihrer Schwägerin Mechthild unter, der älteren Schwester ihres Mannes, die in ihrem Haus wohnte, aber lediglich die Zimmer des Erdgeschosses nutzen konnte, da in der ersten und zweiten Etage seit acht Wochen Flüchtlinge aus Schlesien lebten, die sie auf Geheiß der Stadtverwaltung hatte aufnehmen müssen. Es dämmerte bereits, als Mutter das Haus der Schwägerin erreichte, ihr von der Beschlagnahme ihres Hauses und ihrer Ausquartierung berichtete und sie um ein Zimmer bat. Mechthild hatte sie bei der Ankunft nicht umarmt und ihr auch nicht die Hand gereicht. Die beiden Frauen waren einander seit dem Tag, da sie sich kennenlernten, von der ersten Sekunde an, in gegenseitiger Abneigung verbunden. Anfangs war es vollkommen unbegründet, beide verhielten sich sehr reserviert zueinander und spürten sofort, dass sie sich wenig zu sagen hatten. Mutter vermutete anfangs, dass ihre künftige Schwägerin auf sie eifersüchtig sei, weil sie ihr den Bruder wegnehme, oder dass die unübersehbare Verachtung daran läge, dass die Eltern von Mechthild und Gerhard zwar zu den reichsten Familien der Stadt gehörten und ihr Vater der größte Arbeitgeber am Ort war, meine Mutter dagegen aus großbürgerlichen Verhältnissen kam. Ihr Vater, ein promovierter Jurist und Gerichtsrat am Reichsgericht in Leipzig unter dem Freiherrn von Seckendorff, sollte am Ende des Ersten Weltkriegs in den Adelsstand erhoben werden, was er als unvereinbar mit seiner demokratischen Gesinnung zurückwies. Aufsehen über das Reichsgericht hinaus erregte er, da er jene Kollegen und Honoratioren, die diese Ehrungen des abdankenden Kaisers entgegennahmen, verachtungsvoll als den »deutschen Bahnhofsadel« kennzeichnete, denn sie hatten den Titel vom abreisenden Monarchen im letzten Moment und gewissermaßen auf dem Bahnsteig empfangen.

Nach der Abdankung Wilhelms II. wurde der Großvater Erster Staatssekretär bei Adam Stegerwald, der nach dem Weltkrieg preußischer Ministerpräsident war, später Reichsverkehrsminister und dann bis zum Beginn der Nazizeit Reichsarbeitsminister. Dieser Großvater war Abgeordneter der Zentrumspartei, der seine Frau und seine drei Töchter vergötterte und verwöhnte. Mit allergrößtem Misstrauen begegnete er den jungen Männern, die in seinem Haus erschienen und sich um die Hand seiner Töchter bewarben. Als meine Mutter siebzehn Jahre alt war und ihrem Vater den jungen erfolgreichen Geschäftsmann Gerhard Müller vorstellte, der der Besitzer und Chef der Vulcano-Werke in G. war und den sie in den Schweizer Bergen kennengelernt hatte, ließ sich ihr

Vater von dem befreundeten Innenminister ausführlich über diesen Gerhard Müller unterrichten. Meine Mutter entdeckte zu ihrem Entsetzen Kopien von Personalakten ihres Freundes und künftigen Ehemannes auf dem Nachtschränkchen ihres Vaters und machte ihm daraufhin bitterste Vorwürfe. Ihr Vater war gegen die Heirat seiner Tochter mit diesem Gerhard Müller, der für ihn ein neureicher Emporkömmling, Parvenü und Raffke war, aber um die Tochter nicht zu verlieren, willigte er schließlich ein und richtete im Februar 1933 eine großartige Hochzeitsfeier aus. Zwei Monate später verlor er alle Ämter, wurde im Juni desselben Jahres von einem Trupp Nationalsozialisten tätlich angegriffen, eine Untersuchung dieses Vorfalls wurde von der Berliner Polizei abgelehnt, man sprach von einem selbstverschuldeten Unfall. Mutters Eltern verließen Berlin und zogen nach Vorarlberg, in ein Dorf in der Nähe von Bregenz. Ihren Schwiegersohn Gerhard Müller besuchten sie nie, er kam nie zu ihnen, allein Mutter reiste zu den alternden Eltern und bemühte sich, ihnen zu helfen und sie finanziell zu unterstützen, was sie hinter dem Rücken ihres Ehemannes tun musste, da er sich weigerte, mit Personen zu verkehren oder ihnen gar behilflich zu sein, die der neuen Bewegung ablehnend oder feindlich gegenüberstanden.

Auch Gerhard Müllers Schwester, meine Tante Mechthild, mied den Umgang mit Mutters Familie und machte keinen Hehl aus ihrer Abneigung gegenüber meiner Mutter. Das Verhältnis der beiden Frauen zueinander besserte sich nie, man ging sich, soweit es nur möglich war, aus dem Weg. Als Ehefrau von Gerhard Müller, dem Juniorchef und späteren Direktor der Müller'schen Gummiwerke Vulcano, war sie in der Stadt geachtet und wurde mehr geschätzt als Gerhards Schwester Mechthild, die nie geheiratet hatte und allein von dem väterlichen Erbe lebte. Die Tante fühlte sich daher benachteiligt, was sich immer wieder bestätigte, zuletzt, als der Bürgermeister in ihr Haus Flüchtlinge einwies, die größere Villa ihres Bruders vor einer solchen Invasion aber verschonte.

Als nun die gleichermaßen beneidete wie verachtete Schwägerin mit einem Kind an der Hand und einem weiteren im Bauch vor ihrer Tür stand und Einlass begehrte, war ihr augenblicklich klar, sie konnte ihre Schwägerin nicht abweisen, wenn sie sich nicht Verleumdungen der Mitbürger aussetzen oder den Zorn ihres Bruders erregen wollte, der irgendwann in seine Heimatstadt zurückkommen würde. Auch war es wahrscheinlich, dass der Bürgermeister die wohnungslose, schwangere Frau kurzerhand bei ihr als der einzigen Verwandten im Ort einweisen würde. Keinesfalls jedoch wollte sie die verhasste Person in ihrer nun sehr verkleinerten Wohnung unterbringen, wo sie sich tagtäglich sehen mussten.

Sie ließ die Schwägerin mit dem Kind ins Haus, sagte dem Gärtner, er möge die Koffer im Hausflur abstellen, und hieß die unerwünschten Gäste in der Küche Platz nehmen. Dann ging sie in den zweiten Stock, um der dort zwangsweise eingewiesenen vierköpfigen Familie eines Breslauer Gymnasiallehrers, der in einem englischen Kriegsgefangenenlager festgehalten wurde, mitzuteilen, die Stadt quartiere weitere Obdachlose bei ihr ein und die Familie habe daher eins der beiden Zimmer zu räumen. Auf die Proteste und Klagen der schlesischen Frau und der halbwüchsigen Kinder ging sie mit keinem Wort ein und erklärte lediglich, die neuen Flüchtlinge seien bereits unten im Hausflur. Die Betten im Zimmer müssten also umgehend in den Nachbarraum geräumt werden, in einer halben Stunde werde sie die Leute in ihr Quartier schicken. Sie sah dabei auf ihre Armbanduhr und ging ohne ein weiteres Wort hinunter, um der Schwägerin zu sagen, dass ein Zimmer im oberen Stock für sie fertiggemacht werde, mehr könne sie ihr leider nicht anbieten, es seien einfach zu viele Leute in ihr Haus gekommen. Sie kochte meiner Mutter einen Tee und hörte sich mit kaum verhohlener Schadenfreude an, was diese ihr über die Beschlagnahme des Hauses erzählte.

Dass ihr Bruder als Kriegsverbrecher gesucht werde, schien sie nicht zu überraschen, und Mutter fragte sie daher, ob sie wisse, wieso der russische Offizier Gerhard als einen der schlimmsten Kriegsverbrecher bezeichnet habe. Mit einem bösen Grinsen sagte die Schwägerin lediglich, bei Gerhard würde sie sich über gar nichts wundern. Ihr Bruder habe den Hals nie voll bekommen, und dafür sei ihm jedes Mittel recht gewesen, dass müsse sie, seine Frau, doch wissen. Sie habe es ja miterlebt, wie er die eigene Schwester bei der Erbschaft ausgetrickst habe.

Nein, ich habe es nicht gewusst, sagte Mutter zu uns, nichts wusste ich, gar nichts. Mit mir hat euer Vater nie über seine Geschäfte gesprochen. Das überlass mir, meine Kleine, darum musst du dich nicht kümmern, das war stets seine Antwort, wenn ich ihn fragte. Ich wusste nichts über seine Firma, er erlaubte mir nicht einmal, das Firmengelände zu betreten. Das war tabu für mich. Das Haus und die Kinder, dafür hatte ich zu sorgen, und alles andere war sein Reich, in dem ich nichts zu sagen und nichts zu suchen hatte. Ich hatte keine Ahnung davon, wie er das Erbe seines Vaters an sich gerissen und mit Hilfe eines Anwalts seine Schwester aus der Firma hinausgedrängt hatte. Ich hatte keinen Überblick über seine finanzielle Lage, wusste nicht, wie viel Geld er besaß und wie viele Schulden er hatte. Ich hätte noch nicht einmal genau sagen können, was seine Firma alles produziert und wen sie beliefert. Immer wieder hörte ich, das überlass mir, meine Kleine, darum musst du dich nicht kümmern. Und dass er neben seiner Firma, direkt auf den Flutwiesen ein Kriegsgefangenenlager bauen ließ, davon hat er mir kein Wort gesagt, das habe ich in der Stadt gehört, das bekam ich bei einem Einkauf erzählt. Und was das für ein Lager werden sollte, es ist ja gottlob nicht mehr fertig geworden, das wurde mir erst nach dem Krieg klar. Das hat mir dann jener russische Offizier gesagt, der unser Haus beschlagnahmte und mich später zu drei Verhören ins Rathaus abholen ließ. Er zwang mich auch, mir das Lager anzusehen, das Kriegsgefangenenlager. Das Konzentrationslager, wie der Offizier sagte. Er hatte die Unterlagen aus der Firma, er hat mir die Briefe, Bestellungen und Rechnungen gezeigt, mit denen er beweisen konnte, was in der Firma für wen tatsächlich hergestellt worden war. Und auch, was das für ein Kriegsgefangenenlager werden sollte auf der Flutwiese. Es waren auch Briefe von Gebhard Himmler dabei. Gebhard Himmler war ein Freund eures Vaters, und er hat ihn mehrmals besucht, meistens fuhr er in die Firma, und ich habe ihn nicht gesehen und es erst hinterher gehört. Und erzählt hat mir von seinem Besuch nicht euer Vater, sondern die Leute auf der Straße sprachen darüber, denn wenn Gebhard Himmler in unserer Stadt erschien, war das unübersehbar. Er kam stets mit einer kleinen Kolonne von Staatskarossen, schließlich war er der Bruder von dem allmächtigen Heinrich Himmler und selber ein großes Tier. Als er einmal sogar mit Fritz Todt zu eurem Vater reiste, kamen sie in unser Haus, die beiden haben bei uns gegessen, und ich habe sie kennengelernt. An diesen Tagen lief euer Vater auch daheim in seiner Uniform umher. Er hat die Uniform immer gern getragen, den Gesellschaftsanzug, wie er sagte. Ein schwarzer Zweireiher mit Schulterstücken, mit weißer Fliege und weißer Weste, an der Hose waren weiße Streifen. Auch in der Firma trug er sie, da ging er stets in seinem Gesellschaftsanzug. Erst aus den Papieren und den Briefen, die mir der russische Offizier zeigte, erfuhr ich, was euer Vater wirklich gemacht hat und was er geplant hatte, das war darin alles mehr als deutlich zu ersehen.

Ich war zehn, als Mutter es mir mitteilte. Als sie uns zum ersten Mal erzählte, mir und meinem zwei Jahre älteren Bruder Gunthard, warum wir Boggosch heißen und nicht Müller.

Gunthard und ich hatten zuvor einiges gehört, von den Schulkameraden, von den Nachbarn. Manchmal kam auch eine versteckte und sehr bissige Bemerkung von Herrn Siebert, unserem Deutschlehrer, der früher gelernter Schlosser war und drei Jahre nach dem Krieg in wenigen Monaten zum Neulehrer umgeschult wurde, da mehrere ältere Lehrer als Nazis galten, die keinesfalls weiterhin die Jugend unterrichten sollten und entlassen worden waren. Die Stadtverwaltung suchte unbelastete Lehrkräfte und delegierte einige ausgesuchte Frauen und Männer für sechs Monate in die Kreisstadt, wo sie in einem Lehrgang für Neulehrer in der pädagogischen Wissenschaft und einem Spezialfach unterrichtet wurden, um anschließend in die Stadt zurückzukommen und ihre neue Tätigkeit an der Schule aufzunehmen. Es waren zumeist ältere Sozialdemokraten und Kommunisten, die die Nazizeit im Gefängnis oder im Ausland überlebt hatten. Herr Siebert war mit neunzehn Jahren ins Gefängnis gekommen, zwei Monate nachdem er seine Schlosserlehre beendet hatte. Ein Jahr später kam er in die Stadt zurück, arbeitete vier Jahre in der Werkstatt des städtischen Fuhrparks und wurde drei Jahre später erneut verhaftet. Er kam in das Konzentrationslager Dora-Mittelbau, wo er bis zum Kriegsende inhaftiert war und arbeiten musste. Am vierzehnten April, genau einen Monat vor meiner Geburt, war er in seine Heimatstadt zurückgekehrt, war zwei Jahre in der neuen Stadtverwaltung tätig, bevor er in wenigen Monaten zum Deutschlehrer ausgebildet wurde. Als ich in die erste Klasse kam, war er mein Klassenlehrer. Er musste wohl meinen Vater persönlich gekannt haben, jedenfalls deutete er es an, und in den ersten beiden Jahren rief er mich manchmal mit dem Namen Konstantin Müller auf. Ich blieb sitzen, nicht aus Trotz, sondern weil mir dieser Name einfach unvertraut war und ich mich nicht angesprochen fühlte. Daraufhin lächelte er mich seltsam an, mir schien es ein bösartiges und einschüchterndes Lächeln zu sein, verbesserte sich und rief mich mit meinem Namen Konstantin Boggosch auf.

Mein Bruder und ich hörten nur Andeutungen über das Tun und Lassen unseres Vaters, keiner in der Stadt sprach direkt von ihm. Es gab Anspielungen, kleine Bemerkungen, lächelnd oder höhnisch, dann verstummte man vielsagend. Wir begriffen, dass es irgendein Geheimnis um ihn geben musste, weil keiner uns etwas über ihn sagen wollte oder unsere Fragen beantwortete. Dieser unbekannte Vater wuchs sich zu einem Phantom aus, das uns beide, Gunthard und mich, ängstigte. Aber dieses Gespenst war unser Vater, der geheimnisumwitterte Mann gehörte zu uns, und der uns beunruhigende Respekt aller Leute vor ihm, eine Achtung aus Furcht und Bewunderung, Hass und Verehrung, machte ihn für uns auch zu einem beschützenden Geist.

Dieser nichtexistierende Mann war ein Allgewaltiger, der auch als Toter noch in der Stadt vorhanden war und in ihr herrschte. Wir waren die Söhne von einem einst mächtigen Mann der Stadt, der nicht allein als der größte Arbeitgeber am Ort Ansehen besaß oder gefürchtet war und als Besitzer und Direktor eines Werkes, das nach dem Krieg von den Russen geschlossen und ausgeschlachtet wurde, sämtliche Maschinenanlagen der Fabrik wurden innerhalb von zwei Wochen abtransportiert, und zwei Jahre später wurde das gesamte Firmengelände samt allen verbliebenen Resten von Vaters Firma durch ein Gesetz der sächsischen Landesverwaltung entschädigungslos enteignet. Unser Vater war darüber hinaus als Offizier der Wehrmacht und als Freund oder Helfershelfer des Reichsministers für Bewaffnung und Munition und seiner engsten Mitarbeiter auch noch nach seinem Tod und nach Kriegsende von einigen Mitbürgern geachtet, während viele ihn hassten und über ihn schimpften.

Gunthard und ich waren und blieben seine Söhne über seinen Tod hinaus, wir blieben seine Kinder und waren wie von einem Muttermal gezeichnet mit dem Vatermal seines entschwundenen Reichtums und seiner Verbrechen. Über seinen Besitz wussten wir Bescheid, noch jahrelang gab es verschiedene Hinweise in der Stadt auf seine Fabrik, Straßenschilder, Wegzeichen, Inschriften, und die Leute redeten darüber, denn viele von ihnen waren dort einst beschäftigt gewesen, aber über seine Aktivitäten im Krieg, seine Beziehungen zu hohen Nazigrößen wie Todt und Gebhard Himmler sprach man nicht, obwohl jeder in der Stadt andererseits behauptete, die beiden gesehen zu haben, als sie Vater besucht hatten.

Und das Rätsel blieb für uns und wuchs und wurde

größer und belastender. Für mich jedenfalls. Gunthard kam leichter damit zurecht. Er zuckte nicht zusammen, wenn jemand unseren Vater erwähnte, sondern lächelte zufrieden. Ihm schien es zu gefallen, dass die Leute immer noch Angst und Respekt vor seinem Vater hatten, und er tat so, als könne er sich gut an ihn erinnern und als habe er sich über wichtige Dinge mit ihm unterhalten, was lächerlich war, denn er war zwei Jahre alt, als man unseren Vater henkte, und in diesen zwei Jahren hatte er ihn vielleicht vier- oder fünfmal gesehen und kann kaum eine Erinnerung an ihn haben.

Gunthard gefiel es, dass er im Licht oder vielmehr im düsteren, bedrückenden Schatten seines Vaters stand und er für die Leute der Nachfahre dieses gefürchteten Mannes war, während es mich belastete. Ich fürchtete diesen Mann, meinen Vater, den ich nie gesehen hatte und von dem ich nicht einmal eine Fotografie besaß. Ich träumte von ihm, und das waren Träume von einem Gesichtslosen. Ein unerkennbarer Mann betrat in meinen Träumen das Zimmer, in dem ich und mein Bruder schliefen. Er kam an mein Bett und legte seine Hand auf meine Augen und die Stirn. Ich zitterte, denn die Hand auf meinem Kopf wirkte nicht menschlich, sie war nicht warm und schmiegte sich nicht an mein Gesicht, sondern war eine kalte, metallene Maske, die mich, obwohl sie meine Augen verschloss, blendete. Ich fürchtete, diese Hand würde sich über Mund und Nase legen, und ich rang nach Atem. Der Mann nahm die Hand weg und stand neben meinem Bett. Ich glaubte, er würde mich anschauen, aber sein Gesicht war nicht zu sehen. In dem dunklen Zimmer war die Gestalt nur in Umrissen auszumachen, es war eine gespenstische, schwarze Figur in dem lichtlosen, nächtlichen Zimmer. Der Mann nannte meinen Namen. Konstantin, flüsterte er, Konstantin. Konstantin. Konstantin. Ich rührte mich nicht und starrte nur gebannt auf das schwarze Gebilde in der Dunkelheit. Ich starrte, bis sich der Spuk auflöste, die Schreckgestalt verschwunden war und ich mich langsam aus meiner Stocksteife löste.

Mein unbekannter Vater beunruhigte mich und machte mir Angst.

Ich hatte Schulkameraden, deren Väter gefallen oder in Gefangenschaft geraten waren und noch Jahre nach Kriegsende nicht nach Hause kamen. Wenn sie von ihren Vätern sprachen, dann immer sehnsuchtsvoll. Sie warteten voll Ungeduld auf die Heimkehr und waren überzeugt, dass ihr Leben dann leichter werden würde und sie nie wieder Ungerechtigkeiten in der Schule und daheim erleiden müssten. Wenn ihre Väter endlich zu ihnen zurückgekommen wären, würde alles besser werden, alles. Ich dagegen hoffte inständig, dass er wirklich tot war und nicht eines Tages an unserer Tür klingelte und seine Rechte einforderte. Ich wusste wenig von ihm, ich wusste in Wahrheit gar nichts, ich kannte nur die Gerüchte, die in der Stadt und in der Schule umliefen, und die wenigen unklaren Andeutungen, die man gelegentlich mir gegenüber machte, um dann rasch und bedeutungsschwer zu verstummen.

Mutter sprach nicht über ihren Ehemann, unseren Vater. Sie wehrte unsere Fragen ab, gab vor, nichts mehr von ihm zu wissen, alles vergessen zu haben. Sie wollte uns nichts von ihm erzählen. Wir verstanden nicht, dass Mutter schwieg und uns nichts über ihn sagen wollte. Nicht einmal Fotos habe sie von ihrem toten Mann, erklärte sie, die Alben mit den Bildern seien alle am Ende des Krieges und bei den mehrfachen Umzügen danach verloren gegangen. Wenn wir sie baten oder gar drängten, uns etwas über den Vater zu erzählen, wurde sie unwirsch und meinte, es sei besser, dass wir ihn nicht mehr kennengelernt haben, denn er sei kein guter Mensch gewesen, es sei für alle besser, dass er nicht mehr aus dem Krieg zurückgekommen sei.

Am dritten Januar, zwei Tage bevor die Schule wieder begann, Gunthard war damals dreizehn Jahre alt und ich war elf, erzählte Mutter uns zum ersten Mal etwas von Vater. Das Weihnachtsfest war in gedrückter Stimmung verlaufen. Gunthard hatte sich ein Fahrrad gewünscht und, obwohl Mutter uns bereits Wochen zuvor gesagt hatte, dass sie dafür kein Geld habe, bis zur Bescherung gehofft, er bekomme zu Weihnachten ein Rad. Als Mutter uns ins Weihnachtszimmer rief und wir unseren Geschenktisch sahen, rannte Gunthard laut aufheulend aus dem Zimmer und weigerte sich den ganzen Abend zurückzukommen. Er schrie, er wolle nichts von den Geschenken haben, gar nichts, und er wolle nie wieder etwas von Mutter geschenkt bekommen. An beiden Weihnachtsfeiertagen weigerte sich mein Bruder, mit Mutter zu sprechen, er kam nur zu den Mahlzeiten ins Wohnzimmer, setzte sich an den Tisch und stocherte in seinem Essen herum, ohne Mutter anzusehen. Mutter erklärte uns beiden zum wiederholten Male, dass sie nur wenig Geld verdiene und Mühe habe, uns alle durchzubringen, Gunthard schwieg verbissen. Ich war von den Weihnachtsgeschenken auch enttäuscht, aber ich hatte Mitleid mit Mutter und ärgerte mich über meinen Bruder, weil er mir die ganzen Weihnachtsferien mit dieser Stimmung versaut hatte.

Am dritten Tag im neuen Jahr, als Mutter klagte, sie wisse nicht, wie sie neue Winterschuhe für uns kaufen solle, sagte Gunthard beim Abendbrot zu Mutter: Wir waren einmal reich. Richtig reich. Das stimmt doch, oder?

Ja, bestätigte meine Mutter knapp.

Und das Bunawerk, das gehörte Vater? Das gehörte einmal uns?, fragte mein Bruder.

Mutter nickte.

Damals hieß es »Vulcano«, nicht wahr? Das Gummiwerk »Vulcano«, das Vater gehörte? Die Müller'schen »Vulcano-Werke«?

Als Mutter wieder nickte, fügte er verbittert hinzu: Und jetzt sind wir richtig arm. Jeder in meiner Klasse hat ein eigenes Zimmer und jeder hat ein Fahrrad. Jeder! Nur ich nicht. Die Russen haben uns alles weggenommen.

Ja, dein Vater war reich, er war sehr reich, sagte Mutter, aber vielleicht ist es besser so. Die Fabrik wurde uns weggenommen, dein toter Vater verlor alles, was er besaß. Enteignet wurde er allerdings nicht von den Russen. Die haben damals die gesamte Werkanlage nach Russland abtransportiert als Strafe für das, was dein Vater im Krieg angerichtet hatte. Enteignet wurden wir erst zwei Jahre später, dafür wurde im Landtag ein Gesetz eingebracht, und ein Jahr danach begann die Wiederherstellung der Fabrik, wurde das Latexwerk aufgebaut, was dann später Buna übernahm, als diese Werksanlage von den Sowjets zurückgegeben und volkseigen wurde. Dein Vater war sehr reich, Gunthard, das ist richtig, aber ich habe mich gegen die Enteignung nicht gewehrt. Ich habe sie verstanden. Die Enteignung war unrecht, gewiss, aber davor, das war mehr als unrecht. Jedenfalls bin ich damit zufrieden.

Ich nicht, erwiderte mein Bruder, ich finde das ungerecht. Mehr als ungerecht.

Und du, Konstantin?

Ich hätte auch gern ein eigenes Zimmer. Und ich möchte einen Vater haben. Ein eigenes Zimmer und einen eigenen Vater.

Ich weiß, mein Kleiner.

In meiner Klasse werden alle, die keinen Vater haben, belächelt und herumgeschubst. Wie die aus dem Waisenhaus. Die glauben, mit uns kann man alles machen, weil es keinen gibt, vor dem sie Angst haben müssen und der sie zurechtstaucht.

Ich kann das nicht ändern, Junge. Dein Vater ist tot, er wird nicht mehr zurückkommen. Er ist im Krieg geblieben wie so viele Männer. Er hat dich nie gesehen, du hast ihn nie gesehen. Ich weiß, dass du deinen Vater vermisst, oder vielmehr, dass du einen Vater vermisst. Du tust mir sehr leid, Konstantin, aber das ist der Krieg.

Ich weiß nicht einmal, wie er gefallen ist oder wo.

Ich weiß das auch nicht genau, sagte Mutter.

Er ist nicht im Krieg gefallen, und das weißt du auch, schrie Gunthard plötzlich, du lügst, Mutter. Du hast uns immerzu angelogen.

Was redest du denn da? Wie kommst du denn darauf?

Ich weiß alles über Vater. Er wurde umgebracht. Er ist nicht im Krieg gefallen und nicht an der Front. Die Polen haben ihn umgebracht. Die haben ihn ermordet, das weiß ich ganz genau.

Wer sagt denn so etwas?

Ich weiß es von Onkel Richard.

Von Richard? Was weißt du denn von Richard? Hat er mit dir gesprochen?

Nein, er hat mir einen Brief geschrieben. Er hat mir geschrieben, weil du nichts von ihm wissen willst und auf seine Briefe nicht antwortest. Dir hatte er alles mitgeteilt, die ganze Wahrheit, und weil du ihm nie geantwortet hast, hat er mir geschrieben. Er hat den Brief an Tante Mechthild geschickt, weil er befürchtete, du würdest ihn einkassieren, bevor ich ihn lesen kann. Und jetzt weiß ich alles über Vater. Und ich weiß auch, dass du alles über ihn wusstest und es uns nur nicht sagen willst. Man hat Vater umgebracht, und das war großes Unrecht. Das war ein Verbrechen. Das war Kriegsgräuel, das ist amtlich festgestellt worden. Von einem richtigen Gericht. Vater war ein deutscher Offizier und die Polen haben ihn umgebracht, bloß weil er ein Deutscher war und in der Armee gekämpft hat, was seine Pflicht als Deutscher war. Das hat mir alles Onkel Richard geschrieben. Er hat mir sogar das Gerichtsurteil geschickt, in dem festgestellt wurde, dass Vater zu Unrecht gehängt wurde. Alles war schlimmste Siegerjustiz und rechtswidrig und Kriegsgräuel, so steht es in dem Urteil.

Das hat dir Onkel Richard geschrieben?

Ja, und er hat mir Fotokopien von den Dokumenten geschickt, die habe ich alle. Er hat mir alles geschickt. Es war ein Verbrechen. Die Ermordung von Vater und dass man ihm alles weggenommen hat. Das ist alles Unrecht und Siegerjustiz, hat er geschrieben. Die ihn verurteilten und aufgehängt haben, waren Verbrecher. Und du hast alles längst gewusst, und du wolltest es uns verheimlichen. Und er hat auch geschrieben, dass er gerne mit uns, mit mir und Konstantin, Kontakt hätte, uns gerne etwas schenken würde, sogar jedem ein Fahrrad, aber du willst es nicht. Und nur, weil du dagegen bist, weil du nicht willst, dass unser Onkel uns etwas schenkt, haben wir keine Räder. Du willst von ihm und seiner Familie nichts wissen. Du antwortest nie, und alles, was Onkel Richard für uns und Vater getan hat, das ist dir egal. Ohne Onkel Richard wäre gar nicht herausgekommen, dass man ihn ermordet hat. Das hat alles er allein erreicht. Du hast für Vater gar nichts getan. Du verschweigst ihn. Gar nichts sollen wir von ihm wissen. So, als ob er gar nicht gelebt hätte. Und darum heißen wir auch nicht mehr Müller, weil du das nicht wolltest. Du wolltest alles verheimlichen und auslöschen. Onkel Richard meinte, es sei so, als wolltest du seinen Bruder, unseren Vater, noch einmal ermorden. Du willst nicht, dass sich irgendjemand an ihn erinnert. Auch wir nicht. Aber er ist mein Vater.

Seit wann weißt du das, Gunthard? Wann hat dir der Onkel diesen Brief geschrieben?

Voriges Jahr. Nach den Sommerferien gab mir Tante Mechthild den ersten Brief von Onkel Richard. Seitdem schreibe ich ihm, und immer über die Adresse von Tante Mechthild. Sie weiß auch alles, und mit ihr kann ich auch über Vater sprechen. Mit dir kann man ja nicht reden. Du lügst uns an. Du lügst und lügst.

Und warum hast du mir nichts davon gesagt? Warum hast du mir verheimlicht, dass du an Onkel Richard Briefe schreibst?

Und warum verschweigst du mir alles von Vater? Du hast immer gesagt, er sei im Krieg gefallen, und das stimmt gar nicht. Er wurde ermordet, und da war der Krieg längst vorbei und eigentlich Frieden.

Und du, Konstantin? Hast du auch Kontakt mit Onkel Richard? Schreibst du ihm auch?

Nein. Mir hat er nie geschrieben. Und Gunthard hat mir auch nie davon erzählt. Ich habe einmal einen Brief von Onkel Richard gesehen, ganz zufällig, weil er herumlag, aber da hat Gunthard nur gesagt, ich würde fantasieren und ich solle das Maul halten und keinem etwas davon sagen. Vor allem dir nicht, sonst würde es eine Abreibung geben.

Wir hatten Abendbrot gegessen und saßen noch am Küchentisch, als Gunthard uns sagte, dass er hinter Mutters Rücken mit Onkel Richard Kontakt aufgenommen und alles über Vater in Erfahrung gebracht hatte. All das, worüber Mutter jahrelang nicht sprechen wollte, nicht mit uns, nicht mit Tante Mechthild, mit keinem Menschen. Gunthard hatte sie angeschrien und ich dachte, sie würde ihn ins Bett schicken oder ihm eine runterhauen, aber sie saß nur hilflos am Tisch, blass und in sich zusammengesunken. Sie sah uns an, ohne uns wahrzunehmen. Als ich sie ansprach, reagierte sie nicht. Sie schaute mich zwar an, aber ich spürte, dass sie mir nicht zuhörte, mich nicht wahrnahm. Erst als Gunthard sie wütend anschrie, Onkel Richard habe recht, sie würde unseren Vater nochmals umbringen, richtete sie sich auf und sagte: Na schön, Gunthardt, dann hör mir zu. Hört beide zu.

Und zum ersten Mal erzählte sie uns von unserem Vater, und sie ließ sich von Gunthard nicht unterbrechen, der wütend und mit zusammengekniffenen Lippen am Tisch saß und immer wieder einwandte, dass er von Onkel Richard andere Geschichten über seinen Vater gehört habe, völlig andere Geschichten, und was Mutter erzähle, sei Propaganda der Russen und Polen, die der deutschen Armee die Ehre nehmen wollen. Wann immer er Mutter unterbrechen wollte, sagte sie ruhig und bestimmt: Hör zu, Gunthard, plappere nicht nach, was dir dein Onkel erzählt hat. Er war auch nicht viel besser, und darum ist er bei Kriegsende hier schnell verschwunden. Hör zu, was ich dir zu sagen habe. Es ist schlimm genug, aber ihr beide müsst es erfahren. Ihr seid alt genug und durch Onkel Richards Briefe ist es höchste Zeit, dass ich es euch sage.

Und sie erzählte und erzählte, bis ich Mühe hatte, am

Tisch die Augen offen zu halten, obwohl ich nichts verpassen wollte, und Mutter uns beide ins Bett schickte.

Ich weiß gewiss nicht alles über meinen Mann, über euren Vater, begann sie, denn mir hat er nie etwas erzählt. Er war Tag und Nacht in der Fabrik, er war mit seinen Vulcano-Werken verheiratet, nicht mit mir. Und je erfolgreicher er war, desto seltener sah ich ihn. Plötzlich lief er nur noch in seiner eleganten Uniform herum, fuhr jeden Monat nach Berlin, sprach dort mit hohen Beamten. Er hatte neue Freunde, wichtige Männer. Mit den Leuten in der Stadt hatte Vater kaum Kontakt, und wenn, dann nur noch von oben herab. Ich weiß noch, er hatte einen Klassenkameraden aus der Grundschulzeit, mit dem war er eng befreundet, und wir luden uns gegenseitig ein. Mindestens einmal im Monat waren wir bei den Grünsteins zu Gast oder sie bei uns. Und dann war das plötzlich vorbei. Er lud sie nicht mehr ein, und wenn sie bei uns anfragten, hatte er nie Zeit. Und ich sollte sie auch nicht treffen, er wollte es nicht. Die Ilse Grünstein traf ich manchmal in der Stadt, wir verstanden uns gut, sie war immer sehr herzlich zu mir. Mir war es peinlich, wenn ich sie traf, weil wir sie nicht mehr zu uns einluden und auch nicht zu ihnen gingen, aber Ilse verlor kein Wort darüber, und ich sprach es auch nicht an. Nur einmal sagte sie etwas zu mir, worüber ich lange nachdachte. Ich weiß noch, ich kam aus dem Hutgeschäft am Markt und stieß direkt auf Ilse. Ich grüßte sie freundlich und erklärte, dass ich leider keine Zeit für einen Schwatz habe, ich hätte es sehr eilig. Und da erwiderte sie: Ach, weißt du, Erika, wir sind keine Juden, es gibt auch Grünsteins, die keine Juden sind, das wurde von den Behörden lange und sehr genau geprüft. Jetzt haben wir es schriftlich, wir sind arisch. Als ich das ein paar Tage später eurem Vater sagte, lachte er nur und sagte, dies wisse er längst und das mag so sein, aber er wolle nicht einen Grünstein im Haus haben, wenn er seine Freunde empfängt. Erika, sagte er, das Gerücht war schon immer größer als die Wahrheit, und die Vorsicht ist die Mutter der Porzellankiste. Und dann lachte er boshaft. Mehr wollte er mir nicht sagen.

Als der Krieg begann, war er kaum noch hier. Er hat dich vielleicht vier oder fünf Mal gesehen, Gunthard. Er war bei deiner Geburt nicht da, und er kam nur noch zwei Mal im Monat nach Hause. Aber eigentlich kam er nur, um seine Vulcano-Werke zu kontrollieren. Er reiste am Vormittag an, blieb eine Stunde im Haus, wobei er die meiste Zeit in seinem Arbeitszimmer saß. Dann ließ er sich zu den Vulcano-Werken fahren und verbrachte den ganzen Tag mit Onkel Richard, den er zu seinem Stellvertreter ernannt hatte, und mit den Direktoren und dem Buchhalter. Spätabends erschien er wieder daheim, schaute zu dir ins Zimmer und hatte dann eine Stunde Zeit für mich, eine Stunde, in der er mir vor allem Aufträge erteilte, die er sich notiert und die ich mir aufzuschreiben hatte, um keinen zu vergessen. Und am nächsten Morgen, meistens gegen sechs, erschien sein Fahrer, der ihn nach Berlin fuhr oder nach Danzig oder wohin auch immer. Auch darüber verlor er mir gegenüber kein Wort. Bevor er abreiste, ging er in dein Zimmer, weckte dich, nahm dich auf den Arm und küsste dich, und du weintest, weil du vor dem wildfremden Mann Angst hattest.

Du hast keine Erinnerungen an deinen Vater, Gunthard, die kannst du nicht haben. Und die Dokumente, von denen du sprichst, ich habe sie auch gesehen, die Papiere, die Onkel Richard gesammelt hatte. Mir wurden allerdings auch andere Papiere gezeigt. Briefe und

Verträge eures Vaters. Von diesen Schriftstücken will euer Onkel Richard nichts wissen, er wollte sie nicht einmal ansehen. Alles Fälschungen, sagte er, alles Lügen und Unterstellungen, von den Russen und Polen gefälscht. Die Briefe und Verträge eures Vaters wurden unmittelbar nach dem Krieg, noch im Mai, in seinem Arbeitszimmer im Werk und bei uns zu Hause beschlagnahmt. Sie wurden mir vorgelegt, als man mich vernahm. Das war keine angenehme Zeit für mich, sowohl wegen der Behandlung durch die russischen Offiziere – für sie war ich nicht nur die Ehefrau eines Kriegsverbrechers, sie gingen anfangs davon aus, ich sei in alles eingeweiht und eine Helfershelferin eures Vaters – als auch wegen der Schriftstücke, die sie mir vorhielten und die ich zum ersten Mal sah.

Es war seine Handschrift, das sah ich sofort. Wie hätten die Russen das fälschen können, drei Wochen nach dem Krieg? Und woher hätten sie etwas von einem Arbeitslager wissen können? Das hatte euer Vater mit Herrn Todt und mit Gebhard Himmler geplant, mit dem zusammen er ein Jahr vor Kriegsende anfing, die Anlage im Ranenwäldchen bauen zu lassen, das Hauptgebäude und die Baracken mit dem zweifachen Lagerzaun. Das Ranenwäldchen gehörte früher einmal zum Schloss, euer Vater hatte es vier Jahre zuvor ersteigert. Damals sagte er, er wisse noch nicht, was er mit dem Wald machen werde, er habe es gekauft, weil in Kriegszeiten Grund und Boden die einzige sichere Geldanlage sei. Und zudem läge das Ranenwäldchen nicht zu weit weg von seinen Vulcano-Werken, vielleicht wolle er nach dem Krieg das Werk erweitern oder eine zweite Fabrik aufbauen, das alles werde sich finden, wenn das Reich zur Ruhe komme und stabil sei, ich müsse mich nicht darum kümmern. Und bald darauf begann er, drei Hektar vom inneren Wäldchen abholzen zu lassen, um das Lager zu bauen. Für Kriegsgefangene, hat er der Stadt erklärt, es soll ein Lager für Kriegsgefangene werden.

Doch in der Stadt wusste man sehr bald Bescheid, und da spürte ich die Empörung. Direkt ausgesprochen hat es niemand, das hat keiner gewagt, aber die Stimmung war eindeutig, auch gegen mich, gegen seine Frau. Sie wollten kein Konzentrationslager in unserer Stadt, sie wollten nichts damit zu tun haben. Das sind Verbrecher, die hierher ins Lager kommen, hieß es, Spitzbuben und Mörder, und wir wollen keine Verbrecher in unserer Stadt, auch nicht, wenn sie streng bewacht werden. Und außerdem werden die Männer, wenn sie aus dem Krieg zurückkommen, keine Arbeit bekommen, weil im Werk die Gefangenen arbeiten. Sogar das wussten die Leute, ich weiß nicht, woher. Sie wussten, dass die dort Internierten in den Vulcano-Werken arbeiten sollten. Als ich es eurem Vater erzählte, lachte er nur und meinte, ich solle mich nicht um das Gerede der Leute kümmern. Ein Konzentrationslager sei etwas ganz anderes, in sein Lager kämen nur Kriegsgefangene, gewissermaßen die Kameraden von der anderen Seite, von der falschen Seite. Es seien auch Patrioten, aber eben Feinde. Direkt von der Front kämen sie, und wer von ihnen fähig und bereit sei zu arbeiten, dem würde er in seinen Werken die Chance geben, sich ein gutes Geld dazuzuverdienen, bis man sie, wenn Deutschland gesiegt hat und wieder Frieden ist, nach Hause schicken kann. Irgendwo müssen die Kriegsgefangenen untergebracht werden, und es sei von nationaler Bedeutung, da nicht abseitszustehen, vielmehr der Wehrmacht und dem Reich behilflich zu sein. Dass die Leute sich das Maul über ihn zerreißen, sei nichts Neues. Ich solle nichts dazu sagen, nur genau zuhören und es für ihn aufschreiben, Wort für Wort und am besten mit Namen und Adresse, dann würde er sich selbst darum kümmern, das sei Männersache, gehöre zu den Pflichten eines Soldaten.

Dieses Lager wurde nicht mehr fertig, das Kriegsende kam schneller, als euer Vater erwartet hatte, und vor allem anders als von ihm und seinen Freunden gedacht. Eine Niederlage Deutschlands, der Zusammenbruch, nein, das war undenkbar für ihn. Ich glaube, er hat noch im Januar, bei seinem letzten Besuch bei mir, oder vielmehr bei seinen Vulcano-Werken und Onkel Richard, geglaubt, was ihm seine Freunde erzählt haben. Der Führer würde noch etwas zaubern, eine Wunderwaffe, einen militärischen Gegenschlag, der den Feind in dem Moment, wo er glaubt, gewonnen zu haben, endgültig vernichtet. Für ihn war der Führer ein Gott, ein strenger Gott, ein harter Gott, einer, der Prüfungen zulässt, schwere Prüfungen, aber der als treulicher Vater um die Seinen immer besorgt ist und sie im letzten, im allerletzten Moment retten wird.

In Vaters Lager kam nie ein Gefangener, kein Häftling und kein russischer Kriegsgefangener. Ich glaube, die Ersten, die dieses Lager betraten, waren die russischen Soldaten und wir, zwölf Zivilisten, Leute aus der Stadt. Der ehemalige Bürgermeister, drei frühere Stadträte, die von der Militärverwaltung abgesetzt worden waren, zwei der Direktoren der Vulcano-Werke, die nicht rechtzeitig hatten verschwinden können, zwei Chefs von kleinen Handwerksbetrieben in der Stadt, drei Männer, die ich nicht kannte und die von den Soldaten besonders grob behandelt wurden, und ich. Ich war die einzige Frau, die in das Arbeitslager geführt wurde. Man hatte mich am achtundzwanzigsten Mai frühmorgens aus unserem Zimmer bei Tante Mechthild geholt und zum Rathaus gebracht. Ich weinte immerzu, weil Konstantin erst vierzehn Tage alt war und sicherlich nach mir schrie, aber ich wagte nicht, mich zu weigern.

Im Rathaus wurde ich in ein Zimmer gesperrt, zusammen mit ein paar Männern, unter anderen dem abgesetzten Bürgermeister. Nachdem wir drei Stunden gewartet hatten, in denen ich immerzu an meine Kinder dachte, an euch, wurden wir von dem jungen Offizier, der unser Haus beschlagnahmt und mich hinausgewiesen hatte, und sechs bewaffneten Soldaten zu Vaters Gefangenenlager geführt. Vom Rathaus aus ging es durch die ganze Stadt, an den Vulcano-Werken vorbei, in denen kein Mensch zu sehen war, und schließlich den einen Kilometer bis zum Ranenwäldchen. Herr Kruse, einer der Stadträte, stützte mich. Ich war noch sehr schwach, der lange Weg strengte mich an und mehr noch quälte mich die Sorge um euch beide, die ich in der Obhut einer Flüchtlingsfrau lassen musste, der Frau jenes Lehrers aus Breslau, die auf ihren Mann wartete und meinetwegen ein Zimmer hatte abgeben müssen.

Ich bat den Offizier dreimal, mich zu meinen Kindern zu lassen, zu meinem winzigen Baby, er schüttelte nur kurz den Kopf, sah mich dabei nicht an und sprach kein Wort mit mir, bis wir im Lager waren.

Ich sah die Anlage zum ersten Mal. Zwei Zäune liefen in einem Abstand von wenigen Zentimetern rund um den Platz, Metallzäune mit Stacheldraht bewehrt, beide mindestens drei Meter hoch. Das eiserne Tor war zweiflügelig, so dass große Fahrzeuge mühelos auf den Platz fahren konnten. Zwölf Holzbaracken auf steinernen Fundamenten standen um ein zweistöckiges Gebäude mit einer überdachten Aussichtsplattform, von der aus man das gesamte Lager überblicken konnte. In den Baracken standen aus rohem Holz gezimmerte Doppelstockbetten, in jeder der Baracken waren es wohl zwanzig oder dreißig, ansonsten waren diese Baracken leer, es gab keinen Stuhl, keine Bank, keinerlei Toiletten. In einer der Baracken sollte offensichtlich eine Küche entstehen, große steinerne Abwaschbecken waren hineingestellt. Hinter dem Küchenraum war nach Vaters Plänen ein Speiseraum geplant und im letzten Drittel dieser Baracke sollten wohl Toiletten und ein Waschraum entstehen, davon war jedoch nichts zu sehen.

Schweigend führte uns der Offizier über den Lagerplatz, in das zweistöckige Haus mit Büroräumen, zwei Wohnungen und einem großen Gemeinschaftszimmer. Wir mussten mit ihm in jede der zwölf Baracken gehen. Er blieb am Eingang stehen und beobachtete, wie wir uns verlegen und beunruhigt umsahen, ungewiss, was der Offizier mit uns vorhatte. Mit zusammengekniffenem, Mund registrierte er aufmerksam unser Verhalten. Als ich es wagte, ihn noch einmal auf meine kleinen Kinder anzusprechen, schaute er mich so zornig an, dass ich verstummte.

Sehen Sie sich das an, zischte er leise, sehen Sie sich alles an. Das hat Ihr Mann gebaut. Gebaut für mich und meine Kameraden. Damit hat er sein Geld verdient. Davon hat er sein Haus bezahlt. Davon lebte er. Und Sie auch, Frau Gerhard Müller. Sehen Sie es sich an.

Als er mich so böse ansah, bekam ich es mit der Angst. Ich sagte nichts mehr, ich fürchtete in diesem Moment, ich würde euch beide nie wiedersehen.

Nachdem er uns in die letzte Baracke geführt hatte, mussten wir uns am Tor aufstellen. Er winkte einem der Soldaten, der eine Tasche brachte, sie öffnete und ihm hinhielt. Der Offizier nahm eine dicke Aktenmappe heraus, er starrte auf die aufgeschlagene Mappe, aber mir schien, er würde nicht lesen, sondern nachdenken. Schließlich schlug er sie zu und sah uns an, ohne etwas zu sagen. Er starrte jeden Einzelnen von uns an, minutenlang. Ich wagte es nicht, seinem Blick auszuweichen.

Endlich begann er zu sprechen. Er sprach leise, sehr leise. Wir bemühten uns, jedes seiner Worte zu verstehen, aus Angst, etwas zu überhören und dann etwas zu tun oder zu unterlassen, was uns schaden würde. Ich denke, jeder von unserer Gruppe fürchtete angesichts des kleinen Russen, der uns mit seinen Augen hasserfüllt ansah, um sein Leben. Keiner wagte es, sich auch nur zu rühren.

Ich habe Ihnen Ihr Konzentrationslager gezeigt, sagte der Offizier. Es ist Ihr Lager, das Lager Ihrer schönen Stadt. Richtiger wäre es zu sagen: Dies hier sollte ein Lager werden, ein Todeslager. Allein die siegreiche Rote Armee hat das verhindert. Auf diesem Platz, in diesem Wald errichtete ein ehrenwerter Einwohner Ihrer Stadt, dieser Herr Gerhard Müller, der Besitzer der Vulcano-Werke und Brigadeführer der SS im Wirtschafts- und Verwaltungshauptamt, ein Arbeitslager für seine Werke. In diesen Häusern sollten russische, französische, belgische und italienische Soldaten untergebracht werden, die für ihn hätten arbeiten müssen. Ein betriebseigenes Konzentrationslager, in dem meine Kameraden und ich uns für Ihren ehrenwerten und gewiss hoch geschätzten Mitbürger Gerhard Müller zu Tode arbeiten sollten. Das Lager, sehen Sie hin, sollte streng bewacht werden. Ein Doppelzaun, einer der beiden Zäune unter Starkstrom stehend, wie die Isolatoren verraten. Und dort oben die Wachen. Die SS sollte das Lager führen, alle anfallenden Kosten, auch für die Wachen, für die SS, sollten die Vulcano-Werke übernehmen, so steht es in den Dokumenten Ihres Herrn Gerhard Müller. Erziehung durch Arbeit heißt es in der Genehmigung, die ihm das Amt schickte. Meine Kameraden und ich sollten sich in seinen Vulcano-Werken zu Tode arbeiten.

Eine durchschnittliche Lebensdauer der Häftlinge, las er uns vor, von drei Jahren sei angestrebt. Das schreibt dieser Gerhard Müller im Juni 1944 an dieses Wirtschafts- und Verwaltungshauptamt der SS. Sagen Sie mir nicht, dass Sie nichts davon wussten. Das habe ich in den letzten Wochen und Monaten zu oft von den Deutschen gehört. Keiner will etwas gewusst haben, obwohl dieses Lager nur zehn Minuten von Ihrer Stadt entfernt liegt. Errichtet wurde es von sieben Firmen, zwei dieser Betriebe sind aus Ihrer Stadt. Die beiden Eigentümer dieser Firmen habe ich deswegen eingeladen, an der Führung teilzunehmen. Das ist Ihre Arbeit. Sehen Sie sich Ihre Arbeit an. Eure Handwerker, eure Leute, eure Nachbarn haben das hier gebaut, und ihr wolltet nichts davon wissen? Und Sie, Herr Bürgermeister, Sie haben diese Papiere, die ich in meiner Hand halte, nie gesehen? Haben Sie diesen Bau nicht genehmigt? In Deutschland braucht man doch für alles eine Genehmigung, nur für ein Konzentrationslager nicht? Halten Sie den Mund. Ich will Ihre Lügen und Ausflüchte nicht hören. Hier steht alles schwarz auf weiß, und hier ist Ihre Unterschrift, sehen Sie, Herr Bürgermeister, Ihre und die von den anderen Stadträten. Hitler ist tot, ja, aber nicht die Hitleristen. Schweigen Sie! Sie werden noch ausreichend Gelegenheit haben, sich dazu zu äußern. Sie können gewiss sein, wir werden mit diesen Papieren beweisen, dass Sie und Ihre Kumpane alles wussten. Alles. Sie sind festgenommen, meine Herren, Sie alle. Ein Militärgericht wird jeden einzelnen Fall prüfen.

Sie werden bekommen, was Sie verdient haben. Und Sie, Frau Gerhard Müller, Sie können gehen. Aber sagen Sie nie wieder, Sie hätten nichts gewusst. Ich habe Ihnen gezeigt, was Ihr Mann tat. Wie er sich bereichern wollte. Auf welche Art und Weise er für seine Familie sorgte. Auch für Sie, Frau Gerhard Müller, für Ihr Leben, für Ihr Wohlergehen. Gehen Sie. Gehen Sie rasch.

Ich habe diesen kleinen Offizier nie wiedergesehen. Vielleicht war er versetzt worden, oder ich sah ihn nicht mehr, weil ich selten aus dem Haus ging. Eine Freundin half mir damals, sie brachte mir Medizin und Babywäsche, die sie irgendwo erbettelt hatte, und sie kaufte für uns das Notwendigste ein. Meine Schwägerin wollte ich nicht bitten. Sie sprach kaum mit mir, kam nie zu uns hoch, um das Baby zu sehen, sie war nur über die Einquartierung erbost, aber dafür konnte ich nichts.

Anfang Juni kam Herr Wetters zu mir. Er arbeitete früher als Schlosser in den Vulcano-Werken und war von der Militärverwaltung als Bürgermeister eingesetzt worden, da er vor der Nazizeit bei den Sozialdemokraten war und deswegen nach dem Brand des Reichstags für sechs Monate in Schutzhaft kam. Herr Wetters war ein freundlicher, aber einfältiger Mensch, der mit seiner Muttersprache auf Kriegsfuß stand und kaum lesen konnte, aber er war nun unser Bürgermeister, er war es gegen seinen Willen geworden, wie er jedermann gegenüber betonte. Er kam zu mir, um mir etwas mitzuteilen, und er brauchte eine halbe Stunde, ehe er den Mut oder die Kraft hatte, es zu sagen.

Ihr Mann, Gerhard Müller, stotterte er schließlich, der mal mein Chef war, er wurde am zweiten Februar in Kutno, einer kleinen Stadt westlich von Warschau, verhaftet. Drei Tage später ist er wegen Kriegsverbrechen zum Tode verurteilt worden, und dort hat man ihn, nun ja, wie soll ich es Ihnen sagen, er ist schon am darauf folgenden Tag gehenkt worden. Ich habe diese Information von unserer Militärverwaltung bekommen. Ich weiß nicht, ob sie stimmt, aber ich wüsste nicht, warum die Sowjets das erfinden sollten. Sie haben ja nach ihm gesucht. Der russische Kommandant war wegen ihm in den letzten Wochen zweimal bei mir. Hat nach ihm gefragt. Tut mir leid, Frau Müller, tut mir für Sie leid. Es soll in diesem Kutno alles rechtmäßig zugegangen sein, sagte mir der Kommandant. Zwar, es war ein Schnellgericht, aber gesetzlich. Das sagt die Militärverwaltung. Ich musste das Urteil und seinen Tod im Register eintragen. Das heißt, das macht meine Sekretärin, die Frau Venske, die kennen Sie ja. Tut mir leid, Frau Müller.

Ja, so war das. Auf diese Art habe ich vom Tod eures Vaters erfahren. Viel Milch hatte ich nicht für meinen kleinen Konstantin, schon seit der Geburt. Aber dann, nach all den Aufregungen und dieser schrecklichen Mitteilung, ist die Milch einfach völlig weggeblieben. Es war zu viel für mich.

Zwei Tage nachdem mich Wetters aufgesucht hatte, stieg ich die Treppen runter, um eure Tante zu informieren. Als sie die Tür öffnete und mich sah, fragte sie nur: Was willst du? Und als ich sagte, es wäre besser, wenn sie mich in ihre Wohnung lassen würde, im Sitzen könne ich ihr das, was ich ihr zu berichten habe, besser sagen, erwiderte sie, sie habe keine Zeit, sich hinzusetzen, sie habe zu tun. So erzählte ich ihr zwischen Tür und Angel, dass man Gerhard, ihren Bruder, in Polen gehenkt habe.

Sie starrte mich regungslos an und sagte dann lediglich: Die Russen!

Nein, es waren Polen, sagte ich.

Alles das Gleiche, gab sie zurück und schloss die Tür. Ich stand benommen im Flur und wartete darauf, dass sie die Wohnungstür wieder öffnete, damit wir uns zusammensetzen könnten, um über Gerhard zu sprechen und seiner zu gedenken, doch sie öffnete nicht mehr. Als ich mich entschloss, wieder nach oben zu gehen, hörte ich sie weinen. Sie schluchzte gellend.

Bald darauf, nur wenige Tage nachdem Herr Wetters zu mir gekommen war, erschien in unserer Zeitung ein Artikel über euren Vater. Von dem Gefangenenlager hinter den Vulcano-Werken stand darin kein Wort, es wurde nur das Urteil des Gerichts in Kutno wiedergegeben und mitgeteilt, dass er auf Grund seiner schweren Kriegsverbrechen zum Tode verurteilt und hingerichtet worden war. Ich erfuhr damals zum ersten Mal von Massenhinrichtungen unter seinem Befehl, von Folterungen in Russland und Polen. Bei Sewastopol soll er gemeinsam mit Krimtataren die gesamte russische Bevölkerung eines Dorfes in eine Kirche getrieben haben, die dann verschlossen und angezündet wurde. Und er hat dafür gesorgt, dass die Festung Sewastopol trotz ihrer aussichtslosen Lage kurz vor Ende des Krieges nicht aufgegeben wurde. Er hat 1944 als Brigadeführer der SS im Wirtschafts- und Verwaltungshauptamt dafür gesorgt, dass der von der Armeeführung bereits angeordnete und begonnene Abtransport der deutschen Soldaten aus der Festung gestoppt wurde, um sie weiterhin gegen die überlegenen sowjetischen Truppen zu verteidigen, so dass hunderttausend deutsche Soldaten in wenigen Tagen noch fielen oder in Gefangenschaft gerieten. Er selbst habe sich an dem Tag, als der massive Angriff der Roten Armee begann, ausfliegen lassen. In Polen habe er vierzehn Tage später einem Leutnant der Wehrmacht befohlen, einen

Partisanenangriff mit einem Massaker an der gesamten männlichen Bevölkerung eines Dorfes zu beantworten, und habe selbst die Durchführung überwacht. Ergriffen wurde er in der Nähe von Kutno, wo er von der Front überrollt worden war und, als polnischer Sanitäter verkleidet, sich auf die deutsche Seite durchschlagen wollte.

Ich habe den Zeitungsartikel ausgeschnitten, ich habe ihn aufbewahrt, diesen und alle anderen, denn es erschienen in jedem Jahr Zeitungsartikel über ihn, in unserer Zeitung, in anderen, und immer mehr wurde über ihn enthüllt. Ein betriebseigenes KZ, das hatte er tatsächlich geplant und mit der Einrichtung begonnen. Er hat am Krieg verdient, er wollte immer mehr und mehr, dafür war er bereit, über Leichen zu gehen. So schwer es mir auch heute noch fällt, es ist die Wahrheit: Mein Mann, euer Vater, hat Blut an den Händen. Er ist ein Verbrecher. Irgendwann hatte ich es begriffen. Ich habe mich lange dagegen gewehrt. Ich wollte, nein, ich konnte es nicht glauben, dass der Mann, in den ich einmal verliebt war, den ich geheiratet habe, der der Vater meiner Kinder ist und mit dem ich gemeinsam in einer Wohnung gelebt habe, dass dieser Mann ein Mörder ist, ein besonders brutaler und grauenvoller Verbrecher. Ein Kriegsverbrecher. Irgendwann habe ich eingesehen, dass die Beweise nicht gefälscht sind. Gar nicht gefälscht sein können. Wenn ich auch nichts von dem gesehen habe, was euer Vater in Polen und Russland machte, das Lager habe ich gesehen.

Onkel Richard hält das alles für Russenpropaganda, für Siegerjustiz. Aber, und das will ich euch auch sagen, ich bin mir nicht sicher, wieweit Onkel Richard in Vaters Geschäfte und Unternehmungen eingeweiht war. In seinen Briefen behauptete er, nichts von den Unternehmungen seines Bruders zu wissen. Er bestreitet auch den Bau des Lagers, und das ist völlig unsinnig und verlogen. Mit dem Bau wurde ein Jahr vor Kriegsende begonnen und Richard war einer der Direktoren der Vulcano-Werke, er war der eingesetzte Vertreter eures Vaters, der leitende Direktor. Als sein Bruder nur noch sehr selten im Werk war und sich stattdessen um seine Nazifreunde kümmerte und sich von ihnen zum Brigadeführer der SS machen ließ, nur um in Berlin die besten Aufträge für seine Firma zu beschaffen, und dafür sogar bereit war, selbst an die Front zu gehen, um für den Endsieg seines bewunderten Führers zu sorgen, in der Zeit war Richard sein Stellvertreter im Werk. Er wusste über alles Bescheid, und nicht nur das, er selbst hatte den Bau des Lagers nach den Wünschen seines Bruders angeordnet, auch dafür fanden die Russen Unterlagen im Werk.

Mir gegenüber bestritt er es, aber er kam nach dem Krieg auch nie wieder hierher. Er wusste, dass er gesucht wird. Nein, nein, glaubt nur nicht alles, was euch Onkel Richard erzählt.

Ein halbes Jahr nach Kriegsende habe ich auf dem Amt den Antrag gestellt, meinen Mädchennamen wieder anzunehmen. Ein solcher Antrag war sehr schwierig. Eine verwitwete Frau kann ihren Mädchennamen wieder annehmen, aber dass die Kinder auch diesen Namen bekommen, das hatte es bei uns noch nie gegeben, aber ich wollte nicht, dass ihr beide diesen Namen tragen müsst. Ich musste den Antrag mündlich und schriftlich begründen, und es dauerte ein ganzes Jahr, ehe er genehmigt wurde und wir drei den Namen Boggosch bekamen. Diesen anderen Namen wollte ich nicht mehr, nicht für mich und nicht für euch. Ich wollte mit diesem Mann nichts mehr zu tun haben, ich wollte nicht mehr an ihn erinnert werden. Damals dachte ich, dass ich mit euch und dem neuen Namen wegziehe, irgendwohin, wo keiner von diesem Gerhard Müller etwas weiß, wo mich keiner mit ihm in Verbindung bringt, aber nach dem Krieg musste ich froh sein, dass mir unser Wohnungsamt zwei Jahre später eine kleine Wohnung zusprach, so dass ich endlich aus Mechthilds Dachkammer ausziehen konnte.

Hier im Ort spricht man nicht von Gerhard Müller, das ist eine Vergangenheit, mit der man nichts mehr zu tun haben will. Die Vulcano-Werke waren als Reparationsleistungen ausgeschlachtet worden, sie wurden zu einem Werk, in dem nicht mehr gearbeitet wurde, weil sich dort keine einzige Maschine mehr befand. Ein Jahrzehnt standen die Hallen leer, und erst seit dem vergangenen Jahr, als die Bunawerke wieder an die Deutschen zurückgegeben wurden, übernahm der nun volkseigene Betrieb die alten Vulcanofabriken als Werkteil 3 und richteten sie wieder ein. Heute erinnert nichts mehr an Vulcano und Gerhard Müller. Die Reste des Arbeitslagers, des geplanten KZs, wurden gottlob abgerissen und das Ranenwäldchen wurde wieder vollständig aufgeforstet. Ich hatte das Gefühl, diese Vergangenheit sei endgültig tot und vorbei, und um euch nicht das Leben schwer zu machen, wollte ich euch nichts erzählen. Ich hoffte, die Leute würden das begreifen und euch und mich mit diesen Geschichten in Frieden lassen. Ich hatte nichts damit zu tun und ihr beide schon gar nicht. Ich wollte euch davor bewahren. Vor diesem Dreck. Vor dieser Schuld, an der ihr keinen Anteil habt, nicht den geringsten.

Euer Vater hat mein Leben zerstört, denn ich habe seit dem Zusammenbruch, seitdem ich erfahren habe, was euer Vater in Russland und Polen tat, was er hier geplant hatte, ich habe von da an jeden Tag mit seinen Verbrechen leben müssen. Ich bin die Frau eines furchtbaren Kriegsverbrechers, und ich wollte verhindern, dass ihr seine Kinder seid. Ihr habt damit nichts zu tun, nichts mit seinen Verbrechen, nichts mit ihm. Und darum will ich auch nicht, dass ihr irgendetwas mit seiner Familie zu tun habt, mit diesem gruseligen Onkel Richard, der nicht weniger Schuld auf sich geladen hat als sein Bruder.

Ich habe seine Einladungen, ihn und die Familie von Gerhard zu besuchen, ausgeschlagen. Er wollte, dass ich mit euch zu ihm ziehe. Er wollte uns eine Wohnung besorgen. Er wollte dafür sorgen, dass ich eine richtige Rente bekomme. Doch ich will nichts mit ihm zu tun haben. Nicht mit ihm, nicht mit seiner Familie und nicht mit dem Mann, den ich einmal geliebt und geheiratet hatte.

Vor vier Jahren hat Richard gegen meinen Willen in Göttingen einen Prozess angestrengt, um die Unrechtmäßigkeit der Verurteilung und Hinrichtung seines Bruders feststellen zu lassen. Das sind die Papiere, die er dir geschickt hat, nicht wahr, Gunthard? Er hat den Prozess gewonnen, das Gericht hat festgestellt, dass euer Vater nicht von einem rechtmäßigen Gericht verurteilt wurde, auch nicht von einem Schnellgericht, wie die Russen damals unserem Bürgermeister erzählten, sondern von einem selbsternannten Gericht. Es waren keine Richter, keine Juristen, es waren vier Offiziere der polnischen Heimatarmee, die von den Russen ein Jahr später in ein Straflager gebracht wurden, und außerdem jene zwei polnischen Partisanen, die ihn festgenommen hatten. Diese sechs Polen verurteilten ihn im Ratssaal von Kutno, und einen Tag später erhängten ihn dieselben Leute. Das Gericht in Göttingen hat diese Hinrichtung als rechtswidrige Kriegsgräuel gegenüber einem deutschen Offizier gewertet, aber das Gericht hat dazu auch gesagt, dass es über die Schuld oder Unschuld von Gerhard Müller, über seine möglichen Kriegsverbrechen, nicht zu befinden habe. Das Gericht spricht in seinem Urteil sehr deutlich davon, dass es die ihm vorliegenden Dokumente der polnischen und sowjetischen Seite zu den Kriegshandlungen Gerhard Müllers respektiere, sie aber nicht in das Urteil einbezogen habe, weil es allein die Rechtmäßigkeit seiner Verurteilung und Hinrichtung zu prüfen hatte. Ja, dieses Gericht in Kutno war kein ordentliches Gericht, und es war Willkür und Rache, wie es in dem Göttinger Urteil heißt. Aber von einem richtigen Gericht wäre mein Mann auch verurteilt worden. Vielleicht wäre er nicht zum Tode verurteilt worden, aber er war ein Kriegsverbrecher.

Ich musste es einsehen, und nun kann und will ich es euch gegenüber nicht länger verbergen. Wegen Onkel Richard. Er hat erreicht, dass die Verurteilung von Vater als Kriegsgräuel gewertet wird. Die Kriegsgräuel eures Vaters sind damit nicht ausgelöscht. Was Richard erreicht hat, war eine Rente für die Witwe. Wenn ich zu ihm nach München käme, wenn ich nach Westdeutschland übersiedeln würde, hätte ich als Witwe eines ehemaligen SS-Brigadeführers, der durch eine Gräueltat des Gegners umgebracht wurde, Anspruch auf eine Versorgungsrente, die sehr hoch sei, wie Richard mir schrieb.

Ich bin hier geblieben, obwohl ich wegen meinem Mann, wegen diesem Kriegsverbrecher, nicht als Lehrerin arbeiten darf. Das Bildungsministerium hat in der Zeit der Besatzungszone meine Einstellung abgelehnt, und vier Jahre später wurde die Ablehnung von dem neu gegründeten Staat erneut ausgesprochen. Die Witwe eines Kriegsverbrechers soll nicht unsere Kinder erziehen, wurde mir gesagt. Es war für mich sehr schwer, damit zu leben, aber die Witwenrente eines Kriegsverbrechers, das wäre noch unerträglicher für mich. Auch wenn ich euch beiden keine Fahrräder kaufen kann, ich bin trotzdem hier geblieben. Und ich bitte euch, ich kann euch nur darum bitten, lasst euch von Onkel Richard keine Fahrräder schenken. Onkel Richard ist genauso schuldig wie sein Bruder. Wie mein Mann. Wie euer Vater. – So, Jungs, machen wir für heute Schluss. Es ist spät und übermorgen beginnt für euch wieder die Schule. Gehen wir ins Bett.

Mutter hatte in Heidelberg und Tübingen Pädagogik studiert und besaß ein Diplom für Deutsch, Englisch und Französisch, wenn sie auch nie als Lehrerin gearbeitet hatte. Schon ein Vierteljahr nach dem Ende ihres Studiums hatte sie geheiratet und sich um das große Haus am Markt gekümmert. Aber sie hatte uns nie davon erzählt, dass die Behörden nach dem Krieg ihr nicht erlaubt hatten, in ihrem erlernten Beruf zu arbeiten. Sie arbeitete in einer Wäscherei und später als Haushaltshilfe bei drei Familien im Ort, aber die Fremdsprachen waren ihre Leidenschaft geblieben. Ich kann euch nicht viel geben, sagte sie immer wieder, aber was ich euch vermitteln kann, das sind die Sprachen. Und das ist eine große Kostbarkeit für das gesamte Leben. Es wird euch helfen, was immer ihr später machen werdet. Sie unterrichtete uns in Englisch, Französisch und Italienisch. Drei Tage der Woche waren für die Sprachen reserviert. An diesen Tagen wurde von früh an bis zum Ins-Bett-Gehen nur die jeweilig ausgesuchte Sprache gesprochen. Der Montag war der englische Tag, der Mittwoch der französische, und italienisch war der gesamte Freitag. Als wir in der Schule Russisch lernten, eine Sprache, die sie nicht beherrschte, wurde bei uns daheim noch ein Tag für Russisch reserviert. Mutter lernte diese Sprache mit uns zusammen. Am russischen

Tag radebrechten wir gemeinsam und keinem war es gestattet, sich in einer anderen Sprache als Russisch auszudrücken. In der Schule konnten wir bereits im ersten Jahr des Englischunterrichts die Sprache besser als unsere Englischlehrerin, und auch in Russisch hatten wir immer die beste Note. Der Sprachunterricht bei Mutter hat mir mein ganzes Leben hindurch geholfen, und ich vermute, dass auch Gunthard über dieses Erbe nie unzufrieden war.

Am Tag nach Mutters langer Ansprache, nach ihrer Beichte, sprachen Gunthard und ich kein Wort miteinander. Wir wichen uns aus und vermieden es, uns auch nur anzusehen. In der Schule wurde ich dreimal ermahnt, weil ich dem Unterricht nicht gefolgt war, sondern immerzu an Mutters lange Rede dachte. Ich sah meinen Vater vor mir, wie er in Russland oder Polen Verbrechen begeht. Kriegsverbrechen. Ich hatte so etwas im Kino gesehen. Es gab viele Filme über die Nazizeit, man sah Offiziere und SS-Leute, die unschuldige russische Bauern grausam umbrachten oder gefangene Soldaten folterten. Und irgendwo zwischen diesen Leuten war mein Vater. Er war einer von denen, die man in diesen Filmen sah. Er gehörte zu den Bösen. Zu den Verbrechern. Zu den Kriegsverbrechern. Wann immer ich wieder einen Film über diese Zeit sehen, wann immer wir im Unterricht über das Dritte Reich sprechen würden, mein Vater wird für mich stets dabei sein. Und ich bin sein Sohn, ich gehöre auch dazu. Ich kann mich nicht mehr wie zuvor über die Nazis und ihre Verbrechen empören. Ich bin auch einer von ihnen, und es hilft mir gar nichts, dass ich erst nach dem Zusammenbruch, nach dem Krieg, nach dem Ende von Hitler und der SS geboren wurde. Ich war sein Sohn.

Plötzlich wurde mir schlecht und vor meinen Augen verschwamm alles. Mir wurde so übel, dass ich mich meldete und darum bat, auf die Toilette gehen zu dürfen. Die Lehrerin sah mich besorgt an und fragte, ob mich jemand begleiten solle. Nein, nein, sagte ich rasch, rannte auf das Klo und erbrach mich, bevor ich das Becken erreichen konnte. Es gab im Schülerklo kein Toilettenpapier und ich musste mit den zerschnittenen, alten Zeitungsblättern den Boden säubern. Mir war schlecht geworden, weil ich mich plötzlich an eine Bemerkung von einem Mitschüler erinnert hatte und an einen seltsamen Satz von einem meiner Lehrer. Es war ein Jahr her, als wir alle während der Unterrichtszeit ins Kino geführt wurden, um einen sowjetischen Spielfilm zu sehen. Alle Schüler der Klassen drei bis fünf sahen einen Kinderfilm über die Verteidigung von Leningrad. Auf dem Rückweg zur Schule kam ein Schüler einer fünften Klasse zu mir und sagte: He, du! Dir muss doch der SS-Mann Heinz gefallen haben.

Als ich ihn fragte, wieso er so etwas sagt, grinste er nur und ging zu seinen Schulkameraden. Ich sah, dass sie über mich sprachen und lachten, und ich wurde rot und begriff nicht, was er von mir wollte und wieso er sich mit seinen Freunden über mich amüsierte.

In der Klasse sprachen wir dann in der folgenden Stunde über den Film und mussten sagen, was wir von der Nazizeit und dem Krieg wussten. Als ich aufgerufen wurde und voll Empörung über die Nazizeit sprach und über die Verbrechen der Wehrmacht und der SS und den Heldenmut der Roten Armee lobte, schaute mich Geschke, der Lehrer für Heimatkunde und Geschichte, an und lächelte seltsam. Dann sagte er lediglich: Ach, wirklich, Konstantin?

Und dann rief er den nächsten Schüler auf.

Die gelegentlichen bösen Bemerkungen von Herrn Siebert, dem Schlosser, der uns jetzt in Deutsch unterrichtete, verstand ich plötzlich. Er hasste mich. Er hasste den Sohn des SS-Offiziers, den Sohn von jemandem, der ihn jahrelang ins Gefängnis und Konzentrationslager gesperrt hatte.

Ich saß auf der Toilette und begriff, dass der Schüler aus der Fünften und Herr Geschke alles über meinen Vater wussten. Sie wussten, dass er SS-Brigadeführer war, Verbrechen begangen hatte und dafür aufgehängt worden war. Darum hatten sie sich so seltsam mir gegenüber benommen. Und der Junge hat mit seinen Freunden über mich und meinen Vater gesprochen, die wussten das alle. Wahrscheinlich wussten alle in der Stadt, wer mein Vater war und was er getan hatte. Die Klassenkameraden, die Nachbarn, unser Schuster, der Milchladen, alle. Und Gunthard wusste es auch, ihm hatte Onkel Richard geschrieben und ihm von Vater erzählt. Nur ich wusste nichts. Gar nichts. Weil Mutter uns alles verschwiegen hatte. Ich war der Depp, der keine Ahnung hatte und über den alle lachten, weil er nichts von seinem Vater wusste und in der Schule und auf dem Schulhof stattdessen erzählte, dass seine Mutter nach der Machtergreifung ihrer jüdischen Schneiderin viel Geld gegeben hatte, damit sie nach Dänemark fliehen konnte. Ein Depp, der seinen Mitschülern solche Geschichten erzählte, obwohl sein eigener Vater einer der schlimmsten Nazis war, den man seiner Verbrechen wegen gehängt hatte.

Allein auf der Schultoilette, erinnerte ich mich all der kleinen spitzen Bemerkungen und Bösartigkeiten, die ich zuvor nicht verstanden hatte. Die ich nicht hatte verstehen wollen. Schon immer wussten alle alles über mich, und ich wollte es nicht wissen. Auf der Klobrille sitzend, wurde mir plötzlich klar, wieso ich nicht auf die Sportschule kam.

Im letzten Schuljahr, in der vierten Klasse, wurde ich von drei Männern, die für zwei Tage in unsere Schule gekommen waren und uns beim Sportunterricht beobachteten, zu einem Spezialtraining nach Leipzig eingeladen. Alle Kosten für die Reise und den einwöchigen Aufenthalt übernahm der Staat, und die Schulleitung erlaubte, dass ich eine ganze Woche vom Unterricht befreit wurde. An einem Sonntagnachmittag holte mich ein kleiner Bus von zu Hause ab. Man brachte mich und sechs andere Kinder, die wie ich zehn Jahre alt waren und in benachbarten Städten wohnten, ins Internat der Leipziger Sportschule und unterrichtete uns dort eine Woche lang, neben dem normalen Stundenplan hatten wir an jedem Tag vier zusätzliche Sportstunden. Es war eine Prüfung, wir mussten zeigen, was wir konnten, was in uns steckt, wie die Trainer sagten. Wer den Test bestand, sollte bis zum Abitur an der Sportschule unterrichtet und Leistungssportler werden. Sportschule und Leistungssportler, das hieß für uns, an internationalen Wettbewerben teilzunehmen, ins Ausland zu kommen und irgendwann einmal eine Olympiamedaille zu erringen. Wir würden acht Jahre lang im Internat wohnen und nur am Wochenende zur Familie fahren. Wir sollten ein Taschengeld bekommen, und die ganze Republik wäre auf uns und unsere Leistungen stolz. Nach dem Ende der Sportkarriere würde man dafür sorgen, dass alle einen richtigen und gutbezahlten Beruf bekämen.

In der Leichtathletik war ich nur durchschnittlich, aber beim Geräteturnen gehörte ich zu den Besten, und im Kampfsport war ich unbesiegbar, da war ich bei jedem Kampf der Allerbeste, nicht ein Einziger brachte mich auf die Matte. Mein Trainer, Herr Stessler, ließ mich an zwei Tagen länger in der Halle und zeigte mir, nur mir, einige Haltegriffe, die er das Immobilisieren des Gegners nannte, und ein paar ungewöhnliche Grundtechniken, die erlaubt waren und nicht als Foul gewertet wurden. Am vorletzten Tag der Prüfungswoche sagte er mir, dass er am Wochenende zu einem Wettkampf fahre und mich am Samstag nicht trainieren könne, doch er sei sicher, dass wir uns wiedersehen würden, und er gab mir die Hand zum Abschied und klopfte mir anerkennend auf die Schulter. Ein paar Stunden später, am Freitagabend, erschien er überraschend im Internat, wir saßen beim Abendbrot im Speisesaal. Er rief mich heraus und ging mit mir in den großen Aufenthaltsraum, in dem sich zu der Zeit kein Schüler aufhielt.

Schade, Konstantin, tut mir leid. Du hast das Zeug zu einem Kämpfer, aber mit uns beiden wird es nichts, sagte er und sah mich bedauernd an.

Ich sah ihn verwirrt an und wusste nichts zu sagen. Dann stotterte ich, dass ich alle Kämpfe gewonnen habe, und fragte, warum er mich plötzlich nicht mehr trainieren wolle.

Ich hätte dich gern unterrichtet, mein Junge, das kannst du mir glauben, aber es geht nicht. Und ich denke, du weißt, warum.

Ich schüttelte heftig den Kopf.

Was war das mit deinem Vater?, fragte er.

Was soll da sein? Er ist schon lange tot. Er ist im Krieg gefallen, ich habe ihn nie gesehen.

Im Krieg gefallen? Wer sagt das?

Das weiß ich von meiner Mutter.

Ach so. Deine Mutter hat dir das erzählt, soso. Tja, dann sprichst du besser mit deiner Mutter darüber. Sag ihr, wir brauchen Jungen und Mädels, die nicht allein gute Athleten sind, sondern die unser Land im Ausland vertreten können. Botschafter im Trainingsanzug bilden wir aus. Verstehst du? Den Rest lass dir von deiner Mutter erklären. Du kannst morgen noch einmal mitmachen. Am Abend fährst du mit dem Bus nach Hause. Bleib aber dem Kampfsport treu, Junge. Auch wenn du keiner unserer Leistungssportler wirst, denk daran, Sport ist für dein weiteres Leben wichtig.

Er klopfte mir wieder auf die Schulter und verließ das Internat. Ich ging in den Speisesaal zurück, nahm mir einen Teller mit Rohkost und versuchte zu essen, aber ich hatte keinen Hunger und stellte ihn zurück.

Hat dir Herr Stessler gesagt, dass du aufgenommen wirst, fragte Max, der auch Kampfsport machte und sehr gut war. Ich hatte mich mit ihm angefreundet.

Nein. Und ich glaube nicht, dass ich es geschafft habe.

Da kannst du sicher sein. Wollen wir wetten? Und wenn die hier auch nur einen nehmen, Konstantin, dann bist du das.

Ich glaube nicht. Ich wette, dass sie dich nehmen.

Daheim angekommen, erzählte ich alles meiner Mutter, und sie sagte nur, Vater sei bei den Nazis ein hoher Offizier gewesen, und das sei heute nicht mehr geschätzt. Die Kinder der Offiziere, die bei der Wehrmacht waren, dürften kein Abitur machen, und sie hätte es sich schon gedacht, dass ich nicht auf die Sportschule komme. Ich solle aber froh sein, denn in einem Internat zu leben, das mag für eine Woche spaßig sein, aber auf Dauer sei man nirgends einsamer als in einem Schülerheim. Sie habe es als Zwölfjährige erlebt, da kam sie für vier Jahre in ein Mädchenpensionat in der Schweiz, und so etwas wünsche sie eigentlich keinem. Und ich habe ihr damals geglaubt und mich zufriedengegeben, und ich habe ihr nicht geglaubt und wollte dennoch nicht nachfragen und nachforschen. Ich hatte gehofft, dass dieses Unheil wie eine dunkle Wolke irgendwann sich auflösen und verschwinden würde und mich nicht weiter verfolgt und ängstigt und alles zerstört, was ich für mich erhoffte.

Allein auf dem Schulklo sitzend, begriff ich, dass dieser Schrecken mit meinem Vater zu tun hatte. Er war das Pech meines Lebens und er klebte lebenslang an mir wie Pech.

Als ich ins Klassenzimmer zurückkam, sah mich die Lehrerin fragend an und erkundigte sich, ob mit mir alles in Ordnung sei. Ich nickte. Die ganze Klasse schaute in diesem Moment zu mir. Ich hätte sie am liebsten angeschrien: Ich weiß, was ihr denkt. Ich weiß, warum ihr mich anglotzt. Ja, ich bin der Sohn eines Kriegsverbrechers. Ja, ich bin der Sohn eines aufgehängten Verbrechers. Ja, mein Vater ist einer dieser schlimmen SS-Offiziere.

Statt die ganze Klasse und die Lehrerin anzuschreien, ging ich zu meiner Bank, setzte mich, hielt den Kopf gesenkt und wollte mich vor aller Welt verstecken. Verstecken, verschwinden. In einem Mauseloch leben. Verborgen sein. Unsichtbar.

Gunthard und ich sprachen eine ganze Woche nicht miteinander, nicht, wenn wir mit Mutter zusammen waren, und auch nicht, wenn wir allein in unserem gemeinsamen Zimmer saßen. Bei den Mahlzeiten redete nur Mutter, wir antworteten einsilbig. Mutter bemühte sich, unsere düstere Stimmung zu vertreiben, aber ich glaube, sie verstand unsere Schweigsamkeit.

Eine Woche nach Mutters Eröffnungen sagte Gunthard, während er seinen Schulranzen packte, beiläufig zu mir: Du musst nicht alles glauben, was Mutter über unseren Vater sagt. Die Ehe unserer Eltern war nie gut.

Onkel Richard hat mir geschrieben, dass die beiden sich schon zwei, drei Monate nach ihrer Hochzeit nicht mehr verstanden haben und sich immerzu krachten. Und das zweite Kind, also dich, wollte Mutter auf keinen Fall bekommen. Mutter hätte mit ihm überhaupt nicht mehr gesprochen, als sie wieder schwanger war. Sie habe versucht, Vater bei seiner eigenen Familie anzuschwärzen und zu verleumden, und genau das betreibe sie jetzt mit uns beiden.

Zeigst du mir den Brief?, fragte ich.

Bitte, sagte er und holte einen Brief aus der stets sorgsam verschlossenen Schublade seines Schreibtischs.

Ich kann dir auch ein Foto von Vater zeigen. Das hat mir der Onkel geschickt, als ich ihm schrieb, dass Mutter kein einziges Foto von ihm besitzt.

Oh, bitte, ja. Zeig es mir.

Er kramte längere Zeit in seiner Schublade, dann holte er ein postkartengroßes Foto mit gezacktem Rand hervor und gab es mir. Der Mann auf dem Foto, mein Vater, stand vor einem Flugzeug. Eine Hand lag auf dem Handlauf einer kleinen Gangway, die andere Hand war in die Hüfte gestützt. Er schaute in die Kamera. Mein Vater starrte mich an. Er lächelte mich an. Ein freundlicher, gutaussehender Mann mit dunklen Haaren, auf dem Schwarzweißfoto konnte ich dies jedoch nur vermuten. Der Mann, der mein Vater war, sah sehr elegant aus. Er trug einen Zweireiher oder Frack, ein weißes Hemd mit einem vornehmen Stehkragen, dazu eine weiße Weste und eine gleichfalls weiße Fliege. Auch an der Hose konnte man einen weißen Streifen erkennen. Die eine Hand steckte in einem Lederhandschuh, den anderen Handschuh hielt er in der Hand, die auf dem eisernen Geländer der Gangway lag. Auf der schwarzen Anzugjacke waren rechts und links Schulterstücke zu sehen, aber ich konnte nicht erkennen ob diese mit Sternen oder Streifen verziert waren. Das Flugzeug war klein, sehr klein. Die Pilotenkanzel war auf dem Foto nicht zu sehen, aber die beiden Kabinenfenster auf der linken Seite des Flugzeugs. Wahrscheinlich war es ein Flieger für vier oder höchstens sechs Personen. Vielleicht gehörte dieses Flugzeug meinem Vater, er war ja damals sehr reich.

Ich sah zum allerersten Mal ein Foto von meinem Vater. Mutter behauptete, sämtliche Familiendokumente bei Kriegsende und dem überstürzten Auszug aus der großen Stadtvilla am Markt verloren zu haben und nichts mehr von Vater zu besitzen. Ich starrte auf das Foto. Ich dachte daran, wie sich mein Leben verändern würde, wenn ich einen wirklichen Vater hätte, einen, der bei uns ist, mit dem ich reden kann, wenn ich nicht nur mit einer Mutter aufwachsen müsste. Ein Vater könnte so viele Dinge tun, für die eine Frau ungeeignet ist. Ein Vater fehlte mir. Aber dann sah ich den Kriegsverbrecher, den man zum Tode verurteilt und hingerichtet hatte. Der lächelnde Mann auf dem Foto wurde nun eine Bestie, ein Feind der Menschen, einer, der Unschuldige grausam umbringt. Was würde ein solcher Mann, ein solcher Vater mit mir machen?

Ich gab Gunthard das Foto zurück.

Du kannst es behalten, wenn du willst, sagte er.

Ich schüttelte den Kopf. Ein Foto half mir gar nichts.

Danke, dass du es mir gezeigt hast, aber ich weiß nicht …

Ich beendete den Satz nicht. Ich wusste nichts zu sagen.

Müller, sagte mein Bruder, wir heißen Müller und nicht Boggosch. Möchtest du lieber Müller oder Boggosch heißen? Konstantin Müller oder Konstantin Boggosch?

Ich weiß nicht. Wir heißen nun einmal Boggosch. Ich bin daran gewöhnt. Wenn ich nun auf einmal Müller heiße, ist das irgendwie komisch. Ich weiß nicht, wie man mich dann in der Schule rufen würde.

Aber wir sind geborene Müller. Mutter hat uns den Namen weggenommen. Unseren Namen und unseren Vater.

Aber wenn er das wirklich alles getan hat, wovon Mutter sprach ..., sagte ich und verstummte.

Wenn, wenn, wenn. Das ist alles Russenpropaganda. Die Russen sind die Sieger, die sind die Besatzungsmacht, da gilt nur, was die sagen. Aber das ist nicht wahr. Warum soll ich glauben, was die Russen und Polen über meinen Vater erzählen? Der hat schließlich gegen sie gekämpft, da erzählen sie jetzt Gräuelmärchen. Und wieso soll Onkel Richard lügen? Er war schließlich immer dabei, er weiß alles ganz genau. Und er weiß viel mehr als Mutter von unserem Vater. Die Polen und Russen haben unseren Vater mit allem Möglichen beschuldigt. Aber ein Gericht hat festgestellt, dass die Hinrichtung von unserem Vater ein Akt von Kriegsgräuel war, so steht es in der Akte. Und das war ein deutsches Gericht und keine Siegerjustiz, und denen glaube ich mehr als den Russen, die sich nur rächen und in unserem Land alles bestimmen wollen. Die Russen wollten Vater die Fabrik wegnehmen und sein Haus und alles, und dann haben sie eben irgendetwas erfunden, um ihn aus dem Weg zu räumen und sich seinen ganzen Besitz unter den Nagel zu reißen. Besatzer eben. Wenn die nicht wären, dann würde Vater noch leben und wir hätten das Haus und die Vulcano-Werke und wären hochangesehen in der Stadt. Weil alle bei Vater Arbeit hatten. Er hat allen Arbeit verschafft, und zwei Jahre vor Kriegsende wurde er sogar Ehrenbürger, das hatten der

Bürgermeister und die ganze Stadt einstimmig beschlossen. Und plötzlich heißt es: Er ist Kriegsverbrecher. Und sein ganzer Besitz war futsch. Und das wären einmal unser Haus und unsere Fabriken geworden, von mir und dir. Stattdessen wohnen wir in einer kleinen Wohnung und haben gar nichts mehr, und Mutter darf nicht mal als Lehrerin arbeiten, obwohl sie das studiert hat, und muss fremder Leute Wäsche bügeln gehen. Das ist alles nur durch die Russen und Polen so gekommen und weil wir den Krieg verloren haben. Und daran sind Rudolf Heß und Karl Dönitz schuld, schrieb mir Onkel Richard, die beiden haben Deutschland in seiner schwersten Stunde verraten. Und unser Vater war ein Patriot, wie es sie in Deutschland nur selten gibt. Ein Patriot und ein Held, und das wird man eines Tages erkennen und anerkennen, dafür wird Onkel Richard kämpfen. Darum hat er den Prozess in Göttingen geführt und ihn hundertprozentig gewonnen, so dass jetzt Vater völlig sauber dasteht und kein Kriegsverbrecher ist, sondern ein tapferer deutscher Soldat, der die deutsche Ehre verteidigt und an der Front gekämpft hat. Das kannst du mir glauben, Konstantin.

Ich weiß nicht. Wenn Mutter sagt …

Wenn Mutter sagt! Wenn Mutter sagt! Was weiß die denn! Ich habe dir doch gesagt, wie es in Wahrheit war. Ich habe alles hier, alle Dokumente. Hier, schau, das ist die Wahrheit und nicht die Lügen der Russen. Die brauchten nur einen Grund, um Vater alles wegzunehmen, was er sich erarbeitet hat.

Und das Konzentrationslager hinter BUNA 3?

Das sollte ein Gefangenenlager werden, du Idiot. Die sollten dort nicht nur faul rumsitzen, sondern die Chance bekommen, sich in Vaters Werk Geld zu verdienen. Ein Gefangenenlager! Mit Betten und Toiletten, mit einem

Aufenthaltsraum und mit Extraausstattung für die Offiziere. Völlig normal und üblich, so wie überall auf der Welt. Und denen wäre es besser gegangen als den deutschen Soldaten, die die Russen nach Sibirien geschickt haben, wo sie sich zu Tode arbeiten mussten und zu Tausenden erfroren sind.

Ich weiß nicht ...

Dann lies es. Hier. Nimm und lies.

Gunthard kam mit unserem Vater besser zurecht als ich. Ich glaube sogar, er war stolz auf ihn. Er glaubte alles, was Onkel Richard ihm geschrieben hatte. Für ihn war Vater ein Kriegsheld, der für sein Land ehrenvoll gekämpft und sein Leben eingesetzt hatte, ein Soldat, der seine vaterländische Pflicht erfüllte, und kein verbrecherischer Nazi. Einmal habe ich auf dem Schulhof erlebt, wie ein Junge aus der achten Klasse zu ihm eine Bemerkung über unseren Vater machte, über seinen Rang als Brigadeführer der SS. Gunthard ist nicht zusammengezuckt, er hat höhnisch gelächelt und verächtlich erwidert: Mein Vater war ein deutscher Offizier, da hast du recht, du Wichser.

Obwohl der andere Junge ein Jahr älter war und auch etwas größer als Gunthard, hat er nichts mehr gesagt, sondern ist abgezogen.

Ich konnte das nicht. Ich konnte mich nicht gegen die spitzen Bemerkungen und Andeutungen wehren. Ich konnte es nicht, weil ich auf meinen Vater nicht stolz war. Weil ich Mutter mehr glaubte als jenem Onkel Richard, den Gunthard und ich nie gesehen hatten. Weil ich nicht nur alles gelesen hatte, was Onkel Richard Gunthard geschickt hatte, sondern auch das, was Mutter gesammelt hatte. Mit Mutter sprach ich häufiger über meinen Vater, Gunthard dagegen wollte von ihr nichts über ihn hören. Wenn sie mit ihm darüber reden wollte, brach er das Gespräch ab, ging aus dem Zimmer oder er blieb mit versteinerter Miene am Tisch sitzen, kniff die Lippen zusammen und schwieg.

Ich lass mir meinen Vater nicht nehmen, sagte er einmal zu mir, nicht von den Russen und nicht von den Polen. Und auch nicht von Mutter. Er ist unser Vater. Right or wrong, my father. Und du, Konstantin, solltest es dir genau überlegen, wie du dich zu ihm verhältst. Er ist auch dein Vater, so oder so. Er ist es und er bleibt es.

Gunthard starrte mich so seltsam an, dass ich mich nicht zu rühren wagte. Er stützte beide Arme auf den Tisch, sah mich eindringlich an und atmete schwer. Und plötzlich kamen ihm die Tränen. Er saß vor mir und heulte und konnte gar nicht mehr aufhören. Er legte seinen Kopf auf die Arme und schluchzte laut.

Gunthard, sagte ich leise, Gunthard, hör auf. Bitte.

Ich legte ihm eine Hand auf die Schulter, er schlug wütend nach mir, ohne den Kopf zu heben. Ich stand hinter ihm und wusste nicht, was ich tun sollte. Mutter wollte ich nicht rufen, das wäre ihm sicher nicht recht. Nach einigen Minuten beruhigte sich Gunthard und schneuzte sich mehrmals in sein Taschentuch, dann stand er auf und ging, ohne ein Wort zu sagen, aus dem Zimmer.

1958 beendete mein Bruder die achte Klasse. Obwohl er einer der besten Schüler seines Jahrgangs war, durfte er nicht auf die Oberschule in der Kreisstadt gehen. Sein Russischlehrer und die Lehrerin für Englisch hatten sich für ihn eingesetzt, aber alle anderen Lehrer und der Direktor sprachen sich gegen eine Oberschulempfehlung aus.

Gunthard sagte zu mir: Siehst du, den Vater wird man nie los. Wegen unserem Vater, wegen der ihm angedichteten Verbrechen darf ich nicht zur Oberschule, werde ich nie studieren dürfen. Und dir wird es in zwei Jahren genauso gehen. Dafür werden die da oben sorgen, der Direktor, die Schulleitung, der Bürgermeister, dass wir Vater nie loswerden. Also brauchen wir ihn auch nicht verleugnen. Das ist Schikane. Das ist Sippenhaft. Wie im Mittelalter. Aber schön, dann soll es eben so sein. Ich gehe meinen Weg, ich werde es ihnen zeigen.

Ich fragte ihn, was er machen wolle.

Erzähle es keinem, sagte er, keinem Einzigen. Ich verschwinde. Ich hau ab. Ich geh in den Westen.

Du haust ab?

Ja. Aber kein Wort zu irgendjemandem. Vor allem nicht zu Mutter.

Versprochen. Heiliges Ehrenwort.

Es ist alles mit Onkel Richard geregelt. Ich warte noch, bis ich achtzehn bin. Dann bin ich volljährig und keiner kann mir was. Mit achtzehn verschwinde ich für immer und ziehe zu Onkel Richard. So haben wir es vereinbart. Wenn ich eher abhaue, sagt er, dann könnte Mutter dagegen klagen, und es könnte passieren, dass sie als Erziehungsberechtigte gewinnt und ich zurückkehren muss. Über Minderjährige entscheidet allein der Erziehungsberechtigte, und das ist Mutter. Und sie will nicht, dass wir mit Onkel Richard Kontakt haben. Sie würde Himmel und Hölle in Bewegung setzen, wenn sie hört, dass ich bei Onkel Richard bin. Ich warte, bis ich achtzehn bin, und dann nichts wie weg. Ich lerne hier noch einen Beruf und gehe danach rüber. Ich bekomme bei Onkel Richard eine Stelle in seiner Firma. Er hat in der Nähe von München eine Chemiebude, eine Fabrik für Naturkautschuk und synthetische Kautschuke. Also so etwas Ähnliches wie Vaters Vulcano-Werke. Mit der richtigen Ausbildung, sagt Onkel Richard, werde ich bei ihm gleich eine Abteilung leiten, kann irgendwann Direktor werden und vielleicht sogar sein Nachfolger, denn er hat keine Kinder. Ich habe mich als Chemiefacharbeiter beworben, die werden gesucht, und nach den drei Jahren verschwinde ich. Du kannst zwei Jahre später nachkommen, denn hier wirst auch du keinen Fuß auf den Boden bekommen. Oberschule, das kannst du genauso vergessen wie ich, Konstantin. Mit der achten Klasse ist für dich ebenso Schluss wie für mich. Oberschule, das kommt für uns nicht in Frage, nicht für die Söhne von Gerhard Müller. Da nützt uns der Name Boggosch gar nichts, die haben alles in ihren Akten.

Und wo hast du dich beworben? Hier bei uns? Bei BUNA 3?

Na, rat einmal. Ich mach meine Lehre in meinem eigenen Betrieb. Ich habe mich tatsächlich bei BUNA 3 beworben. In Vaters alten Vulcano-Werken. Die haben sich gefreut, als ich mich vorstellte. Lehrlinge mit meinem Zensurendurchschnitt hatten die noch nie, sagten sie mir. Der Ausbilder wollte wissen, wieso ich bei diesem Zeugnis nicht auf die Oberschule gehe. Von Vater hatte der keine Ahnung. Der stammt aus Schkopau und wusste nicht einmal, dass BUNA 3 früher die Vulcano-Werke waren. Im September beginnt die Lehre. Ich bin dort sozusagen der Juniorchef, es ist schließlich Vaters Firma, wovon die aber zum Glück nichts wissen. Und in drei Jahren habe ich meinen Chemiefacharbeiter und schwirre ab.

Gunthard begann tatsächlich seine Lehre in BUNA 3 und ich musste mir überlegen, was ich nach der achten Klasse machen könnte, denn Gunthard hatte recht, sie würden auch mich nicht zur Oberschule zulassen, obwohl ich jedes Jahr mit Abstand der Klassenbeste war. Wie mein Bruder zu BUNA 3 zu gehen, kam für mich nicht in Frage. In Chemie und Physik hatte ich zwar jedes Jahr Einsen bekommen, aber ich interessierte mich mehr für Sport und Kampfsport und wie meine Mutter für Fremdsprachen. Wenn ich mit vierzehn die Schule verlassen muss, werde ich in drei von meinen vier Fremdsprachen sicher perfekt sein, aber sie werden mich wie Gunthard ablehnen und ich müsste dann irgendeine Lehre beginnen. Ich müsste einen Beruf erlernen, den ich so schnell wie möglich wieder loswerden wollte. Und wie Gunthard Chemiefacharbeiter zu werden und dann zu Richard zu gehen, missfiel mir. Zudem hatte Onkel Richard nie mir geschrieben, sondern immer nur über Tante Mechthild an Gunthard. Er ließ mich zwar immer grüßen, aber ich bekam nie Post von ihm. Vielleicht schrieb er nur an meinen Bruder, weil er der Ältere war. Oder weil er ihn als Baby noch kennengelernt hatte. Es kann aber auch sein, dass Gunthard ihm etwas über mich geschrieben hatte. Dass er ihm erzählt hatte, mir erschienen Mutters Geschichten glaubwürdiger und ich sei anders als Gunthard nicht davon überzeugt, dass Onkel Richards Darstellung richtig und Vater kein Kriegsverbrecher wäre. Vielleicht wollte Onkel Richard deswegen nichts mit mir zu tun haben. Ich hatte auch keine Lust, als Chemiker zu arbeiten und den ganzen Tag Gummilösungen zusammenzurühren. Keinesfalls wollte ich mich als Chemiefacharbeiter ausbilden lassen, um dann in Onkel Richards Firma zu arbeiten, selbst nicht als irgendeiner seiner Direktoren in der Chemiebude. Außerdem, wenn Gunthard nach der Lehre abhaut und zu dem Onkel nach München geht, werden die Leute in BUNA 3 und die Chefs in der Stadtverwaltung mir gegenüber misstrauisch, denn sie werden sich an drei Fingern abzählen können, dass ich genauso wie mein Bruder nach der Lehre nach Westdeutschland gehen würde.

Nach Mutters Eröffnung und den Gesprächen mit Gunthard über die Briefe, die ihm Onkel Richard schrieb, hatte ich den Eindruck, dass meine Schulkameraden und die ganze Stadt in mir immer nur den Sohn meines Vaters sahen. In den Jahren davor hatte ich nur irgendein Geheimnis um meinem Vater geahnt, es war eine dunkle, mysteriöse Geschichte, über die Mutter und Tante Mechthild mit mir nicht sprechen wollten. Auch Gunthard sprach nicht mit mir darüber, vielleicht weil er damals noch nichts von Onkel Richard gehört hatte oder meinte, ich sei noch zu jung dafür. Möglicherweise wussten nicht alle in der Stadt über Gerhard Müller Bescheid und auch nicht, dass ich sein Sohn war, aber ich wurde das Gefühl nicht los, jeder in meiner Klasse und alle Bekannten sahen in mir nur den Sohn eines Kriegsverbrechers, das Kind eines Fabrikanten, der ein betriebseigenes Konzentrationslager für seine Vulcano-Werke hatte bauen lassen.

Nur wenn ich mit Cornelia auf dem Schulhof zusammenstand, war ich von allen Ängsten frei. Cornelia Bertuch war meine vorgebliche Cousine, das jedenfalls hatte sie einmal einem Mitschüler erklärt, der sich darüber lustig machte, dass sie sich mit einem Jungen aus der Siebenten abgab. Ihre Mutter war mit meiner Mutter befreundet und sie besuchten uns gelegentlich. Obwohl Cornelia ein Jahr älter als ich war, unterhielt sie sich nur mit mir und nie mit Gunthard, und sie wollte sich auch nicht weiter mit ihm abgeben. Ich war damals in sie verliebt, und ich glaube, sie war auch etwas in mich verliebt. Wir haben uns manchmal in ihrem oder meinem Zimmer geküsst, wenn kein Mensch in der Nähe war. Sie hatte schon eine richtige Brust, und wenn sie neben mir saß und ihre Brüste sich unter ihrem Kleid bewegten, wurde mir heiß und kalt und manchmal zitterte ich sogar.

Kurz vor den Sommerferien kam der Lehrausbilder von BUNA 3 an unsere Schule und hielt vor allen Schülern der siebenten Klassen einen Diavortrag über den VEB Chemische Werke BUNA Schkopau und über BUNA 3 und die beruflichen Chancen, die uns, wie er sagte, eine Zukunftsindustrie eröffnet. Mit seinem Vortrag wollte er uns überreden, nach unserem Schulabschluss in seiner Fabrik eine Lehre anzufangen. Er sprach über die Möglichkeiten, die sein Werk bereits den Lehrlingen bietet, und darüber, welche Aussichten wir nach der Lehre hätten. Er sprach auch über die dunkle Vergangenheit des Werkes und erzählte uns von den früheren Vulcano-Werken, die einst einem Kriegsverbrecher gehört hatten, der nach dem Krieg zum Tode verurteilt worden war. Mit dieser Vergangenheit habe BUNA 3 nichts zu tun, jetzt sei der Humanismus und die Menschlichkeit gesetzlich verankert und Bestandteil der Verfassung, der Verfassung des Staates und der Betriebsverfassung von BUNA. Als er den Namen Gerhard Müller aussprach, war er wahrscheinlich der Einzige in der Aula, der nicht wusste, dass ich sein Sohn bin. Nach seiner Rede sprachen wir auf dem Schulhof über diese Stunde, die uns als Berufsberatung angeboten worden war. Einige Kameraden waren von den Geldsummen beeindruckt, von denen der Lehrausbilder gesprochen hatte, dem Monatslohn und den garantierten Zuschlägen. Zwei Mitschüler sprachen mich an und meinten, dies sei doch genau die richtige Lehre für mich. Ich wusste, was sie damit meinten. Ich konnte nichts darauf erwidern, nicht das Geringste, und schon gar nicht so eine kühne und freche Entgegnung, wie es Gunthard getan hätte. Ich schwieg und mir war übel, und als sie höhnisch lachten, kamen mir die Tränen und ich rannte weg.

Nein, ich würde nach der Schule nicht zu BUNA 3 gehen, ich wollte nicht in Vaters Vulcano-Werken als Lehrling anfangen, auch wenn diese nun einen anderen Namen hatten und ein volkseigener Betrieb waren und der Lehrausbilder nicht wusste, dass die beiden Boggoschkinder in Wahrheit die Söhne von Müller sind, von Gerhard Müller. Irgendwann wüssten es alle in der Fabrik, vom Pförtner bis zum Direktor, und selbst wenn sie es mir gegenüber nie erwähnen würden, ich könnte ihnen ansehen, was sie denken. Wenn ich wie mein Bruder auch nicht auf die Oberschule gehen darf, so würde ich aus der Stadt verschwinden, und da ich minderjährig war, wollte ich weit weg fahren, in ein anderes Land, wo mich keiner findet und mich keiner kennt. Wo man nichts von Gerhard Müller weiß, nichts von seinen Söhnen, nichts von mir.

Zu Beginn der achten Klasse, im Oktober, wurde uns vom Klassenlehrer mitgeteilt, welchen Bewerbungen für die Oberschule in der Kreisstadt sowohl das Lehrerkollegium unserer Grundschule als auch das der Oberschule und der Kreisschulrat zugestimmt hatten. Vier Mädchen und zwei Jungen durften im nächsten September zur Oberschule in die Kreisstadt fahren. Nachdem der Klassenlehrer alle Namen genannt hatte, sah die ganze Klasse zu mir. Ich war mit Abstand der Klassenbeste und alle wussten, dass ich mich auch beworben hatte. Aber mir war klar, dass man mich nicht nehmen würde, ich hatte genauso wenig Chancen wie Gunthard, ich hatte es gewusst, aber dennoch gehofft.

Als die Namen verlesen wurden, starrte ich unverwandt auf meine Hände, sah den Lehrer nicht an und keinen Schüler, und ich hob auch nicht den Blick, als er mit dem Verlesen der Liste fertig war. Ich schaute nicht auf und ich sagte nichts. Eins der ausgewählten Mädchen meldete sich und fragte, wieso Konstantin nicht zur Oberschule gehen darf, er habe doch immer die besten Noten. Herr Siebert erwiderte, die Entscheidungen seien kollektiv getroffen worden, wobei nicht allein die schulischen Leistungen zu bewerten waren, sondern sämtliche Aspekte einer Schülerpersönlichkeit und mir oder meiner Mutter bliebe die Möglichkeit, Beschwerde gegen diesen Beschluss einzulegen. Überdies gäbe es die Möglichkeit, das Abitur auf der Abendschule zu machen. Er wünsche allen Schülern das Beste und hoffe, dass die einen sich der Ehre, eine weiterführende Schule zu besuchen, würdig erweisen und dass alle anderen gute Lehrstellen bekommen. In den nächsten zwei Monaten würde ein Berufsberater in die Klasse kommen und mit allen Schülern sprechen, die sich noch nicht für einen Beruf entschieden hätten.

Ich wusste genau, dass Siebert gegen mich gestimmt hatte. Siebert und auch die anderen drei Neulehrer, von denen zwei früher in den Vulcano-Werken gearbeitet und meinen Vater noch kennengelernt hatten. Die vier waren gegen mich und der Schulrat sicherlich ebenfalls. Eine Beschwerde war zwecklos, das sagte auch Gunthard am Abend zur Mutter.

Was willst du machen? Abhauen oder BUNA 3?, fragte mich Gunthard, als wir im Bett lagen.

Lieber abhauen als BUNA 3.

Ja, da hast du recht, erwiderte er, aber wenn du zu Onkel Richard gehst, wird Mutter Himmel und Hölle in

Bewegung setzen, um dich zurückzuholen. Mutter hasst Onkel Richard. Dafür müsstest du volljährig sein. Und was willst du bis dahin anfangen?

Ich weiß es nicht. Ich weiß es noch nicht, antwortete ich.

Aber das war eine Lüge, denn im Sommer hatte ich entschieden, wenn sie auch mich nicht auf die Oberschule lassen, wollte ich direkt nach dem Abschluss der achten Klasse zur Fremdenlegion gehen. In der achten Klasse stand mein Entschluss fest. Gisbert und Alexander, zwei Jungen aus meiner Klasse, bewunderten die Legionäre und gaben mir französische und englische Broschüren der Legion, die sie von Gisberts Onkel bekommen hatten, damit ich die Texte für sie übersetze. Gisberts Onkel war ein Deutscher, der seit Jahrzehnten in Frankreich lebte, sein ganzes Leben lang bei der Legion war, es bis zum Maréchal des Logis geschafft und erst vor kurzem seinen Dienst quittiert hatte. Er hatte als junger Mann aus Deutschland fliehen müssen, da er als persönlicher Adjutant von General von Lüttwitz in den zwanziger Jahren in Dortmund den Kampf gegen die Rote Ruhrarmee organisiert hatte, bei der es viele Tote gab und weswegen er nach dem Putsch steckbrieflich gesucht wurde. Seitdem war er in Frankreich und dort sofort zur Legion gegangen. Wie Gisbert sagte, spricht sein Onkel Ric kaum noch Deutsch und die Briefe bestehen aus einem Kauderwelsch von Deutsch, Französisch und Englisch. Eigentlich heißt er Richard, aber bei der Legion nannten ihn alle nur Ric und den Namen hat er behalten und sogar versucht, ihn auf dem Amt, dem Hôtel de Ville, eintragen zu lassen.

Was ich in den Heften las, begeisterte mich. Es war eine harte Ausbildung, und man führte ein gefährliches Leben, aber die Legion schützte ihre Legionäre und stellte sich vor sie. Die Legionäre waren eine verschworene Gemeinschaft, so wie die Musketiere oder die Ritter der Artusrunde. Einer für alle und alle für einen. Jeder kämpfte für sich und für den anderen, wie Brüder. Und man kämpfte bis zum Sieg. Niederlagen akzeptierte man nicht, und ein verlorener Kampf war nur Ansporn, es sofort wieder zu versuchen, immer wieder und so lange, bis die Legionäre über ihre grausamen und heimtückischen Feinde triumphierten. Die Legion war die Speerspitze der französischen Armee, immer im Einsatz und immer an den gefährlichsten Plätzen der Front, da, wo die anderen Soldaten sich nicht hintrauten. Befehle waren für sie heilig, und die vorgesetzten Offiziere waren keine Herren, sondern Kameraden und Freunde der einfachen Legionäre. Legio Patria Nostra, das war ihre Fahne und ihr Motto. Die Legion würde auch mein Vaterland werden. Das alte würde ich vergessen, das alte Vaterland samt dem Vater. Ich wusste, die Legion lieferte sogar verurteilte und aus dem Gefängnis geflohene Straftäter weder den französischen Behörden aus noch irgendwelchen anderen, wenn diese Männer der Legion angehörten. Man würde auch mich nicht im Stich lassen, selbst wenn meine Mutter oder die deutschen Behörden meine Rückführung vor einem Gericht in Frankreich einklagen würden. In die sowjetisch besetzte Zone würde man mich nicht abschieben, davor wäre ich in der Legion sicher. Das Mindestalter für eine Aufnahme in der Legion, las ich, sei siebzehn Jahre, aber es habe auch schon Sechzehnjährige gegeben, die ihr beitraten. Ich wäre nach dem Schulabschluss vierzehneinhalb, aber ich war kräftig, wirkte älter und wollte mir vor der Flucht nach Frankreich einen Bart stehen lassen. Ich war sicher, dass man mir glauben würde, ich sei bereits sechzehneinhalb. In der Legion wüsste keiner etwas von einem Gerhard Müller, es würde mich keiner danach fragen, es interessierte keinen. Die Legion würde mich nicht nur vor einer Auslieferung schützen, sondern auch vor meinem Vater.

Gisbert hatte auch eine Schallplatte von Ric bekommen, eine Platte mit den Liedern der Legion, und mich gebeten, diese Lieder für ihn zu übersetzen. Da wir keinen Plattenspieler besaßen, musste ich mehrmals zu Gisbert, um die Lieder abspielen zu können. Ich musste sie mir alle immer wieder anhören, um den Text zu verstehen. Es waren kräftige Lieder, heroisch und frech, und es machte Spaß, sie zu hören. Nos anciens ont su mourir. Pour le gloire de la Légion. Nous saurons bien tous périr suivant la tradition. Bald konnte ich alle elf Lieder auswendig, und auch Gisbert und Alexander sangen sie mit, wenn sie die Platte spielten, aber sie sangen es auf Deutsch, weil sie kein Wort Französisch konnten. Unsere Alten wussten zu sterben. Für den Ruhm der Legion. Auch wir wissen unterzugehen getreu der Tradition.

Ich sagte ihnen, dass man diese Lieder nicht auf Deutsch singen darf und schon gar nicht das *Boudin*-Lied, denn mit der Blutwurst ist in dem Lied die zusammengerollte blaue Decke auf dem Militärrucksack gemeint, und das versteht keiner, wenn wir eine Blutwurst besingen. Ich brachte ihnen ein paar Worte Französisch bei, so dass wir wenigstens Tiens, voilà du boudin, voilà du boudin, voilà du boudin ... Pour les Belges, y en a plus, ce sont des tireurs au cul! zusammen schmettern konnten. Das war unsere Hymne und wir sangen sie sogar auf dem Schulhof und behaupteten den Lehrern gegenüber, es sei ein Volkslied wie *Sur le pont d'Avignon* und wäre in der Französischen Revolution von den Arbeitern in

Paris beim Sturm auf die Bastille gesungen worden. Da die Lehrer den Text nicht verstanden, dies aber nicht zugeben wollten, gaben sie sich mit meiner ernsthaft vorgetragenen Erklärung zufrieden. Als wir im Geschichtsunterricht über Robespierre und Danton sprachen, forderte die Lehrerin uns drei sogar auf, das angebliche Revolutionslied zu singen. Gisbert konnte sich kaum das Lachen verkneifen, aber ich sang wie ein trotziger, rebellischer Eroberer der Bastille die Legionärshymne und wurde von Frau Kiessling dafür gelobt.

Ich wollte nach der Schule zur Fremdenlegion gehen, um dieses Provinznest hinter mir zu lassen. Und den Schatten meines Vaters. Ich begann zu sparen, denn ich brauchte Geld, um bis nach Marseille zu kommen. Ich hatte mir die Adressen der Informations- und Rekrutierungsbüros aus den Broschüren meiner Mitschüler abgeschrieben und die der Vorauswahlzentren. Es gab Büros in Mulhouse und Strasbourg, was für mich näher war, aber das waren die Rekrutierungsstellen für deutsche Bewerber, und ich wollte mich nicht als Deutscher für die Legion bewerben, sondern als Schweizer. Ich überlegte sogar, russisch zu sprechen und zu behaupten, ich sei Kirgise oder komme aus irgendeinem der sowjetischen Länder, deren Muttersprache nicht Russisch ist, damit wäre mein schlechtes Russisch erklärt, aber ich fürchtete, in der Legion jemanden aus diesem Erdteil zu treffen. Dann wäre ich mit meiner Lüge aufgeflogen, und ich wusste aus den Heften, was denen bevorstand, die die Legion belügen.

Ich hatte entschieden, mich in Marseille zu bewerben, und dafür brauchte ich Geld. Seit dieser Entscheidung arbeitete ich zweimal in der Woche bei Bauern, die Mutter kannte und die vom späten Frühjahr bis zum Herbst

Leute für das Pflücken der Erdbeeren und Kirschen benötigten und für die Kartoffelernte. Manchmal arbeitete ich auch in der Schmiede, ich war der Handlanger für den alten Tschochau, der allein in der rußigen Halle an der Marktstraße für die Bauern Pflüge reparierte und für ihre Pferde Hufeisen schmiedete, die er mit Hilfe der Besitzer den Tieren aufnagelte. Ich hatte für das Feuer zu sorgen oder mit zwei langen Zangen Eisen in die Flammen zu halten und zu drehen. Tschochau redete wenig. An jedem seiner Kunden, Bauern aus der Umgebung, hatte er etwas auszusetzen, weil sie ihre Pferde nicht ordentlich hielten, und wenn sie Wünsche äußerten, erwiderte er nur, dass er richtige Arbeit mache und nicht so einen schnellen Dreck, an dem die Pferde weiter kaputtgehen. Zu mir hat er nie einen ganzen Satz gesagt, er brüllte nur ein Wort in der lauten Halle, und dann musste ich wissen, was zu tun war. Es war eine heiße und dreckige Arbeit und sie wurde schlecht bezahlt, aber die Arbeit brachte Muskeln.

Das meiste Geld konnte ich am Sonntagnachmittag machen, wenn ich in Röders Kegelbahn als Aufsteller arbeitete. Die Gäste waren nach vier Stunden betrunken, sie zahlten mir die vereinbarten drei Mark pro Stunde und legten immer ein gutes Trinkgeld drauf. Ich war sicher, dass ich am Ende des letzten Schuljahrs dreihundert, vielleicht sogar fünfhundert Mark zusammengespart hätte. Damit könnte ich bis nach Marseille reisen und dazu noch einige Francs eintauschen.

Ich wusste, welche Papiere ich benötigte, und entwarf bereits zu Weihnachten, ein Dreivierteljahr vor der Reise nach Marseille, eine Einverständniserklärung eines Mannes, der angeblich mein gesetzlicher Vormund war, denn ich wollte mich bei der Legion als Waise vorstellen, die keine Verwandten hat, nirgendwo in der Welt. Ich hatte mir notiert, welche Leistungsprüfungen ein Bewerber zu bestehen hat, und ich wusste, dass ich glaubwürdige und richtige Antworten haben musste, wenn sie fragen, warum ich zur Legion will und wieso ich dafür geeignet sei. Klettern, Rennen, Klimmzüge, all das, was bei der Legion gefragt war, trainierte ich zusätzlich zum Sportunterricht in der Schule und zu meinen Trainingsstunden in der Arbeitsgemeinschaft Kampfsport.

Die Frau von der Berufsberatung kam nach den Weihnachtsferien in unsere Klasse. Alle, die noch keinen Lehrvertrag hatten und nicht auf die Oberschule gehen würden, mussten nach dem Unterricht im Klassenzimmer bleiben und ihren Vortrag anhören. Ich erkundigte mich, ob ich eine Lehre bei Tschochau machen kann, dem Schmied, aber Tschochau brauchte keinen Lehrling und besaß auch nicht die notwendige Qualifikation, einen Lehrling auszubilden, sagte die Berufsberaterin. Da ich nicht vorhatte, irgendeine Lehre anzufangen, sondern verschwinden wollte, war mir die Berufswahl egal. Ich entschied mich für den Tischlerberuf und versprach, mich in den nächsten Tagen in der Tischlerei Kretschmar vorzustellen, die zwei Lehrlinge ausbilden wollte.

Um nicht meinen eigentlichen Plan zu verraten, ging ich tatsächlich noch im Januar zu Kretschmar, klopfte an seine Bürotür, stellte mich vor und sagte ihm, dass ich nach der Schule in seinem Betrieb als Lehrling anfangen möchte. Ich hatte mein letztes Zeugnis mitgebracht, auf das er minutenlang starrte, ohne etwas zu sagen.

Konstantin Boggosch, sagte er schließlich, heißt du nicht Müller?

Ich heiße Boggosch, erwiderte ich.

Ich war mal bei einem Müller beschäftigt. Einem Gerhard Müller. Ich war Tischler in den Vulcano-Werken.

Ein unangenehmer Patron, dieser Gerhard Müller. Ich glaube, man hat ihn aufgehängt. Er war wohl auch anderswo unangenehm. Und ausgerechnet du willst bei mir anfangen? Du bist doch sein Sohn, oder?

Ich heiße Boggosch und mein Vater ist im Krieg gefallen.

Na schön, dass ich das nun weiß, Konstantin Boggosch. Dann gehen wir mal in die Werkstatt.

In der Werkstatt arbeiteten fünf Männer, die nur kurz aufsahen, als wir in den Raum kamen. Kretschmar ging mit mir in den hinteren Bereich der Halle, wo das Schnittholz gestapelt war.

Das ist mein Lager, sagte er, ein kleiner Schatz in diesen Zeiten. Und nun bring mir mal eine Eichenbohle.

Er ließ mich noch dreimal Bretter holen, einmal Buche, einmal Kirschbaum, und zuletzt verlangte er eine Latte der Maulbeerfeige. Bei den ersten drei Hölzern brachte ich das Richtige. Als ich ihm sagte, Maulbeerfeige könne ich ihm nicht heraussuchen, da ich noch nie ein Maulbeerfeigenholz gesehen habe, nickte er zufrieden.

Gut so. Wenn du mir Maulbeerfeige gebracht hättest, gäb es von mir eine Maulfeige, mein Junge, denn so feines Holz habe ich nicht. Das gab es vor dem Krieg. Jetzt lebe ich von meinem alten Lagerholz und dem Dreck, den sie uns heutzutage anbieten.

Er ging mit mir zu einer Hobelbank, spannte ein unbearbeitetes Fichtenbrett ein und griff nach einem langen Hobel.

Das ist eine Raubank, merk dir das. Und nun schau, ich werde das Brett schlichten, und zwar mit drei Schüben. Und dann machst du mir die andere Seite. Auch mit drei Schüben. Wenn du mehr brauchst, kann ich dich nicht gebrauchen. Ich hatte mal einen Bewerber, der brauchte zehn Minuten, um ein Brett halbwegs zu schlichten. Das kostet erstens Zeit und Geld, mein Geld, und zweitens war danach von dem Brett nur noch die Hälfte da. Ich habe ihm gesagt, er soll Schuster werden oder Koch, da kann man vielleicht jemanden mit zwei linken Händen gebrauchen.

Mit langsamen Bewegungen machte er drei Schübe, strich mit dem Finger über das geglättete Holz und reichte mir den schweren Hobel. Er löste das Brett, drehte es um und spannte es wieder in der Hobelbank ein.

Bitte, sagte er.

Ich hatte ihm genau zugesehen und bemühte mich, den Hobel so ruhig und gleichmäßig über das Holz zu schieben wie er. Nach drei Schüben trat ich zurück. Er prüfte mit einem Finger die Schlichtung und schien zufrieden zu sein.

Nun ja, das geht. Ich denke, du bist geeignet. Vielleicht wird aus dir ein Tischler. Ich nehme dich. Du bekommst von mir einen Lehrlingsvertrag. So, nun habe ich einen neuen Lehrling: Konstantin Müller, der sich Boggosch nennt. Den Vertrag machen wir in den nächsten Tagen. Und am ersten September sehen wir beide uns wieder. Und zwar pünktlich um sieben. Und pünktlich, das heißt für dich: fünf vor sieben und nicht fünf nach sieben.

Ich verabschiedete mich höflich von ihm. Auf der Straße sagte ich ganz laut: Du Arschloch. Bei dir würde ich nicht einmal anfangen, wenn du mir eine Million bietest.

Ich stellte mir vor, wie er am ersten Septembertag vor der Tür seiner Werkstatt steht und auf mich wartet, um mir dann zu erklären, dass sieben Uhr fünf vor sieben Uhr heißt und nicht fünf nach sieben. Und nach zwei, drei Stunden würde ihm dämmern, dass sein neuer Lehrling nicht in seine Klitsche kommt und er in diesem Jahr überhaupt keinen Lehrling mehr bekommen kann, es sei denn, einen, den alle anderen nicht haben wollten. Vielleicht sollte ich ihm einen Gruß schicken, eine Ansichtskarte vom Rhein oder von der Seine. Oder mit einem Foto der Maulbeerfeige. Und unterschreiben würde ich mit Boggosch, mit Konstantin Boggosch. Und ich würde meinen Namen zweimal hinschreiben, damit er ihn sich merkt.

Einen Monat später bekam ich den Lehrlingsvertrag mit der Post zugeschickt. Ich unterschrieb ihn und brachte ihn in die Tischlerei. Der Chef, Herr Kretschmar, sei bei einem Kunden, sagte mir einer der Gesellen, ich solle warten oder den Vertrag ins Büro legen. Ich hätte Kretschmar gern noch einmal gesehen, denn nun, wo ich entschieden hatte, aus dieser Stadt für alle Zeit zu verschwinden, gefiel es mir, wenn irgendwelche Leute glaubten, mich mit meinem Vater piesacken und beleidigen zu können. Irgendwann, und zwar sehr bald, wäre ich für immer weg, und deshalb wollte ich Kretschmar sehen. Ich wollte hören, ob er noch einen seiner klugen Sprüche für mich hat, über meinen Vater oder darüber, was ich als sein Lehrling zu tun hätte. Ich würde nur zustimmend nicken und ihn in dem Glauben lassen, er könne mich ab September triezen und hin und her schicken wie einen dummen Jungen. Ich wartete zehn Minuten, dann ging ich in sein Büro, legte den mit Boggosch unterschriebenen Vertrag auf seinen Schreibtisch. Ich schaute mich in seinem kleinen Büro um. Überall, auf dem Fußboden, in den Regalen, auf seinem Schreibtisch, war Sägemehl. Für einen Moment dachte ich daran, etwas mitzunehmen, irgendetwas, nur um ihn zu ärgern, aber ich hatte noch sechs Monate in der Stadt zu überstehen und wollte nichts machen, was meine Pläne gefährden könnte. Kretschmar sollte mich weiterhin für einen braven Lehrling halten, mit dem man nach Belieben umspringen kann, weil er nur noch eine Mutter hat und keinen Vater, der bei ihm in der Werkstatt erscheinen könnte, um ihm einmal die Leviten zu lesen.

Im Mai bekam ich gemeinsam mit allen Klassenkameraden meinen ersten Personalausweis. Eine Frau vom Rathaus war in unsere Klasse gekommen, redete gestelzt über Rechte und Pflichten von Staatsbürgern, die wir nun mit dem Ausweis seien, und rief uns dann einzeln auf, um uns das kleine Heftchen in die Hand zu drücken. Ich besah es mir sofort gründlich, von vorn bis hinten, und mir war klar, dass ich allein an dem Ausweis nichts verändern könnte. Jede Korrektur würde sofort entdeckt, und ich hatte keine Ahnung, wie und wo ich einen richtigen Fälscher finden sollte und wie teuer ein solcher Mann ist.

Im selben Monat, nur ein paar Tage später, besorgte ich mir einen Stapel amtlicher Papiere, um die Dokumente herzustellen, die ich für die Legion brauchte. Ich holte mir die Vorlagen vom Pfarrer, denn ich war mir gewiss, dass kirchliche Papiere, ordentlich gestempelt und mit einem Kirchensiegel versehen, in Marseille genauso viel wert sind wie die Ausweise vom Rathaus oder von der Polizei. Ich brauchte irgendwelche Bescheinigungen, die mich zwei Jahre älter machten. Ohne solche Papiere würde mich die Fremdenlegion nicht nehmen. Freilich, mit Nachweisen von unserem Pfarramt könnte ich mich nicht als Schweizer oder als Bürger einer der sowjetischen Republiken ausgeben, es wäre unglaubwürdig und sie würden eventuell nachfragen, und solche Erkundigungen musste ich unbedingt verhindern.

Ende Mai machte ich mich mit meiner Schulmappe auf den Weg zum Pfarrhaus. Ich hatte eine Papiertüte mit ölverdreckten Lumpen aus der Schmiede mitgenommen und ein kleines Stück von dem bröckligen Dreck, den der Schmied unter seine Fettkohle legte, wenn er frühmorgens Feuer machte, und mit dem er sogar Koks anzünden konnte. Ich lief am Pfarramt vorbei und ging durch den Pfarrgarten zum Hof hinterm Haus. Die Tür vom Hinterausgang des Pfarrhauses stand weit offen, ich spähte in den Flur, es war keiner zu sehen. Rechts waren die zwei Fenster vom Pfarrbüro, Frau Kirschstein saß mit dem Rücken zu mir an ihrer Schreibmaschine, ich achtete darauf, ungesehen an diesen Fenstern vorbeizukommen. Die Fenster auf der linken Seite waren mit Holzlatten vernagelt, diese Wohnung war vor Jahren von der Hygiene gesperrt worden und stand seitdem leer. Davor lagerten Bauholzreste und herausgerissenes, trocknes Gestrüpp, und ich steckte die Tüte mit den Lumpen darunter. Ich suchte nochmals die ganze Umgebung ab und beobachtete die Fenster im oberen Stockwerk, wo der Pfarrer mit seiner Familie wohnte, dann zündete ich den bröckligen, von Tschochau selbst hergestellten Feueranzünder an und legte ihn unter die Tüte. Langsam ging ich zum Hinterausgang, schaute nochmals zu dem Holzhaufen, die Tüte brannte bereits lichterloh, dann trat ich in den Hausflur und klopfte an die Tür des Pfarrbüros. Als Frau Kirschstein mich sah, sagte sie: Ach, der kleine Boggosch. Was willst du denn?

Mutter schickt mich wegen der Kirchensteuer. Sie haben ihr geschrieben, weil sie einen Monat im Rückstand ist.

Nicht einen Monat. Ich habe seit vier Monaten von deiner Mutter nichts überwiesen bekommen.

Ich war langsam zum hinteren Fenster des Büros gegangen.

Ja, sagte ich und schaute Frau Kirschstein an, Mutter verdient im Moment sehr wenig. Im nächsten Monat ...

Ich unterbrach mich, schaute aus dem Fenster und schrie auf: Feuer! Es brennt! Es brennt!

Frau Kirschstein sprang auf, rannte zum Fenster und sofort aus dem Zimmer, ich folgte ihr nach. Als sie zum Hof hinauslief, ging ich in das Kirchenbüro zurück, schnappte mir mehrere Briefblätter mit aufgedrucktem Briefkopf und einer Grafik der Marienkirche, nahm aus dem Stempelkarussell mehrere der Holzstempel und drückte sie auf den unteren Teil der Papiere. Dann bündelte ich alles und wollte die Blätter in meinen Schulranzen stecken, als ich Schritte vor der Bürotür hörte. Ich legte rasch meine Tasche auf die Briefbogen und nahm den Telefonhörer ab.

Was machst du denn da, Junge?, fragte Frau Kirschstein verärgert.

Ich rufe die Feuerwehr.

Leg den Hörer auf. Wir brauchen hier keine Feuerwehr. Das habe ich mit dem Gartenschlauch erledigt. Aber das war nett gemeint von dir. Und Gott sei Dank hast du den Brand entdeckt. Sag deiner Mutter, wir wollen noch einen Monat warten, aber dann brauchen wir das Geld.

Danke, Frau Kirschstein. Vielen Dank.

Ich wartete, bis sie wieder an der Schreibmaschine saß, dann nahm ich den Schulranzen auf, drückte ihn an den Oberkörper, so dass die Papiere nicht zu sehen waren, und ging in den Hausflur. Ich brauchte ein paar Sekunden, um mich zu beruhigen. Ich steckte das Briefpapier in den Schulranzen, vorsichtig und sorgsam, um es nicht zu knicken, ging zum Hinterausgang, um nach meinem Brandherd zu schauen. Das kleine Feuer war gelöscht, Frau Kirschstein hatte den Holzhaufen so reichlich mit

Wasser getränkt, dass er nun in einer Pfütze lag. Ich verließ das Pfarrhaus durch den Vordereingang und sang vergnügt vor mich hin. Ich war stolz auf mich, ich war gewiss, dass ich mit diesen Kirchenpapieren ein billet d'entrée für die Chefs der Legion fabrizieren konnte, das zusammen mit einer glaubwürdigen Geschichte einen Personalausweis ersetzte.

Daheim legte ich die Briefbogen in meinen Schulatlas und schaute sie mir erst an, als ich allein in meinem Zimmer war. Ich hatte zweiundzwanzig Bogen mit Briefkopf geklaut. Acht davon konnte ich gleich zusammenknautschen und im Kachelofen verbrennen, denn ich hatte sie in der Eile mit jenem Stempel versehen, auf dem die Sparkasse angegeben war und die Nummer des Kirchenkontos. Sechs Bogen waren zwar mit dem richtigen Stempel des Kirchenamts versehen, aber ich hatte verkehrt herum gestempelt. Ich wollte auch diese Blätter verbrennen, aber dann erinnerte ich mich, dass Mutter Briefe vom Rathaus bekommen hatte, die ebenfalls falsch herum gestempelt waren, und behielt diese Briefbogen. Ich versteckte die Papiere wieder in dem Atlas und dachte mir in den folgenden Wochen Texte aus, die ich später mit der Schreibmaschine von Tante Mechthild darauf schreiben wollte. Die Unterschrift von Walter Doyé, unserem Pfarrer, besaß ich bereits, ich hatte eine alte, schriftliche Einladung für den Frauenkreis behalten, die er Mutter geschickt hatte. Sie war leicht nachzumachen, aber ich wusste nicht, ob ich tatsächlich seinen Namen benutzen sollte. Wenn die Legion irgendetwas nachprüft, ist es vielleicht besser, ich erfinde einen Namen und setze eine Fantasieunterschrift unter die Briefkopfbogen, dann hätten sie länger zu suchen.

Am dritten Juli war für mich das Schuljahr zu Ende.

Das Zeugnis war uns bereits am Vortag in der Aula übergeben worden, und nun, am allerletzten Schultag, hatten wir keinen Unterricht, der Klassenlehrer forderte uns stattdessen auf zu erzählen, wie es ab September für jeden von uns weitergeht und wie wir uns unser künftiges Leben vorstellen. Als ich an der Reihe war, sagte ich: Ich werde mein Abitur machen und danach studieren.

Nichts weiter, ich sagte nichts weiter. Ich sah den Klassenlehrer gleichmütig an, ich wusste, er gehörte zu denen, die meine Bewerbung für die Oberschule abschlägig beschieden hatten.

Sehr gut, sagte Herr Siebert, sehr gut. Und zuvor wirst du noch Tischler, nicht wahr? So ein Beruf kann dir nur nützlich sein, ganz egal, was du später einmal machen wirst.

Ich sah ihn ruhig und reglos an, sagte nichts und nickte nicht einmal, als er sagte, dass ich Tischler werde. Er wartete darauf, dass ich etwas dazu sage, aber mit ihm hatte ich endgültig abgeschlossen.

Als wir uns nach der dritten Schulstunde voneinander verabschiedeten und uns Glück wünschten, ging ich ihm aus dem Weg. Ich wollte ihm nicht Auf Wiedersehen sagen.

In den Broschüren der Legion hatte ich gesehen, dass die Büros eine Sommerpause machen und man im August dort keinen antrifft, also wollte ich erst im September mich vorstellen und mich als Legionär bewerben. Mir blieben zwei Monate, und es wurde mir ein wenig mulmig, wusste ich doch, dass ich für ein, zwei Jahre oder auch noch länger meine Mutter nicht mehr sehen würde.

Den Juli über arbeitete ich auf einer Baustelle in unserer Stadt. Eine Leipziger Firma hatte den Auftrag, neben dem Krankenhaus ein weiteres Gebäude für das Klinikum zu errichten mit zwei großen Operationssälen und einem Bettenhaus, und die Maurer freuten sich, mich als Hucker anstellen zu können. Es war die schwerste Arbeit am Bau. Zusammen mit drei anderen Huckern hatte ich Ziegel herbeizuschaffen, entweder mit dem Eisenkarren oder mit Blechhucken, die wir uns auf den Rücken schnallten. Wir vier mussten auch den Mörtel in Tubben vom Mischer zu den Maurern bringen. Eigentlich war es nicht erlaubt, dass ein Vierzehnjähriger diese Arbeit macht, aber ich war kräftig genug und traute es mir zu, und der Polier brauchte Hucker, weil seine alten Hucker sich alle paar Monate krank schreiben ließen und keiner der Maurer bereit war, selber Steine und Mörtel zu schleppen. Ich war jeden Abend völlig erledigt und fiel, ohne noch Abendbrot zu essen, ins Bett, aber ich sagte mir, dies sei ein gutes Training für die Legion, und außerdem bekamen wir genauso viel Geld wie die gelernten Maurer.

Ende Juli hatte ich eintausendzweihundert Mark zusammen. Ich trug das Geld stets in einer kleinen Stofftasche bei mir, die ich mir um den Hals hängte und unter dem Hemd versteckte. Ich hütete das Geld wie meinen Augapfel, ich hatte hart dafür gearbeitet und ich brauchte es, um mein neues Leben zu beginnen und zur Legion zu kommen.

Im August wollte ich für drei oder vier Wochen an die Ostsee fahren und dann direkt nach Marseille, ohne noch einmal bei Mutter vorbeizusehen, um sie nicht belügen zu müssen, wenn ich dann gleich wieder losgefahren wäre. Ihr konnte ich nichts von der Legion erzählen, sie hätte Himmel und Hölle in Bewegung gesetzt, um mich davon abzuhalten. Für sie wäre das noch schlimmer, als wenn ich zu Richard fahren würde, um dort zu leben.

An meinem letzten Tag auf dem Bau bekam ich vom Polier eine Prämie von fünfzig Mark, weil ich mich nie geschont und nicht wie die anderen Hucker ständig Zigarettenpausen gemacht hätte. An diesem Abend lud ich meinen Bruder auf ein Bier in die Kneipe ein. Es war das erste Mal, dass ich ihn einlud, denn er verfügte über sein Lehrlingsgeld, während ich nicht einmal ein Taschengeld von Mutter bekam, weil wir uns das nicht leisten konnten.

Was ist los, Konstantin?, fragte er und grinste mich neugierig an, als wir am Tisch saßen und ich für uns zwei Pils bestellte, du hast doch irgendetwas vor, oder?

Nur ein Bierchen, bevor ich Ferien mache. Oder vielmehr Urlaub. Meinen ersten Urlaub. Den habe ich mir verdient.

Sag schon, was hast du vor? Jetzt Ostsee und ab September Tischler bei Kretschmar?

Ich habe Mutter und keinem etwas von dem gesagt, was zwischen dir und Onkel Richard abläuft. Du musst mir versprechen, dass du ebenfalls den Mund hältst.

Versteht sich. Du haust ab, seh ich das richtig? Du gehst in den Westen?

Ich nickte nur und sah mich um, ob einer der anderen Gäste uns belauschte.

Zu Onkel Richard? Gehst du nach München?

Nein. Ich gehe zur Legion, flüsterte ich.

Wohin?

Zur Legion. Zur Fremdenlegion.

Spinnst du?, rief er laut.

Sprich nicht so laut.

Du bist völlig verrückt. Was willst du denn bei denen? Dich totschießen lassen? In irgendeinem Wüstenstaat, den keiner kennt?

Ich habe mir alles genau überlegt. Ich will hier keine Lehre machen in einem Beruf, der mich überhaupt nicht interessiert. Ich will auch nicht in deine Chemiebude, interessiert mich einen Dreck. Und darum gehe ich auch nicht zu deinem Onkel Richard. Ich gehe zur Legion.

Du hast eine Meise, Konstantin. Aber ich sag es dir gleich, die nehmen keine Kinder. Die Truppe ist ein Ort für Mörder und Totschläger. Für Kriminelle. Du wirst da nicht im Krieg sterben, sondern in der Kaserne. Die bringen die eigenen Kameraden wegen einer Kleinigkeit um. Das sind keine Soldaten, das sind Gangster. Fremdenlegionäre eben. Denen ist alles egal, die haben keine Heimat, keine Ehre, für die zählt nur das Geld. Nicht einmal im Traum würde ich daran denken, zu dieser Truppe zu gehen.

Du täuschst dich, Gunthard. Was du erzählst, das sind alles Vorurteile, die man über sie verbreitet, weil man sie anders nicht besiegen kann. Die Legion, das ist eine Truppe von richtigen Kameraden. Da steht einer für den anderen ein. Und darum sind sie auch so erfolgreich und gefürchtet. Keine Drückeberger, sondern wirkliche Soldaten. Ich habe alles über sie gelesen, die Bücher und Broschüren, die sie selbst herausgeben.

Ich lach mich krank, Konstantin. Du und die Legion! Das ist ein Witz. Du glaubst doch nicht ernsthaft, dass die dich nehmen? Einen Vierzehnjährigen!

Ich geh zur Fremdenlegion, Gunthard, ich werde Legionär. Wollen wir wetten? Mich siehst du so schnell nicht wieder. Bis Ende August bin ich an der Ostsee, und dann fahre ich direkt nach Frankreich. Nach Marseille. Ich schick dir eine Karte von dort. Vielleicht ein Foto: dein Bruder in der Uniform der Legionäre. Versprich mir nur, dass du Mutter nichts sagst. Sag ihr später, ich hätte dir auch nichts erzählt, du seist genauso überrascht.

Ja, ja, ja. Verträgst du das eine Bier nicht? Bist du völlig besoffen? Junge, du bist vierzehn. Du bist ein Kind.

Ich bin stärker als du. Ich nehme es mit jedem auf.

Ja, aber du bist vierzehn. Du musst volljährig sein, wenn du in den Verein willst.

Und du hast überhaupt keine Ahnung, Junge. Man muss nicht volljährig sein. Die nehmen auch Siebzehnjährige. Ich sage denen, ich bin sechzehneinhalb oder siebzehn. Ich sehe älter aus.

Du bist ein Kind, Konstantin. Mach deine Lehre hier, bei Kretschmar oder in Vaters Vulcano-Werken wie ich. Wenn du ausgelernt hast, kannst du überall arbeiten, in der Klitsche hier oder bei Onkel Richard. Von mir aus auch bei der Fremdenlegion, wenn du dann immer noch solche Rosinen im Kopf hast.

Wir tranken noch ein zweites Bier und ich fragte ihn nach seiner Arbeit, ich wollte mit ihm nicht mehr über meine Pläne sprechen. Als ich schließlich bezahlte und er sich bei mir für die Einladung bedankte, sagte ich nur: Sprich mit keinem darüber. Vor allem nicht mit Mutter.

Ich habe das schon vergessen, erwiderte er, und ich hoffe, dass du morgen früh wieder nüchtern bist und bei Verstand.

Am nächsten Tag packte ich meine Sachen. Ich nahm einen der beiden Koffer vom Dachboden und meinen Rucksack, ich hatte viel Gepäck, denn ich würde lange Zeit, vielleicht mehrere Jahre, nicht mehr nach Hause kommen. Am Nachmittag besuchte ich ein paar Freunde, ich ging auch zu Gisbert und Alexander, aber ich sagte ihnen nur, dass ich an die See fahre, die Legion erwähnte ich mit keinem Wort. Wenn es irgendjemand erfahren würde, könnte ich Ärger bekommen. Die Legionäre galten bei uns als Kriegstreiber und man machte sich strafbar, wenn man zu ihnen ging. Mit Mutter saß ich den ganzen Abend zusammen, wir spielten Karten, eine Streitpatience, die sie gern legte, und wir sprachen französisch miteinander, was mich so sehr belustigte, dass ich laut lachen und meinen Heiterkeitsausbruch irgendwie Mutter gegenüber erklären musste. Aber es war halt Mittwoch, unser französischer Tag. Ich war den ganzen Abend sehr zuvorkommend ihr gegenüber, so nett, dass sie einmal sagte: Es sind doch nur drei Wochen, Konstantin, wir sehen uns bald wieder.

Sie wollte wissen, wann ich genau abfahren wolle, und ich sagte ihr, ich hätte mir zwei Züge rausgesucht, weil ich nicht wisse, ob ich morgen früh nicht noch einmal wegen meiner Lehrstelle zu Kretschmar gehen sollte. Ich wollte vermeiden, ihr meine genaue Abfahrtszeit zu sagen, und hatte mir tatsächlich noch einen zweiten Zug notiert. Ich wollte nicht, dass sie daheim ist, wenn ich mit einem großen Koffer und dem Rucksack zum Bahnhof aufbreche. Sie würde mich fragen, wieso ich mit so viel Gepäck zu einem Ostseeurlaub aufbreche und ob in einer Jugendherberge dafür Platz sei. Ich wollte erst aufbrechen, wenn sie zu einer ihrer Arbeitsstellen unterwegs war.

Beim Frühstück am nächsten Morgen – Gunthard war längst bei seiner Arbeit in BUNA 3, er hatte mich geweckt, als er aus dem Haus ging, und mir einen schönen Urlaub gewünscht und laut lachend hinzugefügt: Und viel Spaß bei deiner Legion – saß ich mit Mutter am Küchentisch, sie erzählte, was sie den Tag über zu tun hatte, und ich erwiderte, dann müssten wir uns gleich verabschieden, denn wenn sie von ihrem Arzt zurück sei, bei dem sie die Wohnung zu putzen hat, wäre ich bereits im Zug.

Ich liebe dich, Mama, sagte ich, als wir uns umarmten.

Ich dich auch, mein Junge. Aber warum bist du plötzlich so rührselig? Geh vorher noch bei Kretschmar vorbei, das macht einen guten Eindruck. Dann merkt er, dass du interessiert bist.

Kretschmar hat auch bei Vater gearbeitet. Er war früher in den Vulcano-Werken, das erzählte er mir.

Mag sein, das weiß ich nicht, sagte Mutter, es kann durchaus sein. Vor dem Krieg und bis zum Zusammenbruch war die halbe Stadt in den Vulcano-Werken beschäftigt. Erhol dich gut, mein Junge. Und schreib mir eine Karte, eine schöne Fotografie von der See. Ich liebe die See.

Au revoir, Maman.

Nein, heute ist Donnerstag. Do svidanija, ljubimčik.

Im Abteil bekam ich einen Fensterplatz auf der rechten Seite, so dass ich die Stadt zum letzten Mal sehen konnte, den Kirchturm, die Giebel der großen Bürgerhäuser am Markt, die zwei Gärtnereien am Stadtrand und den neuen Friedhof. Und dann kam BUNA 3, die früheren Vulcano-Werke. Der Zug wurde langsamer, als er die Station BUNA 3 durchfuhr, den Güterbahnhof, der früher einmal »Station Vulcano-Werke« hieß, dann nahm er Fahrt auf, und ich lehnte mich zurück, holte einen Apfel aus dem Rucksack und ein Buch und stöhnte vergnügt so laut auf, dass mich zwei alte Frauen ärgerlich musterten.

Beim Umsteigen in Berlin gab ich meinen Koffer an der Gepäckaufbewahrung am Ostbahnhof ab. Alles, was ich an der See benötigte, hatte ich im Rucksack. Ich musste zwei Stunden warten, ehe mein Zug nach Usedom fuhr, und ich kaufte vier Brötchen bei einem Bäcker. Der Zug war überfüllt, eine Platzkarte war nicht zu bekommen, ich saß die ganze Fahrt über im Gang auf meinem Rucksack.

Ich blieb vier Wochen in Koserow. In den ersten zwei Nächten musste ich im Freien übernachten. Die Jugendherberge, bei der ich ein Bett bestellt hatte, war mehr als voll, und meine Bestellung war zwar bei ihnen angekommen, konnte aber nicht berücksichtigt werden, da die Anmeldung viel zu spät erfolgt sei, schon am Neujahrstag seien alle Herbergen für die gesamte Ferienzeit ausgebucht gewesen.

Den Leiter der Jugendherberge fragte ich, warum er mir nicht geschrieben habe, dass bei ihm kein Quartier zu haben sei.

Er sah mich fassungslos an: Kommst du vom Mond, Junge? Da hätte ich viel zu tun. Ich kriege jeden Tag hundert Briefe, da müsste ich nur noch an der Schreibmaschine sitzen.

Am zweiten Tag lernte ich am Strand Oskar kennen, den Sohn des Bäckers in der Vinetastraße, und er verschaffte mir ein Quartier bei seiner Tante. Es war ein kleiner, abschließbarer Verschlag hinter ihrer Garage mit Bett, Tisch und einem Stuhl, ohne Wasser und elektrisches Licht, aber da ich den ganzen Tag am Strand war, störte es mich nicht. Oskar borgte mir eine Petroleumlampe und brachte mir Teller, Tasse und Besteck, und er ermöglichte es, dass ich alle paar Tage vormittags bei ihm duschen konnte, wenn sein Vater noch nicht von der Arbeit zurück war und seine Mutter hinterm Tresen in der Bäckerei stand. Er hatte wie ich die achte Klasse hinter sich gebracht und nahm ab September eine Lehre als Bäcker bei einem Kollegen seines Vaters im Nachbarort auf. Nach bestandener Lehre würde er bei seinem Vater arbeiten und so bald wie möglich seinen Meister machen und dann den Laden übernehmen.

Oskar wurde ein richtiger Freund. Wir waren jeden Tag am Strand, von früh an bis in die Nacht. Er kümmerte sich um das Essen, das er aus der Bäckerei holte oder von seiner Großmutter, die für uns kochte, und ich war für Limonade und Bier zuständig. Und einmal half ich ihm aus der Patsche.

Er hatte sich in ein Mädchen verliebt, die ein Jahr älter war als er und mit ihrem Freund auf dem Zeltplatz wohnte. Er hatte sie ein paar Tage zuvor angesprochen und zum Eis eingeladen, und das Mädchen hatte sich offenbar auch in ihn verliebt. Sie trafen sich heimlich, Oskar erzählte mir immer hinterher alles haarklein, aber ihr Freund, der achtzehn Jahre alt war, kam dahinter. Er erschien eines Tages bei uns am Strand mit seinem Mädchen und verlangte von Oskar und seiner Freundin eine Erklärung. Die beiden sollten schwören, sich nie wieder zu treffen und sich nie wieder zu sehen. Seine Freundin, sie hieß Musch oder nannte sich so, lachte ihn aus, was ihn wütend machte. Er ging auf Oskar zu, der nichts gesagt und getan hatte, und schlug ihn ohne jede Warnung mit einem Faustschlag nieder. Ich sprang auf, riss ihn an der Schulter herum und sagte, er müsse mit mir sprechen, ich sei der Diener und Beschützer von Oskar, ich sei sein Samurai. Ich hatte ein halbes Jahr zuvor einen Film über Samurais gesehen, der mich beeindruckt hatte, weil mich alles an die Legion erinnerte und ich mir das Leben bei den Legionären ähnlich vorstellte.

Der Freund von Musch lachte verächtlich auf und schlug mit der Faust nach mir, er wollte auch mich mit einem einzigen Schlag zu Boden schicken. Aber ich fing mit dem linken Unterarm den Schlag ab und schlug dann meinerseits zu. Er versuchte es immer wieder, aber er landete nicht einen einzigen Treffer. Ich wich jedem seiner Schläge aus und schlug rasch zurück. Und ich schlug nie daneben, er kassierte Prügel wie wohl noch nie in seinem Leben. Ich glaube, ich habe ihm einige Rippen gebrochen und zwei Zähne ausgeschlagen. Der Kampf endete, als er im Sand lag, nach Atem rang und nicht mehr auf die Beine kam. Er erschien nie wieder bei Oskar und mir, er hatte die Lektion verstanden.

Er kam nicht mehr, aber Musch kam. Sie tauchte am nächsten Tag mit einer Reisetasche an unserem Platz am Strand auf und sagte, sie habe ihren Freund verlassen und sei auf der Suche nach einem Quartier. Oskar versprach, ihr behilflich zu sein, aber das wollte sie nicht. Sie fragte mich ganz direkt und vor Oskar, ob sie nicht zu mir in den kleinen Verschlag ziehen könne, sie sei sicher, wir würden uns verstehen. Noch nie im Leben hatte ich ein solches Angebot bekommen, und ich hätte wohl liebend gern zugestimmt, aber das ging wegen Oskar nicht. Er hatte die älteren Rechte, und man nimmt einem Freund wie Oskar nicht die Freundin weg.

Ich sagte: Tut mir leid, Musch, aber das ist unmöglich. Ich bin nur auf der Durchreise. Ich will zu meiner Freundin, und wenn die erfährt, dass du bei mir übernachtet hast, vermöbelt sie mich nach Strich und Faden.

Deine Freundin vermöbelt dich? Dich? Die ist stärker als du?

Ja, so ist es. Und sie verlangt Respekt. Und wenn ich nicht gehorche, gibt es saftige Strafen.

Dann würde ich ihr an deiner Stelle den Laufpass geben. Die muss ja ein Dragoner sein.

Es ist meine Freundin, und ich werde sie nie verlassen.

Wenn alles gutgeht, werden wir das ganze Leben zusammen sein.

Dann will ich dich und dieses Teufelsweib nicht stören. Ist sie hier? Ich würde sie gern mal sehen, das Mädchen, das einen Kerl wie dich vermöbeln kann.

Nein, sie lebt nicht hier. Ich fahre zu ihr.

Dann grüß sie von mir. Sie hat einen richtigen Kerl erwischt. Man könnte neidisch werden. Grüß dein Fräulein ... wie heißt sie denn?

Boudin. Sie heißt Boudin.

Merkwürdiger Name. Ist das eine Hugenottin oder so?

Oder so, ja. Und wenn der Name für dich merkwürdig ist, dann würdest du erst richtig staunen, wenn du wüsstest, was er auf Deutsch heißt. Boudin, das ist nämlich französisch und bedeutet so viel wie Blutwurst.

Musch lachte auf und kriegte sich gar nicht mehr ein: Mein Gott, wie kann man mit einer Blutwurst befreundet sein. Das ist ja peinlich, Konstantin. Bist du wirklich mit einer Blutwurst befreundet? Ich lach mich tot. Kannst du bei ihr auch reinbeißen?

Hab ich noch nicht versucht. Ich weiß nur, wer sich mit ihr anlegt, zieht den Kürzeren. Wer mit Blutwurst Streit hatte, hat es hinterher bereut. Jeder und jede.

Und du bist mit so einer befreundet?

Ich liebe sie. Sie ist mein Leben. Du musst dir von Oskar helfen lassen. In meinen Verschlag passt du nicht rein.

Da geht nur noch eine Blutwurst rein. Danke vielmals. Dann werde ich mich mal auf den Weg machen und mein Glück versuchen. Hilfst du mir, Oskar?

Mach ich, Musch. Ich gehe gleich los. Am besten, du kommst mit.

Ich bleib bei Konstantin. Nimmst du meine Tasche mit? Dann kannst du sie in dem Quartier unterstellen.

Geht in Ordnung, sagte Oskar.

Ich protestierte: Nein, du solltest mit Oskar gehen. Ich habe zu tun. Ich bleib nicht am Strand.

Du hast wohl Angst, dass ich dich vernasche? Angst, dass dir Blutwurst dann etwas antun könnte?

Vielleicht.

Sie zog beleidigt ab, ohne sich von mir zu verabschieden.

Nach einer Stunde kam Oskar zurück. Der gute Kerl hatte tatsächlich etwas für sie gefunden, was sogar bezahlbar war, und er war stolz, weil sie ihn geküsst hatte, als er ihr das kleine Zimmer zeigte.

Du solltest sie vergessen, sagte ich zu ihm, die ist nichts für dich. Die sucht etwas ganz anderes.

Ich weiß nicht, sagte er verlegen, sie geht mir gar nicht aus dem Kopf. Seit fünf Tagen, seit sie hier aufgetaucht ist, denke ich immerfort an sie.

Aber ich glaube, sie denkt nicht an dich. Mein Bruder würde so ein Mädchen …, na ja, er würde sie als sonst was bezeichnen.

Warten wir's ab, Konstantin. Jetzt hat sie ein Quartier, wir sind für heute Abend verabredet, sie will für mich kochen. Der Kerl wird ihr nicht mehr zu nahe kommen, jedenfalls nicht, solange du da bist. Mann, hast du es ihm gezeigt! – Sag mal, heißt deine Freundin wirklich Blutwurst?

Natürlich nicht. Das wäre wirklich zu albern. War ein Spaß, Oskar, auf den sie voll reingefallen ist. Aber sag es ihr nicht. Sie soll glauben, dass ich mit einer Blutwurst zusammen bin.

Natürlich hatte Oskar keine Chancen bei Musch. An dem Abend kochte sie für ihn tatsächlich Spaghetti mit Sauce, aber das war es dann auch, und zwei Tage später sah ich sie mit einem viel älteren Mann. Wenn wir ihr begegneten, wurde Oskar einsilbig und schaute weg, er war in das Mädchen sehr verknallt.

Ich versuchte ihn aufzumuntern, erzählte ihm sogar von meinem Vorhaben, in die Legion einzutreten. Von der Fremdenlegion hatte Oskar gar keine Ahnung, er hatte nicht einmal von ihr gehört, aber als er mich fragte, wie ich nach Marseille kommen wolle, und hörte, dass ich über die grüne Grenze nach Westdeutschland gehen und dann mit dem Zug ans Mittelmeer fahren wolle, meinte er, ich solle mir das nicht so einfach vorstellen. Vor zwei Jahren ist sein ältester Bruder in den Westen gegangen, gleich nach dem Abitur, er wollte zu einer Tante in Hamburg, um dort zu studieren, und es habe zwei Monate gedauert, ehe er aus den Flüchtlingslagern herausgekommen sei.

Du brauchst einen Personalausweis vom Westen, unseren erkennen die nicht an. Das dauert ein paar Wochen, ehe du den bekommst. Und für Frankreich brauchst du außerdem einen Reisepass und ein Visum und was weiß ich noch. Und über die grüne Grenze mit deinem Rucksack und einem riesigen Koffer, das schaffst du auch nicht. Du musst nach Westberlin ins Flüchtlingslager, die fliegen dich dann rüber, dann kommst du in das nächste Lager, und das geht so ein paar Wochen lang. Wenn du glaubst, dass du am ersten September in Marseille sein kannst, dann hast du dich geschnitten. Ohne richtige Papiere kommst du nicht nach Frankreich rein. Wenn die französischen Bullen dich schnappen, machen die kurzen Prozess und liefern dich nach Ostberlin aus. Die Franzosen gehen mit Deutschen nicht gerade freundlich um.

Ich wusste nicht, was ich dazu sagen sollte. Jetzt erst

bemerkte ich, dass ich einen Fehler gemacht hatte. Bei all meinen Vorbereitungen hatte ich nur darauf geachtet, dass keiner meine Flucht bemerkt, niemand von der Schule, niemand in der Stadt und vor allem Mutter nicht. Ich dachte, wenn ich erst einmal drüben bin, läuft alles von alleine. Mir war klar, dass Oskar recht hatte und ich alles überdenken musste.

Oskar erzählte mir nun alles, was er über die Flucht seines Bruders wusste und wie es ihm erging, was der Bruder ihm oder seinen Eltern geschrieben hatte. Er wurde von der Polizei und einem amerikanischen Offizier befragt oder verhört, sie wollten wissen, was er über die russische Zone sagen konnte, und sie wollten sicher sein, dass er kein Spion sei, kein Spitzel der Staatssicherheit. Sein Bettnachbar, der auch noch minderjährig war, hatte ihm geraten, er solle angeben, er habe in der Zone keine Chancen gehabt und keinerlei Zukunft. Die Verhörleute sind Bürokraten, die müssen sich strikt an ihre Vorschriften und Richtlinien halten, und keine Chancen und keinerlei Zukunft, das seien die Worte, auf die es ankomme.

Es ist gut, wenn du ihnen etwas über die Polizei oder die Armee sagen kannst, die Volksarmee oder die Rote Armee, irgendetwas, und wenn du nur erzählen kannst, wo sie essen oder was sie abends machen.

Sein Bruder war zwei Wochen in Berlin im Lager, danach noch sechs Wochen in einer Flüchtlingskolonie in Westdeutschland. In der ersten Zeit durften sie die Notunterkunft nicht verlassen, sie waren wie eingesperrt. Erst nach acht Wochen bekam er einen provisorischen Personalausweis und den Reisepass sogar erst ein halbes Jahr später. Bei ihm habe es länger gedauert als bei allen anderen, mit denen er im Lager aufgenommen worden war, weil er keine Verwandten im Westen hatte, keinen Einzigen, der für ihn bürgen und ihn aufnehmen konnte.

Ich war ganz still. Mir war klar, dass ich am ersten oder zweiten September nicht in Marseille sein würde. Ein Leben in einem Lager stand mir bevor, und es würde Wochen dauern, wenn ich nicht Onkel Richard als Bürgen angäbe. Doch in diesem Fall würden sie bei ihm nachfragen, dann müsste ich zu ihm fahren und er würde dafür sorgen, dass ich nicht zur Legion komme. Also musste alles neu überlegt werden und sehr schnell, abwarten oder gar zu Mutter zurückfahren ging gar nicht. Ich verabschiedete mich von Oskar und verabredete mich mit ihm für den Abend, dann lief ich am Strand bis nach Heringsdorf und überlegte und überlegte. In Heringsdorf stellte ich mich an die Straße und trampte nach Koserow zurück, kaufte sechs Flaschen Bier und ging in meinen Verschlag. Oskar kam gegen acht, er brachte vier Buletten und zwei Schalen mit Kartoffelsalat, und ich stellte die Bierflaschen auf den Tisch. Nach der Mahlzeit setzten wir uns auf die Bank neben der Garageneinfahrt, weil Oskar rauchen wollte.

Und?, fragte er, hast du es dir überlegt?

Ja, sagte ich, ich werde den Urlaub beenden, gleich morgen geht es los, morgen früh. Mit der Bummelbahn, dann den D-Zug nach Berlin und dann nach Marienfelde, denn ich fürchte, du hast recht und ich werde in so ein Lager müssen.

Fahr nicht nach Berlin. Fahr über Potsdam. Dort kaufst du dir eine S-Bahn-Karte nach Ostberlin, damit musst du durch Westberlin fahren und kannst dort aussteigen. Wenn du Gepäck hast, kontrollieren sie dich oder holen dich aus dem Zug.

Mein Koffer ist am Ostbahnhof. Ich muss dorthin.

Gut, dann hol den Koffer, aber fahr nicht direkt nach Westberlin. Die Bahn hat Züge um Berlin herum, den Außenring, mit dem fährst du nach Potsdam und erst dann nach Westberlin. Das ist ein großer Umweg, aber viel sicherer. Mein Vater und ich fahren immer den Außenring und steigen erst in Potsdam in die S-Bahn, wenn Vater irgendetwas in Westberlin kaufen will oder einen Kollegen von früher besucht. Wenn du mit großem Gepäck von Ostberlin losfährst, werden sie misstrauisch. Wenn du von Potsdam kommst, werden sie dich sicher fragen, aber dann kannst du ihnen sagen, dass du zum Ostbahnhof fahren musst, weil nur dort dein Zug abgeht.

Dank für den Rat. Ich werde es machen, wie du sagst. Bin gespannt, was dann abläuft, was die in Marienfelde machen. Dein Bruder war schon achtzehn, er war volljährig. Was tun die mit einem wie mir, der erst vierzehneinhalb ist? Schicken die einen zurück?

Glaub ich nicht, die schicken keinen zwangsweise hierher zurück. Das ist doch für die Sowjetzone. Die hassen doch den Ulbricht, da werden sie keinen zurückschicken, der dann mächtigen Ärger bekommt. Das wissen die doch alles. Hast du denn keinen Verwandten im Westen? Ich könnte meinen Bruder angeben, aber der nützt dir nichts.

Einen Onkel gibt es irgendwo in München, aber ich kenne ihn nicht. Hab ihn nie gesehen.

Dann ist alles geritzt. Onkel ist Onkel. Wenn er deine Angaben bestätigt, bis du aus dem Schneider und kannst vielleicht nach ein paar Tagen zu ihm fahren. Dann guckst du dir in aller Ruhe München an, schaust dir die neuesten Filme an, die haben 3-D-Filme, da setzt man sich eine Spezialbrille auf und das ist dann so, als ob man selbst mitspielt, schrieb mein Bruder, alles ist ganz nah und direkt um dich herum. Und wenn du dort alles gesehen hast, dann lässt du dir von deinem lieben Onkel ein paar Mark geben und dann geht's ab zu deiner Fremdenlegion.

Als Oskar davon sprach, dass ich zu Onkel Richard fahren solle, fiel mir auf, dass ich die ganzen drei Wochen an der See keinen Tag und keine Stunde an ihn und meinen Vater und den ganzen Nazi-Mist gedacht hatte. Drei Wochen lang hatte ich das alles vergessen können, nirgends war einer, der mich mit der Nase darauf stieß. Und so sollte es bleiben. Wenn ich erst in Frankreich und bei der Legion wäre, würde ich nie wieder daran denken müssen. Dann wäre das für Wochen, für Monate, für Jahre ausgelöscht. Ich hätte dann zu tun, hätte zu trainieren und zu kämpfen und für diese Geschichte gar keine Zeit.

Kurz nach zehn verabschiedete sich Oskar. Er hatte mich noch gebeten, ihm zu schreiben, wenn ich alles geschafft hätte und in Marseille sei. Ich wollte mir seine Adresse notieren, aber das hielt er für keine gute Idee.

Koserow und Vinetastraße, das kannst du dir doch merken. Ich möchte nicht, dass sie meinen Namen und meine Adresse bei dir finden, falls irgendetwas schiefgehen sollte. Ich hatte schon wegen meinem Bruder Schwierigkeiten. Weil er abgehauen war, musste mein Vater bis zum Amt in Wolgast gehen, damit ich die Lehrstelle bekomme.

Er bot mir zum letzten Schluck Bier eine Zigarette an, ich lehnte ab. Die Elitetruppe der Legion, das waren alles Nichtraucher, und ich wollte dort zur Elite gehören.

Morgen wieder um neun? Oder soll ich früher kommen? Mit welchem Zug fährst du?

Der Zug geht kurz nach acht. Komm um sieben, dann

haben wir Zeit fürs Frühstück und können uns richtig verabschieden. So schnell sehen wir uns vermutlich nicht wieder. Aber vielleicht kommst du mich in Marseille besuchen. Dann kannst du bei mir wohnen, dann revanchiere ich mich, Oskar.

Okay, abgemacht. Das Mittelmeer wollte ich schon immer mal sehen. Und dann schauen wir uns einen 3-D-Film an, wir beide gemeinsam, Konstantin. Sprichst du Französisch?

Ja, und ziemlich gut. Meine Mutter war da hinterher, sie hat uns nichts durchgehen lassen. Sprachen sind ihre Leidenschaft, und mein Bruder und ich hatten zu pauken. An jedem Tag der Woche war eine andere Sprache angesagt, von früh bis abends nur in der jeweiligen Sprache. Montag englisch, der Dienstag war deutsch, Mittwoch französisch, am Donnerstag von früh an russisch und dann kam der italienische Freitag. Am Wochenende hatten wir frei.

Toll. Ich kann halbwegs Englisch. Na ja, und ein bisschen Russisch. Aber Russisch habe ich nie richtig gelernt, nur so, um durch die Prüfungen zu kommen, wie eigentlich alle.

Ich lege mich jetzt hin. Ich will früh aufstehen, um zu packen. Bis morgen, Oskar.

Ich bring das Frühstück mit. Letzte Mahlzeit, mein Alter.

Ich nahm die Strecke, zu der mir Oskar geraten hatte. Am Ostbahnhof musste ich eine Stunde warten, weil die Gepäckausgabe wegen einer Versammlung der Eisenbahner vorübergehend geschlossen war. Dann fuhr ich mit einem Bummelzug um halb Berlin herum und kaufte mir in Potsdam eine S-Bahn-Fahrkarte zum Ostbahnhof. Der S-Bahn-Waggon war voll, es war später Nachmittag geworden und viele Arbeiter saßen schläfrig auf den Bänken. Eine Station später kamen zwei Grenzbeamte in den Wagen und kontrollierten die Personalausweise, wobei sie mich zu übersehen schienen, doch bevor der Zug in die nächste Station einfuhr, kamen die beiden zu mir, ließen sich meinen Ausweis geben und forderten mich auf, mit meinem Gepäck auszusteigen. Die anderen Fahrgäste schauten alle auf, als ich mit meinem Koffer und dem Rucksack in Begleitung der beiden Beamten, der eine mit meinem Personalausweis vor mir, der andere hinter mir, aus dem Waggon stieg. In einer Holzbaracke fragten sie mich, woher ich komme und wohin ich fahre. Ich sagte ihnen, dass ich in den Sommerferien bei meiner Großmutter war und nun nach Hause fahre, weil die Schule begann, die neunte Klasse. Sie hörten es schweigend an, dann forderten sie mich grob auf, den Rucksack und den Koffer auszupacken. Ich legte alles auf den Tisch und sah sie dann an.

Das hast du alles mitgenommen für einen kurzen Besuch bei der Oma?

Ich war sechs Wochen bei ihr, log ich, und ein paar der Sachen habe ich von ihr für Mutter bekommen.

Und warum hast du die Papiere dabei?

Meine Zeugnisse. Meine Oma wollte sie sehen, weil ich der Klassenbeste war.

Und warum nimmst du all deine Zeugnisse mit? Und das hier, ein Impfausweis! Wieso hast du den dabei?

Das verlangt meine Mutter. Mein Bruder und ich, wir müssen den Impfausweis bei uns haben, wenn wir in die Ferien fahren. Falls etwas passiert, sagt sie.

Du kannst wieder einpacken.

Ich schwitzte, als ich meine Sachen im Koffer und Rucksack verstaute, denn zwischen meinen Hemden war der große Briefumschlag mit den Briefbogen vom Pfarramt und unter meinem Unterhemd hatte ich die kleine Tasche mit meinem gesamten Geld. Ich hätte nicht gewusst, was ich hätte erwidern sollen, wenn sie Kopfbogen und das viele Geld gesehen und mich danach befragt hätten.

Als ich alles verpackt hatte, sah ich fragend zu den beiden Grenzern.

Kann ich jetzt gehen?

Hier, sagte einer von ihnen und warf mir meinen Personalausweis zu, und nun verschwinde. Ab zum Ostbahnhof.

Ich stellte mich auf den Bahnsteig und wartete auf die nächste Bahn. Die beiden Grenzer gingen zu ihren Kollegen auf der anderen Seite und unterhielten sich. Als die Bahn aus Westberlin einfuhr, verteilten sie sich über den ganzen Bahnsteig und stiegen, jeweils einer an einer der Waggontüren, in den Zug. Kurz danach kam die S-Bahn aus Potsdam, ich stieg ein und fuhr zwei Minuten später über die Zonengrenze. Am Bahnhof Zoo stieg ich aus und ging zu einer Wechselstube direkt am Bahnhof. Im Schaufenster hing die Tabelle mit Wechselkursen, der Umtauschsatz Ostmark gegen Westmark stand ganz oben. Ich rechnete mir aus, was ich für eintausendundfünfzig Ostmark bekommen würde, dann ging ich hinein, angelte die Stofftasche unter meinem Hemd hervor und legte das gesamte Geld auf den winzigen Tresen.

D-Mark bitte, sagte ich.

Der alte Mann hinter der Glasscheibe nahm die Scheine und Münzen auf, zählte sie, legte sie neben sich hinter die Scheibe und tippte Zahlen auf eine elektrische Rechenmaschine.

Zweihundertdreizehn fünfundsiebzig, sagte er.

Sie haben sich verrechnet. Es sind zweihundertsiebenundzwanzig Mark und zwanzig Pfennig, korrigierte ich.

Mein Apparat kann vieles, aber er kann sich nicht verrechnen. Der ist geeicht. Du hast die Gebühren vergessen. Steht alles auf dem Aushang rechts von dir. Willst du nun oder willst du nicht?

Ja, bitte.

Er legte Scheine und Münzen vor mich hin, dazu einen Ausdruck aus seiner Rechenmaschine.

Der Nächste, sagte er, während ich noch vor ihm stand, das Geld in die Tasche steckte und wieder unter dem Hemd verstaute. Ich schaute mich misstrauisch um, ob mich einer beobachtete, nahm meinen Koffer und fuhr nach Marienfelde. Am Bahnhof gab es einen Wegweiser zum Notaufnahmelager und ich ging in die angegebene Richtung. Ich bemerkte, dass sich Passanten nach mir umdrehten, vermutlich ahnten sie, wohin ich mit Koffer und Rucksack marschierte. Das Lager war rundherum gesichert, ich musste zum Eingangsgebäude und dort meinen Personalausweis vorlegen. Ein Mann in der Pförtnerloge wollte von mir wissen, was ich hier suche. Als ich ihm sagte, dass ich ein Flüchtling sei, erwiderte er, ich sei erst vierzehn, ich sei ein Kind.

Ich bin Flüchtling, ich kann nicht zurück, wiederholte ich nur.

Er fragte, ob ich katholisch oder evangelisch sei, und sagte, ich solle auf den Hof gehen, mich dort anstellen und warten, bis ich dran sei. Meinen Ausweis gab er mir nicht zurück.

Vor dem Eingang standen vierzig oder fünfzig Leute, darunter Familien mit kleinen Kindern. Drei Frauen hatten Kinderwagen, auf denen Koffer und Kartons lagen. Ich stellte mich hinten an. Ich bemerkte, dass die anderen mich misstrauisch musterten. Die Erwachsenen schwiegen oder unterhielten sich flüsternd, nur die Kinder quengelten. Nach einer halben Stunde wurden alle von einer Stimme aus einem Lautsprecher ermahnt, vorsichtig zu sein und nicht mit Unbekannten zu sprechen, es bestünde die Gefahr, ausspioniert zu werden. Es dauerte zwei Stunden, ehe ich im Hausflur war, in dem überall Menschen standen und saßen. Familien, Alleinstehende, junge und alte Männer und Frauen, Kinder, alle mit Gepäckstücken, in einem Weidenkorb hockte kläglich wimmernd eine Katze. An der Wand und von der Decke hingen Hinweise. Man solle vorsichtig sein, es bestehe die Gefahr, bespitzelt zu werden. In großer Schrift wurde vor Menschenraub gewarnt. Trotz der vielen Leute war es nicht laut, nur ein gleichförmiges Stimmengewirr erfüllte den Gang und ab und zu Kindergeschrei. Einige Ehepaare unterhielten sich flüsternd, manche der Anstehenden wirkten verängstigt oder eingeschüchtert, andere waren glückselig und lächelten vor sich hin. Ein älterer Mann, der wie ein Bauer oder ein abgearbeiteter Bauarbeiter aussah, stieß einzelne, zusammenhanglose Worte aus: rote Schweine, Spitzbart, Saubande, Ausbeuter verfluchte, Arbeiterverräter.

Im Gang wartete ich nochmals mehr als eine Stunde und versuchte herauszubekommen, nach welchem System die Leute eingelassen wurden. Einige gingen in eins der Zimmer, wenn jemand herauskam, andere wurden aufgerufen. Die Schlange bewegte sich unendlich langsam.

Mich rief man auf. Als ich das Zimmer betrat, begrüßte mich eine Frau, die meinen Ausweis in der Hand hielt.

Du bist Konstantin? Konstantin Boggosch?, fragte sie.
Ich nickte.

Und ich bin die Frau Rosenbauer. Bist du ganz allein gekommen? Wo sind deine Eltern?

Mein Vater ist tot. Er ist im Krieg geblieben. Und meine Mutter, sie hat mich geschickt, weil ich drüben keine Zukunft habe. Die Russen haben uns alles weggenommen, ich darf nicht weiter zur Schule gehen, weil mein Vater früher eine Fabrik hatte. Ich habe da drüben gar keine Chance. Und da hat sie gesagt, geh rüber, deine Zukunft ist drüben.

Hast du Verwandte hier?

Einen Onkel. In München. Er wird mir helfen.

Weiß er, dass du hier bist.

Nein. Natürlich nicht. Wie sollte ich ihm das sagen. Telefon oder Brief, das wird doch alles überwacht.

Wie alt bist du? Vierzehn. Du bist ja noch ein halbes Kind. Jetzt setzt du dich und füllst dieses Formular aus. Alles nach bestem Wissen und Gewissen. Das andere machen wir morgen, dann werden wir sehen, wie wir dir helfen können. Wenn du alles ausgefüllt hast, bringst du mir das Formular. Ich sag dir dann, wo du schlafen und wo du dir für heute einen Proviantbeutel abholen kannst. Ach, ich sag einfach du zu dir – ist das recht, oder muss man dich schon siezen?

Wie Sie wollen.

Setz dich dort drüben hin. Und lass dir Zeit. Schreib nur auf, was du weißt. Wenn du etwas nicht weißt oder unsicher bist, dann schreib nichts hin. Wir schauen uns das nachher gemeinsam an.

Ich war nach zehn Minuten fertig und ging zum Schreibtisch von Frau Rosenbauer, die mit einem alten Ehepaar sprach. Als sie für mich Zeit hatte, schaute sie sich das Formular an und schien zufrieden zu sein.

Deinen Ausweis behalten wir hier. Es ist sowieso besser,

wenn du das Lager nicht verlässt, hier bist du sicher. Du musst wissen, es sind schon Leute verschleppt worden, die sich bereits hier angemeldet hatten und sich nur einmal Westberlin anschauen wollten. Hier hast du deinen Laufzettel, der ist ganz wichtig. Morgen und übermorgen meldest du dich bei den verschiedenen Mitarbeitern genau in der Reihenfolge, wie es auf dem Zettel steht. Das muss sein, damit wir dir helfen können. Und jetzt gehst du zur Krankenstation, die ist im Haus eins. Dahin musst du als Erstes, und dann gehst du mit diesem Zettel zum Küchentrakt, dort bekommst du ein Abendessen und die Bettwäsche. Dein Zimmer ist in Haus siebzehn, es ist dort das Zimmer neun. Du hast Glück, ich habe dir ein Vierbett-Zimmer gegeben, da ist es ruhig. Und nun ab mit dir.

In der Krankenstation war nur eine Schwester zu sehen. Sie ließ sich meinen Zettel geben, schrieb etwas darauf und gab ihn mir zurück. Dann musste ich mich über ein Becken beugen, sie legte ein Tuch über meine Schultern und schüttete dann ein stinkendes Pulver über meine Haare.

Ich hab keine Läuse, sagte ich.

Jetzt sicher nicht mehr, sagte sie gleichmütig.

Kurz nach neun Uhr war ich mit meinem Gepäck in dem Zimmer, das mir Frau Rosenbauer zugewiesen hatte. Zwei Doppelstockbetten standen darin, ein kleiner Tisch und vier Stühle, unter dem Fenster waren Koffer, Pappkartons und Rucksäcke gestapelt. Drei der Betten waren offensichtlich belegt, aber keiner der Bewohner war im Zimmer. Ich wuchtete meinen Koffer über die anderen, den Rucksack packte ich auf das freie Bett oben rechts, in dem ich schlafen sollte, breitete das Laken über die Matratze und steckte die Wolldecke, die zusammengelegt am

Fußende lag, in den Bezug, den man mir im Küchentrakt zusammen mit dem Proviantbeutel gegeben hatte.

Ich ging auf den Lagerhof, holte mir eine Tasse Tee und setzte mich auf den einzigen freien Platz an einem der langen Tische, an denen vor allem Männer saßen. Ich sagte Guten Abend, aber keiner reagierte darauf. Einige hatten wie ich ihren Proviantbeutel vor sich auf dem Tisch liegen und aßen, andere rauchten und spielten Karten. Ich bemerkte, dass einige Schnapsflaschen bei sich hatten, aus denen sie verstohlen tranken und die sie dann wieder rasch wegsteckten. Vielleicht war Alkohol im Lager verboten. Nach dem Essen zog ich mich in mein Zimmer zurück, noch immer war keiner meiner Mitbewohner zu sehen. Ich holte mein Zahnputzzeug aus dem Rucksack und ging zum Waschraum. Im Zimmer zurück, zog ich mich aus und legte mich ins Bett. Ich wollte noch etwas lesen, aber ich war müde und schlief gleich ein. Irgendwann wurde ich wach, als zwei meiner Zimmergefährten kamen und sich leise unterhielten. Sie sprachen über ihre Frauen und Kinder, die in einem anderen Haus untergebracht waren.

Am nächsten Morgen stellte ich mich den drei Männern vor und nannte meinen Namen, aber sie nickten nur uninteressiert und sprachen nicht mit mir. Sie sprachen über die Städte, in denen sie künftig wohnen würden, und einer erzählte, er habe bereits eine Arbeitsstelle in Nürnberg und der neue Chef warte ungeduldig auf ihn und habe sogar eine Wohnung für ihn und seine Familie besorgt.

Nach dem Frühstück ging ich mit meinem Laufzettel zu der ersten der zwölf Stellen, bei denen ich mich vorstellen musste. Vor jedem Büro gab es eine endlose Schlange von Leuten und ich hatte zu warten. Am ersten Tag im Lager schaffte ich es lediglich, mir drei der zwölf notwendigen Unterschriften zu besorgen, und wie ich mitbekam, war nur ein Einziger von unserem Flur in vier Büros vorgedrungen, hatte dafür aber auf das Mittagessen verzichtet.

Die Stimmung unter den Leuten war angespannt und viele waren gereizt. Sie waren durch das lange Warten und Anstehen nervös geworden und beschwerten sich über die Fragen der Beamten von Staatsschutz und Bundeswehr sowie der Offiziere der drei Besatzungsmächte. Überall würde man sie das gleiche Zeug fragen, und die Leute von den Ostbüros der Parteien und der Kampfgruppe gegen Unmenschlichkeit wollten Dinge wissen, die ihnen nur ein hoher Funktionär aus dem Osten beantworten könnte, aber nicht ein einfacher Arbeiter. Man behandele sie, als seien sie Spitzel und Agenten der ostdeutschen Staatssicherheit, aber keiner beklagte sich laut, man flüsterte nur mit den Verwandten oder Freunden und schaute dabei nach rechts und links. Mehrmals am Tag wurden wir über die Lautsprecher aufgefordert, mit keinem Unbekannten über unseren Fall zu sprechen, und ich wusste nicht, was sie damit meinten, worüber ich mit keinem sprechen sollte, aber mich sprach auch keiner an. Aus jedem Büro, vor dem ich stundenlang gestanden hatte, um die Unterschrift auf den Laufzettel zu erhalten, wurde ich schon nach wenigen Minuten entlassen. Der westdeutsche Polizist stellte mir keine Fragen, der amerikanische Offizier nahm mich überhaupt nicht zur Kenntnis und ebenso der Engländer, sie sahen mich kaum an, schauten einen Moment auf die Papiere und setzten ihre Unterschrift auf meinen Laufzettel. Nur der Franzose sprach mit mir, er war sehr freundlich, wollte aber lediglich prüfen, wie gut mein Französisch war, und zum

Abschied klopfte er mir auf die Schulter, sagte: bonne chance, mon petit gars, und hob die rechte Hand an seinen Kopf, als ob er vor mir salutierte.

Anders als geplant hatte ich gleich am ersten Tag den Namen meines Onkels genannt, als ich nach Verwandten in Westdeutschland gefragt wurde, und ich bekam rasch mit, dass ich damit richtig entschieden hatte. Wer gar keine Verwandten hatte, wurde zwar wie alle anderen nach ein, zwei Wochen aus Westberlin ausgeflogen, musste aber dann drei oder vier Monate in einem anderen Aufnahmelager bleiben, und besonders bei Jugendlichen unter vierundzwanzig Jahren konnte es eine Ewigkeit dauern, ehe sie ihren Westausweis erhielten und das Lager endgültig verlassen durften. Mein unbekannter Onkel sollte mein Rettungsring werden, um nicht monatelang in einem überfüllten Lager festgehalten zu werden. Ich besaß zwar keine Adresse von ihm, da ich nie von ihm einen Brief bekommen hatte, aber ich konnte seinen Namen angeben und den seines Werkes in München, die Müller Kautschuk AG. Nach drei Tagen sagte mir Frau Rosenbauer, man habe die Sekretärin meines Onkels erreicht, Richard Müller sei noch im Urlaub und erst am vierten September wieder im Werk. Sie würde dann versuchen, ihn zu sprechen.

Am vierten September wollte ich längst in Marseille und bei der Legion sein, stattdessen saß ich in diesem überfüllten Lager fest, wo ich, nachdem ich vier Tage lang vor Bürotüren gestanden hatte, um mir irgendwelche Unterschriften abzuholen, mich jetzt vor allem langweilte.

Mehrmals am Tag wurde uns über Lautsprecher versichert, man bemühe sich, das Notaufnahmeverfahren für einen jeden zügig, aber ordnungsgemäß durchzuführen, dies sei auch im Interesse der Flüchtlinge. Wenn mir im

Hof zufällig Frau Rosenbauer über den Weg lief, sprach sie mich freundlich an, erkundigte sich, wie es mir gehe, und erklärte mir, warum die Prozedur so langwierig sei und sein müsse.

Nicht alle Flüchtlinge sind wirklich Flüchtlinge, sagte sie, es sind ein paar Spitzel darunter, und die versuchen wir zu enttarnen.

Ich nickte.

Ich hoffe, du verstehst das. Bei dir, Konstantin, hat keiner von uns Bedenken, aber du bist noch minderjährig und allein, da müssen wir dafür sorgen, dass einer sich um dich kümmert.

Ich habe meinen Onkel in München. Ich könnte zu ihm fahren.

Sei nicht so ungeduldig. Wir müssen alles Schritt für Schritt erledigen, so sind die Bestimmungen für das Notaufnahmeverfahren. Du brauchst neue Papiere, wir müssen wissen, ob du bei deinem Onkel wohnen kannst oder ob du in ein Übergangswohnheim kommst. Das dauert ein paar Tage. So bald wie möglich fliegen wir dich aus Berlin aus, du kommst nach Sandbostel und dort bekommst du deinen neuen Ausweis.

Es ist so langweilig. Wenn man wenigstens zur Schule gehen könnte.

Ich weiß. In ein paar Tagen hast du es hinter dir und bist auf einem Gymnasium. Und bei deinem Zeugnis hast du das Versäumte rasch nachgeholt.

Am siebten September konnte ich mit Onkel Richard sprechen. Kurz nach acht kam der alte Gebhard, unser Blockwart, wie wir ihn nannten, zur Zimmerkontrolle und gab mir den Zettel mit der Aufforderung, in Zimmer 18 im Haupthaus zu erscheinen. Als ich pünktlich dort war, teilte man mir mit, ich würde morgen Vormittag nach Westdeutschland ausgeflogen. Ich solle am nächsten Morgen mit meinem Gepäck um neun am Autohof sein. Ich würde mit anderen Jugendlichen in einem Bus zum Flughafen und im Flugzeug nach Bremen gebracht, von dort aus gehe es dann ins Lager Sandbostel. Die Frau drückte mir Papiere in die Hand, die ich sorgsam hüten solle, denn ohne sie dürfte ich das Flugzeug nicht betreten. Und dann gab sie mir die Telefonnummer von Onkel Richard. Sie habe bereits mit ihm telefoniert, und ich könne ihn vom Telefonraum aus anrufen.

Die Aufsicht an den Telefonen nahm mir den Zettel ab und wählte für mich. Währenddessen sagte sie, ich hätte fünf Minuten Zeit für das Gespräch, hier habe jeder nur fünf Minuten, schließlich sei das kein öffentlicher Fernsprecher.

Am Telefon meldete sich eine Frau und sagte: Direktion der Müller Kautschuk AG.

Ich sagte, wer ich bin und dass ich meinen Onkel Richard sprechen möchte.

Bist du das, Konstantin?

Ja, Onkel.

Konstantin Boggosch?

Ja, ich rufe aus Westberlin an. Ich bin im Flüchtlingslager und fliege morgen nach Bremen.

Ja, ich hörte schon davon. Sie sagten mir, sie bringen dich nach Sandbostel, in das Männerlager. Und warum bist du abgehauen? Warum hast du in der Zone nicht erst einen Beruf erlernt?

Ich hatte dort keine Chancen, weißt du. Ich hatte dort keinerlei Zukunft, das habe ich auch hier im Lager gesagt.

Und was sagt deine Mutter dazu? War sie denn einverstanden, dass du fliehst?

Ja, sie meinte auch, dass ich drüben keine Chancen und keine Zukunft habe.

Und was meint Gunthard? Was hat dein Bruder gesagt?

Er sagte, er komme nach. Er macht erst seine Lehre fertig und kommt dann nach München.

Ja, das ist viel vernünftiger. Erst einen anständigen Beruf erlernen, dann kommt man weiter. Und du? Du willst also zu mir kommen? Hierher nach München?

Das wäre für mich am besten, haben die vom Aufnahmelager gesagt.

Ja, ja, die machen es sich gern einfach. Wir werden zusammen überlegen, was gut für dich ist. Die fliegen dich jetzt zu uns rüber, dann wirst du noch ein paar Tage oder Wochen in Sandbostel bleiben, und danach kommst du zu mir. Ich denke, du willst auf ein Gymnasium gehen? Die Frau vom Aufnahmelager sagte, du hättest ein ungewöhnlich gutes Zeugnis.

Ja, ein Abitur wäre gut.

Schön, das bereden wir alles, wenn du in München bist. Halt die Ohren steif, Konstantin. In ein paar Wochen sehen wir uns.

Sehr erfreut schien Onkel Richard über meinen Anruf nicht zu sein, aber das verstand ich. Für ihn war ich ein wildfremder Mensch, den er nie gesehen hatte und für den er sorgen sollte, nur weil der sein Neffe war. Und ich kannte ihn ebenso wenig und hatte nicht vor, bei ihm zu bleiben. Er sollte mir nur helfen, aus dem Flüchtlingslager herauszukommen und so schnell wie möglich Personalausweis und Reisepass zu erhalten, um endlich nach Frankreich verschwinden zu können, nach Marseille, zur Legion.

Wir waren zweiundvierzig Jugendliche, alles Männer

und Jungs, keiner älter als Mitte zwanzig, die am nächsten Morgen mit einem uralten Bus zum Flughafen nach Tempelhof gebracht wurden. Jeder von uns hatte viel Gepäck dabei, ich hatte nur meinen Koffer und den Rucksack, die anderen hatten vier oder fünf Gepäckstücke, und ich fragte mich, wie sie damit von Ostberlin nach Westberlin gekommen waren, aber sie hatten vielleicht Verwandte und Freunde, die ihnen geholfen hatten.

Unsere Gruppe wurde von zwei Polizisten erwartet. Die Begleiter vom Lager übergaben ihnen unsere Papiere. Wir wurden von einem der Polizisten nacheinander namentlich aufgerufen, hatten das Gepäck abzugeben und über eine Treppe das Flugzeug zu besteigen. Ich flog zum ersten Mal in meinem Leben und freute mich, einen Fensterplatz erobert zu haben. Ich drückte den ganzen Flug über meine Nase gegen das kleine Fenster und hoffte, etwas wiederzuerkennen, aber ich wusste bei keiner Stadt und bei keinem Fluss, die ich von oben sah, wo wir waren und um was es sich handelte.

Wir flogen gemeinsam nach Bremen und gemeinsam bestiegen wir den Bus ins Lager Sandbostel. Unsere vorläufigen Personaldokumente wurden uns von einem Betreuer aus dem neuen Lager, der im Flughafen von Bremen auf uns wartete, abgenommen. Ein Achtzehnjähriger sagte, das sei nicht sehr viel anders, als er es im Knast im Osten erlebt habe, zwei Leute aus der Gruppe wiesen ihn jedoch scharf zurecht und sagten, er solle in die Zone zurückgehen, wenn das für ihn das Gleiche sei.

In Sandbostel ging es ähnlich zu wie in Marienfelde. Wir bekamen wiederum einen Laufzettel und mussten uns in verschiedenen Büros melden und die Fragen waren ebenfalls dieselben. Vielleicht war das Absicht, um herauszubekommen, ob einer immer das Gleiche antwortete oder mal etwas anderes erzählte und sich dadurch als Spitzel entlarvte, denn über eingeschleuste Spitzel der ostdeutschen Staatssicherheit wurde auch in dem neuen Lager viel geredet, und wir wurden auch hier gewarnt, nicht zu viel über uns selbst und unseren Fall, wie es hieß, mit Fremden zu sprechen. Doch in Sandbostel wohnten sehr viel weniger Leute als in Marienfelde, dort waren es ein paar tausend und hier noch ungefähr fünfhundert, und es waren nur Männer oder vielmehr Jugendliche, es gab keine Frauen und Mädchen, keine Kinder, keine Familienväter und alten Männer, und in Sandbostel war eine bessere Bibliothek, so dass ich mich in der freien Zeit beschäftigen konnte.

Mit einem Jungen, Frieder, freundete ich mich an. Er war fünfzehn und ebenso wie ich ganz allein aus dem Osten abgehauen, weil er wegen seinem Vater, einem Pfarrer, nicht auf die Oberschule gehen durfte. Wir waren die Jüngsten im Lager, und da die Älteren mit uns nicht sprachen, verbrachten wir viel Zeit zusammen. Frieder hatte bereits einen Internatsplatz in Köln und würde dort ein Gymnasium besuchen, das hatte sein Vater mit der Hilfe eines Freundes in Köln bereits geregelt.

Wer keine Adresse vorweisen kann, sagte er mir, bleibt vorerst im Lager. Und die noch nicht achtzehn sind, kommen auf den Ilschenhof in Poggenhagen. Ilschenhof, das ist das Lager für Minderjährige ohne Familienanschluss, und da bleibt man, bis alles geklärt ist, und das dauert ewig. Lass dich bloß nicht auf den Ilschenhof abschieben, Konstantin.

Frieder erzählte mir, unser Lager sei bis zum Kriegsende ein Konzentrationslager gewesen, was mich zutiefst erschreckte. Ich fragte Ulrich Wegner danach, der studierte in Hamburg und arbeitete nur in den Semesterferien im Aufnahmelager als Betreuer. Er hatte mich an meinem zweiten Tag im Lager Sandbostel angesprochen, da er in den Unterlagen gesehen hatte, dass ich Italienisch und Französisch gelernt habe. Er sagte, er studiere Romanistik und Philosophie, habe diese beiden Sprachen auch gelernt und wollte wissen, wieso ich diese Sprachen spreche und wie gut. Die meisten Flüchtlinge sprechen etwas Englisch und Russisch, ein paar auch Französisch, aber er habe nie einen hier gesehen, der Italienisch kann.

Meine Mutter, sagte ich, als er den Grund wissen wollte, für meine Mutter sei das wichtig gewesen.

Als ich Ulrich Wegner fragte, ob tatsächlich Sandbostel früher ein Konzentrationslager war, bestätigte er es.

Ja, sagte er, hier wurden Kriegsgefangene umgebracht. Sie wurden durch Arbeit ermordet und durch Hunger. Für einen Mord braucht man keinen Strick und keine Kugel, keine Gaskammer und nicht mal ein Messer. Man kann Menschen mit Arbeit erschlagen oder verhungern lassen. Aber davon will heute keiner mehr etwas wissen. Keiner im Dorf und auch nicht in Bremen oder Hamburg. Ich hatte vor drei Jahren versucht, etwas über die Geschichte dieses Lagers herauszubekommen. Beim Bürgermeister gab es nichts, gar nichts, keinerlei Unterlagen, sagte er mir. Als ich ihn fragte, wieso die Unterlagen verschwunden sind, sagte er lächelnd: Kriegsschäden. Und keiner, auch die nicht, die schon immer hier leben, war bereit, mit mir zu sprechen. Ja, Sandbostel, dein Tor zur Freiheit war einst das Tor zum Tod. Ist das nicht wunderbar? Das hätte Nietzsche gefallen, vielleicht sogar Goethe. Und irgendwann wird für uns alle die Pforte zum Tod wieder das Tor zur Freiheit sein.

Und dann lachte er laut.

Ich hatte nicht an Nietzsche und Goethe gedacht, zwei

Namen, von denen ich einen aus der Schule kannte, von dem anderen hatte ich vage gehört, beide Namen sagten mir damals nicht viel. Ich dachte nur an meinen Vater. Wenn auch nur für wenige Tage, saß ich in einem Lager, wie es mein Vater hatte bauen lassen für Kriegsgefangene, für Häftlinge, die in seinen Vulcano-Werken arbeiten sollten. Nun war ich Insasse eines früheren Konzentrationslagers. Hier hatte man Leute eingesperrt, die nicht so freundlich behandelt wurden wie wir. Ich lief durch das Jugendlager Sandbostel, ging an den Männern vorbei, die auf den Bänken saßen, die gelangweilt herumstanden, die Zigaretten rauchten, Skat spielten, Bier tranken. Ich lief durch das Lager und schaute mir ein Gebäude nach dem anderen an, mit anderen Augen, mit einem anderen Blick. Häftlinge sah ich vor mir, die sich zum Appell aufstellten, und ich sah meinen Vater, der durch das Lager ging und sie kontrollierte. Er trug einen eleganten Anzug mit Schulterstücken, ein weißes Hemd mit Stehkragen, eine weiße Weste und eine weiße Fliege, genauso wie auf dem Foto, das mir Gunthard gezeigt hatte, der es von Onkel Richard bekommen hatte. Seine Hände steckten in schwarzen Lederhandschuhen und er lächelte, wie auf dem Foto. Ich sah mich selbst im Anzug meines Vaters vor den Häftlingen stehen, mit weißer Weste, weißer Fliege und Lederhandschuhen. Das Tor zur Freiheit, das Tor zum Leben, das Tor zum Tod, und ich stand vor dem Tor und dahinter, als Häftling und als der SS-Mann, der mich gezeugt hatte, der mein Vater war. Und hier, in dem Lager, in dem Konzentrationslager, war ich in seinen Händen, war in seinen Fängen. Ich war sein Opfer. Ich war er. Ich bleibe der Sohn meines Vaters für alle Ewigkeit. Ich bin sein Erbe. Sein Nachfolger. Der in der Uniform. Der neben seinen Chemiewerken, seinen

Produktionshallen für Reifen aller Art, ein Vernichtungslager errichten ließ. Ich bin der, der vor den Häftlingen steht. Der sie in seinen Werken arbeiten lässt, bis sie tot sind. Der todbringende SS-Mann. Der verurteilte Mörder. Der, den sie am Ende des Krieges an einem Galgen aufhängten.

Mir war unbehaglich, ich wollte so schnell es geht aus dem Lager raus. Ich konnte nicht darüber sprechen, nicht mit Frieder, nicht mit Ulrich Wegner, mit keinem.

Ulrich lieh mir eine Schreibmaschine, auf der ich auf den gestohlenen Kirchenbögen die angeblichen Briefe des Pfarrers schreiben konnte, einen Brief, in dem der Pfarrer darum bat, man möge Konstantin Boggosch zu seiner in Marseille erkrankten Mutter reisen lassen, damit er sie nach Hause holen kann, und einen zweiten Brief, in dem er stellvertretend für die verstorbenen Eltern und als gesetzlicher Vormund von Konstantin Boggosch seinem Mündel erlaubt, in die französische Fremdenlegion einzutreten, und die Legion darum bittet, seinem Mündel behilflich zu sein. Von beiden Briefen machte ich eine französisch abgefasste Kopie, für die vier Briefbogen benötigte ich dreizehn der entwendeten Blätter, ich musste mehrfach neu ansetzen, da die Briefe keine Schreibfehler haben sollten.

Zwei Wochen blieb ich in Sandbostel, genau sechzehn Tage, und konnte das Lager nur verlassen, weil ich eine Adresse in München hatte, einen Onkel hatte, diesen Onkel Richard, der der Bruder meines Vaters war. Einen ganzen Monat, einunddreißig Tage, hatte ich in den beiden Lagern zubringen müssen, und ich atmete auf, als mir am zweiundzwanzigsten September zusammen mit einer Zugfahrkarte bis München der Ausweis mit dem Eindruck: for all countries gegeben wurde. Ich verabschiedete mich von Frieder und notierte mir seine Adresse in Köln, dann ging ich zu Uli Wegner, um auch ihm die Hand zum Abschied zu geben. Er fragte, wann ich starte, und als ich sagte, ich würde am nächsten Morgen gleich nach dem Frühstück zur Bahn gebracht, erwiderte er, dann sehen wir uns noch. Am nächsten Tag kam Uli tatsächlich zu mir ins Zimmer, schenkte mir einen italienischsprachigen Reiseführer für die Städte Rom, Venedig und Neapel und meinte, ich würde mich doch bald nach Italien auf den Weg machen. Ich bedankte mich und erwiderte, ich würde zuerst nach Marseille aufbrechen, das sei meine Stadt, von ihr träume ich.

Dann viel Vergnügen in Marseille, sagte er, von Marseille aus sind Rom und Venedig nur ein Katzensprung.

Ein Katzensprung?

Eine Großkatze natürlich. Du wirst deinen Weg schon machen, Konstantin. Halt die Ohren steif, und viel Spaß in Marseille.

Werde ich haben. Danke, Uli.

Ich verbrachte einen ganzen Tag auf der Bahn und stand erst gegen acht Uhr abends vor der Villa von Onkel Richard an der Maderwiese. Der Herr Müller sei nicht da, sagte mir die Haushälterin, als sie die Tür einen Spalt öffnete. Ich sagte, ich sei der Neffe von Richard Müller. Sie erkundigte sich nach meinem Namen und ließ sich meinen neuen Ausweis zeigen, bevor sie die Sicherungskette löste und mich ins Haus ließ. Ich folgte ihr in das Gästezimmer im ersten Stock, in dem ein Tablett mit belegten Broten stand, mit einer Apfelsine, einer Banane und einem Glas Saft. Sie zeigte mir das Gästebad und sagte, Herr Müller würde mich morgen früh um sieben Uhr im Salon erwarten, dieser Raum sei im Erdgeschoss, es sei die Tür, über der zwei Geweihe hingen.

Und seien Sie bitte pünktlich. Nichts hasst Ihr Onkel so sehr wie Unpünktlichkeit und Schlamperei.

Dann ging sie grußlos aus dem Zimmer, ich warf mich auf das Bett und war erleichtert, nach den Wochen in den beiden Aufnahmelagern endlich ein Zimmer für mich allein zu haben. Es gab sogar einen kleinen Fernseher in dem Gästezimmer, und ich schaltete ihn ein, sah mir einen amerikanischen Kriminalfilm an und aß das Abendbrot.

Um halb sieben klopfte es an der Tür, ich war bereits angezogen und öffnete. Die Haushälterin wünschte mir einen guten Morgen und sagte nochmals, Onkel Richard würde mich pünktlich um sieben Uhr im Salon erwarten. Offenbar fürchtete sie, mein Onkel würde ihr die Schuld geben, wenn ich fünf Minuten später als erwünscht oder befohlen erscheinen würde.

Als ich hinunterging und das Zimmer betrat, war Onkel Richard noch nicht da. Es war für zwei Personen gedeckt, eine Porzellanschüssel mit Früchten stand auf dem Tisch, ein Teller mit Wurst und Käse, zwei kleine Gläser mit Marmelade und zwei silberne Kannen. Die Fenster des Zimmers gingen auf den Garten hinaus, auf dem gepflegten Rasen waren ein Tisch und drei hölzerne Gartenstühle zu sehen. Zunächst überlegte ich, ob ich mich an den Tisch setzen sollte, blieb aber stehen und wartete auf den Bruder meines Vaters. Zum ersten Mal in meinem Leben würde ich außer seiner Schwester einen anderen seiner Verwandten sehen. Einen meiner Verwandten. Vielleicht war Onkel Richard meinem Vater ähnlich, vielleicht sah er so aus wie der Mann auf dem Foto, das mir Gunthard gezeigt hatte.

Ich stand am Fenster und schaute in den Garten, als sich die Tür öffnete und ein etwas dicklicher Mann im dunklen Anzug mit Weste und Krawatte das Zimmer betrat. In der Türfüllung blieb er stehen und starrte mich an.

Ich bin Konstantin, sagte ich, guten Morgen.

Er sah mich an und schwieg.

Konstantin Boggosch, fügte ich aus Verlegenheit hinzu.

Er erwiderte nichts, sondern sah mich weiterhin nur an. Es war ein prüfender Blick, als taxiere er mich, ordnete mich irgendwo ein. Onkel Richard war über fünfzig, die Haare kurz geschnitten, sehr kurz, das Kinn hatte den gleichen tiefen Spalt wie das meines Vaters auf jenem Foto, ansonsten konnte ich keine Ähnlichkeit mit seinem Bruder entdecken. Onkel Richard trug eine Brille mit einer schmalen Goldfassung, aber er sah nicht durch die Gläser, sondern starrte über sie hinweg auf mich.

Konstantin Boggosch, sagte er endlich, ich bin dein Onkel Richard.

Er kam auf mich zu, reichte mir die Hand und sagte: Guten Morgen. Konstantin Boggosch, wiederholte er, geborener Konstantin Müller. Du kannst, wenn du willst, deinen richtigen Namen zurückbekommen. In einem Rechtsstaat muss das möglich sein. Ich werde dich Konstantin nennen. Der Name Boggosch kommt mir nur schwer über die Lippen.

Mit einer ausholenden Geste wies er auf die Stühle: Setzen wir uns. Ich habe wenig Zeit. Zwanzig Minuten, um exakt zu sein. Ich werde jetzt frühstücken, und du wirst mir währenddessen erzählen. Du kannst in aller Ruhe frühstücken, wenn ich aus dem Haus bin. Sag mir, was du vorhast, was du willst, was du von mir erwartest. Und erzähle mir, wie es deiner Mutter geht und deinem Bruder Gunthard. Der scheint mir ein tüchtiger Kerl zu sein. Ein richtiger Müller.

Ich saß ihm gegenüber und erzählte, und er hörte aufmerksam zu, ohne auch nur einmal zu lächeln. Ich berichtete ihm von zu Hause, von der Stadt, in der er einmal daheim war, von dem gegenwärtigen Zustand der früheren Vulcano-Werke, von meiner Flucht und dem Aufenthalt in den Aufnahmelagern in Westberlin und Sandbostel. Wenn ihn etwas nicht interessierte, winkte er ungeduldig mit der Hand, um mir zu signalisieren, ich solle mich kürzer fassen oder zum nächsten Thema kommen, was ich auch umgehend tat. Ich sagte, ich wolle so bald wie möglich wieder zur Schule gehen, um das Abitur zu machen und dann Chemie und Betriebswirtschaft zu studieren. Das sagte ich in dem Glauben, es würde ihm gefallen, doch er hörte sich schweigend alles an, und es war ihm nie anzumerken, ob ihm irgendetwas von dem, was ich ihm erzählte, zusagte oder missfiel.

Mit dir möchte ich nichts zu tun haben, dachte ich, während ich ihm vorflunkerte, ich wolle Abitur und Studium machen, um so bald wie möglich in seiner Fabrik zu arbeiten.

Bring mir deine Papiere, unterbrach er mich, deine Zeugnisse.

Als ich mit meinen Zeugnissen zurück im Salon war, nahm er sie wortlos und ohne einen Blick darauf zu werfen an sich.

So, und nun kommen wir zur Sache, sagte er und zündete sich eine Zigarette an, deine Mutter, wie du weißt, hat sich von ihrem Mann losgesagt. Hat sogar ihren Mädchennamen wieder angenommen, als ob sie von Gerhard nicht zwei Söhne hätte, und das alles, weil sie der Propaganda der Russen aufgesessen ist. Sie tut so, als ob Gerhard ein Verbrecher sei, ein Mörder. Kriegsverbrecher haben sie ihn genannt, die Polacken, und ermordet. Aber das habe ich alles von einem ordentlichen deutschen Gericht klären lassen. Die Polen haben ihn gelyncht, ohne Prozess, ohne jede Rechtsgrundlage. Mein Bruder Gerhard hat im Krieg nichts als seine Pflicht getan, wie jeder richtige Deutsche. Er war einer der Deutschen, die in dieser schweren Zeit ihr Vaterland nicht verraten haben, wovon es auch genug gab. Dein Vater war ein Patriot, Konstantin, und ich hoffe, du weißt das.

Ja, Gunthard hat mir alles gezeigt, was du ihm geschickt hast.

Das waren Kopien eines Urteils von einem deutschen Gericht. Das ist nun amtlich. Wer meinen Bruder als Kriegsverbrecher beschuldigt, der macht sich strafbar, den verklage ich. Und nun sag mir, Junge, wie denkst du über deinen Vater? Glaubst du auch den Unsinn, den die Russen deiner Mutter eingeredet haben?

Nein.

Wirklich nicht? Sag mir die Wahrheit, Konstantin. Glaubst du mir oder deiner Mutter? Oder genauer gesagt: Glaubst du mir und den deutschen Gerichten oder deiner Mutter und den Russen?

Ich weiß nicht, ich ... ich habe davon immer nur gehört und ...

Ja oder nein? Ich will eine klare Antwort von einem deutschen Jungen. War dein Vater ein Kriegsverbrecher oder nicht?

Man hat ihn zu Unrecht aufgehängt. Das war Siegerjustiz.

Kriegsgräuel, jawohl. Man hat ihn gelyncht. Und die das taten, das waren die Kriegsverbrecher, Junge, nicht dein Vater. Die Polen und die Russen. Oder?

Ja, Onkel.

Er sah auf seine Armbanduhr und stand auf. Im Stehen

trank er seinen Kaffee aus und sagte: Wir sprechen ein andermal darüber, Konstantin. Ich sehe schon, da habe ich noch einiges zurechtzurücken. Du hast jetzt frei, du kannst dir München anschauen. Um sechzehn Uhr sehen wir uns wieder. Wir trinken einen Tee und du wirst meine Frau kennenlernen. Und dann werde ich dir sagen, wie es mit dir weitergeht. Sechzehn Uhr hier im Salon!

Grußlos ging er aus dem Raum. Ich lachte leise und begann mich über die aufgetischten Leckereien herzumachen, stopfte mir die Wurst- und Käsescheiben in den Mund, bis der gesamte Teller leer war. Als die Haushälterin das Zimmer betrat, mich mit vollem Mund kauen sah und die gründlich abgeräumte Tafel, kniff sie missbilligend die Lippen zusammen und räumte den Tisch ab, obwohl noch ein halbes, dick belegtes Brötchen auf meinem Teller lag und ich mir gerade eine weitere Tasse Kaffee eingegossen hatte.

Es ist schön bei meinem Onkel, sehr schön, sagte ich überaus freundlich zu ihr.

Ja, Ihr Onkel arbeitet dafür auch sehr schwer. Das alles hier ist nicht vom Himmel gefallen, junger Mann. In ein gemachtes Bett konnte sich Ihr Onkel nicht legen, das hat er sich alles erarbeiten müssen.

Danke für das Frühstück. Ich habe lange nicht mehr so gut gegessen. Was wird es denn zu Mittag geben?

Wir essen kein Mittag. Herr Müller bleibt in seinem Werk und kommt mittags nicht nach Haus, und seine Frau hält Diät. Mittags koche ich nicht, und das wollen wir auch gar nicht erst einführen.

Zu ihrer Verwunderung lachte ich. Ich hatte nicht vor, mittags in diesem Haus zu sein. Ich wollte mir die Stadt ansehen und erst um sechzehn Uhr zum Tee zurück sein, Punkt sechzehn Uhr. Ich nahm den gleichen

Bus, mit dem ich am Vorabend zur Maderwiese gefahren war, um in die Innenstadt zu gelangen, und dann lief ich vom Stachus bis zum Marienplatz und Sendlinger Tor, betrachtete Straßen, Häuser und Menschen und die Schaufenster der Geschäfte. Zum ersten Mal lief ich durch eine westdeutsche Großstadt, denn von Westberlin hatte ich kaum etwas gesehen, da uns geraten wurde, das Flüchtlingslager nicht zu verlassen, und staunte über den Reichtum der Stadt, über die Auslagen, aber auch über die Preisschilder. Alles nicht vom Himmel gefallen, wie die Haushälterin gesagt hatte. In einer Bäckerei kaufte ich mir Brötchen, die Preise in den Gaststätten waren mir zu hoch, ich hatte mein Geld einzuteilen, denn ich wollte damit noch bis Marseille kommen. Um vier war ich wieder in der Villa von Onkel Richard, die Haushälterin öffnete mir wortlos die Tür, ich lief rasch in mein Zimmer hoch, beeilte mich, um pünktlich im Salon zu sein.

Onkel Richard erschien mit einer sehr jungen Frau, die sichtlich schwanger war. Er stellte uns vor, er sagte, ich sei sein Neffe Konstantin, der aus der Zone abgehauen sei. Die Frau hieß Sophie, und sie waren seit zwei Jahren verheiratet. Ich dachte an meinen Bruder. Da der Onkel nochmals geheiratet hatte und nun ein Kind bekam, würde es für Gunthard mit dem Erbe nichts werden, war die Direktion der Müller Kautschuk AG für ihn in unerreichbare Ferne gerückt. Seine Liebedienerei für seinen bewunderten Onkel Richard war für die Katz.

Wir setzten uns an den mit Kaffeegeschirr und einem Kuchenteller gedeckten Tisch, die Haushälterin brachte eine Kaffeekanne und eine Kanne mit Kräutertee. Ich konnte in aller Ruhe essen, denn der Onkel wollte von mir nichts weiter erfahren. Zu seiner Frau gewandt meinte er, sie solle mich anschauen, denn sein Bruder Gerhard habe in dem Alter genauso ausgesehen, ganz genau so.

Der Junge ist Gerhards Sohn, das könne er nicht bestreiten, sagte er, er ist ihm wie aus dem Gesicht geschnitten. Mit fünfzehn sah Gerhard ebenso aus. Wild, rotzig, trotzig, frech. Eine Kämpfernatur.

Er tätschelte seiner Frau die Hand, dann blickte er mich an und meinte: Und ich hoffe, du erweist dich deines Vaters würdig. Trotz deiner verrückten Mutter, die der Russenpropaganda mehr glaubt als dem eigenen Ehemann.

Er goss seiner Frau Tee ein und sich selbst Kaffee und teilte mir mit, wie er über mich entschieden habe. In seinem Gästezimmer könne ich nicht bleiben, dies benötige er für seine Gäste. Er sagte, für meine Geschäftsfreunde und meine wahren Freunde, und dabei lachte er. Er lachte zum ersten Mal, seit ich ihn kennengelernt hatte, ein meckerndes, kurzes, krächzendes Lachen.

Bei uns im Haus kannst du nicht bleiben, sagte er, Sophie ist schwanger und braucht Ruhe. Du wohnst also besser in einem Schülerheim, ich habe bereits alles Notwendige veranlasst. Stadtrat Krüger hat mir zugesagt, dass du einen Platz in einem Schülerheim bekommst. In spätestens zwei, drei Wochen hast du da ein Bett. Als Schule ist für dich das Deutsche Gymnasium geeignet, das ist am Stadtgraben. Mit dem Direktor habe ich telefoniert. Wenn die Schulzeugnisse aus der Zone auch nur einigermaßen unseren Standards entsprechen, wirst du die Schule ja spielend schaffen. Der Direktor vom Deutschen Gymnasium sagte mir, er habe mit den Leistungen der Schüler aus der Zone nie Probleme gehabt. Die Russen bei euch hätten, Gott sei Dank, die Chemie und die Mathematik nicht kommunistisch machen können. In der Schule erwartet man dich am Montag, sieben Uhr fünfzig, und für die zwei, drei Wochen, bis wir den Bettplatz in dem Schülerheim für dich haben, hat meine Sekretärin ein kleines Zimmer in einer Pension bestellt. Heute Nacht kannst du noch hier schlafen, und morgen früh marschierst du mit deinen Sachen in die Pension in der Liebigstraße, hier hast du die Adresse. Du bekommst monatlich ein Taschengeld von mir, ich denke, mit achtzig oder hundert Mark wirst du auskommen. Die Stadt bezahlt dein Gymnasium, aber für das Schülerheim muss ich aufkommen. Das mache ich gern für meinen Bruder Gerhard, aber Geld ist Geld und wächst nicht von alleine nach. Alles klar, Konstantin?

Artig bedankte ich mich und sagte, es sei mir sehr unangenehm, dass er so viel Geld für mich ausgeben wolle. Das Geld für das Schülerheim sei aber nicht nötig, denn im Lager Sandbostel sei mir ein kostenloser Platz in einem Gymnasium mit angegliedertem Schülerheim in Köln angeboten worden, die Kirche würde für alles bezahlen. Ich sagte ihm, was mir Frieder in Sandbostel über seine Pläne erzählt hatte, und konnte Onkel Richard sogar die richtigen Adressen des Gymnasiums und des Kölner Schülerheims nennen.

Wenn es dir recht ist, fahre ich nach Köln und mache dort mein Abi.

Und das bezahlt die Kirche?

Ja.

Bist du denn so ein Frommer, dass die Kirche für dich alles bezahlt? Aber schön, wenn die so viel Geld haben, mir soll es recht sein. Wann fährst du? Morgen?

Das wird am besten sein, damit ich nicht zu viel Unterricht versäume.

Gut so, Junge. Und das Taschengeld schicke ich dir jeden Monat. Alles klar?

Ja, Onkel Richard, aber wenn es möglich ist, dann wäre es für mich besser, wenn du mir das Taschengeld für das ganze erste Jahr jetzt schon geben könntest. Ich muss mich dort neu einrichten, und sehr viel habe ich von zu Hause nicht mitnehmen können.

Das Taschengeld für ein ganzes Jahr willst du haben?

Wenn es geht. Ich habe nicht genug Kleidung für den Winter, und von der Kirche gibt es kein Kleidergeld, wurde uns in Sandbostel gesagt.

Na schön, du bekommst morgen früh das Geld. Meine teure Verwandtschaft.

Er lachte wieder schrill und krächzend.

Aber dann schreib deiner Mutter, was ich alles für dich tue. Und das tu ich alles für dich und für meinen Bruder Gerhard, deinen Vater, den die Polen, diese Kriegsverbrecher, heimtückisch umgebracht haben.

Ich nickte, und da er mich weiterhin fragend anstarrte, sagte ich: Ja, ich weiß es.

Ich benötigte das Geld unter allen Umständen.

Also, dann morgen früh. Um sieben Uhr hier. Und nun verabschiede dich von Sophie. So früh wirst du sie morgen nicht sehen.

Ich stand auf, ging um den Tisch und gab seiner Frau die Hand. Sie hatte nur einmal Guten Tag zu mir gesagt, und jetzt sagte sie freundlich Auf Wiedersehen. Von Sophie, der Frau von Onkel Richard, habe ich kein weiteres Wort gehört, kein einziges. Wahrscheinlich redet sie nie in Anwesenheit von Onkel Richard, dachte ich mir, vielleicht will er das nicht. Und vielleicht ist das in seinem Werk auch so, dass alle zu schweigen haben, wenn er da ist und redet.

Ich drehte mich zu meinem Onkel um, aber er beachtete mich nicht.

Bis morgen früh, sagte ich und ging aus dem Salon. Der Haushälterin sagte ich, ich wolle noch einmal in die Stadt gehen, und fragte, wann ich zum Abendbrot zurück sein solle.

Ich stelle Ihnen einen Teller ins Zimmer, sagte sie.

Kann ich einen Haustürschlüssel bekommen?, fragte ich.

Nein, Sie klingeln. Bis um neun habe ich noch zu tun, später ist das Haus abgeschlossen. Ich bin dann im Bett, und Ihr Onkel und seine Frau sind hier nicht die Portiers. Dann stehen Sie auf der Straße.

Ich verlasse Sie morgen. Morgen verschwinde ich und werde Sie nicht mehr stören.

Ich weiß, sagte sie und lächelte mich zum ersten Mal an.

An der Bushaltestelle Maderwiese hatte ich ein Kino entdeckt mit einem riesigen bunten Plakat zu einem schwedischen Film, über den die Männer in Sandbostel gesprochen hatten, und ich rannte dorthin, um zur Achtzehn-Uhr-Vorstellung nicht zu spät zu kommen.

Bist du denn schon sechzehn?, wollte die Frau an der Kinokasse wissen.

Sechzehneinhalb, sagte ich, wenn ich wollte, könnte ich in die Fremdenlegion eintreten.

Na dann, sagte sie, lachte und nahm mein Geld, wenn du bei der Fremdenlegion bist, dann wird dir dieser Film auch nicht mehr schaden können.

Der Film war verworren. Der Sohn eines Anwalts geht mit der zweiten Frau seines Vaters ins Bett, und der Vater schläft mit einer anderen Frau und muss dann im Nachthemd durch die nächtliche Stadt fliehen. Das Kino war voll und die Leute folgten atemlos der Filmhandlung, weil es irgendwie eigentlich um Gott und Sünde und Sex ging, jedenfalls sprachen die Leute im Film darüber.

Ich war um halb neun wieder in Onkel Richards Villa. Ich ging gleich in mein Zimmer, die Haushälterin bat mich darum, weil der Onkel im Salon mit Gästen saß, oder vielmehr, sie befahl es mir.

Am nächsten Morgen um sieben ging ich mit meinem gesamten Gepäck in den Hausflur hinunter, stellte es ab und setzte mich an den Frühstückstisch, aber ich wartete, bis der Onkel erschien. Er legte zwei große Umschläge vor mich hin. Das seien Kopien noch weiterer Dokumente über meinen Vater, sagte er, und ich solle sie aufmerksam studieren. Das sei die Wahrheit und keine Propaganda der Sieger. Dann griff er in sein Jackett und legte einen Briefumschlag dazu.

Und hier sind tausend Mark für dich, das Taschengeld für zwölf Monate. Geh sorgfältig damit um. Von mir bekommst du erst in einem Jahr das nächste Geld. Achtzig Mark im Monat, hatte ich gesagt.

Ich danke dir, Onkel. Ich danke dir von Herzen. Das wird mir sehr helfen ...

Jaja, schon gut.

Ich konnte ungestört frühstücken, denn Onkel Richard las, während er ein Brötchen aß und Kaffee trank, eine Zeitung. Er blickte nur einmal auf, als er mich fragte, wie die Leute daheim über meinen Vater redeten.

Glauben die alle die Russenpropaganda? Halten die deinen Vater für einen Kriegsverbrecher?

Nein, erwiderte ich, die Lehrer schon und die vom Rathaus, aber von den Leuten waren einige zu mir immer besonders nett.

Das glaube ich dir. Dein Vater hat der ganzen Stadt

Arbeit gegeben. Damals, vor dem Krieg und bis zum Zusammenbruch. Ohne deinen Vater wäre das eine ganz arme Stadt geblieben mit kleinen Handwerkern und mit Tagelöhnern. Erst mit Gerhard kam das Geld, er verstand etwas von der Wirtschaft. Der wäre heute ein ganz großer Mann, hier bei uns jedenfalls.

Genau zwanzig Minuten nach sieben warf er einen Blick auf die Armbanduhr, stand auf, trank den Kaffee aus und kam auf mich zu. Ich stand rasch auf.

Ja, mein Junge, dann sehen wir uns erst mal nicht. Mach deine Schule gut, dann sehen wir weiter.

Danke. Vielen Dank, Onkel.

Und studiere die Papiere über deinen Vater. Das sind Dokumente, alle beglaubigt und gerichtsnotorisch.

Ich danke dir auch dafür.

Er sah mir forschend in die Augen. Dann griff er in seine Jackentasche, holte das Portemonnaie heraus und legte fünfhundert Mark auf den Tisch.

Eine Starthilfe, sagte er, du bist schließlich Gerhards Sohn, da darfst du nicht in Lumpen rumlaufen.

Er strich mir über die Haare und ging aus dem Zimmer. Ich riss den Umschlag auf, zählte das Geld und steckte alles in meine Hosentasche, als die Haushälterin ins Zimmer kam.

Was machen Sie denn da?, fragte sie.

Ich mache mir Brötchen für die Reise. Ich sitze sechs Stunden im Zug.

Da muss ich ja noch einmal zum Bäcker gehen. Hätten Sie mir nicht gestern sagen können, dass Sie sich einen Berg Brötchen mitnehmen wollen?

Das stimmt. Sie haben recht. Hab ich vergessen. Können Sie mir etwas Papier zum Einwickeln bringen und etwas zu trinken mitgeben?

Wie am Tag vorher räumte sie den Tisch ab, obwohl ich noch daran saß, Kaffee trank und auf die aufgeschnittenen Brötchen Wurst und Käse legte, doch brachte sie mir wenige Minuten später ein paar Bogen Butterbrotpapier und eine Flasche Selters, womit ich nicht gerechnet hatte. Bevor ich vom Tisch aufstand, angelte ich die Stofftasche unter meinem Hemd hervor und steckte das Geld von Onkel Richard hinein. Zählen musste ich es nicht, ich wusste auf den Pfennig genau, wie viel ich besaß. Wenn ich sparsam damit umging, kam ich damit nicht nur nach Marseille, ich könnte viele Wochen davon leben. Dem Onkel sei es gedankt. Er wird es verschmerzen können, auch wenn er toben wird, sobald er erfährt, dass ich nicht nach Köln gefahren bin, dass ich nicht in einem Schülerheim wohne und auch kein Gymnasium besuche.

Als ich fertig war, ging ich ins Vestibül, klopfte an die Küchentür und verabschiedete mich von der grummeligen Haushälterin. Sie war so überrascht, dass sie mir tatsächlich eine gute Reise wünschte.

Am Hauptbahnhof suchte ich auf den Plänen vergeblich nach Zügen nach Marseille. Ich stellte mich an einem der Schalter an und sagte, dass ich eine Fahrkarte nach Marseille benötige. Die billigste, fügte ich hinzu.

Marseille Saint-Charles?, fragte die Beamtin.

Marseille, sagte ich, Marseille am Mittelmeer.

Ja, aber welcher Bahnhof?

Hauptbahnhof bitte.

Also Marseille Saint-Charles.

Sie blätterte fünf Minuten in ihren Fahrplänen und sagte dann, mit der billigsten Fahrkarte wäre ich etwas mehr als sechzehn Stunden unterwegs und müsste fünf Mal umsteigen. Abfahrt ab Hauptbahnhof wäre zwanzig Minuten nach achtzehn Uhr, Ankunft in Marseille Saint-

Charles am nächsten Tag um elf Uhr dreiunddreißig. Ich fragte sie nach dem Preis, es war teurer, als ich gedacht hatte.

Und das ist die billigste?

Ja.

Dann nehme ich die.

Eine Platzkarte, vermute ich, wollen Sie nicht?

Nein danke, sagte ich, holte das Stofftäschchen unter dem Hemd hervor, zog zwei Geldscheine heraus und bezahlte. Bis zur Abfahrt hatte ich neun Stunden Zeit und gab mein Gepäck in der Aufbewahrung ab, auch den Rucksack, aus dem ich den Reisepass und zwei Brötchen herausgenommen und in meine Jackentaschen gesteckt hatte. Nun hatte ich einen Tag in München, ich hatte Geld in der Tasche, musste mir keine Belehrungen über die Lagerlautsprecher anhören und auch keine von meinem Onkel und seiner Haushälterin. Ich ging in die Bahnhofsbuchhandlung, nahm einen der Reiseführer von München und las in ihm, bis ein Buchhändler zu mir kam und mich fragte, ob er mir helfen könne. Ich stellte das Buch zurück, ging in die Wechselstube und tauschte fast das gesamte Geld in Francs um. Dann spazierte ich zum Botanischen Garten, setzte mich auf eine leere Bank und aß dort meine Brötchen. Am Nachmittag ging ich ins Kino, es gab eine Komödie mit Gesang nach einem deutschen Märchen, und danach schaute ich mir noch einen zweiten Film an, weil ich drei Stunden Zeit hatte und es draußen regnete.

Die Zugfahrt nach Marseille war ermüdend, da ich alle zwei Stunden umsteigen musste und nirgends schlafen konnte. An der Grenze gab es keine Schwierigkeiten, und ich war zuversichtlich. Ich hatte die gefälschten Briefe des Pfarramtes von G. bei mir und vertraute darauf, dass man den Worten eines Pfarrers glaubte. Den deutschen Grenzbeamten sagte ich, dass ich zu meinen Eltern in Marseille reise, um dann mit ihnen nach München zurückzukehren, und die französischen Beamten freuten sich über meine Sprachkenntnisse und wollten wissen, ob ich in Marseille eine Freundin besuche. Ich lachte und nickte und hätte ihnen beinah gesagt, meine Freundin heiße Boudin, aber mir fiel rechtzeitig ein, dass die Grenzer wahrscheinlich wissen, was Boudin auch bedeuten kann. Es waren Franzosen, sie würden ihre so berühmte wie berüchtigte Fremdenlegion kennen.

Als der Zug auf französischem Boden war, öffnete ich an der Waggontür meine mitgenommene Bierflasche. Auf meinen Gepäckstücken sitzend, feierte ich den endgültigen Abschied von meinem Vater.

Fahr zur Hölle, wo du hingehörst, sagte ich, und dann wiederholte ich es noch einmal laut und auf Französisch.

In Marseille gab ich das Gepäck nicht ab, ich wollte Geld sparen und dachte rasch ein billiges Quartier zu nehmen und mich dann auf die Suche nach dem Boulevard Bompard zu machen. Im Bahnhof schaute ich mir die Angebote der Hotels und Pensionen an, um herauszubekommen, mit welchen Preisen ich rechnen musste. Dann lief ich aufs Geratewohl mit dem schweren Koffer los, hielt Ausschau nach einer bezahlbaren Pension und fand schließlich in der Rue des Petites Maries, einer langen und sehr schmalen Straße, ein Haus gegenüber einer Manufaktur für Strohhüte, wo im zweiten Stock eine ältere Frau, Madame Durand, wohnte, die drei Zimmer ihrer Wohnung an Gäste vermietete. Der Preis des kleinsten Zimmers, eines Raums, der nicht größer als zwei mal vier Meter war, einschließlich eines kleinen Frühstücks war derart niedrig, dass ich sofort einverstanden war. Sie fragte, für wie viele Tage ich das Zimmer haben möchte, wenn ich länger als eine Woche bliebe, bekäme ich einen Rabatt. Ich überlegte einen Moment und sagte, ich bliebe eine Woche oder länger, denn auch wenn ich am nächsten Morgen bei der Legion vorspräche und sie mich nähmen, würde es gewiss ein paar Tage dauern, ehe ich einen Schlafplatz in ihrer Kaserne bekäme. Und wenn meine Ausbildung bei der Legion nicht in Frankreich erfolgen sollte, sondern in einem ihrer Stützpunkte in Nordafrika, könnte es noch länger dauern, bevor mir die Grande Nation einen Schlafplatz bereitstellte.

Eine Woche oder länger, sagte ich.

Gut, dann gibt es zehn Prozent Rabatt, sagte sie zufrieden.

Als ich sie nach dem Weg zum Boulevard Bompard fragte, holte sie ihren Stadtplan, ich könne ihn für die nächsten Tage behalten und ihn zurückgeben, wenn ich auszöge. Ein Viertel der vereinbarten Wochenmiete zahlte ich im Voraus und packte meinen Rucksack aus. Dann steckte ich die Schlüssel von ihr ein, den Wohnungsschlüssel, mit dem man das Schloss nur durch ein merkwürdiges Schließsystem öffnen konnte, was Madame Durand mir zweimal vorführte, und einen gewaltigen Haustürschlüssel, steckte den Stadtplan in die Tasche und machte mich auf den Weg zum Boulevard Bompard.

Es dauerte eine Stunde, bis ich die Straße fand. Zweimal hatte ich mich trotz des Stadtplans verlaufen und musste Passanten nach dem Weg fragen. Der Boulevard Bompard war eine schnurgerade Straße, die an ihrem Ende in Schlangenkurven auslief. Auf der einen Straßenseite standen schlichte ein- und zweistöckige Häuser, auf der anderen waren eingeschossige Gebäude, zumeist Werkstätten, mit Mauern verbunden oder geschützt. Zu dieser Zeit waren gar keine Fußgänger unterwegs, aber unentwegt rasten junge Männer auf Motorrädern und Mopeds durch die schmale Straße. Ich suchte das Haus der Legion und erinnerte mich an die Hausnummer 19, aber an dieser Stelle stand eine halbe Ruine. Das flache Haus wurde abgerissen oder wiederaufgebaut, durch die aufgerissene Begrenzungsmauer sah ich, dass hier keiner wohnen konnte, doch es gab kein Schild und keinen Hinweis, wohin das Rekrutierungsbüro umgezogen war. Ich lief die gesamte Straße ab, die dreihundert oder vierhundert Meter lang war, einmal rechts, einmal links, aber ein Haus der Legion war nirgends in dieser Straße, und ich sah auch keinen, den ich fragen konnte, jedenfalls keinen, von dem ich annahm, er könne es wissen. Ich wollte einen der jungen Motorradfahrer anhalten, die es mir sicher hätten sagen können, aber keiner von ihnen würdigte mich eines Blickes oder hielt auf mein Winken hin an.

Zurück im Zimmer von Madame Durand, holte ich meine Notizen heraus und sah, dass es tatsächlich Boulevard Bompard Nummer 19 sein sollte, in der sich nach der Broschüre das Büro der Legion befand. Ich bat meine Wirtin um das städtische Telefonbuch und durchsuchte es nach allen möglichen Stichworten und Abkürzungen, fand aber keinen Hinweis auf ein Rekrutierungsbüro der Legion. Ich entschloss mich, am nächsten Morgen im Informationsbüro oder im Rathaus nachzufragen. Madame Durand wollte ich nicht deswegen ansprechen, die alte Frau wusste es gewiss nicht, und sie sollte nicht erfahren, dass ich der Legion beitreten wollte.

Am nächsten Morgen klopfte es gegen acht Uhr an die Tür, Madame Durand brachte ein winziges Tablett in mein Zimmer mit einer Tasse Kaffee, einem kleinen Krug warmer Milch und einem Stück Weißbrot und wünschte mir einen guten Tag. Sie sagte, augenblicklich sei ich ihr einziger Gast und das Wetter in Marseille solle heute beständig sein, es würde nicht regnen. Als ich sie um ein zweites Brotstück bat, wurde sie verlegen, schließlich sagte sie, ein zweites Stückchen Brot müsse extra bezahlt werden. Ich war einverstanden und Sekunden später stellte sie einen weiteren Teller ins Zimmer mit einem zweiten Stück Brot, das haargenau so groß war wie das erste.

Nach dem Frühstück betrachtete ich meinen Bart. Ich hatte mich eine ganze Woche lang nicht rasiert und einige Haare waren auch recht lang gewachsen, aber es sah nicht nach dem Bart eines Mannes aus. Es sah kümmerlich aus und wirkte nicht männlich, eher lächerlich, weshalb ich beschloss, diesen verunglückten Bart gänzlich zu beseitigen. Von Madame Durand holte ich mir heißes Wasser und rasierte mich über dem kleinen Handwaschbecken im Zimmer.

Auf dem Weg zum Quai du Port, hinter dem das Hôtel de Ville liegt, erblickte ich plötzlich zwei Soldaten vor mir, einer von ihnen trug ein Képi blanc, der andere das Béret vert. Das waren Fremdenlegionäre, wusste ich und rannte los. Ich überholte sie, drehte mich um und fragte sie nach dem P.I.L.E. Ich benutzte die amtliche Abkürzung des Informationsbüros, das erschien mir passend und wirkte, wie ich meinte, erfahrener. Als die beiden stehen blieben und mich schweigend anschauten, wiederholte ich: Poste d'Information de la Légion Étrangère.

Der Mann mit dem Képi blanc nickte fast unmerklich und sagte beiläufig: Ebenda gehen wir hin.

Sie setzten ihren Weg fort, ohne sich um mich zu kümmern, und ich folgte ihnen in gehörigem Abstand, damit sie nicht glaubten, ich wolle sie belauschen. Zwei Straßen weiter blieben sie vor einem Haus stehen und wurden nach einem Moment eingelassen. Als ich vor der schweren Eingangstür stand, hinter der sie verschwunden waren, war diese bereits ins Schloss gefallen. Ein edles, aber auch diskretes Schild verriet, dass sich in diesem Haus eins der Büros der P.I.L.E. befand. Ich vergewisserte mich, dass ich meine Papiere bei mir hatte, den Reisepass sowie die von mir gefälschten Schreiben des Pfarrers, dann klingelte ich. Ein Legionär, ein Schwarzer, öffnete mir. Er starrte mich überrascht an und sagte dann etwas in einem Französisch, das ich nicht verstand.

Ich will zur Legion, sagte ich.

Was willst du? Was willst du von der Legion?, fragte er, jedenfalls glaubte ich, dass er mich das fragte.

Ich will Legionär werden.

Er starrte mich an, ohne eine Miene zu verziehen, fasste mich an der Schulter und zog mich in den Hausflur.

Komm, komm, komm, redete er dabei halblaut vor sich hin, öffnete eine Tür und schubste mich in ein Zimmer, in dem mehrere Legionäre an einem Tisch saßen.

Ein neuer Legionär, sagte der Schwarze und schob mich weiter, zu seinen Kameraden.

Ein älterer Mann, er war sicher schon fünfzig, seine Haare waren grau und sehr kurz geschnitten, drehte sich mitsamt seinem Stuhl zu mir um.

Du willst zur Legion?

Ja.

Aber die Legion hat keinen Kindergarten.

Ich bin sechzehn. Sechzehneinhalb.

Ach was, sagte er erstaunt, schon so alt?

Legio patria nostra, sagte ich laut und mit entschlossener, fester Stimme.

Er wandte sich zu seinen Kameraden und sagte zu ihnen: Sechzehneinhalb, habt ihr gehört? Ist der Kleine da für uns nicht schon zu alt? Oder ist er so geschult und erfahren, dass wir ihn gleich zum Sicherheitsgespräch schicken können?

Die Soldaten grinsten.

Der ältere Legionär, ein Sous-lieutenant, sah mich wieder an.

Jéjé, rief er plötzlich, es klang wie ein Befehl.

Ich spürte, dass der schwarze Legionär hinter mir sich bewegte. Mit einem Schritt war er hinter mir, ergriff meine Hose und riss sie mit beiden Händen herunter, so dass einer der Knöpfe absprang. Er hatte so fest zugefasst, dass er mit der Hose auch meine Unterhose herunterriss und ich halbnackt vor den Legionären stand. Jetzt brüllten sie vor Lachen. Der Schwarze griff mich am Kragen und zerrte mich aus dem Zimmer. Ich versuchte meine Hosen hochzuziehen, doch der Legionär schleifte mich so schnell mit sich, dass ich Mühe hatte, mich auf den Beinen zu halten, und mich nicht anziehen konnte. Er öffnete die Haustür und stieß mich auf die Straße. Ich stolperte und fiel hin, beim Aufstehen riss ich die Hose hoch, drehte mich zur Hauswand und brachte meine Kleidung in Ordnung. Zwei Legionäre kamen von der gegenüberliegenden Straßenseite. Sie hatten meinen Hinauswurf gewiss gesehen.

Ein neuer Legionär, sagte einer von ihnen, als sie an mir vorbei zur Haustür gingen.

Willkommen, Kamerad, sagte der andere zu mir.

Und dann lachten sie, und mir standen die Tränen in den Augen. Meine Hose war kaputt, es fehlte nicht nur der Bundknopf, die rechte Hosentasche war ein paar Zentimeter eingerissen. Ich rannte die Straße entlang, ich wusste nicht, wohin, wollte nur weg und glaubte, noch immer das Lachen der Legionäre zu hören.

Eine Stunde später saß ich in meinem Zimmer, nähte mit Nadel und Faden aus meinem Reisenecessaire den Riss und einen zu kleinen Knopf an und grübelte. In eine andere Stadt zu fahren zu einem anderen Rekrutierungsbüro oder gar zu einem Vorauswahlzentrum wollte ich nicht, man würde mich überall demütigen und rausschmeißen. All meine Fälschungen und Papiere würden mir nichts nützen. Wahrscheinlich hatten sie Erfahrung mit jungen Bewerbern, vermutlich wollten viele junge Männer zur Legion, aus Frankreich und aus dem Ausland, Minderjährige wie ich, die aus irgendeinem Grund von daheim abgehauen waren und nie wieder dahin zurückwollten, wenn diese anderen auch sicher nicht so einen gewichtigen und schwerwiegenden Grund hatten wie ich. Irgendwie sah man mir an, dass ich erst vierzehn und nicht sechzehn Jahre alt war, und dagegen hätte mir auch ein Bart nicht helfen können.

Ich fahre nicht zurück, sagte ich immer wieder vor mich hin, aber ich fühlte mich verloren und wusste nicht mehr, was ich mit meinem Leben anfangen sollte. In meinen Gedanken war die Fremdenlegion seit zwei Jahren mein künftiges Daheim. Als Soldat, als Legionär wollte ich meiner Heimatstadt entfliehen und dem Vater, meinem Erzeuger. Ich wollte all dies für immer hinter mir lassen, in einem fremden Land, in einer Umgebung, in der mich nichts an den Vater erinnerte und die nichts von ihm wusste und mich nicht immer wieder mit der Nase darauf stoßen konnte. Deswegen hatte ich keine Stunde Training beim Kampfsport versäumt, und nur darum hatte ich, anders als mein Bruder, mich nie über Mutters Schwärmerei für Fremdsprachen lustig gemacht oder mich beklagt und mich gegen ihre Anordnung gesträubt, an jedem Wochentag von früh an ausschließlich eine bestimmte Sprache zu sprechen. Ich wollte ein trainierter Kämpfer sein, darum war ich unermüdlich beim Kampfsport, und ich wollte, wohin immer man mich schickt, sprachgewandt genug sein, um mich verständigen zu können, und war daher mit Mutters Wocheneinteilung mehr als zufrieden, und da mir, anders als Gunthard, das Erlernen fremder Sprachen leichtfiel, machte es mir Spaß. Ein Fremdenlegionär muss Fremdsprachen können, meinte ich. Davon stand nichts in den Broschüren der Legion, es war offenbar keine Voraussetzung, um aufgenommen zu werden, aber ich war gewiss, dass ein Soldat der Legion, der mehrere Sprachen beherrscht, nützlich und willkommen ist und möglicherweise die interessanteren Aufgaben bekommt und rascher befördert wird. Ich sah mich nicht allein als Mitglied der Legion, in meinen Vorstellungen gehörte ich zu ihrer Elite, zu einem der körperlich bestens trainierten Soldaten, der sich durch seine Sprachkenntnisse für den Einsatz in fremden Ländern, in weit entfernten Kampfgebieten besonders eignet.

Und nun war dieser Traum in den drei Minuten, die ich im Legionärsquartier war, zerstoben. Zerplatzt. Ausgelöscht. Zerstört für immer und für alle Zeit. Denn ich konnte mich dort nie wieder sehen lassen. Selbst wenn ich zwei Jahre warten und mich um eine Aufnahme erst mit siebzehn oder achtzehn bewerben würde, sie würden sich an meinen ersten Besuch erinnern, und ich wäre bei der Legion der Mann, dem man die Hosen runtergezogen, der entblößt vor ihnen gestanden hatte. Sie würden es nie vergessen, es würde sich herumsprechen, und für alle Legionäre, für die gesamte Legion wäre ich der, den man ausgezogen und lächerlich gemacht hatte.

Diese drei Minuten hatten meinen gesamten Lebensplan vernichtet. Ich saß in einem winzigen Zimmer in Marseille, mein Geld war bedrohlich geschrumpft, obwohl ich jeden Centime zweimal umdrehte, denn ich wusste nicht, wovon ich leben sollte. Ich wollte nicht zurück, nicht zu meiner Mutter, denn das hieße, wieder in die Stadt meines Vaters zu gehen. Und ich wollte auch nicht zu Onkel Richard zurück, denn er war der Bruder des Mannes, dem ich für alle Zeit entfliehen wollte. Entfliehen musste. Bei ihm müsste ich über meinen Vater sprechen, er würde mir in jedem Gespräch das Gleiche sagen, und selbst wenn Onkel Richard nicht mit mir über Vater sprach, allein seine Anwesenheit würde mich stets an ihn erinnern.

Ich hatte mit alldem abgeschlossen, und obwohl die Pläne für meine Zukunft gründlich schiefgegangen waren, ich würde nicht zurückgehen. Ich wollte in Frankreich bleiben, ich würde eine Arbeit finden und ein Franzose werden. Möglicherweise könnte ich es auf einer Abendschule bis zum Baccalauréat bringen oder einen Beruf erlernen.

Zum wiederholten Mal holte ich die kleine Tasche unter meinem Hemd hervor, zählte das Geld und rechnete mir aus, wie lange ich damit auskommen könnte. Das kleine Zimmer in der Pension von Madame Durand war preiswert, aber wenn ich auch so viel wie möglich am Essen sparte, nach drei Wochen wäre mein Geld aufgebraucht und ich konnte nicht länger bei ihr wohnen. Ich musste umgehend etwas Billigeres finden, und ich brauchte sofort eine Arbeit, irgendeine Arbeit.

Am frühen Abend erst, es war schon sieben Uhr und es dämmerte, wagte ich mich wieder auf die Straße. Ich wollte in Marseille unerkannt bleiben, ich fürchtete, ein Legionär aus dem Quartier würde mich auf der Straße sehen und erkennen und dann anfangen zu lachen, lauthals loszulachen. Er würde es seinen Kameraden erzählen, brüllend vor Lachen, und die ganze Straße wüsste dann, wie man mich bloßgestellt hatte. Die Hände in den Hosentaschen, den Kopf gesenkt, lief ich durch die Straßen. In einer kleinen verrauchten Bar verlangte ich am Tresen ein Bier. Der dicke Mann hinter dem Tresen wollte wissen, wie alt ich sei. Ich antwortete ihm auf Russisch. Er verdrehte die Augen, zuckte mit den Schultern, zapfte ein Bier und stellte es vor mich hin. Eine halbe Stunde später kam ein Matrose auf mich zu und fragte, ob ich Russe sei. Ich verneinte, sagte aber, ich spreche Russisch. Als er wissen wollte, aus welchem Land ich komme, und ich es ihm sagte, freute er sich. Sein Schiff, ein Fischkutter, erzählte er, sei auf der Warnow-Werft in Warnemünde gebaut worden. Gute deutsche Qualität, lobte er, besser als die russische. Er sei der Navigationsoffizier und sie hätten in Marseille anlanden müssen, weil ein Kühlaggregat kaputt sei und umgehend repariert oder ersetzt werde, damit der Fisch nicht kaputtgehe. Er lud mich an seinen Tisch ein, wo sein Kamerad, der zweite Offizier des Kutters, saß, und er bestellte für mich ein Bier, weil die Warnow-Werft ihm so ein gutes Schiff gebaut hatte. Später forderten die beiden mich zum Armdrücken auf, weil ich ihnen von meinem Kampfsport erzählt hatte, und da ich sie zu ihrer großen Verwunderung besiegte, bekam ich noch ein drittes Bier.

Als sie aufbrachen, ging ich mit ihnen zusammen aus der Bar. Wir liefen nebeneinander, sangen laut das Lied der Wolgaschlepper und nahmen fast den ganzen Bürgersteig ein, so dass die Passanten uns ausweichen mussten. Vier Straßen weiter trennte ich mich von ihnen. Sie umarmten mich zum Abschied und Juri, der Navigationsoffizier, schlug mir anerkennend auf die Schulter und lobte zum fünften Mal die gute deutsche Qualität seines Kutters, den die Warnow-Werft gebaut hatte. Er tat so, als ob ich einer der Werftarbeiter wäre, was mir lieber war, als wenn er wüsste, welch gute deutsche Qualitätsarbeit mein Vater in seiner Heimat verrichtet hatte. Mein Vater, dachte ich, hätte mit den beiden Russen auf keinen Fall ein Bier getrunken, aber das sagte ich ihnen nicht.

Als ich allein zu meinem Quartier marschierte, spürte ich, dass ich nicht mehr nüchtern war. Ich ging langsam, Schritt für Schritt, um nicht zu stürzen, den Kopf hielt ich nicht mehr gesenkt, sondern ging mitten auf dem Bürgersteig. Ich hatte die Russen beim Armdrücken besiegt, obwohl sie viel älter waren als ich, und ich würde es auch mit den Legionären aufnehmen. Wenn mir jetzt einer von ihnen begegnet wäre, ich hätte nur verächtlich ausgespuckt. Die Legion würde mich nicht kleinkriegen, ich würde meinen Weg machen, auch in Frankreich, auch in Marseille. Gleich morgen früh würde ich mir eine Arbeit besorgen. Daheim fiel ich ins Bett und schlief sofort ein. Da ich in meinem Gepäck keinen Wecker hatte, wurde ich erst wach, als Madame Durand mit meinem kleinen Frühstück erschien und sagte, ich sei gestern Abend sehr laut gewesen und habe sie geweckt. Ich entschuldigte mich, und sie erkundigte sich besorgt, ob ich denn schon Alkohol tränke. Daraufhin erklärte ich ihr, als Sportler würde ich nicht rauchen und nicht trinken, und versprach ihr, sie nie wieder zu wecken.

An den nächsten Tagen lief ich durch alle möglichen Straßen und fragte in mehr als dreißig kleineren Werkstätten nach, ob ich bei ihnen arbeiten könnte, aber die meisten von ihnen suchten ausgebildete Fachkräfte und für fast alle Handwerker, die ich ansprach, war ich zu jung. Als mir der Chef einer Druckerei sagte, er wolle keine Mineurs beschäftigen, und ich erwiderte, ich sei kein Bergmann, lachte er. Er glaubte, ich hätte einen Witz gemacht, dabei hatte ich nur nicht gewusst, dass er mit den Mineurs Minderjährige meinte.

Die Arbeitssuche war anstrengend und an jedem Abend fiel ich todmüde ins Bett und schlief lange. Da ich kein Geld ausgeben wollte und nirgends einkehrte, konnte ich mich zwischendurch nur mal auf eine Bank setzen, doch in Marseille gab es wenige Bänke und meistens saßen dort alte Männer und Frauen. Um mich zwischendurch auszuruhen, ohne dass es mich etwas koste, wollte ich in eine der Bibliotheken gehen, mir dort ein Buch nehmen und mich in den Lesesaal setzen, aber für die Bibliotheken benötigte man einen Ausweis, für den ich wieder Geld hätte ausgeben müssen.

In der Innenstadt fand ich ein großes Antiquariat, und durch das Schaufenster sah ich zwischen den Bücherstapeln ein paar alte Sessel stehen. Ich ging hinein, grüßte höflich den älteren Mann, der wohl der Besitzer war, und suchte die Regale nach mich interessierenden Büchern ab. Das erste Buch, das meine Neugier weckte, war ein russischer Bildband über die Kriegs- und Handelsflotte der Sowjetunion. Ich dachte an Juri, den Navigationsoffizier, und nahm das Buch heraus. Ich setzte mich in einen alten Ledersessel, streckte die Beine aus und schlug das Buch auf. Ich wollte die Fischkutter der Flotte sehen und würde vielleicht auf ein Foto von jenem Kutter stoßen, auf dem Juri über die Meere fuhr. Der Antiquar saß hinter einem Schreibtisch, auf dem auch die Registrierkasse stand, und schrieb Briefe. Ab und zu schaute er misstrauisch zu mir. Nach einer Stunde kam er zu mir, warf einen Blick auf mein Buch und sagte, das Regal mit den russischen Büchern stehe im zweiten Zimmer rechts. Ich stellte den Band über die Flotte wieder in das Regal mit den Fotobänden und schaute mir das russische Regal an. Mit drei Büchern kehrte ich zu meinem Sessel zurück und blieb noch eine Stunde dort sitzen. Ich dankte dem Antiquar und ging erneut auf Arbeitssuche.

Als ich mir das zweite Mal eine Erholungspause in dem Antiquariat leistete, sprach mich der alte Mann an. Er lobte mein Französisch und sagte, er höre gar nicht den russischen Akzent, der bei den Russen gewöhnlich unüberhörbar sei. Bevor ich ihn über meine Herkunft aufklären konnte, sah er das englischsprachige Buch in meiner Hand und sagte: Ach, Sie sind gar kein Russe. Sind Sie Engländer? Amerikaner?

Ich komme aus Deutschland.

Wie bitte?, fragte er, wandte den Kopf ab und hielt eine Hand um sein rechtes Ohr.

Aus Deutschland, wiederholte ich.

Ach so, sagte er und ging zu seinem Schreibtisch zurück.

Als ich am dritten Tag wieder eine Pause bei meiner Arbeitssuche in dem Antiquariat einlegte und mich mit zwei Büchern in einen der Sessel lümmelte, fragte mich der Antiquar, was ich bei ihm suche.

Wünschen Sie ein bestimmtes Buch? Oder machen Sie hier nur Ihre Mittagspause?

So viel Geld habe ich nicht, um mir eins Ihrer schönen Bücher kaufen zu können.

Das hier ist keine Bibliothek, junger Mann, und auch kein Lesesaal. Ich verkaufe Bücher, davon lebe ich.

Ich entschuldigte mich und stellte das Buch in das Regal zurück.

Arbeiten Sie, junger Freund, dann haben Sie auch für

meine Bücher Geld und können sich kaufen, was Ihr Herz begehrt.

Ich habe keine Arbeit, und ich bekomme hier keine Arbeit. Ich besuche schon tagelang alle möglichen Firmen, aber keine hat eine freie Stelle für mich, sagte ich laut zu ihm, denn ich hatte bemerkt, dass er schwerhörig war.

Sie bekommen keine Arbeit? Sie können Französisch, Russisch und Englisch, dazu noch Deutsch, und Sie bekommen keine Arbeit? Das glaube ich nicht.

Ich kann auch noch Italienisch, aber alle meine Sprachen haben mir bisher nicht geholfen. Oder ich habe immer bei den falschen Leuten angefragt.

Vier Sprachen neben der Muttersprache, alle Achtung! Ich glaube, da kann ich was für Sie tun. Kommen Sie morgen Nachmittag zu mir, um die gleiche Zeit. Ich kann nichts versprechen, aber ich denke, morgen kann ich Ihnen schon etwas sagen. Und bleiben Sie im Sessel sitzen, solange Sie wollen.

Ich dankte ihm und blieb noch eine Stunde im Antiquariat, um einen Roman zu lesen. Nach der Ankündigung des Alten wollte ich nicht weiter die Straßen abklappern und um Arbeit betteln. Ich hoffte, und der Ton, in dem der Antiquar gesprochen hatte, stärkte diese Hoffnung, er würde mir morgen Nachmittag tatsächlich Arbeit verschaffen.

Als ich gehen wollte, bat er mich zu seinem Tisch. Er gab mir einen Brief, ein italienisches Antwortschreiben an ein Mailänder Antiquariat, und bat mich, den Text zu überprüfen, sein Italienisch sei etwas eingerostet. Ich entdeckte zwei Fehler und sagte sie ihm. Er dankte, aber ich war mir gewiss, dass er diese beiden Fehler längst gesehen oder absichtlich zwei Worte falsch geschrieben hatte, um meine Kenntnisse zu prüfen.

Bis morgen Nachmittag, Monsieur Duprais, sagte ich, als ich ging.

Ja, bis morgen. Wie heißen Sie eigentlich, junger Freund?

Boggosch, sagte ich, Konstantin Boggosch. Aber Sie können mich Konstantin nennen.

Gut, Constantin, bis morgen.

Obwohl ich beständig auf mein Erspartes achtete und jede Geldausgabe vermied, kaufte ich auf dem Heimweg eine einzelne Blume, die ich Madame Durand überreichte. Als sie überrascht und gerührt nach dem Grund fragte, sagte ich, ihr Zimmer würde mir so gut gefallen und ich würde es vielleicht für eine längere Zeit mieten. Ein paar Minuten später klopfte es an meiner Tür und sie brachte mir eine kleine Kanne Tee und drei Kekse ins Zimmer. Ich fragte, ob sie mir etwas zu lesen geben könne, und sie zeigte mir einen Schrank im Flur, öffnete ihn und sagte, ich möge mich bedienen. Ich nahm mir einen Krimi und ein Buch über die Geschichte Marseilles heraus, ging in mein Zimmer und las bis Mitternacht in beiden Büchern. Ich war ruhig und zuversichtlich, ich würde Arbeit bekommen und könnte in Marseille bleiben.

Monsieur Duprais sprach mit zwei Männern, als ich am frühen Nachmittag das Antiquariat betrat. Er nickte mir zu, und ich ging an ihnen vorbei und schaute mir die Regale an und die aufgestapelten Bücher. Als die Männer das Geschäft verließen, rief er mich zu sich. Er habe mit seinen Freunden gesprochen und drei von ihnen, die nicht nur in Marseille und Frankreich ihre Kunden haben, wären bereit, es mit mir zu versuchen. An drei oder auch vier Tagen in der Woche sollte ich bei ihnen für jeweils ein, zwei Stunden die anfallende Korrespondenz mit den ausländischen Geschäftspartnern und Kunden übernehmen. Er selbst wäre ebenfalls interessiert, und wenn ich mich anstellig zeige und alle zufrieden seien, hätte ich eine gut bezahlte Stellung, zumal jeder von ihnen mir zusätzlich eine halbe Stunde Wegegeld bezahlen würde, da mein Weg zur Arbeit jeden Tag länger als gewöhnlich sei, da ihre Geschäfte nicht gerade nebeneinander lägen und ich täglich von einem zum anderen zu laufen hätte.

Einverstanden?, fragte er.

Sehr gern. Sehr, sehr gern. Vielen Dank, Monsieur Duprais.

Wir werden sehen, wie Sie sich anstellen, Constantin. Wir wollen es eine Woche mit Ihnen probieren, dann sehen wir weiter. In der ersten Woche zahlen wir nur halben Lohn. Die erste Woche sind Sie bei allen vier auf Probe engagiert, wir kaufen keine Katze im Sack. Sind Sie auch damit einverstanden?

Natürlich.

Gut. Hier haben Sie die Adressen. Der Erste ist mein Freund Maxime Leprêtre, er ist Spezialist für Werkstoffprüfungen mit Röntgenstrahlen, sein Geschäft, das liegt im Süden der Stadt. Vor hier aus laufen Sie eine Viertelstunde, es fährt aber auch ein Bus dorthin. – Haben Sie einen Stadtplan?

Ja.

Schön. Der Nächste ist Gabriel Gassner, Apothekenbedarf. Er ist Großhändler und stattet Apotheken mit allem aus, was sie brauchen. Sein Büro liegt in Aubagne, das ist für Sie der weiteste Weg, da müssen Sie den Bus nehmen. Kennen Sie Aubagne?

Nein. Ist das ein Stadtteil von Marseille?

Aubagne ist eine Kleinstadt im Osten, zwanzig Kilometer von Marseille entfernt. Berühmt, berüchtigt. Hauptquartier der Légion Étrangère. Sagt Ihnen das was?

Ja, natürlich, sagte ich und wurde rot, doch Duprais schaute bereits wieder auf seinen Zettel und bemerkte es nicht.

Grässliche Kerle. Denen müssen Sie aus dem Weg gehen. Hier bei mir sind Sie vor denen sicher, die gehen in kein Antiquariat, die meiden Bücher wie die Pest. – Übrigens, Gabriel wird Ihnen eine zusätzliche Stunde als Wegegeld bezahlen. – Und schließlich noch Mathéo Nicolas, mein ältester Freund. Er besitzt einen Fachhandel für Korrosionsschutz und ist in ganz Europa gefragt. Seine Firma ist in der Nähe des Hafens, von hier aus also keine zwanzig Minuten Fußweg. Haben Sie noch Fragen?

Im Moment nicht, Monsieur.

Gut. Dann schlage ich vor, Sie machen sich auf den Weg. Die drei erwarten, dass Sie sich heute noch vorstellen. Beginnen Sie bei Mathéo. Sie sind angemeldet für heute, bei allen dreien.

Ich weiß nicht, wie ich Ihnen danken soll. Ich weiß auch nicht, wieso Sie das alles für mich tun?

Sie sollen für uns was tun, Constantin. Und in einer Woche wissen wir alle mehr. Dann wissen wir und Sie, ob Sie geeignet sind. Machen Sie sich auf den Weg. Morgen früh um neun erwarte ich Sie bei mir, Sie arbeiten dann ein, zwei Stunden für mich, und ich sage Ihnen danach, wen von meinen Freunden Sie anschließend aufzusuchen haben.

Ich ging zu der Firma von Mathéo Nicolas und meldete mich bei seiner Sekretärin an. Ich sagte, wie ich heiße und dass Herr Duprais mich schicke. Nach wenigen Minuten sagte sie mir, ich könne in das Zimmer des Chefs gehen. Mathéo Nicolas war jünger als Duprais. Zuallererst wollte er wissen, ob ich tatsächlich ein Deutscher sei, und als ich es bestätigte, stand er auf, sah mich lange an und fragte nach meinem Alter.

Vierzehneinhalb, sagte ich, fast fünfzehn.

Ich war sechzehn, als ich in Ihr Land kam. Sechzehneinhalb. – Und warum sind Sie nicht in Deutschland geblieben? Warum gehen Sie nicht dort zur Schule, machen das Abitur und studieren? Keine Lust?

Es gab Schwierigkeiten daheim, und ich wollte Frankreich kennenlernen. Schon immer.

Schwierigkeiten? Mit der Schule? Mit der Familie? Mit dem Vater?

Mit dem Vater, ja.

Er nickte scheinbar zufrieden und setzte sich an seinen Schreibtisch. Mit wenigen Worten informierte er mich über seine Firma. Er verkaufe Korrosionsschutz für den Maschinenbau, arbeite mit Kunstharzen, mit Kunststoffen, auch mit Ölen, Lack und Hartparaffinen. Der Kern der Firma seien die Ingenieure, die viel herumzureisen haben, in halb Europa sitzen die Kunden. Er beabsichtige, den Kundenkreis zu erweitern, er wolle in Russland Fuß fassen, in der Sowjetunion, dort sei ein gewaltiger Maschinenbau seit Jahren und Jahrzehnten, aber ihr Korrosionsschutz stamme offenbar noch aus der Zarenzeit.

Osteuropa und Asien, das ist die Zukunft, jedenfalls für mich. Und für die Sowjetunion habe ich ein paar Vorteile. Ich kenne einige Russen in den Führungsetagen, ich spreche etwas Russisch, wenn auch nicht gut, aber ich kann mich verständigen. Für den Schriftverkehr brauche ich jemanden, der das perfekt beherrscht. Und das können Sie?

Perfekt sicher nicht, aber ich denke ...

Wir werden sehen. Wie sieht es bei Ihnen mit Skandinavien aus? Sprechen Sie Schwedisch?

Nein. Leider nicht.

Schade. Nun, dann werden Sie bei mir für den deutschen und vor allem für den russischen Bereich tätig. Sie können morgen anfangen? – Gut. Sie werden jeden Tag etwas zu tun haben. Bezahlt bekommen Sie für jeden Tag, den Sie bei mir arbeiten, zwei Stunden und die Wegezeit. Ich brauche Sie täglich, die Post darf nicht liegenbleiben, das kostet zu viel. Haben Sie Fragen?

Ich schüttelte den Kopf.

Schön. Ihre Arbeitszeiten bei mir erfahren Sie von Emanuel, von Emanuel Duprais. Er koordiniert die Arbeitszeiten, er sagt Ihnen, wo Sie wann sein müssen. Bis morgen, Herr Boggosch.

Sie können Constantin sagen, Monsieur Nicolas.

Schön. Kommen Sie, ich stell Sie noch meiner Sekretärin vor. Sie werden bei ihr einen Schreibtisch haben.

Er folgte mir in das Vorzimmer, stellte mich seiner Sekretärin vor und sagte ihr, dass ich nun täglich erscheinen werde, um Korrespondenz zu erledigen. Sie möge mir einen Schreibtisch in ihr Zimmer stellen lassen und für eine Schreibmaschine sorgen.

Sie können doch Schreibmaschine schreiben?

Nein.

Das lernt sich leicht. Das ist keine Geheimwissenschaft. Tippen Sie langsam und machen Sie keine Fehler.

Er wandte sich zu seiner Sekretärin: Ach ja, wir brauchen zwei Schreibmaschinen für Constantin. Die zweite mit kyrillischen Buchstaben. So etwas wird doch aufzutreiben sein, oder?

Am Hafen gewiss, sagte seine Sekretärin und lachte.

Wie Sie das machen, Isabelle, will ich nicht wissen, erwiderte Nicolas, ohne eine Miene zu verziehen, Hauptsache, wir haben sie morgen für unseren neuen jungen Freund.

Maxime Leprêtre war der Nächste, bei dem ich mich eine halbe Stunde später meldete. Ich musste lange warten, er war in einem Gespräch. Auch er fragte zuallererst, ob ich tatsächlich ein Deutscher sei, und sagte, bei ihm hätte ich die Korrespondenz mit Deutschland und Italien zu führen. Wenn ich mir dies zutraue und es tatsächlich zu seiner Zufriedenheit ausführe, könne er mich, wie mit Emanuel besprochen, stundenweise beschäftigen. Von seiner Arbeit, der Werkstoffprüfung, werde ich vermutlich keinerlei Kenntnisse haben, ich müsse mich in ein Fachvokabular einarbeiten, seine Sekretärin könne mich dabei unterstützen. Er zeigte mir einen winzigen Raum mit einem Lüftungsschacht und ohne Fenster, in dem ich jederzeit ungestört arbeiten könne. Zum Abschied drückte er mir eine deutsche Broschüre in die Hand über Werkstoffprüfungen, die möge ich zuerst für ihn übersetzen, nach der Arbeitszeit und daheim. Diese Arbeit würde er extra honorieren. Das Gespräch verlief gut, aber ich fühlte mich bei ihm unbehaglich. Immerzu musterte er mich misstrauisch und es gab kein einziges freundliches Wort und kein Lächeln.

Mit dem Bus fuhr ich nach Aubagne, es dauerte fast eine Stunde und ich fürchtete, zu spät bei dem Apothekenmenschen, bei Herrn Gassner, zu erscheinen. Während der Fahrt las ich in der Broschüre, die mir Herr Leprêtre gegeben hatte, es wimmelte darin von Fachausdrücken, und ich hatte keine Idee, wie ich einen Text mit derartigen Ausdrücken übersetzen sollte. Es gab keinen Satz, in dem nicht mindestens ein Fachwort stand, das ich noch nie gehört hatte, außerdem langweilte mich die Lektüre. Vielleicht war die Arbeit bei Herrn Leprêtre für mich nicht möglich, und ich müsste ihm sagen, dass ich für ihn nicht arbeiten könne. Wenn ich für Herrn Gassner und die beiden anderen übersetzte, müsste ich ausreichend Geld verdienen, und ich hoffte, bei der Apothekenausstattung würde es nicht so viele unverständliche, seltsame Ausdrücke geben.

Als ich aus dem Bus stieg, kam mir eine Gruppe von Legionären entgegen, und ich fragte sie nach der Straße, in der Herr Gassner seine Firma hatte, doch keiner von ihnen wusste Bescheid, sie kannten sich in der Stadt nicht aus. Sie lebten in ihrem Hauptquartier und hatten nichts mit den Einwohnern von Aubagne zu tun.

Gabriel Gassner erwartete mich. Er duzte mich sofort, er war der einzige meiner vier neuen Chefs, der mich duzte. Im Sekretariat war niemand mehr, seine Angestellten waren bereits nach Hause gegangen, und Herr Gassner zeigte mir, wo ich bei ihm sitzen könne, um die Übersetzungen zu machen. Er gab mir auch ein Wörterbuch aus England, das Multilingual Dictionary of Pharmacist Terms, in dem die Apothekerbegriffe in acht Sprachen standen, sogar in Esperanto.

Hier findest du alles. Und wenn du hier etwas nicht findest, dann fantasiere dir nicht etwas zusammen, dann schreibst du das französische Wort hin, das ist dann für beide Seiten sicherer.

Herr Gassner wollte mich – wie die anderen – jeden Tag für ein oder zwei Stunden beschäftigen, zwei Stunden bezahlen und zusätzlich eine dritte Stunde für die Wegezeit.

Kein schlechtes Geschäft für dich, Constantin. Du verdienst mit deinen vierzehn Jahren richtig Geld.

Gemeinsam verließen wir die Firma. Am Ausgang sprach er mit einem Mann, der wohl der Pförtner war, und ich wartete, um mich von ihm zu verabschieden. Er kam auf mich zu und sah dabei auf seine Armbanduhr.

Dein Bus nach Marseille geht erst in vierzig Minuten. Ich lad dich auf ein Glas Wein ein, wenn du willst. Oder eine Brause, falls dir das lieber ist.

Oh, danke. Ein Glas Wein würde ich gern probieren.

Na, dann komm.

Wir gingen in ein Bistro in der Nähe. Herr Gassner wurde vom Wirt und von mehreren Gästen begrüßt, und er bestellte zwei Gläser Wein für uns.

Nun musst du mir aber etwas verraten, Constantin. Was hast du mit meinem alten Freund Emanuel angestellt, dass er sich derart heftig für dich einsetzt? Er hat Maxime und Mathéo und mir richtig zugesetzt, dich zu nehmen. Wir konnten gar nicht anders.

Ich weiß nicht, sagte ich verwirrt, ich habe ihn erst vor ein paar Tagen in seinem Antiquariat kennengelernt. Der Vorschlag, für Sie und die anderen zu arbeiten, kam von ihm. Es war sein Einfall, und ich war darüber sehr glücklich.

Aber warum du? Wieso ausgerechnet ein Deutscher? Das passt nicht zu Emanuel. Mit den Deutschen will er nichts zu tun haben, wie wir alle nicht. Dafür hatten wir alle zu viel mit den Deutschen zu tun. Ich weiß nicht, ob du das verstehst?

Ich nickte und wurde knallrot. Ich hoffte, er würde mich nicht nach meinem Vater fragen.

Der Wirt kam an unseren Tisch und sie sprachen über Fußball. Herr Gassner stellte mich dem Wirt vor.

Ein boche, sagte er und lachte mich dabei an, stell dir vor, Max, Emanuel hat einen boche angestellt und ihn sogar mir aufgeschwatzt. Wir werden sehen, wie wir klarkommen. – Mach dich auf den Weg, Junge, damit du deinen Bus nicht verpasst. Wir sehen uns morgen.

Gabriel Gassner gefiel mir, mit ihm würde ich klarkommen. Das mehrsprachige Wörterbuch war eine gute Hilfe, ich war sicher, ich würde zu Gassners Zufriedenheit arbeiten. In Marseille, auf dem Weg von der Bushaltestelle zu meinem Zimmer, kaufte ich mir Brot, Butter, Käse und zwei Früchte. Ich kaufte sogar eine kleine Flasche Rotwein, ich hatte das Gefühl, endlich angekommen zu sein.

Am nächsten Morgen stand ich fünf vor neun vor Duprais' Antiquariat. Emanuel Duprais schloss mir die Tür auf, als ich klopfte, und verschloss sie hinter mir wieder. Er fragte mich, wie es mir ergangen sei und ob ich bei seinen drei Freunden war. Ich berichtete ihm und zeigte ihm auch die beiden Bücher, die ich bekommen hatte, das *Pharmacist Terms Dictionnaire* von Herrn Gassner und die Broschüre über Werkstoffprüfungen von Maxime Leprêtre. Ich sagte ihm auch, dass ich nicht wüsste, ob ich diese Broschüre wirklich übersetzen könne, denn darin wimmle es von Fachausdrücken, die ich weder in Deutsch noch in Französisch je gehört hätte, und sei daher auch unsicher, ob ich tatsächlich für Herrn Leprêtre hilfreich sein könne. Der Antiquar fragte, ob Maxime mir denn kein entsprechendes Wörterbuch gegeben habe wie Gabriel Gassner.

Nein.

Und Mathéo Nicolas? Hat er Ihnen was gegeben, Constantin?, setzte er nach.

Nein, auch nicht. Nur Herr Gassner besaß ein Fach-Dictionnaire.

Gut, Constantin. Setzten Sie sich an den Schreibmaschinentisch und übersetzen Sie diese vier Briefe. Dann schauen wir uns das gemeinsam an, und wenn alles in

Ordnung ist, können Sie die Briefe gleich mit der Maschine schreiben. Ich hoffe, Sie schaffen das.

Ich habe es nicht gelernt, aber ich traue es mir zu. Es wird dauern. Ich kann nur das Ein-Finger-Suchsystem, sagte ich lächelnd, aber den Scherz verstand er nicht und ich musste es ihm erklären.

Die vier Briefe hatte er mit der Hand geschrieben, und ich hatte noch nie in meinem Leben eine so schöne Handschrift gesehen. Seine Schrift war gut lesbar, obgleich jeder Buchstabe mit einem schwungvollen Aufstrich begann und verschnörkelt wirkte. Die Schrift war gleichmäßig, jeder einzelne Buchstabe war exakt und völlig gleichmäßig geschrieben. Nach einer Stunde hatte ich die Briefe übersetzt und schrieb die Übersetzung so gut ich konnte noch einmal ab, um sie Duprais vorzulegen. Er war in dieser Zeit mehrmals mit Büchern in das hintere Zimmer gegangen, in dem Berge von Büchern scheinbar wahllos gestapelt waren, um kurz danach mit Büchern zurückzukommen und sie in eins der Regale einzuordnen. Mehrmals telefonierte er, er sprach auch mit seinen Freunden Nicolas und Leprêtre, und wenn ich alles richtig verstand, sprach er mit ihnen auch über mich, jedenfalls hörte ich ihn boche und garçon sagen und mehrmals auch das Wort bébé. Er wollte, dass die beiden mir Fachwörterbücher geben, damit ich meine Arbeit für sie erledigen könne, und sagte, er würde ihnen die Bücher zu einem Freundschaftspreis überlassen. Für unseren bébé, wiederholte er.

Mit meiner Übersetzung war er zufrieden und verlangte nur eine Korrektur der Anrede.

Höflich, aber nicht unterwürfig, sagte er, ich habe mit diesen Herrschaften geschäftlich zu tun, aber wir sind keine Freunde und ich schulde ihnen nichts.

Dann gab er mir ein Buch und sagte, dies sei ein Geschenk von Mathéo Nicolas für mich, ich werde es brauchen können.

Es war ein dicker, abgeschabter Band, der mit Leinenstücken ausgebessert worden war und in dem es von handschriftlichen Notizen wimmelte, ein Wörterbuch der technologischen Prozesse in Chemie, Biochemie und Physik mit Worterklärungen in vier Sprachen.

Ich denke, das wird Ihnen bei Mathéo helfen, Constantin. Und für die Arbeit bei Maxime Leprêtre werden wir auch etwas finden. Ich höre mich um und finde gewiss etwas zu dem aufregenden Thema Werkstoffprüfung. Solche Bücher erscheinen immer nur in winzigen Auflagen und sind daher entsprechend teuer, aber sie gehen nicht verloren, es findet sich immer ein Interessent und sei's irgendein Antiquar. In ein paar Tagen, Constantin, da bin ich sicher, haben Sie ein Buch, das Ihnen bei Maxime weiterhelfen wird.

Ich danke Ihnen, Monsieur Duprais. Wie teuer sind diese Bücher?

Das muss Sie nicht kümmern. Das gehört zur Ausstattung. So, und nun schreiben Sie die Briefe mit der Maschine ab. Schreiben Sie langsam, in meinen Briefen will ich keine Fehler und keine handschriftlichen Korrekturen. Wenn Sie fertig sind, bringen Sie sie mir. Und dann gehen Sie zu Nicolas, er erwartet Sie zwischen elf und zwölf. Anschließend Maxime Leprêtre, und zum Schluss fahren Sie raus zu Gabriel Gassner. Vorerst bleiben wir bei dieser Aufteilung und Reihenfolge. Wenn sich daran etwas ändern sollte, erfahren Sie es rechtzeitig von mir.

Ich bemerkte, dass Duprais den Kopf leicht schräg hielt, wenn er mit mir sprach, und vermutete, dass er mit dem linken Ohr schlecht hörte und deshalb das andere

Ohr, das rechte, seinem Gegenüber entgegenhielt. Ich achtete darauf, laut und deutlich zu sprechen, es ihn jedoch nicht merken zu lassen, dass ich von seiner Schwerhörigkeit wusste, denn offensichtlich bemühte er sich, sie zu verbergen.

Nach vier Tagen hatte ich mich bei meinen vier Arbeitgebern so weit zurechtgefunden, dass ich meine übersetzten Briefe nicht mehr zurückbekam. Ich durfte davon ausgehen, dass alle vier mit meiner Arbeit zufrieden waren und mich behalten würden. Am Ende der ersten Woche bekam ich von Duprais die vereinbarten neuntausend Francs, und er sagte, dass ich ab der folgenden Woche achtzehntausend erhalten werde, die mir von ihm und seinen Freunden abwechselnd und reihum gezahlt werden. Den ersten Wochenlohn gab er mir in einem Café, in das er mich an diesem Tag einlud. Als er mich fragte, was ich trinken möchte, wünschte ich mir einen Kakao. Ich ahnte oder vermutete, er würde niemals für mich ein Glas Rotwein oder ein Bier bestellen, sondern mir stattdessen einen Vortrag über Heranwachsende und Alkohol halten.

Die Briefe von Duprais zu übersetzen war für mich nicht schwierig und ich musste selten zum Wörterbuch greifen. Bei Gassner hatte ich Mühe, seine Handschrift war kaum zu entziffern, und in den ersten drei Tagen musste ich seine Sekretärin bitten, mir zu sagen, was der Chef geschrieben habe. Sie erklärte es mit einem herzlichen Lachen und sagte, sie habe seine grauenvolle Handschrift erst nach einem halben Jahr lesen können. Die nachgeschlagenen Vokabeln schrieb ich mir in ein Heft. Für jeden meiner vier Chefs hatte ich mir ein eigenes Adressenregister gekauft und trug die neuen, unbekannten Worte unter dem entsprechenden Buchstaben ein, so dass ich später nur noch in meinen dünnen Registern nachschlagen musste und diese Begriffe in meiner Freizeit durchlas, um sie mir einzuprägen, was sich als sehr hilfreich erwies, denn bei allen vieren tauchten immer wieder die gleichen Worte auf. Es waren eigentlich nicht mehr als hundert Fachvokabeln, die ich bei jedem benötigte, und meine anfängliche Angst, die Briefe von Monsieur Leprêtre nicht übersetzen zu können, verflüchtigte sich bereits nach wenigen Tagen. Die meisten Briefe hatte ich für den Antiquar zu übersetzen, aber auch für die anderen hatte ich täglich mindestens eine Stunde zu tun, und da ich von allen jede Woche acht Stunden bezahlt bekam, kam ich sehr gut zurecht.

Ich sagte Madame Durand, dass ich Arbeit gefunden hätte und für längere Zeit in Marseille bleiben und daher gern das Zimmer für die nächsten Monate behalten würde, und ich fügte hinzu, möglicherweise würde ich es für ein ganzes Jahr mieten oder auch noch länger. Sie nickte erfreut und ging glückstrahlend in ihr Zimmer. Fünf Minuten später klopfte sie an meine Tür und sagte, wenn ich es wolle, könne ich für den gleichen Preis auch das große Zimmer nehmen. Ich ließ es mir von ihr zeigen, es war tatsächlich ein großes Zimmer, mehr als dreimal so groß wie meins, und aus den beiden Fenstern blickte ich nicht auf den Hinterhof, sondern auf die Petites Maries und das winzige marokkanische Büffet auf der anderen Straßenseite, was mir besser gefiel. Ich sagte sofort zu und noch am gleichen Abend zog ich um. Bei geöffnetem Fenster lag ich auf meinem neuen Bett, studierte meine vier Adressbücher mit dem Fachvokabular bei Werkstoffprüfungen, des Apothekerbedarfs und des Korrosionsschutzes, und ich genoss die Straßengeräusche. Ich lauschte den Unterhaltungen der Passanten, ein unaufhörliches Gemurmel, das ab und zu von einem lauten Lachen oder einem Ruf unterbrochen wurde, und dem lärmigen Knattern der Mopeds und Motorräder, deren Motoren gewiss hochfrisiert waren, um besonders laut zu sein. In der Nacht weckte mich eine dieser Maschinen, die mit großer Geschwindigkeit durch die enge Straße donnerte und wohl alle Leute aus ihren Betten holte. In meinem neuen Zimmer konnte ich nicht mehr bei offenem Fenster schlafen, aber ich fühlte mich in dem großen Raum daheim. Ich war glücklich in diesem Zimmer, in Marseille, bei meinen Patrons. Ich war nicht weiter der Sohn meines Vaters, das Kind eines Verbrechers, jetzt war ich ein Franzose. Ein Franzose, der Heimweh nach seiner Mutter hatte, so viel Heimweh, dass er manchmal nachts vor sich hin weinte. Ich sehnte mich danach, meine Mutter wiederzusehen oder auch nur meinen Bruder, und um Weihnachten herum oder an meinem Geburtstag tat diese Sehnsucht richtig weh.

Noch etwas hatte sich bei Madame Durand geändert. Seit ich in dem großen Zimmer wohnte, brachte sie mir weiterhin jeden Tag um acht Uhr mein petit déjeuner ins Zimmer, eine große Tasse Kaffee und Weißbrot, aber statt eines Stücks bekam ich nun ohne Aufschlag zwei Stücke, und an den Sonntagen gab es um neun Uhr ein Stück Weißbrot und ein Croissant.

Emanuel Duprais sah ich an jedem Wochentag, da ich jeden Morgen um neun in seinem Antiquariat seine Briefe übersetzte, die er am Abend zuvor geschrieben hatte, und dann von ihm meinen Tagesplan erfuhr, welcher seiner Freunde mich an diesem Tag erwartete und in welcher Reihenfolge. Leprêtre und Nicolas sah ich selten, es gab Wochen, wo sie nicht da waren, sondern nur ihre Sekretärinnen, die beiden reisten viel umher, in Frankreich und im Ausland. Gassner dagegen war jeden Tag in seiner Firma, und er war der einzige der vier Männer, der sich manchmal mit mir unterhielt, sich nach mir erkundigte und etwas über mich und mein früheres Leben in Ostdeutschland wissen wollte. Ihm gefiel, dass ich aus dem Osten kam, aus dem anderen Deutschland, wie er sagte.

Vielleicht schaffen die das, sagte er mir, vielleicht schaffen die es, mal einen anderen Staat in die Welt zu stellen, als wir es bisher erlebt haben.

Die Enteignungen in der Ostzone hielt er zu meiner Verwunderung für richtige und gute Entscheidungen.

Lies die alten Geschichtsbücher und Philosophen, Constantin, dafür bist du alt genug, erklärte er mir, Emanuel kann dir die Bücher leihen, die hat er alle in seinen Regalen. In der Antike, in den alten Staaten konnte man kein Land kaufen und verkaufen, man konnte es nur pachten, und zwar höchstens für neunundneunzig Jahre. Und das war eine weise Entscheidung der Alten. Alles auf dieser Erde, alles was die Natur uns gibt und was Menschen erschaffen, das verschwindet eines Tages auch wieder. Es verfault, verrottet, wird baufällig, und die nächste Generation kann nichts erben, sondern muss sich selbst etwas schaffen. Nur das Land bleibt. Bleibt für alle Ewigkeit, jedenfalls solange Menschen auf dieser Erde leben. Wenn nun dieses Land verkauft wird, hat nach unserem Recht jemand etwas erworben, was ihm und seinen Nachfahren für immer gehören wird. Das haben unsere klugen Vorfahren nicht erlaubt. Land durfte nur gepachtet werden. Es blieb das kostbarste Allgemeingut der Menschen, der ganzen Menschheit. Doch als das Land privater Besitz werden konnte, kam der Streit in die Welt und der Krieg. Die Alten wussten es, wir haben es vergessen. Aus

Dummheit oder aus Raffgier. Lass dir von Emanuel die Bücher geben, Constantin, und lies.

Gassner war es auch, der mir einiges über sich und den kleinen Freundeskreis erzählte. Alle vier wohnten vor dem Krieg in Paris und gründeten am 22. Juni 1940, dem Tag, an dem Marschall Pétain in Compiègne den Waffenstillstand mit den deutschen Besatzern unterschrieb, mit anderen gleichaltrigen Studenten eine Widerstandsgruppe in der französischen Hauptstadt, die Gruppe »Combat de coqs 22 juin«. Ein halbes Jahr hatten sie erfolgreich einige öffentlichkeitswirksame Aktionen gegen die in Paris stationierten Wehrmachtsoldaten durchführen können, dann wurden sie innerhalb eines sehr kurzen Zeitraums fast alle verhaftet, vermutlich durch Verrat, und in deutsche Lager für Kriegsgefangene gebracht, und einige von ihnen auch in Konzentrationslagern interniert. Einige von ihnen waren bis zum Tag der deutschen Kapitulation in diesen Lagern. Sie hätten, wie Gassner sagte, ihre besten Jahre in deutschen Gefängnissen und Lagern verbracht. Eine Zeit, in der andere studierten oder einen Beruf lernten, wo man jung war, Mädchen kennenlernte, sich verliebte, das Leben genoss, diese Zeit hätten sie in Zellen gesessen oder in erbärmlichen Männerbaracken, unterernährt und Tag für Tag gedemütigt von dummen und brutalen Aufsehern. Nur einem Einzigen von ihnen, Emanuel Duprais, gelang es, aus dem Lager und aus Deutschland zu fliehen. Er schlug sich bis in den Süden Frankreichs durch, in den unbesetzten Teil, und überstand in Marseille die Kriegszeit. Duprais war der Grund, warum einige ihrer Widerstandsgruppe nicht nach Paris zurückgingen, sondern nach Marseille zogen. Ein anderer Grund, nach der Befreiung nicht mehr nach Paris zurückzugehen, war der Verdacht, der seit dem Auffliegen der Gruppe über ihr lastete. Vier Mitglieder der Gruppe wurden beschuldigt, ihre Kameraden an die Wehrmacht und Gestapo verraten zu haben. Dieser Verdacht bestätigte sich nie, zerstörte aber die Kameradschaft. Die Überlebenden zerstritten sich, es entstanden drei Fraktionen, die nichts mehr miteinander zu tun haben wollten. Zwei der neu entstandenen Gruppierungen siedelten sich wieder in Paris an, hatten aber keinerlei Kontakt untereinander. Die dritte Fraktion um Emanuel zog es vor, die Hauptstadt – oder wie sie sagten: die Verräterstadt – völlig zu meiden, und lebte fortan in Marseille.

Wie Gabriel Gassner mir sagte, gab es über die Widerstandsgruppe »Combat de coqs 22 juin« sogar ein Buch mit den Biographien aller Beteiligten und ihrer Geschichte, eine Broschüre mit vielen Fotos und Kopien von Dokumenten. Emanuel Duprais habe den Text geschrieben, die Bilder und Dokumente zusammengestellt und das Ganze im Selbstverlag herausgegeben, da er keinen französischen Verlag gefunden habe, der ein solches Buch drucken wollte. Duprais hätte über den Verrat und die Auslöschung von »Combat de coqs 22 juin« geschrieben, auch über den schwer abweisbaren Verdacht, dass es zwei oder drei Kameraden gewesen sein müssen, die mit den Deutschen zusammengearbeitet hätten und die eigene Widerstandsgruppe hätten auffliegen lassen, doch in der Broschüre nenne er keinen dieser Namen und er würde auch nichts über seinen eigenen Verdacht und seine Vermutungen andeuten.

Emanuel war immer ein Ritter, sagte Gassner, was sich nicht gehört, wird er nie tun. Er ist ein wenig wie von einem anderen Stern oder aus einem anderen Jahrhundert. Was er sagt, ist immer gut überlegt, daher war er auch damals in unserem »Combat de coqs 22 juin« der führende Kopf. Und als er uns vor einigen Wochen vorschlug, dass du für uns vier arbeitest, hat keiner auch nur einen Moment gezögert. Dass Emanuel ausgerechnet einen Deutschen beschäftigen will, war für uns überraschend, aber du siehst, alle haben mitgemacht, und du hast dich auch gut eingeführt. Emanuel hat wieder einmal eine kluge Entscheidung getroffen. Bei ihm kannst du was lernen, Constantin.

Auf dem Heimweg dachte ich über Gassners Worte nach und verstand plötzlich, was mir der Antiquar gesagt hatte. Ich hatte einige Tage zuvor Herrn Duprais gefragt, wozu er und seine drei Bekannten mich eigentlich brauchten, denn ich hatte bemerkt, dass alle vier sehr gut in den Fremdsprachen waren und Mathéo Nicolas sogar recht gut russisch sprach, so dass keiner von ihnen einen Übersetzer benötigte. Der Antiquar hatte genickt und gesagt, das würde stimmen, sprechen würden alle ein paar Fremdsprachen.

Einige von uns sprechen ein paar Sprachen, aber wir schreiben sie nicht, Constantin. Mathéo zum Beispiel kann keinen einzigen kyrillischen Buchstaben lesen oder schreiben. In unseren Sprachkursen damals haben wir nur das Sprechen der Sprachen gelernt, nicht das Schreiben. Alles nur mündlich, wir bekamen kein Papier und keinen Stift, das war das neuartige Prinzip unserer Sprachschule, und wir wurden bestraft, wenn einer von uns Papiere oder gar Bücher hatte.

Und dann hatte Duprais gelächelt und sich wieder seinen Papieren zugewandt.

Und jetzt, nach Gassners Erzählung begriff ich, dass diese vier Franzosen, die Mitglieder von »Combat de coqs 22 juin«, als junge Männer jahrelang mit anderen Häftlingen in deutschen Lagern und Gefängnissen gehaust und dort die Fremdsprachen erlernt hatten. Erlernt im Kontakt und in Gesprächen mit anderen Inhaftierten aus Italien und England, aus Polen und der Sowjetunion. Sie hatten die Sprachen durch ihre Gespräche erlernt, ohne jedes Lehrbuch, ohne Papier und Bleistift. Sie hatten sie allein über das Ohr gelernt, als Klang. Sie hatten nie das Schriftbild gesehen, wie Dreijährige, die ihre Muttersprache über das Sprechen perfekt erlernen können, hatten sie die anderen Sprachen aufgenommen und beherrschten sie durchaus. Nur die Schrift kannten sie nicht und könnten diese Sprachen vermutlich nur in einem phonetischen Französisch schreiben. Man hatte sie als Jugendliche im Krieg verschleppt, und nach ihrer Entlassung hatten alle vier die unterbrochene Lehre und ihr Studium nicht mehr aufgenommen. Sie wollten die verlorenen Jahre aufholen und wie die alten Schul- und Studienfreunde, die bereits ihre Abschlüsse in der Tasche hatten und Karriere machten, richtiges Geld verdienen, und so stürzten sie sich in das Geschäftsleben von Marseille, gründeten eigene Firmen mit Hilfe der Eltern und der Unterstützung, die ihnen, den aktiven Kämpfern gegen die Wehrmacht und langjährigen Häftlingen in deutschen Konzentrationslagern, die kommunalen und staatlichen Behörden gewährten, und konnten die Erfahrungen des Widerstands, ihrer Zeit im Untergrund und den Jahren der Inhaftierung nutzen sowie die Zusammengehörigkeit mit anderen Kämpfern und Opfern des Faschismus.

Und ich verstand auch, was mir zuvor etwas rätselhaft gewesen war und mich irritiert hatte. Für Mathéo Nicolas hatte ich täglich die aus der Sowjetunion ankommende Post zu öffnen und den russischen Text der Briefe auf ein Diktaphon zu sprechen, und meine Antworten an die Russen wollte er nicht nur schriftlich haben, ich hatte meine Übersetzung gleichfalls auf das Diktiergerät zu sprechen. Nicolas konnte also Russisch verstehen und sprechen, aber nicht lesen. Meine vier Arbeitgeber brauchten mich tatsächlich und waren auf mich angewiesen. Ich war stolz, dass ich die Arbeit zu ihrer Zufriedenheit erledigte.

Abends ging ich viel ins Kino, zweimal in der Woche oder auch dreimal, und ich hatte fünf kleine Restaurants für mich entdeckt, in denen ich abends etwas Warmes aß, eine algerische Suppenküche, einen Italiener, der nur Pasta-Gerichte anbot, eine Kneipe in der Nähe des Hafens, die von zwei Marokkanern geführt wurde, und zwei französische Bistros mit kleiner Küche, die jeden Tag ein anderes Drei-Gänge-Menü anboten und in denen Arbeiter und Schwarze verkehrten.

Als mir der Antiquar an einem Freitag den Wochenlohn auszahlte, ich arbeitete bereits sechs Wochen für Duprais und seine Freunde, fragte er mich, ob ich für den nächsten Abend schon etwas vorhätte und ob ich gern Fisch esse. Er lud mich für Sonnabend in ein Fischrestaurant in Les Goudes ein, einer südlichen Vorstadt von Marseille. Er sagte, ich solle um halb neun im Antiquariat sein, dann würden wir gemeinsam in seinem Auto dorthin fahren. Ich dankte ihm und sagte zu. Ich überlegte, ob ich etwas mitnehmen sollte, was ich Herrn Duprais als Dank für die Einladung überreichen könnte, aber Blumen schienen mir unangemessen und einem Antiquar ein Buch zu schenken war lächerlich.

Wir fuhren kurz vor neun zur Grand Bar von Les Goudes, einem sehr guten Restaurant, das direkt am Wasser lag, und zu meiner Überraschung saßen an dem bestellten Tisch die drei Freunde von Herrn Duprais, meine anderen Arbeitgeber, wovon er mir nichts gesagt hatte.

Die vier begrüßten sich sehr herzlich und alle waren aufgeräumt und auch zu mir sehr freundlich. Sie bestellten Seeigel und Bouillabaisse für alle und ließen sich zwei große Karaffen Wein bringen, roten und weißen, dazu Wasser. Ich bat um eine Cola, weil ich in Anwesenheit von Duprais keinen Alkohol trinken wollte.

Meine vier Patrons unterhielten sich laut und einander unterbrechend. Sie lachten viel, besonders viel über einen gewissen Dupond, den ich nicht kannte.

Als der Kellner erschien und uns eine große Schüssel Seeigel auf den Tisch stellte, die ich dort zum ersten Mal in meinem Leben sah, zeigten sie mir, wie man diese Tiere isst. Ich hatte Mühe, diese scheibenförmigen, orangefarbenen Meerestiere auch nur zu kosten, der Seeigel schmeckte mir nicht, und ich goss einen großen Schluck Zitronensaft darüber, bevor ich die weichliche Scheibe in den Mund nahm. Emanuel Duprais fragte, ob ich ein Glas Wein haben möchte, denn zu Seeigel gehöre einfach Brot und Wein, ein Glas würde mir nicht schaden. Er goss mir ein ganzes Glas ein und sagte dann, ich solle mir nun noch einen Seeigel nehmen, und dann schauten alle gespannt zu mir und warteten auf meine Reaktion. Der Seeigel schmeckte mir auch mit dem Weißwein nicht, und alle vier lachten und bestellten mir schließlich eine Mousse au chocolat als Vorspeise.

Als der Kellner eine halbe Stunde später eine riesige Suppenschüssel auf den Tisch stellte und unsere Teller füllte, gab es einen Moment andächtigen Schweigens. Alle schauten zu, wie der Kellner die Bouillabaisse verteilte und uns Brot reichte, und lautlos und erwartungsvoll, mit einem geradezu feierlichen Ernst, nahm jeder die ersten Bissen zu sich, bevor das Gespräch wieder laut und lachend einsetzte.

Irgendwann fragte mich Gabriel Gassner, ob ich diesen Monsieur Dupond kenne, über den sie sich unterhielten, und als ich dies verneinte, klopfte er mir lachend auf die Schulter und meinte, diesen Dupond gäbe es auch in Deutschland reichlich und wohl noch häufiger als in Frankreich. Dann klärte er mich auf, dass der Mann, über den sie sprachen, eigentlich ganz anders heiße oder vielmehr viele Namen habe. Sie würden all jene Leute als einen Dupond bezeichnen, mit denen sie hin und wieder zu tun bekämen und die während der deutschen Besatzung willfährige Kollaborateure der Nazis waren und nach der Niederlage der Deutschen sich als erbittertste Feinde der Deutschen gebärdeten. Jener Dupond, über den sie gerade sprachen, sei der stellvertretende Parteichef der Gaullisten im 15. Arrondissement, der sich im vergangenen Jahr mit der Médaille de la Résistance hatte auszeichnen lassen und den *Le Monde* vor vier Tagen als Zuträger des Vichy-Regimes und hemmungslosen Gehilfen eines Herrn Hagen, des Chefs der deutschen Sicherheitspolizei und des SD, entlarvt hatte. Die Gaullisten bemühten sich gerade, diesen Dupond aus der Partei zu werfen, aber das sei, wie Herr Gassner sagte, eine heuchlerische Mühe, denn viel zu viele Duponds seien noch immer bei den Gaullisten wie bei allen anderen Parteien.

Diese Duponds, sagte er zu mir, das sind unsere wahren Helden. Sie schaffen es immer, auf die Füße zu fallen. Sie sind die Hefe der Gesellschaft, sie sind es, die dafür sorgen, dass einfach alles weitergeht, wer oder was auch immer gerade an der Macht ist. Und irgendwie entspricht es auch unserer Geschichte, dass man unserem Monsieur Dupond die Médaille de la Résistance um den Hals gehängt hat. Und das ist bei euch nicht anders, Constantin, vielleicht sogar viel schlimmer als hierzulande. Im westlichen Deutschland sind alle Duponds wieder in Lohn und Brot, in der Politik, in der Presse, in der Justiz, in der Verwaltung, im Schulwesen, überall, wohin du schaust, nur Duponds. Wen anders sollten die Besatzungsmächte auch nehmen? Eure Antifaschisten haben Krieg und Konzentrationslager nicht überlebt, das schafft immer nur Dupond. Und bei euch in Ostdeutschland, ist es da anders? Ich war nie dort, habe in den Osten keinerlei geschäftliche Beziehungen. Wie ist das bei euch in Ostdeutschland, Constantin? Ist es anders? Ist es besser?

Ich weiß es nicht. An unserer Schule gab es keine Nazis. Aber ich weiß nicht ...

Wie ist das beispielsweise mit deinem Vater? War der in der Nazipartei oder im Widerstand?

Er ist tot, sagte ich und wurde knallrot.

Ach, richtig, sagte er, das hast du mir ja bereits einmal erzählt. Er starb im Krieg, nicht wahr.

Im letzten Kriegsjahr, erwiderte ich, im Februar 1945 in Polen.

Ja, du sagtest es schon. Du hast ihn nie gesehen, weil er vor deiner Geburt fiel. War er ein einfacher Soldat oder ein Offizier? Oder war er bei der SS? Weißt du, wie dein Vater zu den Nazis stand?

Er besaß eine Fabrik, eine große Reifenfabrik, und ich glaube, er hatte deswegen viel Kontakt mit den Wirtschaftsleuten der Nazis. Aber ich weiß nicht viel darüber. Mutter sprach nur wenig mit meinem Bruder und mir über unseren Vater.

Lass den Jungen, Gabriel, unterbrach Herr Leprêtre unser Gespräch, bestell uns lieber noch einen Liter von dem Weißen, der ist in Ordnung. Für unseren Constantin ist das alles eine vergangene Welt, mit der er nichts zu tun hat und die ihn wahrscheinlich überhaupt nicht interessiert. Für die jungen Leute ist das alles ein Jahrhundert her und wir, wir sind für sie Dinosaurier. Das ist doch so, Constantin, oder?

Ich erwiderte stotternd, dass ich mich dafür durchaus interessiere, und ich hoffte inständig, sie würden sich weiter miteinander unterhalten und mich nicht über meinen Vater ausfragen. Ich konnte ihnen nichts über ihn sagen, ich konnte nicht vier Franzosen, die in der Résistance waren und in deutschen Konzentrationslagern, von meinem Vater erzählen, der neben seiner Fabrik genau so ein Lager gebaut hatte wie das, in dem sie während des Krieges waren. Ein Lager seiner Vulcano-Werke für Leute wie Emanuel Duprais, Maxime Leprêtre, Gabriel Gassner und Mathéo Nicolas, für diese vier, die mich aufgenommen hatten und mir Arbeit gaben und die mich gewiss sofort und mit größtem Abscheu hinauswerfen würden, wenn sie wüssten, wer mein Vater war, wenn sie jemals ein Foto von meinem Vater sehen würden in seiner Uniform, dem eleganten Gesellschaftsanzug der SS.

Nein, Maxime, widersprach Gassner, auch der kleine Constantin wird mit den Duponds zu tun haben. Sie sind wieder da, sie sind alle wieder da. Bei uns und noch viel mehr bei denen. Sie sitzen wieder in ihren Amtssesseln und bestimmen unsere Geschicke. Und sie werden bleiben, für mehr als hundert Jahre. Denn die Duponds bestimmen selbst ihre Nachfolger, sie fördern und befördern die kleinen Duponds, sie suchen nach Fleisch von ihrem Fleisch, nach Geistern, die ihrem Geist gleichen oder ähneln, und bestimmen dadurch die Jahrzehnte nach ihrem Tod. Sie werden dafür sorgen, dass in unseren Ländern immer nur ihre Geistesverwandten auf die Spitzenplätze kommen. Sie werden in allen Bereichen sicherstellen, dass neue Duponds ihnen folgen, und diese werden ihrerseits Vorsorge treffen, dass nach ihnen wieder kleine Duponds an die Macht kommen, Geister von ihrem Geist. Das perpetuiert sich, das setzt sich fort für mindestens hundert Jahre. Nein, Maxime, nein, auch unser kleiner Constantin wird sie erleben und mit ihnen zurechtzukommen haben. Die Duponds werden alles tun, um ihre Leute zu schützen und die Antifaschisten zu verfolgen. Noch jahrzehntelang wird die Justiz in Frankreich wie in Deutschland nicht mit verbundenen Augen urteilen, sie urteilt nicht ohne Ansehen der Person, sie urteilt mit offenen Augen. Nur in ihrem rechten Auge sind ein paar Flecken, und das ist nicht der graue Star und nicht der grüne, das ist der braune Star. Dafür werden die von Dupond ausgesuchten Nachfolger sorgen. Ab und zu wird ein solcher Skandal öffentlich, dann fliegt einer auf, wie jetzt dieser Parteichef der Gaullisten, oder eine rechte Bruderschaft war etwas zu aktiv und laut und kriminell, das ist dann allseits peinlich, und man wird es rasch als bedauerlichen Einzelfall hinstellen und abtun, um diesen Sumpf nicht austrocknen zu lassen.

Dann wird ihnen Opus Dei helfen, meinte Gabriel Gassner, dieser kriminelle Verein, und der Vatikan, die haben gleich nach dem Krieg ihre geliebten Nazis versteckt und auf dem Klosterweg ins sichere Ausland gebracht.

Genauso ist es, stimmte Herr Duprais ihm zu, der Faschismus hat sich in Europa noch lange nicht erledigt. Hitler wurde besiegt, nun ja, die deutschen Nazis haben ihren Krieg verloren, gewiss, aber nicht der Faschismus, dafür war er für gewisse Herrschaften viel zu erfolgreich. Er lebt und wird wiederkommen, und vielleicht schneller, als wir es uns in den schlimmsten Albträumen vorstellen können. Und bei seinem nächsten Auftritt erscheint er vielleicht in Nadelstreifen.

An dem Abend wurde ich viel von ihnen geneckt und sie nannten mich immer »unseren kleinen boche«, aber es war freundlich gemeint. Gassner fragte, ob ich eigentlich wisse, wieso Emanuel mich damals angesprochen habe.

Er hielt dich für einen kleinen Russen, Constantin, sagte er dann, und nur weil er dich für einen Russen hielt, sprach er mit dir. Hätte er damals schon gewusst, dass du aus Deutschland kommst, er hätte wohl kein Wort mit dir gesprochen, das musst du wissen.

Emanuel Duprais sagte nichts dazu und seiner Miene war nichts anzusehen, aber ich musste nicht fragen, wieso er einen Deutschen nicht angesprochen hätte. Und plötzlich stand mein Vater an unserem Tisch in seinem eleganten Gesellschaftsanzug mit Schulterstücken. Er lächelte mich an, schaute sich dann, noch immer lächelnd, aber mit verächtlich heruntergezogenen Mundwinkeln, die Tischrunde an und verschwand im gleichen Augenblick.

Schaut nur, wie verlegen unser Constantin ist, sagte Maxime Leprêtre, er wird ja rot wie eine Jungfer.

Nach dem Essen sagte Herr Duprais, dass ich allein und mit dem Bus zurückfahren müsse, denn sie würden noch in eine Bar gehen, und er sagte mir, welche Buslinie ich nehmen solle und wo in Les Goudes die Haltestelle sei.

Aber zuvor, Constantin, haben wir noch über etwas zu reden, sagte er und schaute zu seinen Freunden, die alle nickten, wir haben uns hier nicht nur zum Essen mit Ihnen verabredet. Wir haben uns eine Aufgabe für Sie überlegt. Mit Ihrer Arbeit sind wir zufrieden, sehr zufrieden. Aber wir fragten uns, was Sie eigentlich vorhaben. Was wollen Sie mit sich anfangen? Sie haben nur die achte

Klasse, das ist zu wenig. Sie brauchen das Baccalauréat, das Abitur. Wenn Sie hier bleiben wollen, bei uns in Marseille, dann sollten Sie wieder zur Schule gehen. Es gibt eine sehr gute Abendschule im dritten Arrondissement. Mathéo kennt den Direktor und hat mit ihm gesprochen, Sie könnten am Montag in den Kurs einsteigen. Mathéo hat dem Direktor gesagt, dass Sie die drei Monate, die Sie im laufenden Kurs versäumten, spielend nachholen werden. Also, Constantin?

Alle schauten zu mir und ich nickte unschlüssig.

Wir unterstützen dich, sagte Gassner, du kannst dich auf uns verlassen. Wir haben schließlich einen boche adoptiert und müssen ihm auf die Beine helfen.

Die Männer nickten und schauten mich erwartungsvoll an. Ich war so überrascht, dass ich nichts zu sagen wusste.

Überleg es dir am Wochenende und sag uns Montag früh Bescheid, entschied Duprais. Er duzte mich plötzlich. Ich spürte, dass die Männer nun unter sich bleiben wollten, vielleicht wollten sie wirklich in eine Bar gehen. Ich stand auf, bedankte mich für den Abend, ging um den Tisch herum und verabschiedete mich von jedem mit Handschlag.

Im Bus wurde mir klar, dass ich gar nichts zu entscheiden hatte. Meine vier Arbeitgeber hatten beschlossen, dass ich zur Abendschule gehe, und wenn ich mich weigern würde, wären sie enttäuscht und würden immer wieder versuchen, mich dazu zu überreden. Schlimmstenfalls, und wenn diese Abendschule für sie so wichtig ist, könnte es passieren, dass sie mich nicht weiter beschäftigten und ich zusehen müsste, wie ich in Marseille überlebte. Mir war klar, dass ich nicht für alle Zeit der Übersetzer und Schreiber der Geschäftsbriefe von Duprais und seinen Freunden sein könnte, aber ich hatte mir kaum Gedanken über meine Zukunft gemacht, ich war froh, Arbeit gefunden zu haben, um in Marseille leben zu können. Mein ursprünglicher Lebensplan war durch den Rausschmiss bei der Legion zerstört, ich musste mir etwas Neues überlegen, und vielleicht war der Vorschlag der Männer nicht schlecht.

Ein Abitur in Frankreich würde mir hier wie in Deutschland helfen. Vielleicht könnte ich sogar studieren, in Marseille oder Paris. Ein Student zu sein, das würde mir gefallen, freilich wusste ich nicht, wie ich es, allein auf mich gestellt, finanziell schaffen sollte. Ein Abitur auf einer Abendschule zu machen, das konnte man sicherlich, wenn man ehrgeizig war, aber ein Studium zu machen und nebenbei so viel zu arbeiten, dass man wohnen und leben konnte, war vermutlich sehr viel schwieriger oder unmöglich. Mutter konnte mir nicht helfen und von Onkel Richard hatte ich nichts mehr zu erwarten, im Gegenteil, da ich ihn belogen und er mir auf Grund falscher Versprechen Geld gegeben hatte, würde er mir keinen Pfennig mehr geben. Und ich wollte das auch nicht, ich wollte ihn und meinen Vater für immer hinter mir lassen, das war schließlich der Grund gewesen, warum ich aus Deutschland geflohen war.

Am Sonntagmorgen fuhr ich mit dem Bus nach Aix-en-Provence. Herr Duprais hatte diese Stadt mir immer wieder genannt, es sei das Kleinod unter den französischen Städten, ich solle es mir unbedingt und bald anschauen. Die Stadt gefiel mir, aber ich verstand nicht, warum sie schöner als andere französische Städte sein sollte, verglichen mit Marseille war sie die reinste Provinz, eine Stadt, in der ich nicht leben wollte. Viel lieber wäre ich nach Paris gefahren, aber dazu hätte ich mindestens drei freie Tage haben müssen. Ich lief drei Stunden durch Aix-en-Provence, dann setzte ich mich auf eine Parkbank und aß meine belegten Brote. In einem Café bestellte ich mir eine Cola und schrieb eine Ansichtskarte an Mutter. Es war die vierte Karte an sie. Sie sollte wissen, dass es mir gutgeht, mehr nicht. Ich schrieb keinen Absender auf die Karte und ich hatte immer darauf geachtet, sie nicht in Marseille, sondern in irgendwelchen anderen Orten in den Briefkasten zu werfen. Ich wollte nicht, dass sie weiß, wo ich bin, und dann möglicherweise mich von der Polizei nach Hause holen lässt, solange ich noch minderjährig war. Am Nachmittag ging ich in ein Kino und sah einen lustigen Film mit Fernandel, und um sechs bestieg ich den Bus nach Marseille.

Am Montagmorgen erklärte ich Herrn Duprais, ich würde zur Abendschule gehen um ein Abitur, das Baccalauréat, abzulegen. Er nickte zufrieden und sagte, dass alle mir dabei helfen würden und darum meinen Wochenlohn auf zweiundzwanzigtausend Francs erhöhen würden, damit ich meine Mehrkosten und die Schulgebühren bestreiten könne. Ich bedankte mich mehrmals bei ihm. Meine vier Gönner hatten offenbar noch mehr miteinander verabredet, denn seit dem gemeinsamen Abendessen im Fischrestaurant in Les Goudes duzten mich alle und ich sollte sie gleichfalls mit Du und ihrem Vornamen ansprechen, ganz als sei ich einer von ihnen.

Am Abend, als ich aus Aubagne zurück war, ging ich zur Abendschule in die rue Loubon und meldete mich im Sekretariat. Die Sekretärin sah mich sehr neugierig an, klopfte dann an die Tür des Direktors und meldete ihm mein Erscheinen. Der Direktor kam Sekunden später aus seinem Zimmer, gab mir die Hand und nannte seinen Namen. Er wollte, wie er sagte, den Deutschen sehen, der an seiner Schule das Baccalauréat machen möchte, das habe es noch nie gegeben und er hoffe, ich hielte durch. Die Sekretärin gab mir einen Stapel Papiere, Informationsmaterial über die Abendschule und die Gebührenordnung. Das Geld müsse für jedes Trimester im Voraus bezahlt werden, und ich möge noch in dieser Woche das Geld bei ihr vorbeibringen. Dann sagte sie, dass der Unterricht in zwanzig Minuten begänne, mein Klassenlehrer sei Monsieur Legrand und mein Klassenzimmer sei die Nummer 14 im ersten Stock. Ich hatte mich bereits von ihr verabschiedet und wollte das Sekretariat verlassen, als sie mich zurückrief.

Ich sehe gerade, die Restgebühr des ersten Trimesters und die Gebühr für das zweite müssen Sie nicht bezahlen, sagte sie, der Herr Direktor hatte einen Anruf von Herrn Nicolas, er wird uns das Geld für Sie überweisen.

Ich nickte erleichtert, denn ich hatte überlegt, Herrn Duprais um einen Vorschuss zu bitten, denn diese Vorauszahlungen waren nicht eingeplant und Ersparnisse hatte ich keine. Diese vier Franzosen waren offenbar der große Glücksfall meines Lebens. Auf einmal war ich wieder das Glückskind. So viel Großzügigkeit und Hilfsbereitschaft hatte ich noch nie erlebt und ich wusste nicht, womit ich mir sie verdient hatte. Und urplötzlich, als ich langsam durch den Schulflur im Erdgeschoss ging und die vielen Aushänge studierte, fiel mir mein Vater wieder ein. Was würde passieren, wenn diese vier erführen, wer mein Vater war, dessen Sohn sie so hilfsbereit unterstützten?

Der Klassenraum war wie ein normales Schulzimmer eingerichtet mit Tischen und Stühlen und einer großen Wandtafel. Allerdings war er kleiner als die Schulzimmer, die ich kannte, und er wirkte heruntergekommen. Ich war zehn Minuten zu früh, keiner war im Raum und ich setzte mich an den letzten Tisch. Die anderen Schüler kamen in den letzten zwei Minuten herein, sie betrachteten mich verwundert, grüßten kurz mit einem Kopfnicken oder einer Geste und sprachen miteinander. Viertel nach sechs kam Herr Legrand, er kam auf mich zu, gab mir die Hand und begrüßte mich mit meinem Namen, meinem Vornamen. Er sagte, wir würden uns alle mit dem Vornamen anreden, und er heiße Bernard. Dann erzählte er den anderen, dass ich aus Deutschland komme, seit einigen Monaten in Marseille lebe und hier das premier bac machen wolle. Er bat mich, nach der Stunde zu ihm zu kommen, da er mir noch einiges zu sagen habe und erklären müsse.

Ach, und komm bitte nach vorn. Setz dich an diesen Tisch, zu Louise. Dir fehlen noch die Schulbücher, und Louise wird gewiss erlauben, in ihre Bücher zu schauen.

Die erste Stunde war Mathematik und ich hatte keine Mühe mit dem Stoff. Was hier durchgenommen wurde, hatten wir daheim in der siebenten Klasse, und jedes Mal, wenn Maxime Legrand mich aufrief, konnte ich ihm eine korrekte Antwort geben. Die Klasse bestand aus vierzehn Schülern, elf Frauen und drei Männern. Wie ich später erfuhr, hatte die Klasse im September mit einundzwanzig Schülern begonnen, aber sieben von ihnen, sechs Männer und eine Frau, hatten zwischendrin aufgegeben. Ich war der Jüngste in der Klasse, die anderen waren sehr viel älter als ich, keiner war unter zwanzig, die drei Männer waren über dreißig Jahre alt. Diese drei, zwei von ihnen arbeiteten auf dem Bau und der dritte war Tischler, hatten in der letzten Schulstunde, der vierten, erkennbare Mühe, die Augen offen zu halten und nicht einzuschlafen, und ich war froh, dass ich keine körperlich schwere

Arbeit für meine vier Chefs verrichten musste. Als ich an meinem ersten Schultag in Frankreich diese drei Männer mit ihrer Müdigkeit kämpfen sah, war ich sicher, dass alle drei die vier Jahre bis zum Baccalauréat nicht durchstehen würden, und ich fragte mich besorgt, ob ich es schaffen könnte.

Der Klassenlehrer gab mir den Stundenplan, ich warf sofort einen Blick darauf und sah, dass ich an fünf Tagen Unterricht hatte, an jedem Wochentag jeweils vier Stunden, außer am Freitag, da war bereits nach der dritten Stunde Schluss. Und er gab mir eine Liste von Büchern, die ich mir besorgen müsse. Er meinte, wenn ich viel Glück hätte, könnte ich sie vielleicht in der öffentlichen Bibliothek ausleihen oder gebraucht kaufen. Dann wollte er wissen, wieso ich nach Marseille gekommen sei und was ich hier vorhätte.

Wir hatten noch nie einen Deutschen an unserer Schule, sagte er, wir haben hier Algerier und Marokkaner, wir hatten auch schon einen Russen und einige Polen, aber ein Deutscher war noch nie hier, jedenfalls nicht seit dem Kriegsende.

Als Duprais mich am nächsten Morgen nach der Schule fragte, zeigte ich ihm die kleine Bücherliste, die mir Bernard Legrand gegeben hatte, und er ging mit mir in das hintere Zimmer, wies auf eine große Kiste und sagte, darin seien alte Schulbücher. Am Schuljahresende kämen immer Schüler zu ihm, um für ihre alten Schulschwarten noch ein paar Francs zu bekommen, und wenn die Bücher einigermaßen in Ordnung seien, kaufe er sie auch. Ich solle die Kiste durchgehen und mir nehmen, wenn ich das Gesuchte finden würde. Es waren mehr als hundert Bücher, und ich fand tatsächlich alles, was ich brauchte, ich konnte mir sogar unter den verschiedenen Exemplaren desselben Buches das am besten erhaltene aussuchen, und ich bemerkte, dass die alten Schulbücher gegenüber den druckfrischen Exemplaren einen nicht zu unterschätzenden Vorteil hatten, denn auf den Seiten mit Aufgaben waren die Lösungen mit Bleistift bereits eingetragen. Als ich Herrn Duprais nach dem Preis fragte, lachte er kurz auf und sagte, ich möge ihm zwei Croissants von gegenüber holen, dann seien wir quitt, mehr habe er für diese Hefte auch nicht bezahlt.

Die Abendschule veränderte mein Leben. Mit dem Lehrstoff kam ich gut zurecht, besser als die meisten anderen und sehr viel besser als die drei Männer. Mit Mathematik und den naturwissenschaftlichen Fächern hatte ich keine Schwierigkeiten, den Einstieg zu schaffen, den Lehrstoff kannte ich bereits und konnte mühelos dem Unterricht folgen. Die einzige Fremdsprache an der Abendschule war Englisch, und unsere Englischlehrerin, Frau Morel, machte mir nach Absprache mit Bernard Legrand bereits vor den Weihnachtsferien das Angebot, ich könne als Ausländer bereits im Frühjahr mit den Schülern der Terminale die Abschlussprüfung für dieses Fach ablegen. Ich solle mir die Lehrbücher der nachfolgenden Klassen in den nächsten vier Monaten vornehmen und sie sei sicher, dass ich die Prüfung bestehen würde. Schwierigkeiten hatte ich in französischer Geschichte und Landeskunde, in diesen Fächern hatte ich viel nachzuholen, meine Kenntnisse waren rudimentär. Und ich hatte mit Französisch unerwartete Probleme. Im Mündlichen ging alles gut, aber mir fehlten einige Grammatikkenntnisse, und mir unterliefen Fehler, die allenfalls ein neun- oder zehnjähriger Franzose machen würde. Hier musste ich richtig pauken, und das fiel mir schwer, denn der Stoff war spröde und langweilte mich. Immer wieder nahm ich die dicke französische Grammatik in die Hand und bemühte mich, mir die Regeln einzuprägen. Mein Plan, alle Schulaufgaben in der Woche zu erledigen, um das Wochenende freizuhalten, scheiterte. Den Sonnabend über saß ich in meinem Zimmer bei Madame Durand und lernte. Erst am Abend konnte ich die Bücher schließen und mich mit einem Kinobesuch belohnen.

An den Sonntagen traf ich mich mit Raphaël, wir verabredeten uns in Marseille und manchmal auch in Aubagne. Raphaël war jünger als ich, er war vierzehn und der Sohn von Gabriel Gassner. Er besuchte das Lycée in Aubagne. Ich hatte ihn bei meiner Arbeit für seinen Vater kennengelernt, er war zu mir gekommen, weil er ein russisches Buch über den Regisseur Eisenstein bekommen hatte und einen darin abgedruckten Brief übersetzt haben wollte. Als ich ihm sagte, dass ich viel ins Kino gehe, wollte er wissen, welche Regisseure und welche Filme ich schätze, und sagte dann, das sei alles moderner Mist, die wirklichen Filme, die Meilensteine der Filmkunst, die könne man nur in Filmkunsttheatern sehen und gelegentlich in den Kulturhäusern. Er sagte, wenn ich den Film als Kunstform erleben wolle, dann solle ich ihm vertrauen, er würde mir die richtigen Filme zeigen. Raphaël sagte, er werde später einmal Regisseur, Filmregisseur.

Seitdem gingen wir jeden Sonntag ins Kino, meistens in Marseille, gelegentlich ins Kulturhaus von Aubagne, das von einem Cineasten geleitet wurde, wie mir Raphaël sagte. Manchmal sahen wir zwei oder auch drei Filme hintereinander. Raphaël bestimmte, was wir anzuschauen hatten, und das waren fast immer ältere Filme, es waren die Klassiker, wie er sagte. Es waren Filme aus Frankreich, aus Deutschland, aus Russland und Amerika, und er machte mich mit den großen Namen der Filmkunst bekannt, mit Eisenstein und Abel Gance und René Clair und Murnau und Marcel Carné und Chaplin natürlich. All diese Filme waren in Schwarzweiß und viele ohne Ton, und Raphaël erklärte mir bei jedem Film, was die entscheidende Neuerung war, welche Aufnahme- oder Schnitttechniken zum ersten Mal zum Einsatz kamen und warum dieser Film ein Klassiker sei, den jeder Cineast zu kennen habe. Und dann musste ich mir mit ihm Dokumentarfilme ansehen, weil der Dokumentarfilm das Kino pur sang sei und er später Dokumentarfilme drehen würde, das unverfälschte Leben.

Ich ging gern mit ihm ins Kino, und es machte mir Spaß, seine Erklärungen zu hören, er wusste gut Bescheid und wusste immer etwas Erstaunliches mitzuteilen. Aber noch wichtiger als die Filme war mir die Freundschaft mit Raphaël, unsere Gespräche, die gemeinsam verbrachte Zeit. Der Sonntag wurde der schönste Tag der Woche für mich. Wenn wir in Marseille waren, tranken wir ein Glas Rotwein zwischen den Filmvorführungen und aßen irgendwo ein Baguette, in Aubagne wurde ich von Gabriel Gassner und seiner Frau zum Abendessen eingeladen, und ich fuhr mit dem letzten Bus zurück und war dann erst eine Stunde vor Mitternacht in meinem Quartier. Mit dem Chef des Kulturhauses von Aubagne, dem Cineasten, war Raphaël befreundet und gemeinsam erstellten wir eine Liste der zwölf unsterblichen Filme der Welt, die unbedingt jedes Jahr einmal im Kinosaal des Kulturhauses gezeigt werden mussten, um den Leuten beizubringen, was gutes Kino ist. Ich erinnere mich nicht mehr an alle Filme unserer Liste – mein Gott, es ist alles mehr als fünfzig Jahre her –, aber ein paar Titel blieben mir im Gedächtnis. Wir hatten uns auf *Nosferatu* und *Napoleon* geeinigt, auf *Die Kinder des Olymp* und den

Panzerkreuzer Potemkin, auf *Das Cabinet des Dr. Caligari* und *Metropolis*. Außerdem hatten wir noch den Film *Die Frau des Bäckers* von Marcel Pagnol auf die Liste gesetzt, weil der Regisseur und Autor in Aubagne geboren war und dieser Film allen Zuschauern zeigen könne, dass man, auch wenn man nur in einer Kleinstadt aufwachse, große und weltberühmte Filme drehen könne.

Raphaël erzählte mir auch von seinem Vater und von dessen Freunden, er kannte die Geschichte des »Combat de coqs 22 juin«, der Widerstandsgruppe meiner Arbeitgeber. Sein Vater Gabriel war mit der gesamten Gruppe, Studenten und Schüler, 1940, vier Tage vor Weihnachten, in Paris verhaftet worden. Vierzehn Tage lang wurden sie in Paris verhört und geschlagen, dann wurden sie in Eisenbahnwaggons nach Deutschland verbracht und kamen in ein Arbeitserziehungslager bei Salzgitter, in das Sonderlager 21. Vier Mitglieder der Gruppe wurden nach wenigen Wochen nach Paris zurückgeschickt und konnten sogar weiter studieren, die anderen wurden zwei Jahre später auf andere Lager verteilt. Sein Vater, Gabriel Gassner, kam zusammen mit Emanuel Duprais in das Erziehungslager Heddernheim, in dem sie in völlig überfüllten Baracken hausten und jeden Morgen mehrere Kilometer nach Frankfurt zu marschieren hatten, wo sie Gräben ausheben mussten und im Straßenbau eingesetzt wurden. In Frankfurt gelang es Emanuel Duprais zu fliehen. Ein SS-Offizier hatte ihn, da er zu langsam arbeitete, angeschrien und ihm einen Faustschlag auf den Kopf versetzt. Dieser Schlag war so heftig, dass Duprais bewusstlos zu Boden stürzte. Am Ende des Arbeitstages hatten zwei Häftlinge den für tot gehaltenen Kameraden in einer Schubkarre ins Lager zu bringen. Auf der Eckenheimer Landstraße ordnete der die Wachen befehlende

Unteroffizier an, den toten Häftling auf dem dort gelegenen Friedhof abzulegen. Der Friedhofswächter, ein sechzigjähriger Kriegskrüppel, protestierte und weigerte sich, den Leichnam anzunehmen, er verlangte Papiere und drohte mit einer Anzeige, was jedoch den Unteroffizier nicht beeindruckte. Er ließ den leblosen Körper vor das Krematorium kippen und setzte mit den Wachen und den Häftlingen den Marsch zum Lager Heddernheim fort.

Bei dem Versuch, den Toten in die Halle zu schaffen, bemerkte der Wächter, dass der Häftling zwar bewusstlos, aber nicht tot war. Er zog ihn ins Neue Portal, gab ihm zu essen und versteckte ihn in einem Verschlag im Keller des Portals unter den dort liegenden Schutzdecken. Am nächsten Abend brachte er ihm Kleidung und einen Verpflegungsbeutel und gab ihm zu verstehen, er solle noch in derselben Nacht verschwinden. In vierzehn Nächten marschierte Emanuel Duprais bis Diekirch in Luxemburg, wo Verwandte seiner Mutter lebten, die den völlig unterernährten jungen Mann für eine Woche aufnahmen und es ihm dann ermöglichten, innerhalb von drei Tagen ungefährdet nach Marseille zu kommen, in den unbesetzten Teil Frankreichs.

Die anderen Mitglieder des »Combat de coqs 22 juin« blieben bis zum Kriegsende in den Arbeitserziehungslagern Hallendorf und Heddernheim und konnten erst nach der Kapitulation heimkehren. Die Gruppe hatte sich während der Gefangenschaft zerstritten und nach ihrer Rückkehr endgültig aufgelöst, da die rasche und vollständige Verhaftung durch die Gestapo in Paris unzweifelhaft auf Verrat in den eigenen Reihen schließen ließ und Verratsvorwürfe gegen einzelne Mitglieder, besonders verdächtig waren jene vier, die bereits nach wenigen Wochen nach Paris zurückkehren durften, zu Feindschaft und Hass führten. Sein Vater zog mit seiner schwangeren Frau und den Familien von Maxime Leprêtre und Mathéo Nicolas zu Emanuel Duprais nach Marseille, da Duprais sie darum gebeten hatte, der nach seiner Flucht nach Marseille im Netzwerk Brutus, einer Résistance-Gruppe im unbesetzten Frankreich, mitgearbeitet und nach der Befreiung 1944 als Mitglied des Stadtrats von Marseille General de Gaulle vor dem Rathaus empfangen hatte. Er brauchte die Hilfe seiner Freunde bei der vollständigen Erneuerung der städtischen Verwaltung und konnte ihnen andrerseits Hilfe bei dem Aufbau ihrer beruflichen Existenz bieten. Da für Duprais keine der alten und der neu entstandenen Parteien akzeptabel war, schied er nach zwei Jahren aus dem Stadtrat aus und verwirklichte einen alten Jugendtraum, er kaufte innerhalb von sechs Monaten die angebotenen, umfänglichen Bibliotheksnachlässe von zwölf Marseiller Witwen auf und wurde Antiquar.

Raphaël bestätigte mir, dass Emanuel Duprais schwerhörig sei, aber nicht darauf angesprochen werden wolle. Sein linkes Ohr sei völlig taub auf Grund des Faustschlags eines SS-Offiziers. Dieser Faustschlag aber hatte ihm das Leben gerettet, anderenfalls hätte er Krieg und Gefangenschaft kaum überlebt, denn er wusste, es war nur eine Frage der Zeit, bis die Nazis dahintergekommen wären, dass sein einziges Personaldokument, ein Studentenausweis, gefälscht war und er nicht Louis Moreau, sondern in Wahrheit Emanuel Duprais hieß und Jude war. Da er in Marseille geboren war und erst mit achtzehn nach Paris gegangen war, gab es dort wenige Personaldokumente zu seiner Person, aber ihm war klar, dass das Vichy-Regime eng mit den deutschen Sicherheitsdiensten zusammenarbeitete und sie irgendwann seine wirkliche Identität herausfinden würden und ihn dann nicht weiter in einem Arbeitslager belassen würden.

Raphaël wollte von mir wissen, ob ich solche Leute kenne, ob ich in Deutschland diese brutalen Schläger der SS kennengelernt hätte, und wollte von mir wissen, was die jetzt nach dem Krieg machten, ob sie alle von den Siegermächten verurteilt und ins Gefängnis gesteckt worden waren.

Es waren so viele, sagte er, wo sind die jetzt?

Ich weiß es nicht, sagte ich, bei mir zu Hause habe ich solche Leute nicht kennengelernt. Soviel ich weiß, waren die in unserer Stadt alle gegen die Nazis.

Aber wer waren dann die Nazis, wenn alle dagegen waren?, fragte Raphaël und lachte.

Mein Vater, sagte ich.

Nein, ich sagte es nicht. Ich konnte es nicht sagen. Nicht zu Emanuel Duprais, nicht zu seinen Freunden, meinen Arbeitgebern. Und auch nicht zu Raphaël.

Alle sind plötzlich weg, sagte er, auch bei uns. Auch bei uns waren nun alle in der Résistance. Und die Deutschen auch. Vielleicht waren die Nazis gar keine Deutschen, sondern Außerirdische, die in Deutschland landeten und fünfundvierzig wieder auf ihren galaktischen Stern zurückflogen.

Ja, sagte ich und bemühte mich, auch zu lachen, aber es gelang mir nicht recht. Ich war so weit von daheim weg, aber immer wieder holte mich mein Vater ein.

Nach einem halben Jahr auf der Abendschule war ich gewiss, ich würde es schaffen, ich würde das Baccalauréat bekommen und könnte dann studieren, hier in Marseille oder in Paris. Paris interessierte mich brennend. Die große, geheimnisvolle, bewunderte Stadt, das Sündenbabel, die Glitzer- und Lichterstadt, die in vielen französischen Filmen die Hauptrolle spielte und die in jedem zweiten Chanson besungen wurde, in Chansons, die ich in Duprais' Antiquariat und auch bei Gabriel Gassner hören konnte.

Auch Raphaël wollte nach Paris, er wollte dort zur Filmhochschule, wir wären zu zweit und könnten zusammen ein Zimmer mieten. Marseille wäre für mich auch gut, denn ich könnte für die vier Freunde gewiss weiterarbeiten und damit mein Studium finanzieren. Die Abendschule jedenfalls lief für mich so gut, dass ich es mir leisten konnte, eine Unterrichtsstunde oder gar einen ganzen Abend ausfallen zu lassen und stattdessen mit Raphaël etwas zu unternehmen. Die drei männlichen Mitschüler waren, wie erwartet, nach den Osterferien nicht mehr in die Schule gekommen, und zwei Frauen hatten sich ebenfalls abgemeldet, dafür waren zwei Neue gekommen, eine junge Frau, die aus Lyon stammte und ihres Freundes wegen nach Marseille gekommen war, und ein Tischler, der im vergangenen Jahr die Schule abgebrochen hatte und es noch einmal versuchen wollte. Unsere Klasse bestand nur noch aus zwölf Schülern, und Maxime Legrand gab sich alle Mühe, uns zu helfen, denn wenn die Klasse noch zwei Schüler verlieren würde, kämen wir an den kritischen Punkt und unsere Klasse würde in einen anderen Aggregatzustand wechseln, wie er sagte, weil dann der Direktor eine Entscheidung zu treffen habe, die wohl keinem gefallen würde, nicht der Schule, nicht den Schülern und auch nicht ihm selbst.

In den Sommerferien im August machten Raphaël und ich eine große Radtour nach Genua. Wir hatten uns zwei Routen ausgesucht, auf der Hinfahrt wollten wir durch den Nationalpark Vanoise radeln und weiter über Turin nach Genua, und für die Rücktour hatten wir eine sehr viel kürzere Strecke an der Küste des Ligurischen Meeres herausgesucht. Wir wollten jeden Tag drei, vier Stunden auf dem Rad sitzen, so dass wir in zehn bis zwölf Tagen die erste Strecke schaffen könnten, ohne uns zu überanstrengen, und ausreichend Zeit hatten, uns Berge und Landschaft anzusehen und die Dörfer und winzigen Städtchen, und für die Rücktour hatten wir sogar sechzehn Tage geplant, weil wir nur jeden zweiten Tag auf die Räder steigen und stattdessen die verschiedenen Strände des Mittelmeers genießen wollten. Raphaëls Vater lieh mir sein Fahrrad für die Tour und die Sekretärin von Mathéo Nicolas besorgte uns über einen Freund ein nagelneues Offizierszelt aus dem Sultanat Oman mit vielen Seitentaschen, einer guten Imprägnierung und einer farbigen, zweisprachigen Kennzeichnung »The Royal Army of Oman«, das sie für wenig Geld im Hafen von Marseille erstanden hatte.

Herr Duprais und die anderen drei gaben mir für den August den vollen Monatslohn. Da ich damit nicht gerechnet hatte und mir in den Monaten zuvor Geld für die Urlaubszeit zusammengespart hatte, war ich mehr als gut ausgestattet.

Es war eine gute Zeit mit Raphaël. In den vier Wochen haben wir uns jeden Abend bis in die tiefe Nacht unterhalten, über Filme, über das Leben, über die Mädchen, aber auch über Gott, über das Absurde oder die Unterschiede zwischen Deutschen und Franzosen. In Turin blieben wir zwei Tage länger als vorgesehen, wir hatten dort billige Plätze in einer Jugendherberge bekommen, und in der Stadt gab es ein Filmkunsttheater, das gerade eine ganze Woche lang Filme von Murnau zeigte, so dass wir zwei volle Tage nicht auf dem harten Fahrradsattel saßen, sondern stattdessen vom Vormittag an bis in den späten Abend in bequemen Kinosesseln hingen und uns einen Film nach dem anderen anschauten. Raphaël hatte immer sein Diarium dabei und machte sich während der Vorführungen Notizen, sein Ehrgeiz war es, einen vollständigen Überblick über alle wertvollen Filme der Welt zu bekommen und darüber ein Buch zu veröffentlichen, einen Leitfaden für anspruchsvolle Kinobesucher, wie der Untertitel lauten sollte. Die meisten Filme hatte er bereits einmal gesehen, einige sogar öfter, und konnte mir bei Filmen wie *Nosferatu* oder *Der letzte Mann* die Texte der Untertitel aufsagen, bevor sie auf der Leinwand zu sehen waren.

Auch in Genua waren wir mehr im Kino als am Hafen oder in den Sehenswürdigkeiten der Stadt. Für Raphaël war Kino das eigentliche Leben, alles andere interessierte ihn wenig, und mir gefiel es, mit ihm zusammen zu sein.

Bestohlen wurden wir auch auf der Reise, so wie es uns Gabriel Gassner vorausgesagt hatte. In Genua stahl man uns beim Spaziergang durch die Stadt aus meinem verschlossenen Rucksack die Geldbörse, aber da ich die Geldscheine in meiner alten Brusttasche unter dem Hemd trug, verloren wir nur zwölf der neuen Francs. Und Raphaël wurde eine Ledermappe gestohlen, in der er die in Italien gekauften Filmzeitschriften verwahrt hatte, was mehr wert war als meine Francs, aber leicht ersetzbar, so dass wir uns über die Diebstähle nicht ärgerten, sondern darüber amüsierten, was die Ganoven mit den Zeitschriften anfangen wollten. Wie sie aus unseren sorgfältig verschlossenen Rucksäcken die Geldbörse und die Mappe hatten klauen können, ohne dass wir irgendetwas bemerkten, war für uns rätselhaft und nötigte uns trotz des Ärgers einigen Respekt ab.

Das waren Profis, meinte Raphaël, die haben das in

einer Schule gelernt. Und dann erzählte er mir von einem lateinamerikanischen Film über eine Diebesschule, in der Kinder trainiert werden, beliebige Gegenstände aus Taschen, Autos und Wohnungen zu stehlen, und geschlagen wurden, wenn eins der auf Fäden hängenden Glöckchen ertönte, mit denen das Objekt der Begierde geschützt war, oder sie irgendwelche Fehler machten.

Da wir auch in Genua zu lange in den Kinos herumhingen, mussten wir die Rücktour über die Küstenstraße in zehn Tagen schaffen, so dass wir immer nur die Nachmittage und Abende am Strand verbringen konnten, um dann in einem Wäldchen unser Zelt aufzubauen. Zweimal übernachteten wir auch in Hochhäusern. Raphaël sprang rasch zur Eingangstür, nachdem Bewohner der Häuser hineingegangen waren und die Tür noch nicht ins Schloss gefallen war, und hielt sie auf. Ich brachte nacheinander die Fahrräder mit unserem Gepäck ins Haus, dann fuhren wir mit dem Fahrstuhl in die oberste Etage und schleppten unsere Sachen die letzte Treppe hinauf. Vor der verschlossenen Tür zum Dachboden oder zur Dachterrasse verstauten wir die Fahrräder und unser Gepäck, breiteten leise die Luftmatratze aus und konnten dann dort unbesorgt bis zum Morgen übernachten, da kein Mensch um diese Zeit auf das Dach wollte. Als wir am nächsten Morgen nacheinander mit unseren Fahrrädern im Fahrstuhl nach unten fuhren, gab es böse Blicke und Bemerkungen, da wir den ganzen Fahrstuhl für uns benötigten und keiner einsteigen konnte.

In Toulon, am vorletzten Tag unserer Reise, verbrachten wir einen Nachmittag im städtischen Bad. Wir wuschen die schmutzigen Klamotten und schrubbten uns den Dreck von vier Wochen Radtour von der Haut, bevor wir ein paar Kilometer weiter und oberhalb von

Sanary-sur-Mer zum letzten Mal unser Zelt aufbauten. Am letzten Augusttag waren wir mittags in Aubagne bei Raphaëls Eltern und bekamen von seiner Mutter ein richtiges Festmahl serviert. Am Abend fuhr ich mit dem Fahrrad in mein Quartier in Marseille, Gabriel hatte gesagt, er benötige es nicht und ich könne es behalten, solange ich es brauche. Als ich losfuhr, umarmte mich Raphaël heftig, als ob wir uns lange nicht mehr sehen würden. Raphaël war ein richtiger Freund geworden, ein Freund, wie ich bisher noch nie einen hatte. Im Bus verstaute ich mein Gepäck und öffnete dann den Briefumschlag, den mir seine Mutter gegeben hatte. Danke, dass du so gut auf Raphaël aufgepasst hast, hatte sie dabei gesagt und mir das Couvert in die Hand gedrückt. In dem Umschlag waren hundert neue Francs, und ich kaufte mir auf dem Weg zu meinem Quartier zwei Flaschen Bier und einen kleinen Strauß Rosen für Madame Durand.

In den ersten Tagen des neuen Schuljahrs waren wir nur noch acht Schüler, sieben junge Frauen und ich, und Maxime Legrand sagte uns, der Direktor würde vierzehn Tage abwarten, ob unsere Klassenkameraden noch erscheinen würden oder sich neue Schüler für unsere Klasse anmeldeten, doch dann müsse er eine Entscheidung treffen. Nach zehn Tagen meldeten sich zwei unserer Mitschülerinnen aus dem Urlaub zurück, und wir konnten den Unterricht in unserer Klasse fortsetzen, wenn auch das Damoklesschwert der Auflösung oder Zusammenlegung weiterhin über uns schwebte.

Marie, eine der beiden Frauen, die noch im September im Urlaub gewesen waren und verspätet den Unterricht wiederaufnahmen, fragte mich, ob ich am Wochenende Zeit hätte, sie brauche jemanden, der mit ihr den versäumten Stoff durchgehe. Ich freute mich, dass sie mich ansprach, und sagte sofort zu. Sie war sehr viel älter als ich, dreiundzwanzig oder vierundzwanzig, erzählte uns gern von ihrer kleinen Tochter und erschien im Unterricht immer sehr chic. Sie gefiel mir und ich fühlte mich geehrt, dass sie mich, den Deutschen, gefragt hatte. Sie schlug vor, ich möge zu ihr kommen, dann würde sie für mich kochen, Geld könne sie mir für den Nachhilfeunterricht nicht geben, aber ein sehr gutes Essen würde mich entschädigen. Ich sagte ihr, dass ich am Sonnabend erst ab mittags frei hätte, ich könne um zwei Uhr zu ihr kommen oder am Sonntag.

Dann am Sonnabend um zwei, sagte sie, da kann ich meine Kleine vorher zu meiner Mutter bringen.

Als ich mitsamt den Schulbüchern in meiner Tasche am Sonnabend bei ihr klingelte, öffnete sie barfuß und in einem schwarzen Hauskleid die Tür und sagte, ich möge ins Wohnzimmer gehen, sie habe noch in der Küche zu tun.

Es riecht gut, sagte ich.

Das bin ich, erwiderte sie, machte mir die Wohnzimmertür auf und ging in die Küche.

Ihr Haar trug sie anders als im Unterricht. Es war nur lose hochgesteckt, und ich sah zum ersten Mal, dass sie lange Haare hatte, lange schwarze Haare. Sie kam mit einem Teller zu mir, auf dem ein Baguette mit Schinken und Käse lag, stellte ihn vor mich hin und sagte, dies sei nur ein Imbiss, gegessen würde erst am Abend, nach der Arbeit. Ich holte meine Bücher aus der Tasche und fragte sie, womit wir beginnen wollen.

Zuerst das Schwierigste, sagte sie, wir fangen mit Mathematik an, darin bist du sehr gut.

Sie hatte vier Mathe-Stunden versäumt, und ich erzählte ihr, womit wir uns beschäftigt hatten, und sie schrieb mit. Immer wenn ich sie fragte, ob sie es verstanden habe, nickte sie. Nach einer Stunde gingen wir zu Geschichte über. Ich beschrieb ihr etwas von der Hauptlinie des Hauses Valois und zeigte ihr die Grafik der Erbfolge. Sie beugte sich über mich, um sich den Stammbaum anzusehen, ihre Brüste berührten dabei meine Nase und den Mund. Sie trug keinen Büstenhalter unter dem dünnen Hauskleid, ihre Brustwarzen stachen unter dem Stoff hervor und waren direkt vor meinen Lippen. Es bereitete mir Mühe, ruhig zu bleiben und weiterzureden. Vielleicht nahm sie es nicht wahr, dass sie mich mit ihren Brüsten streichelte. Ich bewegte mich nicht, damit sie es nicht bemerkte. Sie fasste mit der linken Hand unter mein Kinn und drehte meinen Kopf zu sich.

Gefall ich dir?, fragte sie und sah mir gelassen in die Augen.

Ja, sagte ich knapp.

Sie beugte sich über mich und küsste mich, sie drückte meinen Kopf gegen ihre Brüste, ich atmete schwer.

Dann komm, sagte sie entschieden, fast herrisch. Sie drehte sich um, zog das schwarze Hauskleid über den Kopf und den Slip aus und ging völlig nackt und ohne sich nach mir umzusehen aus dem Zimmer. Ich stürzte ihr hinterher.

Wir schliefen während des gesamten Nachmittags miteinander, immer wieder. Beim dritten Mal war sie mit mir recht zufrieden, wie sie sagte. Wir redeten wenig, sie war ganz wild auf mich, und mir ging es nicht anders. In den Pausen duschten wir gemeinsam, sie ging für ein paar Minuten in die Küche, um uns einen Espresso zu machen, und kam mit den Kaffeetassen zurück, um mich zu streicheln und sich streicheln zu lassen. Ich glaube, ich habe an diesem Nachmittag acht oder zehn Espressi getrunken. Um sieben Uhr aßen wir eine selbstgemachte Bouillabaisse und ich trank zwei Glas Weißwein, und um halb neun musste ich gehen, weil ihre Mutter die Tochter gleich bringe und nicht sehen sollte, dass sie sich mit einem Typen vergnügt habe, der noch ein halbes Kind sei. Auf dem Rückweg verzichtete ich auf den Bus, lief glücklich durch die Innenstadt und lachte laut auf der Straße. Meine Beine fühlten sich wie Watte an.

Am Montagabend begrüßte ich sie sehr herzlich im Klassenzimmer, aber sie wollte nicht, dass ich sie auf die Wange küsste, und tat so, als sei überhaupt nichts zwischen uns vorgefallen. Sie war die ganze Woche abweisend mir gegenüber, und als ich sie am Freitagabend fragte, ob wir nicht am Samstag noch einmal den Schulstoff durchgehen sollten, schüttelte sie den Kopf.

Du gefällst mir, Constantin, du gefällst mir sehr. Aber für mich bist du noch viel zu jung, und ich brauche eine richtige Beziehung. Eine mit einer Perspektive für mich, und das bist du leider nicht. Lassen wir es. Es war schön mit dir, du wirst immer eine gute Erinnerung für mich sein. Ich hoffe, ich auch für dich.

Wir haben nie wieder miteinander geschlafen. Sie war weiterhin freundlich zu mir und in den Schulpausen unterhielten wir uns, aber sie behandelte mich wie jeden anderen Mitschüler, und dass ich sie während des Unterrichts häufig anstarrte, schien sie nicht zu bemerken. Monate später fragte ich sie, ob ich sie nicht noch einmal besuchen dürfe, aber sie lächelte nur und sagte, das gehe nicht, sie habe einen sehr eifersüchtigen Freund.

Im Oktober, bei einer meiner Busfahrten nach Aubagne zu Gabriel Gassner, setzte sich ein Fremdenlegionär auf den Platz neben mir. Den Bus benutzten viele Fremdenlegionäre, die wohl zu ihrem Hauptquartier fuhren, aber der Legionär, der sich neben mich setzte und mich kurz musterte, war jener Schwarze, der mir vor einem Jahr im Informationsbüro der Legion die Hosen heruntergerissen und mich hinausgeworfen hatte. Ich starrte aus dem Fenster, stand nicht auf, als der Bus meine Haltestelle erreichte, und stieg erst aus, nachdem der schwarze Legionär verschwunden war.

Mit Raphaël hatte ich über die Legion gesprochen, allerdings erzählte ich ihm nicht, dass ich nach Marseille nur gekommen war, um Legionär zu werden. Er berichtete mir von schlimmen Geschichten, die die Legionäre in Aubagne angestellt hatten, vor allem waren es Schlägereien, und die Einheimischen verachteten diese Söldner.

Das sind keine Soldaten, sagte er, Legionäre sind wie die Tiere. Sie töten für Geld. Nicht zur Verteidigung des Vaterlands oder der Familie oder für die Ehre, nein, nur für Geld. Es sind Mörder. Killer. Könntest du dir auch nur für einen Augenblick vorstellen, bei der Legion zu sein? Mit solchen Killern in einem Zimmer zu wohnen?

Bevor ich ihm sagen konnte, dass ich mir dies niemals vorstellen könnte, kam er auf Filme über die Fremdenlegion zu sprechen, auf einen Film *Marokko* von Sternberg mit Gary Cooper und Marlene Dietrich und auf einen sehr guten neuen tschechischen Film *Das Bataillon des Teufels*, den er zwar noch nicht gesehen, über den er aber bereits viel gelesen hatte.

Zu Weihnachten wurde ich von den Gassners eingeladen, Maxime Leprêtre und seine Frau sowie Mathéo Nicolas luden mich gleichfalls ein, und an den beiden Tagen bekam ich dreimal sehr gut zu essen. Ich brachte zu allen Einladungen Blumen mit und nur für Raphaël hatte ich ein besonderes Geschenk, ein dickes österreichisches

Filmlexikon mit vielen Fotografien und den vollständigen Besetzungslisten der Filme. Ich wusste, dass er dieses Buch nicht kannte, und hatte es mir mit Hilfe von Emanuel Duprais besorgt. Seine Eltern hatten ihm eine amerikanische Schmalfilmkamera geschenkt, die er mir fachmännisch erklärte, und ich erhielt von ihnen eine Jacke. Da ich von Mathéo Nicolas eine Hose und von Maxime Leprêtre zwei Hemden bekam, und da die Sachen zueinander passten, nahm ich an, dass die drei sich abgesprochen hatten.

Von Emanuel Duprais erhielt ich eine vierbändige deutsche Ausgabe der Werke von Joseph Roth. Er sagte, ich solle viel deutsch lesen, damit ich nicht eines Tages meine Muttersprache verlerne. Im Jahr davor hatte er mir eine dreibändige Werkausgabe von Brecht geschenkt und damals dasselbe dazu gesagt, wortwörtlich dasselbe. Er lud mich, wie im Vorjahr, nicht zum Essen ein, da er über Weihnachten nicht in Marseille blieb, sondern das Antiquariat für zehn Tage zusperrte und zu seiner Schwester nach Lyon fuhr.

Silvester feierte ich mit Raphaël in dem Haus seiner Eltern. Gabriel Gassner war mit seiner Frau nach Paris gefahren, wir hatten das ganze Haus für uns. Raphaël sagte, ich solle gegen fünf bei ihm sein, er habe eine Überraschung für mich, und als ich bei ihm klingelte, zog er sich den Mantel an und sagte, wir gehen zu Clément ins Kulturhaus.

Clément war der Leiter des Kulturhauses in Aubagne, der Cineast, wie ihn Raphaël nannte, und er hatte für Silvester zu einem Abend mit dem Titel »Kinoauge« eingeladen. Von sechs bis zwei Uhr nachts sahen wir Dokumentarfilme von Dziga Vertov, dem berühmten Mann mit der Kamera. Wir waren insgesamt zwölf, vier Mädchen und acht Männer. Nach jedem Film gab es eine halbstündige Pause, in der wir im Foyer über den Film sprachen, den wir gerade gesehen hatten. Clément, Raphaël und zwei andere Männer diskutierten heftig miteinander, und besonders ein Freund von Clément, der aus Paris kam, Jean-Pierre Gorin, führte das Wort und sprach unentwegt, wir anderen saßen schweigend dabei und hörten zu.

Fünf Minuten nach Mitternacht, nachdem wir auf das neue Jahr angestoßen hatten, kam der groß angekündigte Höhepunkt des Abends. Herr Gorin hatte aus Paris eine Kopie des ersten Films der Lumière-Brüder mitgebracht, den Film *Arbeiter verlassen die Lumière-Werke*, eine Arbeit, die für Dziga Vertov prägend war, wie er sagte. Der Film war nur eine Minute lang und man sah lediglich, wie einige Männer durch ein Werktor gingen. Für mich war der Film langweilig, aber auch die Filme von Vertov interessierten mich nicht, und ich war erstaunt, wie viel und wie lange man darüber reden konnte. Um zwei Uhr war endlich Schluss, wir saßen dann in den Foyersesseln, tranken Wein und Bier und aßen belegte Brötchen, die die Mädchen zubereiteten.

Plötzlich und völlig unvermittelt kam es zu einem heftigen Disput zwischen Clément und Jean-Pierre Gorin über einen französischen Regisseur, der in Paris gefeiert wurde und den Clément immer nur den Nazi nannte, weil er angeblich für Philippe Pétain gearbeitet habe, was Gorin, der mit ihm arbeitete und befreundet war, heftig bestritt. Und dann stritten sie über Kunst und Kollaboration, über den französischen Widerstand gegen die Nazis und die Funktion der Kunst und des Films in der Zeit der Résistance. Irgendwann schlief ich ein und wurde von Raphaël geweckt. Wir stolperten zu seinem Haus, und ich schlief im Gästezimmer bis in den späten Nachmittag hinein.

Abends um sechs frühstückten wir ausgiebig. Seine Mutter hatte für uns den Kühlschrank gefüllt, und Raphaël bereitete mir das späteste und reichhaltigste Neujahrsfrühstück meines Lebens. Sogar eine Flasche Champagner öffnete er, weil das zu einem Neujahrsfrühstück einfach dazugehöre. Wir sprachen über den Abend im Kulturhaus. Raphaël war besorgt, weil der Streit zwischen Clément und Jean-Pierre Gorin solche Ausmaße angenommen hatte und er beide sehr verehrte und sich nicht zwischen ihnen entscheiden wollte. Und dann sagte er, so viel Chancen wie sein Vater oder Emanuel Duprais würden wir nie bekommen.

Als ich ihn fragte, was er damit meinte, sagte er: Die Résistance, Constantin. Wir werden nie solche Helden, wir werden uns niemals so zu beweisen haben, nie so beweisen können wie diese Männer und Frauen. Ich beneide meinen Vater. Und Emanuel und Maxime und Mathéo. Die haben mit ihrem Leben etwas anfangen können, die haben der Welt gezeigt, was ein Franzose ist. Was sie jetzt machen, das ist mir egal. Vater stattet jetzt Apotheken aus, das langweilt ihn selber. Oder Korrosionsschutz oder ein Antiquariat, alles stinklangweilig. Aber während des Krieges, ihre »Combat de coqs 22 juin«, dafür lohnt es sich zu leben. – Warte, ich zeig dir was.

Er ging ins Arbeitszimmer seines Vaters und kam mit einer Broschüre zurück.

Schau dir das an, Constantin. Für so ein Leben würde ich alles opfern, selbst das Kino.

Er legte das Heft behutsam vor mich auf den Tisch. Es war eine in einen Papiereinband gebundene Broschüre, zweihundert Seiten stark, und das Papier war offensichtlich Zeitungspapier. Auf dem Einband gab es keinen Hinweis auf den Autor oder den Verlag und auch kein Bild, kein Foto und keine Zeichnung. Nur vier Worte waren in großer schwarzer Schrift gedruckt: »Combat de coqs 22 juin«. Es war das Buch, von dem ich schon einmal gehört hatte, die Geschichte der Widerstandsgruppe meiner Arbeitgeber, die Emanuel Duprais geschrieben oder zusammengestellt und auch selbst hatte drucken lassen.

Raphaël blätterte so vorsichtig in dem Buch, dass ich nicht wagte, die Seiten anzufassen. Ich sah, als er den Band sorgsam umblätterte, Fotos, Texte, Kopien von Dokumenten.

Davon träume ich, Constantin, das Leben für etwas einsetzen, das das Leben lohnt, sagte er.

Am Abend fuhr ich nach Marseille zurück. Ich hatte Raphaël gebeten, mir die Broschüre zu leihen, was ihm nicht recht war, und er schlug stattdessen vor, ich solle in Aubagne bleiben und sie bei ihm lesen. Ich erwiderte, ich müsse zurück, um für die Schule zu lernen, und ich würde ihm die Broschüre zurückgeben, bevor seine Eltern aus Paris nach Hause kämen. Er steckte das Buch in einen dicken Umschlag und bat mich, sorgsam damit umzugehen, es gäbe nur wenige Exemplare und für seinen Vater sei es ein heiliges Buch, was er durchaus verstehe. Ich verstaute den Umschlag in meiner Tasche und versprach, *Combat de coqs 22 juin* wie meinen Augapfel zu hüten. Dann verabschiedete ich mich rasch, um meinen Bus nicht zu verpassen, und rannte los.

Ich wollte die Broschüre nicht bei ihm lesen, nicht in seiner Anwesenheit und auch nicht im Haus seines Vaters. Ich hatte, als Raphaël den Band vor mir durchblätterte, ein Foto gesehen, das mich erschreckte, und ich wollte es mir nicht von ihm noch einmal zeigen lassen, um es zu überprüfen, und hatte darum nichts gesagt.

Im Bus saß ich wie auf glühenden Kohlen. Am liebsten hätte ich den Band sofort herausgezogen, um nachzusehen, aber ich fürchtete, bei dem Rütteln und Schütteln des uralten Omnibusses, der gelegentlich so heftig bremste, dass man gegen den Vordersitz fiel, könnte das Buch beschädigt werden. In meinem Zimmer musste ich zuerst den Kohleofen anheizen, weil Madame Durand für vier Tage verreist und ich allein in der Wohnung war. Ich wusch mir danach gründlich die Hände, kochte mir einen Tee, setzte mich an den Tisch und zog vorsichtig die Broschüre aus dem Umschlag, die Dokumentation *Combat de coqs 22 juin*.

Das Buch bestand aus sechs Kapiteln. Das erste hieß »Sorbonne« und dokumentierte das Kennenlernen und den Beginn der Freundschaft zwischen den späteren Mitgliedern der studentischen Widerstandsgruppe. Das zweite Kapitel, »22 juin«, begann mit dem Waffenstillstand von Compiègne und der Teilung Frankreichs in eine zone occupée und die zone libre und beschrieb die Entstehung der Widerstandsgruppe mit dem seltsamen Namen »Hahnenkampf«. Das dritte und umfangreichste Kapitel hieß »Combat« und listete die Anschläge und Unternehmungen der Studenten bis zu ihren Verhaftungen auf. Im vierten Kapitel mit der deutschen Überschrift »Deutsche Lager« wurden die Schicksale der Studenten in den Arbeits- und Konzentrationslagern behandelt, die rasche Entlassung von vier Studenten aus der Gefangenschaft und ihre Rückkehr nach Paris sowie die Flucht von Emanuel Duprais. Das vorletzte Kapitel trug den Titel »de Gaulle« und begann mit der Befreiung von Paris im August 1944 und endete mit der Rückkehr der Studenten nach dem Zusammenbruch Deutschlands. Und im letzten Kapitel, »Le coq est mort«, wurde das Schicksal von »Combat de coqs 22 juin« nach dem Krieg dargestellt, der Streit um den Verrat in den eigenen Reihen und der endgültige Zerfall der Gruppe.

Es gab viele Fotos in dem Buch. Kinder- und Jugendbilder der Mitglieder, Fotos von Paris vor, während und nach der Besetzung durch die deutsche Wehrmacht, Fotos von deutschen Kriegsgefangenen- und Erziehungslagern, Bilder der Häftlinge, Bilder ihrer Bewacher. Und auf einem der Fotos war ein Mann zu sehen, der eine gewisse Ähnlichkeit mit meinem Vater aufwies. In einer SS-Uniform stand der Mann auf einem Appellplatz und nahm offenbar Meldungen seiner untergebenen Offiziere entgegen. Auf der Bildunterschrift wurde er »der Vulkan« genannt. Eine Seite weiter beschrieb Emanuel Duprais ihn. »Vulkan« war ein Spitzname, den ihm die SS-Lagerwachen gegeben hatten und den sie nur benutzten, wenn sie unter sich über ihn sprachen. Duprais vermutete, dass er diesen Namen bekommen hatte, weil er unbeherrscht und jähzornig war und nicht nur bei den Gefangenen, sondern auch bei den unteren Chargen der SS gefürchtet war.

Diesem SS-Mann, dem »Vulkan«, verdanke er sein Leben, schrieb Emanuel Duprais in dem Buch, denn dass ihn dieser mit einem Faustschlag, der sein linkes Ohr für immer paralysierte, zu Boden gestreckt habe und er von der Wachmannschaft für tot gehalten wurde, habe ihn gerettet. Einen Monat zuvor hatte das Vichy-Regime, wie er nach Kriegsende im Stadtarchiv von Marseille feststellen konnte, seine wahre Identität an die Dienststellen der deutschen Sicherheitspolizei und des SD gemeldet, also bereits vier Wochen vor seinem vermuteten Tod und der wochenlangen Flucht, und es hätte nur noch Tage gedauert, bis seine jüdische Herkunft dem Arbeitslager gemeldet und er dann in ein Vernichtungslager überführt worden wäre.

Im letzten Kapitel »Le coq est mort« wurde »Vulkan« nochmals erwähnt. Es gäbe einen unbestätigten Bericht, schreibt Duprais dort, dass jener Mann noch kurz vor dem Ende des Kriegs in Russland oder Polen von einem Gericht zum Tode verurteilt und erschossen worden sei.

Ich las die ganze Nacht in dem Buch und schlief erst um vier Uhr früh ein. Da Madame Durand nicht zu Hause war, wurde ich nicht mit dem Frühstück geweckt, sondern konnte bis in die späten Mittagsstunden schlafen. Ich stand auf, ging in eine Bäckerei und holte mir zwei Croissants, in einem winzigen Gastraum kaufte ich einen Kaffee. Nach dem Frühstück auf einer Bank, die Croissants teilte ich mir mit Spatzen und Tauben, besorgte ich mir ein Baguette, ein kleines Stück Butter und Käse und eine Flasche Weißwein und ging in mein Zimmer, wo ich mir nochmals »Combat de coqs 22 juin« vornahm.

Emanuel Duprais kannte möglicherweise meinen Vater. Er war vielleicht sein Gefangener gewesen, und ich, der Sohn von Gerhard Müller, der Sohn des »Vulkans«, ich war nun Duprais' Gehilfe und wurde von ihm unterstützt. Hier in Marseille, wohin ich nur geflohen war, um Gerhard Müller, dem »Vulkan«, zu entgehen, um meinen Vater endgültig loszuwerden.

Ich las das Buch ein zweites Mal von der ersten bis zu letzten Zeile und trank die ganz Flasche Wein. In der Nacht musste ich zweimal auf die Toilette, um mich zu erbrechen. Zum Glück war Madame Durand noch immer nicht in der Wohnung, so dass ich am nächsten Morgen das Bad säubern und lüften konnte.

Am Abend kam Raphaël in die Stadt. Ich drückte ihm den Umschlag mit der Broschüre in die Hand und bedankte mich dafür, dass er sie mir geliehen hatte.

Ich kann verstehen, dass du auf deinen Vater stolz bist, sagte ich, bei mir ist das anders. Ganz anders.

Dein Vater ist tot, ich weiß, sagte er, fehlt er dir?

Ich schüttelte den Kopf: Ich hab ihn nie kennengelernt. Weiß kaum etwas über ihn.

Und dann fügte ich hinzu: Nein, er fehlt mir nicht. Und wer weiß, vielleicht hätten wir uns nie verstanden.

Er hatte seine neue Filmkamera mitgebracht und wir gingen zum Hafen, wo er trotz der schlechten Lichtverhältnisse Aufnahmen machte und ich ihm dabei half.

Am dritten Januar stand ich pünktlich neun Uhr vor dem Antiquariat, ließ mir die Post von Emanuel Duprais geben und übersetzte und beantwortete sie. Der Antiquar erkundigte sich, wie ich den Jahreswechsel verbracht habe, und lachte, als ich ihm von unserem Film-Marathon zu Silvester erzählte.

Gibt es irgendetwas, Constantin?, fragte er unvermittelt und sah mich misstrauisch an.

Nein. Wieso, Emanuel?

Du wirkst heute so ... so abwesend. Oder hast du dich vielleicht verliebt?

Nein, nein, ich bin nur mit der Übersetzung beschäftigt.

Lass dir Zeit. Gabriel kommt erst in zwei Tagen zurück, du musst also nicht nach Aubagne. Hast du mit dem Joseph Roth schon begonnen?

Nein. Ich hatte noch etwas anderes zu lesen, erwiderte ich und spürte, wie ich rot wurde, knallrot. Herr Duprais bemerkte es und lächelte verständnisvoll, er glaubte wohl, ich hätte einen Krimi gelesen oder einen Comic.

Wenn er mich nach meiner Lektüre fragen sollte, wäre ich ins Stottern geraten. Ich hätte ihn nicht anlügen und ihm nicht sagen können, was ich gelesen hatte. Gewiss, einen wichtigen Hinweis zu seinem Buch könnte ich ihm geben, den er gewiss dankbar aufnehmen würde. Ich könnte ihm erzählen, dass der »Vulkan« eventuell Gerhard Müller hieß und dass sein Spitzname sich nicht von seiner Brutalität herleitete, sondern von seiner Fabrik, den Vulcano-Werken. Und dann hätte er mich gefragt, woher ich das wisse, und mir wäre nichts anderes übriggeblieben, als ihm zu sagen, dass ich bei meiner Geburt Konstantin Müller hieß und der Sohn des Mannes bin, der ihn geschlagen hat, der ihm das linke Ohr zerstörte, der ihn umbringen wollte und stattdessen selbst gehenkt wurde. Ich hätte ihm gesagt, dass ich wegen Gerhard Müller nach Marseille geflohen war. Und dass ich hier in Marseille ein Buch in die Hand bekam, in dem vermutlich mein Vater zu sehen war, der gefürchtete SS-Mann »Vulkan«. Der Mann, der die vier freundlichsten Menschen, denen ich bisher begegnet war, in Arbeitslager gesperrt und gequält hatte, meine vier Freunde, die mir geholfen hatten wie nie ein Mensch zuvor.

Aber nichts, gar nichts erzählte ich Emanuel Duprais. Das war nicht möglich. Stattdessen sagte ich: Ich bin fertig, Emanuel. Die Briefe liegen auf dem Schreibtisch. Ich gehe jetzt zu Mathéo.

Gut. Grüß ihn von mir, falls du ihn siehst. Wenn Gabriel zurück ist, werden wir uns alle sehen, um das neue Jahr zu begrüßen. Und dazu bist du auch eingeladen, Constantin. Ich denke, wir treffen uns am Freitag. Halt dir den Freitagabend frei.

Vielen Dank, Emanuel. Dann bis morgen.

Bis morgen, mein Junge.

Am Freitagabend trafen sich die vier Freunde tatsächlich und ich war, wie Emanuel es gesagt hatte, dazu eingeladen. Diesmal hatten sie sich für eine algerische Gaststätte entschieden und wir aßen alle Couscous mit Hammelfleisch, dazu gab es Galette. Sie erzählten einander von ihren Familien, die sie Weihnachten und Silvester besucht hatten, und dann erzählte Maxime Leprêtre von Maurice Papon, dem derzeitigen Chef der Pariser Polizei, einem neuen Dupond, wie Maxime sagte.

Eine der übelsten Figuren der Besatzungszeit, sagte er, und nun macht er Karriere. Selbst de Gaulle fördert ihn und machte ihn zum Polizeipräfekten von Paris. Die Cliquen halten zusammen, da kommen wir nicht gegen an. Drei von »Combat de coqs 22 juin« haben in Paris Strafanzeigen gegen Papon gestellt. Und was ist das Ergebnis? Sie sind alle drei dran wegen Verleumdung wider besseres Wissen, übler Nachrede und Rufmord. Und da dieser Dupond Polizeipräsident ist, haben sie nun mit einem richtigen Prozess und deftigen Strafen zu rechnen. Und die Presse schweigt, sie gehört zu der Clique, jedenfalls die Herausgeber. Kein Journalist war bereit, die Dokumente zu diesem Dupond zu veröffentlichen. Er ist zwar ein Mörder, ein Massenmörder, aber ein hoher Beamter, das reicht hierzulande, um sakrosankt zu sein. Ich würde mich nicht wundern, wenn man diesem Dupond noch das Kreuz der Ehrenlegion umhängt.

Ja, warum eigentlich nicht, meinte Maxime, und vielleicht sollten wir, sollte »Combat de coqs 22 juin« den Antrag auf ein Kreuz für Monsieur Papon stellen. Vielleicht würde sich dann etwas tun.

Sie lachten, und dann fragten sie, warum ich den ganzen Abend schweigen würde, was denn mit mir los sei. Da ich nichts antworten konnte, einigten sie sich darauf, ihr kleiner boche sei verliebt und habe Liebeskummer.

Mir war aufgefallen, dass den ganzen Abend nur Algerier in das Restaurant kamen und, außer meinen vier Arbeitgebern, an keinem der Tische Franzosen saßen. Als ich es erwähnte, um überhaupt einmal etwas zu sagen, erkundigte sich Mathéo, welche Zeitung ich denn lese.

Keine. Ich lese keine Zeitung.

Das solltest du aber, Constantin. Du wirst da nicht die Wahrheit finden, aber wenn du erst einmal verstehst, zwischen den Zeilen zu lesen, dann bekommst du es mit. Es braut sich etwas zusammen. Es sind nicht nur »Ereignisse«, wie es in unserer Presse heißt. Hier ereignet sich viel mehr als nur ein »Ereignis«. Der Krieg kommt zurück, Junge. Wir werden noch einiges erleben.

Dann rief er den Wirt an den Tisch. Er duzte sich mit ihm und fragte, wie er, Yasser, die Situation beurteile. Yasser schüttelte bedenklich den Kopf und meinte, dazu wenig sagen zu können, doch dann sprach er doch darüber und erzählte, es gäbe immer wieder Überfälle auf die Algerier hier in Marseille, es sei viel Wut auf beiden Seiten und er wisse nicht, wie lange er seine Gaststätte noch halten könne.

Ihr seht ja, sagte er und wies mit der Hand in seinen Gastraum, nur wenige Gäste. Für die meisten meiner Leute bin ich zu fein und zu teuer, die haben nicht das Geld, hier zu essen. Und die Franzosen kommen nicht mehr. Nicht mehr seit der Krieg am Kippen ist.

Und was denkst du? Wie wird es weitergehen?

Hier? Hier in Frankreich? Vielleicht bringen sie uns auch hier um. Vielleicht killen uns eure Patrioten auch in Frankreich. Die Legion liegt ja gleich nebenan. Wenn mir einer von denen entgegenkommt, wechsle ich beizeiten die Straßenseite. Aber irgendwann, das weiß ich, irgendwann wechsle ich nicht rechtzeitig die Seite. Weil ich sie zu spät bemerke oder weil ich es satthabe, vor ihnen wegzurennen. Irgendwann nämlich, das weiß ich, irgendwann gehe ich ihnen nicht mehr aus dem Weg. Angst habe ich nur um Amina und Djamal, sie sind noch so klein und so naiv. Wenn ihnen etwas zustößt, ich weiß nicht, was ich dann tun werde. Man ist ja auch nur ein Mensch, Mathéo.

Er hatte Tränen in den Augen, die er rasch wegwischte.

Ach was, meinte er dann, reden wir nicht davon. Ihr müsst unbedingt meinen Basbousa kosten, der ist fabelhaft. Basbousa für alle und Kaffee, einverstanden?

Als Yasser mit Tränen in den Augen von sich und seiner Familie erzählte, erinnerte ich mich an Gespräche in der Abendschule. Der letzte Algerier hatte sich dort vor zwei Jahren einschreiben lassen und seitdem gab es keinen Algerier mehr an der Schule, wie mir ein Mitschüler zufrieden erzählte. Auch die Lehrer sprachen nur von den »Ereignissen«, und ich hatte geglaubt, dass sie über die Kämpfe in Algerien sprechen. Vor meiner Wohnung hatte ich gesehen, wie zwei Legionäre eine junge Frau mit einem Kopftuch ohrfeigten. Und ich erinnerte mich an den alten Mann auf der Straßenkreuzung, er war sehr alt und schien sehr gebrechlich zu sein. Er beschimpfte lautstark zwei junge Algerier, und die beiden schauten nur wütend zu Boden, sie sagten und taten nichts, obwohl der schmächtige kleine Mann nicht die geringste Chance gehabt hätte, wenn die beiden auf ihn zugegangen wären und ihn gegriffen hätten. Der Alte war bösartig, seine Stimme überschlug sich, er schrie etwas vom Verrat des Vaterlandes, die beiden Algerier waren wütend und die Passanten sahen gespannt und belustigt zu. Ich spürte die

Verachtung und den Hass, ich verstand es nicht, aber ich wollte nichts damit zu tun haben und beobachtete die Szene nur aus der Ferne.

Kurz vor elf verließ ich das Restaurant, die anderen blieben sitzen und unterhielten sich wieder über die Besatzungszeit und ihre Lagerhaft. Sie sprachen amüsiert und ironisch über diese Jahre und fanden immer wieder einen Grund, laut darüber zu lachen.

Auf dem Heimweg nahm ich mir vor, ihre Einladungen zu den gemeinsamen Abendessen nicht mehr anzunehmen. Alle zwei, drei Monate luden sie mich zu einem ihrer regelmäßigen Treffen dazu und bewirteten mich. Sie behandelten mich, als sei ich einer der Ihren, gleichrangig, gleichgestellt, gleichwertig. Und nur ich wusste, dass ich ihnen nicht glich, dass nichts davon stimmte. Sie wären entsetzt, wenn sie wüssten, wer ich bin. Und sie wären tief enttäuscht, weil ich mich zu ihnen gesetzt, aber ihnen verschwiegen hatte, wer mein Vater war, wer ich eigentlich bin. Und ich sah keine Möglichkeit, es ihnen zu sagen. Dafür war es zu spät. Ich hätte am allerersten Tag, an dem Tag, als ich das Antiquariat von Emanuel Duprais zum ersten Mal betrat, sagen müssen, dass ich der Sohn von Gerhard Müller bin, der Sohn von »Vulkan«, dem Besitzer der Vulcano-Werke, für die er ein betriebseigenes Konzentrationslager bauen ließ. Ein Lager für meine Arbeitgeber, für meine Gastgeber, für meine Freunde. Und das war damals nicht möglich, und heute war es zu spät. Mir blieb nichts anderes übrig, als den Kontakt mit ihnen auf die Arbeit, auf die Übersetzungen zu beschränken und den persönlichen Umgang mit ihnen zu vermeiden. Je länger ich bei ihnen beschäftigt sein würde, desto größer würde die Gefahr, dass sie meine wahre Herkunft erfuhren. Alles Mögliche konnte mich verraten und entlarven. Irgendein amtlicher Brief, ein Dokument über jenen Mann, den sie in Polen zum Tod verurteilt hatten, über meinen Vater, über seine Gerichtsverhandlung. In dem Urteil musste der Name seiner Heimatstadt stehen, und dann würden sie wissen wollen, wieso ich von diesem »Vulkan« nichts gehört habe, wenn ich doch aus derselben Stadt stamme, einer Kleinstadt, wo jeder jeden kennen muss.

Zwei Monate später, ich war mit meiner Arbeit für Emanuel gerade fertig geworden und wollte mich auf den Weg zu Maxime machen, sagte der Antiquar, ich solle noch einen Moment warten, er habe etwas für mich. Und er holte aus seiner Schreibtischlade die Broschüre *Combat de coqs 22 juin* heraus und gab sie mir.

Das ist für dich, Constantin, vielleicht interessiert es dich, sagte er, ich habe das Buch vorgestern bekommen. Zwei Francs hat es nur gekostet, stell dir das vor. Neu hat es zweitausend alte Francs gekostet, jetzt wird es für zwei verramscht. Keiner will mehr davon etwas wissen. Ich hoffe aber, dass es dich interessiert, wir kommen nämlich alle darin vor, Maxime, Gabriel, Mathéo und ich.

Ich habe das Buch schon gelesen. Bei Raphaël, er hat es mir gezeigt und ich habe alles gelesen.

Schön. Dann schenke ich es dir, Constantin, wenn du willst.

Danke, Emanuel. Das freut mich sehr. Das ist eine Ehre für mich.

Eine Ehre? – Nun ja. Aber warte, wenn es für dich eine Ehre ist, dann schreibe ich dir eine Widmung hinein. Ich bin schließlich der Autor des Hefts, das keiner haben will.

Er setzte sich an seinen Schreibtisch, nahm seinen alten Füllfederhalter und schrieb langsam und sorgsam etwas in das aufgeschlagene Buch. Er reichte es mir über den Tisch und ich las: »Für Constantin, für einen Deutschen, der mein Freund wurde«.

Ich hätte ihn in diesem Moment gern umarmt, aber das konnte ich nicht. Mein Vater stand zwischen uns, der Mann, der Emanuels linkes Ohr taub geschlagen hatte.

Ich danke dir, Emanuel. Ich kann dir gar nicht sagen, wie sehr ich dir dafür danke. Ich kann es dir nicht sagen.

Emanuel Duprais sah mich überrascht an. Dann lächelte er und antwortete lediglich: Bis morgen, Constantin.

Marseille gefiel mir nach wie vor. Ich liebte die Stadt, den Hafen, den groben Charme der Leute, und es machte mir nichts aus, ab und zu einem der Legionäre über den Weg zu laufen, auch wenn ich bei ihrem Anblick immer wieder an meinen peinlichen Auftritt in dem Rekrutierungsbüro erinnert wurde. Auf der Abendschule kam ich gut zurecht, ich gehörte zu den Besten der Klasse und hatte in allen Fächern eine Eins oder eine Zwei, sogar in Französisch bekam ich eine Zwei, aber das war wohl mehr als eine Anerkennung von Bernard Legrand gedacht, weil Französisch nicht meine Muttersprache war und ich diese Fremdsprache recht gut beherrschte. Außerdem bemühte er sich, allen von uns gute Noten zu geben und auch bessere, als wir verdient hatten, damit nicht noch einer von uns grußlos verschwindet oder schlechter Leistungen wegen abgehen musste, weil ansonsten der Direktor unsere Klasse verteilt oder aufgelöst hätte.

Die Arbeit für meine vier Chefs machte mir gar keine Mühe mehr, und irgendwann hatte ich den Eindruck, alle Briefe, die mir vorgelegt wurden, schon einmal gelesen und beantwortet zu haben, da sich das Vokabular beständig wiederholte und ich zum Übersetzen nur einen kleinen Wortschatz benötigte. Nach eineinhalb Jahren fragte ich Emanuel, ob er und seine Freunde mich und meine Übersetzungen denn wirklich brauchten oder ob sie mich nur aus Freundschaft oder Mitleid noch immer bezahlten, und er versicherte mir, ich sei ein Glücksfall für sie, und das Geld, das sie mir gaben, mache sich mehr als bezahlt. Trotzdem sagte ich Emanuel und seinen drei Freunden im April, ich würde im Sommer nach Deutschland zurückgehen, meine Mutter hätte sich gemeldet und darum gebeten. Alle vier zeigten dafür Verständnis, wenn sie auch alle bedauerten, dass ich nicht mehr für sie arbeiten würde. Sie wollten wissen, wann ich Marseille verlassen werde, und ich sagte, Ende Juni seien an der Abendschule die Prüfungen für die classe de première, und ich wollte die Schule nicht ohne ein Zeugnis verlassen. Kurz danach luden sie mich wieder zu einem ihrer Freitagabende ein und ich entschuldigte mich und behauptete, dass ich mir den Magen verdorben hatte. Ich wollte nicht bei dem Treffen der Résistance-Kämpfer dabei sein, nur um bei ihnen immerzu an meinen Vater denken zu müssen.

Vierzehn Tage später, im Mai, wurde ich wiederum eingeladen und ich entschuldigte mich mit meinen Vorbereitungen für die Première-Prüfungen. Vermutlich werden sie mich nicht sehr vermisst haben, denn zu ihren Gesprächen konnte ich wenig beitragen und sie luden mich nur ein, weil ich bei ihnen arbeitete und sie sich für mich verantwortlich fühlten.

In den folgenden Wochen hatte ich für die Prüfungen so viel zu tun, weshalb ich mich nur ein einziges Mal mit Raphaël verabreden konnte, und an diesem Abend gingen wir natürlich ins Kino, in sein Kulturhaus in Aubagne, und trafen uns mit Clément, der für uns drei in einer nichtöffentlichen Aufführung die Raubkopie eines, wie er sagte, verbotenen Films zeigte. *Le petit soldat* sei von einem neuen Regisseur gedreht worden, von dem ganz Paris schwärmen würde.

Der kleine Soldat bestand vor allem aus endlosen Monologen, die ich nicht verstand. Für mich war er langweilig, was ich Raphaël und Clément natürlich nicht sagte, da sie von Film und Regisseur begeistert waren. Unklar war mir auch, warum man den Film verboten hatte, aber das hatte wohl wieder mit dem Krieg in Algerien zu tun, jedenfalls verstand ich Clément so, der Raphaël und mir den Film ausführlich erklärte und den Regisseur einen Racine unserer Zeit nannte, der das Kino vom Jahrmarkt zu befreien und in die Philosophie zu überführen suche.

Für die Prüfungen an der Schule ließ ich mir von meinen vier Chefs vierzehn Tage Urlaub geben. Alle in der Klasse bestanden die Bac première, und in der letzten Stunde vor den Sommerferien sagte Bernard Legrand, er bedauere, dass ich im September nicht mehr bei ihnen sei, und dies bedauere er nicht nur, weil der Klasse ein Schüler fehle, sondern weil er meine Sprachbegabung für ungewöhnlich halte. Wohin immer ich nun gehen würde, mit diesem Pfund solle ich weiterwuchern. Der Abschied an der Abendschule war herzlich und kurz.

Zwei Wochen später verabschiedete ich mich von Emanuel, Gabriel, Mathéo und Maxime. Sie hatten mich in das Fischrestaurant in Les Goudes eingeladen, in dem ich vor eineinhalb Jahren zum ersten Mal in ihrer Runde dabei gewesen war. An dem Abend waren sie überaus herzlich und der Abschied fiel auch ihnen schwer, als wir uns vor der Gaststätte für lange Zeit oder für immer trennten. Emanuel fuhr mich in die Innenstadt zurück, er brachte mich bis zum Haus von Madame Durand, zusammen mit einem braunen Lederkoffer, den die vier mir zum Abschied geschenkt hatten, einem sehr schönen, altertümlichen Koffer mit Kupferbeschlägen und zusätzlichen Ledergurten. In den Koffer hatten sie mir noch etwas hineingelegt, aber ich sollte erst daheim nachschauen. Als wir das Haus erreichten, stieg er aus und nahm den Koffer aus dem Auto. Dann umarmte und küsste er mich.

Ich freue mich, dass ich dich kennengelernt habe, sagte er, ich wollte nie wieder einen Deutschen kennenlernen, nie wieder. Aber das war eine Dummheit, und du, Constantin, hast mir die Augen geöffnet. Vielleicht fahre ich sogar noch einmal in meinem Leben nach Deutschland. Aber nur vielleicht. Ich denke, du verstehst das.

Mir stiegen die Tränen in die Augen, ich war gerührt, aber ich wusste, es waren Tränen der Scham, und plötzlich, für mich selbst überraschend, ergriff ich seine Hand und küsste sie. Dann nahm ich den neuen Koffer und rannte ins Haus.

Im Koffer war ein dicker Bildband über Marseille. Alle vier hatten es signiert und wünschten mir Glück. Und im Buch lag ein Briefumschlag mit tausend Francs, mehr als ein Monatslohn, sowie ein Zettel, auf den Emanuel geschrieben hatte: für den Sommer in Frankreich.

Am nächsten Tag packte ich meine Sachen in den Rucksack und in den neuen Koffer. Den Koffer übergab ich Madame Durand. Vor einem Monat hatte ich ihr gesagt, dass ich Marseille verlasse und das Zimmer bei ihr aufgebe, und mit ihr verabredet, mein Gepäck noch für drei Wochen bei ihr unterzustellen, da ich mit Raphaël eine Fahrradtour durch die Cevennen unternehmen wollte.

Pünktlich um zehn klingelte Raphaël an der Haustür

und ich rannte mit meinem Rucksack hinunter, holte mein Fahrrad vom Hinterhof und startete mit ihm zu unserer neuen Tour. Wir hatten geplant, innerhalb von zwei Tagen in den Cevennen zu sein, aber das Wetter war am ersten Tag so schlecht, dass wir zwanzig Kilometer hinter Marseille die Fahrt abbrachen, in einer einsamen Kapelle den schlimmsten Regen abwarteten und erst am späten Abend, als sich nach dem Sonnenuntergang das Wetter beruhigte, unser Zelt aufschlagen konnten. Am nächsten Morgen platterte der Regen auf die Zeltplane und weckte uns. Um die kleine Anhöhe, auf der wir unser Zelt aufgeschlagen hatten, stand das Wasser zentimeterhoch, weshalb wir beschlossen, den ganzen Tag auf den Luftmatratzen liegen zu bleiben. Wir lasen und spielten Karten, aber vor allem unterhielten wir uns. Raphaël wollte von mir wissen, was ich später einmal vorhatte.

Mach was mit Sprachen, sagte er, da bist du unglaublich begabt. Damit kannst du vielleicht später zur UNO gehen. Washington, New York, das könnte mich auch reizen. Oder komm zu uns, wir könnten dann zusammen in Paris studieren. Ich gehe auf die Filmhochschule, auf die École Louis-Lumière, und du gehst auf eine Grande école. Die concours dafür würdest du spielend schaffen.

Wir träumten vor uns hin und entwarfen eine gemeinsame Zukunft. Raphaël würde Filme drehen und eine Zeitschrift für Filmkritik herausgeben, für die nur die besten Leute schreiben würden, und ich reiste als Kommissar internationaler Organisationen durch die Welt, aber zu jeder Uraufführung eines Films von Raphaël würde ich in Paris sein. In allen Städten der Welt wären wir zu Hause, weil wir überall Kontakte und Freunde hätten und weil es nirgends mehr auf der Welt einen kriegerischen Konflikt gäbe, da nach dem Sieg über den Faschismus und dem Ende des Zweiten Weltkriegs kein Volk mehr für einen Krieg zu gewinnen war. Wir würden uns jeder eine Freundin zulegen und irgendwann heiraten, doch wir wollten eine Familie erst gründen, wenn wir es geschafft hatten, also erfolgreich waren. Und wir beide hofften, dass wir wie sein Vater und Emanuel, Maxime und Mathéo lebenslang einen Kreis von Freunden haben würden, die sich regelmäßig sähen, die zusammengehörten und durch nichts zu trennen wären. Und dafür würden wir beide, Raphaël und ich, sorgen.

Zwei Tage später waren wir in den Cevennen und machten Bergtouren mit den Rädern oder wir versteckten sie mit unserem Gepäck unter den Büschen einer Schlucht, um zu Fuß auf die Berge zu steigen. In Ganges bekamen wir ein Quartier in einer Schule, in der eine Klasse aus Lyon untergebracht war, und gingen von dort aus in die Grotte des Demoiselles, ansonsten nutzten wir unser Zelt und fuhren nur alle zwei Tage in eins der Dörfer, um Proviant einzukaufen. Zum Abend wurde es überall menschenleer, und so konnten wir sogar direkt neben Hünengräbern und Steinkreisen zelten, ohne dass uns jemand verjagte oder mit der Polizei drohte.

Am ersten August waren wir zurück in Aubagne. Ich blieb noch zwei Tage im Gästezimmer der Gassners, um mich und meine Kleidung zu waschen. Nach einem großen Abschied von Raphaël und seinen Eltern stieg ich in den Bus nach Marseille, holte von Madame Durand meinen schönen Lederkoffer ab und setzte mich in den Zug nach Paris. Ich wollte Frankreich nicht verlassen, ohne diese Stadt gesehen zu haben.

Schon im Mai hatte ich von Marseille aus in der Jugendherberge »Marc Sangnier« angerufen und mich dort für den August angemeldet. Man hatte mir gesagt, ich könne nur für eine Woche bei ihnen unterkommen, es gäbe einfach zu viele Bewerbungen. In der Jugendherberge war meine Anmeldung nirgends aufzutreiben und ich musste zwei Stunden mit meinem Gepäck auf einer Bank im Flur sitzen, bevor der Chef aus der Stadt zurück war und auf seinem Schreibtisch den Zettel mit meinem Namen fand und ich endlich ein Zimmer und ein Bett zugewiesen bekam.

Mit Frühstück?, fragte er, als er mir die Hausordnung in die Hand drückte.

Ich nickte nur. Ich hatte genügend Geld und konnte es mir leisten. Ich wollte eine Woche Paris genießen wie ein richtiger Tourist. Das bedeutete nicht, das Geld unüberlegt und verschwenderisch auszugeben, aber ich hatte gearbeitet, hatte Geld verdient und damit einen richtigen Urlaub. Am nächsten Morgen fuhr ich mit der Metro zum Eiffelturm und löste ein Ticket, um mir die Stadt von oben zu betrachten. Auf eine Ansichtskarte an Mutter schrieb ich nur wenige Worte: Wir sehen uns bald, Dein Konstantin.

Bis zum Abend bummelte ich jeden Tag durch die Stadt und nahm sogar ein Bateaux-Mouches, um mir Paris von der Seine aus anzusehen. Am Sonntag bestieg ich den Zug nach Versailles und sah mir, inmitten von tausend Touristen, die Schloss- und Parkanlage an. Hier hörte ich zum ersten Mal seit vielen Monaten wieder Leute, die deutsch redeten, was mich zu meiner Überraschung berührte und etwas wie Heimweh aufkommen ließ. Ich ging der deutschen Familie ein Stück weit hinterher, nur um sie sprechen zu hören. Als die Frau bemerkte, dass ich immerzu in ihrer Nähe war, sprach sie leise mit ihrem Mann, der drohend auf mich zukam und böse fragte, wieso ich sie belästige. Ich antwortete ihm auf Französisch, was er nicht verstand, und ging meiner Wege. Das Schönste in Paris waren für mich die drei großen Bahnhöfe. Besonders der Gare du Nord gefiel mir, und zweimal setzte ich mich dort in ein Café, nur um mir das Treiben auf dem Bahnhof anzuschauen. Als ich nach Deutschland abreiste, nahm ich extra einen Nachtzug, der am Samstagabend vom Gare du Nord abfuhr.

Ich hatte mir eine Fahrkarte nach Köln gelöst, weil die Stadt in der Nähe der französischen Grenze lag und mir noch nicht ganz klar war, wohin ich fahren, wo in Deutschland ich in der nächsten Zeit leben würde. Auch was ich machen wollte, wusste ich nicht, aber in Marseille konnte ich nicht länger bleiben. Wegen Emanuel. Oder vielmehr wegen meinem Vater, wegen »Vulkan«. Für den Nachtzug hatte ich mir einen Sitzplatz gekauft. Die Plätze in den Schlaf- und Liegewagen waren sehr viel teurer, und eine Nacht im Sitzen zu schlafen, fiel mir nicht schwer, beim Zelten hatte ich mich abgehärtet. Der Nachtzug war keineswegs überfüllt, ich fand ein Abteil, in dem nur ein Mann saß, ein Deutscher, der nur widerwillig seine Taschen von den Sitzen herunternahm, damit ich mich setzen konnte. Kaum war der Zug abgefahren, verließ er das Abteil und kam wenig später zurück, um sein Gepäck zu holen und grußlos zu verschwinden. Ich hatte das ganze Abteil für mich allein, und nachdem der Schaffner durch den Waggon gegangen war, um die Fahrkarten zu kontrollieren, packte ich aus dem Koffer meine Wäsche heraus und baute mir damit auf einer Sitzbank ein Bett. Ich schlief schnell ein und wurde Stunden später durch die Grenzer geweckt, die nichts zu beanstanden hatten. Nachdem sie verschwunden waren, hatte ich keine Mühe, wieder einzuschlafen, und wachte erst durch die Lautsprecherstimme auf, die die in Kürze bevorstehende Ankunft in Köln meldete.

An einem Bahnhofskiosk kaufte ich mir die Wochenendausgabe einer Kölner Zeitung, setzte ich mich in ein Café gegenüber dem Bahnhof und bestellte ein belegtes Brötchen, ein Stück Kuchen und eine große Tasse Kakao. Am Tisch neben mir saßen zwei ältere Frauen, die sich über ihre Kinder und Enkel beklagten. Ich hielt die Zeitung, als ob ich sie lesen würde, lauschte aber unentwegt auf das, was sie sagten, auf die vertraute und lange vermisste deutsche Sprache, auch wenn sich die beiden alten Tratschweiber in einem heftigen Kölner Dialekt miteinander unterhielten.

Wieder in Deutschland, sagte ich mir immer wieder und wusste nicht, was ich nun beginnen sollte. Mit der mittleren Reife war es möglich, auf ein Gymnasium zu gehen oder wiederum auf eine Abendschule, um dort das Abitur zu machen. Das notwendige Geld könnte ich mir sicherlich wie in Marseille mit Übersetzungen verdienen. Daheim wollte ich nicht mehr leben, mit dieser Kleinstadt hatte ich für alle Zeit abgeschlossen. Das war die Stadt meines Vaters und sie würde es immer bleiben. Die Stadt war für mich verbotenes Gelände. Eine Stadt voller Tretminen, die hochgingen, wenn ich mich dort bewegte. Ich wollte Mutter besuchen, mir ihre Vorwürfe anhören und ihr berichten, dass ich die mittlere Reife gemacht habe, sogar die Première, was ihr gewiss gefallen würde. Ein paar Tage würde ich bei ihr bleiben, sie würde es sicherlich verstehen, dass ich aus der Stadt verschwinden muss. So wie sie den Namen ihres Mannes für sich getilgt hatte und ihren Mädchennamen trug, so wollte ich, nein, so musste ich für mich die ganze Stadt für immer auslöschen.

Ununterbrochen ging ich alle Möglichkeiten durch, die mir offenstanden oder erreichbar waren. Auf dem Weg zum Bus, mit dem ich zum Flughafen Düsseldorf fahren wollte, war ich derart in Gedanken, dass ich zweimal mit meinem Koffer Passanten anstieß und beschimpft wurde. In Bahnhofsnähe hörte ich ununterbrochen Ansagen über die Lautsprecher. Der Zugverkehr nach Berlin sei gestört oder zeitweise unterbrochen, die Züge würden fahren, aber mit weniger Waggons als vorgesehen, und daher würde es zu Beeinträchtigungen kommen. Ein älterer Mann verkaufte laut schreiend ein Extrablatt. Ich ging zu dem Häuschen, in dem Busfahrkarten verkauft wurden, und verlangte ein Ticket für den nächsten Bus zum Flughafen Düsseldorf. Der Bus würde erst in neunzig Minuten abfahren, aber mit meinem schweren Gepäck wollte ich nicht durch die Stadt und setzte mich auf eine der überdachten Bänke und ging wieder alle Möglichkeiten durch, die mir verblieben. Fast hätte ich die Abfahrt meines Busses verpasst, da ich nur mit mir und meinen weiteren Plänen beschäftigt war.

Auf dem Düsseldorfer Flughafen bekam ich problemlos ein Ticket für Berlin, die Maschine war halb leer. Wie mir die Dame am Lufthansa-Schalter erzählte, hätten heute morgen viele Passagiere ihren Flug nach Berlin storniert, alle würden nur aus Berlin herauswollen, wer es vermeiden könne, werde jetzt nicht ausgerechnet in diese Stadt fliegen.

Im Flugzeug wurde über Lautsprecher bekanntgegeben, dass zwar die Interzonengrenze von der ostdeutschen Regierung für den Transitverkehr gesperrt worden sei, der Flugverkehr jedoch in keiner Weise betroffen sei. Eine Stunde später war ich in Tempelhof und nahm den Bus zum Bahnhof Zoo, wo ich meinen Koffer zum Schalter der Gepäckaufbewahrung brachte. Ich kaufte mir die dünne Extraausgabe der *Morgenpost* und setzte mich in ein Café, um schwarz auf weiß zu erfahren, was eigentlich passiert war.

Ostberlin ist abgeriegelt, S- und U-Bahn unterbrochen, stand in dicken Lettern auf der ersten Seite. Das Blatt druckte viele Fotos, auf denen zu sehen war, wie die Grenzpolizisten zusammen mit Volkspolizisten und Angehörigen der Betriebskampfgruppen die Straßen und Gleise zwischen Ostberlin und Westberlin mit Betonpfeilern und Stacheldraht absperrten. Da mittlerweile mehr als drei Millionen Bürger aus der Zone geflohen seien, die Zeitung sprach von einer Abstimmung mit den Füßen, hätte das ostdeutsche Regime die völlige Abriegelung der Ostzone angeordnet, um diesen für das Regime tödlichen Aderlass zu stoppen. Am Tag zuvor, am zwölften August, wären mehr als dreitausend Menschen geflohen, und das seien vor allem junge und gut ausgebildete Leute. Diese personelle und intellektuelle Ausblutung wolle das Regime mit dem Bau einer Mauer zwischen beiden deutschen Staaten beenden. Kein Ostberliner dürfe mehr in den Westen, die Grenzer hätten den Befehl, jeden Versuch eines Grenzübertritts mit der Waffe zu verhindern. Unklar sei, wie weit von diesen Einschränkungen der Freizügigkeit auch die Westdeutschen und Westberliner betroffen seien. Die Zeitung deutete an, die Westmächte würden diesen Eingriff in ihre Befugnisse nicht stillschweigend hinnehmen, sondern die Freiheit der Stadt genauso energisch verteidigen wie in den Zeiten der Blockade und Ulbricht und Moskau die gebührende Antwort erteilen.

Emanuel und seine Freunde kamen mir in den Sinn. Bei einem Essen hatten sie davon gesprochen, über kurz oder lang werde der Eiserne Vorhang zwischen Ost und West nicht mehr allein in den Köpfen sein. Die beiden Lager würden irgendwann auch einen Lagerzaun brauchen, das würde jegliche Lagerordnung schon seit Jahrhunderten verlangen, irgendwann wird der eiserne Vorhang zu einem stabilen und unüberwindlichen Lagerzaun, der Osteuropa von Westeuropa trennt, und sie hofften in diesem Moment, im richtigen Lager zu sitzen. Wenn Emanuel und die Freunde recht haben, dann wird diese Trennung endgültig sein oder sehr lange Zeit dauern, ich werde nie wieder meine Mutter sehen, und der einzige Verwandte, den ich dann noch hätte, wäre mein Onkel Richard, dem ich besser nicht unter die Augen kommen sollte, denn ich hatte ihn belogen und mir von ihm Geld geben lassen für eine Schule, in der ich mich nicht einmal einen Tag hatte sehen lassen. Von Onkel Richard hatte ich nichts zu erwarten, wir waren geschiedene Leute, und das war mir recht, und sein Geld würde ich ihm auch zurückgeben, irgendwann, denn von ihm wollte ich mir nichts schenken lassen, kein Fahrrad und keinen Pfennig.

Nach Marseille konnte ich nicht zurück. Ich hatte meine vier Arbeitgeber und Freunde nie belogen, aber ich hatte ihnen auch nicht die ganze Wahrheit über mich erzählt. Emanuels Buch *Combat de coqs 22 juin* steckte in meinem Koffer, in dem wunderschönen alten Lederkoffer, den sie mir geschenkt hatten, und dieses Buch, in dem es ein Foto von einem Mann gab, der mein Vater war oder es doch sein konnte, machte es mir unmöglich, dorthin zurückzukehren. Diese vier Männer waren für mich wichtig, sie waren Freunde für mich, aber diese Freundschaft war durch meinen Vater vergiftet. Nein, Marseille konnte ich vergessen.

Zu Mutter zurückgehen und daheim eine Lehre anfangen und dort die Abendschule besuchen, wäre eine Möglichkeit, aber dann wären die letzten zwei Jahre umsonst gewesen. Ich war aus Vaters Stadt geflohen und wollte nie wieder dort leben. Mutter zu besuchen hatte ich vor, aber danach müsste ich so schnell wie möglich in eine andere Stadt ziehen. Mutter würde das verstehen. Aber wohin? Wohin konnte ich gehen? Wie lange würde Berlin und der Osten abgesperrt sein? Vielleicht wie damals, bei der Berlin-Blockade, für mehrere Monate? Vielleicht für immer? Mein Bruder war gewiss schon bei Onkel Richard, und Mutter lebte zu Hause ganz allein.

In Frankreich konnte ich nicht bleiben, und auch in England oder Italien, in Polen oder in der Sowjetunion, überall könnte ich auf Leute von der Résistance, auf Partisanen und Widerstandskämpfer stoßen. Ich würde sie kennenlernen, mich mit ihnen anfreunden und müsste dann irgendwann erfahren, dass sie vor zwanzig Jahren auf meinen Vater getroffen waren, den überall gefürchteten »Vulkan«. In jedem Land würde ich auf ihn stoßen, überall war ich der Sohn des SS-Manns »Vulkan«. Das wollte ich mir nicht antun. Und wenn ich in Westdeutschland bliebe, würden mich die Behörden zu dem Onkel nach München schicken oder ihn darüber informieren, dass der Sohn seines Bruders wieder da sei. Vielleicht müsste er als einziger Verwandter alle Kosten für mich übernehmen. Er würde mich zwingen, nach München zu kommen und unter seiner Fuchtel zu leben. Er würde mich zu meinem Vater befragen und nötigen zu sagen, Vater sei ein deutscher Offizier, der nichts als seine Pflicht getan habe. Nein, mit diesem Onkel wollte ich nichts zu tun haben, und keiner sollte mich zwingen können, mit ihm zu leben oder auch nur zu reden. Und außerdem hatte ich Heimweh. In Marseille besaß ich ein großes helles Zimmer, dreimal so groß wie das Zimmer bei Mutter, in dem ich zusammen mit Gunthard leben musste, und dennoch hatte ich Sehnsucht nach diesem kleinen Zimmer mit einem Schlafplatz für mich, Sehnsucht nach meiner Mutter, nach der Heimat.

Noch einen Kaffee?, fragte die Kellnerin.

Nein, ich bezahle.

Ich hatte bisher alles geschafft, ich hatte mich durchgeschlagen mit der Wahrheit, mit Lügen, mit halbwahren Geschichten, ich würde es auch weiterhin schaffen, wie immer ich mich auch entschiede. Ich griff nach meinem Rucksack, den Koffer ließ ich in der Gepäckaufbewahrung, ging in das Wechselbüro, kramte das gesamte Geld aus meinem Brustbeutel heraus, es war ein ansehnliches Bündel von Francs, die ich verdient hatte, und legte es auf den Schalter.

D-Mark?, fragte die Frau unwirsch.

Ja, für fünfzig Francs will ich D-Mark. Für den Rest aber brauche ich Ostgeld, die ostdeutsche Mark.

Ostgeld? Wer braucht denn das noch?, sagte sie verwundert, das wollen doch alle nur noch loswerden. Aber Sie haben Glück, bei Ostgeld kann ich Ihnen einen Kurs anbieten, wie wir ihn in den letzten zehn Jahren nicht hatten.

Sie zählte mein Geld, tippte Zahlen in ihre Rechenmaschine und zahlte mir das Geld aus. Für den Stapel Francs bekam ich ein paar Scheine Westgeld und ein kleines Bündel der ostdeutschen Mark. Die Brusttasche mit den neuen Scheinen beulte das Hemd kaum noch aus. Das Hartgeld und die paar D-Mark-Scheine steckte ich in die Hosentasche und fuhr nach Marienfelde.

Vor dem Eingang des Notaufnahmelagers stand ein Übertragungswagen des Fernsehens, und Reporter mit

Kameras und Mikrofonen warteten vor dem Tor oder sprachen mit Leuten, die hinter dem Zaun im Lager waren. Ein Foto von mir vor dem Tor des Notaufnahmelagers, das war das Letzte, was ich brauchte, und darum schlenderte ich zur Kaiserallee und ging dann einmal um den Block. Auch nach einer Stunde standen sie noch vor dem Tor, und ich schaute mich nach einer Telefonzelle um, suchte die Nummer des Notaufnahmelagers heraus und bat darum, mit Frau Rosenbauer verbunden zu werden.

Frau Rosenbauer hat heute frei. Sie ist erst morgen früh wieder da, sagte die Stimme in der Telefonzentrale.

Und ab wann kann ich Frau Rosenbauer morgen sprechen?, fragte ich, doch man hatte bereits aufgelegt.

Ich fuhr zum Bahnhof zurück und ging zu einer Pension in einer Nebenstraße.

Für zwei Nächte, sagte ich zu der älteren Frau, die mir das Zimmer zeigte, vielleicht werden es drei.

Ich holte meinen Koffer vom Bahnhof ab und brachte ihn in mein Quartier. Dann bummelte ich über den Kurfürstendamm, aß an einer Imbissbude drei Würste und ging anschließend in ein Kino, in ein amerikanisches Musical. Im Kino dachte ich an Raphaël und Clément und daran, was sie sagen würden, wenn sie mich in diesem Unterhaltungsfilm sähen.

Am nächsten Morgen ging ich zur Post im Bahnhof, rief wieder in Marienfelde an und ließ mich mit Frau Rosenbauer verbinden. Sie erinnerte sich an mich und fragte, warum ich anrufe und was sie für mich tun könne.

Ich habe ein Problem, Frau Rosenbauer.

Einen Moment, Konstantin, sagte sie, dann hörte ich sie mit anderen Leuten sprechen, bevor sie sich wieder meldete.

Na, Konstantin, sagte sie, jetzt bist du wohl froh, dass du rechtzeitig zu uns gekommen bist? Seit drei Tagen meldet sich kaum noch einer bei uns. Die Grenze ist dicht und sie beginnen, eine massive Mauer zu bauen. Ich fürchte, diese Grenze wird unüberwindlich sein. – Aber was hast du für ein Problem? Wie kann ich dir helfen?

Mein Problem ist die Mauer. Ich muss zu meiner Mutter zurück.

Zurück? Du willst in die DDR zurück? Jetzt, wo dort keiner mehr rauskommt? Nein, Konstantin, das solltest du dir noch einmal überlegen. Die wissen, dass du abgehauen bist. Wenn du jetzt zurückgehst, stecken sie dich ins Gefängnis.

Ich muss zu meiner Mutter. Ich kann sie nicht alleinlassen. Sie kann nicht zu mir kommen, da muss ich halt zu ihr.

Konstantin, wie stellst du dir das vor? Was denkst du denn, was die mit dir machen werden!

Es ist die letzte Gelegenheit für mich. Wenn wir die Personalausweise tauschen, wenn Sie mir meinen alten DDR-Ausweis zurückgeben, dann gehe ich rüber und sage, ich war nur für ein paar Tage im Westen. Die wissen nicht, dass ich abgehauen bin. Die wissen nicht, wo ich bin, und sie können mir nichts nachweisen, wenn ich mich mit dem alten Ausweis zurückmelde. Ich brauche meinen Ausweis zurück.

Wie stellst du dir das vor? Das ist nicht möglich. Dein alter Ausweis … nein, ich glaube nicht, dass die alten DDR-Ausweise aufgehoben werden. Einen solchen Fall habe ich noch nie gehabt, aber ich will sehen, was ich tun kann. Ruf mich heute Abend an. Vielleicht kann ich dir dann schon etwas sagen.

Danke. Herzlichen Dank.

Schon gut, Konstantin. Aber gib mir vorsichtshalber deine Daten. Geburtsdatum, Adresse und die Nummer des neuen Ausweises oder des Reisepasses.

Ich las ihr alles vor, was in meinem Pass stand, dann verabschiedeten wir uns und ich sagte, dass ich kurz vor fünf nochmals anrufen werde.

Im Bahnhof kaufte ich mir eine Zeitung und setzte mich in das Pressecafé. Auf allen Seiten der Zeitung waren Fotos und Berichte von der entstehenden Grenzbefestigung. Die Alliierten, die westlichen Besatzungsmächte, wurden aufgefordert zu reagieren und dem ostdeutschen Regime eine klare und unmissverständliche Lektion zu erteilen. Die Freiheit und Unabhängigkeit von Westberlin sei gefährdet, die ostdeutsche Bevölkerung der Willkür der Kommunisten preisgegeben. Meine Absicht, in die Heimat zurückzufahren, erschien mir plötzlich waghalsig und verwegen. Was sollte ich tun, wenn dieser Weg zurück sich als eine Sackgasse erwies? Wenn die Tischlerei von Herrn Kretschmar meine Zukunft war? Und es war mehr als fraglich, ob Kretschmar mich überhaupt noch nehmen würde, da ich den Vertrag zur Ausbildung als Tischler unterschrieben hatte, vor zwei Jahren aber nicht bei ihm erschienen war. Aber wenn ich jetzt nicht zurückging, würde ich Mutter vielleicht nie wiedersehen, sie wäre allein, denn Gunthard war vermutlich schon längst abgehauen und bei seinem geliebten Onkel Richard in München.

In einer Bäckerei kaufte ich mir Brötchen und eine Flasche Cola, lief damit zum Landwehrkanal, setzte mich auf eine Bank, aß die Brötchen und überlegte fortwährend, was ich tun sollte. Außer Frau Rosenbauer hatte ich niemanden in der Stadt, mit dem ich mich beraten konnte, und Frau Rosenbauer hatte mir dringend davon abgeraten, zurückzufahren.

Viertel vor fünf rief ich Frau Rosenbauer an, sie sagte, mein ostdeutscher Ausweis sei tatsächlich bei meiner Akte und ihr sei versprochen worden, ihn ihr sofort zu schicken. Sie hoffe, er käme morgen mit der Post.

Wir tun, was wir können, Konstantin, sagte sie zu mir, ich habe es dringlich gemacht. Ruf mich morgen an, nach vierzehn Uhr, dann war auch die zweite Post da. Vielleicht haben wir Glück.

Ich legte den Hörer auf, ging in ein Kino, aß danach an einer Würstchenbude eine Bulette und eine Currywurst und setzte mich danach wieder in ein Kino, weil ich nicht wusste, was ich mit mir anfangen sollte, und nicht unentwegt über mein eigentliches Problem nachdenken wollte.

Am nächsten Tag blieb ich lange im Bett liegen und schaute ungeduldig immer wieder auf meine Armbanduhr. Um zwei rief ich sie an, doch Frau Rosenbauer hatte nichts für mich, in der Post war der Brief mit meinem Ausweis nicht dabei. Geduld, Geduld, sagte sie, gewiss werde sie ihn morgen haben. Danach ging ich zum Bahnhof Zoo, in ein Suppenrestaurant, in dem man sich zu einer Erbsensuppe so viele Brötchen nehmen konnte, wie man wollte. Ich aß eine Erbsensuppe und danach einen Bohneneintopf, verschlang zu jeder Suppe vier oder fünf Brötchen und stopfte mir noch ein paar in die Hosentaschen. Ich schaute mir das Aquarium an und lief zwei Stunden durch den Zoo und am Abend ging ich wieder in ein Kino.

Am nächsten Morgen hatte Frau Rosenbauer mit der ersten Post meinen alten Ausweis bekommen, und als ich erleichtert aufatmete, meinte sie: Freu dich bitte nicht zu früh, Konstantin. Es gibt ein Problem mit deinem Ausweis. Ich glaube nicht, dass du ihn noch benutzen kannst. Wann kannst du hier sein?

Können wir uns irgendwo anders treffen?, fragte ich, ich möchte nicht ins Aufnahmelager kommen. Da sind immerzu Journalisten, und ich möchte nicht von denen gesehen oder gar fotografiert werden.

Ja, du hast recht. Außerdem wissen wir nicht, wer alles von unseren Insassen ein falscher Fuffziger ist und die Gegenseite mit Informationen versorgt. Kannst du um zwölf am Wittenbergplatz sein, am U-Bahnhof? Ich habe mittags einen Termin in der Ansbacher Straße, gleich nebenan. Wir können uns um zwölf treffen, dann habe ich ein paar Minuten Zeit für dich.

Sehr schön. Ich bin um zwölf am Wittenbergplatz. Treffen wir uns auf dem U-Bahn-Steig?

Nein, vor dem großen Eingang des Bahnhofs, da ist eine kleine Grünfläche mit einer Bank, da können wir uns nicht verfehlen. Bis nachher, Konstantin.

Ich legte den Hörer auf, verließ die Telefonzelle und ging in die Pension. Dort bezahlte ich das Quartier und lief mit meinem Koffer und dem Rucksack zum Bahnhof Zoo, kaufte mir dort zwei Zeitungen und setzte mich in den Warteraum, um sie zu lesen. Nach einer Stunde hatte ich heftige Kopfschmerzen, mir war schlecht und ich fürchtete mich übergeben zu müssen. Meine Mutter wollte ich sehen, nichts weiter, aber dazu musste ich in den Osten zurück, und was in den beiden Zeitungen stand, war so beängstigend, dass mein Plan mir grotesk und völlig verrückt erschien. Millionen Ostdeutsche, so hieß es, seien von der Welt abgeschnitten, der Willkür der Machthaber von Moskau und Pankow seien sie wehrlos und verloren ausgeliefert. Die Flüchtlinge der letzten

Tage erzählten glückstrahlend, wie es ihnen gelungen war, kurz vor der überraschenden Totalsperre in die Freiheit zu gelangen. Ein Mann war am zwölften August, vierzehn Stunden bevor die Grenze geschlossen wurde, mit seiner Familie über Potsdam nach Westberlin geflohen, nachdem der behandelnde Arzt ihn über seinen Verdacht eines Hirnaneurysmas unterrichtet hatte und eine umgehende Überweisung in die Leipziger Universitätsklinik für erforderlich hielt. Der Patient hatte eine Flucht nach Westberlin mit seiner Frau und den vier minderjährigen Kindern für den fünfzehnten August geplant. Eine langwierige Operation und eine monatelange Rekonvaleszenz hätte die Pläne seiner zuvor sorgsam geplanten Flucht vernichtet, und er entschloss sich, drei Tage eher als mit seinem Freund in Köln vereinbart das Land zu verlassen, so dass er Stunden vor der Grenzschließung und schwerkrank Westberlin erreichte, nach einer verkürzten und vorläufigen Registrierung in die Virchow-Klinik gebracht wurde, um dort operiert zu werden.

Du bist wahnsinnig, sagte ich zu mir, alle Welt haut ab und du willst zurückgehen. Ich würde gern mit einem Freund darüber sprechen, einem Vertrauten, mit Raphaël oder Emanuel oder auch Gabriel Gassner. Oder mit Ulrich Wegner, den ich in Sandbostel kennengelernt hatte. Doch ich hatte keinen Freund, der einzige Mensch, der mir hier wohlgesinnt war, war diese Frau Rosenbauer, die ich kaum kannte und über die ich nichts wusste.

Nach einer Stunde steckte ich die Zeitungen in einen Mülleimer vor der Wartehalle, öffnete meinen Rucksack und den Koffer und schaute die Papiere durch. Das umgetauschte Geld durfte ich nicht mitnehmen, das war klar, aber bei den anderen Papieren musste ich Blatt für Blatt überlegen, was ich mitnehmen durfte und was nicht. Alle französischen Papiere und das Zertifikat über die bestandene Première-Prüfung legte ich auf den Stapel West, aber Sekunden später zögerte ich. Es war zu entscheiden, welche Geschichte ich an der Grenze erzählen würde, welche Geschichte am glaubwürdigsten war. Vor zwei Jahren war ich abgehauen, und auch wenn die Behörden nichts davon wussten, diese zwei Jahre musste ich irgendwie erklären. Mein ursprünglicher Plan bestand darin, zu erzählen, ich sei vor vier Wochen zu einer Bergwanderung in die Alpen aufgebrochen, habe erst Tage später vom Mauerbau erfahren und sei dann umgehend zurückgekommen. Sie hätten mir diese Lüge nicht nachweisen können, aber sie würden nach den letzten zwei Jahren fragen, und was sollte ich dann sagen? Wo war ich in den zwei Jahren gewesen, wo hatte ich gewohnt, wo gearbeitet? Es war nicht möglich, diese zwei Jahre Marseille einfach unter den Tisch fallen zu lassen, das würden sie nicht glauben, und jede Lüge könnte mit einem einzigen Telefonat auffliegen. Schlimmer noch, jede Lüge, die sie mir nachweisen könnten, würde meine Lage unhaltbarer machen. Ich musste so nah wie möglich an der Wahrheit bleiben, nur von den Notaufnahmelagern Marienfelde und Sandbostel sollte ich besser nichts erzählen. Falls sie mich dort bespitzelt hatten und auch über mein Notaufnahmeverfahren Bescheid wussten, wäre ich angeschmiert, aber wenn ich es ihnen selber erzählte, würde mir das auch nicht helfen. Nein, über Marienfelde und Sandbostel sollte ich kein Wort verlieren und darauf hoffen, dass sie nichts davon erfahren hatten, aber von Marseille wollte ich ihnen alles sagen, alles, bis auf meinen missglückten Versuch, mich bei der Fremdenlegion einzuschreiben.

Deshalb stapelte ich die Papiere erneut, auf dem Weststapel lag der Briefumschlag mit meinem Geld, dem Ostgeld und dem Westgeld, und alle westdeutschen Bescheinigungen, auf dem Oststapel waren alle französischen Papiere, auch die Mietvereinbarung mit Madame Durand und alle Zeugnisse von Bernard Legrand und der Abendschule. Und *Combat de coqs 22 juin*, das Buch von Emanuel. Die Papiere, die ich mitnehmen wollte, verstaute ich in der Innentasche meines Jacketts, den Weststapel steckte ich in einen gebrauchten, großen Umschlag, den ich mit Randstreifen von Briefmarkenbögen zuklebte.

Es war kurz nach elf, ich verschloss Koffer und Rucksack und machte mich auf den Weg zum vereinbarten Treffpunkt. Rund um die Gedächtniskirche und auf der Tauentzienstraße waren so viele Passanten und Touristen, dass ich nur langsam vorankam, aber ich hatte Zeit und stellte den Koffer häufig ab, um mir die Schaufenster anzusehen. Viertel vor zwölf war ich am Wittenbergplatz und setzte mich auf eine Bank zu zwei alten Frauen, die ihre Hunde ausführten und unentwegt über die Angewohnheiten und Lieblingsspeisen ihrer Lieblinge miteinander sprachen. Als Frau Rosenbauer erschien, gingen wir in eine Gaststätte in der Kleiststraße. Sie wollte mir bei meinem Gepäck helfen und mir den Rucksack abnehmen, aber ich sagte ihr, er sei nicht schwer und ich sei daran gewöhnt.

Als die Kellnerin uns die Mittagskarte brachte, sagte sie: Nun bestell dir eine richtige Mahlzeit, Konstantin. Zu der Henkersmahlzeit lade ich dich ein.

Nachdem wir bestellt hatten und die Kellnerin verschwunden war, holte sie meinen alten Ostausweis, ummantelt mit blauem Karton, aus ihrer Tasche und legte ihn vor sich auf den Tisch.

Wie ich dir schon am Telefon sagte, Konstantin, wir haben ein Problem. Ich glaube nicht, dass du mit diesem Ausweis über die Grenze gehen solltest. Nach dem Notaufnahmegesetz musste der Ausweis zeitgleich mit der Ausgabe deines neuen Passes entwertet werden. Er musste gestempelt und gelocht werden, so sind die Bestimmungen. Diesen Ausweis kannst du beim Grenzübergang nicht vorzeigen, sie würden dich sofort verhaften. Ich kann das nicht verantworten, und darum kann ich dir deinen alten Ausweis nicht geben.

Sie schlug meinen Ausweis auf und zeigte ihn mir. Auf der Seite mit meinem Passfoto war ein Loch gestanzt, und ein dicker grüner Stempel lief über mein Foto.

Entsetzt betrachtete ich das beschädigte Personaldokument.

Ich muss zu meiner Mutter, sagte ich tonlos, ich muss zu ihr fahren. Ich kann sie nicht alleinlassen.

Mit diesem Ausweis kommst du nicht zu ihr. Sie stecken dich ins Gefängnis.

Dann fahre ich ohne Ausweis zurück und sage, ich hätte ihn verloren. Oder man hat ihn mir gestohlen.

Glaub nicht, dass die blöd sind. Sie werden dich stundenlang befragen, bis du dich einmal verplapperst. Oder aufgibst. Die sind auf solche Verhöre trainiert.

Sind die anderen Seiten vom Ausweis auch gelocht und gestempelt?

Nein. Nur diese eine. Nur die mit deinem Foto und deinem Namen.

Das ist nur eine halbe Seite, sagte ich, die halbe Seite reiße ich einfach raus. Mir fällt noch eine gute Geschichte ein, die ich denen erzählen kann, wenn sie fragen, was mit meinem Ausweis passiert ist. Ich schaff das, Frau Rosenbauer.

Sie hielt den Ausweis in der Hand und sah mich besorgt an.

Ich weiß nicht, sagte sie dann, ich weiß nicht, Konstantin, ich habe dabei kein gutes Gefühl. Willst du ihnen auch vom Aufnahmelager erzählen, willst du ihnen sagen, dass du bei uns warst?

Nein, will ich nicht. Ich behaupte, ich wollte nie abhauen.

Und was ist, wenn sie es längst wissen? Die haben überall ihre Spione. Wir wissen nicht, wie viele Spitzel sie im Lager hatten und haben, aber wir wissen genau, dass wir stets in ihrem Visier waren. Was machst du, wenn sie es wissen?

Dann haben sie mich. Dann geht es ab in den Knast. – Ich spiele auf Risiko, Frau Rosenbauer.

Langsam und kopfschüttelnd reichte sie mir meinen Ausweis.

So, hier hast du ihn zurück. Und jetzt musst du mir den anderen Ausweis geben, den habe ich abzuliefern. – Ach, Konstantin, ich wünsche dir alles Gute. Hoffentlich bereust du das nicht. Wann willst du gehen? Wann gehst du rüber? Heute noch?

Ja, es ist besser, wenn ich noch heute gehe. Je später ich dort erscheine, desto misstrauischer wird man.

Ich mache mir Sorgen um dich, Konstantin. Gib mir bitte Bescheid. Vielleicht kannst du mir eine Karte schreiben. Hier hast du die Adresse meiner Schwester. Schreib ihr eine Karte und bitte sie, Suse zu grüßen. Suse, so heiße ich, und dann weiß meine Schwester, dass die Karte für mich ist. Ich will dir meine Adresse nicht geben, denn ich denke, meinen Namen hat die Staatssicherheit registriert, weil ich im Notaufnahmelager arbeite. Die haben sehr viel über uns herausbekommen, und da ist es besser, wenn die nicht erfahren, dass du mich kennst.

Ich habe eine Bitte.

Was willst du?

Ich öffnete meinen Koffer, holte den großen braunen Umschlag heraus und legte ihn vor mich auf den Tisch.

Ich kann das nicht mitnehmen und wollte es bei Ihnen lassen. Vielleicht gibt es eine Möglichkeit, es später einmal über die Zonengrenze zu schmuggeln.

Und was ist das?

Sie können die Tüte aufmachen, Sie können nachschauen. Es sind ein paar Papiere, die ich vielleicht irgendwann brauche, und es ist mein Geld, die Francs, die ich mir umgetauscht habe.

Und wie viel ist das?

Hundertzwanzig Westmark und zwölftausendzweihundert Ostmark.

Mein Gott, Junge, du bist ja reich.

Ich habe in Marseille als Übersetzer gearbeitet und mir einiges erspart. Und durch den günstigen Umtauschkurs …

Und das willst du alles mir in die Hand geben? Vertraust du denn mir so sehr? Bring es zu einer Bank, leg es in ein Schließfach.

Ich hoffe, dass Sie mir helfen, Frau Rosenbauer. Das Geld kann ich nicht mitnehmen, das wird beschlagnahmt und ich werde noch wegen einem Zollvergehen bestraft. Und zur Bank bringen, das nützt mir nichts. Wann ich je zurückkommen kann, weiß ich nicht. Vielleicht niemals.

Und was soll ich mit diesem Geld machen? Wie willst du da rankommen?

Ich weiß nicht. Erst einmal abwarten. Vielleicht erscheine ich eines Tages wieder bei Ihnen, ich habe ja die

Adresse Ihrer Schwester. Oder Sie haben irgendwie eine Möglichkeit, es rüberzuschmuggeln. Ich werde mich melden. Ich schicke Ihrer Schwester eine Karte, wenn alles gutgegangen ist. Wenn Ihre Schwester eine Karte von mir bekommt, dann ist alles gutgegangen. Und wenn auf der Karte auch ein Absender steht, dann ist das meine Adresse, dahin könnten Sie den Umschlag mit dem Geld schicken.

Schicken? Ausgeschlossen, wenn ich diesen Umschlag zur Post gebe, dann landet er ganz gewiss irgendwo, aber nicht bei dir.

Aber vielleicht gibt es einen, der nicht kontrolliert wird. Jemand von einer Botschaft.

Ach, Konstantin, worauf habe ich mich nur mit dir eingelassen! Aber gut, ich nehme den Umschlag und verwahre ihn bei mir.

Sie sah mich lange an und sagte nochmals: Du solltest es dir noch einmal gründlich überlegen. Ich sehe dich schon im Gefängnis dort drüben. Ich verstehe das mit deiner Mutter, ich verstehe, dass du sie nicht alleinlassen willst, aber es ist keine gute Idee, Konstantin.

Ich schaffe es, Frau Rosenbauer, ich schaffe es bestimmt, sagte ich.

Als das Essen kam, wollte sie wissen, was ich drüben vorhabe, wie ich mir mein weiteres Leben dort vorstelle. Ich sagte ihr, ich würde versuchen, mein Abitur zu machen, so schnell das geht, ich müsste es wohl auf einer Abendschule machen, weil man mich vor zwei Jahren zur Oberschule nicht zugelassen hatte und man mich gewiss jetzt nicht besser behandeln würde, und danach würde ich gern etwas mit Sprachen studieren, denn ich glaube eine gewisse Begabung für Sprachen zu haben.

Und wenn du es mit dem Abitur nicht schaffst? Wenn

sie dir nicht einmal die Abendschule erlauben und dich nicht zum Studium zulassen? Wir hatten in den letzten Jahren viele junge Leute, die nur deswegen geflohen sind, weil sie aus irgendwelchen Gründen nicht studieren durften. Der Vater hatte den falschen Beruf oder die Eltern hatten eine kleine Firma. Sippenhaft ist drüben üblich. Was sind denn deine Eltern? Was war denn bei dir der Grund, dass du nicht auf die Oberschule gehen konntest?

Mein Vater ist tot. Er starb in Polen, kurz vor Ende des Krieges. Und meine Mutter schlägt sich so durch als Haushaltshilfe.

Und warum durftest du nicht weiter zur Schule gehen?

Mein Vater war Fabrikant. Er besaß eine Reifenfabrik vor dem Krieg. Ich habe ihn nie gesehen, er starb vor meiner Geburt, aber diese Herkunft hängt mir an.

Und da willst du wirklich zurückgehen, Konstantin?

Frau Rosenbauer rief die Kellnerin und bezahlte. Dann fragte sie, ob sie für mich noch einen Eisbecher bestellen dürfe, sie bezahlte ihn und wir verabschiedeten uns.

Du hast Mut, Konstantin. Ich hoffe bald eine Ansichtskarte von dir zu bekommen, sagte sie, hob den zugeklebten Briefumschlag hoch und fügte hinzu, deine Schätze werde ich gut verwahren. Vielleicht kannst du dir das eines Tages selbst abholen.

Wir verabschiedeten uns. Sie reichte mir die Hand, dann zog sie mich plötzlich an sich und umarmte mich.

Hals- und Beinbruch, sagte sie, schüttelte den Kopf und verließ die Gaststätte.

Ich löffelte langsam meinen Eisbecher aus. Bevor auch ich die Gaststätte verließ, öffnete ich nochmals den Koffer und den Rucksack, um ihren Inhalt gründlich zu untersuchen, damit mich nicht ein verräterischer Fetzen überführen könnte. Dann nahm ich meinen alten, entwerteten Ausweis und riss sorgsam die halbe Seite mit der Lochung und dem Stempel heraus. Ich legte dieses Stück Papier mit meinem Passbild in den Aschenbecher und zündete es mit einem Streichholz an. Das Foto qualmte schwärzlich, und die Kellnerin kam an meinen Tisch, griff verärgert nach dem stinkenden Aschenbecher und fragte, ob ich noch etwas wünsche. Ich bestellte ein Bier, doch noch bevor sie den Tisch verlassen hatte, sagte ich, ich hätte keine Zeit mehr, ich müsse aufbrechen. Ich wollte kein Bier trinken, ich wollte jetzt zum Grenzübergang Friedrichstraße fahren und durfte keinen Fehler machen, nicht einen einzigen.

Als ich am Bahnhof Friedrichstraße ausstieg, lief ich langsam in Richtung des auf einem provisorischen Schild angegebenen Ausgangs. Mehrmals stellte ich den Koffer ab und ließ mich von allen anderen überholen. Der Bahnhof wirkte merkwürdig unwirklich. Es liefen Reisende über den Bahnsteig und viele Arbeiter und Grenzposten waren zu sehen, dennoch war es ruhig, fast still, eine drückende, eine niederdrückende Atmosphäre. Keiner rief oder schrie, keiner lachte, die Leute, die sich kannten und unterhielten, sprachen mit gedämpften Stimmen. Ich stellte mich mit meinem Gepäck in die Schlange vor dem Abfertigungsschalter, mir war übel und ich schwitzte.

In Gedanken ging ich noch einmal die Geschichte durch, die ich erzählen wollte, meine lang überlegte, aus Tatsachen und Lügen zusammengeschusterte Geschichte. Vor zwei Jahren sei ich nach Frankreich gegangen, weil ich daheim nicht auf die Oberschule gekommen war und mein Französisch verbessern wollte. Ich sei über das Saarland illegal nach Frankreich eingereist, da ich keinen Pass und kein Visum besaß, und dann per Autostopp bis nach Marseille gefahren. Für Marseille hätte ich mich entschieden, weil die Stadt im Süden liegt und am Mittelmeer. In der Hafenstadt hätte ich für Emanuel und seine Freunde als Übersetzer gearbeitet, bei Madame Durand gewohnt und auf der Abendschule die Première, die mittlere Reife, bestanden. Ursprünglich wollte ich dort auch mein Abitur machen, das Baccalauréat, aber nachdem ich, von einem Ausflug in die französischen Alpen zurückgekommen, von der neuen Grenzsicherung der DDR hörte, wollte ich unbedingt und rasch zurück und bin deswegen nicht mit der Bahn, sondern mit einem Flugzeug nach Berlin geflogen. Ich sei in Marseille zur Flughafenpolizei gegangen, hätte dort offenbart, dass ich ohne Pass und Visum in Frankreich eingereist sei und nun zurückwolle. Die Polizei habe mir mit einer Geldstrafe gedroht und mich eine Nacht in einem Zimmer im Flughafen eingesperrt, doch am nächsten Morgen hätte ich nur eine erhöhte Beförderungsgebühr zu bezahlen, ein Papier über die Rechtmäßigkeit meiner Abschiebung zu unterschreiben gehabt und wäre dann von ihnen in ein Flugzeug nach Berlin-Tempelhof gesteckt worden. Als ich bei der Ankunft meinen DDR-Ausweis und die Papiere der französischen Flughafenpolizei vorlegte, wollten mich die Westberliner Grenzbeamten in Tempelhof in einen Bus stecken, der mich zu einem Flüchtlingslager in Marienfelde bringen sollte. Ich weigerte mich und sagte den Beamten, dass ich ein DDR-Bürger sei und in meine Heimatstadt zurückfahre. Sie wurden wütend. Einer riss eine halbe Seite aus meinem Ausweis und sagte, nun könne ich nicht mehr zurückfahren. Er würde die herausgerissene Seite nach Marienfelde schicken, ich könne sie mir dort abholen oder gleich einen richtigen Pass für das richtige Deutschland. Die französischen Dokumente hätten sie mir ebenfalls abgenommen und nicht wieder ausgehändigt.

Meine Geschichte erschien mir glaubwürdig, in Tempelhof hatte ich mir sogar die Ankunftszeiten von Flugzeugen aus Marseille via Paris herausgesucht, mit denen ich angeblich nach Berlin geflogen war, aber ich wusste, trotz meiner sorgfältigen Planung konnte alles noch schiefgehen. Ich wusste nicht, was ich tun sollte, wenn sie längst darüber informiert waren, dass ich vor zwei Jahren einige Wochen in den Notaufnahmelagern Marienfelde und Sandbostel gelebt hatte und dort meinen Ausweis gegen einen westdeutschen Pass eingetauscht hatte.

Nach einem halbstündigen Warten und langsamem Vorrücken in der Schlange stand ich vor dem Schalter des uniformierten Grenzbeamten. Ich grüßte höflich und legte meinen beschädigten Ausweis auf das schmale Brett vor ihm. Er nahm ihn in die Hand, schlug ihn auf und fragte überrascht: Was soll das?

Im gleichen Moment und noch bevor ich ihm antworten konnte, drückte er einen Klingelknopf, der rechts vor ihm auf dem Brett befestigt war. Er wiederholte die Frage: Was soll das? Das ist kein gültiger Ausweis.

Ich begann, ihm meine zurechtgelegte Geschichte zu erzählen, aber wenige Momente später erschienen zwei Männer in Zivil, ein älterer Mann und ein rothaariger, sehr blasser, der nur wenige Jahre älter als ich sein konnte. Beide trugen ein Parteiabzeichen an den Jacketts. Der Grenzbeamte wies auf mich und reichte den beiden meinen Ausweis.

Folgen Sie uns bitte, sagte der Ältere. Sie drehten sich um und gingen, ohne sich nach mir umzusehen, einen schmalen Seitengang entlang, öffneten die Tür zu einem notdürftig eingerichteten Büro und setzten sich beide hinter den Schreibtisch. Da kein weiterer Stuhl im Zimmer war, musste ich vor ihnen stehen bleiben.

Sie sind Bürger der Deutschen Demokratischen Republik?, fragte der Ältere.

Ja.

Was du uns hier als deinen angeblichen Ausweis vorlegst, das ist eine Unverschämtheit. Du hast ein Personaldokument vernichtet, das ist eine Straftat.

Unvermittelt duzte er mich, er sprach leise, aber seine Stimme verriet seine Empörung. Ich wollte ihm erklären, dass nicht ich der Schuldige war, aber er unterbrach mich sofort.

Zuerst nennst du mir deinen Namen, das Geburtsdatum, Geburtsort, Wohnort.

Ich antwortete ihm und der Rothaarige notierte, was ich sagte. Nachdem ich meine Personalien angegeben hatte, bedeutete der ältere Mann dem jüngeren mit einer Kopfbewegung zu verschwinden. Der junge Mann stand auf und ging zur Tür, die sich in der Wand hinter meinem Rücken befand. Die Tür öffnete er, wie ich aus den Geräuschen schloss, mit einem Schlüssel.

So, und nun möchte ich von dir hören, wieso du mir ein derartig zugerichtetes Dokument vorlegst. Die mutwillige Zerstörung eines Personaldokumentes ist Vernichtung von Staatseigentum. Du wirst mit einer hohen Geldstrafe zu rechnen haben. Also, ich höre.

Ich erzählte ihm, was ich mir zurechtgelegt hatte, und begann mit der Entscheidung der Schulleitung, mich nicht für den Besuch einer weiterführenden Oberschule vorzuschlagen. Der ältere Mann sah mich reglos an, während ich erzählte, gelegentlich notierte er sich etwas, aber auch dabei ließ er mich nicht aus den Augen. Viermal unterbrach er mich und fragte nach, zweimal wurde er laut und fauchte mich an. Ich hatte ihm detailliert zu erzählen, wie ich ohne Pass und Visum die Grenze zu Frankreich überschritten habe, und er verlangte das genaue Datum meines Grenzübertritts. Die Namen und Adressen von Emanuel und seinen Freunden wollte er hören und er fragte nach meinen Helfern und Hintermännern. Ausführlich musste ich ihm meine angebliche Auseinandersetzung mit den Grenzbeamten auf dem Flughafen Tempelhof schildern. Ich hatte ihm alles über die Beamten zu sagen, was ich wusste, und er wollte sogar die Uhrzeit wissen, wann man mir den Pass abgenommen und zerrissen hatte.

Du hast die Republik verraten. Republikflucht, Konstantin Boggosch, da wirst du mit einer Geldstrafe nicht davonkommen. Für dieses Vergehen hat der Gesetzgeber eine mehrjährige Freiheitsstrafe vorgesehen, Boggosch.

Das war keine Republikflucht. Ich durfte nicht zur Oberschule und wollte unbedingt mein Abitur machen. Und ich wollte mein Französisch verbessern. Gute Fremdsprachenkenntnisse sind für unseren Staat doch von Nutzen.

Darüber hast du nicht zu entscheiden. Wenn du in Frankreich deine Französischkenntnisse verbessern solltest, dann hätten wir dich dorthin delegiert, aber du hast illegal die Republik verlassen.

Der Rothaarige war ins Zimmer zurückgekommen, er gab dem Älteren einen Zettel und flüsterte ihm etwas zu, was ich nicht verstand.

Es war keine Republikflucht, wiederholte ich, im Gegenteil, ich bin sofort zurückgekommen, als die Grenze geschlossen wurde. Wenn ich ein Republikflüchtling wäre, dann wäre ich doch nie zurückgekommen, und jetzt schon gar nicht.

Verärgert winkte der Mann ab. Er verlangte, dass ich den Koffer und den Rucksack öffne, und ich hatte den gesamten Inhalt auf den langen, schmalen Tisch an der Wand zu stapeln. Die beiden fassten meine Sachen nicht an, aber manchmal verlangten sie, ich solle ein Kleidungsstück ausschütteln oder wenden. Nachdem ich alles auf den Tisch gepackt hatte, nahm der Rothaarige meinen Koffer und den leeren Rucksack und untersuchte sie, danach forderte er mich auf, mich auszuziehen. Bis auf die Unterhose hatte ich mich zu entkleiden und den Inhalt der Taschen zu leeren.

Zieh dich an. Pack deine Sachen ein, sagte der ältere Mann und stand auf. Er ging mit dem Rothaarigen zur Tür und schloss sie mit einem Schlüssel auf, da sich auf der Innenseite der Tür keine Klinke befand.

Du wartest hier, verstanden, sagte er, ging mit seinem jüngeren Kollegen hinaus und schlug die Tür zu.

Rasch zog ich mich an, packte sorgsam all meine Sachen in den Koffer und den Rucksack und ging in Gedanken das Verhör durch. Es waren mir keine Fehler unterlaufen. Meine Geschichte über den Westberliner Beamten, der meinen Ausweis zerrissen haben soll, war gewiss nicht zu überprüfen. Auch wenn ich es haarklein beschreiben oder vielmehr erfinden musste und sogar eine Uhrzeit angegeben hatte, und wenn sie dort nachfragten, würden sie keine Auskunft erhalten, und selbst wenn die Westberliner Polizei antwortete und meine Angaben bestreiten würde, wäre dies kein glaubwürdiger Beweis. Alles, was ich tun musste, war, bei meiner Darstellung zu bleiben und mich in keinen Widerspruch verwickeln zu lassen.

Mehr als eine Stunde musste ich in dem abgesperrten Raum warten. Gelegentlich öffnete ein uniformierter

Grenzer oder ein Mann in Zivil die Tür, warf schweigend einen Blick auf mich und ließ die Tür ins Schloss fallen.

Es war fünf Minuten nach vier, als der Rothaarige das Zimmer betrat und mich barsch aufforderte, mein Gepäck zu nehmen und mitzukommen. Hinter ihm standen zwei Beamte in Zivil, denen er meinen Ausweis und einige Papiere gab. Einer der beiden sagte zu mir: Folgen Sie, Bürger.

Mit Rucksack und Koffer lief ich den beiden hinterher, der Rothaarige war plötzlich verschwunden. Es ging durch einen Gang mit mehreren Eisentüren, dann stiegen wir ein paar Stufen hinunter und gleich danach eine Treppe hoch, an deren Ende eine Tür war, die einer der beiden Männer aufschloss. Wir standen auf der Straße, rechts konnte ich einen Fluss sehen, das musste die Spree sein. Einer der Männer griff mich am Ärmel, während der andere die Tür verschloss, dann öffneten sie die Tür eines kleines Lieferwagens, eines Barkas-Transporters, und sagten, ich solle einsteigen. Ich hatte kaum Zeit, den Koffer und den Rucksack abzustellen, als sie hinter mir die Tür zuknallten. Es war dunkel in dem Auto, die Fenster waren mit gelbgrüner Farbe übermalt, so dass man nicht hinaussehen konnte, die Fahrerkabine war mit Glasscheiben vom hinteren Teil getrennt, und ein zugezogener Vorhang verhinderte die Sicht auf den Fahrer und die Fahrbahn. In dem Halbdunkel konnte ich einen Mann sehen, der eine Aktentasche an sich presste und schwer atmete.

Als der Barkas losfuhr, fragte der Mann neben mir: Wie hat man dich geschnappt?

Obwohl er sehr leise gesprochen hatte, ertönte augenblicklich die Stimme eines der Männer in der Fahrerkabine: Ruhe! Da hinten herrscht Ruhe!

Man hatte mir nicht gesagt, wohin ich gebracht werde, und da ich nicht erkennen konnte, wohin wir fuhren, lehnte ich mich zurück und ging das Verhör in dem kleinen Büro unter dem Bahnhof Friedrichstraße nochmals durch. Ich war zufrieden, sie konnten mir nichts nachweisen, nichts, was ich nicht selber ihnen gesagt hatte. Ich hatte Beschimpfungen zu erwarten und Belehrungen, sie würden mir vielleicht eine Arbeitsstelle zuweisen, die ich nicht ablehnen durfte, vielleicht würden sie verlangen, dass ich wieder zu Mutter zurückgehe, aber was immer sie sagten und anordneten, sie würden mich nicht aufhalten. Ich hatte bisher alles geschafft, ich würde auch die nächsten Verhöre, Befragungen und Behinderungen überstehen.

Nach einstündiger Fahrt hielt der Wagen. Minutenlang saßen wir in dem verschlossenen Fahrzeug und warteten. Ich hörte Stimmen, verstand aber nicht, was gesagt wurde. Schließlich öffnete ein Polizist die Wagentür, forderte uns auf, auszusteigen, unser Gepäck zu nehmen und ihm in die Aufnahme zu folgen. Ich griff nach meinem Koffer und Rucksack, der Mann, der neben mir gesessen hatte, hatte lediglich eine kleine Tasche bei sich. Wir folgten dem Polizisten in eine Holzbaracke, er wies uns in ein großes Zimmer, in dem mehrere Schultische standen, und befahl uns, Platz zu nehmen. Dann klopfte er an eine Tür, eine Polizistin erschien und warf einen Blick auf uns. Der Polizist salutierte kurz und machte Meldung.

Zwei AE, sagte er.

Sie nickte knapp, kehrte um und kam gleich danach wieder mit Papieren und zwei Kugelschreibern. Sie legte die Bögen vor mir und dem Mann auf den Tisch, gab uns einen Kugelschreiber und forderte uns auf, die Formulare wahrheitsgemäß und vollständig auszufüllen, danach ging sie ins Nachbarzimmer zurück, öffnete von dort aus eine Klappe, so dass nun in der Wand eine Fensterglasscheibe in Kopfhöhe sichtbar wurde, aus der sie einen prüfenden Blick auf uns warf, bevor sie verschwand. Ich nahm die vier Blätter in die Hand, schaute sie mir an und begann sie auszufüllen. Wieder musste ich meine Personalien angeben und meine Geschichte seit dem Ende der Schulzeit aufschreiben. Der andere Mann saß am Fenstertisch rechts von mir, er hatte seine Mappe auf den Tisch gelegt, seine Hände lagen neben den Papieren, ich konnte sehen, dass er sie nicht ausfüllte. Die Tür zum Nachbarzimmer wurde plötzlich aufgerissen, die Polizistin erschien und fauchte den Mann an.

Wieso füllen Sie die Formulare nicht aus? Wenn Sie sich weigern, ist das ein zusätzliches Vergehen, und wir werden Ihr Aufnahmeersuchen ablehnen müssen.

Dat kann ich nich lesen, erwiderte der Mann müde.

Was können Sie nicht lesen? Das kann doch jeder Idiot lesen.

Ich bin eben kein Idiot und kann dat darum nicht lesen.

Wieso können Sie das nicht lesen?

Ganz einfach. Weil ich nicht lesen kann.

Wie? Was soll das heißen? Sie können nicht lesen? Sind Sie Analphabet?

Dat Wort hab ich schon mal gehört, genau dieses Wort. Ich kann dazu nichts sagen. Weiß nich, was das ist.

Das ist einer, der nicht lesen kann.

Na, sach ich doch, Frollein, sach ich doch die ganze Zeit

Die Polizistin schaute den Mann fassungslos und misstrauisch an: Sie können nicht lesen?

Genau so, Chefin, der Mann nickte und drehte sich lächelnd zu mir um, ich habe dat Lesen nie gelernt.

Aber Sie waren doch in einer Schule, oder?

Sicherlich, Frollein. Musste ja sein. Acht lange Jahre lang. Hab es aber nur bis zur Vierten geschafft, weil ich viermal hängengeblieben bin. War halt so.

Die Polizistin sah ihn zweifelnd an, man konnte geradezu sehen, wie sie nachdachte.

Gut, sagte sie schließlich, ich werde sehen, was ich tun kann.

Kopfschüttelnd verließ sie das Zimmer. Der Mann schaute sich wiederum lächelnd nach mir um. Er schien mit sich sehr zufrieden zu sein. Ich beugte mich wieder über die Papiere und schrieb meine zurechtgelegte Geschichte auf. Kurz danach öffnete sich die Tür und ein junges Mädchen in Zivil erschien. Sie sah kurz zu mir, nahm sich einen Stuhl und ging zu dem Mann, der nicht lesen konnte. Sie setzte sich neben ihn, sagte, dass sie seine Personalien aufnehmen werde und er dann alles zu unterschreiben habe.

Sie können doch Ihren Namen schreiben?

Dat möchte wohl sein, erwiderte er vergnügt.

Sie las ihm die Fragen vor und notierte auf dem Formular seine Antworten. Ich bekam mit, dass er seit zwei Jahrzehnten bei der Reichsbahn als Hucker arbeitete, wie er sagte, und sich am Vortag von seinem Freund Rudi hatte verabschieden wollen. Mit diesem Rudi arbeite er seit Jahr und Tag zusammen, aber da Rudi in Neukölln wohne, würde er ihn nun nicht mehr wiedersehen. Rudi würde bei der Reichsbahn in Westberlin arbeiten, und er selbst in Ostberlin, und da habe sich am Vortag bei Rangierarbeiten eine Möglichkeit ergeben, noch einmal rasch bei Rudi vorbeizuschauen. Er habe heute seinen freien

Tag, deswegen sei er gestern nach der Schicht in einem offenen Kohlenwaggon, der ihm sozusagen über den Weg lief, rasch zu Rudi gefahren, damit sie sich vernünftig voneinander verabschieden.

Man weiß doch nicht, ob wir uns in dieser Welt noch einmal wiedersehen. Und es war ein schöner Abschied, würdevoll, Mädchen, hatte Stil. Nichts musste ich bezahlen. Konnte ich auch nicht mit meinem Ostgeld. Hat alles mein Kumpel Rudi bezahlt. Und sogar der Wirt hat mir ein Gedeck spendiert, als er hörte, woher ich komme.

Irgendwann, daran erinnere er sich nicht mehr, seien sie zu Rudi schlafen gegangen, und nach dem Aufstehen, da war es schon Mittag, habe er sich auf den Heimweg gemacht und den Polizisten in der Friedrichstraße alles erzählt. Eine Adresse von Rudi konnte er nicht nennen und sagte nur, Rudi wohne bei seiner Mutter in Neukölln. Die Reichsbahn jedoch habe seine Adresse, denn da arbeite Rudi schon lange, zwar nicht so lange wie er, aber immerhin auch schon an die zwölf Jahre.

Als sie ihn nach beruflichen Qualifikationen fragte, ließ er sich die Frage erklären und sagte dann nach längerem Überlegen: Mädchen, du kannst mir eine gefüllte Hucke oder eine volle Tubbe auf den Rücken schnallen, und ich kann dir aufs Kilo genau das Gewicht angeben. Da vertun sich alle andern bei uns, das schaffe nur ich.

Die junge Frau weigerte sich, diese Mitteilung aufzuschreiben, solche Leistungen seien bei den Qualifikationen nicht gemeint, es gehe vielmehr um berufliche Weiterbildung.

Gibt es etwas, was Sie für die Reichsbahn leisten können, was nicht jeder schafft?

Der Mann sah die junge Frau lange an und sagte schließlich: Ja, da gibt es was. Mein Meister hat es mir gesagt. In einunddreißig Jahren, also 1992, krieg ich Rente. Und wenn ich bis dahin als Hucker durchhalte, mein kleines Frolleinchen, das kriegt nicht jeder hin, da kann man nicht unterm Schreibtisch nur die Beine lang machen, also wenn ich es bis zur Rente schaffe, dann war ich einundfünfzig Jahre durchwegs bei der Bahn. Das hat es in den letzten fünfzehn Jahren nur einmal gegeben, sachte mein Meister. Und dann, Bruno, sachte mein Meister, geht es hoch her. Großer Präsentkorb für dich, eine Uhr, große Rede vom obersten Chef, alles vom Feinsten. Dat schafft nämlich nicht jeder, mein Mädchen.

Als ich alle Formulare ausgefüllt hatte, wiederholte der Mann mehrmals, er sei nicht geflohen und wiedergekommen. Er sei kein AE, wie sie meine, kein Aufnahmeersuchender, er habe sich nur von Rudi verabschiedet, darum habe er auch nur diese kleine Tasche mit dabei und darin sei nur die leere Stullenschachtel vom Vortag. Mit den Flüchtlingen habe er nie was zu tun gehabt, er sei im nächsten Monat seit zwanzig Jahren Hucker bei der Bahn und das wolle er bis zur Rente bleiben. Er sei in der Bänschstraße geboren, wohne dort immer noch, allerdings zwei Häuser weiter als seine Mutter, und aus der Bänschstraße kriege man ihn nur heraus mit den Füßen voran.

Als er energisch dagegen protestierte, als wiedergekehrter Flüchtling eingestuft zu werden, und laut wurde, erschien die Polizistin, hörte sich schweigend die Erklärungen der jungen Frau an und sah sich dann die Papiere des Mannes an.

Sie müssen Ihre Aussagen noch unterschreiben. Soll meine Kollegin Ihnen Ihre Antworten vor der Unterzeichnung vorlesen?

Nö. Is nich nötig. Ich vertraue unserer Volkspolente. Sie machen das schon richtig. Hauptsache, ich bin morgen früh um sechs wieder in Rummelsburg. Um sechs beginnt meine Schicht, und ich habe noch niemals nich einen Tag blaugemacht.

Er ließ sich den Kugelschreiber geben, kritzelte mit erkennbarer Mühe seinen Namen unter das ausgefüllte Formular und reichte es bedeutungsvoll der Polizistin. Sie kam zu mir, fragte, ob ich alles wahrheitsgemäß und vollständig ausgefüllt habe, und ließ sich meine Formulare geben.

Sie warten, sagte sie zu uns, als sie mit der jungen Frau den Raum verließ.

Der Mann sah mich triumphierend an, als wir allein im Zimmer waren.

Mit mir nich, sagte er, ohne mich anzusehen, nich mit Bruno.

Ein paar Minuten später kam der Polizist ins Zimmer und sagte, wir sollten ihm mit dem Gepäck folgen. Er wies jeden von uns in ein Zimmer, meins war sehr klein und nur mit einem Tisch und einer Bank möbliert. Er sagte, ich solle meine sämtlichen Sachen auspacken und auf den Tisch legen, auch den Inhalt meiner Jacke und der Hosentaschen. Wieder musste ich warten, bis mich derselbe Polizist abholte und zu einem Zimmer brachte, in dem eine recht füllige, ältere Frau hinter einem Schreibtisch saß und mich neugierig anstarrte. Sie hatte einen Aktenordner vor sich auf dem Tisch liegen, in dem sie hin und wieder blätterte, reichte mir eine Hand über den Tisch und sagte, sie sei Sachbearbeiterin der Abteilung Inneres des Kreises. Dann fragte sie, ob sie mir etwas zu trinken anbieten könne, sie habe Wasser und eine Kanne heißen Schwarztee, ich dankte und lehnte ab und dann stellte sie mir die gleichen Fragen, die ich an diesem Tag bereits zweimal beantwortet hatte. Als ich ihr das sagte, erwiderte sie lediglich, man würde mich noch häufiger befragen, um mir helfen zu können. Alle hier seien nur dazu da, mir zu helfen, die Polizei, die Abteilung Inneres von Kreis und Bezirk, die Genossen vom Ministerium des Inneren, sie alle bemühten sich, mir weiterzuhelfen, und dazu müssen sie natürlich wissen, wer ich bin und was ich kann und was ich vorhabe, damit sie dann die richtigen Entscheidungen für mich treffen. Sie war sehr dick und vielleicht sechzig Jahre alt und sie roch merkwürdig, so wie sehr alte Leute.

Was immer sie zu mir sagte, ich nickte dankbar und zeigte mich bemüht, jede ihrer Fragen willig zu beantworten, achtete aber vor allem darauf, dass sich keine Antwort allzu sehr von einer früheren unterscheidet, möglichst genau wollte ich immer das Gleiche sagen.

Vermutlich wurde der andere Mann, dieser Bruno, in einem benachbarten Zimmer von einer Kollegin oder einem Kollegen dieser Sachbearbeiterin befragt. Er würde wiederum seine Geschichte erzählen, würde sagen, er könne nicht lesen und schreiben und habe sich von seinem Freund Rudi verabschieden wollen. Vielleicht war er gar nicht so dumm, wie ich anfangs dachte, vielleicht war er gar kein Analphabet, sondern spielte es den Beamten nur vor, das würde sein triumphierendes Grinsen erklären, mit dem er mich nach ihrem Verschwinden angeschaut hatte. Jederzeit könnte er später behaupten, er habe das von ihm Unterzeichnete nie gesagt, man habe ihn missverstanden und er hätte es unterschrieben, da er es nicht lesen konnte und nicht wusste, worunter er seine Unterschrift setzt. Vielleicht war Bruno ein Schlitzohr und hatte sich etwas ausgedacht, wie er diese Überprüfungen schneller als alle anderen hinter sich bringt. Energisch war er nur geworden, als man ihn als Aufnahmeersuchenden registrieren wollte, da hatte er heftig protestiert. Er legte Wert darauf, kein Flüchtling zu sein, der reumütig zurückkehrt, sondern nur jemand, der sich nach dem Mauerbau lediglich von seinem alten Freund verabschieden wollte. Er war nicht geflohen, er war nicht abgehauen und hatte nicht die Republik verraten, wie der Polizist uns vorgehalten hatte, er war nur zu einem kurzen Besuch bei Rudi aufgebrochen und danach umgehend zurückgekehrt, um bei Schichtbeginn pünktlich auf seiner Arbeitsstelle zu sein.

Wollen Sie nicht darauf antworten oder können Sie es nicht, Herr Boggosch?

Natürlich will ich darauf antworten. Ich habe es schon mehrfach gesagt, ich bin kein Republikflüchtling. Ich wollte nur mein Abitur machen, und das durfte ich hier nicht. Ich habe meinen Ausweis behalten, ich wollte keine andere Staatsbürgerschaft, und ich bin zurückgekehrt, als die Grenze mit der Mauer geschlossen wurde. Ich bin sofort zurückgekehrt, das beweist doch, dass ich nicht fliehen wollte. Nur mein Abitur, das wollte ich, und ich wäre nie gegangen, wenn man mich zur Oberschule zugelassen hätte.

Die Abendschule hätten Sie auch bei uns besuchen können, dafür hätten Sie nicht illegal über die Staatsgrenze gehen müssen.

Ich hatte gehofft, in Frankreich auf eine Tagesschule gehen zu können. Und außerdem wollte ich mein Französisch verbessern.

Ja, das haben Sie nun schon alles drei Mal erzählt. Da kommen wir nicht weiter. Aber wir sind noch nicht zu Ende. Ich brauche die ganze Wahrheit, Herr Boggosch, wenn ich Ihnen helfen soll. Haben Sie noch Fragen? Ansonsten gehen Sie jetzt zum Hausmeister, der wird Ihnen Ihre Zimmernummer geben. Wir sehen uns morgen oder übermorgen wieder.

Eine Frage habe ich. Ich würde gern mit meiner Mutter sprechen. Ist das möglich?

Ihre Mutter haben wir bereits unterrichtet. Wenn Sie Aufnahmelager und Quarantäne hinter sich haben, werden Sie auch zu Ihrer Mutter fahren können.

Wo bin ich hier eigentlich? Sind wir noch in Berlin?

Nein, das ist das Aufnahmeheim Fürstenwalde. Wurde Ihnen das nicht mitgeteilt?

Nein. Und warum soll ich in Quarantäne? Ich bin nicht krank, ich bin kerngesund.

Ja, das denke ich auch. Und das wird Ihnen dort bestätigt. Sie bekommen es dann schriftlich, dass Sie kerngesund sind.

Ich habe Hunger. Ich habe seit dem Frühstück nichts gegessen.

Sie sah auf ihre Armbanduhr.

Nun, die Essenszeit ist vorbei, das Abendessen gibt es zwischen siebzehn Uhr und siebzehn Uhr dreißig, aber sprechen Sie mit dem Hausmeister. Er wird Ihnen etwas geben. Eine gute erste Nacht in der Heimat.

Sie erhob sich umständlich, wobei sie sich mit den Armen auf dem Tisch abstützte, und ich sah erst jetzt, dass ihr Unterkörper, der Hintern und die Beine monströs dick waren.

Und wo finde ich den Hausmeister?, fragte ich.

Man wird Sie hinbringen. Hier werden Sie überallhin begleitet, damit Sie uns nicht wieder verloren gehen, junger Mann.

Mir wurde ein Bett in einem Sechs-Mann-Zimmer zugewiesen, in dem sich vier Männer aufhielten, einer saß auf einem Bett, die drei anderen um den kleinen Tisch vor dem Fenster. Ich stellte mich vor, nannte meinen Namen, der Mann auf dem Bett murmelte etwas, die anderen schauten kurz zu mir und widmeten sich dann weiter ihrem Kartenspiel. Zwei der oberen Betten waren nicht bezogen, bei beiden lag Bettwäsche auf der Matratze, ich stellte mein Gepäck ab, bezog die Matratze mit einem ausgewaschenen, bunt bedruckten Laken und stopfte das Kissen und die Wolldecke in die Bezüge. Da ich mein Gepäck nirgends abgeben konnte, der Hausmeister sagte, ich habe es ins Zimmer zu stellen, er habe keinen abschließbaren Raum, aber im Lager sei noch nie etwas weggekommen, schob ich Koffer und Rucksack unter ein Bett, nahm die Papiertüte mit meiner Verpflegung, die mir eine Küchenfrau gegeben hatte, und ging auf das Hofgelände hinter dem Haus.

Ich blieb eine Woche in dem Lager in Fürstenwalde. Bruno, den Mann, mit dem zusammen ich ins Aufnahmeheim gebracht worden war, sah ich nur noch einmal am nächsten Tag beim Frühstück. Wieder schaute er mich beim Vorbeigehen triumphierend an, als habe er es schlauer angestellt als alle anderen, und da ich ihn nie wiedersah, könnte es sein, dass er an einem einzigen Tag alles durchlaufen und überstanden hatte und wieder als Hucker bei der Reichsbahn in Rummelsburg arbeitete. Ich hatte in dem Lager noch sechs Gespräche mit Leuten, die sich mir nicht vorstellten oder lediglich sagten, sie seien Vertreter der Abteilung Inneres. Die Fragen wiederholten sich, meine Antworten ebenso.

Am Morgen nach meiner Ankunft hatte ich um neun Uhr meinen ersten Termin. In dem auf meinem Laufzettel angegebenen Zimmer saß ein Mann, der in einem Aktenordner las und ohne aufzuschauen mich mit einer Handbewegung aufforderte, Platz zu nehmen. Er war vielleicht vierzig Jahre alt, hatte aber schlohweißes Haar, sein rechtes Auge tränte fortwährend und er betupfte es ständig mit einem Taschentuch. Als er von seiner Akte aufsah, fragte er: Boggosch?

Ja, Konstantin Boggosch.

Und ich bin Sachbearbeiter der Abteilung Inneres, und du wirst mir jetzt einiges zu erzählen haben.

Er tippte auf den dicken Ordner und behauptete, dort stehe alles über mich drin, dort seien all meine Treffen und Gespräche protokolliert, in der Akte stünden Informationen über mich, von denen selbst ich nichts wüsste. Er wolle mir vertrauen können und darum solle ich ihm offen und freimütig von meiner Flucht vor zwei Jahren erzählen und ihm genau berichten, wo ich überall gewesen war, wo ich gewohnt und wovon ich gelebt und wen ich getroffen hatte.

Es steht alles in der Akte, sagte er, aber ich möchte es von dir hören.

Ich nickte und erteilte ihm jede erwünschte Auskunft. Da ich nichts sagte, was ihn interessierte, klappte er nach einer Stunde die Akte zu und starrte mich längere Zeit schweigend an.

Du bist doch ein ganz schlauer Junge, nicht wahr, sagte er schließlich, da kennst du dich auch sicher mit Abkürzungen aus. Wenn ich zum Beispiel sage CIA oder SDECE oder BND, weißt du, wovon ich dann spreche?

So ungefähr, erwiderte ich, ich glaube, das sind Geheimdienste.

Richtig, sehr richtig. Und nun sage mir, mit wem von diesen drei Agentenzentralen hast du geredet? Wer hat dich angesprochen? Welche Aufträge wurden dir erteilt?

Was haben sie dir versprochen? Ich will von dir hören, was ich ohnehin weiß, weil es hier drinsteht.

Er pochte mehrmals auf die geschlossene, dicke Akte und sagte, da ich ihm offenbar nichts erzählen wolle, er würde unser Gespräch vorerst und für heute beenden, um mir Zeit zu geben, darüber nachzudenken, ob ich meine Lage nicht mit etwas mehr Ehrlichkeit und Offenheit verbessern wolle.

Du kannst gehen, sagte er, aber wir sehen uns noch. Ich habe viel Zeit, Junge.

Bereits am zweiten Tag hatten sie ihre Akten vervollständigt und wussten genau, wer mein Vater war.

Ja, sagte der ältere Mann, der sich bei unserem ersten Gespräch als Sachbearbeiter der Abteilung Inneres vorgestellt hatte, ja, natürlich, dein Vater besaß das Vulcano-Werk, ich weiß. Wir wissen aber noch sehr viel mehr über deinen Vater. Willst du darüber nicht sprechen, Boggosch? Wieso heißt du eigentlich Boggosch? Dein richtiger Name ist doch Müller. Dein Vater ist Gerhard Müller.

Meine Mutter hat nach dem Krieg ihren Mädchennamen wieder angenommen, und mein Bruder und ich haben auch diesen Namen bekommen. Mutter wollte nichts mit ihrem früheren Ehemann zu tun haben.

Sie hat zwei Kinder von ihm. Das ist etwas mehr als nichts, denke ich. Willst du mir etwas über ihn erzählen, über deinen Vater?

Er ist tot.

Ja, er wurde zum Tode verurteilt und gehenkt. Was denkst du darüber? Wurde dein Vater zu Recht zum Tode verurteilt und aufgehängt?

Ich sah ihn an und schwieg. Er stand auf und lief hinkend um den Schreibtisch, sein rechtes Bein zog er nach.

Müller, sagte er, als er hinter mir stand, Gerhard Müller, einer der schlimmsten Kriegsverbrecher. Eine Bestie war er. Und du erzählst mir, du bist nicht auf die Oberschule gekommen, weil dein Vater vor dem Krieg eine Fabrik besessen hat. Nein, Boggosch. Weil dein Vater ein verurteilter Kriegsverbrecher ist, darum wollte man dich nicht. Und nun noch einmal, Boggosch: Wurde dein Vater zu Recht zum Tode verurteilt und aufgehängt, was meinst du?

Der Mann, der mein Vater war, wurde drei Monate vor meiner Geburt zum Tode verurteilt. Ich habe ihn nie gesehen und ich habe nichts mit ihm zu tun. Was ich über ihn weiß, habe ich von meiner Mutter erfahren und von den Leuten daheim, und nach all dem, was man mir erzählte, wurde er zu Recht verurteilt.

Na also, da kommen wir endlich ein Stück weiter. Und nun sag uns, warum du vor zwei Jahren abgehauen bist. Mit wem hast du dich in Frankreich getroffen? Alte Kameraden von Papa? Untergetauchte Nazis?

Er humpelte wieder zu seinem Stuhl hinter dem Schreibtisch, tupfte sein Auge trocken und starrte mich höhnisch an.

Ich habe Ihnen alles erzählt. Ich habe in Marseille für vier Widerstandskämpfer gearbeitet, für Leute der Résistance, die in deutschen Konzentrationslagern eingesperrt waren. Das waren keine Nazis, im Gegenteil. Als ich hier ankam, wurde auch mein Buch *Combat de coqs 22 juin* beschlagnahmt. Schauen Sie da nach. Da drinnen sind meine Freunde, für die habe ich gearbeitet. Emanuel Duprais, Maxime Leprêtre, Mathéo Nicolas, Gabriel Gassner, sie stehen alle in dem Buch drin. Sie waren in der Résistance, sie haben gegen die Nazis gekämpft. Gegen Leute wie Gerhard Müller, von dem es in dem Buch ein Foto gibt, da heißt er »Vulkan«.

Und diese Leute aus dem Widerstand, die wollten unbedingt den Sohn eines SS-Mannes als Übersetzer? Den Sohn eines der schlimmsten Nazibestien?

Ja, weil ich nichts mit ihm zu tun habe. Weil ich ihn nicht kenne. Weil ich ihn nie gesehen habe.

Schrei hier nicht rum, Junge. Damit verbesserst du deine Lage nicht.

Ich hatte nicht geschrien, aber ich war wohl laut geworden. Es brachte mich zur Verzweiflung, weil schon wieder mein gefürchteter, mein gehasster Vater vor mir stand und alles vernichtete, was ich mir aufzubauen suchte.

Entschuldigen Sie, ich weiß, dass mein Vater ein Kriegsverbrecher war, ich weiß es und es bedrückt mich. Was soll ich tun? Sagen Sie es mir bitte. Ich habe mit diesem Mann nichts zu tun und habe ihn nie gesehen. Meine Mutter hat sogar seinen Namen abgelegt und dafür gesorgt, dass auch mein Bruder und ich nicht diesen Namen tragen müssen. Aber seit meiner Schulzeit wird mir dieser Mann vorgehalten. Aber ich bin ein anderer, ich bin Konstantin Boggosch. Warum soll ich immerzu der Sohn von diesem Gerhard Müller sein? Ich bin es nicht. Dieser Mann ist hingerichtet worden, er wurde gehenkt, zu Recht, aber ich heiße Boggosch. Konstantin Boggosch. Und ich habe nichts mit ihm zu tun.

Nun, mein Junge, das ist eben nicht ganz wahr …

Ich habe Ihnen die Wahrheit gesagt. Weil ich das Abitur machen wollte, nur darum bin ich abgehauen, aber ich bin auch gegangen, weil ich nicht alle naselang mit diesem SS-Mann Müller zusammengebracht werden wollte. Und ich dachte, in einem anderen Land, in einem Land, wo man noch nie etwas von ihm gehört hat, könnte ich endlich ich selbst sein und nicht immerzu nur der Sohn eines Verbrechers.

Er sah mich an, erwiderte aber nichts, sondern beugte sich über die Akte und begann zu schreiben. Er schrieb langsam, er schien mit dem Schreiben Mühe zu haben. Nach einer Zeit unterbrach er sich und sah auf.

Du kannst jetzt gehen, Boggosch. Ich habe im Moment keine Fragen, aber das heißt nicht, dass wir miteinander schon fertig sind. Das sind wir noch lange nicht, Boggosch.

Ich ging in mein Zimmer und legte mich auf das Bett. Nach dem Gespräch wurde ich zur Gartenarbeit erwartet, aber ich benötigte eine Ruhepause. Wieder war ich auf meinen Vater gestoßen, er war erneut aufgetaucht, um mich zu seinem Sohn zu machen. Zum Sohn des SS-Mannes, des Kriegsverbrechers, des Gehenkten. Ich war von zu Hause abgehauen, hatte Deutschland verlassen, hatte mich in Marseille verkrochen, aber nichts hatte geholfen, überall traf ich auf ihn, und wenige Tage nachdem ich zurückgekehrt war, zurückkehren musste, damit ich nicht auch noch für Emanuel zum Sohn des »Vulkans« wurde, erschien er schon wieder, um über mich zu bestimmen.

Es gab jeden Tag Gespräche oder vielmehr Verhöre. Mindestens zweimal am Tag hatte ich für eine halbe Stunde oder auch nur für zehn Minuten in einem Zimmer zu erscheinen und irgendwelche Fragen zu beantworten. Nach drei Tagen wiederholten sich alle Fragen, und ich erzählte unentwegt und jedem die gleiche Geschichte, sagte, dass ich nicht geflohen sei, sondern lediglich nach Frankreich gegangen war, um mein Französisch zu verbessern und das Abitur zu machen, was mir daheim verwehrt wurde, weil mein Vater früher eine Fabrik besessen hatte.

Der Mann mit den weißen Haaren und dem tränenden

Auge, der sich mir nicht vorgestellt hatte oder lediglich als Sachbearbeiter der Abteilung Inneres, hatte mich geduzt. Die Polizisten und die Beamten, die sich mir als Vertreter des Ministeriums des Inneren vorstellten, duzten mich alle, die Angestellten von Kreis und Bezirk dagegen sprachen mich durchwegs mit Sie an. Ich wusste nicht, was dieser Unterschied bedeutete, aber er erleichterte es mir, die Leute einzuordnen, bei denen ich zu erscheinen hatte, um ihre Fragen zu beantworten.

Wie in Marienfelde gab es auch hier einen Laufzettel, auf dem notiert war, wo man sich um welche Uhrzeit einzufinden hatte. Das Essen ähnelte gleichfalls dem vom Notaufnahmelager in Westberlin, nur Gemüse und Obst unterschieden sich, mit Appetit war es nicht zu essen, nur mit Hunger. Selbst die Essenszeiten waren gleich, als hätten sich die Lagerleitungen abgesprochen. Auch hier gab es beständig Lautsprecheransagen, wir wurden schon frühmorgens von diesen Blechstimmen geweckt. Ich fragte mich, ob anderen Leuten die Ähnlichkeit aufgefallen war, denn ich war sicher, dass einige der Insassen, der Aufnahmeersuchenden, wie wir hier genannt wurden, irgendwann einmal in Marienfelde gewesen waren oder in einem anderen Lager in Westdeutschland, auch wenn ich keinen von ihnen wiedererkannte. Dass einer von ihnen mich ansprechen oder beim Heimleiter melden würde, befürchtete ich nicht, denn ich war zwei Jahre älter als damals und hatte mich so sehr verändert, dass selbst meine Mutter staunen würde.

Im Unterschied zu Marienfelde konnten und sollten wir in diesem Heim arbeiten. Als ich gefragt wurde, was ich tun könne, bot ich ihnen an, Übersetzungen für sie zu machen, aber dafür gab es keinen Bedarf, und so half ich im Garten, wo mir gesagt wurde, wie ich die Bäume zu beschneiden und das abgemähte Gras mit dem Gehölzschnitt zu vermischen und auf den Kompost zu bringen hatte. Und fast an jedem Abend gab es hier ein Programm im Kultursaal, bei dem die Anwesenheit aller Aufnahmeersuchenden erwünscht war, wie uns über die Lautsprecher mitgeteilt wurde. An einem Abend hörte ich einen Vortrag über die Rechtsordnung in beiden deutschen Staaten, und zwei Tage später wurden uns Dias über die Aufbauleistungen in der Nachkriegszeit gezeigt, Bilder von neuen Sporthallen und Kulturhäusern und restaurierten Theatern.

Und noch ein Unterschied fiel mir nach ein paar Tagen auf. In Marienfelde wohnten Leute jeden Alters, Junge und Alte, Kinder und Greise, hier dagegen war ich der einzige Jugendliche, und alte Leute, sehr alte Leute waren auch nicht zu sehen. Der Grund dafür war mir nicht klar, aber ich konnte keinen fragen und schon gar nicht einen der Mitarbeiter, die mich verhörten, denn dann hätte ich gestehen müssen, dass ich in einem westlichen Aufnahmelager gewesen war, und dann wäre die Straftat Republikflucht, die ich fortwährend und bei jedem Verhör bestritt, erwiesen.

Wie in Marienfelde sprachen die Leute nicht miteinander. Damals wurden wir beständig über Lautsprecher und Aushänge vor Spionen der anderen Seite gewarnt, und in den Gesprächen und Verhören wurden wir eindringlich ermahnt, mit keinem über uns selbst und unsere Pläne zu sprechen. In Fürstenwalde gab es diese Warnungen nicht, doch auch hier sprachen alle gedämpft mit den Angehörigen und vermieden es, sich mit Unbekannten zu unterhalten, so dass ich in den acht Tagen, die ich dort zu verbringen hatte, nur mit den Sachbearbeitern der Abteilung Inneres und den Polizisten und Beamten vom

Ministerium des Inneren ins Gespräch kam, wobei diese Gespräche nach Vorladung eigentlich Verhöre waren, mit denen man die Einschleusung von feindlichen Agenten verhindern wollte.

Nach genau einer Woche wurde mir frühmorgens mitgeteilt, dass ich im Verlauf des Vormittags in ein Quarantänelager bei Frankfurt an der Oder überführt werde und nach dem Frühstück meine Sachen zu packen und mich bei drei Sachbearbeitern abzumelden habe. Einer von ihnen hatte die Sachen verwahrt, die man mir bei der Ankunft abgenommen hatte, und händigte sie mir aus, auch mein Buch von Emanuel, das *Combat de coqs 22 juin*, war dabei.

Vierzehn Tage bis drei Wochen sei die übliche Zeit im Aufnahmelager, hatte es geheißen, und da ich bereits nach sieben Tagen verschwinden konnte, durfte ich das als einen kleinen Sieg für mich verbuchen. Vermutlich hatten sie es aufgegeben, von mir etwas zu erfahren.

Im Quarantänelager machte ich mich auf langwierige medizinische Untersuchungen gefasst, aber der einzige Arzt, bei dem ich mich vorstellen musste, schaute mir nur kurz in den Mund, in die Ohren und leuchtete in die Augen, dann schickte er mich zur Schwester, die mir Blut abnahm und eine Urinprobe haben wollte. Ein Mann, der sich mir als »Medizinischer Dienst« vorstellte, nahm nochmals meine Personalien auf und teilte mich dann zur Küchenarbeit ein. Da er mich duzte, gehörte er für mich zu den Leuten von der Abteilung Inneres und der Polizei.

Ein Tischnachbar erzählte mir am zweiten Tag, er lebe bereits acht Wochen im Quarantänelager, als sei er schwer krank, doch in Wahrheit würden die Leute von der Abteilung Inneres ihm einfach nicht glauben. Er sei fünf Jahre im Westen gewesen, habe immer gutes Geld verdient, mehr als je zuvor in seinem Leben, und darum verstünden sie einfach nicht, wieso er zurückgekommen sei. Sie halten ihn für einen Spion, doch er wolle nur nach Thüringen zurück, er könne woanders einfach nicht leben, er habe es in Bayern versucht und zwei Jahre in Husum, aber er brauche den Thüringer Wald.

Ich weiß nicht, wie das hier weitergehen soll. Kann sein, sie schieben mich ab und ich muss zurück, aber da haben sie sich geschnitten. Ich habe ihnen gesagt, ich gehe nicht zurück, da müssen sie sich etwas anderes einfallen lassen. Ich nehme jede Arbeit an, ich bin mir für nichts zu schade, aber es muss Thüringen sein.

Sie sind schon zwei Monate hier?

Ja, ich bin hier der Dienstälteste. Mal sehen, wie lang du hier bleiben musst, aber unter vierzehn Tagen kommt hier keiner weg.

Am nächsten Morgen hatte ich nach dem Frühstück nochmals beim »Medizinischen Dienst« zu erscheinen. Der Mann sagte, bei mir sei alles geklärt, und da ich die Adresse meiner Mutter als meinen festen Wohnsitz angeben konnte, könnte man mich aus der Quarantäne entlassen. Er händigte mir ein vorläufiges Personaldokument aus und einen Freifahrschein für die Reichsbahn und er wünschte mir für mein weiteres Leben alles Gute.

Ich kann nach Hause fahren?

Ja, habe ich doch gesagt. Du musst dich daheim gleich im Rathaus anmelden und bei der Polizei, den Ausweis bekommst du in sechs bis acht Wochen, so lange ist das vorläufige Personaldokument gültig, allerdings nur innerhalb des Bezirks. Das heißt, du solltest nicht allzu weit herumfahren, das könnte dir Ärger einbringen. Und du musst schnellstens eine Arbeit aufnehmen, ich denke, auch darüber haben sie dich aufgeklärt. Arbeitsscheue Elemente brauchen wir nicht. In so einem Fall wird das Aufnahmeverfahren nochmals aufgenommen und dann abschlägig beschieden. Du wirst hinausexpediert oder die Behörde entscheidet sich bei dir für eine Arbeitserziehungsmaßnahme, was nicht angenehm sein soll, aber wirksam, wie ich hörte. So, und nun pack deine Sachen und fahr zu deiner Mama. Oder gibt es noch Fragen?

Mittags war ich daheim. Nach zwei Jahren war ich wieder zu Hause. Ich lief mit meinem Gepäck vom Bahnhof in die Stadt, schleppte den Koffer durch die Bahnhofstraße, am Müllertor vorbei und am Rathaus. Mit hochrotem Gesicht stürzte ein Mann aus dem Rathaus, eilte die Eingangstreppe hinab und hätte mich fast umgerannt. Es war Herr Kretschmar, der Tischler, bei dem ich einst einen Lehrvertrag unterzeichnet hatte und der mich nicht erkannte, sei es, weil ich mich in den zwei Jahren sehr verändert oder weil er mich in seiner offensichtlichen Erregung übersehen hatte.

Hinter der Kirche überquerte ich den Marktplatz mit den alten Bürgerhäusern, deren Pracht mit dem Putz dahinbröckelte. An der früheren Villa meiner Eltern war an der Haustür eine Klingelleiste angebracht, jetzt wohnten fünf Parteien in dem Haus.

Mutter war nicht da, keiner öffnete mir, als ich an der alten, abgeschabten und vertrauten Tür stand. Ich schaute auf die Klingelschilder der anderen Wohnungen und läutete bei Plischke, einem Nachbarn, an dessen Namen ich mich noch erinnerte. Herr Plischke kam an die Tür, öffnete sie einen Spalt und fragte misstrauisch, was ich wolle. Ich sagte ihm, ich sei Konstantin, Konstantin Boggosch. Ungläubig wiederholte er meinen Namen, dann öffnete er die Tür, gab mir die Hand und sagte, er hätte gewettet, mich in diesem Leben nicht wiederzusehen.

Wohin bist du denn verschwunden, Konstantin? Es wusste ja keiner über dich Bescheid, nicht mal deine Mutter.

Ich war in Frankreich, in Marseille.

Frankreich, ja! Kenne ich, kenn ich gut. Wunderbar. Paris, Frankreich, war eine herrliche Zeit. Nach Marseille bin ich nie gekommen, war ja die freie Zone und für uns verboten.

Kann ich kurz mein Gepäck bei Ihnen unterstellen, Herr Plischke? Nur, bis Mutter zurück ist?

Klar. Stell es in den Flur. Paris würde ich zu gern noch einmal sehen. Diese schönen Straßen, die Cafés. Eine herrliche Zeit hatten wir.

Er stand in einem schmuddligen Bademantel und in Filzpantoffeln vor mir, aber seine Augen leuchteten vor Begeisterung.

Wann kommt Mutter gewöhnlich nach Hause? Wissen Sie das?

So gegen vier, manchmal wird es auch sechs. Von Frankreich musst du mir erzählen, Konstantin. Und nun, bleibst du bei uns oder gehst du wieder los?

Weiß ich noch nicht. Vielen Dank. Ich melde mich bei Ihnen.

Ich rannte die Treppe hinunter. Bevor ich die Haustür öffnen konnte, sah ich durch die schmale verdreckte Scheibe eine Frau vor dem Haus, die gerade eintreten wollte. Rasch nahm ich die Hand von der Klinke und trat einen Schritt zurück, ich wollte meine Mutter nicht erschrecken.

Guten Tag, murmelte sie halblaut, nachdem sie die Tür aufgestoßen hatte, eingetreten war und mich bemerkte.

Guten Tag, Mütterchen, sagte ich und stellte mich vor sie hin.

Konstantin?, fragte sie fassungslos, Konstantin, du?

Sie stellte ihre uralte Einkaufstasche aus braunem Bakelit auf dem Steinfußboden ab, kam einen Schritt auf mich zu, griff nach meinem Kinn, um mir in die Augen sehen zu können, und dann holte sie aus und schlug mir ins Gesicht.

So, sagte sie, so. Und nun komm hoch. Du hast mir einiges zu erzählen, mein Junge.

Sie nahm ihre Tasche und stapfte wortlos und ohne sich nach mir umzusehen die Treppe hoch. Als wir an der Wohnungstür von Familie Plischke vorbeikamen, wurde die Tür geöffnet und Herr Plischke erschien mit meinem Gepäck in der Hand.

Na, Frau Boggosch, das haben Sie mir gar nicht erzählt, dass der verlorene Sohn wieder da ist. Und in Frankreich war er, der Konstantin, na, da hat er viel zu berichten.

Meine Mutter ging schweigend weiter die Treppe zu unserer Wohnung hoch, ich nahm ihm das Gepäck ab, dankte und lief Mutter hinterher.

In der Küche setzte sie sich auf ihren Stuhl und sah mich lange an, ohne ein Wort zu sagen.

Hast du Hunger? Willst du etwas essen?, sagte sie endlich.

Gern, sagte ich, ich war lange unterwegs.

Zwei Jahre, sagte sie, fast auf den Tag genau. Ich mach dir zwei Eier und ein paar Bratkartoffeln mit Speck und Gurken. Ist dir das recht?

Wunderbar.

Zwei Jahre kein Wort, lediglich acht bunte Ansichtskarten. Ist das die Art, wie man mit seiner Mutter umgeht?

Ich habe die Première-Prüfung in Marseille bestanden. Ich könnte das premier bac bekommen. Und ich war der Beste oder fast der Beste in der Klasse, nur ein Mädchen hat noch besser abgeschnitten. Willst du das Zeugnis sehen?

Später. Nun fang an. Erzähle. Was war bei mir so fürchterlich, dass du bei Nacht und Nebel und ohne ein Wort von hier verschwunden bist? Kannst du dir vorstellen, dass ich mir Sorgen machte, oder ist dir das alles egal, mein Junge?

Ich wollte mein Abitur machen und eine Tischlerlehre interessierte mich überhaupt nicht. Was sollte ich da tun, ich musste abhauen.

Und das konntest du nicht mit mir besprechen? Ohne ein Wort verschwindest du für zwei Jahre? Ich muss bei deiner Erziehung fürchterliche Fehler gemacht haben, oder?

Dein Sprachunterricht war schon gut, Mütterchen. Ich habe in Marseille als Übersetzer gearbeitet, Übersetzer für drei Sprachen, nein, für vier Sprachen, ich habe auch ins Deutsche und aus dem Deutschen übersetzt.

Lenk nicht ab. Warum hast du es mir nicht gesagt?

Ich hatte Angst.

Angst?

Ich hatte Angst, du verbietest es mir. Du verbietest es mir abzuhauen, weil ich erst vierzehn war.

Verbieten? Vielleicht. Vielleicht hast du recht, und ich hätte es verhindert. Und du warst in München? Du warst bei Onkel Richard?

Nur ein paar Tage. Das ging nicht anders, sonst wäre ich nicht aus dem Flüchtlingslager herausgekommen. Ich musste seine Adresse angeben und dann zu ihm fahren, aber ich bin nur ein paar Tage bei ihm geblieben.

Und hast ihn belogen und ihm Geld gestohlen.

Ich habe kein Geld gestohlen. Er hat mir für den Start Geld gegeben, damit ich mir ein paar Sachen für die Schule kaufen kann. Ich hatte ihm gesagt, dass ich das Abitur machen will, und damit war er einverstanden. Ich habe ihm gesagt, ich würde es in Köln machen, auch damit war er einverstanden. Dass ich nach Frankreich weiterfahre und bis nach Marseille, das war mir zu dem Zeitpunkt selbst noch nicht klar. Hat sich so ergeben. Ich habe ihn nicht belogen, es lief dann nur anders als vorgesehen. Und gestohlen habe ich ihm überhaupt nichts. Wenn Onkel Richard das behauptet, dann lügt er, das musst du mir glauben.

Glauben muss ich dir gar nichts, Konstantin, dafür hast du mir in den letzten zwei Jahren nicht den geringsten Anlass gegeben. Setz dich und iss und dann ruh dich aus. Ich muss noch einmal aus dem Haus, ich habe noch für vier Stunden die Praxis von Doktor Tschirner zu putzen. Ich bin um sechs daheim, dann reden wir miteinander. Hier hast du einen Wohnungsschlüssel, falls du aus dem Haus gehen willst. Gunthard kommt gegen fünf aus dem Werk, da solltest du hier sein.

Gunthard? Ist Gunthard denn noch hier? Er wollte doch …

Hat nicht geklappt, und darüber bin ich nicht unglücklich. So, ich muss los. Dein Bett steht noch an der gleichen Stelle, das wirst du wohl wiederfinden. Ich beziehe es dir heute Abend oder kannst du das inzwischen selber? Dann nimm dir die Wäsche aus dem Schrank im Flur.

Nachdem Mutter gegangen war, brachte ich meine Sachen in unser Zimmer und packte Koffer und Rucksack aus. Die gesamte Wäsche stapelte ich im Flur, es musste alles gewaschen werden. Im Schrank musste ich zwei Fächer ausräumen, die Gunthard in Beschlag genommen hatte. Ich bezog mein Bett, machte mir in der Küche eine Tasse Kaffee, ging ins Wohnzimmer, stellte das Radio an, griff nach dem Zeitungsstapel und warf mich in den Sessel. Ich hatte die Rückkehr einigermaßen gut überstanden und in den Aufnahmelagern keine Fehler gemacht, man hatte mir keine Straftat nachweisen können, aber mir war klar, dass ich mit keinerlei Förderung rechnen und weiterhin nicht zur Oberschule gehen durfte. Nach meinem unerlaubten Ausflug nach Frankreich würden die staatlichen Behörden nichts für mich tun oder sich bemühen, mir Knüppel zwischen die Beine zu werfen. Weiterhin war ich auf mich selbst angewiesen und musste umgehend eine Arbeitsstelle finden, denn ich war nun mehr denn je in ihrem Visier und sie würden mir liebend gern ein asoziales Verhalten nachweisen, und keiner Arbeit nachzugehen, das war für sie asozial. Mit meinen Fremdsprachenkenntnissen würde ich schnell etwas finden und wie in Marseille davon leben können. Bei der Abendschule würde ich mich anmelden, um die restlichen zwei Klassen und die Abiturprüfung zu bestehen, und hoffte, dass in zwei Jahren die Republikflucht vergessen war oder als Vergehen eines Minderjährigen nicht weiter geahndet wurde. Und ich wollte auf jeden Fall in eine andere Stadt, ich musste in eine andere Stadt, denn hier wollte ich keinesfalls bleiben. Vor zwei Jahren war ich aus dieser Stadt geflohen und hatte nicht vorgehabt, zurückzukommen. Hier wollte ich nicht bleiben, hier konnte ich nicht bleiben, ich musste weg. Weg, nur weg. Diesmal würde ich es Mutter sagen, sie würde mich sicherlich verstehen, schließlich wusste sie, dass ich meinen Willen auch gegen sie durchsetzen würde, das hatte ich in den letzten Jahren bewiesen.

Ein Problem war der vorläufige Personalausweis. Statt des gewöhnlichen Heftchens mit einem Passbild in einem blauen Einband aus Karton hatte ich nur eine einzelne Seite mit einem aufgenieteten Foto, den Personalangaben und dem Hinweis, dass der Besitzer des Papieres seinen Heimatbezirk nicht verlassen dürfe. Da man den Ausweis ständig bei sich zu tragen hatte und ihn auf jedem Amt und bei den Kontrollen auf der Straße oder im Zug vorweisen musste, war es ausgeschlossen, dass ich nach Berlin oder Leipzig zog. Es musste eine Stadt in meinem Bezirk sein, und da war Magdeburg die einzige Großstadt und die einzige Stadt, die mich interessierte. Durch das vorläufige Personaldokument war entschieden, ich würde so schnell wie möglich nach Magdeburg übersiedeln, mich dort nach einer Arbeit umschauen und nach einem Quartier und mich bei der Abendschule für den Abiturkurs anmelden.

Um fünf horchte ich auf, als sich nebenan der Türschlüssel im Schloss drehte, mein Bruder kam von der Arbeit. Ich hörte, wie er in die Küche ging und die Kühlschranktür öffnete, dann vernahm ich das Klirren von Gläsern und Sekunden später kam er ins Wohnzimmer. Als er mich sah, wäre ihm fast das Bierglas aus der Hand gefallen.

Was machst du hier?, sagte er zur Begrüßung.

Du solltest mir besser sagen, was du hier machst, erwiderte ich, du wolltest nach der Lehre zu Onkel Richard. Ich nahm an, du bist seit drei Monaten in München, und darum bin ich zurückgekommen, wegen Mutter, damit sie nicht völlig allein ist.

Dumm gelaufen, sagte er, ich hatte Pech. – Willst du hier jetzt wieder einziehen? Ich hatte mich schon daran gewöhnt, ein Zimmer für mich zu haben.

Keine Sorge, ich bleibe nicht, nur ein paar Tage, bis sich Mutter beruhigt hat.

Da kannst du lange warten. Mutter hat sich unheimlich aufgeregt, als du, ohne etwas zu sagen, verschwunden bist. Und deine Ansichtskarten haben sie auch nicht beruhigt. Nun, sag mal, warst du bei der Fremdenlegion? Das war doch dein Traum, oder?

Nein, war ich nicht. Oder nur sehr kurz. Es ergab sich dann etwas Besseres für mich. Etwas viel Besseres.

Erzähl schon.

Sag du erst, wieso du nicht bei Onkel Richard bist.

Onkel Richard, der ist nicht gut auf dich zu sprechen. Bei dem bist du unten durch. Der sagt sogar, du hast ihm Geld gestohlen.

Das ist nicht wahr. Er hat mir Geld gegeben, und ich habe ihm nur nicht gesagt, dass ich nach Frankreich will. Er hat mir Geld für die Schule gegeben, und die Schule habe ich gemacht, allerdings nicht dort, wo er wollte. Er hat keinen Grund, sich aufzuregen. Und bestohlen habe ich ihn schon gar nicht.

Mutter kam herein, und wir unterbrachen unser Gespräch.

Kommt in die Küche, sagte sie, ich koche uns einen Tee und Konstantin erzählt uns, was er in den letzten zwei Jahren gemacht hat. Und dein Zeugnis, die Première-Prüfung, das will ich auch sehen.

Zwei Stunden saßen wir zusammen und ich erzählte. Manchmal, das bemerkte ich, war Mutter stolz auf mich, aber die ganze Zeit bemühte sie sich, mich missbilligend anzusehen. Mein heimliches Verschwinden hatte sie arg getroffen, und sie verübelte es mir noch immer.

Bevor wir zu Bett gingen, erkundigte sich Mutter, was ich vorhabe, und ich sagte ihr, ich müsse umgehend eine

Arbeitsstelle nachweisen, ansonsten würde ich Ärger bekommen, und als sie fragte, woran ich denke und ob ich in der Tischlerei Kretschmar nachfragen wolle, sagte ich ihr, am liebsten würde ich wie in Frankreich als Übersetzer arbeiten, aber ich wüsste nicht, wo in unserem Nest ein Fremdsprachenübersetzer gebraucht wird.

Überschlafen wir es, Konstantin, sagte Mutter und stand auf, ich bin müde, ich muss zu Bett. Wir sprechen morgen darüber. Morgen ist Samstag, da habe ich frei, da können wir das in aller Ruhe überlegen. – So, nun schlaft gut, Kinder, und macht nicht zu lange. Gunthard muss früh raus, er will wieder mal nach Berlin fahren.

Sie kam zu mir, ich stand auf, um ihr eine gute Nacht zu wünschen, sie zog meinen Kopf zu sich und sagte nur: Ach, mein Kleiner, wie schön, dich wiederzuhaben. Eine gute erste Nacht daheim.

Als sie in ihrem Zimmer verschwunden war, ging Gunthard an den Kühlschrank.

Willst du auch ein Bier?

Gern. Nun sag schon, wieso bist du nicht bei Onkel Richard?

Sag du mir erst, wieso du zurückgekommen bist. Mich hätten keine tausend Pferde zurückgebracht. Mensch, du hattest eine gute Stelle, konntest die Abendschule machen, alles war für dich gelaufen. Und da kommst du zurück, hierher, wo du keinen Stich machen kannst?

Ich sagte ihm, dass ich es bei Emanuel nicht mehr ausgehalten hatte, ich zeigte ihm das Buch mit dem Foto unseres Vaters und erzählte, Emanuel habe durch ihn halbseitig das Gehör verloren, weshalb ich nicht länger bei ihm bleiben konnte.

Wieso soll das unser Vater sein? Wie kommst du denn darauf? Der hier heißt Vulkan, na und? Wieso glaubt dein Franzose, dass der Mann auf dem Foto unser Vater ist?, fragte Gunthard.

Das tut er nicht. Er weiß nicht, dass sein Angestellter der Sohn von jenem Mann ist, der ihn in Frankfurt zusammengeschlagen hat.

Vater heißt Müller, wir heißen Boggosch, und der hier heißt Vulkan. Das ist nicht unser Vater. Er sieht ihm überhaupt nicht ähnlich.

Er ging an seine Schublade, kramte die Fotografie hervor, die ihm der Onkel geschickt hatte, und legte sie neben das Bild in dem Buch.

Das sind eindeutig zwei ganz verschiedene Männer, ich sehe überhaupt keine Ähnlichkeit, du spinnst. Das ist ja verrückt, du leidest unter Wahnvorstellungen. Du hättest in Marseille bleiben können, da war doch gar keine Gefahr für dich. Das ist nicht Vater.

Konnte ich nicht.

Wieso?

Weil ich damit nicht leben konnte. Du hast das noch nicht erlebt, du hast noch keinen kennengelernt, den unser Vater zusammengeschlagen hat.

Nichts davon ist bewiesen, Konstantin. Bei dem, was die Polen und Russen behaupten, da würde ich an deiner Stelle nicht jedes Wort auf die Goldwaage legen. Das ist Siegerjustiz. Wer verliert, hat immer unrecht und muss bezahlen. Die können Vater alles Mögliche in die Schuhe schieben, weil sie ihn enteignen, weil sie sich seine Fabrik unter den Nagel reißen wollten. Die Verurteilung und Hinrichtung in Polen war reiner Terror, das jedenfalls ist erwiesen. Und Mutter weiß gar nichts, weiß nur das, was man ihr erzählt hat. Hörensagen heißt das vor Gericht, und hat keinerlei Bedeutung. Der Einzige, der darüber wirklich Bescheid weiß, der es erlebt und mit eigenen

Augen gesehen hat, das ist Onkel Richard, und der sagt etwas anderes.

Und hier das Buch von Emanuel? Das Foto?

Ja und? Da steht ein Mann in einer Uniform, mehr ist da nicht zu sehen. Im Krieg tragen die Männer Uniform, überall auf der Welt. Und dass der hier mein Vater sein soll, nein, Konstantin, tut mir leid, das sehe ich nicht. Das ist irgendein Offizier, irgendeiner, aber nicht unser Vater. Das hier, das ist unser Vater. Schau genau hin, da ist keinerlei Ähnlichkeit zu sehen. Und ich lasse mir nichts einreden von Leuten, für die alles klar ist, weil es klar sein soll, weil es ihnen nützt. Das hier, das ist nicht unser Vater. Und auf seinen Vater spuckt man nicht, Konstantin.

Gunthard und ich saßen in der Küche und schwiegen. Wir tranken langsam unser Bier aus, keiner sagte ein Wort und wir vermieden es, uns anzusehen. Schließlich nahm ich Emanuels Buch an mich, *Combat de coqs 22 juin*, und steckte es in meine Jackentasche. Gunthard holte uns noch ein zweites Bier aus dem Kühlschrank und mit einem verlegenen Grinsen erzählte er, wie es ihm ergangen war und wieso er nicht in München war.

Die Lehre in BUNA 3 hatte er zu Ende gemacht und sogar mit einer Auszeichnung bestanden. Da er sich ausgerechnet in Vaters früherem Betrieb ausbilden ließ, wurde er gelegentlich vom Lehrausbilder oder von älteren Arbeitern darauf angesprochen, aber keiner hätte ihm je einen Vorwurf gemacht, im Gegenteil, einige Arbeiter hätten ihm erzählt, Vater sei ein strenger Chef gewesen, ein sehr strenger, mit dem keiner gut Kirschen essen konnte, aber damals hätte man auch richtig produziert und in all den Jahren hätte es nie, nicht einen einzigen Tag Produktionsausfälle wegen mangelnder Rohstoffe und fehlender Zulieferungen gegeben, wie es augenblicklich die Regel sei. Dass man jetzt zwei Tage neben der Maschine sitzen und Däumchen drehen und auf Nachschub warten kann, das hätte es bei Gerhard Müller nie gegeben, niemals. Die alten Arbeiter hätten immer mit Hochachtung von Vater gesprochen. Sie wussten alle, dass er bei der SS war, und hatten entsprechend Respekt oder auch Angst vor ihm, doch wer sich nichts zu Schulden kommen ließ und sich nach den damals gültigen Gesetzen richtete, der hätte in den Vulcano-Werken immer sein Geld verdient, und das sei mehr gewesen als beim Straßenbau oder sonst wo in der Stadt. Wer bei Vulcano eine Stelle hatte, der galt etwas, die Vulcaner waren in der Stadt angesehen, sie waren der Arbeiteradel, solange Vater dort noch das Sagen hatte.

Noch vor seinem Lehrabschluss hatte man Gunthard eine Weiterbeschäftigung zugesichert und für ihn einen Ausbildungsplan erstellt, so dass er innerhalb von fünf Jahren in BUNA 3 seinen Abschluss als Ingenieur machen konnte. Er habe stets allen Vorschlägen zugestimmt, auch dem deutlich akzentuierten Wunsch der Betriebsleitung, er möge, um sich dieser Ausbildungschance würdig zu erweisen, sich überlegen, ob er nicht einen Antrag auf Aufnahme in die Partei stelle. Das Parteileitungskollektiv würde, trotz der Bedenken einzelner Mitglieder, was ausschließlich mit seinem Vater zu tun habe, einen solchen Antrag begrüßen und unterstützen.

Ich habe genickt und begeistert ja gesagt, erzählte Gunthard lachend, und in der gleichen Zeit traf ich zum ersten Mal mit Onkel Richard in Prag zusammen und machte für meinen Anfang in seiner Firma alles klar. Auf dich ist er mehr als sauer, und er sagte mir ganz offen, er wisse nicht, ob er bei mir nicht auch mit faulen Eiern handle. Bei ihm brauchst du dich nie wieder sehen lassen.

Ich hatte zu tun, um ihn davon zu überzeugen, dass ich es ehrlich meine. Anfang Juli brachte ich die wichtigsten Papiere nach Prag, meinen Lehrabschluss, die Zeugnisse, sogar den Impfausweis. Ich brachte es zu seinem tschechischen Firmenvertreter, der brachte es in die westdeutsche Botschaft und dann ging alles mit Boten zu Onkel Richard. Meine gesamten Papiere liegen jetzt in München, und ich muss sehen, wie ich sie wieder zurückbekomme.

Onkel Richard erwartete Gunthard Ende August, wenn er aus den Vereinigten Staaten zurück war, und sagte ihm, er solle ein, zwei Wochen zuvor nach Westberlin gehen, da es unumgänglich sei, sich in einem Aufnahmelager zu melden. Er würde dem Leiter von Marienfelde einen Brief schreiben und ihm mitteilen, er erwarte seinen Neffen Gunthard, eine Arbeitsstelle für ihn sei garantiert, das würde das Aufnahmeverfahren mit all den notwendigen Formalitäten abkürzen. Mein Bruder hatte daraufhin noch Urlaub an der Ostsee gemacht, um Anfang August das Land zu verlassen und sich in Westberlin als Flüchtling zu melden. Auf Usedom habe er Rita aus Ostberlin kennengelernt und vierzehn Tage mit ihr gezeltet. Am elften August seien sie gemeinsam nach Berlin gefahren, sie zu ihren Eltern und er, um nach Westberlin ins Aufnahmelager zu gehen. Am Alexanderplatz hätte er sich von Rita verabschiedet, sie begann zu weinen, denn sie wusste, sie würde ihn wohl nie wiedersehen, woraufhin sie in eine Gaststätte gingen, um einen Kaffee zu trinken und sie zu beruhigen. Von der Gaststätte aus habe sie ihre Eltern angerufen, um ihnen zu sagen, sie verspäte sich, und kam glückstrahlend an den Tisch zurück, um ihm mitzuteilen, die Eltern würden das Wochenende über verreisen, sie hätte für zwei Tage eine sturmfreie Bude anzubieten, woraufhin er beschlossen habe, die Flucht um diese zwei Tage zu verschieben. Sie fuhren mit der S-Bahn nach Köpenick, wo das Haus der Eltern stand, eine zweistöckige Villa, die von oben bis unten auf das Edelste eingerichtet war, der Vater von Rita besaß die einzige Firma für Autoelektrik in Ostberlin und verdiente mehr als jeder Minister, einige seiner Kunden würden sogar mit Westgeld bezahlen, um von ihm etwas zu bekommen. Die beiden Kühlschränke und die zehn Tiefkühltruhen im Keller waren mit den allerfeinsten Sachen randvoll gefüllt, Aal und Kaviar und exotische Früchte, und er habe mit Rita zwei tolle Tage erlebt. Am Sonntag hätten sie erst mittags gefrühstückt, er wollte verschwinden, bevor ihre Eltern zurück waren, sich aber zuvor noch einmal den riesigen Fernseher im Wohnzimmer anschauen. Als er ihn einschaltete, sah er die Bilder von der Bernauer Straße und vom Brandenburger Tor, die bewaffneten Grenztruppen, den Stacheldraht, die ersten Steine der Mauer. Er sei umgehend in die Innenstadt gefahren, war zu fünf verschiedenen früheren Grenzübergängen gelaufen, dreimal wurde er von Polizisten angesprochen und verwarnt, dann sei er zu Mutter nach Hause gefahren.

Ein paar Stunden eher, sagte er, eine Liebesnacht weniger und ich wäre in München gewesen. Wohin einen doch die Liebe führen kann.

Acht Tage später habe er sich bei BUNA 3 gemeldet, zehn Tage früher als vorgesehen, und als ausgebildeter Facharbeiter die Arbeit aufgenommen.

Und Rita? Hast du sie wiedergesehen?

Er nickte: Wir sind noch zusammen, ich fahr morgen zu ihr. Sie und Mutter, sie waren die Einzigen, die etwas von meinem Fluchtplan wussten, und beide sind glücklich, dass es nicht geklappt hat.

Weiß Onkel Richard schon, dass du nicht kommst?

Keine Ahnung. Bisher hatte ich noch keinen Kontakt, das war zu gefährlich, aber ich denke, er weiß Bescheid. Da ich es vor dem Mauerbau nicht geschafft hatte, rüberzukommen, kann er es sich ausrechnen, dass ich bei ihm nicht erscheine. Meine Papiere brauche ich zurück, das wird noch einmal knifflig, denn ich will nicht, dass die hier etwas von meinem Plan erfahren. Wäre nicht hilfreich.

Und nun? Was wirst du nun machen? Willst du versuchen, irgendwo über die Grenze zu gehen?

Nein, das halte ich für aussichtslos. Viel zu gefährlich, ich bin kein Selbstmörder. Ich bleibe. Ich mache meinen Ingenieur hier und werde dann weitersehen.

Und die Partei? Willst du wirklich in die Partei gehen?

Alles schon auf dem Wege. Wenn ich schon hierbleiben muss, dann will ich auch Karriere machen und nicht ewig als Kuli die Dreckarbeit erledigen. Ingenieur in Vaters alter Firma, sozusagen auf eigenem Grund und Boden, das hätte was. Und darum habe ich gleich am dritten Tag nach Arbeitsbeginn den Antrag auf Parteimitgliedschaft gestellt, das kam sehr gut an. Ein junger Genosse, der zehn Tage nach dem Mauerbau in die Partei will, das gab es nicht so oft, das gab es hier noch nie, das brachte mir Punkte. Aber erzähle es Mutter nicht, das muss ich bei einer passenden Gelegenheit beichten. Du kennst sie ja, sie wird davon nicht begeistert sein.

Weißt du, was komisch ist? Am dreizehnten August hätten wir uns um ein Haar da oben zuwinken können. Du auf dem Flug nach München und ich von Köln nach Berlin. Bei mir war es ja auch der Dreizehnte, der Tag, an dem ich zurückkam.

Scheint unser Familientag zu sein, Brüderchen, der Dreizehnte. – Komm, gehen wir ins Bett. Ich muss morgen wieder fit sein.

Als wir im Bett lagen, fragte Gunthard, wie lange ich bleiben werde, und ich sagte ihm, ich müsse rasch eine Arbeit annehmen. Länger als zwei Tage würde ich nicht bleiben.

Und dann? Wohin gehst du?

Ich dachte an Magdeburg. Eine große Stadt, wo einen keiner kennt, wo man von vorn anfangen könnte. Dazu die Elbe, das könnte mir gefallen. Ein bisschen Wasser ist immer schön.

Schlaf gut. – Soll ich Onkel Richard etwas von dir bestellen? Irgendwann und irgendwie muss ich mit ihm Kontakt aufnehmen. Wegen meiner Papiere.

Sag ihm ... ach, sag ihm gar nichts von mir. – Und diese Rita, ist das was Ernsthaftes?

Wenn es anders wäre, dann würde ich nicht zu ihr fahren. Vielleicht wird es was mit ihr. Die Villa jedenfalls ist unglaublich, das hast du noch nicht gesehen. Da ist Vaters Haus am Markt geradezu bescheiden dagegen. In seiner Elektrobude muss er mächtig viel Geld machen. Ich habe ihn noch nie gesehen, aber auf den Kopf gefallen ist der bestimmt nicht. Rita, das könnte vielleicht was werden, würde mir gefallen. Schlaf endlich.

Gute Nacht, Gunthard.

Um sechs Uhr wurde ich wach, weil der Wecker klingelte, aber ich stand nicht auf und schlief wieder ein, nachdem mein Bruder aus dem Zimmer gegangen war. Um neun Uhr kam Mutter ins Zimmer und sagte, sie habe Frühstück gemacht. Ich sprang aus dem Bett, zog den Bademantel über und ging in die Küche. Sie hatte frische Brötchen geholt und für mich zwei Scheiben Kochschinken, die es früher auch immer sonntags gab. Ich musste erzählen und erzählen, sie hatte tausend Fragen. Als ich ihr sagte, ich sei ihr für ihren von uns verfluchten Fremdsprachenunterricht dankbar, nichts habe mir mehr geholfen und nur dadurch hätte ich Freunde gewonnen, die mir in Marseille halfen, freute sie sich. Sie meinte allerdings, mein Plan, mit den Fremdsprachen auch hier mein Geld zu verdienen, würde schwieriger werden. Die kleinen Betriebe, die privaten Firmen mit drei oder vier Leuten, benötigen keinen Übersetzer, weil sie keine internationalen Kontakte haben, und die Staatsbetriebe nehmen nur Leute von Intertext, dem staatlichen Fremdsprachendienst. Ohne ein Diplom als Sprachmittler hätte ich da keine Chancen, sie habe es selbst erfahren. Für den Unterricht an einer Schule sei sie auch nicht geeignet gewesen, sie habe zwar die pädagogische Ausbildung, aber die Kinder sollten die Fremdsprachen nicht bei der Frau von Gerhard Müller lernen.

Man wollte mich nicht, und für dich wird es ebenfalls nicht einfach, mein Junge. So leicht wie in Marseille wirst du es hier nicht haben. Du bist in den Westen abgehauen, dazu kommt noch die Hypothek mit deinem Vater, das ist kein guter Start für dich.

Ich weiß, Mütterchen, aber bei Emanuel in Marseille zu bleiben, das ging auch nicht, das hab ich einfach nicht ausgehalten. Meine Arbeitgeber dort, das waren Freunde, richtige Freunde. Wenn die erfahren hätten, wer mein Vater ist, und irgendwann, eines Tages hätten sie es sicherlich erfahren …

Das kann ich sehr gut nachvollziehen, Junge.

Gunthard kann es überhaupt nicht begreifen. Für ihn bin ich einfach bescheuert, weil ich zurückkam.

Ja, Gunthard wird hier seinen Weg gehen. Da muss ich

mir keine Sorgen machen. Oder höchstens, weil er seinen Weg allzu gut absolvieren wird.

Ich komm mit Vater nicht zurecht.

Ich weiß, Junge. Ich auch nicht.

Und darum kann ich nicht hierbleiben. Hier in der Stadt. Ich muss weg.

Mutter nickte. Wie lange wirst du bei mir bleiben?

Ich muss unbedingt rasch weg, aber ich verschwinde nicht für immer. Ich gehe gleich Montag früh zur Meldestelle. Die werden nachfragen, wo ich arbeite und ab wann ich einer Arbeit nachgehen werde. Ich bin halt ein AE, Mutter, ein Aufnahmeersuchender, und die werden wie Straftäter behandelt, immerzu wurde uns gedroht. Tu das und tu das und das darfst du auf keinen Fall tun. Ich brauche sehr rasch eine Arbeitsstelle, und die will ich mir nicht hier suchen. Ich will weg, ich gehe nach Magdeburg, Mutter.

Ich versteh dich.

Und du bist einverstanden?

Einverstanden? Wen interessiert es, ob eine alte Frau einverstanden ist?

Du bist nicht alt, Mütterchen. Kein einziges graues Haar ist bei dir zu sehen.

Das wäre ja noch schöner. Da würde ich umgehend zu meiner Friseuse stürzen und das schöne gute Geld zurückverlangen.

Ich habe dich vermisst.

Tatsächlich?

Ich dachte, ich bin stark, ich bin kräftig, ich bin ein Mann. Ich wollte sogar zur Legion, zur Fremdenlegion.

Gott im Himmel, Konstantin!

Und dabei hatte ich nachts nur Sehnsucht. Nach zu Hause. Nach dir. Am Anfang war es hart für mich.

Und jetzt nicht mehr? Was soll das heißen? Jetzt bist du ein Mann, Konstantin?

Mama, ich bin sechzehn, sechzehneinhalb, ich bin erwachsen. Ich bin kein Kind mehr.

Sie lächelte und nickte.

Als ich sie bat, mir zu erzählen, wie es ihr in den letzten Jahren ergangen war, winkte sie ab und meinte, es sei nur das Übliche gewesen, etwas Hausarbeit für fremde Leute, ab und zu Ärger mit dem Hausverwalter und viel Kummer mit Gunthard.

Alles wie immer, Konstantin. Was mich in den letzten zwei Jahren wirklich beschäftigt und mir graue Haare gemacht hat, das warst du. Du verschwindest, ohne mir etwas zu sagen, und dann kamen diese nichtssagenden Ansichtskarten, die mich mehr gekränkt als gefreut haben. Nein, Junge, das verüble ich dir noch immer.

Ich hatte Angst, dass du mich von der Polizei zurückholen lässt. Ich war schließlich minderjährig ...

Das bist du noch immer. Noch immer bin ich erziehungsberechtigt, noch immer bin ich es, die dir etwas zu sagen hat.

Ist Magdeburg okay für dich?

Lässt du dich einmal im Monat bei mir sehen?

Einverstanden. Wenn es dir nicht zu viel wird, auch jede zweite Woche.

Versprich nicht zu viel. Wenn du ein Mädchen kennenlernst, dann ist deine Mama abgemeldet.

Auch dann bleibst du die wichtigste Frau meines Lebens, Mütterchen.

Am Sonnabendnachmittag besuchte ich einen meiner früheren Klassenkameraden, der täglich mit der Bahn zur Oberschule fuhr. Er hatte angenommen, ich sei in den Westen gegangen, und war überrascht, mich zu sehen.

Noch mehr staunte er, als ich ihm sagte, ich hätte auch die mittlere Reife, und zwar die Première, und die hätte ich in Frankreich gemacht. Ich ließ mir seine Schulbücher zeigen und bemerkte, dass er in Mathematik und Physik weiter war als ich, aber ich sah, dass ich alles ohne größere Probleme aufholen könnte. Dann traf ich mich noch mit Gisbert und Alexander, die auch in meiner Klasse gewesen waren und nun ihre Lehre machten, der eine als Schlosser, der andere als Automechaniker. Ich erzählte ihnen von Marseille und von den Fremdenlegionären, die ich dort gesehen hatte, verschwieg ihnen jedoch, dass ich versucht hatte, mich bei der Legion zu bewerben. Sie träumten noch immer von der Legion, und wenn ich ihnen gegenüber auch nur ein Wort über meinen missglückten Besuch in dem Marseiller Büro fallenließe, würden sie es überall erzählen und dann bekäme ich richtigen Ärger.

Den Abend verbrachte ich mit Mutter. Ich wollte sie zu einem Abendessen in das einzige Hotel unserer Stadt einladen, aber mein Geld, mehr als zwölftausend Mark, war, für mich unerreichbar, bei Frau Rosenbauer hinterlegt, und ich wusste nicht, wie ich es wieder in die Hand bekommen sollte. Wir spielten zusammen Crapette, eine Streitpatience, die Mutter liebte, weil sie diese in der Kindheit mit ihren zwei Schwestern gespielt hatte, und wir unterhielten uns. Ich erzählte ihr von Emanuel und Raphaël, und sie wollte wissen, wie Marseille heute aussähe, sie war im Alter von achtzehn Jahren zusammen mit einer ihrer Schwestern durch Frankreich gereist und sie waren auch am Mittelmeer und in Marseille, doch das war drei Jahre vor Kriegsausbruch, und nach dem Einmarsch der deutschen Truppen wollte sie aus Scham nie wieder in dieses von ihr geliebte Land fahren.

Am Sonntagvormittag spazierte ich zwei Stunden durch die Stadt, um mir altvertraute Ecken anzuschauen, die Schule, den Markt, sogar über den Friedhof lief ich, ging zum Grab der Großeltern und zu Frieders Grabstein. Frieder war ein Junge, mit dem ich damals befreundet war und mit dem zusammen ich die ersten drei Klassen besucht hatte. Er wurde nur neun Jahre alt, ein Blindgänger, den er im Wald gefunden hatte, zerriss ihn, und die ganze Klasse stand damals heulend an der Grube, in die man ihn in einem Holzsarg hinabließ.

Gunthard kam am Abend früher als erwartet zurück. Im Bett erzählte er mir, Ritas Eltern seien schon mittags im Haus aufgetaucht, sechs Stunden früher, als geplant und verabredet war. Rita und er hätten erst spät gefrühstückt, saßen aber zum Glück bereits angezogen im Wohnzimmer, als die Eltern hereinplatzten, und er musste dann ihre Mutter und ihren Vater unterhalten, damit Rita noch rasch deren Ehebetten in Ordnung bringen konnte, die sie in der Nacht ordentlich zerwühlt hatten. Es sei aber alles gut abgegangen und ihre Eltern fanden ihn wohl sympathisch und hätten nichts gegen diese Freundschaft einzuwenden. Da er nicht erzählen wollte, dass er bereits seit dem Vortag in Berlin war, was sie möglicherweise misstrauisch gemacht hätte, hätte er ihnen erzählt, er sei auf der Durchreise und habe für vier Stunden die Fahrt unterbrochen, um Rita wiederzusehen, und daher musste er sich bald auf den Heimweg machen, viel früher, als vorgesehen war.

Hattest du in Frankreich eine Freundin?, fragte er grinsend.

Nein, sagte ich, ich habe dort kaum ein Mädchen kennengelernt.

Da hast du was versäumt, mein Kleiner. Wenn man

schon mal in Frankreich ist, dann sollte man sich nicht mit den Alpen und dem Mittelmeer begnügen. Ich hoffe für dich, dass du das alles in Magdeburg nachholen kannst. Es lohnt sich, sag ich dir.

Am Montag ging ich um neun zur Meldestelle und musste zunächst eine Stunde warten. Ein junges Mädchen in einer Polizeibluse und mit einem Polizeikäppi auf dem Kopf nahm mit spitzen Fingern mein vorläufiges Personaldokument entgegen und lächelte mich an, als sie einen Blick darauf geworfen hatte. Das Mädchen konnte kaum viel älter als ich sein, sie hatte strähniges rotblondes Haar und das Gesicht voller Sommersprossen. Sie trug die Daten meines Ausweises in ein Spaltenbuch ein, fragte nach meinem Wohnsitz und der Arbeitsstelle und sagte, ich könne durchaus in Magdeburg Arbeit aufnehmen und dort wohnen, müsse mich nur umgehend in der jeweiligen Stadt anmelden und dürfe keinesfalls den heimatlichen Bezirk verlassen. Sie dämpfte ihre Stimme, als sie mir sagte, dass ich mich regelmäßig auf der für mich zuständigen Meldestelle sehen zu lassen habe, denn bereits bei einem Verzug von vierundzwanzig Stunden würde eine Suchmeldung nach mir herausgehen, die auf jeden Fall kostenpflichtig für mich wäre. Wenn ich den Termin einmal versäumen sollte, rate sie mir, umgehend das nächste Polizeirevier aufzusuchen, im Notfall könne ich auch einen Polizisten auf der Straße ansprechen und ihn bitten, meine Personalien aufzunehmen.

Nehmen Sie die Sache ernst, Herr Boggosch, sagte sie leise, nehmen Sie sie so ernst, wie sie ist. Aufnahmeersuchende lassen wir nicht aus den Augen.

Danke, sagte ich ebenso leise, dabei bin ich gar kein Aufnahmeersuchender. Ich lebe hier schon seit meiner Geburt und war nur mal kurz weg.

Jaja, sagte sie und lachte mich fröhlich an, ich weiß es, aber in den Papieren steht etwas anderes. Und wichtig sind allein die Papiere, das ist nun mal so.

Als ich mich bei ihr bedankte und mich verabschiedete, grinste sie und sagte: Grüß Gunthard von mir. Aber nicht vergessen.

Als Gunthard von seiner Arbeit in BUNA 3 zurückkam, erzählte ich vom Besuch bei der Anmeldestelle, und er meinte, das müsse Ilona gewesen sein, ein scharfer Feger.

Hattest du was mit ihr?, erkundigte ich mich.

Gewiss, ich und noch ein paar andere. Ilona ist nicht so. Wenn du dich noch ein paar Mal bei ihr melden musst, wird sie auch dich vernaschen.

Ich sagte Gunthard, dass ich am nächsten Tag nach Magdeburg fahren werde, und fragte ihn, ob er mir Geld borgen könne. Für den Anfang brauchte ich zweihundert Mark, aber er beteuerte, er sei vollkommen abgebrannt, das wenige Geld, was er hatte, habe er an der Ostsee verjubelt, weil er damals glaubte, nie wieder in seinem Leben Ostgeld in die Hand nehmen zu müssen.

Beim Frühstück am nächsten Morgen fragte Mutter, wie viel Geld ich bei mir hätte. Ich sagte ihr, ich hätte viel Geld, sogar sehr viel Geld, nur sei es im Moment für mich nicht erreichbar, ich müsste in den nächsten Wochen einen Weg auskundschaften, wie ich es wieder in die Hand bekommen könne. Sie nahm ihre Geldbörse aus der schwarzen Henkeltasche und reichte mir fünfzig Mark, mehr könne sie mir nicht geben. Ich dankte ihr und versprach, es ihr so bald wie möglich zurückzugeben.

Als ich mich auf den Weg machte, hatte sie Tränen in den Augen, und ich lachte sie aus, weil ich keine hundert Kilometer weit fahren müsse und sie sehr bald an einem Wochenende besuchen werde.

Nachdem ich den Koffer am Magdeburger Bahnhof abgegeben hatte, spazierte ich mit dem leichten Rucksack über den Schultern durch die Stadt, in der ich nun leben wollte oder vielmehr, da ich den Bezirk nicht verlassen durfte, leben musste. Als Kind war ich einmal hier gewesen, aber ich hatte keinerlei Erinnerungen an diesen Besuch. Marseille war ärmlich und heruntergekommen, aber Magdeburg war einfach häßlich. Es war noch immer eine vom Krieg zerstörte Stadt. Am ersten Tag versuchte ich, ein Quartier zu finden, aber schon nach zwei, drei Stunden wurde mir klar, wie aussichtslos es war, ein Zimmer zur Untermiete zu bekommen. Die Stadt war eine Steinwüste, die Trümmer waren weggeräumt, aber die Straßen wurden nicht von Häuserzeilen begrenzt, sondern von geräumten und von Unkraut überwucherten Freiflächen. Lange, schmucklose Betonkästen bildeten das Stadtzentrum, allesamt vierstöckig, in gleicher Länge und Höhe. Die vielen Neubauten waren einförmig und verdeutlichten weit mehr das Ausmaß der Zerstörung als den Wiederaufbau der Stadt. Ein Haus glich dem anderen, nur mit Hilfe von Hausnummern konnte man sich orientieren. Die Vielzahl der Namen, die an jeder Eingangstür zu lesen waren, ließ auf kleine, auf winzige Wohnungen schließen. Die Straßen mit den alten Bürgerhäusern und den großen Wohnungen waren verschwunden, waren weggebombt, das alte Magdeburg gab es nicht mehr, nun war es eine Brachlandschaft mit immer gleichen, hellgrauen Betonkästen.

Ich gab es bald auf, durch die Stadt zu laufen, an Wohnungstüren zu klingeln und nach einem leerstehenden Zimmer zu fragen. Bei meinem Weg durch die Stadt oder vielmehr die Stadtreste entdeckte ich eine Abendschule und sah mir ihre Aushänge an. Es waren noch Sommerferien, die Tür war verschlossen, in vier Tagen sollte der Unterricht beginnen und dafür anmelden konnte man sich am kommenden Donnerstag und Freitag. Zur Mittagszeit ging ich in eine Bäckerei und kaufte mir Semmeln und Kuchen, die ich auf der Bank irgendeines winzigen Parks verzehrte, dann lief ich zu einem Antiquariat, das ich am Vormittag entdeckt hatte und in dem zwei Sessel und ein Sofa standen, griff mir wahllos drei Bücher aus dem Regal, setzte mich in einen der Sessel und streckte die Beine aus. Zweimal kam eine Frau zu mir, um mich zu fragen, ob sie mir helfen könne, ich ließ mich nicht stören und blätterte weiter in den Büchern.

Am Nachmittag meldete ich mich bei einem der Pförtner des Schwermaschinenwerks »Thälmann« und sagte ihm, ich suche eine Arbeit. Er telefonierte und sagte mir dann, eine Frau Wupper erwarte mich, und er zeigte mir den Weg zum Verwaltungsgebäude. Frau Wupper begrüßte mich überaus freundlich, sagte, der Schwermaschinenbau biete jungen Leuten viele Chancen, es seien auch, falls ich nicht als Ungelernter arbeiten wolle, sondern an meine Zukunft denke, noch Lehrstellen offen. Als sie mich nach meinen Vorstellungen und Wünschen fragte und ich sagte, dass ich für den Betrieb als Übersetzer arbeiten könne, die Sprachen Englisch, Französisch und Italienisch würde ich beherrschen und natürlich auch Russisch. Sie war überrascht und brauchte einen Moment, ehe sie mir antworten konnte. Sie bat mich zu warten, verschwand für ein paar Minuten, und als sie zurückkam, teilte sie mir mit, dass im Schwermaschinenbau sämtliche Übersetzungen ausschließlich von vereidigten Übersetzern vorgenommen werden, da diese Dokumente nur für den inneren Dienstgebrauch seien und absolute Vertraulichkeit verlangen. Sie bemühte sich, mich für eine ihrer Ausbildungsberufe zu gewinnen, und sprach immer wieder von den Chancen, die unsere Jugend habe und um die sie die jungen Leute nur beneiden könne. Ich verabschiedete mich und fuhr mit dem Bus in den Süden der Stadt, nach Buckau und dann noch Salbke, wo ich mir noch zwei weitere Maschinenwerke aus dem Telefonbuch herausgesucht hatte, aber auch in dem volkseigenen Betrieb »Dimitroff« und im »Liebknecht-Werk« wollte mich keiner als Übersetzer, und in beiden Betrieben wurden mir stattdessen Lehrverträge angeboten, die ich ablehnte. Ich dachte an meine männlichen Mitschüler in Marseille, sie hatten tagsüber schwere körperliche Arbeit zu verrichten und schliefen abends regelmäßig auf der Schulbank ein. Ich wollte das Abitur machen, ich brauchte eine Beschäftigung, von der ich leben, aber auch noch vier oder fünf Stunden mit offenen Augen eine Schulbank drücken konnte.

Die Nacht verbrachte ich in einer Ruine in der Alten Neustadt, gegenüber der Börde-Brauerei. Zuvor hatte ich versucht, wie damals mit Raphaël in Genua in einem Neubau zu übernachten, doch in den oberen Etagen der Neubauten gab es lediglich drei Wohnungstüren und keinen Aufgang zu einem Dachboden. Nach Einbruch der Dunkelheit war ich durch die Absperrungen um die Ruine geklettert und hatte im ersten Stock eine leere Kammer gefunden, die zwar keine Tür mehr hatte, aber trocken und einigermaßen sauber war. Ich fürchtete, von Ratten gestört zu werden, aber müde, wie ich war, schlief ich bald ein und wurde erst durch den morgendlichen Lärm der Schwerlaster geweckt.

Ich ging zum Bahnhof, um in der Mitropa-Gaststätte zu frühstücken, anschließend ließ ich mir an der Gepäckabgabe meinen Koffer geben, nahm ein paar Papiere und mein Buch heraus, steckte es in den Rucksack und gab den Koffer wieder ab. Um zehn Uhr machte das Antiquariat auf, ich stand schon Minuten früher vor der Tür. Die Frau, die mich gestern aus dem Lesesessel hatte vertreiben wollen, schloss die Tür auf und fragte lachend, ob ich gekommen sei, um mich wieder in ihrem schönen Ledersessel auszuruhen.

Ich wollte den Chef sprechen, sagte ich, den Herrn Lissetzky.

Ich nannte den Namen, der unter dem Ladenschild als Inhaber ausgewiesen war.

Da kommen Sie zu spät, sagte sie, viel zu spät. Der gute alte Herr Lissetzky ist vor vier Jahren gestorben. Was wollten Sie denn von ihm?

Und wer ist jetzt der Chef?

Das ist mein Vater.

Könnte ich ihn sprechen?

Wenn Sie mir sagen, um was es sich handelt.

Ich möchte hier arbeiten.

Hier? Bei uns? Sie wollen in einem Antiquariat arbeiten?

Ja.

Sind Sie gelernter Buchhändler? Oder haben Sie eine kaufmännische Lehre abgeschlossen?

Ich habe zwei Jahre in einem Antiquariat gearbeitet.

Sie zog anerkennend die Augenbrauen hoch.

Und wo?

Bei Emanuel Duprais.

Der Name sagt mir nichts. Wo soll dieser Herr Duprais sein Antiquariat haben? Wir Antiquare kennen uns doch alle.

In Marseille. Sein Antiquariat ist in Marseille.

Nun musterte sie mich erstaunt von oben bis unten.

Mein Vater kommt nicht vor elf. Wenn Sie noch einmal wiederkommen wollen?

Wenn es Ihnen recht ist, warte ich hier.

In unserem schönen Sessel?

Ich kann Ihnen auch, bis Ihr Vater kommt, bei der Arbeit helfen.

Einverstanden. Die neuen Kataloge müssen versandt werden, fünfhundert Stück, die Ormig-Adressen auf die Tüten geklebt werden, unser Stempel muss drauf, und dann stecken Sie in jede Tüte einen Katalog. Die Lasche wird reingesteckt, nicht zugeklebt, damit es als Drucksache durchgeht. Trauen Sie sich das zu?

Ich nickte.

Und Vorsicht mit dem Kleber. Die Tüten dürfen nicht aneinanderkleben.

Bis elf war ich mit dem Eintüten beschäftigt. Frau Kemal, die Tochter des Chefs, erzählte mir von ihrem Vater und der wechselvollen Geschichte des Antiquariats, das ihr Vater vor zwölf Jahren von seinem Onkel, jenem Herrn Lissetzky, übernommen hatte. Vor allem aber wollte sie alles über mich wissen, wieso ich in Marseille war und ausgerechnet in einem Antiquariat gearbeitet hatte und wieso ich nach Magdeburg gekommen war und wo ich hier wohnte. Ich erzählte ihr von meiner Fahrt nach Marseille und zurück und sagte ihr, dass ich noch kein Quartier habe, und sie meinte, in Magdeburg sei kaum etwas zu finden, jene Studenten der Technischen Hochschule, die nicht das Glück hatten, einen Platz im Studentenwohnheim zu ergattern, wohnen bei Bauern auf einem der umliegenden Dörfer und würden jeden Tag den Bus nehmen, um zu einer der zwei Magdeburger Hochschulen zu gelangen.

In der Stunde, in der ich mit den Tüten und Katalogen

beschäftigt war, betraten nur zwei Kunden das Geschäft. Kurz nach elf kam ein älterer Herr herein in einem hellen Anzug und mit einer großen, weinroten Fliege, in der Hand hielt er einen Spazierstock mit Elfenbeingriff. Er betrachtete mich amüsiert, sagte jedoch nichts, ging in den hinteren Teil des Antiquariats und öffnete die Tür zum Büro. Ein paar Minuten später erschien Frau Kemal und bat mich, zum Chef zu kommen. Ich griff nach meinem Rucksack, klopfte an die Tür und trat ein. Herr Kutscher saß hinter einem Schreibtisch und telefonierte, mit einer Handbewegung forderte er mich auf, Platz zu nehmen. Nachdem er den Hörer aufgelegt hatte, sah er mich belustigt an.

Herr Boggosch?

Ja, Konstantin Boggosch, bestätigte ich.

Und Sie wollen in meinem Geschäft arbeiten?, fragte er lächelnd, meine Tochter erzählte mir, Sie hätten bereits in einem Antiquariat gearbeitet?

Ja, zwei Jahre bei Emanuel Duprais in Marseille.

Er sah mich fragend an, und ich erzählte ihm von Duprais, von seinen Freunden und meinen Übersetzungen für sie. Ich packte die Papiere aus dem Rucksack und zeigte sie ihm, auch Emanuels Hahnenkampf-Buch, das er interessiert in die Hand nahm.

Kenne ich, sagte er.

Er stand auf und ging zu einem Schrank mit vielen kleinen Schubladen, zog eine auf, blätterte in den Karteikarten, schob die Lade hinein und zog eine andere auf. Triumphierend zog er eine Karte heraus: Wusste ich es doch, *Combat de coqs 22 juin*, das habe ich für Herzfelde besorgt, im Juni fünfundfünfzig. Ja, hier ist alles für die Ewigkeit festgehalten. Antiquare arbeiten für Ewigkeiten, das gehört zum Beruf.

Er setzte sich an den Schreibtisch und gab mir das Buch zurück, nachdem er die Widmung laut gelesen hatte.

Polnisch und Tschechisch sprechen Sie aber nicht, oder?, erkundigte er sich und fuhr, als ich dies verneinte fort: Schade, sehr schade. Derzeit habe ich immer wieder interessante Angebote aus Polen und der Tschechoslowakei. Schöne Bücher bietet man mir an, wertvoll, gut erhalten, mehr, als ich kaufen kann.

Er fragte, wie lange ich bei ihm arbeiten könnte, und ich erwiderte, für zwei oder drei Jahre würde ich eine Arbeit suchen, für die Zeit, in der ich abends mein Abitur machen wolle, aber möglicherweise sei es auch für eine längere Zeit.

Nun, Sie kommen wie gerufen, junger Mann. Ich bin zweiundsiebzig, ich ziehe mich langsam aus dem Geschäft zurück, komme nur noch für vier Stunden, um meiner Tochter zu helfen. Vor einem halben Jahr habe ich ihr mein Antiquariat überschrieben und will es ihr gern gänzlich überlassen und mich völlig zurückziehen. Wenn meine Tochter einverstanden ist, und es scheint so, dann sollten wir es einmal ausprobieren. Sagen wir, eine Probezeit von zwei Monaten, dann wissen wir und Sie weiter. Freilich, mit einem Antiquariat wird man nicht reich, das werden Sie in Marseille gesehen haben. Die Arbeitszeit ist für Sie montags bis freitags neun bis achtzehn Uhr, am Samstag bis eins. Und Sie bekommen dreihundertfünfzig Mark, Sie sind schließlich ungelernt, und mehr können wir nicht zahlen. Sind Sie damit einverstanden?

Ich hatte mit mehr Geld gerechnet, aber überlegte nicht lange und sagte zu, bat lediglich darum, an vier Tagen eine Viertelstunde eher gehen zu dürfen, da die Abendschule um achtzehn Uhr begann.

Das besprechen Sie mit Bärbel, mit meiner Tochter.

Das ist sicher ab und zu möglich, und ab und zu müssen Sie halt zehn Minuten später in Ihrem Unterricht erscheinen. Wann können Sie anfangen?

Ich habe noch kein Quartier gefunden. Sobald ich ein Zimmer habe ...

Sie haben noch kein Quartier? Wir machen umgehend einen Arbeitsvertrag, mit dem Sie zum Wohnungsamt gehen können, aber ich mache Ihnen da nicht viel Hoffnung. In Magdeburg stehen Ihnen so viel Ruinen zur Verfügung, wie Sie wollen, aber ein Zimmer mit intaktem Dach, da wird Ihnen kaum einer helfen können. Vielleicht finden Sie etwas in der näheren Umgebung, in den Dörfern, bei Bauern. Das Semester hat noch nicht begonnen, wie ich an der Kundschaft bemerkte, da könnten Sie noch Glück haben.

Er reichte mir die Hand über den Tisch: Auf eine gute Zusammenarbeit, Herr Boggosch. Den Rest besprechen Sie mit meiner Tochter, sie ist hier die Chefin.

Als ich in den Verkaufsraum zurückkam, sprach Frau Kemal mit einem Kunden, ich ging zu dem langen Holztisch zurück und klebte weitere Etiketten auf und steckte Kataloge in die Umschläge.

Was hat der Chef gesagt?, erkundigte sie sich, nachdem der Kunde das Geschäft verlassen hatte.

Er hat mir gesagt, Sie sind der Chef.

Hat er das?, sie lachte auf, ja, auf dem Papier bin ich der Chef und er ist pensioniert, aber er kommt jeden Tag, um nachzuschauen, ob ich alles richtig mache.

Er sagte, von Ihnen würde ich einen Arbeitsvertrag bekommen.

Schön, wann fangen Sie an? Abgesehen davon, dass Sie bereits angefangen haben, sagte sie vergnügt und wies auf die eingetüteten Kataloge.

Wenn es Ihnen recht ist, morgen früh. Ich muss mir nur noch ein Quartier besorgen.

Über das Gehalt und die Arbeitszeit hat mein Vater Sie informiert?

Ja, da ist nur das Problem mit der Abendschule. An vier Abenden in der Woche muss ich um achtzehn Uhr in der Otto-von-Guericke-Straße sein.

Das wird sich machen lassen. Notfalls bitte ich meinen Mann einzuspringen. Also sehen wir uns morgen um neun?

Ja, um neun, Frau Kemal.

Da ich eine Arbeitsstelle hatte, leistete ich mir ein Mittagessen in einer überfüllten Gaststätte am Schleinufer. Der Kellner platzierte mich an einen Tisch mit einem älteren Paar, Eheleuten, die ihren Hochzeitstag feierten, wie sie mir sofort erklärten. Als sie sich erkundigten, woher ich komme, und ich ihnen erzählte, ich arbeite neuerdings in Magdeburg, sei aber noch immer auf der Suche nach einem Zimmer, gaben sie mir zwei Adressen von Bekannten, ich solle sagen, das Ehepaar Krummrei würde mich zu ihnen schicken. Ich dankte dem Ehepaar und gratulierte ihnen wiederholt zu ihrem Hochzeitstag. Nach dem Essen machte ich mich sofort auf den Weg zu den beiden Adressen, doch ich hatte kein Glück. Das erste Zimmer war eine Woche zuvor vermietet worden. Bei der nächsten Wohnung öffnete mir eine ältere Frau und bat mich, als ich mein Anliegen vorgebracht und gesagt hatte, mich schicke das Ehepaar Krummrei, in ihre Wohnung. Sie zeigte mir das Zimmer, welches sie bisher vermietet hatte. Der Vormieter war ausgezogen und hatte im Zimmer irgendwelche Veränderungen an dem Gardinengestänge vorgenommen, was die Vermieterin derart empörte, dass sie mir dieses ihrer Ansicht nach verschandelte Zimmer zeigen musste, um mir danach mitzuteilen, sie würde in ihrem Leben nie wieder an hergelaufene Leute ein Zimmer vermieten.

Mit dem Bus fuhr ich in die Hohe Börde und lief durch zwei Dörfer, aber auch dort war nirgends ein freies Zimmer aufzutreiben. Kurz nach sechs war ich wieder im Stadtzentrum und ging zum Institut für Werkstoffkunde, das mir am Vormittag auf dem Weg zum Antiquariat aufgefallen war. Der Pförtner hielt mich am Eingang auf und fragte, wohin ich wolle. Ich sagte ihm, ich hätte eine Nachricht im Sekretariat von Professor Neubert abzugeben, man erwarte mich bereits. Den Namen Neubert hatte ich Sekunden zuvor auf der großen Wandtafel mit den Bildern der Aktivisten des Monats gelesen.

Wir schließen in zehn Minuten, geben Sie mir den Brief, erwiderte er unwirsch.

Ich muss ihn der Sekretärin selbst übergeben, das wurde so vereinbart, erwiderte ich.

Unwillig öffnete er mir die Tür.

Ich muss ihn nur abgeben, bin sofort zurück, sagte ich im Vorbeigehen.

Ich rannte in den ersten Stock und ging in eine Toilette. Eine halbe Stunde lief ich den Gang entlang und prüfte die Türen, dann stieg ich einen Stock höher, auch hier waren die meisten Türen verschlossen, nur nicht die zur Toilette und zu einem Waschraum mit zwei Duschkabinen. In einer Kammer mit Besen, Eimern und Schrubbern lehnte eine alte Gummimatratze an der Wand. Da die Kammer zu klein war, schleppte ich sie drei Stunden später in den Waschraum. Zuvor hatte ich das ganze Haus kontrolliert, ohne irgendwo Licht zu machen. Das neu errichtete Institut war abgeschlossen, es war kein Mensch im Haus, ich konnte in aller Ruhe mein Abendbrot essen und mein mitgebrachtes Bier trinken. Ich zog mich aus und stellte mich eine halbe Stunde unter die Dusche, zum Abtrocknen hatte ich mir zwei fabrikneue Wischlappen aus der Kammer mitgenommen. Als Kopfkissen und zum Zudecken hatte ich mir mehrere Kittel der Werkstoffprüfer zusammengeholt. Ich nahm mir vor, spätestens um sechs Uhr aufzustehen, um Matratze und Kittel wegzuräumen, aber als ich wach wurde, war es bereits zwanzig nach sieben, und auf dem Gang hörte ich die Bohnermaschine, die mich geweckt hatte. Ich zog mich rasch an und verließ den Waschraum in einem Moment, wo die Putzfrau in eins der Zimmer gegangen war. Der Pförtner im Erdgeschoss erkannte mich wieder und verlangte, dass ich stehen bleibe, aber da die Eingangspforte nur für Besucher, die von außerhalb kamen, gesperrt war, konnte ich die Tür mühelos öffnen und war aus dem Haus, bevor der Alte aus seinem Kabuff herausgekrochen war.

Frau Kemal hatte den Arbeitsvertrag bereits unterschriftsreif ausgefertigt, als ich pünktlich im Geschäft erschien. Sie erläuterte mir, was ich künftig zu tun hatte. Das Antiquariat habe einen regen Postverkehr, da die meisten Kunden über die ganze Republik verstreut lebten und nach Katalogen bestellten oder sich mit besonderen und gelegentlich ausgefallenen Wünschen an Herrn Kutscher wandten. Sie sagte, ich möge mich mit dem Buchbestand vertraut machen, und ich ging an den Regalen vorbei und bemühte mich, mir die verschiedenen Sachgebiete einzuprägen.

Die beiden Hochschulen der Stadt, die Technische sowie die Pädagogische, und die vier großen Betriebe bestimmten, was in den Buchregalen stand. Es waren vor allem Lehr- und Fachbücher des Maschinenbaus, der Konstruktionslehre, der Automatisierungstechnik, der

Betriebswirtschaftslehre und zu den Grundlagenfächern der pädagogischen Wissenschaften und Didaktik. Zum Semesterbeginn stürmten die Studenten das Antiquariat, um für wenig Geld die erforderlichen Lehrbücher zu kaufen, um sie am Ende des Semesters und nach den Prüfungen zurückzubringen und ein paar Mark dafür einzutauschen. Die Studenten brachten nur wenig Geld ein, zumal sie gerne feilschten und für irgendwelche Mängel bei den gebrauchten Büchern einen Nachlass forderten, aber es war ein sicheres und kontinuierliches Geschäft, und einige der Lehrbücher hatten bereits mehrfach die Semesterferien in Kutschers Regalen verbracht, um bei Semesterbeginn dem Bleistift oder Kugelschreiber eines weiteren Studenten ausgeliefert zu werden.

Für die gewichtigeren und auch teureren Fachbücher interessierten sich die Professoren und Dozenten der Hochschulen. Diese Leuten schauten regelmäßig im Antiquariat vorbei, immer auf der Suche nach seltenen Ausgaben oder Fachbüchern aus dem westlichen Ausland, aus der Bundesrepublik, aus England und den Vereinten Staaten.

Das Antiquariat hatte zwei Räume, die öffentlich zugänglich waren, und einen dritten, der ebenfalls durch überfüllte Regale geteilt war. Dieser kleine Raum war das Allerheiligste von Kutscher. Es war der Raum für »die anderen Kunden«, wie Bärbel Kemal sagte, ohne mir zu erklären, wer diese anderen Kunden seien. Gelegentlich ging sie bei Nachfragen in dieses Zimmer und kam mit einem Buch zurück, mit dem sie den Kunden beglücken konnte, aber in der Regel blieb dieser Raum für die Kunden verschlossen, er war für »die anderen Kunden« reserviert. Ein halbes Jahr bevor ich in Magdeburg erschien, hatte der alte Herr Kutscher für sehr viel Geld den Nachlass einer Professorenwitwe erstanden, der nun das deckenhohe Regal einer ganzen Wand füllte und der größte Schatz des Antiquariats sei, wie Bärbel Kemal sagte. Ihre Sparkasse hatte damals einen Kredit zum Ankauf der Professorenbibliothek abgelehnt, und Kutscher und seine Tochter hatten Freunde und Bekannte um Hilfe bitten müssen, um den Schatz erwerben zu können, ein Schatz vor allem für »die anderen Kunden«.

Nach Arbeitsschluss ging ich zur Volkshochschule in der Otto-von-Guericke-Straße, um mich für die elfte Klasse des Abi-Kurses anzumelden. Die Schulpapiere aus Frankreich hatte ich nicht mitgenommen, die Sekretärin glaubte mir, als ich ihr sagte, ich besäße die mittlere Reife. Als Wohnadresse gab ich Straße und Hausnummer des Antiquariats an. Der Unterricht würde am nächsten Montag um achtzehn Uhr beginnen, an vier Tagen jeweils vier Stunden, die Gebühren seien innerhalb eines Monats zu entrichten, waren aber viel niedriger als in Marseille. Ich fragte, wie viele sich für die elfte Klasse angemeldet hätten.

Fünfzehn, sagte sie, es ist jedes Jahr so, für die neunte melden sich vierzig bis fünfzig an und wir müssen zwei Klassen aufmachen, für die zehnte sind es noch zwanzig bis dreißig, und für die elfte und zwölfte sind es zehn, allerhöchstens fünfzehn, aber die halten auch durch. Ich drücke Ihnen die Daumen, Herr Boggosch. Sie sind übrigens der Jüngste in der Klasse, einer ist schon dreißig Jahre alt.

Ich kaufte mir etwas zu essen, packte es in meinen Rucksack und machte mich auf, ein neues Nachtquartier zu suchen. Im Institut für Werkstoffkunde konnte ich mich nicht mehr blicken lassen, und die Ruine an der Elbe wollte ich nur im allerschlimmsten Notfall nochmals aufsuchen. In dieser Nacht wollte ich im städtischen Krankenhaus schlafen.

Am Pförtner der Klinik vorbeizukommen war kein Problem, an der Pforte war ein ständiges Kommen und Gehen, und er war mit einem gelähmten und sprechbehinderten Rollstuhlfahrer beschäftigt. Ich suchte die Gänge aller drei Etagen ab, konnte aber nichts für mich Brauchbares finden, es war alles zu übersichtlich, ein zusätzlicher nächtlicher Gast wäre rasch aufgefallen. Im Keller waren noch Handwerker mit einem Heizkessel beschäftigt, ich schlich mich an ihnen vorbei, versteckte mich im Kohlenkeller und wartete, bis die Handwerker fertig waren, den Keller verließen und die Tür von außen hörbar verschlossen. Im Kellergang gab es eine funzlige Notbeleuchtung, so dass ich mich in der Dunkelheit zurechtfand und die nicht verschlossenen Räume inspizieren konnte, um eine Schlafmöglichkeit zu finden. Ich stieß auf einen Raum, in dem verpackte Kittel, Hauben und Schürzen lagerten und mehrere Kartons mit Verbandschläuchen, die mit polsternder Watte gefüllt waren und aus denen ich mir ein überaus weiches Nachtquartier zusammenstellte. Um sechs Uhr früh weckten mich die Geräusche des erwachenden Krankenhauses, ich räumte meine Schlafstätte auf und brachte den Vorratsraum in Ordnung, um keine Spuren zu hinterlassen und mir damit die Möglichkeit offenzuhalten, in diesem Raum eine weitere Nacht zu verbringen. Mit dem Rucksack in der Hand ging ich die Kellertreppe hoch und öffnete vorsichtig die Tür zum Erdgeschoss, im gleichen Augenblick ergriff mich jemand am Jackenkragen und schob mich wortlos vor sich her, riss eine Tür auf und stieß mich hinein. Der Mann verschloss die Tür mit einem Schlüssel, sah mich triumphierend an und sagte freundlich: Habe ich dich endlich, mein Früchtchen. Hast mich lange genug geärgert.

Er ging in den Nachbarraum und telefonierte, die Tür hatte er offen gelassen, um mich unter Kontrolle zu haben. Ich stand in einem kleinen Zimmer mit mehreren Stühlen und einem Tisch mit Aquarium, durch das schmale Fenster sah ich die Grünanlage des Krankenhauses. Jemand versuchte die Tür, die der Mann soeben verschlossen hatte, zu öffnen, ich sah, wie die Klinke sich zweimal bewegte. Dann wurde ein Schlüssel von außen ins Schloss gesteckt, eine ältere Schwester in weißem Kittel und weißer Haube betrat das Zimmer, und blitzschnell schob ich die Frau zur Seite, schoss durch die offen stehende Tür und rannte los. Ich war unsicher, wo der Ausgang war, und suchte den Flur nach Hinweisschildern ab, hinter mir schrie eine Männerstimme, Sekunden später war ich an der Pforte und stürzte hinaus, flitzte die Straße entlang, ohne mich umzusehen, bog in die Hauptstraße ein und konnte in eine soeben abfahrende Straßenbahn springen. Die Fahrkartenverkäuferin wollte wissen, wohin ich fahren will, ich erwiderte, zum Bahnhof, und sie sagte, ich wäre in der falschen Bahn, diese komme gerade vom Hauptbahnhof. An der nächsten Station stieg ich aus und fragte Passanten, wie ich zur Pieck-Allee komme. Eine Frau erklärte mir, ich solle bis zum Krankenhaus gehen und da rechts abbiegen.

Gibt es einen Weg, bei dem man nicht am Krankenhaus vorbeimuss?, fragte ich und fügte, da sie mich verwundert ansah, hinzu: nach Möglichkeit meide ich Krankenhäuser.

Sie lachte zustimmend und sagte: Dann gehen Sie geradeaus, freilich ist es dann länger. Aber Sie haben recht: lieber ein Umweg als ein Krankenhaus. Einen schönen Tag.

Danke für die Auskunft. Und auch für Sie einen schönen Tag.

Die fehlende Wohnung wurde langsam zu einem nicht mehr zu bewältigenden Problem. Auf einem der Dörfer etwas zu finden war ohne Hinweise oder Empfehlungen aussichtslos. Im Krankenhaus konnte ich mich nicht mehr sehen lassen, genauso wenig im Institut für Werkstoffkunde. In den Ruinen war es eklig, und wenn mich dort jemand entdecken und die Polizei rufen würde, drohten mir, einem Aufnahmeersuchenden, alle möglichen Auflagen und Strafen. Überdies musste ich mich in vier Tagen, am Montag, auf dem Polizeirevier melden. Die Polizistin in G., die Freundin von Gunthard, hatte mir gesagt, anderenfalls würde man mich zur Fahndung ausschreiben. Ich musste bis zum Montag ein Quartier oder zumindest eine richtige Adresse haben, die ich auf dem Revier angeben konnte.

Frau Kemal überraschte mich im Antiquariat, als ich mir auf der Toilette die Zähne putzte, und fragte verwundert, ob ich in meinem Quartier denn kein Wasser habe. Ich erzählte ihr, wo ich die letzten drei Nächte zugebracht hatte, sie war entsetzt und versprach mir, für mich umgehend eine richtige Bleibe zu finden. Später hörte ich, wie sie mehrmals am Telefon über mich sprach und nach einem Zimmer für mich fragte.

Am Nachmittag rief sie mich zu sich.

Herr Boggosch, begann sie, unterbrach sich aber sofort, ach was, Herr Boggosch. Ich nenn dich Konstantin und duze dich, und ich bin die Bärbel, und du kannst auch du zu mir sagen. Einverstanden?

Geht in Ordnung, Chefin, sagte ich.

Ich habe etwas für dich gefunden. Einer unserer Kunden, Doktor Weitgerber, wird dich in der Wohnung seines

Vaters unterbringen. Sein alter Herr ist bereits seit einem halben Jahr bei einer Freundin im Thüringer Wald und wird wohl nicht mehr zurückkommen. Du hast die Wohnung für dich allein und mit der Miete werdet ihr euch einig werden. Weitgerber ist ein alter Kunde von uns und wir haben ihm schon allerlei besorgt, was es gar nicht gibt. Er wird bei dir kulant sein, schließlich braucht er uns.

Ich danke Ihnen, ... pardon, ich danke dir, Chefin.

Doktor Weitgerber hat im Augenblick keine Zeit, er fährt für zwei Tage nach Berlin. Am Wochenende, also in zwei Tagen, ist er zurück und du kannst in die Wohnung seines Vaters ziehen. Bis dahin wohnst du bei uns, bei meinem Mann und mir. Da hast du eine Schlafcouch, bekommst ein Frühstück und kannst dir sogar die Zähne putzen. Zufrieden?

Ich bin ein Glückskind, Chefin.

Glückskind? Ich weiß nicht. Heute kamen drei unserer Briefe zurück, du hattest vergessen, Marken daraufzukleben. Wärst du ein Glückskind, hätte die Post die Briefe auch ohne Marken expediert.

Oh, tut mir leid.

Schon gut. Versuch doch bitte einmal, eine Antwort auf diesen Brief hier zu entwerfen. Es ist eine Beschwerde vom Kommissions- und Großbuchhandel in Leipzig. Die dürfen wir nicht verärgern, aber wir müssen uns auch nichts gefallen lassen. Ich möchte sehen, wie du dich dabei anstellst. Beweis mir dein diplomatisches Geschick.

Der Mann von Bärbel, Goran Kemal, war Türke oder Kurde, er war sechs Jahre zuvor, nach dem September-Pogrom gegen die Christen in Istanbul, aus der Türkei geflohen, war über Wien, Prag und Berlin nach Magdeburg gekommen und hatte im Schwermaschinenwerk »Thälmann« eine Stelle als Ingenieur gefunden. Die beiden hatten sich im ersten Jahr seines Aufenthalts im Antiquariat Kutscher kennengelernt und zwei Jahre später geheiratet. Herr Kemal war älter als seine Frau, viel älter, und er war ein begeisterter Marxist, ein wortgewandter und gebildeter Eiferer für eine gerechtere Welt, und da seine Frau Bärbel und ihr Vater, der alte Herr Kutscher, Christen und Mitglieder des Gemeindekirchenrats waren, kam es zwischen ihnen immer wieder zu Disputen, die sie mit Witz und vielen Zitaten führten, mit Belegen aus der Bibel und Textstellen der Philosophen untermauerten wie mit den zumeist tragischen Ereignissen der europäischen Geschichte. Bei diesen Gesprächen war ich gern dabei, es war für mich spannend, es erinnerte mich an die Diskussionen in Marseille, an die Abende mit Emanuel und seinen Freunden.

In den beiden Tagen, die ich bei den Kemals wohnte und auf dem Gästesofa schlief, wurde abends warm gegessen. Goran Kemal kochte, es gab Vorspeisen, die mit Joghurt angerührt waren, danach gefüllte Kartoffeln und am zweiten Abend Hackfleisch in Weinblättern und als Nachtisch ein zuckersüßes Gebäck.

Am Sonnabend, nachdem wir das Geschäft geschlossen hatten, meldete ich mich bei Doktor Weitgerber, einem Dozenten der Pädagogischen Hochschule, und wir gingen zusammen in die Wohnung seines Vaters. Er wollte von mir wissen, in welchem Verhältnis ich zu Herrn Kutscher und seiner Tochter Bärbel stünde, und war erstaunt zu hören, dass ich sie erst seit einer Woche kenne, er habe geglaubt, ich sei ein Verwandter von ihnen, da sich Frau Kemal so energisch für mich eingesetzt habe. Er packte einige Sachen seines Vaters in einen Koffer, den er dann unter das Bett schob, zeigte mir, wie das Gasheizgerät funktioniert, und erklärte, was ich in dieser Wohnung nicht anfassen solle und womit ich besonders behutsam umzugehen habe. Dann notierte er sich die Zählerstände und ließ sich meinen Ausweis oder vielmehr meinen Ausweiszettel zeigen und schrieb sich die Daten auf. Ich fragte ihn, wie hoch die Miete sei, doch dazu konnte er nichts sagen, dies wolle er mit seinem Vater klären, die Wohnung würde aber bezahlbar sein, solange ich darin keine Dummheiten anstellen würde.

Nachdem er sich verabschiedet hatte, schaute ich mir die Zwei-Zimmer-Wohnung in aller Ruhe an. Ich hatte bisher immer Glück gehabt, und wenn der alte Herr, dem die Wohnung gehörte, nicht zurückkam und ich hier wohnen bleiben durfte, hatte ich sogar mehr als Glück. Von einer solchen Wohnung hätte ich nicht einmal geträumt. Sie war staubig, da lange keiner in ihr gewohnt hatte, und in der Küche waren der Tisch und die Ablageflächen klebrig. Zwei Stunden lang säuberte ich alles, ich nahm auch das Geschirr und das Besteck aus Schrank und Schubläden und wusch alles noch einmal gründlich ab. Dann ging ich zum Bahnhof, um endlich meinen Koffer auszulösen, meine Sachen in der neuen Wohnung einzuräumen und das Bett mit meiner mitgebrachten Wäsche zu beziehen. Am Abend setzte ich mich in eine Gaststätte um die Ecke, bestellte mir ein Schnitzel und ein Bier und schrieb Postkarten an Mutter, an Emanuel und an eine Frau Grälich in Westberlin, die Schwester von Frau Rosenbauer. Ich gratulierte dieser Frau Grälich zum Geburtstag, schrieb ihr, mir gehe es gesundheitlich wieder sehr gut, und bat darum, ihre Schwester Suse zu grüßen. Nur mit meinem Vornamen unterschrieb ich, eine Absenderadresse teilte ich auf dieser Karte nicht mit, ich hoffte, diese Frau Grälich würde den Gruß verstehen und die unauffällige Postkarte ihrer Schwester geben.

Den ganzen Sonntag blieb ich in der Wohnung. Nach meiner Nacht in der Ruine und den Schlafplätzen im Waschraum des Instituts und im Krankenhauskeller genoss ich das ungestörte Alleinsein. Ich hatte nichts zu befürchten, keiner konnte mich verjagen, hatte eine Arbeit bei Leuten, die freundlich zu mir waren, würde mein Abitur machen und mein Leben leben. Niemand wusste von meinem Vater, ich konnte ihn vergessen. Ich konnte ihn löschen. Auslöschen. Austilgen. In einem Nie-wieder ablegen.

An der Haustürklingel und am Briefkasten wechselte ich die Einsteckschilder aus, schrieb hinter dem Namen Weitgerber meinen eigenen Nachnamen. Zum ersten Mal in meinem Leben hatte ich eine eigene Wohnung, und das in einer Stadt, in der es überhaupt keine freien Zimmer gab.

Am Abend ging ich zu den Kemals, sie hatten mich eingeladen. Da es samstags keine Schnittblumen zu kaufen gab, hatte ich einen großen Topf mit Geranien für ihren Balkon mitgebracht. Der Topf war teuer und mein Geld ging zu Ende, aber ich hatte Frau Kemal viel zu verdanken. Die beiden stritten an dem Abend wieder liebevoll miteinander. Bärbel schimpfte auf den Staat und die Politik, und Goran meinte, sie habe keine Ahnung, wie es in der Welt zugehe und dass Millionen Leute liebend gern mit ihr tauschen würden, und schließlich diskutierten sie über Stalin und Castro, über Adenauer und Adnan Menderes. Bärbel schrie belustigt auf, als Goran ihr klarzumachen versuchte, dass die Cubaner zum ersten Mal in der Geschichte der Menschheit die Bergpredigt von Jesus Wirklichkeit hatten werden lassen. Ich hörte ihnen aufmerksam und vergnügt zu, aß Gorans süßes Gebäck und trank drei Glas Bier. Als ich mich verabschiedete, sagte ich meiner Chefin, ich müsse mich morgen bei der Polizei anmelden, sie nickte und sagte, sie erwarte mich spätestens um elf.

Auf dem Revier gab es keine Probleme, die Beamtin war auch nicht überrascht oder verwundert, als ich ihr meinen vorläufigen Personalausweis vorlegte. Sie notierte kommentarlos meine Angaben zur Wohnung und zur Arbeitsstelle und sagte lediglich, ich müsse ihr beim nächsten Termin den Arbeits- und den Mietvertrag vorlegen. Als ich sie fragte, wann ich mich wieder zu melden habe, sagte sie, mit einem vorläufigen Ausweis habe ich mich alle vierzehn Tage zu melden.

Meine Mitschüler in der Abendschule kannten sich alle, ich war der einzige Neue. Außer mir drückten nur noch zwei Männer die Schulbank, der Ältere war gelernter Fleischer, der nun eine Kaufhalle leitete und das Abitur benötigte, da ihm der Vorsitz der Konsumgenossenschaft des Bezirks in Aussicht stand, wenn er bereit sei, ein Wirtschaftsstudium aufzunehmen, der andere war zwei Jahre älter als ich und hatte eine Lehre als Feinmechaniker abgeschlossen. Die Übrigen waren Mädchen und Frauen, alle waren mindestens fünf Jahre älter als ich, eine war über vierzig, und zu meiner Überraschung wollte sie trotzdem noch Medizin studieren und Ärztin werden. Zum Abitur brauchte man an der Abendschule nur eine Fremdsprache, Russisch, und in diesem Fach musste ich gar nichts tun und hoffte, dass sich eine Gelegenheit ergeben würde, die Abiturprüfung in Russisch eher abzulegen. Mit Einverständnis der Russischlehrerin ließ ich ihre Stunden aus und konnte eine Stunde früher nach Hause gehen, oder ich überbrückte die Stunde, um in einem leeren Schulzimmer die Hausarbeiten zu erledigen.

Am Mittwochmorgen besaß ich nur noch drei Mark und bat die Chefin um einen Vorschuss auf das Gehalt. Sie gab mir sofort hundert Mark und entschuldigte sich, dass sie nicht daran gedacht habe, mich nach meiner finanziellen Situation zu fragen. Die Arbeit im Antiquariat machte mir Spaß, nach zehn Tagen war ich für den gesamten Außenhandel zuständig, wie die Chefin sagte. Ich nahm Bestellungen entgegen, durchforschte unsere Bestände und anhand der Kataloge die der anderen Antiquariate, verpackte und versandte die Bücher und führte auch die Korrespondenz, da ich in Frankreich das Schreiben mit einer Schreibmaschine einigermaßen erlernt hatte. Meine Briefe hatte ich ihr vorzulegen, damit sie diese unterschrieb, bis auf wenige Hinweise von ihr gab es sehr bald keinerlei Beanstandungen meiner Arbeit.

Mutter besuchte ich an einem Sonntag Mitte September. Ich kam am späten Vormittag an und reiste vor dem Abendbrot wieder ab. Als ich vom Bahnhof durch die Stadt zu Mutter ging, spürte ich keine Beklommenheit wie früher. Ich kam lediglich zu Besuch. G. war nicht mehr meine Stadt, sie berührte mich nicht mehr, das Gespenst meines Vaters war getilgt. Die Fahrt hierher war ein kleiner Abstecher in eine vergangene Vergangenheit. Was auch hatte ein Boggosch mit einem Müller, mit einem Vulkan zu tun?

Mutter hatte Falschen Hasen für uns beide gemacht, das Sonntagsessen meiner Kindheit, und Kalten Hund, eine Kekstorte, die es früher bei uns nur an Geburtstagen gegeben hatte. Und sie fragte und fragte, ich hatte ihr jede Kleinigkeit von mir und meinem Leben in Magdeburg zu erzählen. Was ich ihr von dem Antiquariat, meiner Wohnung und meiner Abendschule erzählte, gefiel ihr. Ich lud sie ein, mich zu besuchen, sie könne bei mir übernachten und meine Chefin und ihren Mann und Vater kennenlernen. Gunthard sah ich an diesem Tag nicht, er war wie an jedem Wochenende in Berlin bei seiner Freundin. Einigen Bemerkungen von Mutter entnahm ich, dass sie besorgt um Gunthards Entwicklung war, ihr gefiel weder seine Freundin noch sein Verhalten oder seine Absichten bei BUNA 3.

Er hat was von deinem Vater, sagte sie, schlug sich erschrocken auf den Mund und verstummte.

Am Abend packte ich in meinen französischen Koffer ein paar Sachen aus meinen Schrankfächern und fragte Mutter nach Bettwäsche und Handtüchern, die sie entbehren könne. Sie brachte sofort zwei große Stapel an und wollte, dass ich sie in den Koffer packte. Ich lachte und sagte, ich benötige nur einen Ersatzbezug und zwei Handtücher, doch Mutter protestierte.

Und wenn ich dich besuchen komme, wie soll ich dann schlafen?, fragte sie und packte selbst die Wäschestücke in meinen Koffer.

Wir gingen zusammen zum Bahnhof. Sie begleitete mich, weil sie noch eine Bekannte aufsuchen wollte.

Und wie sieht es bei dir aus? Hast du eine Freundin?, fragte sie, als wir auf dem Bahnsteig standen.

Nein, sagte ich verlegen, keine Zeit. Nach der Arbeit habe ich Schule, ich komme nicht einmal dazu, ins Kino zu gehen. Das lässt sich kein Mädchen gefallen.

Du bist ein vernünftiger Junge, erwiderte sie, mach erst einmal dein Abitur, alles andere findet sich.

Im Zug ging mir Mutters Frage durch den Kopf. Ich war jetzt schon sechzehneinhalb und hatte noch nie eine richtige Freundin. In Frankreich hatte ich das eine und andere Mädchen kennengelernt, aber wenn sie erfuhren, dass ich Deutscher bin, waren sie an einer weiteren Verabredung nicht interessiert. Kein Mädchen in Marseille wollte einen deutschen Freund haben. Ich lernte damals Schwarze kennen und sogar Algerier mit französischen Freundinnen, aber bei mir gab es nur spitze Bemerkungen. Ich war der Boche oder auch der Alboche, den man sich auf Distanz hielt. Clément und vor allem Raphaël waren die einzigen jüngeren Freunde, die ich damals hatte. Und in Magdeburg war ich erst wenige Wochen, ich hatte kein Geld und keine Zeit, auszugehen und jemanden kennenzulernen. Ich hatte keine Freundin, ich war eigentlich noch immer eine Jungfrau, wenn man von jenem einen Sonnabend in Marseille mit Marie absah. All dies hätte ich Mutter erzählen können, weil sie es ohnehin ahnte, aber darüber konnte ich nicht mit meiner Mutter sprechen.

Ende September teilte mir Doktor Weitgerber mit, die Miete für die Wohnung seines Vaters betrage fünfunddreißig Mark dreißig, das sei genau die Summe, die sein Vater an das Wohnungsamt zu zahlen habe, und ich möge das Geld an jedem Monatsende auf das Konto seines Vaters überweisen, er würde sich auf eine pünktliche Zahlung verlassen. Ich versprach es und ging noch am selben Tag zur Sparkasse, um das Geld zu überweisen. Als ich mich am Montag danach wieder bei der Polizei meldete, erfuhr ich, dass mir ein neuer Personalausweis erst in fünf Monaten ausgestellt werde, so lange habe ich mit dem Provisorium zu leben, und zwar ausschließlich innerhalb des Bezirks. Ich fragte nach dem Grund, aber den konnte oder wollte mir die Beamtin nicht sagen.

Ein paar Wochen später begriff ich, wen meine Chefin mit den »anderen Kunden« meinte. In Leipzig war Messe, und viele der ausländischen Besucher reisten auch nach Magdeburg, da sie sich mit ihren Handelspartnern der vier hiesigen Großbetriebe trafen und bei dieser Gelegenheit das Antiquariat Kutscher aufsuchten, um seltene und kostbare oder längst vergriffene Bücher zu kaufen. Kutschers Antiquariat war bekannt für sein Fachgebiet Maschinenbau und vor allem für die sehr alten Bücher, wir hatten sogar fünf Inkunabeln in dem »geheimen Zimmer«, also Bücher, die noch mit den allerersten Verfahren des Buchdrucks hergestellt worden waren und von denen es auf der ganzen Welt nur noch wenige Exemplare gab. Ich fragte Bärbel, ob diese Kunden mit Devisen bezahlten, mit Westgeld, aber da lachte sie nur und meinte, diese Kunden versuchten lediglich, das Geld loszuwerden, das sie an der Grenze umtauschten. Ich bemerkte jedoch, dass die Chefin sich beim Kassieren anders verhielt als gewöhnlich, auch erschien der alte Herr Kutscher in diesen zwei, drei Wochen, in denen diese Besucher bei uns vorbeikamen, häufiger und blieb länger als sonst im Antiquariat. Und außerdem waren die wirklich alten Bücher sehr teuer, nur mit dem Pflichtumtausch waren sie nicht zu bezahlen.

Als Goran an einem dieser Abende nach seiner Arbeit im Thälmann-Werk zu uns kam, um seine Frau abzuholen, schimpfte er, weil wir die Kapitalisten, die er bekämpfte, mit seltenen Kostbarkeiten versorgten. Wir sollten ihnen die Schriften von Marx und Che Guevara verkaufen und nicht die frommen Traktate von Augustinus und den anderen Betschwestern. Seine Frau lachte nur und erwiderte, sie kämpfe auf ihre Art in seinem antiimperialistischen Feldzug mit, sie versuche die Kapitalisten zu ruinieren, indem sie ihnen so viel Geld wie möglich abnehme.

Mit den meisten der »anderen Kunden« waren die

Chefin und ihr Vater gut bekannt. Sie saßen mit ihnen zusammen, um Kaffee zu trinken, und einige luden sie zum Mittagessen ein oder am Abend in ihr Hotelrestaurant. Offenbar erschienen sie bei jeder Messe in unserem Antiquariat, darauf hoffend, einen für sie reservierten Schatz erstehen zu können. Als ich glaubte unser Geschäft mit »den anderen Kunden« verstanden zu haben, erzählte ich Bärbel Kemal von meinem geheimen Schatz.

Ich bin reich, Chefin, sagte ich, ich besitze mehr als zwölftausend Mark, nur komme ich momentan nicht an das Geld ran. Es liegt in Westberlin.

Zwölftausend Mark? In Westberlin? Ist das Westgeld?

Nein, zwölftausend Ost, aber ich konnte es nicht über die Grenze mitnehmen. Man hätte es beschlagnahmt. Und nun weiß ich nicht, wie ich an das Geld komme. Könnte nicht einer der »anderen Kunden« es beim nächsten Besuch mitbringen? Das sind doch hohe Tiere, die werden kaum kontrolliert.

Mein Gott, Konstantin, zwölftausend Mark auf der hohen Kante, du bist wirklich ein reicher Mann. Du bist eine gute Partie. Aber ob ich einen unserer Kunden für einen solchen Transfer gewinnen kann, das ist sehr fraglich. Es ist illegal und wird schwer bestraft.

Ich dachte nur ...

Ich werde sehen, was ich tun kann. Aber du wirst dich gedulden müssen, das geht nicht über Nacht. Wo liegt das Geld? Auf einer Bank?

Nein, bei einer Bekannten. Sie hebt es für mich auf.

Und die Bekannte lebt in Westberlin?

Ja, und sie kann nicht über die Grenze. Sie arbeitet im Notaufnahmelager und fürchtet, dass sie auf der Liste der unerwünschten Personen steht.

Du hast ihre Adresse?

Ja natürlich. Ich kann dir ihre Adresse geben, oder vielmehr die Adresse ihrer Schwester.

Nein, irgendeine Adresse will ich nicht haben. Ich will so wenig wie möglich davon wissen. So, und nun reden wir nicht mehr darüber. Sprich mit niemandem darüber, Konstantin, auch nicht mit meinem Vater und schon gar nicht mit meinem lieben Goran, denn der würde dich überreden, dein Geld für irgendeinen Befreiungskampf zu spendieren. Ich sehe zu, ob ich etwas für dich machen kann.

Eine Woche später sagte sie mir, es gäbe vielleicht eine Möglichkeit. Ein Kunde aus Westberlin habe versprochen, nach einem sicheren Weg Ausschau zu halten.

Das wäre ein außerordentliches Entgegenkommen, Konstantin, da wirst du dich erkenntlich erweisen müssen.

Und wie? Soll ich ihm Geld geben?

Nein, mit deinem Geld kann er nicht viel anfangen. Wir werden uns etwas überlegen. Und vergiss nicht, kein Wort darüber zu keinem.

Ein neuer Schüler kam in unsere Klasse, ein Junge, der in Westberlin auf ein Gymnasium gegangen war. Martin war der Sohn eines Pfarrers in Magdeburg, war zwei Jahre zuvor seines Vaters wegen nicht zur Erweiterten Oberschule zugelassen worden und nach Westberlin geflüchtet, wo er in einem Schülerheim gewohnt und ein altsprachliches Gymnasium in der Nähe des Hohenzollerndamms in Schmargendorf besucht hatte. Als die Mauer gebaut wurde, war er zu Besuch bei den Eltern und konnte nicht mehr an seine Schule zurück. Er war in allen Fächern besser als wir, wahrscheinlich hätte er sich gleich für die zwölfte Klasse anmelden können, nur von Russisch hatte er überhaupt keine Ahnung, und ich versuchte ihm zu helfen. Vierzehn Tage später verabschiedete er sich von mir. Der Direktor und ein Lehrer der Abendschule hatten ihn am Vortag zu einem Gespräch gebeten, sie hatten ihm mehrere politische Fragen gestellt, Fangfragen, wie er sagte, alles leicht durchschaubar, und ihn dann, da er in diesem Gespräch, das in Wahrheit ein Verhör war, nicht bereit war, sich und seine Meinung total zu verleugnen, wegen politischer Unreife vom Abiturkurs der Abendschule exmatrikuliert.

Was wirst du machen?, fragte ich ihn.

Ich versuche, eine Lehre anzufangen. Vielleicht kann ich Tischler werden, aber sie werden mir auch dabei Knüppel zwischen die Beine werfen. Oder ich gehe zum Sprachenkonvikt in Berlin, das gehört der Kirche und nimmt solche Leute wie mich auf. Doch dort soll man Pfarrer werden, und das habe ich nicht vor. – Wie hast du es geschafft, dass sie dich nicht rausgeschmissen haben?

Ich war nicht abgehauen, ich war nur zu Besuch in Frankreich. Und vielleicht ist Marseille für die nicht so schlimm wie Westberlin, wie die Frontstadt.

Alles Gute, Konstantin. Ich sehe dich in deinem Antiquariat. Heb für mich was auf, du weißt schon, das, was man hierzulande nicht zu kaufen kriegt. Konterbande!

Schade, dass du gehst, Martin. Mit dir konnte man sich wenigstens mal unterhalten.

Sein Rausschmiss bedrückte mich. Im Grunde war er den gleichen Weg wie ich gegangen, der Unterschied zwischen uns beiden war nur, dass ich in Frankreich gelebt hatte. Ich fragte mich, ob sie irgendwann auch meinen Fall noch einmal aufrollen und mich von der Schule schmeißen würden. Doch dann fiel mir ein, dass es einen weiteren Unterschied gab, der möglicherweise der entscheidende war: Martin konnte durch den Bau der

Mauer nicht mehr in seine Schule zurück, während ich nach dem Mauerbau freiwillig zurückgekommen war. Ich dachte an Bruno, an den Eisenbahner im Aufnahmelager Fürstenwalde, den angeblichen Analphabeten, er hatte damals heftig protestiert, als wiedergekehrter Flüchtling eingestuft zu werden, und ich hatte es ihm nachgemacht. Vielleicht hatte dies mir das Schicksal von Martin erspart, jedenfalls konnte ich unbehelligt weiterhin die Abendschule besuchen.

Die Arbeit im Antiquariat war leicht und gefiel mir, und in Bärbel und Herrn Kutscher und Goran hatte ich Freunde gefunden. Die Bücher, die ich verkaufen sollte, interessierten mich nicht, aber ich hatte bald einen guten Überblick über die Buchbestände und brauchte nur selten bei der Chefin etwas nachfragen. Auch das »geheime Zimmer« durfte ich betreten, wenn auch allein der alte Kutscher und die Chefin darüber entschieden, welcher Kunde aus diesen Regalen Bücher erwerben durfte. Dort stand auch ein Panzerschrank, ein uraltes, großes Monstrum mit dem goldgeprägten Schriftzug »Panzer AG«, in dem die besonders wertvollen Bücher lagen, bei denen sich Herr Kutscher oder Bärbel Stoffhandschuhe anzogen, wenn sie eins dieser Bücher in die Hand nahmen.

Herr Kutscher nannte mich stets Monsieur Constantin. Er schien sich immer zu amüsieren, wenn er mich erblickte, sprach wenig mit mir, doch schätzte er mich, wie er sagte, da ich mich rasch eingearbeitet habe und die Kunden höflich behandele. Er kam, seit ich mitarbeitete, immer seltener ins Geschäft und nur, um sich mit bestimmten Kunden zu treffen und Kauf und Verkauf zu kontrollieren. Wenn dem Antiquariat eine größere Partie angeboten wurde, Bücher aus einem Nachlass oder einer Wohnungsauflösung, fuhr er mit seiner Tochter zu der jeweiligen Wohnung, um die Bibliothek zu begutachten und ein Angebot zu unterbreiten. Wenn die beiden zurückkamen und Herr Kutscher lächelte und leise vor sich hin pfiff, hatte er mit dem angebotenen und akzeptierten Pauschalpreis offensichtlich ein gutes Geschäft gemacht.

In Bärbel, die Chefin, war ich fast ein wenig verliebt, jedenfalls behauptete sie es, weil ich sie angeblich immerzu anstarren würde. Sie stellte mich ihren wichtigen Kunden vor, die sehr regelmäßig ins Geschäft kamen, um keinen Neuzugang zu verpassen. Das waren Professoren, Doktoren und Dozenten der Hochschulen, mit denen ich bald gut vertraut war und die stets sehr freundlich zu mir waren und sich gelegentlich auch länger mit mir unterhielten, nach meinen Plänen fragten oder etwas über Frankreich wissen wollten, da die Chefin mich ihnen als Antiquar aus Marseille vorgestellt hatte.

Einer der Doktoren, Herr Liebers, war Dozent an der Pädagogischen Hochschule »Erich Weinert«, er lehrte dort Pädagogische Psychologie und Anthropologie, zwei neuere Disziplinen der Pädagogik, und war sehr häufig bei uns, denn es seien, wie er sagte, bisher nur wenige wissenschaftliche Arbeiten zu seinem Bereich publiziert worden und diese seien bisher nur in westlichen Ländern erschienen, und er setze – da er keinen Zugang zu diesen Büchern hatte – auf unsere Kontakte.

Einmal begleitete ihn seine Tochter. Sie ging gleichfalls in die elfte Klasse, jedoch in die Erweiterte Lessing-Oberschule, und sie lachte, als sie hörte, wie wenig Schulfächer wir an der Abendschule hatten und dass wir nur in einer Fremdsprache unser Abi machten. Sie wollte Archäologie studieren und hatte darum neben Russisch und Englisch noch freiwillig die Fächer Französisch und Spanisch gewählt und befasste sich außerdem noch mit der koptischen Sprache. Ich wechselte daraufhin bei unserem Gespräch ins Französische, wo sie Mühe hatte, mit mir mitzuhalten, und darum spanisch antwortete, woraufhin ich wiederum italienisch fortfuhr.

Bei dem nächsten Besuch ihres Vaters tauchte Beate erneut auf, wir unterhielten uns, während Doktor Liebers mit Bärbel sprach, und bevor sie sich verabschiedeten, fragte ich Beate, ob ich sie ins Kino einladen könne.

Welchen Film willst du dir ansehen?, fragte sie zurück.

Ich weiß nicht. Welchen Film würdest du dir gern anschauen? Mir ist es eigentlich egal, ich wollte mich nur mit dir verabreden.

Sie lachte und sagte, ich sei ein richtiger Draufgänger und Casanova, ich solle sie am Samstag um sieben abholen, sie wohne in der Salzmannstraße, drei Minuten von ihrer Schule entfernt.

Als ich am Sonnabend bei ihr klingelte, öffnete sie die Tür und bat mich für einen Moment in die Wohnung, ihre Mutter wolle mich sehen. Ihr Vater sei zu einer Weiterbildung das Wochenende über in Leipzig, doch ihre Mutter werde extra meinetwegen eine Stunde später zu ihrer Bridge-Runde gehen. Wir gingen hinein, Beate stellte mich ihrer Mutter vor, wir tranken eine Tasse Tee und ihre Mutter erkundigte sich nach meiner Familie, nach meiner Mutter, meinem Vater und meinen Geschwistern.

Ich habe nur einen Bruder. Mein Vater ist im Krieg geblieben.

Und was macht Ihre Mutter?

Lehrerin, sagte ich, sie hat die Diplome für Deutsch, Englisch und Französisch.

Ich wurde rot, als ich ihr das sagte. Mutter besaß zwar diese Diplome, aber als Lehrerin durfte sie nicht arbeiten, sondern musste putzen gehen, was ich Frau Liebers nicht erzählen wollte.

Du bist um zehn zu Hause, sagte sie zu Beate, als wir aufbrachen.

Aber Mama, da müsste ich das Kino mittendrin verlassen. Der Film ist frühestens um halb elf oder um elf aus.

Jedenfalls warte ich auf dich. Ich gehe nicht ins Bett, bevor du zurück bist.

Ich bin sechzehn, Mama.

Ja, eben.

Auf der Straße sagte Beate, sie würde auch gern allein leben wie ich, und fragte: Ist deine Mutter auch so gluckenhaft?

Ich weiß das nicht. Ich lebe schon seit fast drei Jahren allein, bin mit vierzehn von zu Hause abgehauen.

Wegen deiner Mutter?

Nein, wegen meinem Vater.

Aber ich denke, du hast ihn nie gesehen. Ist er nicht im Krieg gefallen?

Ja, sagte ich verlegen, du hast recht. Eigentlich bin ich abgehauen, weil mir die ganze Stadt nicht gefiel. Ich wollte dort nicht mehr leben, weil die Leute mich dort immer auf meinen toten Vater ansprachen. Das nervte mich.

Aber das haben die nett gemeint, Konz, die hatten Mitleid mit dir, weil du Halbwaise bist.

Sie nannte mich seit dem erst Tag Konz, weil ihr Konstantin zu förmlich und steif erschien, und ich nannte sie Bea.

Hast du einen Film ausgesucht?

Nein. Warum? Du hast gesagt, dir ist es egal, du wolltest dich nur mit mir verabreden. Ich muss nicht ins Kino. Wir können zur Elbe runter und dort spazieren gehen und uns unterhalten. Du musst mir von Frankreich erzählen. Einen, der in Frankreich gelebt hat, habe ich noch nie kennengelernt, und ich träume davon, einmal in meinem Leben nach Paris zu fahren. Wir lernen Französisch und Englisch und dürfen da nie hinfahren. Und jetzt nach dem Mauerbau ist es völlig aussichtslos. Ist das nicht verrückt, Fremdsprachen zu lernen, wenn man eingemauert ist? Das ist so, als ob man auf einer menschenleeren Insel ein Kochbuch liest. Verrückt, einfach verrückt.

Und deine Eltern?, fragte ich, denken die auch so? Die sind doch in der Partei.

Ja, sie sind beide in der Partei, aber sie sind nicht blöd. Sie mussten in die Partei, das ist an der Hochschule unumgänglich, jedenfalls, wenn man da nicht ewig Assistent bleiben will.

Ja, ich merkte schon, dass man mit deinem Vater reden kann.

Mit meiner Mutter auch, jedenfalls über Politik. Nur nicht über Sex und Liebe, da ist sie völlig verklemmt. Stell dir vor, meine Mutter wollte mich in diesem Sommer aufklären. Wir lagen zusammen am Strand, nur wir beide, kein Mensch in der Nähe, und da fängt sie über sechs Ecken an, mich aufzuklären. Der Mann muss sich rechtzeitig vom Gefahrenherd zurückziehen, sagte sie zu mir, wortwörtlich. Ich habe gesagt, Mama, meinst du den Coitus interruptus, und da war sie beleidigt. Ich habe mich totgelacht, aber nur innerlich. Schräg, wie?

Ich wollte sie küssen, aber sie wehrte ab und redete weiter über ihre Eltern, die Schule, über Koptologie und das Dreiperiodensystem der Archäologie, über Pompeji und Herculaneum. Gegen elf waren wir bei ihrem Haus und verabschiedeten uns vor der Haustür. Ich versuchte noch einmal, sie zu küssen, sie schob meinen Kopf weg und schüttelte sich.

Nur ein Kuss zum Abschied, sagte ich.

Nein, entgegnete sie, nein, Konz, das geht nicht. Dafür habe ich dich zu gern.

Sie blickte mich dabei an, ohne zu lächeln, und ich glaube, ich verstand sie.

Mutter besuchte mich Anfang Dezember zum ersten Mal. Sie kam am zweiten Adventssonntag und blieb drei Tage. Ich hatte mir eine Luftmatratze geborgt, so dass sie in meinem Bett schlafen konnte, und am Tag vor ihrer Ankunft hatte ich drei Stunden lang die Wohnung geputzt, was Mutter nicht davon abhielt, am Montag, nachdem ich zur Arbeit gegangen war, alle Zimmer noch einmal zu wischen und trotz der Kälte die Fenster zu putzen. Sie machte ein paar Einkäufe für Weihnachten und kam gegen fünf ins Antiquariat, so dass ich sie und Bärbel einander vorstellen konnte. Am Abend ging ich nicht zur Schule, sondern lud sie ins neu eröffnete Ratswaage-Hotel ein. Da Doktor Liebers den Chef des Hotels seit seiner Schulzeit kannte, hatte ich ihn gebeten, in dem Hotelrestaurant einen Tisch für mich zu bestellen, einen Tisch für drei Personen, denn ich hatte Beate auch eingeladen, ich wollte, dass Mutter und sie sich kennenlernen. Wir sprachen den ganzen Abend nur französisch miteinander. Der Kellner bediente uns sehr zuvorkommend und war enttäuscht, als ich mit Ostmark bezahlte, er hatte gehofft, Francs oder ein anderes Westgeld zu bekommen. Die beiden Frauen verstanden sich gut, Beate fragte Mutter nach ihrer Kindheit und Jugend und Mutter erzählte ihr mehr, als sie jemals Gunthard und mir von sich berichtet hatte. Am nächsten Tag besuchte Mutter noch einmal das Antiquariat, um sich zu verabschieden.

Es war gut, Sie kennenzulernen, sagte sie zu meiner Chefin, ich bin jetzt unbesorgter um meinen Konstantin.

Das können Sie, sagte Bärbel, Sie können auf Ihren Sohn stolz sein. Er ist sehr patent und anstellig.

Bea sagte mir einen Tag später, meine Mutter hätte wohl ihren gefallenen Mann sehr geliebt. Ich war überrascht und fragte sie nach dem Grund für diese Annahme.

Sie wollte nicht über ihn sprechen. Wann immer ich nach deinem Vater fragte, lenkte sie ab. Sie trauert noch immer, nicht wahr.

Es war keine Frage von ihr, eher eine Feststellung und ich musste nicht antworten.

Im März gelangte ich wieder in den Besitz meines Geldes, zwölftausendzweihundert Ostmark und hundertzwanzig Westmark. Acht Wochen zuvor hatte Bärbel mir anvertraut, einer ihrer Kunden, der die Messe besuchen wolle, habe einen sicheren Weg gefunden, mir zu meinem Geld zu verhelfen. Wir überlegten gemeinsam, wie wir, ohne aufzufallen, ihren Kunden mit meiner Frau Rosenbauer zusammenbringen könnten. Ich schrieb eine zweite belanglose Karte an Frau Grälich, die Schwester von Frau Rosenbauer, auf der ich ihr mitteilte, ich hätte jetzt eine gute Arbeit und würde bald Geld verdienen. Ich bat sie, Suse zu grüßen, und bestellte Grüße von Raphaël. Ich warf die Postkarte in den Briefkasten und hoffte, Frau Grälich würde die Karte ihrer Schwester geben. Drei Wochen später schickte ich noch einmal eine Karte an diese mir unbekannte Frau, ließ wiederum Suse grüßen und Grüße von Raphaël bestellen und setzte hinzu, Raphaël würde sie gern einmal wiedersehen. Die nichtssagenden Sätze auf meinen Ansichtskarten hatte ich mit Bärbel abgesprochen und mir in einem Schulheft notiert. Eine Woche vor Messebeginn schrieb ich meiner Chefin den genauen Wortlaut meiner Karten auf einen Zettel mitsamt der Adresse und Telefonnummer von Suse Rosenbauer, und danach konnte ich nur hoffen, dass alles in die richtigen Hände geriet und Frau Rosenbauer die Texte der Karten richtig zu deuten verstand und mein Geld demjenigen übergab, der irgendwann bei ihr klingeln und etwas von mir und Raphaël erzählen würde und ihr den Wortlaut der beiden Ansichtskarten vorweisen konnte.

Am zweiten Messetag kam Herr Spelzer, ein Professor für Strömungsmechanik und Technische Akustik in Westberlin, ins Antiquariat, sagte, er habe Post von einer Frau Rosenbauer und gab Bärbel einen dicken Briefumschlag. Sie wies auf mich und meinte, ich sei der glückliche Empfänger.

So jung und schon so reich, meinte Herr Spelzer, als er mir den Umschlag gab, Sie brauchen nicht nachzuzählen, ich hoffe, es stimmt alles. Ich benötige keine Quittung, ich habe keine unterschrieben, Vertrauen gegen Vertrauen, alles andere wäre zu gefährlich. – So, und nun, Frau Kemal, hoffe ich, Sie können mir als Gegengabe ein paar Leckerbissen präsentieren. Das Geld über die Grenze zu bringen, bereitete mir etliche Unannehmlichkeiten.

Die Gegengabe bekommen Sie von Konstantin, erwiderte sie und wies mit einer großen Handbewegung auf mich, was ich für Sie habe, ist alles vom Feinsten, kostet aber Geld.

Ich ging zu meinem Tisch und holte aus der Schublade ein eingewickeltes Buch, ein Zauberbuch aus der Mitte des achtzehnten Jahrhunderts von einem Johann Wallbergen. Die Chefin hatte es mir zum Einkaufspreis von hundertzwanzig Mark überlassen, sie meinte, es sei das Doppelte wert und sie überlasse es mir, damit ich meinem

Geldboten gegenüber den nötigen Dank abstatten könne, sie sei gewiss, Spelzer wisse dieses Geschenk zu schätzen.

Der Professor war hoch erfreut und blätterte vorsichtig in dem altersschwachen und leicht ramponierten Band, las uns entzückt zwei der Zaubersprüche vor und wollte den Pergamenteinband, bevor er ihn auf einem diskreten Weg zu sich nach Westberlin holte, von einem befreundeten Restaurator der Deutschen Bibliothek in Leipzig auffrischen lassen. Als er ging und sich nochmals bei mir bedankte, forderte mich Bärbel auf, mein Geld nachzuzählen, und schien erleichtert zu sein, als ich sagte, es sei alles in Ordnung, und ihr den Kaufpreis für das Zauberbuch gab.

Wo willst du das Geld aufheben? Bei der Bank solltest du eine solche Summe nicht einzahlen.

Ich weiß. Ich will jeden Monat etwas von dem Geld auf mein Konto bringen, aber mehr als zweihundert Mark auf einmal geht nicht. Im Panzerschrank wäre es am sichersten.

Die Chefin schüttelte den Kopf: Ausgeschlossen, Konstantin, ganz ausgeschlossen. Bei einer plötzlichen Inspektion könnte ich nicht erklären, woher das Geld kommt. Und wir hatten überraschende Inspektionen, zwei Mal schon, und für diesen Schrank interessierten sie sich besonders. Wenn die dort eine große Geldsumme finden, die ich nicht erklären kann, dann habe ich nicht nur mit der Abteilung Finanzen ein Problem. Vielleicht gibt es in deiner Wohnung ein geeignetes Versteck.

Am Abend ging ich mit dem dicken Umschlag in der Innentasche nach Hause. Ich hatte der Chefin das Geld für das Zauberbuch gegeben und besaß immer noch zwölftausend Mark und die kostbaren hundertzwanzig West. Ich könnte den Führerschein machen und mir ein

Motorrad kaufen, könnte mir ein paar Möbel für die Wohnung besorgen oder mir einen Fernseher zulegen, könnte mit Bea verreisen oder sie groß ausführen. Stattdessen ging ich in meine Wohnung, suchte eine Stunde lang nach einem geeigneten Versteck, nahm schließlich ein stattliches Lehrbuch der Biologie aus meinem Regal, in dem einige Bücher standen, die Bärbel im Antiquariat als unverkäuflich ausgesondert und in die Studentenkiste gepackt hatte, eine Holzkiste, die neben der Eingangstür stand und aus der sich jeder Kunde nach Belieben und kostenlos bedienen konnte – ein Angebot, das die Studenten besonders gern annahmen – und aus der auch ich mir eine kleine Bibliothek zusammengestellt hatte. Mit einem spitzen Küchenmesser und einer Schere schnitt ich eine Höhlung in den Buchblock, nur hundert Seiten blieben unberührt, die restlichen bestanden nur noch als Rahmen, die ich, um das zerschnippelte Buch zu stabilisieren, in der Aushöhlung mit einem Kleber bestrich. Die Geldscheine passten in den ausgeschnittenen Hohlraum zwischen den Buchdeckeln und den unverletzten Seiten, und als ich das Buch mit meinem Geld zuklappte, war nichts Auffälliges zu entdecken. Ich stellte das massakrierte Lehrbuch in das Regal zurück, es war völlig unauffällig. Ich war mit meinem Versteck zufrieden und ging beruhigt, aber verspätet in die Abendschule.

Mit Bea traf ich mich am Wochenende und jeden Mittwoch, an diesem Wochentag hatte ich abends keinen Unterricht. Sie zeigte mir die wenigen Ecken in der Altstadt von Magdeburg, die der Krieg verschont hatte, und gelegentlich fuhr ich mit ihr am Samstagmorgen zum Wochenendgrundstück ihrer Eltern zwischen den beiden Neustädter Seen, zehn Kilometer außerhalb der Stadt. Die Eltern waren bereits am Freitagabend dort, ich hatte noch Abendschule und reiste ihnen mit Bea erst am nächsten Morgen mit dem Bus hinterher. Sie besaßen dort eine Parzelle mit zwei winzigen Holzhäusern, ich übernachtete in dem einen Holzhaus, Bea und ihre Eltern hatten sich das andere zu teilen. Ich verstand mich auch mit ihren Eltern gut, besonders mit ihrem Vater, der mich zu überreden suchte, nach dem Abitur an seiner Hochschule zu studieren, um Lehrer zu werden.

Lehrer für Fremdsprachen, das ist deine Begabung, Konstantin, meinte er, zwei oder sogar drei Fremdsprachen, das wird dir nicht schwerfallen, und vielleicht nimmst du für alle Fälle noch ein anderes Fach dazu, dann bist du für das Leben gut gerüstet.

Er grinste und fügte hinzu: Und du kannst eine Familie gründen, Konstantin.

Beas Mutter war nicht so locker wie ihr Mann. Nach der ersten Nacht auf dem Grundstück zwischen den beiden Seen fragte mich Bea am Frühstückstisch, wie ich denn in ihrem Bett geschlafen hätte. Noch bevor ich sagen konnte, es sei wundervoll gewesen, fuhr ihre Mutter fassungslos dazwischen: Beate, bitte! Was sind denn das für Reden!

Meine Mutter sah ich nur selten, ich bemühte mich, alle paar Wochen zu ihr zu fahren, aber die Abstände wurden größer. Die Stadt war mir verhasst und hinzu kam, dass ich mich mit Gunthard überhaupt nicht mehr verstand. Wenn wir beide allein waren, stritten wir uns nur noch. Mit seiner Freundin Rita konnte ich gar nichts anfangen und sie nichts mit mir. In allen Gesprächen mit ihnen drehte es sich immer nur um Geld und wie und wo man dies und jenes bekommen könne. Gunthard hatte weiterhin Kontakt mit Onkel Richard, aber da er mit neunzehn Jahren der jüngste Kandidat der Partei in seinem Werk war, hielt er die Verbindung nach wie vor über Tante Mechthild aufrecht, er befürchtete Nachteile für seine Karriere, wenn der Betriebsleitung sein reger Briefwechsel mit einem westdeutschen Onkel bekannt würde, der zudem bis zum Kriegsende einer der Direktoren der Vulcano-Werke gewesen war, des Vorgängers von BUNA 3. So verschickte er seine Briefe über die Tante und bekam von ihr die Briefe von Onkel Richard ausgehändigt. Die beiden trafen sich sogar, einmal in Prag und einmal in Budapest, da für Onkel Richard ein Besuch der Ostzone, wie er sich ausdrückte, völlig ausgeschlossen war und er keinesfalls nach G. kommen würde, in eine Stadt, in der man ihn beraubt und enteignet habe.

Im Mai bekam ich auf dem Polizeirevier einen richtigen Personalausweis und konnte endlich mein vorläufiges Personaldokument abgeben. Die Beschränkung meiner Bewegungsfreiheit auf den Heimatbezirk entfiel, und ich musste nicht mehr alle vier Wochen bei der zuständigen Dienststelle erscheinen. In diesem Monat wurde ich siebzehn, Mutter kam an diesem Montag nach Magdeburg, und wir saßen am Abend in der Wohnung von Liebers, die uns eingeladen hatten und mir zu Ehren ein richtiges Festmahl auftischten. Mutter sah an diesem Tag die Eltern von Beate zum ersten Mal. Herr Liebers war sehr charmant zu ihr, aber ich bemerkte, dass Mutter und Frau Liebers einander beobachteten und jede Geste, jedes Wort aufmerksam registrierten. Beide sorgten sich wohl um ihre Kinder, da beide wohl mittlerweile ahnten, Beate und ich würden zusammenbleiben.

Das schönste Geburtstagsgeschenk machte mir Bea. Sie gab mir heimlich einen Briefumschlag, ich öffnete ihn und fand darin das Foto von einem Holzhaus an irgendeinem See.

Steck es schnell weg, flüsterte sie.

Als wir einen Moment allein waren, fragte ich, was das Foto bedeute und was das für ein Häuschen sei.

Das Haus gehört den Eltern einer Schulfreundin und liegt am Barleber See, in der Nähe vom Mittellandkanal. Zwei Zimmer und Küche. Es hat keinen Wasseranschluss, um Wasser zu holen, muss man einen halben Kilometer laufen, dafür aber hat es Stromanschluss. Und es ist total abgelegen und still.

Ja, und? Hat uns deine Freundin eingeladen?

Das Haus steht am kommenden Wochenende uns zur Verfügung. Von Freitag bis Sonntag. Nur wir beide. Bist du interessiert, Konz?, fragte sie und lachte verlegen.

Nur wir beide?

Sie nickte und ich küsste sie rasch.

Ich bat Bärbel um Urlaub für den Freitagnachmittag und den Samstag, sie vermutete, ich würde zu meiner Mutter fahren, und war einverstanden. In der Abendschule hatte ich mich für den Freitag ebenfalls beurlaubt und holte mittags Bea von der Schule ab. Wir gingen zu ihrer Wohnung, sie rannte hinauf, um die Schultasche abzustellen und die gepackte Reisetasche zu nehmen, und dann liefen wir zum Bus. Eine Station vor Wolmirstedt stiegen wir aus und hatten dann noch einen Fußmarsch von zwei Kilometern vor uns. Während der Busfahrt und auf dem Weg bis zu dem Holzhaus waren wir beide verlegen, das Gespräch stockte immer wieder, wir waren beide aufgeregt.

Das kleine Haus lag nur wenige Meter vom Seeufer entfernt und war weit und breit das einzige Gebäude, auf der anderen Seeseite waren Ferienhäuser zu sehen. Der Holzbau war ebenerdig und durch viele Schlösser gesichert, an der Tür waren drei, und jedes Fenster war mit Holzplatten verschlossen, die mit Eisenriegeln und jeweils zwei Schlössern regelrecht verrammelt waren. Ich packte das Haus aus und Bea die Reisetasche und meinen Rucksack, dann lasen wir die maschinengeschriebenen Anweisungen für Feriengäste, auf denen auch der Weg zur Wasserstelle mit einer Zeichnung angegeben war. Mit den beiden Wasserkannen, die in der Küche standen, machte ich mich auf den Weg zu der öffentlichen Wasserzapfstelle, während Bea das Mittagessen vorbereitete. Ich lief zweimal, mit den ersten beiden Kannen füllte ich den Kanister für die Dusche, die in einen Schrank eingebaut war. Die Dusche war ein bemerkenswerter Eigenbau des Hausherrn: Im oberen Teil befand sich ein Zehn-Liter-Behälter aus Kupfer, in den man Wasser einfüllen konnte, das man mit einem eingebauten Tauchsieder erhitzte, direkt an diesem Wasserboiler war ein Duschkopf mit einem Absperrhahn, und unter der unteren Wanne war ein blechernes Schubfach, in dem das Duschwasser aufgefangen wurde. Der Absperrhahn am Duschkopf war so konstruiert, dass man ihn nicht öffnen konnte, wenn nicht zuvor der Tauchsieder abgeschaltet war.

Nach dem Essen spielten wir Schach und gingen dann einmal um den ganzen See herum. In meinem Rucksack hatte ich zwei Flaschen Bier und eine Flasche Wein mitgeschleppt. Nach dem Abendessen setzten wir uns in die Sesselecke, ich schaltete das riesige, uralte Radio an, suchte nach einem Musiksender und fand die »Schlager der Woche«, was Bea begeisterte. Ich goss uns Wein ein, und dann saßen wir in den Sesseln einander gegenüber, tranken Wein und streichelten und küssten uns. Bea setzte sich auf meinen Schoß und flüsterte, sie habe Angst vor dem ersten Mal, sie wüsste, es würde weh tun, ich versprach ihr, nichts zu machen, was sie nicht wolle. Sie ging vor mir in das Schlafzimmer, ich machte das elektrische Licht aus und zog mich bei Kerzenlicht im Wohnzimmer aus. Als sie mich leise rief, ging ich mit der brennenden Kerze zu ihr, sie lag im Bett, zugedeckt bis zum Kinn. Nachdem ich den Leuchter auf dem Fensterbrett abgestellt hatte, schlüpfte ich neben sie unter die Bettdecke. Ich berührte sie dabei an der Schulter und sie rutschte rasch ein Stück zur Seite. Ich streichelte ihr Gesicht, die Wangen, die Nase, und ich küsste sie sanft.

Mir ist schlecht, stöhnte sie, mir ist ganz schlecht.

Wir bleiben einfach so liegen, Bea, ohne uns zu rühren. Das ist auch schön, sagte ich.

So schwer es mir auch fiel, ich bemühte mich, völlig still zu liegen. Unaufhörlich streichelte und küsste ich sie, aber ich berührte dabei nur ihr Gesicht und ihre Haare. Plötzlich drehte sie sich zu mir, richtete sich auf und küsste mich heftig.

Ich bin doof, ich bin richtig doof, sagte sie, ich glaube, ich bin wohl die letzte Jungfrau in meiner Klasse.

Sie rutschte an mich heran, wir umfassten uns mit Armen und Beinen und drängten uns aneinander.

Mach die Kerze aus, sagte sie, oder stell sie ins andere Zimmer auf den Fußboden.

Ich brachte die Kerze ins andere Zimmer, ließ die Tür offen und beeilte mich, zu ihr zu kommen. Wir streichelten und küssten uns weiter, sie streichelte nur meinen Oberkörper und ich ließ meine Finger über ihren ganzen Körper gleiten, über ihre Brust, den Bauch, den Hintern, ihre Beine. Als ich ihre Schamhaare streichelte, zuckte sie zusammen, sagte aber nichts und ließ mich gewähren.

Komm, Konz, sagte sie nach ein paar Minuten, leg dich auf mich. Aber sei vorsichtig, bitte, Konz.

In dem Moment, in dem ich mich behutsam auf sie

legen wollte, konnte ich es nicht mehr zurückhalten, der Samen schoss heraus, ich drehte mich rasch zurück, aber etwas Samenflüssigkeit war auf ihren Bauchnabel gespritzt. Ich war unendlich verlegen und stammelte, es sei mir peinlich, aber sie begann plötzlich laut zu lachen.

Ihr Männer habt das wohl gar nicht in der Hand, ihr seid dem einfach ausgeliefert?, erkundigte sie sich amüsiert, und ich erzählte ihr etwas von bedingten und unbedingten Reflexen, was die Natur eingerichtet hatte, um einfach die Fortpflanzung zu sichern, und währenddessen bemühte ich mich, die Flüssigkeit von ihrem Bauch zu wischen und von der Bettwäsche zu tupfen.

Nach meinem Missgeschick war sie heiter und locker, ich küsste sie vom Kopf bis zu den Zehen, was sie sich widerstandslos gefallen ließ, und wenig später legte ich mich dann wirklich auf sie. Sie biss mir in die Schulter, als ich bei ihr eindrang, und stöhnte auf, ich zog mich rasch zurück, sie hielt beide Hände auf ihre Scham gepresst, in ihren Augen standen Tränen, als sie erschöpft und glücklich zu mir sagte: Ich glaube, eine alte Jungfer kann ich nicht mehr werden. Jetzt nicht mehr, und daran bist du schuld, Konz.

Wir hatten zwei schöne Tage in dem kleinen Holzhaus. Da das Wasser knapp war, duschten wir jeden Morgen gemeinsam in dem seltsamen Duschkabinen-Schrank, und wir duschten so lange, bis aus dem Kanister kein Tropfen Wasser mehr herauskam. Es gab zwei kleine Kochplatten, auf denen wir Wasser für Tee und Kaffee kochten und die mitgebrachten Konserven aufwärmten. Jeden Tag gingen wir für zwei Stunden an den See und in den Wald, und das waren die einzigen Stunden, in denen wir angezogen waren, denn im Haus liefen wir nur in Bademänteln umher, die wir im Kleiderschrank gefunden hatten. Wir spielten Karten miteinander und würfelten zusammen, hörten gemeinsam Radio und gingen alle zwei Stunden miteinander ins Bett, küssten und streichelten und liebten uns. Bea bat mich, Rücksicht zu nehmen und langsam und behutsam in sie einzudringen, weil sie von dem gerissenen Jungfernhäutchen noch Schmerzen habe. Sie nannte das Jungfernhäutchen Scheidenklappe, ein Ausdruck, den ich nicht kannte und über den ich mich amüsierte. Ich sagte ihr, dass ich sie heiraten möchte, und bat sie, meine Frau zu werden, und sie erwiderte, es sei dummes Zeug, was ich rede, wir seien noch viel zu jung, und sie wolle sich nicht so schnell für immer binden und werde deshalb darüber nicht eine Sekunde nachdenken.

Auf der Rückfahrt sagte sie im Bus zu mir, ich solle am Abend bei ihr zu Hause vorbeikommen, denn da sie gesagt habe, sie fahre für zwei Tage zu einer Freundin, würde ihre Mutter misstrauisch werden, wenn ich mich an diesem Wochenende nicht blicken lassen würde. Wie abgesprochen erschien ich abends bei ihren Eltern, und da Bea und ich uns angeblich zwei Tage lang nicht gesehen hatten, hatten sie nichts dagegen, dass wir uns in Beas Zimmer zurückzogen.

Seit diesem Wochenende schliefen wir jedes Mal miteinander, wenn wir uns sahen und keine Gefahr drohte, von ihren Eltern überrascht zu werden. Beate war offensichtlich erleichtert, keine Jungfrau mehr zu sein, oder zufrieden, nicht mehr die einzige, die letzte Jungfrau in ihrer Klasse zu sein. Sie hatte mich schon lange vor jenem Wochenende in dem Holzhaus gefragt, ob ich schon einmal mit einer Frau geschlafen habe. Ich wurde rot und sagte wahrheitsgemäß, ich hätte in Frankreich einmal mit einer Frau geschlafen, aber nur ein einziges Mal, und ich erzählte ihr von Marie und wie es damals abgelaufen war.

Das war dann wohl eher eine Vergewaltigung?, fragte sie und lachte.

Ich nickte: Ja, kann man so sagen.

Dann zählt das nicht, das war nicht richtig. – Ich bin noch unberührt, Konz, sagte sie damals, ist das nicht komisch?

Was meinst du? Was ist komisch?

Das Wort. Wieso bin ich unberührt, obwohl ich jeden Tag hundert Leuten die Hand gebe?

Wir können es ändern, Bea?

Das Wort?

Nein, ich meine, wir beide können uns berühren. Dann wärst du auch nicht mehr unberührt.

Wünschst du dir das?

Ja.

Sehr?

Jeden Tag.

Ich brauch etwas Zeit, Konz. Gib mir etwas Zeit. Irgendwann wirst du mich berühren. Du und nur du.

Nun hatte ich sie berührt, hatten wir uns berührt, und die Sehnsucht nach Bea ließ nicht nach, sondern wurde von Tag zu Tag größer. Ich war gewiss, mit ihr hatte ich die Frau gefunden, mit der ich mein Leben lang zusammen sein wollte, und für Herrn Liebers war es wohl auch so gut wie ausgemacht, dass ich eines Tages sein Schwiegersohn werden würde. Gelegentlich und wenn seine Frau nicht anwesend war, machte er kleine diesbezügliche Andeutungen und tat so, als sei er sicher, dass wir miteinander schliefen.

Mit dem Antiquariat und mit Bärbel und Herrn Kutscher kam ich immer besser zurecht. Herr Kutscher kam nur noch äußerst selten ins Geschäft, seine Gesundheit ließ es nicht zu, er hatte einen Lungenschaden aus dem Ersten Weltkrieg, er hatte Giftgas eingeatmet. Die eigenen Leute hatten ohne Warnung an der italienischen Front Chlorgas und Phosgen aus Flaschen entweichen lassen, es starben Tausende italienischer Soldaten, aber es wurden auch viele der deutschen Soldaten vergiftet. Herr Kutscher war durch den Lungenschaden vom Wehrdienst befreit und die Krankheit hatte ihn, wie er sagte, vor dem Zweiten Weltkrieg beschützt.

Im Dezember starb er, sein Tod kam für mich überraschend. Wie mir Bärbel sagte, hatte er nie damit gerechnet, so alt zu werden, und habe sich seit Jahren darum gekümmert, dass sie versorgt und der Fortbestand des Antiquariats gesichert sei. Zu der Beerdigung kamen mehr als sechzig Leute, denn Bärbel hatte die Todesanzeige allen seinen Kunden geschickt, und viele von ihnen, jedenfalls die aus der Stadt, waren tatsächlich auf den Friedhof gekommen. Nach der Feier gingen wir alle in ein Café, und am Abend war ich bei Bärbel und Goran eingeladen. Goran hatte Kubba vorbereitet, gefüllte Reisknödel, die ein sehr typisches Gericht seiner Heimat seien. Wir sprachen über Herrn Kutscher, Bärbel erzählte uns Erlebnisse mit ihm aus ihrer Kindheit, und Goran beschrieb seinen schwierigen Weg, nicht nur Bärbels Herz, sondern auch das des alten Herrn zu gewinnen. Später sprach Goran über seine Flucht aus der Türkei nach dem September-Pogrom von 1955 in Istanbul. Der damalige Ministerpräsident Adnan Menderes hatte die »Rote Gefahr«, wie man die Sowjetunion in der Türkei damals nannte, erfolgreich bekämpft und der Wirtschaft mit Hilfe der Vereinigten Staaten zu einem Aufschwung verholfen. Das Pogrom in Istanbul richtete sich gegen die

Griechen, die Kurden, gegen religiöse Minderheiten und linke Gruppierungen, und da man ihn, Goran, nicht zu fassen bekommen hatte, wurde seine Frau mit seinem zweijährigen Jungen in dieser Nacht erschlagen.

Adnan Menderes war ein Krimineller auf dem Präsidentenstuhl, sagte Goran, wobei ihm die Tränen in den Augen standen, erst sechs Jahre später hat man diese Bestie verhaftet und zum Tode verurteilt. Das war vor einem Jahr und drei Monaten, und diesen Tag, den 17. September, feiere ich wie einen Geburtstag.

Wirst du einmal nach Istanbul zurückkehren?, fragte ich Goran, hast du Sehnsucht nach deiner Heimat?

Sehsucht? Wonach? Es gibt dort nicht einmal ein Grab für Inci und Tahir. Sie haben sie umgebracht und verbrannt. Verscharrt wie tote Hunde. Niemals werde ich in dieses Land, das mir das Liebste genommen hat, zurückgehen.

Wir tranken Wein und irgendwann begannen die beiden wieder ihre politischen Diskussionen, in die ich mich nicht einmischen wollte. Bärbel sprach über die unsinnigen Auflagen der Stadtverwaltung und die Drangsalierungen ihres Antiquariats. Die Abteilung Finanzen sei in Wahrheit nur der verlängerte Arm der Partei, dort mache man alles, um die private Wirtschaft zu ruinieren. Und Goran meinte, sie kenne nur ihre eigene kleine Welt und wisse nicht, wie anderswo Menschen ihr Leben fristen müssten, die von solchen Drangsalierungen nur träumen könnten. Als ich ging, fragte Goran, ob ich nicht in ihrer Wasserballgruppe mitspielen wolle, im Werk hätten sie eine kleine Truppe zusammen, die einmal in der Woche trainiere und jeden Monat irgendwo einen Wettkampf zu bestehen habe. Ihnen würden noch ein, zwei Athleten fehlen und ich hätte doch die körperlichen Voraussetzungen.

Ich sagte, ich hätte noch nie Wasserball gespielt, hätte Kampfsport trainiert, und er meinte, wenn ich schwimmen könne, sei Kampfsport die beste Voraussetzung. Ich versprach, am nächsten Dienstagabend in der Halle zu sein.

Am Morgen nach der Beerdigung öffnete ich wie immer um neun das Antiquariat. Erst in diesem Moment, als ich in der offenen Ladentür stand und in den Himmel blickte, begriff ich, Herrn Kutscher würde ich nie wiedersehen.

Am Dienstag trainierte ich mit Goran und seiner Gruppe in der für uns gesperrten Schwimmhalle. Wasserball war ein unglaublich harter Sport, schon nach zehn Minuten hatte ich mich völlig verausgabt und hing minutenlang am Beckenrand. Goran und seine Freunde zeigten mir ein paar Tricks, um schnell und präzise zu sein und dabei die Kräfte einzuteilen. Nach dem Duschen tranken wir zusammen ein Glas Bier, Gorans Freunde lobten mich und Goran war stolz auf mich. Ich ging noch zweimal zum Training, aber dann musste ich mich entschuldigen, ich konnte nicht jede Woche einen ganzen Schulabend versäumen, ich wollte ein gutes Abitur machen, um studieren zu können.

In der Pädagogischen Hochschule gab es eine Kino-Kunstwoche, Herbert Liebers, Beas Vater, hatte davon erzählt. Im März würde das Central-Kino eine ganze Woche lang die wichtigsten Murnau-Filme zeigen und ein Absolvent der Filmhochschule die Einführungen halten. Ein Jahr zuvor hatte man diese Kino-Kunstwochen der Hochschule ins Leben gerufen und sie sollten jedes Jahr stattfinden. Die erste Kinowoche war den Filmen von Eisenstein gewidmet, ich war damals schon in Magdeburg, hatte sie aber verpasst, da ich zu spät davon erfahren hatte und keine Eintrittskarten für die völlig ausverkauften Vorstellungen bekam. Umso heftiger bemühte ich mich, diesmal Karten für alle Filme zu ergattern, für mich und Bea. Der Absolvent der Filmhochschule hieß Frieder Gerbert, er arbeitete, wie er im Kino erzählte, derzeit an seinem Diplomfilm, einem Dokumentarfilm mit dem Titel »Fledermäuse«, allerdings gehe es nicht um Tiere, in dem Film porträtiere er die Nachtarbeiter eines Ausbesserungswerkes der Reichsbahn, die Helden der Nacht, wie er sagte.

Nach den Vorstellungen saß Frieder Gerbert im Kinocafé, um mit Studenten über die Filme zu reden. Wir kamen schnell ins Gespräch, weil ich mit Raphaël und Clément häufig über Murnau und seine Filme gesprochen hatte. Den Film *Le petit soldat* kannte Frieder nicht, er war nie an seiner Schule vorgeführt worden, obwohl auch in Babelsberg wie in Marseille und Paris alle über diesen Film und seinen Regisseur redeten, und er beneidete mich darum und ich musste ihm den Film ausführlich beschreiben.

Am Ende der Kino-Kunstwoche fragte Frieder mich, ob ich mich an der Filmhochschule bewerben wolle, und ich sagte, ohne zu überlegen oder nachzudenken und ohne auf die neben mir sitzende Bea zu schauen, ebendas sei meine unumstößliche Entscheidung, für die ich kämpfen würde. Er nickte und meinte, ich hätte gute Voraussetzungen und die Filmhochschule sei sehr gut, es gäbe nur wenige Studenten, in jedem Jahrgang nur drei bis sechs Leute pro Studiengang, es sei eine kleine, aber feine Schule. Für dieses Jahr aber sei es zu spät, die Aufnahmeprüfungen liefen schon, ich solle meine Unterlagen umgehend für das nächste Jahr einreichen. Er riet mir, mich nicht für ein Regiestudium zu bewerben, da stünden Hunderte von Kandidaten vor der Tür, um einen der wenigen Studienplätze zu bekommen. Bei den anderen Fächern gäbe es auch viel zu viele Bewerber, aber es sei chancenreicher, und an der kleinen Hochschule sei es vollkommen egal, für welchen Studiengang man immatrikuliert sei, denn dort könne jeder alles machen. Die Bewerber für Regie schicken selbstgedrehte kleine Filme, an die Hochschule, manche davon sind nicht schlecht, meinte er, wer da gar nichts vorzuweisen hat, hat kaum Aussichten, anzukommen. Bewirb dich um ein anderes Fach, Szenarist zum Beispiel. In diesem Jahr habe ein Absolvent mit dem Diplom für Drehbuch seinen ersten eigenen Spielfilm gedreht.

Da sind deine Chancen besser, und du kennst dich mit der Filmgeschichte ein bisschen aus. Außerdem ein Abitur von der Abendschule bringt auch Punkte, weil Abendschüler als willensstark und ehrgeizig gelten.

Bea sagte kein Wort, und als wir nach Hause gingen, meinte sie, es sei schön, dass sie auch mal höre, was ich vorhabe, denn ihr gegenüber hätte ich noch nie ein Wort über die Filmhochschule geäußert und sie habe wie ihr Vater geglaubt, ich wolle mich an der Pädagogischen bewerben. Ich lachte und sagte, die Idee sei mir erst bei der Unterhaltung mit Frieder gekommen. Begeistert vom Kino sei ich schon immer gewesen, hätte aber bisher nie daran gedacht, Kino zum Beruf zu machen, weil ich mir nicht vorstellen konnte, etwas so Bedeutendes zu studieren und dann ein Mann wie Eisenstein oder Murnau zu werden.

Erlernbar ist alles, man muss nur dafür begabt sein, meinte sie, aber das kriegen die bei den Aufnahmeprüfungen heraus, dafür gibt es diese Prüfungen.

Wir malten uns aus, wie es wäre, wenn ich in Babelsberg studierte und sie in Leipzig, mit der Bahn wäre die Strecke in neunzig Minuten zu schaffen, und Bea überlegte, sich nach Berlin umimmatrikulieren zu lassen.

Wegen einer Familienzusammenführung, sagte sie und lachte.

Anfang Mai machte ich das Abitur, sechs Wochen vor Bea und allen anderen Abiturienten des Jahrgangs, und ich bestand die Abschlussprüfungen sogar mit Auszeichnung. Fred, der Feinmechaniker, hatte mir ein paar Wochen zuvor gesagt, das Wehrkreiskommando habe ihn für Ende Mai einberufen und werde keine Rücksicht auf sein Abitur nehmen. Man habe ihm erklärt, Unterricht an einer Abendschule sei kein Grund für ein Aussetzen der Einberufung und sein Abitur könne er nach dem Grundlehrgang auch bei seiner Truppeneinheit ablegen. Er sei zum Schuldirektor gegangen, um es ihm mitzuteilen, und der Direktor habe dafür gesorgt, dass er sein Abitur sechs Wochen eher ablegen könne. Das Kreisschulamt habe zugestimmt, für Fred würde es eigens erstellte Prüfungsaufgaben geben, da die allgemeinen Prüfungsfragen unter Verschluss bleiben mussten.

Erst dachte ich, die Armee vermasselt mir mein Abitur, und jetzt bin ich mit der Penne vor euch allen fertig, sagte er grinsend.

Am nächsten Abend war ich eine halbe Stunde vor Unterrichtsbeginn in der Schule und bat die Sekretärin um einen Termin beim Direktor. Fünf Minuten später stand ich in seinem Zimmer und erzählte ihm bedrückt, dass ich die Einberufung bekommen habe, man würde keine Rücksicht nehmen und ich hätte sechs Wochen vor den Abi-Prüfungen den Grundwehrdienst anzutreten.

Sind Sie denn schon achtzehn?, fragte der Direktor überrascht.

Im Mai werde ich achtzehn. Drei Tage nach meinem Geburtstag habe ich anzutreten.

Der Direktor schüttelte verärgert den Kopf und sagte dann, es gäbe noch einen zweiten Fall dieser Art an seiner Schule und ich könne gemeinsam mit diesem Schicksalsgenossen das Abitur eher machen, sechs Wochen früher als alle anderen. Er wünschte mir Glück zum Abitur und für meinen Wehrdienst und verabschiedete mich mit Handschlag. In einer Schulpause erzählte ich Fred, mich würde man auch ziehen und ich würde mit ihm zusammen das Abi früher machen. Fred glaubte nicht, dass ich gleichfalls vom Wehrkreiskommando einberufen sei, aber er freute sich darüber, während der Prüfungen einen neben sich sitzen zu haben, der ihm vielleicht den einen oder anderen Tipp geben könnte, denn ich war der Klassenbeste.

Schlauberger, sagte Fred anerkennend, als wir in den Klassenraum zurückgingen, und zog dabei mit dem Finger das Unterlid des rechten Auges herunter.

Stolz erzählte ich Bea von meinem erfolgreichen Einfall und sagte, ich würde vor ihr mein Abitur haben, und sie beneidete mich um die mit der angeblichen Einberufung gewonnenen sechs Wochen, meinte aber, sie werde zwar erst später fertig, dafür bekomme sie ein richtiges Abitur und nicht so ein Notabitur von einer Abendschule.

Du musst nicht neidisch sein, sagte ich, selbst wenn die Abendschüler willensstark und ehrgeizig sind und überall bevorzugt aufgenommen werden.

Nachdem auch Bea ihr Abitur mit Auszeichnung gemacht hatte, fuhren wir in den Urlaub an die Ostsee. Wir zelteten in Koserow, das Zelt hatten wir uns von Goran geborgt. Zwei Freundinnen aus Beas Klasse waren mit ihren Freunden mitgekommen, ich hatte mir aus meinem

Geldvorrat im Buchversteck, das noch immer ein dickes Bündel war, da ich jeden Monat nur zweihundert Mark auf mein Sparkonto einzahlen konnte, fünfhundert zusätzliche Mark genehmigt, und so verlebten wir zwei luxuriöse Wochen an der See.

Von Koserow aus fuhren wir nach Warschau. Janina, eine Freundin von Bea, hatte uns ein privates Quartier im Zentrum verschafft, wir wollten uns mit ihr treffen und uns eine Woche lang die schöne Altstadt anschauen, den Kulturpalast, und vor allem wollte ich ins Kino gehen. In Polen waren sehr viel mehr neue westliche Filme zu sehen als bei uns, und ich wollte so viele wie möglich anschauen. Wir wohnten in einer winzigen Wohnung in der Nähe des riesigen Kulturpalastes, die Wohnung war im Erdgeschoss eines Hinterhauses. In der zweiten Nacht wurden wir geweckt, es wurden Steine und Kies gegen die Fensterscheibe geworfen. Ich schaltete das Licht an, machte es aber sofort wieder aus, als wiederum Sand oder Kies gegen die Scheibe geworfen wurden. Ich ging zum Fenster, zog den Vorhang ein wenig zurück, in dem schwach beleuchteten Hinterhof konnte ich drei junge Männer erkennen, die vor unserem Zimmer standen.

Szwab, brüllten sie, Hitlerowiec, und dann warfen sie wieder Steine.

Bea sagte, wir sollten rausgehen und ihnen sagen, dass wir keine Nazis seien, sondern Antifaschisten wie sie, dass wir und unsere Eltern nichts mit den Verbrechen von Hitler zu tun hätten. Ich sagte ihr, das sei zwecklos, mit denen da draußen könne man nicht reden, die seien angetrunken und würden uns verprügeln. Eine halbe Stunde später wurde es ruhig und wir gingen ins Bett zurück, es war zwei Uhr, ich schlief in dieser Nacht nicht mehr ein.

Im September begann Beate ihr Medizinstudium in Leipzig, und da sie noch kein Zimmer dort gefunden hatte, fuhr sie die ersten fünf Wochen täglich zwischen Magdeburg und Leipzig hin und her, und ich musste mich nach dem Sommer gleichfalls um ein Quartier kümmern, da Doktor Weitgerber mir angekündigt hatte, dass sein Vater die Wohnung ab Weihnachten wieder für sich benötige. Ich hoffte, bei meinen künftigen Schwiegereltern einziehen zu können, zumal Bea bald in Leipzig wohnen würde, und ihr Vater war damit einverstanden, aber der Mutter war es nicht recht, Beas Zimmer sollte ihr Zimmer bleiben. Ich glaube, in Wahrheit war ihr die Vorstellung, Bea und ich würden eines Tages heiraten, verhasst, sie wünschte sich einen erfolgreichen Mann für ihre Tochter und nicht einen schlecht bezahlten Antiquariatsangestellten, der überdies Künstler werden wollte, also wohl lebenslang kein richtiges Geld verdienen würde. Für sie musste ein Mensch eine feste und sichere Stelle haben, ohne ein geregeltes Einkommen zu arbeiten, war für sie unvorstellbar, sie hätte dann, wie sie mir einmal erklärte, beständig Existenzängste, und insofern war ich für sie als künftiger Schwiegersohn denkbar ungeeignet.

Bärbel fragte bei ihren vertrauten Stammkunden nach einer Wohnmöglichkeit für mich. Mir wurde nach ein paar Wochen der Suche von einem älteren Dozenten ein Zimmer zur Untermiete angeboten, und da ich keine Wahl hatte, dankte ich ihm und zog in das möblierte Zimmer ein. Der Dozent war verwitwet und lebte allein in der Vier-Zimmer-Wohnung, für die Benutzung von Bad und Küche hatte er mit der Schreibmaschine eine Hausordnung verfasst und bat mich, diese penibel einzuhalten. Um des lieben Friedens willen, wie er sagte. Ich räumte meine Klamotten in das Zimmer und hoffte, der

Vater von Herrn Weitgerber würde bald wieder zu seiner Freundin in den Thüringer Wald verschwinden, damit ich in seine Wohnung zurückziehen konnte.

Anfang Oktober bekam ich einen Brief vom Wehrkreiskommando, ich hatte vierzehn Tage später zur Musterung zu erscheinen. Mit meiner kleinen Lüge in der Abendschule schien ich das Unheil heraufbeschworen zu haben. Da ich nicht studierte, konnte ich vor der Armeekommission keinen stichhaltigen Grund angeben, weshalb man mich zurückstellen sollte. Also mussten wir damit rechnen, dass ich im Frühjahr die Uniform anzuziehen und für eineinhalb Jahre der Welt Lebewohl zu sagen hätte, um in irgendeiner Kaserne den stumpfsinnigen Trott eines Rekruten durchzustehen, gehetzt von absurden Anordnungen eines ständig brüllenden Spießes, dem die deutsche Sprache ein fortwährendes, unlösbares Geheimnis blieb und der daher keinem der ihm Unterstellten verzieh, dass er sich über seinen beschränkten geistigen Horizont lustig machte, was diese Leute nicht völlig zu Unrecht vermuteten. Achtzehn verlorene Monate, zwei weitere Jahre, in denen mir die Filmhochschule verschlossen blieb, um vorzeitlichen Mannesbräuchen zu folgen, mit ungeladenen Waffen imaginäre Feinde zu bedrohen, im Gleichschritt durch die Welt zu marschieren, sinnlosen Befehlen exakt und mit den Bewegungen eines gehbehinderten Balletteleven zu folgen. Nein, die Armee war und ist nicht meine Welt und sollte es nun für achtzehn lange Monate gezwungenermaßen werden. Ich schüttelte über mich selbst den Kopf, als mir einfiel, dass ich vor wenigen Jahren versucht hatte, mich bei der Fremdenlegion zu bewerben.

Angst hatte ich, in dieser Zeit Beate zu verlieren. Von zu vielen Geschichten endgültiger Brüche während der erzwungenen Trennung durch die Wehrpflicht hatte ich gehört, um trotz aller Versprechen und Schwüre unbesorgt zu sein, und mit weichen Knien und mulmigen Gefühlen fand ich mich am angegebenen Tag und überaus pünktlich in jener Erdgeschosswohnung ein, in der das für mich zuständige Kommando saß. Nach einer halben Stunde wurde ich aufgerufen. Ich ging zu dem Tisch, hinter dem ein einfacher Soldat saß, der noch nicht einmal den Streifen eines Gefreiten besaß und wohl nur seinen Grundwehrdienst ableistete und in dieser Kommandostelle der Schreiber war. Der junge Mann suchte meine Akte heraus und schlug sie auf. Er pfiff durch die Zähne und sah mich interessiert an.

Glück muss man haben, sagte er leise, bevor er aufstand und vor mir in das angrenzende Zimmer ging, wobei er mir bedeutete, ihm zu folgen.

Er legte meine Akte auf den Schreibtisch eines Uniformierten, der zwei Streifen auf seinen Schulterstücken hatte, und nannte dazu meinen Namen. Er schlug für den Mann die Akte auf und tippte mit dem Finger auf ein Blatt, der andere zog die Augenbrauen hoch, starrte mich durchdringend an, nahm die Akte und erhob sich. Er ging zu einer der Türen in der Wohnung, klopfte an und trat ein. Sekunden später kam er mit einem höheren Offizier zurück, der meine Akte im Stehen las, ohne den Kopf zu heben. Schließlich sah er mich missbilligend an, ging hinter den Schreibtisch und setzte sich.

Boggosch, Konstantin Boggosch, sagte er.

Ich nickte und fügte dann rasch hinzu: Ja, so heiße ich.

Und Sie wissen, wo Sie hier sind?, fragte er scharf.

Ja, natürlich. Ich habe die Aufforderung bekommen ...

Wir sind die Nationale Volksarmee, unterbrach er mich, wissen Sie, was das bedeutet?

Die Frage war dumm und absurd, aber ich wagte es nicht, ironisch zu antworten, und sagte lediglich, ich wisse es.

Die Volksarmee ist eine Armee des Volkes, dozierte er, eine Armee der Arbeiter und Bauern. Eine Armee für die Arbeiter und Bauern, für das werktätige Volk.

Er sah mich an und erwartete eine Antwort, da ich nicht wusste, was er von mir erwartete, schwieg ich.

Das ist keine Armee für Kriegsverbrecher. Kriegsverbrecher und ihre Brut wollen wir bei uns nicht haben, Boggosch. Und Ihr Vater ist ein Kriegsverbrecher, ordentlich verurteilt und ordentlich hingerichtet. Oder?

Ich stand flammend rot vor ihm, mein Mund war trocken, ich brachte keinen Ton heraus.

Oder?, wiederholte er drohend.

Ich nickte und versuchte etwas zu sagen, aber es kam nur ein krächzender Laut hervor.

Ein Kriegsverbrecher. Einer der schlimmsten. Der allerschlimmsten.

Er schrieb ein paar Worte in die Akte, reichte sie dem Soldaten, der wie erstarrt neben ihm stand, und erhob sich.

Wegen Unwürdigkeit ausgemustert, sagte er zu ihm, ausgemustert für alle Zeit.

Verstanden, Genosse Major, sagte der Soldat.

Der Major wandte sich ab und ging, ohne mich eines weiteren Blickes zu würdigen, in sein Zimmer zurück. Der Soldat nahm wieder seinen Platz ein, schrieb etwas in die Akte, legte sie weg und griff nach einer weiteren Akte. Ich blieb unschlüssig vor ihm stehen, ich wusste nicht, wie ich mich verhalten sollte. Irgendwann schaut er auf, blickte mich irritiert an, als wüsste er nicht, wieso ich vor ihm stehe, und sagte: Raus.

Die Finger der rechten Hand bewegte er dabei lässig, als wedle er ein Insekt weg.

Als ich ins Vorzimmer kam, wurde mir schlecht, mit der Hand tastete ich nach der Wand, um mich abzustützen. Der Soldat, der mich aufgerufen hatte, kam zu mir, fragte, was mir fehle, und sagte, ich solle mich hinsetzen, er würde mir Wasser bringen. Er kam mit einem Glas zurück und gab es mir.

Mensch, sagte er leise, ich an deiner Stelle würde einen Luftsprung machen.

Ich weiß auch nicht, sagte ich, ich weiß auch nicht, was mit mir los ist. Aber vielen Dank.

Bea erzählte ich lediglich, man habe mich ausgemustert und würde mich wohl auch zu einem späteren Zeitpunkt nicht einziehen, die Armee verzichte auf mich, ein Grund für diese Entscheidung sei nicht genannt worden und ich hätte nicht danach gefragt, vermutlich gäbe es in meinem Jahrgang mehr junge Männer, als die Armee benötige. Sie umarmte mich und meinte, das sei ein gutes Zeichen, ich würde gewiss auch die Aufnahmeprüfung an der Filmhochschule bestehen. Wenn ich in Babelsberg studiere, würde sie sich nach dem Physikum in Berlin immatrikulieren lassen, so dass wir zusammen eine kleine Wohnung oder zwei Zimmer beziehen könnten.

Meine Bewerbungsunterlagen hatte ich an der Filmhochschule Babelsberg schon im September eingereicht, im Januar wurde ich zu einer Vorprüfung eingeladen, die Eignungsprüfung, die sich als ein ruhiges, freundliches Gespräch erwies, in dem ich meine Kenntnisse der Kinogeschichte und der großen Filme unter Beweis stellen konnte. Sollte ich die Eignungsprüfung bestanden haben, was mir in den nächsten vierzehn Tagen schriftlich mitgeteilt werden würde, hätte ich mich im Mai zu der Aufnahmeprüfung einzufinden. Falls es dazu komme, müsste ich einen Monat zuvor die schriftliche Analyse eines Films meiner Wahl einreichen, eine Arbeit, die mindestens zehn Seiten lang sein müsse, sowie die Exposés für zwei Spielfilme. Auf jeweils vier bis fünf Seiten hätte ich zwei Geschichten zu erzählen, die nach meiner Ansicht für einen Film geeignete Storys enthielten, und diese beiden Grundrisse von Geschichten müssten vollständig von mir stammen, sie dürften nicht nach fremden Vorlagen entstanden sein.

An jenem Tag lernte ich sechs meiner Mitbewerber kennen, insgesamt sollen sich mehr als hundert für die vier zu vergebenden Plätze beworben haben, erzählte mir ein Student aus dem zweiten Studienjahr.

Aber eigentlich sind es nur drei Plätze, sagte er mir, dieses Jahr hat sich ein Sohn des Innenministers beworben, und ich wette, die Kommission hat nicht den Mut, den abzulehnen.

Er grinste dabei und wünschte mir viel Glück. Mit den anderen fünf Bewerbern kam ich nicht ins Gespräch, wir beobachteten uns lediglich misstrauisch und jeder fragte sich wohl, wer von uns wen wiedersehen wird bei der Aufnahmeprüfung oder gar am ersten Studientag. Mehr als hundert Bewerber und nur vier oder eigentlich nur drei freie Plätze, da erschienen mir meine Zukunftsaussichten weniger rosig, als ich es mir in den Monaten zuvor ausgemalt hatte.

Die Eignungsprüfung bestand ich. Nach fünfzehn Tagen bekam ich einen Brief der Hochschule mit der Ankündigung, ich würde in drei Monaten zur Aufnahmeprüfung eingeladen, und auf einem beigelegten Vordruck wurden die zuvor schriftlich einzureichenden Arbeiten beschrieben, die Filmanalyse und die beiden Exposés.

Noch am selben Tag begann ich, mich mit diesen Aufgaben zu beschäftigen. Während der Arbeit im Antiquariat und bei meinen langen, einsamen Spaziergängen an der Elbe dachte ich unentwegt an die Geschichten, die ich schreiben sollte, bei jedem Zusammensein mit Bea redeten wir über Filme, die für meine Analyse geeignet sein könnten. Ich sprach auch mit Herbert Liebers darüber und mit Bärbel, und Bärbel lud mich für einen Abend zu sich ein, weil Goran, ihr Mann, mit mir sprechen wollte.

Im Schwermaschinenwerk »Thälmann«, in dem Goran arbeitete, gab es einen Filmclub für die Cineasten unter den Werksangehörigen. Die Gruppe drehte selbst kleine Schmalfilme, kurze Streifen über die Arbeit, über Kollegen, über ihren Alltag, die sie regelmäßig allen Interessierten zeigten. Über den Kulturbeauftragten und mit Hilfe der Gewerkschaft hatten sie im Werk einen eigenen Schneideraum bekommen und einen Vorführraum mit fünfzig Plätzen, und sie hatten neben ihren Projektoren für Schmalfilme auch einen alten Kinoprojektor erworben, mit dem sie richtige Filme in dem kleinen Saal zeigen konnten, wenn auch bei einem einzigen Vorführgerät kurze Pausen durch den Wechsel der Spulen nicht zu vermeiden waren. Goran war kein Mitglied des Filmclubs seines Werkes, aber er hatte sich mehrfach ihre Arbeiten angeschaut und hatte zusammen mit seiner Frau ab und zu die im Clubraum gezeigten Spielfilme besucht.

Goran erkundigte sich nach meiner Prüfung und dem Stand der dafür erforderlichen Arbeiten. Er riet mir dringend ab, einen alten Filmklassiker für die Analyse zu wählen, diese Filme, meinte er, sind schon tausendfach analysiert worden, jeder Filmadept hätte zu ihnen irgendeinen Quark abgesondert.

Als ich das Thema für meine Doktorarbeit wählte,

sagte er, habe ich darauf geachtet, dass noch nie jemand dazu gearbeitet hatte. Es war Neuland, verstehst du, da bestand bei den Gutachtern von vornherein größeres Interesse. Nicht der Film ist bei deiner Arbeit entscheidend, gut oder schlecht, das ist egal, allein auf deinen Text kommt es an. Und außerdem, wenn du einen deiner geliebten Filmklassiker nimmst, was willst du da schreiben? Willst du zu allem nur sagen, wie gut es ist? Das wäre langweilig. Nimm einen neuen Film, den sich noch keiner vorgenommen hat. Und nimm einen Film, der nicht schlecht ist, aber zu dem man auch ein paar kritische Dinge sagen kann. Du musst zeigen, dass du einen Film analysieren kannst, deine kritischen Anmerkungen sind wichtig, nicht deine lobenden Bemerkungen. Das ist nun einmal das Wesen der Kritik. Ein Kritiker, der nur lobt, hat nichts von seinem Handwerk begriffen, genauso wenig wie einer, der nicht fähig ist, etwas zu sehen und hervorzuheben. Es ist die Mischung, darauf kommt es an. Verstehst du, Konstantin?

Ich hatte mich bislang in meinen Gedanken nur mit den alten Filmen beschäftigt, hatte an Murnau und Eisenstein gedacht, an Stummfilme oder die ersten Tonfilme, aber es schien mir einleuchtend, was Goran sagte, und als er von seinem Kollegen Schwejk und einem neuen tschechoslowakischen Musical erzählte, war ich mir sicher, ich müsse über einen neuen, wenig bekannten und noch nie analysierten Film schreiben, und wenn diese *Hopfenpflücker*, dieses Musical, das im Schwermaschinenwerk gezeigt werden würde, als Ausgangspunkt für einen großen Aufsatz taugte, hätte ich tatsächlich einen solchen Film.

Schwejk war ein Ingenieur und Schlitzohr aus Ostrava, der Marek Kostka hieß, aber von allen nur mit Schwejk angesprochen wurde. Dieser Kostka oder Schwejk gehörte dem Filmclub an und hatte über einen Freund in Prag die Kopie eines gerade in Prag angelaufenen Film-Musicals organisiert und ihn im Clubraum gezeigt. Der Film kam vor allem bei den Lehrlingen so gut an, dass er drei Tage später noch einmal gezeigt wurde und, da mehr Leute in den kleinen Raum drängten, als Plätze vorhanden waren, eine dritte Vorführung angesetzt werden musste, die am nächsten Tag stattfinden sollte.

Schau ihn dir an, Konstantin, vielleicht ist das etwas für dich. Ich habe zwei Karten für dich besorgt, falls Bea morgen zufällig in der Stadt ist und mitkommen kann.

Bea war in Leipzig und kam erst am Wochenende, und so ging ich am nächsten Abend allein ins Werk, ließ mir vom Pförtner den Weg zum Vorführraum beschreiben und fragte dort einen Mann, der tatsächlich an einen Schwejk erinnerte, nach Herrn Kostka. Meine Vermutung erwies sich als richtig, Herr Kostka begrüßte mich sehr herzlich, Goran hatte ihm erzählt, dass ich mich an der Filmhochschule bewerben wolle und nach einem Film suche, an dem ich mein Sezierbesteck wetzen könne, wie dieser Schwejk sich ausdrückte. Der Saal war bis auf den letzten Platz besetzt, und Herr Kostka gab eine kurze Einführung und dann verlas er die wichtigsten Dialoge des ersten Teils des Films und hatte sogar einige der Lieder übersetzt, da der Film nur in der originalen tschechischen Fassung vorhanden war. In jeder Pause, die durch Wechsel der Spulen notwendig war, las er uns eine Seite der gleich folgenden Gespräche vor und eine Zusammenfassung des Inhalts der Songs, er hatte sich wirklich Mühe gegeben, uns den Film von Ladislav Rychman, mit dem er befreundet war und der ihn mit der Filmkopie versorgt hatte, verständlich zu machen.

Das Musical handelte von Studenten, die in den Semesterferien Hopfen pflückten und sich ineinander verliebten, es hatte witzige Texte und die Melodien gefielen mir auch. Ein paar kritische Einwände hatte ich sofort, und das wäre ja nach Gorans Ansicht die perfekte Mischung für eine Analyse. Nach der Vorstellung unterhielt ich mich noch mit Herrn Kostka, er meinte, ich solle nicht in Babelsberg studieren, die Deutschen könnten seit dem Krieg keine Filme machen, weil sie ihre guten Filmleute vergast oder vertrieben hätten, ich solle mich bei der FAMU in Prag bewerben oder an der Moskauer Filmhochschule WGIK. Die *Hopfenpflücker* könne ich mir, wenn ich wolle, in der nächsten Woche noch einmal anschauen, er müsse den Film auf jeden Fall noch einmal vorführen, weil jeder, der ihn gesehen hatte, zwei Leute zu ihm schicke, die ihn beknieten, diesen Film auch anschauen zu können. Seine Übersetzungen einiger Dialoge und Songs könne er mir ausleihen, ich müsste sie nur spätestens in vier Tagen Goran geben oder, falls ich zur nächsten Aufführung komme, sie ihm dann zurückgeben. Dafür verlangte er von mir nur die Zusicherung, dass die Uraufführung meines ersten Spielfilms oder zumindest die allererste Voraufführung bei ihm im Kinosaal des Schwermaschinenwerks stattfindet.

Daheim schrieb ich mir die von Schwejk übersetzten Texte ab, machte mir Notizen zu diesem Film, und vierzehn Tage später, nachdem ich den Film noch zwei weitere Male gesehen hatte, brachte ich meine Analyse zu Papier. Ich hatte an zehn Seiten gedacht, aber nach einem Monat hatte ich bereits zwanzig Seiten geschrieben, und als ich meinen abgetippten Text Ende März an die Hochschule schickte, waren es achtundzwanzig.

Die beiden Geschichten wurden schließlich, wie verlangt, jeweils vier Seiten lang, aber bei ihnen war ich mir, im Unterschied zu meiner Analyse, die mir gelungen erschien, sehr unsicher, ob sie etwas taugen. An jedem Wochenende teilte ich Bea meine neuesten Einfälle mit, Entwürfe von Geschichten, Eröffnungsszenen, dramatische Ereignisse oder auch nur ein paar Dialoge. Bea machte es Spaß, mit mir über meine Vorschläge zu einer Filmstory zu reden, und an diesen Wochenenden liefen wir die Elbe entlang und diskutierten unentwegt meine Ideen.

Goran hatte mir gesagt, ich solle eine Geschichte aus meinem Leben erzählen, aber es war völlig undenkbar, dass ich Babelsberg zwei Filmprojekte einreiche über meine Jahre in Marseille oder den Versuch, zur Fremdenlegion zu gehen, und meine Erlebnisse als Mitarbeiter in den beiden Antiquariaten erschienen mir nicht so aufregend, dass daraus ein interessanter Film werden könnte.

Du musst einen politischen Film machen, hatte Goran gesagt, verstehst du. Kino muss die Leute erregen und aufregen. Wenn sie im Kinosaal protestieren, wenn sie aufstehen und schreien, dann weißt du, du bist auf dem richtigen Weg. Schreib über deine Familie, über deine Kindheit, deine Jugend, erzähl etwas von der kleinen Stadt, in der du aufgewachsen bist. Ich könnte drei Filme über mein Leben daheim machen, und da ist mehr Mord und Totschlag drin, als mir lieb war. So viel Mord und Totschlag wirst du in deiner Familie nicht auffinden können.

Gute Idee, sagte ich zu Goran, sehr gute Idee.

Einen Vorschlag für einen Film bei der Filmhochschule einzureichen, in dem ich über meinen Vater und die Vulcano-Werke erzähle, darüber, was er in seiner Heimatstadt geplant hatte, das wäre das Allerletzte für mich, aber das konnte Goran nicht wissen.

Nachdem ich Berge von Papier vollgekritzelt hatte,

schrieb ich eine Geschichte, in der ich auf einen Vorfall einging, der sich vor einem halben Jahr in einem Schwermaschinenbetrieb unserer Stadt ereignet hatte.

Die Betriebsfeuerwehr des Werkes, die aus freiwilligen Arbeitern und Angestellten des Betriebes bestand, hatte bei einer Vorführung ihrer Künste während eines Dorffestes eine Schlagersängerin auf der Bühne gesehen und gehört, die sie daraufhin zu ihrem jährlichen Feuerwehrball einluden. Sie wollten das junge Mädchen unbedingt dabeihaben, zumal alle davon überzeugt waren, die Sängerin sei ein Mädchen aus ihrer Buchhaltung. Was sie nicht wussten, war, dass ihre junge Buchhalterin eine Zwillingsschwester hatte, die von einer Karriere als Schlagersängerin träumte und mit einer eigenen Band bereits durch das Land tourte. Um sie für ihren Ball zu gewinnen, manipulierten sie ihre eigene Tombola, die von der Werksleitung für die Ehefrauen der Feuerwehrleute spendiert worden war, versprachen, wie sie, nichts ahnend von dem Zwillingspaar, meinten, der Sängerin, einen der Hauptgewinne, ein Moped, und mussten dann auf ihrem Fest fassungslos mitansehen, wie durch eine geschickte Intrige der Zwillinge auch der zweite Hauptpreis, das Werk hatte außer dem Moped noch eine Waschmaschine finanziert, an eben diese Zwillinge ging. Überdies waren die Männer vor ihren Frauen blamiert, da es für alle offensichtlich war, wie die beiden neunzehnjährigen Mädchen sich in den Besitz der begehrten Preise bringen konnten, und die Feuerwehrleute hatten sich nun bei ihren Ehefrauen und Freundinnen der auflodernden Flammen der Eifersucht zu erwehren.

Um die Geschichte filmgerechter zu erzählen, machte ich aus den Feuerwehrleuten die Mitglieder eines Segelyachtclubs, das eine Mädchen durfte Schlagersängerin bleiben, die andere wurde in meiner Fassung zur Kellnerin in der Bar des Yachtclubs.

Bea riet mir, unbedingt eine Liebesgeschichte einzubauen, und so verliebten sich in meiner Filmstory die Mädchen in die beiden jungen Männer, die den Yachtclub betreuten und von den reichen Yachtbesitzern fortwährend schikaniert wurden.

Bei der anderen Geschichte, die ich schließlich einsandte, griff ich auf ein altes Märchen zurück, den Eisenhans, aber ich schrieb es zu einer Nachkriegsgeschichte um. Mein Eisenhans war ein aus dem Krieg zurückkommender Soldat, der im Nachbarort seiner Heimatstadt Quartier nimmt, um vor seiner Heimkehr seine Frau und seine Familie zu überprüfen, aber auch um die eigenen Gespenster loszuwerden. Er hat im Krieg schreckliche Dinge gesehen, und diese Kriegsschrecken erscheinen ihm Nacht für Nacht real und tatsächlich.

Bea meinte zwar, sie könne sich vorstellen, dass beide Geschichten als Vorlage für einen richtigen Kinofilm taugen, ich selbst blieb unschlüssig, schickte sie aber dennoch nach Babelsberg, da ich nichts Besseres vorzulegen hatte.

Am einundzwanzigsten Mai war die Aufnahmeprüfung. Ich war kurz nach fünf aufgestanden, um mit einem früheren Zug nach Potsdam zu fahren, damit ich keinesfalls durch eine Verspätung oder einen Zugausfall die Prüfung versäumen würde. Wir waren diesmal drei Kandidaten, aber die anderen beiden kannte ich nicht, sie kamen beide aus Berlin und redeten miteinander, als ob sie bereits für mehrere Filme die Drehbücher verfasst hätten. Bei einem Teil der Prüfung wurden wir drei zusammen von der Kommission befragt, in der restlichen Zeit, die Prüfung dauerte den ganzen Tag, wurde jeder einzeln vorgeladen. Ich war aufgeregt und stotterte anfangs, aber alle Dozenten waren freundlich und ich beruhigte mich bald. Meine Analyse lobten sie und waren erstaunt, dass ich einen noch nicht synchronisierten Film ausgewählt hatte. Herr Richter, einer der Dozenten, sagte, dieser Film läge derzeit im Synchronstudio und würde im Herbst in unsere Kinos kommen, ich hätte einen guten Vorgriff gemacht und Stärken und Schwächen des Streifens erfasst.

Von meinen Entwürfen für Drehbücher waren sie eher amüsiert als begeistert. Zu der ersten Geschichte sagten sie, es sei eine durchaus lebendige Liebesgeschichte, die auch viel Komik verspreche, nur sei mein Entwurf unvermeidlich an eine Verfolgungsjagd mit drei Segelschiffen gebunden, und einen abenteuerlichen Segeltörn wolle man dem heimischen Publikum nicht antun, das im Moment nicht einmal mit einem Paddelboot durch die Ostsee gondeln könne, ohne Ärger mit dem Grenzschutz zu bekommen.

Bei dem zweiten Exposé wollten sie von mir wissen, ob mir dabei ein Nachkriegsfilm, ein Krimi oder ein Gespensterfilm vorschweben würde. Ich sagte ihnen, ich wollte das eine mit dem anderen verbinden und einen »Nosferatu«-Effekt in die Kriminalgeschichte bringen, worüber sie lachten, aber wohlwollend blieben. Als ich mich am Abend von ihnen verabschiedete, hatte ich ein gutes Gefühl. Herr Richter machte eine Bemerkung, über die ich die ganze Rückfahrt nachgrübelte und die wohl nur bedeuten konnte, dass er meinte, wir würden uns wiedersehen.

Mitte Juni kam die Zulassungsbescheinigung, ein offizielles Schreiben der Filmhochschule. Ich war ab September Student im legendären Babelsberg, erstes Semester, Klasse Szenaristen, war einer von vier aufgenommenen

Bewerbern. Als ich den Brief nach der Arbeit in meinem Briefkasten vorfand, rannte ich zum Bahnhof, nahm den nächsten Zug nach Leipzig und feierte mit Bea die ganze Nacht hindurch, obwohl sie am nächsten Tag zwei Vorlesungen und zwei Seminare hatte und ich pünktlich neun Uhr vor Bärbels Antiquariat stehen musste. Wir redeten die ganze Nacht über unser künftiges gemeinsames Leben in Berlin und Babelsberg. In meinem ersten Jahr würden wir noch getrennt wohnen, da eine Abmeldung in Leipzig und eine Zulassung in Berlin für Bea erst nach dem Physikum möglich war, und ich würde in meinen ersten beiden Semestern im Studentenwohnheim der Hochschule einen Bettplatz bekommen. In dieser Zeit wollte ich mich in Berlin oder in Potsdam um eine kleine Wohnung oder um zusammenhängende Zimmer kümmern, so dass wir ein Jahr später wie ein Ehepaar zusammenleben könnten. Nach dem Studium würde ich in Berlin bleiben, denn die Filmstudios waren in dieser Stadt und in Babelsberg, und Bea könnte in einem Berliner Krankenhaus ihre Assistenzzeit absolvieren. Wenn die Absolventenlenkung sie in die Provinz schicken wollte, würden wir kurz vor dem Studiumsende heiraten und dann einer Familienzusammenführung wegen auf Berlin beharren. Wir waren zuversichtlich, alles zu schaffen, wie wir es uns vorgenommen hatten.

Einen Monat später, am zwölften Juli, kam ein kurzer Brief der Filmhochschule, ein einseitiger Vordruck, in dem lediglich vier Zeilen mit einer Schreibmaschine ausgefüllt worden waren. Auf Grund unterlassener und verheimlichter Angaben zur Person sei mir mit sofortiger Wirkung die Zulassung zur Filmhochschule abgesprochen und entzogen worden, Einsprüche gegen diese Entscheidung seien schriftlich an die unten angegebene

Adresse zu richten. Das kurze Schreiben las ich immer wieder, ich starrte auf den Zettel und begriff nichts. Bea war zwei Tage zuvor nach Leipzig gefahren, wir würden uns erst am Sonnabend sehen, telefonisch konnte ich sie nicht sprechen, es gab keine Telefonnummer, unter der sie erreichbar war, wir konnten nur im Antiquariat miteinander telefonieren und auch nur, wenn sie mich anrief.

Ich saß stundenlang in meinem Zimmer und grübelte, hörte den alten Dozenten, den Wohnungsbesitzer, immer wieder an meiner Tür vorbeigehen auf dem Weg zur Küche. Kurz nach neun hielt ich es nicht mehr aus und ging zu Herbert Liebers, Beas Vater. Er war seit Jahrzehnten an einer Hochschule, für vier Jahre leitete er einmal das Prorektorat, er musste wissen, was dieser Zettel bedeutete und was ich machen sollte.

Herr Liebers beruhigte mich. Er sagte, auf diese Art und Weise sei eine Immatrikulation nicht zurückzunehmen, da habe die Hochschule überhaupt keine Chance. Er riet mir ab, mich mit meiner Beschwerde an die genannte Adresse zu wenden, das sei nur das Prorektorat der Filmhochschule, eine Krähe hacke der anderen kein Auge aus und diese Leute würden mir den Rausschmiss des Rektors lediglich bestätigen und sich dahinterstellen. Eine Eingabe an das zuständige Ministerium sei in meinem Fall hilfreicher. Wenn ich irgendjemanden von der Leitung der Hochschule persönlich kennen würde, und sei es auch nur ein Dozent, dann würde er mir raten, sofort nach Babelsberg zu fahren, um ihn zu sprechen und herauszubekommen, was hinter dieser Geschichte stecke. Die Studienplätze an der Filmhochschule seien streng limitiert und begehrt, er vermute, dass irgendein Oberbonze seinen Filius dort unterbringen wollte und es mit seinen Beziehungen auch geschafft habe und das Rektorat habe seinem Sohn den Platz gegeben und meine Immatrikulation zurückgenommen. Ich sollte unbedingt nach Babelsberg fahren und danach würden wir, was auch immer ich an der Hochschule erfahren sollte, gemeinsam eine Eingabe an das zuständige Kulturministerium verfassen.

Sei ganz unbesorgt, Konstantin, sagte er, damit kommen sie nicht durch. Du hast die Prüfungen bestanden, du hast einen Anspruch auf den Studienplatz, und es gibt keinerlei Rechtsgründe, ihn dir zu nehmen. Wir machen die Eingabe, und dann wollen wir sehen, ob da nicht irgendein Kopf rollen muss, denn irgendeiner hat da Dreck am Stecken.

Ich schlief unruhig und war um drei Uhr hellwach. Nach dem Besuch bei Liebers war ich einigermaßen beruhigt, aber der Gedanke, so kurz vor dem Ziel zurückgeworfen zu werden, ängstigte mich.

Bärbel sagte mir, ich könne mir den Tag frei nehmen und solle sofort nach Babelsberg fahren, sie rate mir, es nicht auf die lange Bank zu schieben, ich würde mir, solange es nicht geklärt sei, nur unnötige Sorgen machen. Ich dankte ihr und rannte zum Bahnhof. Kurz vor zwölf war ich in der Hochschule, ging zur Sekretärin des Rektors und bat sie in einer dringlichen, unaufschiebbaren Studienangelegenheit um einen Termin. Die Sekretärin war überaus freundlich, sie versprach, dafür zu sorgen, dass ich ihren Chef gleich nach der Mittagspause sprechen könne. Sie war nicht nur freundlich zu mir, sie schien mitfühlend zu sein, als ob sie von meinem nachträglich erfolgten Rausschmiss Kenntnis habe.

Um halb zwei wurde ich tatsächlich sofort zum Rektor vorgelassen. Er bat mich, Platz zu nehmen, fragte, ob er mir was anbieten könne, und da ich nur erregt den Kopf schüttelte, hörte er sich in aller Ruhe an, was ich ihm zu sagen hatte. Ich erzählte, wie lange und heftig ich mich um diesen Studienplatz bemüht, was ich dafür alles auf mich genommen hätte, ich sprach sogar von der Abendschule, durch die ich mich jeden Tag nach Feierabend gequält hätte, um mein Ziel zu erreichen, hier zu studieren. Der Rektor hörte zu und schwieg, er unterbrach mich nicht, ich konnte meine große Klage, die ich zuvor sorgsam durchdacht hatte, vollständig vorbringen. Als ich fertig war, sah ich ihn trotzig an und wartete auf seine Antwort.

Ich kann Sie verstehen, Herr Boggosch, sagte er nach einem kleinen Moment der Stille, ich verstehe Sie sogar sehr gut. Aber in Ihrem Fall sind mir die Hände gebunden. Die Entscheidung, dass Sie nicht bei uns studieren können, fiel nicht an meiner Schule. Wir waren mit Ihnen, mit Ihren Arbeiten und Leistungen bei der Prüfung sehr zufrieden. Nein, die Entscheidung kommt von oben, von ganz oben. Nun, ganz unter uns, das Ministerium kassierte unseren Immatrikulationsentscheid. Unser Kollegium ist anderer Meinung, aber wir können nicht gegen eine Weisung des Ministers entscheiden.

Des Ministers?, fragte ich fassungslos.

Also das muss jetzt wirklich unter uns bleiben, Herr Boggosch. Es war ein Brief des stellvertretenden Ministers, des Ministers für die Kunsthochschulen des Landes. Es gibt da einen Punkt in Ihrer Biographie, es muss Jahre zurückliegen …

Ich bin nicht abgehauen, warf ich ein, ich war nicht republikflüchtig. Ich war in Frankreich, um Französisch zu lernen, und das war vor der Mauer. Als die Mauer gebaut wurde, kam ich ganz bewusst zurück.

Nein, Herr Boggosch, nein, das ist es nicht, davon weiß ich nichts. Es geht um Ihren Vater.

Ich schnappte nach Luft, sog heftig die Luft ein, als habe man mir einen Schlag in den Magen verpasst. Der Rektor sah mich besorgt an.

Um meinen Vater?, fragte ich, den habe ich nie kennengelernt. Der starb, bevor ich geboren wurde. Der wurde gehenkt, ja, aber wir haben uns nie gesehen. Wieso kann dieser Kriegsverbrecher, der nun einmal mein Vater ist, mir das Studium versauen? Ich habe doch nichts mit ihm zu tun. Nichts, gar nichts. Warum werde ich bestraft? Wieso? Erklären Sie mir das.

Es ist nicht meine Entscheidung, Herr Boggosch.

Aber warum? Wieso?

Die Weisung des Ministeriums wurde, aber auch das nur unter uns, mit einem Hinweis auf die Aufgabenstellung unserer Schule wie der gesamten Filmproduktion des Landes begründet. Die antifaschistische Ordnung und das demokratische Grundprinzip sind die Pfeiler, auf denen all unsere Ausbildungsstätten gegründet sind, auch die Filmhochschule. Und für das Ministerium sei es, und zwar national wie international, schlichtweg nicht vorstellbar, dass die DEFA die Produktion ihrer antifaschistischen Filme, zu denen sie ausdrücklich verpflichtet ist, dem Sohn eines Kriegsverbrechers überlässt. Dem Minister sei der Gedanke unerträglich, dass er in Moskau oder in Warschau in ein paar Jahren einen Film vorzustellen habe, den der Sohn eines Mannes schrieb oder drehte, der in diesen beiden Ländern die schlimmsten und fürchterlichsten Verbrechen beging. – Herr Boggosch, das alles sage ich Ihnen im Vertrauen, weil ich diese Entscheidung nicht billige, weil ich sie nicht zu ändern vermag und vor allem, damit Sie Bescheid wissen, woran Sie sind. Man wird Sie an keiner Kunsthochschule immatrikulieren. Der zuständige Minister wird dies verhindern.

Und was kann ich jetzt tun? Was soll ich tun? Können Sie mir einen Rat geben?

Um trotzdem bei uns zu studieren? Nein. Der vorgeschriebene Weg in einem solchen Fall ist, Sie legen Einspruch ein. Zuerst bei unserem Prorektorat. Wenn Sie die abschlägige Antwort schriftlich haben, können Sie sich an das Ministerium wenden. Die Antwort, die man Ihnen dort geben wird, die kennen Sie so gut wie ich. Und dann könnten Sie sich noch mit einer Eingabe an den Staatsrat wenden, aber dass die Genossen dort oben anders entscheiden als das Ministerium, das halte ich persönlich für ausgeschlossen. Ich sehe keinen Weg für Sie, Herr Boggosch, jedenfalls nicht an der Filmhochschule und auch nicht an einer anderen Kunsthochschule unseres Landes. Im Vertrauen, Konstantin, und das muss unter uns bleiben: Der Minister ist angreifbar, und das weiß er und versucht sich zu schützen. Er war zwar auch im Exil, aber nicht in der Sowjetunion wie seine Kollegen, sondern in England. Exil in England, das ist für die Karriere nicht förderlich, da droht immer der Verdacht, man sei ein Agent. Ich weiß, wovon ich rede, ich war auch im »falschen Exil«. Wenn ein »West-Emigrant« einen Fehler macht, steckt immer eine böswillige und parteifeindliche Absicht dahinter, schlimmstenfalls ist man ein Werkzeug des Klassenfeinds. Der Minister muss sich schützen. Den Sohn eines hingerichteten Kriegsverbrechers, eines Mannes, der in Polen und in der Sowjetunion barbarisch wütete, kann er nicht fördern. Da drohen neue Verdächtigungen, und zwar gegen ihn selbst. Wissen Sie, Konstantin, meine Generation, jedenfalls die, die im Widerstand war und im Exil, wir haben noch das Smert im Ohr, das

Smert schpionam, Tod den Spionen. Das konnte über Nacht kommen und keiner konnte sich wehren. Da hieß es, wer schweigt, gesteht, wer sich verteidigt, klagt sich an. Das hat sich uns eingeprägt, eingebrannt. Wer den Feind nicht entlarvt, entlarvt sich als Feind. Wir sind eine gebrannte Generation, eine verbrannte Generation.

Ich habe mit meinem Vater nichts zu tun.

Ich weiß.

Mein Vater hat so viele Menschen auf dem Gewissen. Und jetzt bringt er auch noch mich um.

Konstantin, das ist Unsinn. Ihr Vater verbaut Ihnen den Weg, Sie werden nicht an meiner Schule studieren können, das ist schlimm und dumm, aber nicht das Ende. Sie müssen sich neu entscheiden, Sie müssen beruflich neu überlegen. Und ich weiß, Sie werden Ihren Weg machen. Sie sind begabt, sonst hätten wir Sie nie immatrikuliert.

Begabt? Wozu bin ich begabt? Wozu ist man begabt, wenn man einen solchen Vater hat? Da kann man sich nur aufhängen.

Herr Boggosch, bitte bleiben Sie vernünftig. Und kein Wort über unser Gespräch. Ich habe Ihnen nur gesagt, wozu ich beauftragt wurde, alles andere würde ich bestreiten.

Ich stand auf, dankte für die Zeit, die er mir geopfert habe, und für sein Vertrauen. Ich gab ihm die Hand und ging hinaus. Ich spürte, dass er mir nachsah, aber er sagte nichts mehr. Die Sekretärin wünschte mir eine gute Heimfahrt. Auf dem Flur kam mir Herr Richter entgegen, einer der Dozenten, die mich geprüft hatten. Ich grüßte ihn, er nickte überrascht und ging weiter, einen Augenblick später rief er meinen Namen und ich drehte mich um.

Sie sind doch der Herr Boggosch, oder?

Ja, richtig, Herr Richter.

Ich wollte Ihnen nur sagen, ich finde das eine verdammte Scheiße mit Ihnen. Das ist Sippenhaft.

Ja, ich weiß. Es ist nicht ganz neu für mich.

Ich hatte mich auf Sie gefreut, Boggosch. Schade, sehr schade.

Danke, Herr Richter. Sie hatten damals gesagt, dass wir uns wiedersehen werden. Sie hatten recht, heute haben wir uns wiedergesehen, wenn auch zum letzten Mal.

Kopf hoch, Boggosch. Schwierigkeiten sind dazu da, um sie zu meistern.

Ich nickte kurz und ging weiter. Das Letzte, was ich heute vertrug, waren kluge Sprüche von Leuten, die alles erreicht hatten, was sie wollten, all das, was mir für immer und ewig verbaut war, wo ich ständig gegen eine Mauer rannte. Ich lief von der Hochschule zur S-Bahn-Station, um in Potsdam den Zug nach Magdeburg zu erreichen. Mir war, als habe man mir mit Gewalt die Hosen heruntergezogen und mich halbnackt auf die Straße geschickt, nicht anders als damals in Marseille, bei den Legionären.

Als ich am Abend in Magdeburg eintraf, rief ich vom Bahnhof aus Herrn Liebers an. Er wollte am Telefon wissen, wie es ausgegangen war, und ich bat ihn, dass wir uns treffen, dass wir uns irgendwo treffen, ich wollte nicht zu ihm gehen, ich wollte allein mit ihm sprechen und nicht mit seiner Frau. Wir verabredeten uns in der »Eiche«, einer alten Gaststätte in Elbnähe. Ich war vor ihm in der »Eiche«, setzte mich an einen Tisch in einer Fensternische am Gang zur Toilette und bestellte zwei Bier. Als Herr Liebers hereinkam und sich an meinen Tisch setzte, brachte der Kellner die Gläser, stellte sie vor uns hin und wir stießen an und tranken. Und dann erzählte ich. Ich erzählte von meinem Besuch in Babelsberg, von dem Gespräch mit dem Rektor, ich erzählte Herrn Liebers alles, was ich über meinen Vater wusste und was ich noch nie jemandem erzählt hatte. Eine halbe Stunde sprach ich, und er hörte schweigend zu. Als ich fertig war, bestellte er Bier und Kognak, stieß mit mir an und sagte, wir beide sollten uns endlich duzen, es sei an der Zeit.

Überlegen wir, Konstantin, überlegen wir, wie wir vorgehen können. Eine Beschwerde, eine Eingabe, egal wo, ist aussichtslos, da gebe ich dem Rektor recht. Ich fürchte auch, von deinem Traum Filmhochschule musst du dich verabschieden, und vermutlich, denn dieser Minister ist für alle Kunsthochschulen zuständig, wirst du für kein künstlerisches Fach einen Studienplatz bekommen, dafür wird er sorgen. Welche Studienfächer kommen für dich in Frage, an welchen Universitäten könnte dein Vater wieder zu einem Problem werden? Du brauchst jemanden, der dir hilft, Konstantin. Jemanden, der dafür sorgt, dass deine Kaderakte dir nicht jedweden Weg versperrt. – Ach, willst du was essen? Du hast doch sicher den ganzen Tag noch nichts gegessen.

Herbert Liebers bestellte für uns Bratfisch mit Bratkartoffeln und ein weiteres Bier, und beim Essen sagte er, ich solle mir überlegen, ob ich mir nicht eine Zukunft als Pädagoge vorstellen könne, Studienplätze für Lehrer seien sogar noch für dieses Jahr zu bekommen, bei seiner Hochschule fehlten für einige Studienrichtungen mehr als zehn Prozent der benötigten Bewerber, um die nötige und vom Plan vorgegebene Absolventenzahl in vier Jahren zu erreichen, vor allem würden Sprachlehrer fehlen, was mir doch gelegen sein müsste.

Sprachen und Kunstunterricht, da nehmen sie jeden mit Handkuss, um die Zahlen einigermaßen zu erreichen.

Wenn du dich bei uns bewirbst, Konstantin, ich denke nicht, dass es da Schwierigkeiten geben wird. Denk darüber nach. – Hast du eigentlich Beate von deinem Vater erzählt?

Nein, ich habe mit keinem darüber gesprochen. Sie sind ... Du bist der Erste, dem ich es erzählt habe.

Verstehe, sagte er und nickte mehrmals, aber wenn ihr beide zusammenbleiben wollt, und es sieht ja ganz so aus und ich hätte nichts dagegen, also wenn ihr euch zusammentut, dann solltest du es ihr sagen. Du kannst es auf Dauer nicht verheimlichen, die Akte über dich schwirrt dir überall hinterher, das ist nun einmal so in einer funktionierenden Bürokratie. Die Akte weiß alles und vergisst nie etwas, dafür wurde sie erfunden. Sprich bei Gelegenheit mit Beate darüber, damit sie es nicht irgendwann und vielleicht aus einer ganz dummen Quelle erfährt. Sie ist doch ein vernünftiges Mädchen.

Ich versprach ihm, mit Bea zu sprechen und über ein Lehrerstudium nachzudenken.

Willst du heute bei uns übernachten? Damit du heute nicht allein bleiben musst. Ich spreche mit Elvira, sagte Herbert, nachdem er für uns die Rechnung bezahlt hatte.

Ich danke dir, aber ich bleibe heute lieber allein. Ich muss nachdenken, muss irgendetwas entscheiden. Dank dir, dass du mir zugehört hast. Dank für dein Verständnis.

Herbert umarmte mich, als wir uns auf der Straße verabschiedeten.

Bärbel erzählte ich am nächsten Morgen, dass ich nicht auf der Filmhochschule studieren dürfe, in meiner Kaderakte gäbe es einen dunklen Punkt, der dies verhindere, und ich deutete ihr an, dass man mich wegen meiner Jahre in Frankreich nicht studieren lassen wolle, von meinem Vater wollte ich ihr nichts sagen.

Am Samstag fuhr ich mittags nach Leipzig, um mit Bea das Wochenende zu verbringen und ihr alles zu erzählen, die neue und unwiderrufliche Entscheidung der Babelsberger Hochschule und den Grund für diesen Entscheid, die Verbrechen meines Vaters. Und ich sagte ihr, ich würde versuchen, im September an der Pädagogischen Hochschule in Magdeburg zu studieren, also an der Hochschule ihres Vaters. Wir lagen zusammen im Bett, umarmten einander, und wenn sie weinte, küsste ich ihr die Tränen weg.

Willst du das denn? Willst du wirklich Lehrer werden?, fragte sie.

Was ich wirklich will, das hat sich in Luft aufgelöst, Bea, das kann ich vergessen. Und vielleicht ist Lehrer für mich ein guter Beruf. Ich könnte meine Sprachen weiterbetreiben, und Sprachen sind eine Leidenschaft von mir. Außerdem, welche Wahl habe ich schon! Bei den begehrten Fächern, bei deiner Medizin beispielsweise, brauche ich vermutlich nicht lange darauf zu warten, bis sie meine Akte ziehen. Bei so einem Vater hat man nicht viele Möglichkeiten. Auch wenn ich ihn nie gesehen habe, ich bin sein Sohn, der Sohn eines Verbrechers.

Du bist nicht sein Sohn, Konz, er kennt dich nicht, deine Mutter will nichts mit ihm zu tun haben, du trägst nicht seinen Namen. Du bist nicht sein Sohn, du bist sein letztes Opfer.

Ja, auch das, sagte ich, sein letztes Opfer, aber auch lebenslang sein Sohn.

Noch am Sonntagabend rief ich Herbert an, ihren Vater, und sagte ihm, ich würde mich um einen Studienplatz an der Pädagogischen bewerben. Er war begeistert, ich musste mir in der Telefonzelle zwei Namen und drei Adressen aufschreiben, wo ich gleich morgen Vormittag erscheinen sollte. Als ich dort auftauchte und nach den Leuten fragte, die er mir genannt hatte, war ich bereits von Herbert angekündigt worden und wurde überaus freundlich begrüßt. Noch am selben Vormittag reichte ich die Bewerbung ein, es gab keinerlei Prüfungen, das Abschlusszeugnis der Abendschule schien ein ausreichender Ausweis meiner Eignung zu sein. Entweder hatte die Hochschule tatsächlich viel zu wenig Bewerber, oder Herberts Empfehlung hatte mir alle Türen geöffnet und sämtliche Wege geebnet.

Im Angebot für die Nachzügler-Bewerbungen waren drei meiner Sprachen aufgeführt, und ich schrieb mich für Französisch als Haupt- und Englisch als Nebenfach ein, Italienisch wurde nicht unterrichtet. Ich wollte noch Sport als Fach hinzunehmen, um Kampfsport zu trainieren, was ich in den letzten Jahren vernachlässigen musste, aber das Sportfach war ausgebucht, und so entschied ich mich für Kunst als drittes Fach, obwohl nur zwei Fächer Pflicht waren. Es kam mir auf ein weiteres Fach an, das andere Anforderungen an Schüler wie Lehrer stellt, in dem man anders unterrichten muss und sich vom Schulstress erholen kann. Ein Fach für mich selbst. Ein Wermutstropfen war der Abschied vom Antiquariat, ich würde meine Anstellung bei Bärbel aufgeben müssen, es ließ sich nicht mit dem Studium vereinbaren.

Im September begann das Studium. Meine Seminargruppe bestand aus dreiundzwanzig Mädchen und acht Jungen, bei Englisch waren wir alle zusammen, auch bei den Vorlesungen und Seminaren zur Pädagogik. In den ersten beiden Studienjahren hatten wir auch Vorlesungen in Ökonomie und Philosophie, unsere Rotlichtbestrahlungen, wie die politischen Fächer genannt wurden. In den großen Hörsälen wurden bei diesen Vorlesungen

Anwesenheitslisten geführt, weil sie für alle Studenten Pflicht waren. Französisch machten in meinem Studienjahr nur sechs Mädchen und außer mir kein einziger Junge, und Kunstlehrer wollte niemand aus meiner Seminargruppe werden, da war ich mit acht Studenten aus anderen Seminargruppen zusammen.

Im Oktober, sechs Wochen nach Studienbeginn, bat mich Herbert, Beas Vater, in sein Arbeitszimmer daheim und sagte, es sei ihm gelungen, meine Akte im Prorektorat einzusehen, was ihm leichtgefallen sei, da er einmal selbst Prorektor war, und er habe bei dieser Gelegenheit diese Akte bereinigt, wie er sagte.

Dein Vater starb im Krieg, du kamst als Halbwaise zur Welt, mehr steht dort nicht mehr, sagte er, aber das heißt nicht, dass es völlig gelöscht ist. Falls es ein größeres Problem gibt, falls du in der Studentenmensa goldene Löffel klaust und es eine Untersuchung gibt, wird die Akte genauer angeschaut und notfalls ergänzt. Ein paar Organisationen und vor allem die Firma, die haben alles. Also, Konstantin, nicht auffallen, dann kommst du durch, jedenfalls an der Hochschule.

Danke, Herbert.

Und zu niemandem ein Wort, auch nicht zu Beate. Es könnte mich alles kosten, schließlich habe ich mich an einer sakrosankten Akte vergangen.

Ich danke dir sehr.

Ich weiß nicht, wofür du dich bedankst, Konstantin. Ich weiß von nichts. Ich habe von deiner Akte noch nie gehört, sagte er grinsend und schlug mir verschwörerisch auf die Schulter.

Mit den Sprachen hatte ich keinerlei Probleme, das Studium fiel mir leicht, allerdings hatte ich mit Französisch anfangs unerwartete und überraschende Schwierigkeiten.

Frau Striebe, unsere Französischlehrerin, war fast fünfzig, unterrichtete seit zwanzig Jahren diese Sprache und hatte noch nie in ihrem Leben ein französischsprachiges Land besucht. Alles, was sie wusste, stammte aus Büchern, die Aussprache war ihr von ihren Lehrern beigebracht worden und sie war eine erklärte Anhängerin von Schallplatten, auf denen Muttersprachler irgendwelche Sätze von sich gaben. Diese Schallplatten brachte sie auch in den Unterricht mit, und wir hatten die einfältigen, unfreiwillig komischen Sätze nachzusprechen, in denen ein François sich mit einer Jeannette in Paris verabredet, um sich mit ihren Freunden aus der Gewerkschaft und der sozialistischen Partei zu treffen und irgendwelche Demonstrationen vorzubereiten. Frau Striebe kritisierte fortlaufend meine französische Aussprache, sie selbst artikulierte diese Sprache, wie man sie in Frankreich vor dreihundert Jahren gesprochen hatte, und dass ich ein heutiges, ein normales Französisch sprach, war für sie unerträglich. Das sei Gossensprache, erklärte sie mir, und die Gebildeten in Frankreich würden niemals in einem solchen Jargon miteinander verkehren. Bei ihr würden wir ein kulturelles Französisch erlernen, und unsere späteren Schüler werden künftige Botschaftsangehörige sein, die unser Land in den französischsprachigen Ländern zu repräsentieren hätten und dort keinesfalls mit einem Slang auffallen dürfen.

Zur Ausbildung eines Lehrers für Kunst und Kunstgeschichte gehörte Malen und Zeichnen dazu, und da hatte ich, im Unterschied zu den Studentinnen, keinerlei Übung und Erfahrung. Bei meinen Bemühungen mit Pinsel und Bleistift verdrehte der Lehrer nur wortlos die Augen und ging an den nächsten Tisch, wo eine der Studentinnen über einem Zeichenblatt saß, um sich mit ihr über Bildaufteilung und Farben zu unterhalten, doch ich lernte in diesem Unterricht ein paar Grundbegriffe der Perspektive und Zentralperspektive und verstand, sie auf dem Zeichenpapier umzusetzen, erfuhr einiges über verdrehte Perspektive und Bedeutungsperspektive, über eine aperspektivische Malweise, über Zeichenfläche und Raster. Ich erlernte die isometrische Darstellung und die Schrägprojektion, ich wusste bald das Raumachsenkreuz für ein Bild zu verwenden oder wie man einen Tiefeneindruck erzeugt, bei dem der Kontrast nach hinten abzunehmen, die Helligkeit dagegen von vorn nach hinten zuzunehmen hat, also mit scharfen und unscharfen Kontrasten zu arbeiten. Ich lernte das Entwerfen und Planen eines Bildes, hörte in der Vorlesung und in den Seminaren etwas über Farbwahl, Farbkontraste und Harmonien und lernte die unterschiedlichen Zeichenutensilien kennen. Meine Zeichnungen und Bilder gefielen weder dem Dozenten noch mir, wir waren uns beide einig, meine Skizzen, Zeichnungen und Aquarelle werden die deutsche Kunst nicht bereichern, aber mein Wissen darüber könnte ich Schülern hilfreich vermitteln.

Gutsche, unser Kunstlehrer, der an der Kunstakademie in Dresden studiert hatte, stellte sich vor meinem Tisch auf und erklärte mir unter beifälligem Grinsen der ganzen Klasse in seinem breiten Sächsisch: Sie müssen das Malen Ihren künftigen Schülern erklären. Mit Worten, Boggosch, nur mit Worten. Nehmen Sie im Unterricht nie einen Bleistift oder einen Pinsel in die Hand, damit würden Sie alles ruinieren. In der Kunstgeschichte hat es immer große Erklärer gegeben, die keine Ahnung davon hatten, wie man einen einfachen Strich auf die Leinwand bringt. Das sind die Theoretiker der Kunst, Boggosch, und dazu gehören Sie wahrscheinlich. Denn ein Maler werden Sie nie, mein lieber Boggosch, nie im Leben.

Das erste Studienjahr beendete ich mit einer Drei in Französisch und das war meine schlechteste Note. Ab dem dritten Semester unterrichtete uns Serge Richard, der einzige Muttersprachler der französischen Abteilung in der Sektion, und seitdem bekam ich in dem Lehrfach immer eine Eins plus. Serge Richard gehörte der Partei der französischen Kommunisten an, war drei Jahre bei »Radio International« in Berlin tätig gewesen, und nach seiner Hochzeit mit einer Frau aus Leipzig arbeitete er an zwei Universitäten als Sprachlehrer. Er stammte aus Toulon und kannte Marseille, da er dort studiert hatte, er behauptete sogar, das Antiquariat von Emanuel Duprais sei ihm bekannt, aber wie er den Verkaufsraum und den Chef beschrieb, musste es eine andere Buchhandlung in Marseille sein. Er versprach mir, bei einem Besuch in den Ferien meinen alten Chef Emanuel Duprais aufzusuchen und von mir zu grüßen.

Mit den Kommilitonen meiner Studiengruppe hatte ich wenig Kontakt, da ich in meiner freien Zeit nach Leipzig fuhr, um bei Bea zu sein. Die geselligen Treffen der Studenten vermied ich und entschuldigte mich mit meiner Verlobten, wie ich Bea ihnen gegenüber nannte. In meiner Seminargruppe galt ich als Außenseiter, spröde, ungesellig, egoistisch, arrogant und – und das war der heftigste und schwerwiegendste Fehler – politisch und gesellschaftlich indifferent unentschieden. So stand es in der schriftlichen Einschätzung der Seminargruppenleitung, die dieses Gremium von jedem Kommilitonen zum Ende eines Studienjahres anfertigte. Diese Beurteilungen wurden den Betroffenen vorgelegt und sie hatten sich dazu zu äußern, wobei wenig Wert auf eine kritische Auseinandersetzung gelegt wurde, erwartet wurde vielmehr, wie es hieß, konstruktive Selbstkritik. Wer den kritischen

Bemerkungen zustimmte und ihnen möglicherweise weitere eigene Verfehlungen und Unzulänglichkeiten hinzufügte, hatte die Kritik verstanden und war auf dem besten Weg zur Buße und Läuterung.

Es waren drei Studenten in unserer Seminargruppe, die die ganze Studienzeit über stets unsere Seminargruppenleitung bildeten. Sie schafften es Jahr für Jahr mit Eloquenz und Selbstsicherheit, dass keiner in der Gruppe gegen sie aufbegehrte und es keiner wagte, in der offen durchgeführten Wahl gegen sie zu stimmen. Die drei waren in der Gruppe gefürchtet, aber nicht geschätzt, wir spotteten, dass diese drei nach dem Studium nicht als Lehrer, sondern umgehend als Schuldirektor beginnen würden, wenn nicht gar gleich als Bildungsminister.

Als ich mich zu meiner Beurteilung zu äußern hatte, fragte ich, was der Ausdruck »indifferent unentschieden« bedeute, für mich sei das doppelt gemoppelt. Wortwörtlich sagte ich, für mich sei das ein nicht entschlüsselbarer redundanter und tautologischer Pleonasmus. Die drei Mitglieder der Seminargruppenleitung fühlten sich politisch reifer als die anderen Kommilitonen der Seminargruppe, doch ihre stets und ständig vorgeführten bewussteren staatsbürgerlichen Haltungen hatten auch ihre mangelnden Kenntnisse zu kaschieren, und es war für uns eine der leichteren Übungen, ihnen fachliche Unbedarftheit nachzuweisen. Die Ironie meiner Frage begriffen sie und schlugen sofort zurück. Ich war der einzige Student in meiner Seminargruppe, der nicht der staatlichen Jugendorganisation FDJ angehörte, alle anderen waren seit Jahren in dieser Organisation und über die Hälfte der Kommilitonen waren Mitglieder oder Kandidaten der Partei. Aus dem Umstand, dass ich nicht einmal der Jugendorganisation angehörte, schlossen sie auf meine negative Haltung dem Staat und der staatlichen Ideologie gegenüber, aus der heraus sie meine Eignung als Lehrer und Erzieher der Jugend in Frage stellten. Von den Dozenten wurde ich geschätzt, da hatte es nie derlei Anschuldigungen gegeben, aber als ich mit Herbert darüber sprach, riet er mir dringend, umgehend und scheinbar ohne jeden Vorbehalt der FDJ beizutreten. Er meinte, wenn die Seminargruppenleitung, diese drei unerschrockenen Revolutionäre, sich daran festbeißen und die Sache aufplustern, würden seine Kollegen, die zuständigen Dozenten, sich dem nicht entgegenstellen. Sie würden vielmehr die revolutionäre Wachsamkeit dieser drei loben müssen und mit ihnen über Konsequenzen zu beraten haben, über die Konsequenzen für mich.

Stell den Antrag auf Aufnahme in die FDJ, da brichst du dir kein Bein und die Sache ist aus der Welt. Und noch eins, Konstantin, falls deine Seminargruppenleitung auch noch verlangt, dass du als künftiger Lehrer ein Mitglied der Partei sein musst, dann solltest du das klug und geschickt umgehen. Ein Antrag von dir, Kandidat der Partei zu werden, würde sofort zu einer Tiefenprüfung deiner Akte führen. Und das musst du verhindern, in deinem Interesse. Allerdings auch in meinem, denn wenn es an der Hochschule Nachforschungen gibt, könnte meine kleine Manipulation auffliegen.

Seinem Rat folgte ich, die FDJ-Gruppe stimmte meinem verspäteten Antrag auf Mitgliedschaft zu, die meisten von ihnen waren daran völlig uninteressiert. Ein Jahr später wurde ich von der Gruppenleitung gefragt, ob ich nicht Mitglied der Partei werden wolle. Ich versprach, darüber nachzudenken, und erklärte ihnen vierzehn Tage später, ich fühle mich dafür noch nicht reif genug.

Sie nahmen meine scheinbar bescheidene und kritische Selbsteinschätzung durchaus anerkennend zur Kenntnis. Ein Jahr vor den Schlussprüfungen wurde ich nochmals gefragt und konnte mit derselben Bemerkung, dafür noch nicht reif genug zu sein, mich wiederum der Falle entziehen.

Bea und ich sahen uns regelmäßig, aber selten, und manchmal konnten wir uns nicht einmal am Wochenende treffen, weil Beate zu lernen hatte, ihr Studium war offensichtlich sehr hart, wir an der Pädagogischen hatten viel mehr Freizeit. Ich nahm sogar meinen Kampfsport wieder auf, da an unserer Hochschule eine solche Arbeitsgemeinschaft existierte. Die Kampfsportgruppe bestand nur aus Studenten, die Sportlehrer werden wollten, und sie alle versuchten, es mir, dem Zeichenlehrer, dem Pinselheinrich, wie ich bei ihnen hieß, zu zeigen, so dass ich häufiger am folgenden Tag mit einer Zerrung oder Verrenkung im Seminar erschien.

Als ich im zweiten Studienjahr war, machte Gunthard seine Meisterprüfung und kaufte sich mit finanzieller Unterstützung seines künftigen Schwiegervaters ein Haus in G., eine Jugendstil-Villa aus den zwanziger Jahren mit einem ausgebauten Dachgeschoss und einem großzügigen Keller. Mutter schrieb es mir, da ich sie längere Zeit nicht besuchte, und sie teilte mir auch mit, dass Gunthard extra für sie eine Einliegerwohnung in der kleinen Villa herrichten lasse. Sie würde also künftig mit Gunthard und Rita, die bald heiraten wollten, zusammenwohnen, aber die beiden Wohnungen seien getrennt, so dass man sich aus dem Wege gehen könne. Im März zogen Gunthard und Mutter in das renovierte Haus ein, und ich versprach, bald zu kommen. Ich wollte mit Bea zu ihr fahren, aber sie musste wegen Prüfungen in Leipzig bleiben und Tag und Nacht lernen, so dass ich Mutter an einem Wochenende in ihrem neuen Domizil allein besuchte.

An diesem Wochenende kam es zum endgültigen Bruch mit Gunthard. Da ich Mutters Einliegerwohnung in seiner Villa kennenlernen wollte, war eine Begegnung mit Gunthard und seiner Freundin Rita unumgänglich, und ich nahm mir vor, wie immer er sich verhalten und was immer er sagen würde, gelassen zu reagieren. Wir waren uns fremd geworden, unsere Interessen, unsere Wünsche, unsere Lebensplanungen waren zu verschieden, wir hatten uns nichts zu sagen. Souverän bleiben, gelassen bleiben, das war meine Absicht, doch dies erwies sich als undurchführbar. An diesem Wochenende wurde die Kluft zwischen uns endgültig und unüberwindlich, wir trennten uns schlagartig.

Die Villa, in der Gunthard für Mutter eine neue Wohnung eingerichtet hatte, kannte ich aus der Kindheit, die Familie eines Mitschülers hatte dort gewohnt, der Vater war Veterinärmediziner und die Mutter Krankenschwester. Kurz vor dem Mauerbau war die ganze Familie in den Westen abgehauen, das Haus wurde vom Staat beschlagnahmt und stand längere Zeit leer, bis Gunthard es über irgendwelche Schleichwege und mit Hilfe der Betriebsleitung von BUNA 3 erwerben konnte. Der kleine Vorgarten war für die Aussaat vorbereitet, und die Beete waren akkurat abgesteckt, die Fassade des Hauses leuchtete in einem hellen Grün, die Frauenfiguren hoch über dem Eingang waren ausgebessert worden und hatten wieder die originalen Farben der zwanziger Jahre erhalten, die Villa beeindruckte mich. Als ich die vier Stufen zur Wohnungstür hochging und klingelte, öffnete mir Rita und bat mich sehr förmlich hinein. Mein Bruder würde erst mittags aus der Firma zurück sein, sagte sie und fragte, ob sie mir einen Kaffee oder Tee anbieten könne.

Ich würde gern euer Haus anschauen. Von außen sieht es prächtig aus, erwiderte ich.

Sie zeigte mir die Zimmer im Erdgeschoss und die ausgebauten Räume im Dachgeschoss, wo nun zwei Schlafzimmer waren und ein zweites Bad. Als wir die Treppe hinuntergingen, kam Gunthard zur Haustür herein. Wir hatten uns monatelang nicht mehr gesehen und wir waren beide befangen, als wir uns begrüßten.

Glückwunsch zum Haus, sagte ich, ihr habt es wundervoll renoviert. Ein schöner Grundbesitz, den du nun hast.

Nein, wandte Rita ein, das Haus gehört mir. Gunthard hatte die nötigen Verbindungen, um es kaufen zu können, aber das Geld kam von meinem Papa.

Es gehört uns beiden, korrigierte Gunthard sie, es ist unser Haus.

Im Grundbuch bin nur ich eingetragen. Ich kann dich hier jederzeit rausschmeißen, wenn du nicht parierst, sagte Rita und lachte, doch Gunthard ging auf ihren neckischen Ton nicht ein und schaute verdrossen seine Freundin an.

Eigentlich wollte ich zu Mutter, sagte ich in die gespannte Situation hinein, ich hatte sie so verstanden, dass sie hier wohnt. Hier in eurem Haus.

In der Einliegerwohnung wohnt sie, antwortete Gunthard knapp.

Wo? Rita hat mir doch das ganze Haus gezeigt. Wo ist hier die Einliegerwohnung?

Mutter hat die Souterrainwohnung, sagte Gunthard, mit einem eigenen Hauseingang. Der ist hinten.

Souterrain?, fragte ich überrascht, sie wohnt im Keller?

Ach was, Keller! Schau dir ihre Wohnung an, die ist auf das Feinste hergerichtet. So gut hat Mutter noch nie gewohnt. Jedenfalls nicht, seitdem die Russen hier sind.

Ich geh dann mal zu ihr, sagte ich, also der Eingang ist hinterm Haus?

Ja. Mit Klingel und Namensschild. Nicht zu übersehen, sagte Gunthard.

Ich nahm meinen Rucksack, verließ die Wohnung, ging den Kiesweg um die Villa herum und stand vor dem Kellereingang. Acht Stufen führten hinunter, neben der eisernen Kellertür war ein Klingelknopf mit Mutters Namen angebracht. Überrascht schaute ich mir nochmals die alte eiserne Kellertür und die ausgetretenen Steinstufen an, dann klingelte ich. Es dauerte einige Sekunden, bevor Mutter an der Tür war und sie umständlich öffnete. Sie umarmte mich und klammerte sich heftig an mich, dann folgte ich ihr. Der Weg zu ihrer Wohnungstür war ein schäbiger Kellergang, der Boden des Gangs festgestampfter Lehm, in den Ziegelsteine eingelassen waren, die Wände bestanden aus unverputzten Ziegeln, zwei funzlige Kellerleuchten waren das einzige Licht im Gang.

Die Tür zu ihrer Wohnung war eine typische Holzfasertür, wie sie in den letzten Jahren in den Neubauten üblich waren. Mutter öffnete die Tür und zeigte mir ihre Räume, zwei Zimmer, eine kleine Küche und eine winzige Toilette mit einer Duschecke und einem kleinen Waschbecken. Die Zimmer waren mit Teppichen ausgelegt, zwei oder auch drei übereinander, als Schutz gegen die Kälte. Die Räume waren neu tapeziert und wirkten wie gewöhnliche Zimmer, nur die schmalen Fenster unter der Zimmerdecke, ein Meter breit und dreißig Zentimeter hoch und mit Eisengittern versehen, erinnerten noch an den Keller. Ich starrte fassungslos auf die Fenster.

Das Feinste, in dem ich je gewohnt habe, sagte sie, als ob sie meine Gedanken erraten hätte.

Jedenfalls seit die Russen hier sind, ergänzte ich ihren Satz, den ihr ebenso wie mir wohl Gunthard gesagt hatte.

Ja, meinte sie nur.

Sie hatte meine Lieblingsspeise in ihrer kleinen Küche vorbereitet, Kartoffelpuffer mit Apfelmus, und ich aß viel mehr, als ich Hunger hatte und vertragen konnte, weil es ihr sichtlich Spaß machte, mir dabei zuzusehen. Ich berichtete ihr von meinem Studium und erzählte von Beate und ihren Eltern, von Bärbel und Goran und berichtete ihr zum ersten Mal auch von meinem gescheiterten Versuch, in Babelsberg zu studieren.

Ja, mein Junge, sagte sie, dieser Mann hängt uns an. Den werden wir bis zu unserem Tod nicht los. Und auch Gunthard wird noch erfahren müssen, was er für einen Vater hatte.

Nach dem Essen umarmte ich sie und sagte auf Italienisch, dass mir nichts im Leben so geholfen hat wie ihre verfluchten und verhassten Sprachstunden und Sprachtage. Sie lächelte müde und fragte, ob ich über Nacht bleibe.

Du kannst bei mir bleiben, ich habe zwei Zimmer. Oder wir fragen Gunthard, er hat da oben ja ein Gästeschlafzimmer und Gästebad.

Ich entgegnete, ich würde mit der Bahn kurz nach neun zurückfahren, am Sonntag müsste ich für das Studium pauken.

Warum, Mutter?, fragte ich, wieso wohnst du im Keller?

Souterrain!, erwiderte sie, ich habe euch beiden doch Sprachen beigebracht. Das hier ist eine Souterrainwohnung und kein Keller. Das hat Gunthard gelernt, und das wirst du hoffentlich auch noch begreifen. Sie ist schöner als meine alte Wohnung, und ich brauche nichts zu bezahlen. Jetzt wohne ich einfach hier und kann mir die Miete sparen, das ist mir sehr lieb, denn wenn die Miete drüben auch nicht hoch war, ich muss ein wenig auf mein Geld aufpassen. Und vor allem, mein Junge, ich habe nicht mehr die dummen Treppen zu steigen. Das strengte mich in der letzten Zeit doch recht an.

Nein, keine vier Treppen mehr hoch, dafür acht Kellerstufen runter.

Acht Stufen zum Souterrain, Junge, das ist etwas anderes.

Nachdem ich mich am Abend von Mutter verabschiedet hatte, klingelte ich noch einmal bei Gunthard. Er und Rita saßen im Wohnzimmer vor dem Fernsehapparat, Gunthard trank Bier und Rita einen Likör. Ich fragte Gunthard, wieso er Mutter in den Keller gesteckt habe, und da wurde er wütend und sagte, nur er würde sich um Mutter kümmern, ich würde mich sonst wo in der Welt herumtreiben, alles bleibe an ihm hängen. Er habe Mutter in einer besseren Wohnung untergebracht, als sie zuvor hatte, und bei ihm brauche sie keine Miete zahlen. Wenn ich die Miete für Mutter aufbringen könne, dann wäre er bereit, ihr eine andere Wohnung zu besorgen, er sei bei seinen vielen Verpflichtungen nicht in der Lage, zusätzlich und unnötigerweise die Miete für eine höchst überflüssige Wohnung aufzubringen. Ich erwiderte, dass ich noch studiere, aber sobald ich fertig sei und ein Lehrergehalt bekomme, würde ich liebend gern für diese Miete aufkommen.

Überweis mir einfach monatlich diese Miete, und ich besorg ihr dann die entsprechende Prachtwohnung, erwiderte er.

Aber in einem Keller!, sagte ich, du lässt Mutter in einem Keller hausen und bewohnst eine Villa. Schämst du dich nicht, Gunthard? Das ist ekelhaft.

Was?, sagte er heiser, was sagst du?

Er stand auf und kam drohend auf mich zu.

Das ist schäbig, Gunthard. So etwas macht man nicht. Das ist unverzeihlich.

Er schlug zu, er schlug so unvermittelt zu, dass ich für einen Moment zu Boden ging, mich aber rasch wieder erhob und automatisch die antrainierte Kampfstellung einnahm. Gunthard war älter als ich, aber er machte keinen Kampfsport, er betrieb überhaupt keinen Sport, es wäre mir ein Leichtes gewesen, ihn von den Beinen zu holen. Stattdessen atmete ich einmal durch, griff nach meinem Rucksack und ging aus dem Haus, verließ Gunthards Villa mit der Souterrainwohnung für seine und meine Mutter.

Zurück in Magdeburg, ging ich gleich am Montag zur Sparkasse und hob tausend Mark ab. Auf meinem Konto waren nur noch etwas mehr als zweitausend Mark, meine französischen Schätze waren schneller dahingeschmolzen, als ich mir vorgestellt hatte, aber ich würde irgendwie zurechtkommen. Die Geldscheine packte ich in einen dicken grauen Umschlag und schrieb Mutter, dass ich, da ich gearbeitet hätte, ausreichend Geld besitze, und bat sie, sich etwas zu gönnen, einen Ausflug, eine Reise, irgendeine Anschaffung. Sie würde mir damit eine Freude machen, schrieb ich, und setzte noch ein französisches Sprichwort im Original hinzu: Die schönste Freude ist die, die man anderen macht.

Acht Tage später war das Geld wieder bei mir. Mutter hatte noch einen Zwanzig-Mark-Schein dazugelegt, auf der beigelegten Karte stand in ihrer schönen Handschrift: L'amour d'une mère est toujours dans son printemps.

Ich wusste nicht, wie ich ihr etwas zukommen lassen könnte, sie würde alles, was immer ich ihr schenkte, umgehend zurückschicken. Ich überlegte, eine Reise für sie zu buchen und sie damit zu überrumpeln, aber damit würde ich sie möglicherweise verletzen.

Im Oktober heirateten Gunthard und Rita, Mutter sagte es mir, als sie mich in Magdeburg besuchte, und sie sagte mir auch, mein Bruder werde mich nicht dazu einladen, er und seine Frau wollten mich bei ihrer Hochzeit nicht dabeihaben. Mutter war darüber bekümmert, ich war erleichtert, mir ging es wie ihm, auch ich wollte ihn nicht sehen.

Im fünften Semester wurde mir ein Leistungsstipendium zugesprochen, und ich erhielt es in allen darauf folgenden Semestern, die drei Kommilitonen der Seminargruppenleitung sprachen sich zwar Jahr für Jahr dagegen aus, aber ich hatte in allen Fächern die besten Noten und mit den anderen Kommilitonen verstand ich mich so gut, dass sie die Einwände der drei zurückwiesen und mir das zusätzliche Stipendium zuerkannt wurde. Beate bekam diese schöne und sehr willkommene Draufgabe ebenfalls, und da sie noch von ihren Eltern unterstützt wurde, kamen wir finanziell gut zurecht.

Wir sahen uns nur an den Wochenenden, dafür aber ab dem fünften Semester an jedem Wochenende. Beate hatte sehr viel mehr für ihr Studium zu tun, sie musste auch samstags und sonntags am Abend über ihren Büchern sitzen, so dass ich die gesamte Küchenarbeit übernahm und sie mit meinen amateurhaften Kochkünsten verwöhnen konnte. Selbst ihre Mutter hatte sich mit mir abgefunden und konnte gelegentlich fast herzlich zu mir sein, obgleich sie ahnte, dass Beate und ich miteinander schliefen. Ein halbes Jahr nach ihrem Mann bot auch sie mir das Du an, aber es dauerte einige Monate, ehe es leicht über ihre Lippen kam, für ihre Tochter hatte sie wohl mit einem erfolgreichen und reichen Mann gerechnet und nicht mit einem studentischen Hungerleider, der zur Untermiete wohnte und glücklich war, im dritten Studienjahr in die Wohnung des Vaters von Doktor Weitgerber zurückziehen zu können.

An der Hochschule hatte ich Freunde gefunden, Dietrich und Jens, zwei aus meiner Seminargruppe, und drei meiner Sportskameraden von meiner Trainingsgruppe Kampfsport. Wir trafen uns gelegentlich auf ein Bier oder gingen zusammen ins Kino, von Montag bis Donnerstag hatte ich für sie Zeit, da Beate an diesen Tagen für mich unerreichbar in Leipzig studierte.

Regelmäßig sah ich Bärbel und Goran, ich ging auch regelmäßig in das Antiquariat, um mir die nötigen Bücher zu kaufen und die Neuerwerbungen anzuschauen, immer in der Hoffnung, ein schönes oder wichtiges Buch günstig erwerben zu können, und Goran vergaß nie, mich einzuladen, wenn in seinem Filmclub ein wichtiger oder seltener Film gezeigt wurde, und da Beate nicht in Magdeburg war, nahm ich zu den Vorführungen ein oder zwei meiner Freunde mit.

Am siebzehnten August 1968 starb Mutter. Rita Boggosch, Gunthards Frau, rief bei Liebers an, um mich zu informieren. Es war ein Sonnabend, Beate war bei mir in Magdeburg und wir fuhren zusammen in meine alte Heimatstadt. Mutter war von der einzigen Beerdigungsfirma, die es bei uns gab, bereits abtransportiert worden. In der kleinen Leichenhalle konnten wir Mutter noch einmal sehen, ihr Gesicht war eingefallen, sie wirkte sehr verletzlich, und das war sie auch lebenslang. Sie war eine einsame, tapfere Frau, die sich ein Leben lang gegen viele

Verletzungen zu wehren hatte. Gegen Verletzungen, von denen sie in ihrer Kindheit, als behütete und umsorgte Tochter im Haus ihrer Eltern, nichts ahnte und auf die sie in keiner Weise vorbereitet war. Ich scheute mich, sie zu berühren, doch dann streichelte ich ihre Wange und küsste ihre Hände. Nach zehn Minuten erschien eine Angestellte der Firma und sagte, sie habe sich um den Todesfall Boggosch zu kümmern, und bat uns, die kleine Halle zu verlassen. Ich fragte sie nach dem ärztlichen Attest, meiner Mutter war Herzversagen als Todesursache attestiert worden.

Wir gingen noch einmal zur Villa, Rita öffnete uns Mutters Kellerwohnung und ließ uns dann allein. Ich kochte auf der kleinen Doppelkochplatte Tee für uns und setzte mich mit Bea für eine Stunde in das Wohnzimmer. Schweigend schauten wir uns den Raum an, in dem sie die letzten Lebensjahre verbracht hatte, und dann erzählte ich Bea von dieser Frau, meiner Mutter, die im Haus ihres Vaters, eines Abgeordneten der Zentrumspartei, wohlbehütet herangewachsen war, in einem Schweizer Internat die Maturitätsprüfung glanzvoll bestanden hatte, um sich dann als sehr junge Frau in den eleganten und erfolgreichen Geschäftsmann Gerhard Müller, den Chef der Vulcano-Werke, zu verlieben, ihm nach G. zu folgen, um in dieser Kleinstadt eine Schmach hinnehmen zu müssen, die sie ihr gesamtes Leben hindurch beschämte und verstummen ließ, bis sie endlich, mit vierundfünfzig Jahren, in einer Kellerhöhle, in die sie ihr eigener Sohn gesteckt hatte, ihr Leben beendete. Aushauchte.

Und ich denke, mit einem Seufzer der Erleichterung tat sie ihren letzten Atemzug, sagte ich zu Bea, hier in diesem Kellerloch. In der Souterrainwohnung von Gunthards Villa.

Ich fragte Bea, ob wir in Mutters Wohnung übernachten sollen, um erst am nächsten Morgen zurückzufahren, aber sie wollte das keinesfalls. Diese Kellerwohnung war ihr unbehaglich, und mir ging es ebenso. Ich schloss die Eingangstür ab, klingelte an der vorderen Tür, meine Schwägerin öffnete und nahm den Schlüssel entgegen. Sie fragte mich nicht, ob ich Gunthard sprechen wolle, und ich erwähnte seinen Namen ebenfalls nicht.

Die Beerdigung war am dreiundzwanzigsten August, einem Freitag. Zwei Tage zuvor waren sowjetische Truppen mit Einheiten ihrer verbündeten Armeen in die Tschechoslowakei einmarschiert und an der Hochschule, in der das neue Semester erst fünf Tage zuvor begonnen hatte, gab es erregte Diskussionen. Es hieß, es seien Flugblätter in der Hochschule gefunden worden, Zettel, auf denen nur wenige Worte standen und nach deren Urhebern fieberhaft gesucht wurde. Die Seminargruppenleitung, unsere drei Don-Kosaken, wie wir sie nannten, verlangten, dass jeder Student sich dazu äußere und klar und offen seine Haltung zu dieser Rettungsaktion bekunde, zu dem revolutionären Gegenangriff gegen eine imperialistische Aggression, wie sie es nannten. Zu ihrem Ärger kam von keinem in unserer Gruppe begeisterte Zustimmung, es waren vor allem besorgte Stimmen zu hören, die meisten von uns fürchteten die Folgen für die Tschechoslowakei, für uns selbst, für die Zukunft unserer Länder. Als Rudolf, einer der drei, mich aufforderte, etwas zu sagen, sah ich ihn an und schwieg. Wir starrten uns eine Ewigkeit lang schweigend an, bis Sylvie die Sache abbrach und zu Rudolf sagte, er möge mich in Ruhe lassen, meine Mutter sei gerade gestorben.

Am Freitag fuhren wir zu viert nach G., Bea, ihre Eltern Herbert und Elvira und ich. Bea erzählte, dass es an ihrer medizinischen Fakultät bisher so gut wie keine Diskussionen zu Prag gegeben habe, es herrsche eher bedrücktes Schweigen. Keiner der Professoren äußere sich dazu, keiner der Dozenten, und die Studenten hielten alle gleichfalls den Mund.

Herbert sagte im Auto, mit diesem Einmarsch sei das sozialistische Experiment endgültig gescheitert, jetzt würde eine Zeit der Stagnation folgen und dann käme ein neuer Stalin oder der Zusammenbruch. Seine Frau bat ihn, den Mund zu halten.

Warum?, fragte Herbert, vor wem hast du Angst? Vor wem soll ich mich in unserem Auto in Acht nehmen? Vor Beate? Oder vor Konstantin?

Ich habe überhaupt keine Angst, erwiderte sie scharf, nur redest du etwas daher, und wenn die Kinder das nachplappern, werden sie Ärger bekommen.

Nachplappern? Unsere beiden Helden da hinten, diese Turteltäubchen? Da kannst du ganz unbesorgt sein, mein Spatzel.

Herbert war aber wohl doch besorgt, denn bei einem kurzen Halt an einer Waldgaststätte nutzte er einen Moment, in dem wir allein zusammenstanden, um mir zu sagen, ich möge mich besonders zurückhalten, Partei und Staatsführung seien auf das Äußerste gereizt und würden heftig auf jeden Protest reagieren, und bei mir würde dann augenblicklich der ganze Kram aus meiner Akte wieder auf den Tisch kommen, man würde das eine mit dem anderen verbinden, und das sei dann für mich das Ende an seiner Hochschule und jeder anderen. Er sagte lediglich, der Kram aus meiner Akte, er nannte nicht meinen Vater, aber ich verstand und nickte.

In G. fuhren wir zum Waldfriedhof und warteten, bis mein Bruder erschien, seine Frau und sechs ältere Damen, Freundinnen meiner Mutter, die ich kaum wiedererkannte, sowie Cornelia Bertuch, meine vorgebliche Cousine. Mutters Freundinnen stellte ich Beate und ihre Eltern vor, meinen Bruder und seine Frau begrüßte ich mit einem Kopfnicken. In der Kapelle sprach der neue Pfarrer, er kannte Mutter wohl gar nicht, er sagte jedenfalls kein einziges persönliches Wort über sie. Am Vortag hatte ich mich entschlossen, in der Kapelle nach dem Pfarrer das Wort zu ergreifen. Ich wollte über ihr Sterben sprechen, ich wollte sagen, sie sei nicht an Herzversagen gestorben, nicht ihr Herz habe versagt, sie sei am Herzversagen der anderen gestorben, gestorben unter der Bürde ihres Ehemannes, unter der Last eines groß eröffneten und schuldlos gescheiterten Lebens, gestorben an einer Kellerwohnung, dies seien die Todesursachen meiner Mutter, die der Amtsarzt auf dem Totenschein nicht vermerkt habe. Aber als der Pfarrer zu Ende gesprochen hatte, begann der alte Organist der Stadtkirche auf dem kleinen Harmonium der Friedhofskapelle einen Bachchoral zu intonieren. Ich schluckte meine Worte hinunter und starrte schweigend auf den kleinen Sarg vor mir.

Leb wohl, Mama, flüsterte ich, jetzt endlich kannst du leben, wie du es immer wolltest.

Beate konnte meine Worte nicht verstanden haben, aber sie legte ihren Arm um mich und drückte mich an sich.

Vierzehn Tage später bekam ich einen Brief von Rita, in dem sie mir mitteilte, Gunthard würde versuchen, den Haushalt von Mutter zu veräußern, um die Beerdigungskosten zu begleichen, da sich auf ihrem Konto lediglich einhundertzwanzig Mark von der letzten Rentenzahlung vorfanden und nennenswerte Wertgegenstände nicht vorhanden seien. Wenn ich innerhalb von drei Wochen keinen Einspruch dagegen erheben würde, könnte sie im Namen meines Bruders die Haushaltsauflösung betreiben. Innerhalb dieser Frist sollte ich ihr mitteilen, ob ich an Gegenständen der zur Auflösung kommenden Wohnung interessiert sei. Der Brief war mit ihrem vollständigen Namen unterschrieben, mit dem Vornamen und dem Nachnamen, aber ohne jeden Gruß. Ich antwortete ihr nicht.

An Emanuel schrieb ich einen Brief, an Emanuel Duprais, meinen Arbeitgeber, den Antiquar in Marseille. Emanuel Duprais, den Mann der Résistance von »Combat de coqs 22 juin«. Ich berichtete ihm vom Tod meiner Mutter und teilte ihm die mir bekannten Tatsachen über meinen Vater mit, über Gerhard Müller. Ich erklärte ihm, ich sei vermutlich der Sohn jenes Mannes, jenes SS-Offiziers mit dem Namen »Vulkan«, der ihn geschlagen, der ihm das Gehör zerstört hatte. Und ich schrieb ihm, dass ich Marseille und ihn verlassen musste, weil ich der Sohn dieses Mannes sei, eines Mannes, den ich nie kennengelernt hatte, der mich lebenslang verfolgte und dem ich nie entrinnen konnte.

Emanuel antwortete nicht. Vielleicht war er tot. Vielleicht wollte er nie wieder etwas mit mir zu tun haben. Vielleicht hatte ich ihn und die anderen Kämpfer von »Combat de coqs 22 juin«, meine französischen Arbeitgeber und Freunde, enttäuscht und sie verachteten mich oder hassten mich gar, doch ich wollte dieses Verschweigen beenden und ihnen die Wahrheit sagen. Ich wollte nicht weiter diese Leute belügen, die für mich Freunde waren. Der Tod meiner Mutter gab mir die Kraft und den Mut, diesen Brief zu schreiben, einen Brief, auf den ich eine Antwort erhoffte und ersehnte, aber die ich nicht erwartete. Meine Freunde in Marseille enttäuschten mich nicht, sie schwiegen.

In der Hochschule blieb es seit dem Einmarsch der Truppen in Prag unruhig, besonders in den Seminaren und bei Diskussionen auf dem Gang war eine nervöse, unruhige Spannung ständig zu spüren. Drei Studenten des zweiten Studienjahres wurden exmatrikuliert, hörte ich, weil sie das Ansehen unserer Volksarmee geschmäht hätten, aber dies war eine Information, die nirgends bestätigt wurde. Am Schwarzen Brett hingen nur die regierungsamtlichen Mitteilungen, die die Presse gedruckt hatte, und mehrere Ergebenheitsadressen vom Rektorat, vom Lehrkörper und von einigen Seminargruppen. Unsere drei Don-Kosaken hatten nach einem heftigen und lautstark geführten Streit mit Dietrich und Jens, meinen beiden Freunden in der Seminargruppe, einen solchen Wisch unserer Gruppe auch abgenötigt, doch dieses Schreiben hing wohl nur für Minuten am Brett, irgendjemand hatte den Zettel mit unseren Unterschriften umgehend entfernt. Durch den Tod meiner Mutter nahm man in der Gruppe Rücksicht auf mich, keiner verlangte von mir, dass ich mich zu der Invasion äußerte, noch ein letztes Mal und über ihren Tod hinaus schützte mich Mama.

Im letzten Studienjahr heirateten Beate und ich. Wir heirateten standesamtlich und feierten anschließend im Ratswaage-Hotel. Von Beas Seite waren zwölf Verwandte gekommen und ihre beiden besten Freundinnen, meinerseits hatte ich Bärbel und Goran eingeladen und meine Kommilitonen Jens und Dietrich. Wir hatten die Hochzeit auf Anfang März festgesetzt, denn im April würde uns die Absolventenlenkung mitteilen, an welcher Schule wir eingesetzt werden, und da auf Ehepaare Rücksicht genommen und sie stets für denselben Ort vorgesehen waren, wollten wir verheiratet sein, bevor über unseren künftigen Arbeitsplatz entschieden wurde.

Da wir zudem an verschiedenen Hochschulen in zwei verschiedenen Städten studierten, hofften wir, mit einigem Geschick die Absolventenlenkung bei den Medizinern und den Pädagogen beeinflussen zu können, um in die Stadt unserer Wahl zu kommen. Wir hofften beide auf Berlin, Bea träumte von der Charité, wir wollten keinesfalls in einer Kleinstadt landen, in der sie nur eingeschränkte Möglichkeiten hatte, sich weiterzubilden, und in der mich dann vermutlich die Schulbehörde für alle Zeit vergaß und ich bis zur Rente dort bleiben müsste.

Bea hatte sich für Innere Medizin entschieden und wollte sich auf Endokrinologie spezialisieren und erhielt das Angebot, ihren Facharzt an der Medizinischen Akademie in Magdeburg zu machen. Sie sagte zu, und so bekam auch ich eine Oberschule an meinem Wohnort zugewiesen, worum mich fast alle in der Seminargruppe beneideten, denn die meisten mussten aufs Land und in kleine Städte. Nach Berlin gab es für unsere Gruppe nur drei Delegationen und die entfielen erwartungsgemäß auf unsere Don-Kosaken, obgleich ihre Studienabschlüsse nur mittelmäßig waren. Einer der drei war bereits zwei Jahre später Pressereferent im Ministerium für Volksbildung.

Jens und ich wurden die Jahrgangsbesten und bei der Abschlussfeier wurden wir namentlich erwähnt. Ich hatte erwartet oder befürchtet, dass nach der Prüfungszeit beim Ausstellen der Diplome oder bei der Ausfertigung des Arbeitsvertrages mit der Oberschule mein Vater nochmals auftauchte, aber sein Name fiel nie. Mein Schwiegervater hatte wohl damals gründliche Arbeit geleistet und mich, wie ich hoffen durfte, vom Schatten meines Vaters befreit, vielleicht sogar endgültig.

Im folgenden Januar – Beate arbeitete an der Medizinischen Akademie und schrieb an ihrer Doktorarbeit, ich unterrichtete meine drei Sprachen in den oberen Klassen, ein Lehrer für Kunst wurde an meiner Schule nicht benötigt, da ein sechzigjähriger Maler seit fast zwanzig Jahren den Kunstunterricht übernommen hatte, und wir wohnten zusammen in der Wohnung von Doktor Weitgerber, der die Wohnung nach dem Tod seines Vaters nicht gekündigt, sondern sie mir weitervermietet hatte – im Januar sagte mir Beate, sie sei schwanger. Wir hatten miteinander verabredet, dass wir an ein Kind erst denken wollten, wenn sie ihren Facharzt in der Tasche hat, aber Beate war so glücklich, dass ich mit keinem Wort auf die zusätzlichen Belastungen hinwies, sondern mich einfach mit ihr freute. Wir sagten es ihren Eltern, Herbert strahlte vor Vergnügen, und Elvira zählte auf, an was uns alles mangele, um schon Eltern zu werden.

Aber Elvira half uns. Als wir mit der Schwangerschaftsbescheinigung im Wohnungsamt vorstellig wurden, um eine eigene Wohnung zugesprochen zu bekommen, teilte uns die Sachbearbeiterin mit, ein Antrag auf eine eigene oder eine größere Wohnung könne nur zusammen mit dem Geburtsschein des Kindes gestellt werden, woraufhin Elvira auf das Amt stürmte. Da die dort zuständige Beamtin ihr gleichfalls etwas von der Geburtsurkunde des Kindes sagte und noch hinzufügte, das Amt wisse ja nicht, ob das Kind lebend zur Welt komme, ließ sich die erzürnte Schwiegermutter einen Termin beim Chef des Wohnungsamtes geben und einen Monat später bekamen wir als Erstmieter eine Zweieinhalb-Zimmer-Wohnung mit Zentralheizung im Neubauviertel der Südstadt zugesprochen, in die wir sechs Wochen später tatsächlich einziehen konnten.

Nun besaßen wir eine eigene Wohnung, die uns niemand kündigen konnte. Wir beschäftigten uns wochenlang mit unserer Wohnungseinrichtung, Beate stattete das kleine Zimmer, unser Kinderzimmer, zu einem Prinzessinnenpalais aus Tausendundeiner Nacht aus. Sie war, ich weiß nicht wieso, davon überzeugt, sie würde ein Mädchen zur Welt bringen.

Frauen spüren so etwas, erwiderte sie mir, als ich sie nach dem Grund für ihre Vermutung fragte.

An der Schule hatte ich mich rasch eingelebt. Die Kollegen freuten sich, über einen weiteren Sprachlehrer zu verfügen, da diese Fächer unterbesetzt waren, und die Schüler äußerten unverhohlen, wie froh sie seien, die Sprachen mit einem Typen machen zu können, der sich auch mit Popmusik und dem modernen, dem gesprochenen Englisch und Französisch auskenne und ihnen nicht mit der Sprache von Shakespeare oder gar Racine auf die Nerven falle. Als ich ihnen von Frankreich und Marseille erzählte, hingen sie an meinen Lippen. Diese Kinder lernten zwei Sprachen und wussten nicht, ob sie jemals in ihrem Leben diese Länder besuchen können, sie lernten Sprachen, um französische Chansons zu verstehen und bei den Hits der englischen und amerikanischen Bands mitzusingen, doch ob sie jemals die Sprachen benötigen würden, um sich auf der Straße und in einem Café oder Hotel zu verständigen, stand in den Sternen. Sie beklagten sich auch bei mir darüber, und ich konnte sie umso besser verstehen, da ich selbst zwei Jahre in Frankreich verbracht hatte.

Die Anhänglichkeit der Schüler und ihre Offenheit überraschten mich, ich hatte mit ihnen keine Schwierigkeiten, auch nicht mit den von den meisten Kollegen gefürchteten Schülern der elften Klasse. Ich war jung genug, zu begreifen, dass ihre Aggressionen und beleidigenden Bemerkungen ihre Ängste und Unsicherheiten zu kaschieren hatten, sah die Anstrengung, den Schweiß, die Kraft, die eine flapsige Bemerkung, ihre zur Schau gestellte Langweile sie kostete, und erlebte, dass jede ironische Bemerkung meinerseits sie schutzlos traf und verletzte, da ihnen Ironie noch nicht oder doch nicht ausreichend zur Verfügung stand, so dass sie nur grob und ordinär sich dagegen wehren konnten. Daher bemühte ich mich, ihnen auf ihren Wegen entgegenzukommen, ohne die uns vom Altersunterschied und der gänzlich anderen Position im Klassenzimmer vorgegebene Grenze zu überschreiten. Ich war nicht ihr Freund, nicht ihr Bruder, nicht ihr Verbündeter, das machte ich ihnen ebenso klar wie auch meine Position, dass ich nicht ihr Feind sei, sondern vielmehr der Feind ihrer Feinde. Und all diese kleinen Jungen und Mädchen, so kühl und unbezwingbar sie sich auch gaben, hatten Feinde, und der schlimmste ihrer Feinde steckte in ihnen selbst, ihre unauflösbare Unsicherheit.

Als zu Beginn des zweiten Jahrs meiner Tätigkeit an der Magdeburger Oberschule die Welt für mich zusammenbrach und mich Todessehnsucht über Wochen und Monate verfolgte, erzählte ich den Kindern mit wenigen Worten von meinen Schmerzen und meiner Verzweiflung, und sie waren in diesen Wochen und Monaten ungemein respektvoll. Ich akzeptierte den Kreis, den jeder von sich um sich gezogen hatte, und sie hielten den nötigen Abstand zu mir, weil ich mich ihnen als verletzbar und verletzt gezeigt hatte. Herbert Liebers' Rat, Pädagogik zu studieren, war eins der großen Geschenke in meinem Leben, ein Rat, den ich seinerzeit nur annahm, weil ich mich in einer aussichtslosen Falle sah und nicht wusste, wie es mit mir weitergehen könnte. Sein Rat erfolgte zur richtigen Zeit, denn vor meiner Exmatrikulation an der Filmhochschule hätte ich eine Lehrerexistenz weit von mir gewiesen. Herbert sagte es genau im richtigen Moment, und ich war wieder einmal ein Glückskind, dem eine Tür geöffnet wurde, die für mich der richtige Eingang in mein Leben war, denn ich war, ich bin der geborene Pädagoge. Lehrer bin ich, kein Filmemacher. Ob ich nach einem Studium in Babelsberg je einen Film geschrieben oder gedreht hätte, der meinen Ansprüchen, der der Ästhetik von uns Cineasten, von Raphaël, Clément und mir genügt hätte, weiß ich nicht. Vielleicht hätte ich dann mein Leben damit zugebracht, irgendwelche Filme zu machen, Filme, die keiner schätzt, die irgendwie und irgendwo im Fernsehen laufen und für die sich alle am Film Beteiligten nur schämen. Die Filmkunst war mein Traum, der ein Traum blieb, und das war vielleicht das Beste, denn man zerstört Träume, wenn man sie verwirklicht. So blieb mir mein Traum erhalten und ich fand den Beruf, für den ich auf die Welt kam.

Am fünften September begannen die Wehen. Beate weckte mich um fünf Uhr früh und sagte, der Abstand der Wehen sei jetzt bei dreißig Minuten und wir sollten uns auf den Weg in die Klinik machen. Ich wollte Herbert anrufen, denn ihre Eltern hatten verlangt, dass wir sie umgehend benachrichtigten, denn sie wollten ihre Tochter ins Krankenhaus fahren, aber Bea bat mich, ein Taxi zu bestellen, sie wolle nur mit mir zum Kreißsaal fahren, ihre Mutter wäre viel zu aufgeregt und würde sie selbst nur noch unruhiger machen. Am frühen Sonntagmorgen stand das Taxi bereits nach fünf Minuten vor der Tür.

Als uns der Fahrer sah, Bea mit dem dicken Bauch und mich mit ihrem kleinen Koffer, sprang er aus dem Wagen und half Beate, in das Auto einzusteigen. In einem breiten, gemütlichen Sächsisch erkundigte er sich, ob es unser erstes Kind sei, und wünschte uns alles Gute. Bea redete er dabei immer nur und immer wieder mit »Mutti« an, was uns erheiterte.

Sie wird ein Sonntagskind, flüsterte Bea.

Und wenn es ein Junge wird?, fragte ich, bist du dann sehr enttäuscht?

Eine Wehe kam, und Bea atmete mit weit geöffnetem Mund, wie sie es in der Schwangerenberatung gelernt hatte, um den Schmerz zu mildern.

Das Taxi fuhr uns bis zur Eingangstreppe der Klinik. Wir stiegen aus, eine gleichfalls schwangere Frau stand vor der Treppe, hatte ihren Koffer abgestellt und atmete heftig. Ich fragte, ob ich ihr den Koffer abnehmen solle, sie nickte dankbar, und dann ging ich, in jeder Hand einen Koffer, mit Bea und der anderen Frau langsam Stufe für Stufe hinauf. Ich klingelte, eine Schwester erschien und öffnete die Tür.

Jetzt tauchen die Kerle bei uns schon mit zwei Schwangeren gleichzeitig auf, sagte sie aufgeräumt und hielt uns die Tür auf.

Wir verabschiedeten uns vor der Eingangstür zur Entbindungsstation, die Schwester übernahm die Koffer und sagte, ich möge warten, sie würde mir Bescheid geben. Nach einer halben Stunde erschien sie, es sei alles in Ordnung, meinte sie, würde aber noch ein paar Stunden dauern, ich solle nach Hause fahren und könne nach ein Uhr anrufen oder vorbeischauen. Es war sieben Uhr früh, ich wollte Herbert und Elvira am Sonntagmorgen nicht wecken und verschob den Anruf bei ihnen, fuhr zum Bahnhof, trank in der Mitropa-Gaststätte einen Korn und träumte von meinem sich plötzlich ändernden Leben. Eine Stunde später rief ich aus der Telefonzelle vor dem Bahnhof bei den Schwiegereltern an. Elvira wurde nach meinen ersten Worten geradezu hysterisch, sie wollte in die Klinik, und ich sagte immer wieder, es sei zu früh, vor dreizehn Uhr habe es keinen Sinn, dort zu erscheinen oder anzurufen. Dann sprach ich mit Herbert, und wir verabredeten uns, gemeinsam um eins ins Krankenhaus zu fahren, er würde mich mit dem Auto abholen. Zwischendurch sagte er immer wieder etwas Beruhigendes zu seiner Frau, er redete sie dabei zu ihrem Ärger mit »Oma« an.

Juliane, es war tatsächlich ein Mädchen, Juliane kam um zehn nach eins auf die Welt. Sie wog zweitausendachthundert Gramm und war zweiundvierzig Zentimeter groß, das neue Leben würde gerade mal meine beiden Hände füllen. Meine Tochter durfte ich nur durch eine Glasscheibe sehen, Bea saß in einem Stuhl neben dem Kind und lächelte mich glücklich an, die Schwiegereltern standen hinter mir, Elvira redete ununterbrochen, aber ich hörte kein Wort, sondern starrte nur auf Bea und meine Tochter. Nach zehn Minuten erschien hinter der Scheibe eine Schwester, zog einen Vorhang vor und wir verließen das Krankenhaus.

So, Elvira, sagte Herbert, du nimmst das Auto und fährst nach Hause. Ich muss jetzt dem Papa etwas Stärkendes spendieren, sonst kippt er mir noch um. Frisch entbundene Väter darf man nicht allein lassen, sie sind gefährdet.

Am Abend war ich wunderbar betrunken, rief trotzdem nochmals im Krankenhaus an, verlangte meine Frau zu sprechen, man sagte mir, man könne meine Frau nicht ins Schwesternzimmer holen und an den Betten gäbe es keine Telefonapparate. Ich stolperte glücklich nach Hause, fiel ins Bett und schlief, volltrunken von Alkohol und Glück, zehn Stunden lang ohne jede Unterbrechung. Halb acht war ich im Lehrerzimmer und erzählte jedem Kollegen, der das Zimmer betrat, von dem kleinen Weltwunder Juliane. In der Pause vor der zweiten Stunde rief ich vom Sekretariat aus im Krankenhaus an und fragte nach Beate, die Schwester wollte oder konnte mir nichts sagen.

Mein Gott, ich will doch nur wissen, wie es meiner Frau geht, brüllte ich schließlich in den Apparat, doch die Schwester wiederholte stumpfsinnig, sie könne gar nichts sagen, ich müsse schon selber ins Krankenhaus kommen.

So eine dämliche, unfreundliche Person, sagte ich zu der Sekretärin, nachdem ich den Hörer aufgelegt hatte.

Das gefällt mir nicht, Herr Boggosch, das gefällt mir überhaupt nicht, sagte sie und sah mich besorgt an, Sie sollten ins Krankenhaus fahren, sofort. Ich kümmere mich um eine Vertretung. Machen Sie sich gleich auf den Weg, Herr Boggosch.

Mehr als ihre Worte beunruhigte mich der Tonfall. Ich nickte und rannte los, auf der Straße war nirgends ein Taxi zu sehen, lief in Richtung Krankenhaus, ich sprang dabei immer wieder auf die Straße, um nach einem Taxi Ausschau zu halten, ich winkte jedem Wagen zu, um ihn anzuhalten, rannte schließlich die zwei Kilometer bis zum Krankenhaus. An der Tür zur Entbindungsstation klingelte ich so lange, bis eine Schwester erschien. Ich verlangte, meine Frau zu sehen, ich wolle sie sofort sehen, sagte ich, als ich an der Stimme erkannte, dass vor mir jene Schwester stand, mit der ich am Telefon gesprochen hatte.

Ja, Herr Boggosch, sofort. Bitte setzen Sie sich. Der Chefarzt will Sie sprechen.

Völlig überrascht setzte ich mich auf den mir zugewiesenen Stuhl. Wieso wollte der Chefarzt mich sprechen? Ich stand wieder auf und ging an die Tür, hinter der die Schwester verschwunden war. Sie war verschlossen, ich ging zu meinem Stuhl, setzte mich erneut, stand wieder auf. Was hatte mir der Chefarzt zu sagen? Was kann er mir sagen, was mir die Schwester nicht sagen kann? Es vergingen vermutlich nur wenige Minuten, bis ein Arzt erschien, aber ich wurde immer unruhiger und nervöser. Der Arzt stellte sich als Chefarzt der Entbindungsstation vor, er bat mich, ihm zu folgen, in seinem Zimmer setzte er sich hinter einen Schreibtisch und bat mich, Platz zu nehmen. Ich wollte nicht, ich wollte nur hören, was er mir zu sagen hatte. Ich wollte Beate sehen, doch er bestand darauf, dass ich mich setze.

Herr Boggosch, sagte er, dann unterbrach er sich, nahm seine Brille ab und putzte sie ausführlich. Schließlich sah er auf, schaute mir in die Augen und atmete schwer.

Herr Boggosch, begann er erneut, ich habe schlechte Nachrichten für Sie, sehr schlechte. Stockend begann er zu erzählen, wobei er immer wieder den Kopf senkte und auf seine Hände starrte.

Beate und Juliane, meine Frau und meine Tochter, waren tot. Sie waren in den frühen Morgenstunden gestorben, meine Tochter um drei Uhr, Beate um sechs. Es habe eine Fruchtwasserembolie gegeben, sagte der Chefarzt, ein äußerst seltenes Schocksyndrom. Elf Stunden nach der Geburt hätte es bei Beate ungeklärte Blutungen gegeben. Da keinerlei Verletzungen feststellbar waren, die diese Blutungen erklären konnten, hätten Antigene mit einer Immunantwort eine derart dramatische Kreislaufreaktion bewirkt, die bei meiner Frau zu akutem Herztod geführt habe, das Kind sei vermutlich während der Geburt von diesen mütterlichen Botenstoffen infiziert worden, so dass das Gerinnungssystem und vermutlich das Hirn irreparabel geschädigt wurden. Diese Embolie sei selten, sehr selten, und sie sei gefürchtet, weil sie bisher nicht zu diagnostizieren und nur postmortal feststellbar sei. Die Klinik habe alles Menschenmögliche unternommen, man habe die ganze Nacht um das Leben von Beate gekämpft, zumal allen bewusst war, dass diese gefürchtete und teuflische Embolie immer dramatisch verlaufe und in den meisten Fällen, wie bei Beate, tödlich. Man habe sich in den frühen Morgenstunden mehrfach vergeblich bemüht, mich zu erreichen.

Es war nicht vorhersehbar, Herr Boggosch, sagte er, diese Embolie ist nie vorhersehbar und daher kaum zu behandeln. Ein schlimmes Unglück, wir sind alle tief betroffen. Einen solchen Fall hatten wir noch nie bei uns, ich kenne es nur aus der Literatur.

Er machte eine Pause und wartete auf eine Reaktion von mir, aber ich konnte nichts sagen, gar nichts, mit halboffenem Mund starrte ich ihn an. Ich begriff nicht, was er mir sagte, konnte nicht glauben, dass ich tatsächlich meine Frau und mein Kind verloren haben sollte.

Gab es eine Schwangerschaftsdiabetes?, fragte er.

Ich schüttelte den Kopf.

Und nun?, fragte ich.

Was meinen Sie?, erkundigte er sich verwirrt.

Ja, was ist nun mit meiner Frau und mit meiner Tochter?

Er sah mir in die Augen, dann telefonierte er.

Nein danke, sagte ich, ich brauche keinen Psychiater

oder Psychologen. Geben Sie mir einfach meine Frau zurück. Meine Frau und meine Tochter.

Anscheinend war ich wohl laut geworden, ein Pfleger trat ins Zimmer.

Ich will meine Frau sehen. Sagen Sie mir, wo Sie meine Frau und meine Tochter hingebracht haben.

Der Chefarzt stand auf und kam auf mich zu: Herr Matschiess wird Sie hinführen. Es tut mir leid, es tut uns allen unendlich leid, was passiert ist. Es wird eine Untersuchung geben, Herr Boggosch, die Staatsanwaltschaft, die Kriminalpolizei, zwei Kollegen eines anderen Klinikums werden den Fall Punkt für Punkt untersuchen und bewerten. Ich selbst habe bereits eine hausinterne Nachprüfung eingeleitet, glauben Sie mir bitte, es liegt unsererseits kein Fehler vor. Diese Embolie verläuft bei siebenundneunzig von hundert Fällen tödlich, und die drei Prozent, in denen eine Rettung gelang, waren stets Zufallstreffer. Die Embolie konnte auch bei diesen Frauen zuvor nicht diagnostiziert werden. – Wenn ich noch etwas für Sie tun kann, Herr Boggosch?

Er reichte mir die Hand, ich zögerte, gab ihm schließlich meine Hand, aber ich sah ihn dabei nicht an, drehte mich um und folgte dem Pfleger die Treppe hinunter.

Im Keller war der Leichenraum des Krankenhauses, in den er mich führte. Er war mit aufgehängten Laken in drei Segmente geteilt. Der Pfleger zog eins der Laken beiseite und lud mich mit einer Handbewegung ein, näher zu treten. Zwei fahrbare Liegen standen darin, eine rechts, eine links, zwischen ihnen ein Stuhl. Dort lagen Beate und Juliane. Die kleine Juliane auf der großen, breiten Liege wirkte noch winziger, als sie war. Über beide Körper waren Leinentücher ausgebreitet, nur ihre Köpfe waren unbedeckt, beide Gesichter waren völlig weiß, als wären sie ausgeblutet. Ich streichelte über ihre Wangen, ihren Mund, strich über die geschlossen Augenlider, meine beiden Frauen, die beiden Engel meines Lebens, waren bereits kalt.

Lassen Sie mich allein, sagte ich leise und ohne mich umzudrehen.

Ich hörte hinter mir Schritte, dann schloss sich eine Tür, ich war mit dem Tod allein. Beate, in den letzten Monaten rund und dicklich geworden, lag schmal und wie durchsichtig auf der harten, gummibezogenen Liege, ihre Hände waren wie die eines vierzehnjährigen Kindes. Als ich ihre Finger küsste, rutschte der Ehering über den Fingerknöchel. Ich zog ihn ab und versuchte, ihn auf meinen kleinen Finger zu stecken, was mir misslang, so dass ich ihn in meine Tasche steckte. Auch die Halskette mit dem winzigen Silberamulett nahm ich ihr ab, ein filigran gearbeitetes Täschchen mit einer Schließe, in das man ein winziges Stück Papier stecken konnte. Ich öffnete den kleinen silbernen Umschlag und zog mit Mühe den Ausschnitt einer Fotografie heraus, ein Bild von unserer Hochzeit, Beate mit dem weißen Brautschleier. Das Foto steckte ich zurück, verschloss das Amulett und nahm es gleichfalls an mich. Ich küsste Juliane, ihre Stirn, ihre Finger, dieses winzige Weltwunder, das man sich scheute zu berühren. So viel Schönheit in diesem Raum, so viel Hoffnung, so viel Leben und Glück, und alles, alles nun gelöscht, ausgelöscht für immer. Nicht allein das Leben dieser beiden war zu einem Ende gekommen, auch mein Leben, meine Hoffnungen, mein Glück waren verloren.

Eine Stunde blieb ich in dem Zimmer, dann kam der Pfleger und bat mich zu gehen. Ich nickte nur, stand auf, warf einen Blick auf meine Liebsten, ich sah sie zum allerletzten Mal.

Die Beerdigung von Bea und meinem Sonntagskind Juliane war acht Tage später. Herbert hatte sich um alles gekümmert, da ich kaum fähig war, den Unterricht an meiner Oberschule korrekt durchzuführen, und in den Tagen nach ihrem Tod abwesend wirkte. Sie hätten nie gewusst, ob ich ihnen zuhöre oder sie nur freundlich anschaue und ganz woanders sei, sagten mir meine Schüler später. Nach der Beerdigung saßen Herbert und Elvira mit mir zusammen, Bärbel und Goran waren gekommen und Susi, Beas beste Freundin, die ein Papiertaschentuch nach dem anderen vollschnäuzte und kein einziges Wort sagte. Irgendwann, in das immer wieder entstehende Schweigen hinein, sagte Elvira: Wir sind die Waisen unseres Kindes und unseres Enkels. Jetzt haben wir nur noch dich, Konstantin. Nun bist du unser Kind.

Die folgenden zwei Jahre verbrachte ich irgendwie. Ich tat meine Arbeit, und Kollegen wie Schüler waren zufrieden, ich saß daheim in der Wohnung und hörte mir stundenlang Musik an, ich kaufte ein, ich kochte mir etwas, ich ging zu Herbert und Elvira, ich besuchte Bärbel und Goran, manchmal schlief ich mit einer Frau, Zufallsbekanntschaften, die sich irgendwie ergeben hatten, ich wusch meine Wäsche, ich grüßte die Leute, die mich grüßten, versuchte zu lesen, ging manchmal ins Kino, aber nach einer halben Stunde verließ ich den dunklen Saal, wanderte die Elbe entlang, kaufte mir ein Fahrrad, um dem Fluss über längere Strecken hinweg zu folgen, ging auf den Friedhof, manchmal zweimal am Tag, manchmal früh um vier, bevor die Sonne aufging, im Urlaub verließ ich die Stadt nicht, sondern tat, was ich immer tat, nur dass ich keinen Dienst hatte, bei Geburtstagen und Weihnachten traf ich mich mit Elvira und Herbert, nur mit diesen beiden, weil nur wir uns was zu sagen hatten, weil nur wir nichts sagten, wenn wir uns trafen. Der Schmerz veränderte sich nicht, er blieb gleich, er wallte nicht hoch, er ließ nicht nach, er war ein gleichbleibendes Meer, dunkel, unansprechbar, unlöschbar. Meine Haare begannen weiß zu werden, Elvira sagte es mir, ansonsten passierte nichts in meinem Leben. An den Sonntagen war die Einsamkeit am größten, das waren die Tage, an denen ich überlegte, Beate und Juliane zu folgen, aber ich schreckte immer wieder davor zurück, mich schreckte die Feigheit. Ich hatte etwas zu bestehen, ich wollte es bestehen.

In meinem zweiten Jahr an der Schule gab es ein im Grunde lächerliches Ereignis, das mir heftige Kopfschmerzen verursachte. Ich schlug drei Kreuze, als ich diese Geschichte hinter mich gebracht hatte, ohne allzu heftige Verletzungen für irgendwen. Ein Mädchen aus der Zwölften verliebte sich in mich und schrieb mir Briefe, zwei bis drei an jedem Tag, an den Sonntagen steckte sie ihre seitenlangen Episteln in meinen Briefkasten. Ich sprach mit ihr und bat sie darum, mich nicht zu behelligen, was nichts half. Ein zweites Gespräch führte ich in Anwesenheit eines Kollegen, der mir dringend riet, die Geschichte dem Direktor mitzuteilen, sie könne für mich unangenehme Folgen haben. Ich befolgte seinen Rat, es gab eine Aussprache in Anwesenheit des Mädchens, zwei Wochen später lud der Direktor die Eltern des Mädchens zu sich, und wir besprachen mit ihnen, so ruhig wie möglich, die fatale Leidenschaft ihrer Tochter. Die Eltern zeigten sich uneinsichtig, gaben mir die Schuld, verlangten, dass die Schule ihrer Pflicht nachzukommen habe und ihre Tochter richtig erziehen solle. Eine Woche später bestellte der Direktor das Mädchen zu sich und kündigte ihr an, sie fristlos von der Schule zu verweisen, wenn sie ihre Nachstellungen nicht augenblicklich einstelle, und noch in derselben Woche, nach einem heftigen Auftritt des Mädchens vor ihren Klassenkameraden, schickte er den Eltern die Aufforderung, für ihre Tochter eine andere Schule zu suchen, da er als Hausherr der Schule ihr das Betreten des Gebäudes und des Schulhofes mit sofortiger Wirkung verbiete. Er wies die Eltern auf alle ihnen zur Verfügung stehenden Einspruchsmöglichkeiten hin. Das Mädchen blieb fortan meiner Schule fern. Am Sonntag fand ich einen zwanzigseitigen Brief von ihr in meinem Briefkasten, Wochen später steckte nochmals ein längerer Brief in meinem Kasten, doch ich sah das Mädchen nie wieder.

Kurze Zeit später sagte mir mein Direktor, er habe mich der Kreisschulleitung als geeigneten Kandidaten für die Leitung einer Schule vorgeschlagen. Eine Option für die Zukunft, sagte er. Ich dankte ihm, es interessierte mich nicht und es tat sich auch nichts. Irgendwann wurde mein Fahrrad gestohlen, einmal hatte man versucht, in meine Wohnung einzubrechen, und dabei das Schloss zerstört und den Türrahmen beschädigt, doch dem Einbrecher war es nicht gelungen, in meine Zimmer zu gelangen. Ich kaufte ein neues Fahrrad mit einem besseren Schloss, ließ die Tür reparieren, aß zu viel, aß zu wenig, trank zu viel, fing an, Zigaretten zu rauchen.

Zwei Monate vor meinem vierten Schuljahresende bat mich der Bezirksschulrat um ein Gespräch, ein Herr Berger, den ich einmal an meiner Schule erlebt hatte. Er ließ uns Kaffee servieren und plauderte mit mir über das Wetter und seine in zwei Jahren bevorstehende Pensionierung, dann meinte er, er habe meine Arbeit aufmerksam verfolgt, sehe in mir einen geeigneten Mann, eine Schule zu leiten, allerdings nicht in Magdeburg, diese Stadt sei perspektivisch bestens versorgt, er denke an eine kleinere Stadt innerhalb des Bezirkes, keineswegs an eine Dorfschule, sondern eine der perspektivisch sich entwickelnden Oberschulen. Es böten sich dafür zwei, drei Schulen in den nächsten Jahren an und er wolle von mir hören, woran ich denke.

Ein Fluss, sagte ich, ein Fluss wäre gut.

Bitte?

Eine Stadt mit einem Fluss, daran wäre mir gelegen, sagte ich.

Er lachte laut und herzlich. In all seinen Dienstjahren habe er noch nie einen solchen Wunsch bei einem seiner vielen Kadergespräche vernommen. Er lachte nochmals laut auf, nahm ein Papier auf, hielt es sehr dicht vor die Augen und las dann drei Städtenamen vor, Oschersleben, Staßfurt und Salzwedel.

Diese drei, sagte er, diese drei kommen perspektivisch für Sie in Frage. Ich will Ihnen die Wahl lassen, denn Sie sind meine erste Wahl. Geben Sie mir, sagen wir, in einer Woche Bescheid, wie Sie sich entscheiden.

Eigentlich hatte ich an einen größeren Fluss gedacht. Ein großer Fluss und ein Städtchen wären mir lieber, als eine Großstadt ohne großen Fluss.

Ich fürchtete, ihn zu verärgern, aber er lachte und hielt nochmals das Papier wenige Zentimeter vor seinen Augen.

Ein Städtchen also, ein Städtchen. Das ist mir perspektivisch nicht recht, aber des Menschen Wille ist sein Himmelreich. Elbe oder Havel, wären Sie damit einverstanden?

Das würde mich freuen.

Gut. Elbe oder Havel, aber nicht Magdeburg. Mein Magdeburg ist versorgt.

Er las nacheinander fünf Namen vor, Namen von Kleinstädten des Bezirks, nach jedem Namen sah er mich erwartungsvoll an.

Als er das Gespräch beendete und wir aufstanden, erwartete ich, dass er sich perspektivisch von mir verabschieden würde, doch er sagte lediglich: In einer Woche, Herr Boggosch. Sie sind meine erste Wahl, und ich will meinen Laden dem Nachfolger geordnet übergeben.

Ich stand bereits auf dem Flur und wollte die Tür hinter mir schließen, als der Bezirksschulrat mich zurückrief.

Hören Sie, Boggosch, das wollte ich Ihnen noch sagen. Ich habe Ihre Akte gesehen und weiß, wer Sie sind, ich weiß auch, wer Ihr Vater war. Und das ist nicht zuletzt einer der Gründe, warum ich Sie als Schuldirektor sehe. Es hat mit mir zu tun, mit mir selbst. Wissen Sie, was ich vorher war, bevor man mich zum Bezirksschulrat machte?

Nein, erwiderte ich und mit einem entschuldigenden Lächeln fügte ich hinzu, ich vermute, Sie waren zuvor Kreisschulrat.

Er lachte herzlich: Jaja, natürlich. Aber davor? Was war ich davor?

Keine Ahnung.

Hat es sich denn nicht rumgesprochen? Ich war ein Häftling. Ich war acht Jahre Häftling des Städtischen Arbeits- und Bewahrungshauses Lichtenberg und davor war ich Schuster. Nach Lichtenberg kam ich 1937 meines Vaters wegen, er war einer der Kampfgruppenführer bei Max Hoelz, wenn Ihnen der Name noch etwas sagt. 1921 wurde mein Vater von Männern der Reichswehr umgebracht, da war ich vier Jahre alt. Hoelz floh in die Sowjetunion, was ihm wenig half, er kam dort ums Leben. Und mich steckten die Nazis ins Gefängnis, nur weil ich der Sohn meines Vaters war. Und nach dem Krieg, nachdem ich endlich frei war und zu meinem Schusterleisten zurückkehren wollte, machte man mich zum Schulrat in Halle, weil ich der Sohn vom roten Frieder war, ich wurde der Kreisschulrat und schließlich der Bezirksschulrat. Ich, ein Schuster, der gerade mal seine sieben Klassen bestanden hat! Und alles nur wegen meinem Vater. Wegen ihm durfte ich nicht Schuster bleiben, wegen ihm steckten mich die Nazis ins Gefängnis, wegen ihm redeten die Genossen nach dem Krieg auf mich ein, als hätte ich auf Professor studiert. Mich, ausgerechnet mich, brauchten sie, weil sie den alten Nazilehrern nicht über den Weg trauten, weil sie denen nicht die Jugend anvertrauen wollten. Und da musste ich nun einspringen als Genosse, der sich der Verantwortung nicht entziehen will. Ich weiß, Junge, wie man hinter meinem Rücken über mich redet. All ihr Studierten, was werdet ihr schon über einen Schulrat reden, der nicht einmal das Abitur hat! Der das Abitur nie bestehen würde! Das Einzige, was ich vorweisen kann, ist ein Herz auf dem rechten Fleck, aber glaub mir, Junge, lieber als auf diesem Sessel säße ich auf meinem alten, dreibeinigen Schemel. Da war mir wohler. Und dann kam mir deine Akte in die Hand. Noch so einer, dachte ich, dem lebenslang sein Vater anhängt, wenn auch auf eine bösere Art, auf die schlimmste Art. Aber was kann der Junge dafür? Genauso viel wie ich. Und da habe ich dich beobachtet, habe alles genau angeschaut. Und nun meine ich, dass du der richtige Mann bist. Studiert hast du, alles gut und bestens, du musst keine Angst haben, dich im Wort zu vergreifen, da hast du nicht meine Sorge. Und da dachte ich, der Junge ist richtig. Er ist nicht in der Partei, aber nun ist es an der Zeit, dass auch einer eine Schule leitet, der nicht in der Partei ist. Ich habe mich beraten, ein paar Genossen sind dagegen, ein paar dafür, und schlussendlich habe ich allein entschieden. Mach mir keine Schande, Junge. – So, und nun sagst du gar nichts, und in ein paar Tagen höre ich von dir, welche Schule du nimmst.

Danke, sagte ich.

Gut, gut, gut, winkte er ab.

Als ich gehen wollte, rief er mich nochmals zurück.

Noch eins, Boggosch. Mit dem Schuhmachereisen, der Querahle, mit der Raspel und dem Täcksheber kann ich kaum noch umgehen, habe ich verlernt, aber ich weiß inzwischen, Akten zu lesen. Und darum rate ich dir, Boggosch, versuche nicht in die Partei einzutreten, egal, wer dir was sagt. Das hat keinen Zweck, nicht bei deiner Akte. Wenn du Kandidat der Partei wirst, kommen alle Akten wieder hoch und es gibt Ärger. Du sollst Schuldirektor werden, Boggosch, aber Mitglied der Partei, das wirst du mit deinem Vater niemals. Das nur als guten Rat unter uns zweien. – Ich höre von dir, Boggosch.

Elvira und Herbert zog ich ins Vertrauen, ich bat auch meinen Schuldirektor um ein Gespräch, denn ich ahnte, diese Versetzung würde mich in einen Ort bringen, an dem ich viele Jahre zu verbringen hätte, möglicherweise das gesamte Berufsleben. Ich sollte die Magdeburger Schule verlassen, in einer der genannten Städte zunächst als Lehrer anfangen, um dann ein, zwei Jahre später als stellvertretender Direktor eingesetzt und schließlich zum Schulleiter ernannt zu werden. Perspektivisch. Am Wochenende fuhr ich mit Herbert und Elvira in die fünf Städte, drei von ihnen schafften wir am Sonnabend, zwei am Sonntag. Ich entschied mich nicht für eine der fünf Städte, ich entschied mich für den Fluss und nahm das anhängende Städtchen hin.

Das Städtchen. Ab September würde ich in einer Kleinstadt leben, nicht in Berlin, nicht in Marseille, nicht einmal in einer Stadt wie Magdeburg. Ein Städtchen ohne Konzerthaus und Theater, mit einem Kino, einem einzigen Kino, in dem gewiss noch nie einer meiner Lieblingsfilme zu sehen war. Ein Städtchen, in dem die Bürgersteige abends nur deswegen nicht hochgeklappt werden, weil man sie morgens nicht runterklappt. Aber ein Städtchen mit jungen Menschen, mit Schülern, die sich etwas vom Leben erhoffen, die vielleicht wissbegierig sind, die wie ich einst von etwas träumen und sich auf den Weg machen wollen, Schüler, die einen Lehrer brauchen, der Verständnis für all ihre Kümmernisse aufbringt, und einen Direktor, der eine Schulordnung den Schülern anzupassen sucht, und nicht Halbwüchsige zwingt, nach Paragraphen zu funktionieren.

Am Montagmorgen, gleich nach unserer kleinen Autotour, rief ich Herrn Berger an.

Hier ist Boggosch, Herr Bezirksschulrat, sagte ich.

Und welches Städtchen? Welcher Fluss, Herr Boggosch?, erwiderte er statt eines Grußes.

Des Menschen Wille, sagte er, als ich ihm meine Wahl nannte, aber ich gratuliere. Die Pestalozzi-Schule war dreimal Bezirkssieger, und diesem Erbe werden Sie hoffentlich folgen.

Perspektivisch, antwortete ich ihm, allerdings sprach ich es nicht aus.

Ich lass Ihnen umgehend die Papiere schicken. Sie haben einen Antrag auf Versetzung bei mir einzureichen, und ich telefoniere noch heute mit Krummrei von der Pestalozzi und kündige Sie an. Er soll sich auch um eine Wohnung für Sie kümmern, die Pestalozzi-Schule hat dafür ein Kontingent. Machen Sie mir keine Schande, Herr

Boggosch, ich will meinen Laden ... na ja, Sie wissen schon.

Ich kündigte meine Wohnung zum August, unsere schöne kleine Wohnung, die ich einst mit Bea so hoffnungsvoll bezogen hatte und in deren eingerichtetem Kinderzimmer Juliane nie gespielt, wo der rosa ausgeschlagene Babykorb stand, in dem Juliane nie gelegen hatte. Der Abschied von meinen Schülern und vom Kollegium war herzlich, alle wussten, dass ich demnächst Schulleiter werden würde, und wünschten mir einen guten Einstand. Beates Eltern sagten beim Abschied, wir würden uns wohl nur selten sehen, auch wenn das Städtchen nur einen Katzensprung entfernt sei, doch ich schüttelte den Kopf.

Nein, sagte ich, hier in Magdeburg habe ich zwei starke Magnete in die Erde einlassen müssen. Die ziehen mich immer an. Immer wieder.

Anfang August wurden meine Möbel und Habseligkeiten mit einem Schullaster ins Städtchen gebracht, ich hatte dort eine Neubauwohnung, zwei kleine Zimmer mit Bad, großer Küche und einem winzigen Balkon. Vom Balkon aus hatte ich einen Blick in die Havellandschaft, auf die Flutwiesen, auf die Kuhherden. Ich verbrachte eine Nacht in meiner neuen, mit Kisten und Kartons verstellten Wohnung, am nächsten Morgen fuhr ich für zwei Wochen an die Ostsee und anschließend für eine Woche nach Prag, wo ich für acht Tage ein Zimmer in einem tschechischen Ausbildungsinstitut für Lehrer bekommen hatte, das im Sommer mit Lehrerkollegen aus aller Welt gefüllt war, die sich die Goldene Stadt ansehen wollten. Es waren Lehrer aus allen europäischen Ländern, und ich genoss es, meine Sprachen nutzen zu können, und blieb täglich über eine Stunde im Frühstücksraum, nur um mit den Italienern, den Franzosen und Engländern zu schwatzen.

Drei Tage vor Schulbeginn fuhr ich nach Magdeburg, brachte Blumen zu meinen beiden Gräbern und ging zu Elvira und Herbert, um ihnen den mitgebrachten Prager Schnaps zu geben. Mit dem Bus fuhr ich in mein neues Städtchen, baute das Bücherregal auf und das neue Bett. Unser Bett, das Ehebett von Bea und mir, hatte ich auf Gorans Rat hin verkauft, das hatte er mir bei der Beerdigung gesagt.

In einem Ehebett liegt man nie wieder allein, wenn der andere gegangen ist, heißt es bei uns.

Sechs Tage vor Schulbeginn empfing mich der Direktor in seinem Büro, mich und zwei weitere neue Kolleginnen, anschließend folgten wir ihm ins Lehrerzimmer und er machte uns mit dem Kollegium bekannt. Der Rektor teilte mir mit, ich könne meine drei Fächer unterrichten, Französisch, Englisch und Kunst. Ich bekam als jüngerer Lehrer einen guten Kontakt zu den Schülern, und da ich, wissend, dass ich länger oder für immer in meinem ausgewählten Städtchen bliebe, mich für die Stadt und ihre lange Geschichte, ihre Gründungszeit wie ihre aktuellen Probleme interessierte, hatte ich auch bald mit einigen der Eltern und mit Otto, dem Bürgermeister, Kontakt.

Im Städtchen wusste niemand etwas von Bea und Juliane, das war mir sehr angenehm. Ich war ledig und kinderlos, war früher einmal verheiratet gewesen, mehr wussten weder die Kollegen noch die Leute, die ich im Städtchen kennenlernte. Hier kam mir keiner mit jener mitleidsvollen Miene entgegen, mit der man mir in Magdeburg an der Schule wie im gesamten Bekanntenkreis begegnet war, um mich gewollt oder ungewollt immer wieder an ihren Tod zu erinnern.

Nach Magdeburg fuhr ich an jedem zweiten Wochenende für einen oder zwei Tage und besuchte stets auch Elvira und Herbert. Im November fragte mich Herbert, ob ich eine Freundin hätte. Ich schüttelte den Kopf, das war für mich alles zu früh. Herbert ermahnte mich, ich könne nicht den Rest meines Lebens nur den Witwer spielen, er und auch Elvira würden sich freuen, wenn ich demnächst einmal mit einer Freundin erscheinen würde.

Eine Freundin wäre uns jederzeit willkommen, sagte er mir wie auch Elvira.

Was ich ihm nicht gesagt hatte, im Oktober hatte ich in unserem Krankenhaus eine Frau kennengelernt, mit der ich bereits zweimal ausgegangen war. Ich spielte seit Schulbeginn in der Handballmannschaft der Pestalozzi, da es im Städtchen keine Möglichkeit für Kampfsport gab, und bei einem heftigen Zweikampf mit einem Schüler der Zwölften hatte ich mir beim Training die linke Unterarmspeiche kurz über dem Handgelenk gebrochen. Im städtischen Krankenhaus wurde der Arm geröntgt und geschient, und da lernte ich Marianne kennen, eine der OP-Schwestern. Noch dreimal hatte ich wegen meiner Verletzung im Krankenhaus zu erscheinen, ich sah sie bei jedem Termin in der Klinik und sprach sie schließlich an.

Erste Verabredungen in einer Kleinstadt sind schwierig, wo immer man sich trifft, man wird gesehen, man begegnet Bekannten und setzt sich dem Gerede der Leute aus. Marianne nahm meine Einladung ohne jede Ziererei an, ich schlug einen Spaziergang am Fluss vor, um unbeobachtet zu bleiben, aber sie hatte keinerlei Bedenken, sich mit mir mitten in der Stadt im Café am Markt zu treffen. Nach unserer dritten Verabredung war vermutlich das halbe Städtchen gewiss, wir würden ein Paar sein oder werden, die Nachbarn und Bekannten wussten es bereits, bevor wir auch nur darüber nachgedacht hatten.

Marianne war zwei Jahre jünger als ich, hatte das Städtchen allerdings nie verlassen, selbst ihre Schwesternausbildung hatte sie im Heimatort absolviert, im städtischen Krankenhaus ihr Diplom erhalten und wurde dort bereits vier Jahre später als Oberschwester eingesetzt, sie war seitdem zusammen mit zwei Kolleginnen für die Operationssäle zuständig. Sie besaß ein kleines Auto, worauf sie ebenso stolz war wie auf ihre Fahrkünste, denn sie jagte gern mit heruntergelassenen Fenstern und überhöhter Geschwindigkeit über die Landstraßen. Bei diesen Fahrten achtete sie stets darauf, ihre Schwesternkleidung zu tragen und einen Arztkoffer auf den Beifahrersitz zu stellen, weil sie dann bei einer Verkehrskontrolle etwas von einem dringenden Notfall erzählen konnte.

Von Bea und Juliane hatte ich ihr erzählt, und sie hatte unbefangen darauf reagiert, ohne jedes fatale Bekunden eines wenig glaubhaften Mitgefühls, mit keiner Bemerkung, die von einem Verstehen sprach, das nicht vorhanden sein konnte. Ich hatte etwas hinnehmen müssen, was sie nicht erleben musste, und sie konnte mit diesem Kummer, mit meiner Behinderung so natürlich umgehen, dass es mir auch später leichtfiel, mit ihr über Bea und Juliane zu sprechen, von ihnen zu erzählen.

Wir ließen einander Zeit. Marianne hatte, wie sie mir erzählte, zweimal dumme Erfahrungen mit Männern gemacht, über die sie nicht sprechen wollte, und sie war entschlossen, allein durchs Leben zu kommen, und ich war auch noch vier Jahre nach dem Tod meiner Frau und meiner Tochter für eine neue Beziehung nicht bereit. Wenn ich vor dem Grab meiner beiden Geliebten auf dem Magdeburger Friedhof stand, fühlte ich mich ihnen nah und verbunden, ich war mit ihnen zusammen, und das war alles, was ich brauchte. Irgendwann beunruhigte mich mein Verhalten, ich bemerkte, dass Juliane für mich heranwuchs, dass sie laufen und sprechen lernte, in den Kindergarten ging, ihre Geburtstage feierte. Ich überraschte mich dabei, wie ich Kindern in ihrem Alter auf der Straße und im Park beim Laufen und Spielen zusah und mir dabei Juliane vergegenwärtigte, wie sie ihre ersten Schritte machte, die Worte nachzusprechen suchte, die ich zu ihr sagte, wie sie mir entgegenrannte, wenn ich von der Arbeit nach Hause kam und die Wohnungstür aufschloss. Trotz aller Selbstermahnungen waren die beiden noch immer um mich, hatten sich in mir festgekrallt, ließen mich nicht los.

Es vergingen zwei Jahre, bevor Marianne und ich miteinander schliefen. Wir waren beide beklommen, als wir an jenem Wochenende, an dem wir eine erste gemeinsame Nacht verbringen wollten, zu dem Ferienhaus bei Thale aufbrachen. Im Auto sprachen wir wenig miteinander, wir hörten Musik und immer wieder die gleichen Nachrichten. Als wir uns an der Rezeption meldeten, um den Schlüssel für unseren Bungalow abzuholen, trug ich Marianne als meine Frau ein, Marianne Boggosch.

Muss meine Frau auch unterschreiben?, erkundigte ich mich bei der füligen Verwalterin und schob das Anmeldeformular zu Marianne hinüber, damit sie lesen konnte, was ich eingetragen hatte.

Marianne lächelte, die Frau hinter dem Tresen meinte, eine Unterschrift und ein Ausweis sei ausreichend. Sie gab uns den Schlüssel und eine Liste mit Adressen von Ausflugszielen, Gaststätten, Cafés und den Öffnungszeiten der Geschäfte. Verlegen öffneten wir den Bungalow, brachten unsere Taschen hinein und packten unsere

Reiseutensilien aus, wir vermieden es, irgendetwas auf das Bett zu legen oder uns darauf zu setzen. Wir spazierten zu einer Gaststätte, um ein spätes Mittagessen zu uns zu nehmen, stiegen zum Hexentanzplatz auf und gingen für eine Stunde in den kleinen Tierpark, wir setzten uns in ein Café, um ein Glas Wein zu trinken, aßen Abendbrot und tranken ein zweites Glas, ehe wir uns in der Dunkelheit auf den Weg zu unserem Bungalow machten. Zurückhaltend und scheu waren wir, eben weil wir uns schon so lange kannten und bisher nur freundschaftlich miteinander umgegangen waren, ohne jeden erotischen Kontakt. Wir wollten wohl beide vermeiden, den anderen zu verletzen und unsere Freundschaft aufs Spiel zu setzen, und bemühten uns, behutsam zu sein.

Wir waren verklemmt, sagte Marianne später, viel später, und ich konnte es nur bestätigen.

Nach dieser ersten Nacht waren alle Ängste getilgt, die Scheu war überwunden. Nun waren wir ein Paar und wir waren es nun für alle. Uns gefiel es, uns als Verlobte vorzustellen.

Im Juni wurde ich zum stellvertretenden Direktor ernannt. Fritz Berger kam zu uns, um diese Amtseinsetzung persönlich vorzunehmen. Es war die letzte Amtshandlung des Bezirksschulrats vor seiner Pensionierung und daher war diese Stunde für ihn wohl noch bedeutsamer als für mich. Er hatte seinen designierten Nachfolger dabei, von dem wir nur wussten, dass er Schröder heißt und nicht aus unserem Bezirk stammte, sondern aus Berlin und vom Ministerium direkt zu uns beordert wurde. Als die beiden Herren aus dem Auto stiegen, stellten sich die Schüler und das gesamte Lehrerkollegium auf dem Schulhof auf, um sie zu begrüßen. Fritz Berger, der alte Schulrat, stapfte voran und hinter ihm ging der Neue, den alle Lehrer mit misstrauischem Interesse musterten. Es war Rudolf, Rudolf Schröder, der hinter Berger einherschritt und der unser neuer Bezirksschulrat werden würde. Rudolf Schröder, einer der drei Don-Kosaken, einer aus meiner früheren Seminargruppenleitung an der Pädagogischen Hochschule, von dem ich nur gehört hatte, dass er Pressereferent im Ministerium für Volksbildung geworden sei. Auch er erkannte mich und nickte mir zu, bei seiner kurzen Ansprache nach meiner Amtseinführung nannte er mich stets Herr Boggosch, doch bei dem kleinen Umtrunk im Direktoratszimmer duzte er mich plötzlich und sprach mich mit dem Vornamen an. Ein Gespräch zwischen uns fand an diesem Tag nicht statt.

Erich Krummrei, unser Direktor, fragte mich, woher ich den neuen Schulrat kenne, und ich sagte ihm, dass Rudolf Schröder ein Kommilitone von mir an der Pädagogischen war.

Gut für dich, meinte Krummrei, wenn du in zwei Jahren mein Amt übernimmst, kann das für dich nur von Vorteil sein. Ein guter Freund auf der oberen Etage, das ist wie Vitamin B. Gut für dich und gut für unsere Schule.

Ich weiß nicht, erwiderte ich, wir waren damals keine Freunde. Er hatte sich sogar bemüht, mich exmatrikulieren zu lassen.

Na dann, Hals- und Beinbruch, Herr Kollege, sagte Krummrei und kratzte sich bedenklich das Kinn, wollen wir hoffen, dass in zwei Jahren alles wie geplant über die Bühne geht und der Neue dir keine Steine in den Weg legt. Fritz Berger wäre enttäuscht, ich glaube, er hält einiges von dir.

Zumindest perspektivisch, entgegnete ich, sein Lieblingswort hat er ja heute wieder drei Mal untergebracht.

Ich glaube, es ist das einzige Fremdwort, das er einigermaßen beherrscht. Perspektivisch, ja, und dabei sollte der gute Mann bleiben. Vor ein paar Jahren hat er sich auf einer Schulkonferenz unglaublich blamiert. Vor den versammelten Direktoren des Bezirks erzählte er, er sei in irgendeiner Angelegenheit ins Ministerium bestellt worden und habe nun den schweren Gang nach Casanova anzutreten.

Nach Canossa, korrigierte ich ihn unwillkürlich.

Nein, den schweren Gang nach Casanova, sagte er. Im ersten Moment glaubte ich, er mache einen faulen Witz, aber er meinte es ernst. Du kannst dir vorstellen, wie schwer es allen fiel, den Rest der Konferenz einigermaßen gelassen zu überstehen.

Ich lachte und schüttelte den Kopf, doch nach einer Pause fügte ich hinzu: Trotzdem, mir war der Alte lieber als der Neue.

Wird nicht nur dir so gehen. Der Berger ist ungebildet, hat wohl nur fünf Klassen, aber mit ihm konnte man reden. Er hörte zu und war belehrbar. Ich kam gut mit ihm zurecht. – Und nun geh zu deiner Freundin und feier deine Beförderung. Wann wollt ihr beiden eigentlich heiraten?

Heiraten?

Ja, Konstantin. Ihr beide seid doch schon ewig zusammen, du und Marianne. Mir persönlich ist es egal, aber meine Frau fragt mich alle paar Wochen danach.

Ich denke darüber nach, Erich.

Mit meinen Gedanken war ich noch immer bei Rudolf, unserem neuen Bezirksschulrat. Ob sein Weg vom Pressereferenten im Ministerium zum Schulrat eines Bezirkes einen Aufstieg für ihn bedeutete oder das Gegenteil, eine Strafversetzung, war mir nicht klar, wohl aber dass mit diesem Rudolf als meinem obersten Chef im Bezirk meine Chancen auf ein Direktorat sich nicht verbessert hatten.

Zwei Jahre später ging Erich Krummrei wie vorgesehen Anfang Juli in Pension, ein neuer Direktor für unsere Schule war bis zum Schuljahrsende nicht benannt worden, die Kollegen gingen davon aus, dass meine Ernennung längst beschlossene Sache sei und der zuständige Schulrat es eben aus diesem Grund und weil alles längst geklärt und in trockenen Tüchern sei, übersehen habe, die formale Ernennung auszusprechen. Ich dagegen war überzeugt, Rudolf würde meine Ernennung nach Kräften zu verhindern suchen, und als oberster Pädagoge des Bezirks war es ihm ein Leichtes, den zuständigen Kreisschulrat mit einer Bitte oder einer Weisung für einen anderen Kandidaten zu gewinnen.

Am ersten Feriensamstag heirateten Marianne und ich. Marianne hatte ihre Eltern eingeladen, ihren Bruder und zwei Freundinnen. Die Eltern von Bea, meine Ex-Schwiegereltern, waren meine Gäste, dazu hatte ich Bärbel und Goran eingeladen und meinen früheren Kommilitonen Jens sowie Michael Winkler und Hermann Dümmel, zwei Kollegen von meiner Schule, mit denen ich mich angefreundet hatte. Meinen Bruder hatte ich nicht eingeladen, wir hatten seit Jahren keinerlei Kontakt mehr. Zum Standesamt im Rathaus begleiteten uns Herbert Liebers und Mariannes Freundin Doreen als Trauzeugen, und den Nachmittag und Abend verbrachten wir im »Mühlrad«, einer Ausflugsgaststätte hoch über den Havelauen. Herbert, Beas Vater, sprach in seinem Toast von unseren künftigen Kindern und wünschte uns ein Glück, das wir uns beide verdient hätten.

Als Herbert von unserem Nachwuchs sprach, griff

Marianne mit beiden Händen nach meiner Hand und drückte sie heftig. Sie wollte Kinder, sie wollte ein Kind, am liebsten einen Jungen und ein Mädchen, ich wollte kein Kind. Wir hatten uns darüber gestritten, aber wir hatten dieses Thema nie zu Ende diskutiert. Marianne hoffte, ich würde mich besinnen oder die Natur würde dafür sorgen und ihr das erwünschte Kind schenken, sie glaubte, meine Tochter Juliane sei für mich die uneingestandene, nicht zu bewältigende Hürde, das tote Kind lasse mich vor einer erneuten Vaterschaft zurückschrecken. Wir sprachen nur sehr andeutungsweise darüber, sie respektierte meine Abwehr aus Respekt vor meinen beiden Toten und meiner Trauer, aber sie wollte ein Kind, unbedingt. Und ich wollte kein Kind in die Welt setzen.

Nicht die tote Juliane verbot es mir, aber das tote Kind hatte mir die Augen geöffnet. Ich durfte kein Kind zeugen, ich durfte kein Kind in diese Welt setzen. In den vergangenen Jahren, in denen ich allein mit meinen beiden Verstorbenen lebte und mir das Aufwachsen Julianes ausmalte, gab es einen Moment, wo mir bewusst wurde, dass sie spätestens mit ihrem Schuleintritt von einer Akte begleitet wird, einem Faszikel allwissender Papiere, die ihr Leben erfassen, durchforschen, auskundschaften. Irgendwann würde dort Gerhard Müller erscheinen, ihr Großvater, der gehenkte Kriegsverbrecher. Meine Juliane geriete in den gleichen Teufelskreis, in dem ich steckte, sie würde ein junges Mädchen werden, ein hübsches kleines Fräulein mit Freundinnen und Freunden, und bei jedem Spiel, bei jeder Party, jedem Rendezvous würde Gerhard Müller erscheinen und sie an ihn erinnern, mit seinen Verbrechen ihr den Lebensmut und jede Freude zerstören. In der Schule würde sie mit ihren Kameradinnen

Das Tagebuch der Anne Frank lesen, alle würden sich in das in einem Versteck lebende Mädchen einfühlen und weinen, nur meiner Tochter wäre es verwehrt, mit dieser Anne mitzufühlen und mitzuleiden, sie hätte auf der anderen Seite zu stehen, bei den Mördern, bei ihrem Großvater. Er würde ihr wie mir die Luft nehmen. Ich erschrak bei diesem Gedanken. Was hätte ich diesem Kind angetan, mit welch einer Hypothek es in die Welt geschickt. Nein, Konstantin Boggosch durfte keine Kinder zeugen, er durfte nicht der Vater eines Kindes werden, dem er eine solche Erbschaft mitgeben musste.

Ich war erleichtert, dass Marianne glaubte, meine tote Juliane hätte meinen Kinderwunsch für immer getötet, ausgelöscht. Marianne sollte nichts über meinen Vater wissen, es gab für mich keinen erkennbaren Grund oder Anlass, meine Frau damit zu belasten.

An der Hochzeitstafel erwähnten meine beiden Lehrerkollegen in ihren launigen Ansprachen am Tisch mein bevorstehendes Direktorat, obwohl ich sie gebeten hatte, nicht über Berufliches zu sprechen. Jens, der sich an Rudolf und die Don-Kosaken gut erinnerte, oder vielmehr: schlecht, sprach mich vor der Tür auf das Direktorat und den Bezirksschulrat Rudolf Schröder an und meinte wie ich, dass meine Chancen auf ein Weiterkommen oder eine Beförderung mit diesem Rudolf als oberstem Chef mehr als gering seien.

Als Hochzeitsreise hatte ich für Marianne und mich einen Flug nach Budapest gebucht, wir blieben drei Tage in der Stadt an der Donau, stiegen den Gellértberg hoch und gingen in das Burgtheater, einen halben Tag verbrachten wir im alten Thermalbad im Hotel Gellért, schauten uns die Große Synagoge an und die übervolle Markthalle. Mit dem Zug fuhren wir dann für vierzehn Tage an den

Balaton, aßen jeden Tag zwei oder drei Melonen, lagen am Strand und badeten in dem warmen Wasser. Und wir liebten uns, wir hatten beide so viel nachzuholen.

In der letzten Augustwoche begann für das Lehrerkollegium das neue Schuljahr mit der Vorbereitungswoche. Der Kreisschulrat erschien am ersten Tag in der Aula, in der sich alle Lehrer versammelt hatten. Er kam mit einem Mann, den er uns als Steffen Rutzfeld aus Berlin vorstellte, unseren neuen Direktor. Er habe, wie er sagte, um diesen Mann sich lange bemüht, den er für eine außerordentliche Bereicherung unserer Schule und das ganze Städtchen halte. Als er sich von allen verabschiedete, kam er auch zu mir und fragte, ob ich bereit sei, unter Rutzfelds Leitung weiterhin die Schule stellvertretend zu leiten. Er wurde rot, als er mich fragte, er wusste, dass ich die Pestalozzi leiten sollte, aber da es lediglich mit dem ehemaligen Bezirksschulrat eine mündliche Absprache gab, musste er mit keinem Wort erwähnen, dass ich übergangen worden war.

Wir werden sehen, sagte ich lächelnd, das entscheidet an unserer Schule der Direktor.

Steffen Rutzfeld war vier Jahre älter als ich, hatte in Rostock studiert und danach sieben Jahre lang Physik und Chemie an einer kleinen Grundschule in Bergen auf Rügen unterrichtet. Von dort aus hatte er sich mehrmals auf Parteilehrgänge delegieren lassen und erreicht, an eine Oberschule in Berlin versetzt zu werden, wo er nach drei Jahren stellvertretender Direktor wurde und ihm schließlich das Direktorat in unserem Städtchen angeboten wurde. Er bat mich, weiterhin und an seiner Seite die Pestalozzi zu leiten, er benötige einen Mann, der sich an der Schule und in den Strukturen des Ortes und Kreises auskenne. Er überließ mir die gesamte Arbeit und war jede Woche unterwegs, um, wie er sagte, die Schule auf Vordermann zu bringen. Von ihm bekam ich die Anweisung, ihn lediglich für vier Schulstunden einzusetzen, und zwar nur am Montag und Dienstag, die anderen Tage müssten für seine Direktoratsaufgaben freigehalten werden. In seinem Zimmer telefonierte er unentwegt, ließ sich Termine bei unserem Bürgermeister, bei der Chefredaktion des Regionalblattes, beim Bezirk und im Ministerium in Berlin geben. Innerhalb der ersten drei Monate hatte er Schulpartnerschaften mit Oberschulen in Berlin, Warschau und Kiew unterschriftsreif vereinbart. In unserem Bezirksblatt war jeden Monat ein Artikel über unsere Schule zu lesen, die Pestalozzi wurde gelobt und allen anderen Schulen als Vorbild hingestellt, ein Foto von Rutzfeld war in dem Blatt öfter zu sehen als das unseres Bürgermeisters.

Im Januar ließ ich mir von Rudolf Schröders Sekretärin einen Termin geben und fuhr am dreißigsten Januar, einem Montag, nach Magdeburg, ging zu meinen Gräbern und meldete mich um drei im Bezirksschulamt. Rudolf empfing mich sofort, ließ Kaffee bringen, hatte eine Stunde Zeit für mich und bat seine Sekretärin, nur die wirklich unumgänglichen Telefongespräche zu ihm durchzustellen.

Nach ein paar Eröffnungsfloskeln, er erzählte mir, was er von den Karrieren unserer Kommilitonen wusste, fragte er nach dem Grund für meinen Besuch, und ich sagte, ich wolle nach Magdeburg zurück, hier in Magdeburg lebten meine Freunde, hier seien die Gräber von meiner Frau und meiner Tochter, und ich hätte mich allein auf Grund falscher Versprechen in das Städtchen versetzen lassen, und nun, da, anders als mir sein Vorgänger Fritz Berger versprochen habe, Steffen Rutzfeld neuer

Direktor der Pestalozzi wurde, gebe es für mich keinen Grund, in dem Provinzkaff zu versauern.

Ihr wollt mich nicht als Schulleiter, gut, aber dann verlange ich, wieder an meine alte Schule zurückzukehren. Das seid ihr mir schuldig. Berger wollte mich als Direktor, du bist offenbar dagegen. Als Studenten haben wir uns nicht verstanden, und nun willst du alte Rechnungen mit mir begleichen. Schön und gut, ich kann nichts dagegen tun, aber dann will ich zurück nach Magdeburg. Ich bitte nicht darum, Rudolf, ich verlange es. Darauf habe ich ein Recht.

Rudolf nickte zu allem, was ich sagte, und als ich fertig war, sah er mich nur an und schwieg.

Na schön, Konstantin, brach er endlich das Schweigen, aber von alten Rechnungen weiß ich nichts. Ich habe nichts mit dir zu begleichen, nicht, dass ich wüsste.

Ihr wolltet mich exmatrikulieren, Rudolf, du und die beiden anderen Don-Kosaken. Weil ich politisch und gesellschaftlich »indifferent unentschieden« sei, so wurde ich von euch beurteilt. Ich weiß es noch wie heute. Mich retteten damals zwei unserer Dozenten, die das alles für übertrieben ansahen.

Don-Kosaken? Was heißt das?

So nannten wir euch. Euch drei, die ihr unsere ewige Seminargruppenleitung wart. Ihr wart die Don-Kosaken, die wahren und einzigen Revolutionäre.

Tatsächlich?, Rudolf lachte, ich habe völlig andere Erinnerungen an diese Jahre. Ich hatte dich damals bewundert, du erschienst mir irgendwie reifer oder gebildeter als wir anderen. Nun ja, ich meinte damals allerdings, du habest eine falsche Sicht auf die Weltgeschichte. Falscher Klassenstandpunkt hieß das, wie du weißt, und ich wollte dir helfen, wollte dir das richtige Bewusstsein beibringen. So war ich damals, so war ich erzogen worden, daheim, in der Schule. Nein, ich hatte nie die Absicht oder den Wunsch, dich zu exmatrikulieren, im Gegenteil, ich wollte dir helfen.

Er überraschte mich. Er sprach überzeugend und glaubhaft und ich war sicher, dass er sich genauso an sein Auftreten in der Seminargruppe und mir gegenüber erinnerte. Er hatte wohl damals tatsächlich geglaubt, mir mit seinen Attacken zu einem richtigen Klassenstandpunkt zu verhelfen, während ich nur wahrnahm, dass er in mir einen Klassenfeind sah, der ungeeignet sei, Schulkinder zu unterrichten und zu erziehen, der einen Gegner eliminieren wollte, wie es in seinen Parteibroschüren hieß. Oder die Jahre hatten einen freundlichen und für ihn schmeichelhafteren Schleier über seine Studienzeit gelegt und für ihn aus den von allen im Seminar gefürchteten Don-Kosaken eine Truppe netter Jungs gemacht, die allen anderen lediglich helfen wollten.

Helfen?, fragte ich ironisch, und jetzt hast du mir wieder geholfen und mir das Direktorat vermasselt. Das Direktorat, das Berger mir fest versprochen hatte.

Rudolf klopfte ungeduldig mit einem Finger auf die Tischplatte.

Nun mal halblang, sagte er verärgert, du liegst vollkommen falsch, mein Lieber. Richtig ist, Berger wollte dich als Direktor, er hielt die bislang übliche Parteidoktrin, nur Genossen als Schulleiter einzusetzen, für überholt. Er wollte dich als ersten Direktor im Bezirk haben, der nicht in der Partei ist. Er hatte mit mir darüber gesprochen, ich war gleichfalls seiner Ansicht, aber ich wusste, diese Frage: Genosse oder Nicht-Genosse, ist ein jahrelanger Streitpunkt in Berlin, und ich war skeptischer als er. Als Krummreis Pensionierung anstand, habe ich dich vorgeschlagen. Berlin lehnte ab. Ich sagte, ich habe keinen anderen Kandidaten, der Bezirk ist unterbesetzt mit Persönlichkeiten, die eine Leitung übernehmen können, woraufhin Berlin uns diesen Rutzfeld schickte. Ich habe einmal hier in diesem Zimmer mit ihm gesprochen, ich glaube, er wird nicht lange in deinem Städtchen bleiben, der will hoch hinaus, und was ich jetzt von ihm höre und lese, bestätigt meinen ersten Eindruck. Der bleibt nicht lange in unserem Bezirk, der will weiter, der will ins Ministerium. Ich bitte dich, Konstantin, sei nicht gekränkt, ich habe getan, was ich tun konnte, in spätestens zwei Jahren werde ich es noch einmal versuchen, und darum bitte ich dich, bleib an der Pestalozzi, bleib vorerst weiterhin Stellvertretender. In spätestens ein, zwei Jahren haben wir die in Berlin davon überzeugt, dass wir uns auf jeden unserer Absolventen verlassen können und nicht nur auf die Genossen.

Tut mir leid, Rudolf, erwiderte ich verbittert, ich glaub euch einfach nicht mehr. Das Städtchen kann mir gestohlen bleiben, und für diesen Rutzfeld spiele ich nicht weiter den Schulknecht, der seine Arbeit erledigt. Rutzfeld hat nicht nur eine große Fresse, er ist auch faul, kann nur palavern und sich in den Vordergrund schieben. Ich will nach Magdeburg zurück. Ihr seid es mir schuldig.

Rudolf schüttelte den Kopf. Er klappte sein Zigarettenetui auf und hielt es mir hin.

Hol mich zurück nach Magdeburg. Ich will in dem Städtchen nicht versauern. Hol mich zurück, das seid ihr mir schuldig.

Das kannst du vergessen, Konstantin. Schuldig bin ich dir gar nichts, ich nicht und auch nicht der alte Berger. Wir haben beide versucht, dir zu helfen. Vorerst hat die Ministerin uns gestoppt. Und Magdeburg, nein, das ist ausgeschlossen, die Stadt ist gut versorgt, jedenfalls ausreichend. Ich versetze keinen meiner Leute in die Bezirksstadt, ich muss mich um die andere Richtung kümmern, um die Landversorgung. Die jungen Leute, die zu uns kommen, sie wollen alle nur in die Stadt. Alle wollen am liebsten nach Berlin oder nach Leipzig, und keiner in die kleinen Städte. Verwöhnt und anspruchsvoll. Aber das sage ich dir auch, von den jungen Leuten hat keiner ein Problem, in die Partei einzutreten. Machen die mit links, ob sie dran glauben oder nicht. Das hat sich auch verändert, das gab es zu meiner Zeit nicht.

Das heißt, ich bin richtig angeschmiert. Ich bin auf euren Wunsch hin in das kleine Kaff gegangen und die Beförderung kann ich vergessen.

Verzeih, Konstantin, ich muss Schluss machen, ich muss zu einer Sitzung. Überleg es dir bitte in Ruhe. Wir wollen nicht ganz vergessen, dein Fall ist ohnehin nicht einfach. Es gibt da diesen Punkt, du weißt schon, ich müsste mich dazu erklären und man würde noch weitere Stellungnahmen einholen.

Ich schloss für einen Moment die Augen. Es war, als habe man mir einen Schlag auf den Kopf versetzt. Ich atmete schwer.

Ich weiß nicht, wovon du redest.

Ich spreche von deinem Vater. In deiner Akte gibt es mehrere Seiten über ihn und du kennst sie. Und diese Seiten wird keiner übersehen, der sie nicht übersehen will.

Rudolf, ich bitte dich. Das ist dreißig Jahre her. Und ich habe meinen Vater nie gesehen.

Fotos gibt es genügend von ihm, das weißt du. Ich jedenfalls kenne Bilder von ihm, sie liegen bei deiner Akte. Fotos von Exekutionen, die er befehligte. Und Fotos von deinem Vater vor dem polnischen Volksgerichtshof.

Ich bin jetzt dreiunddreißig, Rudolf. Hört das denn nie auf? Kann man mich nicht an mir messen, an dem, was ich bin, was ich getan habe?

Bei mir brauchst du dir keine Sorgen machen, ich stehe hinter dir. Und was dein Vater getan hat, das werde ich dir nicht vorhalten. Ich wusste nichts davon, Berger hat mir die Akten gezeigt. Er hielt sie unter Verschluss, und ich habe seine Gründe akzeptiert und halte es ebenso. Ich wusste bisher nichts davon, du hast nie ein Wort über deinen Vater gesagt. Als Berger mir den Aktenteil gab, den er unter Verschluss hielt, und ich deine Familiengeschichte las, da habe ich einiges begriffen. Ich habe nach dieser Lektüre dein Verhalten auf der Hochschule verstanden. Einen solchen Vater zu haben, na ja, ich begriff, warum Berger deine Akte unter Verschluss hielt, und ich sagte ihm, ich würde ebenso verfahren. Hier im Haus kennt keiner die vollständige Akte, auch nicht im Bezirk. Aber Akten verschwinden nie spurlos und sie vergessen nie etwas. Nie, Konstantin, so leid es mir tut. Da kannst du hingehen, wo du willst, diese Papiere sind noch vor dir da. Ich werfe dir nichts vor, ich wollte dich nur daran erinnern, dass es Leute gibt, die das anders sehen. Die das ganz anders sehen wollen und die genau nach solchen Punkten suchen. Du bist nicht in der Partei und dann noch einen verurteilten, einen hingerichteten Kriegsverbrecher in der Familie, da sind deine Chancen nicht gut. Und darum rate ich dir: Tritt in eine Partei ein, vielleicht kann man dann deine Kaderakte sogar bereinigen. Du ahnst nicht, was alles möglich ist. Eine Blockpartei, die NDPD, die wäre für dich das Gegebene. Das ist die Partei der unbelasteten Nazis, da würde deine Akte keinen stören.

Mir schoss das Blut in den Kopf und ich hatte Mühe, ruhig zu bleiben und ihn nicht anzuschreien.

Unbelastete Nazis? Ich? Wovon redest du? Ich habe nichts mit meinem Vater und ich habe auch nichts mit belasteten oder unbelasteten Nazis zu schaffen. Ich kann und werde in keine Partei eintreten. Mein Vater, der ist in eine Partei eingetreten, sogar sehr früh, er war einer der sogenannten Kämpfer der ersten Stunde. Und irgendwann wurde er dann das, was er wurde. Vielleicht, das ist nur eine Vermutung von mir, vielleicht geschah es, weil er irgendwann in diese Partei eintrat. Vielleicht trat er ihr reinen Herzens bei, wollte irgendetwas bewirken, verändern, verbessern. Sein Großvater, mein Urgroßvater, war im gesamten Mittelelbe-Gebiet ein angesehener Mann, er war ein Reformpädagoge, nach dem man Schulen benannt hatte und Straßen. Verehrt und berühmt. Und nach dem Krieg, da war er schon viele Jahre tot, wurde der Name dieses verdienstvollen Reformers getilgt, überall. Man wollte nicht weiterhin den Großvater eines Verbrechers ehren. Das hatte er seinem Enkel zu verdanken, meinem Vater. Und jetzt hängt er an mir dran und zieht mich in seinen Dreck. Meine Mutter sollte von Bayern eine Ehrenrente bekommen, seinetwegen, das hatten der Bruder von meinem Vater und seine alten Kameraden durchgesetzt, die sich zuvor von einem Gericht in Göttingen seine Verurteilung und Hinrichtung in Polen als kommunistischen und rechtswidrigen Terror bestätigen ließen. Aber sie ist mit ihren zwei Kindern im Osten geblieben, eine Ehrenrente wollte sie sich nicht antun. Schließlich hatte sie gleich nach dem Zusammenbruch ihren Mädchennamen wieder angenommen und sogar erreicht, dass auch ihre Kinder diesen Namen bekommen. Wusstest du das?

Nein. Davon steht nichts in den Akten.

Natürlich nicht. Im Westen hat sie eine Pension ausgeschlagen, im Osten war sie nicht willkommen. Dass sie sich von ihrem Mann losgesagt hatte, nutzte ihr wenig. Für die Behörden war und blieb sie seine Frau. Und wir, mein Bruder und ich, sind die Kinder dieses Vaters. Und das hört anscheinend nicht auf. Mein Vater hatte seinen Vater und seinen Großvater ausgelöscht, ihr Lebenswerk vernichtet, und anscheinend kann er auch mich noch vernichten.

Ich würde dir gern helfen, unterbrach mich Rudolf, aber ich kann es nicht. Ich kann nicht mehr tun, als ich für dich getan habe. Du weißt, ich habe mich über vieles hinweggesetzt. Aber ich kann deinen Vater nicht aus deiner Akte löschen, so leid es mir tut.

Ja, ich weiß. Ich weiß, ich bekomme diesen Vater, dieses Erbe nicht los. Ich kann mich nicht frei machen, ich bin nicht frei. Seinetwegen. Seinetwegen habe ich keine Kinder, ich will es nicht. Ich hatte Angst, dass sich etwas fortsetzt. Ich wollte keine Kinder, weil ich Angst vor dem Bösen habe, vor den Geistern meines Vaters. Meine Frau leidet darunter, dass wir kein Kind haben, und ich auch. Ich liebe Kinder, darum bin ich Lehrer geworden, aber vor einem eigenen Kind habe ich Angst. Ich habe Angst, dass der Dämon durch mich am Leben bleibt.

Ich bemerkte plötzlich, dass Rudolf mich irritiert und verwundert ansah. Er war erstaunt, dass ich ihm scheinbar so vorbehaltlos vertraute, und erst durch seine unübersehbare Verwunderung wurde mir klar, dass ich mir bei ihm tatsächlich etwas von der Seele redete, dass ich ausgerechnet einem Rudolf Schröder gegenüber, einem der drei Don-Kosaken, die mir seinerzeit das Studium schwergemacht hatten, von jener mich bedrückenden Last sprach, die ich mit mir herumzuschleppen hatte. Ich zuckte innerlich zusammen und verstummte für einen

Moment, doch dann sprach ich weiter. Rudolf Schröder war einer der wenigen Menschen, die meine ganze Geschichte kannten, er wusste all das, worüber ich mit kaum einem Menschen sprechen konnte, und wenn er schon meine gesamte Akte gesehen hatte und ihm all das, was ich mich überall zu verbergen bemühte, schwarz auf weiß vorlag, dann sollte er auch den dazugehörigen Rest erfahren, und so erzählte ich einfach weiter, was mich lebenslang bedrückte und beschäftigte, und es interessierte mich in diesem Moment und in seinem Arbeitszimmer überhaupt nicht, ob er mich verstand oder ob ihm das alles gleichgültig war. Ich spürte in mir ein Bedürfnis, davon zu erzählen, es erleichterte mich und es war mir in diesen Momenten vollkommen gleichgültig, wer mir gegenübersaß und wem ich darüber berichtete.

Ja, Rudolf, dieser Vater hängt mir an. Und ununterbrochen grübele ich darüber nach, wie wurde mein Vater der, der er wurde? Er war der Enkel eines bewunderten Pädagogen und der Sohn eines geachteten Mittelständlers, der ein paar Erfindungen machte, sie sich patentieren ließ und mit diesen Patenten eine kleine, aber angesehene Reifenfabrik aufbauen konnte. Ein Reformpädagoge, ein Firmengründer, beide geachtet und angesehen, wieso wurde dann ausgerechnet dieser Enkel und Sohn zu einem solchen Teufel? Er hatte Schwierigkeiten mit seinem Vater, mit seinem Großvater, ihre Namen wurden ihm vermutlich überall vorgehalten. Überall, wo er hinkam, sprach man vom Großvater, vom Vater. Vermutlich sah er nur die eine Möglichkeit, sich von ihnen unübersehbar abzugrenzen. Er verließ das Umfeld seiner Vorfahren, den Raum, in dem sein Großvater und sein Vater herrschten. Ich denke, er wollte auf eigene Füße kommen, und das hieß für ihn, er musste alle Werte seiner Vorgänger über Bord werfen, deren humanistisches Gymnasium, ihre Religion, ihre bürgerliche Kultur. Und dann fand er eine Partei, die ebenso radikal sich von allen anderen zu unterscheiden suchte, die einen radikalen Neuanfang wollte, die alles Überkommene wegfegen wollte. Er trat dieser Partei bei, sehr früh, dann machte er das für die Partei und dies und jenes, und irgendwo, irgendwann war eine Grenze überschritten, die vielleicht auch für ihn einmal unüberschreitbar gewesen war. Der erste Schritt in den Sumpf, dann der zweite, und schließlich steckte er bis zum Hals im Morast. Und immer so weiter, immer der Partei treulich gefolgt, bis eines Tages das Parteimitglied dafür gehängt wurde. Ich denke, er ist da reingeschlittert, ganz langsam, Schritt für Schritt. Eine kleine Abweichung zuerst, ein winziger Regelverstoß, eine nicht ganz zulässige Aktion für die Partei, damit fing es an, denke ich, und am Ende kam das große Verbrechen und dann wartete der Strick auf ihn.

Ja, vielleicht. Vielleicht war es so. Als Verbrecher wurde dein Vater gewiss nicht geboren.

Ja, und deswegen werde ich nirgends eintreten. In keine Partei und in keinen Verein. Das ist die Lehre, die ich gezogen habe.

Ich bitt dich, Konstantin, halt den Mund. Was du jetzt andeutest, das ist so eine unverschämte Unterstellung! Aus und Schluss, das habe ich gar nicht gehört. Was fällt dir nur ein! Das ist ungeheuerlich! Das ist ja strafbar! Ach was, ich werde es einfach vergessen und kann nur hoffen, dass du nie wieder so etwas äußerst, keinem gegenüber und nirgends. – So, nun muss ich wirklich gehen. Ich habe zu tun.

Ich will nach Magdeburg, Rudolf.

Ich habe dir eine Stunde meiner Zeit geopfert, dir

gesagt, was zu sagen war. Wenn du dir selber im Wege stehst, kann ich dir auch nicht helfen.

Er hatte sich erhoben und legte mir einen Arm um die Schulter: Lass dich mal wieder sehen, Konstantin. Du solltest dir alles noch einmal überlegen.

Er öffnete die Tür zu seinem Vorzimmer und schob mich sanft hinaus.

Mach mir keinen Ärger, Konstantin. Versuch mit Steffen Rutzfeld klarzukommen, sagte er zum Abschied, und pass auf, was du redest.

Daheim wartete Marianne auf mich. Sie hatte einen Kuchen gebacken und den Tisch gedeckt, sie hatte angenommen, ich würde mit einer guten Nachricht aus Magdeburg zurückkommen, da ich vor diesem Termin beim Bezirksschulamt zuversichtlich und entschlossen gewesen war, mich bei Rudolf Schröder durchzusetzen. Stattdessen kam ich mit leeren Händen nach Hause und war ratlos. An der Pestalozzi wollte ich nicht bleiben, ich fühlte mich übergangen und zurückgesetzt und meine Abneigung gegen Steffen Rutzfeld steigerte sich von Tag zu Tag.

Ich nahm brieflich Kontakt mit Kommilitonen auf, erkundigte mich nach ihren Schulen und nach Möglichkeiten für mich, fuhr nach Berlin, nachdem ich mir zuvor in einigen Schulen Termine bei den Direktoren hatte geben lassen, aber alle Anstrengungen waren vergeblich. Entweder waren es meine Fächer, für die es an diesen Schulen keinen Bedarf gab, oder das Kollegium war vollständig und es existierten keine weiteren Planstellen. Ich hatte den unabweisbaren Eindruck, dass jeder Schulleiter eine lange Bewerbungsliste in der Schublade hatte und sich aussuchen konnte, wen er zu einem Gespräch vorladen und einstellen würde. Warum sollte sich einer von ihnen für einen unbekannten Lehrer mit den Fächern Fremdsprachen und Kunst aus einem kleinen Provinzstädtchen interessieren, dafür gab es, wie ich mir selbst eingestehen musste, keinen einzigen Grund. Die Reisen und Briefe waren vergeblich, und eigentlich nur, um Marianne zu besänftigen und ihr nicht jede Hoffnung auf einen Umzug nach Berlin zu nehmen, opferte ich meine karge Freizeit und setzte mich demütigenden Absagen aus. Jedes Jahr bat ich um ein Gespräch mit dem Bezirksschulrat, aber nach zwei vollkommen fruchtlosen Diskussionen mit ihm, bei denen er mir unmissverständlich sagte, dass bei einer unveränderten Personallage alles Weitere auch unverändert bleibe, wurden meine Bitten um einen Termin nicht mehr beantwortet, und ich begriff, dass ich mich abzufinden hatte, abzufinden mit meiner Stellung und dem kleinen Städtchen, in dem ich möglicherweise lebenslang leben würde.

Kurz vor den Osterferien wackelte in der Pestalozzi der Stundenverteilungsplan bedenklich. Seit über einem Jahr war eine Stelle unbesetzt und ab April würde sich eine Kollegin in den Schwangerschaftsurlaub verabschieden und uns für ein halbes Jahr oder noch länger fehlen. Abend für Abend saß ich über den Stundenplänen, jeder aus dem Kollegium hatte zusätzliche Aufgaben zu übernehmen, um den Ausfall von Unterrichtsstunden zu vermeiden, nur Rutzfeld weigerte sich. Er könne seine Bemühungen um wichtige Kontakte und die Außenpräsenz, wie er sich ausdrückte, im Interesse unserer Schule nicht einschränken, die anderen Kollegen müssten die zusätzliche Arbeit allein bewältigen und dafür sei der Stellvertreter zuständig. Vor den Osterferien teilte ich in einer Versammlung dem Kollegium mit, dass in den verbleibenden Monaten des Schuljahres für jede Klasse ausnahmslos Stundenkürzungen unumgänglich seien, da ich die bereits alltäglichen Überstunden aller Kollegen nicht weiter erhöhen könne. Die Erfüllung des Lehrplans sei damit gefährdet, dies sei mir bewusst, es würde Proteste der Eltern geben, aber ab Mitte April würden uns zwei Lehrer fehlen, die könne ich auch mit sorgfältigster Planung nicht ersetzen.

Rutzfeld protestierte heftig, er sprach wieder von unserer Außenpräsenz, die ich aufs Spiel setzen würde. Er wurde laut und persönlich, bezweifelte vor den Kollegen meine Kompetenz als stellvertretender Direktor und fragte nach meinem Klassenstandpunkt.

Nach diesem unverschämten Ausbruch wurde es in der Aula totenstill. Langsam stand ich auf, um vor versammeltem Kollegium zu erklären, dass ich mit sofortiger Wirkung als Stellvertreter zurücktrete, zum Juli kündige und mich noch heute bei unserer Gewerkschaft über die Möglichkeiten einer fristlosen Kündigung erkundigen werde. Doch plötzlich sprang Michael Winkler auf, beschimpfte Rutzfeld und lobte meine Arbeit. Er hatte sich kaum hingesetzt, als eine Kollegin aufstand, um den Kollegen und vor allem dem Direktor zu erklären, ich erledige neben meinem Unterricht noch die gesamte Direktoratsarbeit an dieser Schule und sei in ihren Augen der eigentliche Schulleiter. Hermann Dümmel meldete sich ebenfalls und nach ihm verteidigten mich noch weitere Kollegen heftig und erbittert in der turbulenten Versammlung.

Rutzfeld war blass, er hatte mit diesem Aufstand nicht gerechnet und die sich gegen ihn entladende Wut überraschte ihn offensichtlich. Nachdem Ruhe eingekehrt war, stand er auf, lief vor den Sitzreihen einmal auf und ab und stimmte schließlich eine erstaunliche Lobeshymne auf mich an, in der er sich sogar zu der Behauptung verstieg, er hätte mich dem Bezirksschulrat nachdrücklich für einen Direktoratsposten empfohlen. Auf seine kritischen Bemerkungen mir gegenüber kurz zuvor kam er nicht mehr zurück, er tat, als hätte es zuvor nicht einen Eklat gegeben, den er verschuldet und ausgelöst hatte. Zum Schluss seiner raschen Kehrtwende ging er auf mich zu, beugte sich über mich und umarmte mich überraschend und hastig, bevor er sich beim Kollegium für einen anregenden und uns alle befruchtenden Meinungsaustausch bedankte und dann umgehend die Aula verließ.

Rutzfeld änderte sich nicht. Er unterrichtete nie mehr als seine uns zugestandenen vier Stunden, war beständig unterwegs, fuhr zum Kreis, zum Bezirk, in die Hauptstadt, lud wiederholt Betriebsdirektoren des Kreises zu uns ein, um ihnen die Schule zu zeigen und sie für eine Patenschaft und ein weiter gehendes Engagement zu gewinnen, und wenn er im Direktorat der Pestalozzi saß, war er kaum ansprechbar, da er unentwegt telefonierte.

Marianne gegenüber sprach ich noch immer von meinen Hoffnungen auf Berlin oder Magdeburg, die ich in Wahrheit längst begraben hatte, da ich begriffen hatte, dass ich niemals in eine größere Stadt oder gar nach Berlin kommen würde.

Sie hatte sich mit der Buchhändlerin Anna Pohl befreundet, die aus Halle kam und die winzige private Buchhandlung des Städtchens von dem alten Gerber gekauft hatte, eine Buchhandlung, die aus drei kleinen, mit Büchern überladenen Räumen bestand, in denen vor allem Romane und Kinderbücher angeboten wurden und natürlich die Schulbücher, die jedes Jahr kurz vor den Sommerferien in großen Partien angeliefert wurden.

Anna Pohl war die einzige Person im Städtchen, mit der sie sich unterhalten konnte und die sie wöchentlich traf, sie war die alleinerziehende Mutter von Esther, ihrer kleinen Tochter.

Esther war ein lebhaftes und sehr unruhiges Kind, bei dem fast jeden Tag eine Katastrophe zu vermelden war. Mal hatte sie sich mit ihrer Freundin zerstritten, mal hatte jemand etwas zerbrochen oder gestohlen, oder eine Lehrerin hatte sich höchst ungerecht ihr oder einer Mitschülerin gegenüber verhalten. Wann immer Esther Marianne traf, sei es beim Spaziergang durchs Städtchen, in der Buchhandlung ihrer Mutter oder wenn sie Anna bei ihren Treffen mit meiner Frau begleitete, stets stürzte sie sich auf Marianne, um ihr genauestens von dem neuesten dramatischen Unheil zu berichten. Marianne war von der Zuneigung und Liebe der kleinen Tochter ihrer Freundin überrascht, sie hatte die heftige und rückhaltlose Vertraulichkeit eines Kindes nie zuvor erlebt und genoss dieses Glück, sie liebte die kleine Esther wie ein eigenes Kind und bestätigte ihr wiederholt, dass sie für immer Freundinnen sein würden. Es war dieses Kind, dieser kleine Mensch, der sie liebte und sich ihr ohne jeden Vorbehalt öffnete, der sie mit ihrem Leben versöhnte, doch dieses Glück verdeutlichte ihr gewiss umso heftiger, was sie in ihrem Leben vermisste, ein eigenes Kind. Wenn Esther sich in meiner Anwesenheit von meiner Frau verabschiedete, setzte ich mich zu Marianne und umarmte sie. Sie war dann für Minuten still und unzugänglich, ihre Augen waren verschattet, sie litt. Aber ich wollte kein Kind.

Zweimal zogen wir innerhalb des Städtchens um, einmal, um eine größere Wohnung zu bekommen, zwei Jahre später erfolgte ein zweiter Umzug in ein Mietshaus hoch über der Havel mit einem weiten Blick über die Flusslandschaft. Marianne engagierte sich in der Kirchengemeinde, war aktives Mitglied im Chor und wurde bald in den Gemeindekirchenrat aufgenommen. Ich selbst blieb der Kirche fern und ging lediglich meiner Frau zuliebe zu den Konzerten, die monatlich im Dom stattfanden, im Winterhalbjahr trat der Chor im Gemeindesaal auf.

Ich blieb an der Pestalozzi. Nach wiederholten Auseinandersetzungen mit Rutzfeld und jener turbulenten Versammlung vor den Osterferien in der Aula hatte er sich beim Kreisschulrat endlich durchgesetzt und wir bekamen zwei neue, sehr junge Kollegen an die Schule. Da wir im Fach Deutsch jedoch weiterhin in Personalnot waren, machte ich Rutzfeld das Angebot, einzuspringen und in zwei Klassen den Deutschunterricht zu übernehmen, die Lehrberechtigung für dieses Fach könnte ich nebenbei in einem Ergänzungs-Fernstudium erwerben, vorausgesetzt, ich würde dabei vom Schulrat unterstützt und könne die Englisch-Stunden an die Kollegin Wehrnhardt abgeben. Mit sofortiger Wirkung übernahm ich den Deutschunterricht in einer zehnten und einer zwölften Klasse mit jeweils vier Wochenstunden und konnte tatsächlich bereits ein halbes Jahr später meine Befähigung für ein viertes Fach nachweisen.

Im Kunstunterricht hatte ich uninteressierte Schüler mit ungewöhnlichen und provozierenden Kunstwerken für den Unterricht aufschließen können, ihnen die Frechheiten und die versteckten, kühnen Bosheiten der jahrhundertealten Maler gezeigt und ihnen auf diesem Weg von der Geschichte der Malerei so viel vermitteln können, dass sie etwas von der Größe und dem Werk dieser genialen Leute erahnen und zum Jahresende die von der Schule geforderten Leistungen unter Beweis stellen konnten. Die Kenntnisse vermittelte ich ihnen an Beispielen, die dem Alter und den Neigungen der Schüler entsprachen. Die Schüler schätzten meine Gelassenheit, und da ich nie aufbrauste und nur selten und ausnahmsweise eine Strafe verhängte, sondern mit Humor und gelegentlich bissiger Ironie renitente Schüler in die Schranken verwies, nötigte ich den pubertär revoltierenden Halbwüchsigen selbst bei gelegentlich heftigeren Auseinandersetzungen Respekt ab.

Meinen Deutschunterricht in der Zehnten hatte ich mit dem *Faust* zu beginnen, und in meiner allerersten Unterrichtsstunde gab ich den Schülern ausreichend Zeit, ihre Unlust und all ihre Vorurteile über die anstehende Lektüre zu äußern, ein Unbehagen, das sich bei den Jungen und Mädchen noch verstärkte, da sie gewiss sein durften, es mit einem künftigen Abiturthema zu tun zu haben. Dieser Goethe sei für sie nur Wortgeklingel, meinten sie, und er habe eine völlig veraltete Sprache, die ihnen nichts mehr sage. Das Stück sei sicher große Dichtung, aber für unsere Zeit habe sie keine Bedeutung mehr und sei wie die alten Minnelieder nur etwas für Professoren und alte Damen. Ein Schlauberger hatte herausgefunden, dass es zwei Verfilmungen vom *Faust* gibt, und schlug vor, wir sollten uns einen dieser Filme anschauen, die auch von den Literaturkritikern gelobt worden seien, da gebe es moderne Fassungen des alten Goethe, in denen das ganze Stück enthalten sei, aber von guten Schauspielern gespielt und gesprochen und zudem mit großartigen Kinoeffekten.

Ihre Klagen hörte ich mir an und zeigte mich einsichtig, und danach begann ich mit der Lektüre. In den ersten drei Stunden sprach ich nur über das dem Drama vorangestellte Gedicht, die »Zueignung«. Zeile für Zeile erklärte ich die vier Strophen und zeigte ihnen, wie diese an uns gerichteten Worte in unserer Zeit noch immer wirkungsmächtig sind, erklärte es ihnen mit mir und meinem Leben, meinen Erfolgen und Missgeschicken, meinen persönlichen Glücksmomenten und meinem Unheil. Ich erzählte ihnen meinen Lebensweg, und ich sprach auch von Beate und Juliane, von dem Glück, dass ich diese beiden Menschen kennengelernt hatte, und von der fortdauernden Trauer um diese zwei, die ich einst besaß und die nun in fernen Welten sind, und wie diese beiden Verschwundenen mir unaufhörliche Wirklichkeit seien. Ich gestand ihnen, dass mir nur die Musik bei dem Überleben und dem Überstehen dieses Leids geholfen habe, die Musik und einige Worte, ein paar Zeilen der mir wichtigen Autoren, und ich nannte ihnen die Namen von Händel und Mozart und eben auch von diesem uralten Goethe. Obwohl ich viel von mir berichtete, alles, oder fast alles, von meinem Vater sagte ich ihnen nichts, ich sprach nicht über den Teufelspakt, den mein Vater abgeschlossen hatte, einen Pakt, für den ich die Zeche zu zahlen hatte.

In diesen drei Stunden redete nur ich, und die Schüler der Zehnten hörten zu, ohne mich ein einziges Mal mit einer Frage oder einer ironischen Bemerkung zu unterbrechen. Und dann hatte ich sie, ich hatte sie eingefangen, sie waren bereit, mit offenen Augen und mit einem aufnahmewilligen Kopf an den Text zu gehen.

Diese Schulstunden, die wir dem *Faust* widmeten, wurden für mich, aber wohl auch für meine Schüler die schönsten Unterrichtsstunden meiner ganzen Lehrerjahre. Es war mir gelungen, die Schüler für den anspruchsvollen, fordernden Text zu gewinnen, für das Drama, aber auch für mich. Mein Unterricht, mein Herangehen an die

Dichtung, meine Offenheit, über mich selbst zu sprechen, wurde zu einem Thema auf dem Pausenhof, denn die Schüler meiner Zehnten erzählten den anderen Schülern von meinen Ausführungen zu dem Goethe-Drama. Carola, eine Kollegin, fragte mich ironisch und auch ein wenig spitz, ob ich vorhätte, den Wettbewerb »Der Liebling des Schulhofs« zu gewinnen.

Als diese Klasse zwei Jahre später ihre Abschlussprüfungen hatte, wählten beim schriftlichen Abitur sechzehn der siebenundzwanzig Schüler aus den vorgegebenen Themen der Deutschprüfung das *Faust*-Zitat für ihre schriftliche Arbeit. Die meisten Schüler hatten es verstanden, das Goethe-Wort aus der Kerkerszene mit dem eigenen Leben, mit den Erfahrungen eines achtzehnjährigen Jugendlichen unserer Zeit in Beziehung zu setzen und die Worte des alten Meisters als eine sehr persönliche Ansprache an sich darzustellen.

Im Kollegium hatte ich einen guten Stand, man respektierte meine Bemühungen, die Stunden gerecht zu verteilen. Mein Verhältnis zu Rutzfeld blieb spannungsgeladen, wir gingen uns aus dem Weg, was mir bei seiner Arbeitsauffassung leichtfiel. Nach seinem Auftritt in der Aula und der Zurechtweisung, die er von der gesamten Lehrerschaft hinzunehmen hatte, gab es für mich in den nächsten Monaten von ihm keinerlei Anweisungen, er überließ mir bis zum Schuljahresende die Leitung der Schule, doch bereits in den beiden Vorbereitungswochen zwischen den Schuljahren erklärte er dem Kollegium, er wolle die Schule aus dem alten Trott herausreißen und die Vorgaben der zentralen Verwaltung nicht nur genauestens einhalten, sondern sie nach den Möglichkeiten einer kleinstädtischen Bildungsanstalt überbieten. Er ordnete zusätzliche Schulungen für alle Kollegen an, fachliche und politische, die Berichte eines jeden überprüfte er persönlich und sparte nicht an Hinweisen zu ihrer Verbesserung. Er wollte mit seiner Schule im Wettbewerb des Bezirks und des ganzen Landes einen der vorderen Plätze belegen und nötigte daher alle, die Auflagen des Ministeriums und des Bezirkes genauestens zu beachten, sie hätten Vorrang vor allen anderen schulischen Aufgaben.

In seinem siebenten Jahr als Direktor der Pestalozzi-Schule hatte er es erreicht, wir belegten im landesweiten Wettbewerb den ersten Platz und unsere Schule wurde kurz vor dem Jahresende tatsächlich ausgezeichnet. Steffen Rutzfeld wurde zu einem Festakt ins Ministerium nach Berlin eingeladen, erhielt dort zwei Urkunden und genoss den Beifall der Ministerin. Auch in Magdeburg wurden er und unsere Schule geehrt, es gab eine erhebliche, außerplanmäßige Finanzzulage, Prämien für sieben Lehrer seines Kollegiums, die auch zu dem Festakt in Magdeburg geladen waren, und für Rutzfeld und seine Frau überdies eine Ferienreise durch das ansonsten für uns unerreichbare Jugoslawien. Natürlich hatte er auch meinen Namen auf die Liste der Auszuzeichnenden gesetzt, ich ließ mir die Geldprämie überreichen, beim Festakt in Magdeburg ließ ich mich entschuldigen.

Otto, unser Bürgermeister, kam in die Schule, um uns zu gratulieren. Er schüttelte mir die Hand und sprach mir gegenüber den Glückwunsch der Stadt aus, Rutzfeld nickte er nur kurz zu, offensichtlich hatte es sich im Städtchen herumgesprochen, dass ich die Arbeit eines Schulleiters leistete und Rutzfeld nur ein vom Schulrat eingesetzter Grüß-August war.

Ein halbes Jahr später, zum Ende der Sommerferien, einen Tag vor unserer Vorbereitungswoche, bekam ich einen Anruf von Rudolf Schröder, dem Bezirksschulrat.

Er sagte, er habe mir eine folgenreiche Entscheidung mitzuteilen, Berlin habe meiner Ernennung zum Direktor endlich zugestimmt, mit sofortiger Wirkung sei ich hiermit der Schulleiter der Pestalozzi-Schule. Ich fragte nach Rutzfeld, fragte, ob Rutzfeld es endlich nach Berlin geschafft habe. Das sei eine längere Geschichte, sagte Rudolf, die er mir gelegentlich erzählen werde, doch vorab wolle er nur sagen, Rutzfeld habe sich straffällig gemacht und sei gestern von ihm aus dem Schuldienst entlassen worden, und zwar für alle Zeit. Dann fragte er, ob ich die Ernennung annehme oder ob sie für mich zu überraschend komme. Ich erwiderte, ich hätte mit der Ernennung keinerlei Probleme, da ich in den letzten Jahren ohnehin fast die gesamten Aufgaben eines Schulleiters übernommen hätte.

Ja, sagte er, das habe ich auch gehört, und das war ein entscheidender Punkt, um Berlin deine Ernennung abzunötigen. Glückwunsch und viel Erfolg, Konstantin.

Und für wie lange?, fragte ich, für wie viele Monate ist mein Direktorat von euch geplant?

Für einen Monat, wenn du als Schulleiter nichts taugst. Ansonsten ist das meine endgültige Entscheidung. Rutzfeld war nicht meine Wahl, das weißt du, aber mir waren damals die Hände gebunden. Ich konnte mich nicht durchsetzen.

Danke, Rudolf.

Mir musst du nicht danken. Ich weiß, was du geleistet hast. Und ich vergesse auch nicht, dass du dich von meinem Vorgänger in ein kleines Städtchen hast versetzen lassen. Da sperren sich einige Kollegen mehr denn je und erleichtern mir nicht gerade die Arbeit. Alles Gute für dich.

Ich wollte wissen, was Rutzfeld angestellt habe, aber

Rudolf machte mir am Telefon nicht einmal eine Andeutung und vertröstete mich auf einen geeigneteren Moment, der Fall Rutzfeld würde ihn im Augenblick zu sehr beschäftigen. Er versprach, so rasch wie nur irgend möglich dafür zu sorgen, dass die Personallücken an meiner Schule umgehend geschlossen werden.

Es dauerte keine Woche und ich hatte alles über Rutzfelds Vergehen erfahren, die Kollegen an der Pestalozzi und von anderen Schulen hatten sich informiert und teilten es mir in aller Ausführlichkeit mit.

Ende Juli hatten Steffen Rutzfeld und seine Frau die Reise angetreten, die er vom Ministerium als Auszeichnung erhalten hatte. Sie flogen mit einer Reisegruppe, insgesamt siebenundzwanzig Personen, gleichfalls ausgezeichnete Lehrer und Direktoren, teils Einzelreisende, teils Ehepaare, nach Belgrad und von dort aus fuhren sie mit einem Bus nach Ljubljana, Zagreb und an die Adriatische Küste. Die erfahrene Reiseleiterin, eine ältere Mitarbeiterin des Berliner Ministeriums, hatte bereits am dritten Tag der Fahrt das spurlose Verschwinden eines Lehrerehepaares hinzunehmen, was sie in der örtlichen Polizeistation anzeigte. Ein höherer Offizier, sie schloss dies aus der reich verzierten Uniform des Beamten, nahm ihre Meldung lächelnd und desinteressiert zur Kenntnis. Auf ihre Nachfrage, was er nun zu tun gedenke, erkundigte er sich sarkastisch: Was erwarten Sie, gnädige Frau? Dass wir alle Grenzen schließen? Wenn Sie es wünschen, machen wir es sofort.

Das Formular, auf dem er ihre Vermisstenanzeige notiert hatte, zerknüllte er noch vor ihren Augen und warf es in einen Papierkorb.

Am Ende der Reise konnte eine überreizte Reiseleiterin am Schalter des Belgrader Flughafens nur noch zwölf ihrer Schützlinge begrüßen. Ihr Gesicht war hektisch gerötet, sie fürchtete sich vor der Ankunft in Berlin und den folgenden Gesprächen und Versammlungen, in denen man sie für das Verschwinden der ihr anvertrauten Reisenden zur Verantwortung ziehen würde.

Steffen Rutzfeld und seine Frau nutzten diese Fahrt, um sich abzusetzen. Sie verließen die Gruppe allerdings erst zwei Tage vor dem Ende der Reise, da die Gruppe, oder vielmehr die verbliebenen Lehrer, in der letzten Woche dieses Urlaubs wie vorgesehen in einer Hotelanlage an der Adria wohnten und das Ehepaar Rutzfeld die erholsamen Tage am Strand genießen wollte.

Jahre später erfuhr ich den restlichen Teil dieser Geschichte. Ein Bauer habe die beiden mit seinem Auto über die österreichische Grenze nach Graz gebracht, von wo aus sie mit dem Zug nach Stuttgart fuhren, dort für drei Wochen im Haus eines Cousins wohnten, bevor sie eine eigene Wohnung fanden und Rutzfeld nach mehreren Befragungen durch Beamte der Polizei, der städtischen Schulbehörde sowie einiger Herren, die, wie sie sagten, für seine Sicherheit zuständig seien, in den Schuldienst aufgenommen wurde und als Lehrer an einem Gymnasium in Sindelfingen unterrichten konnte. Schon vor Ablauf des ersten Jahres konnte er auch in seinem zweiten Fach, Geschichte, unterrichten, und ein weiteres Jahr später wurde er Direktor einer Gesamtschule in Leonberg.

Nach meiner Ernennung zum Direktor der Pestalozzi hatte ich die Vorbereitungswoche offiziell zu leiten, was mir keinerlei Probleme machte, da ich ohnehin diese Woche vollständig vorbereitet und geplant hatte. Vom Bezirk wurden wir, das Lehrerkollegium und ich, erst drei Tage nach Schulbeginn über die, wie der Schulrat vor der versammelten Lehrerschaft sagte, missbräuchliche Nutzung einer Vertrauensstellung und einer Auszeichnung informiert. In der kleinen Stadt hatte sich allerdings seine Flucht in den Westen längst herumgesprochen, Lehrer und Schüler hatten noch vor dem ersten Schultag vom Verschwinden ihres Schulleiters erfahren und mit unverhohlener Ironie und hämischer Schadenfreude wurde der Umstand kommentiert, dass Rutzfeld für seine Flucht eine Reise nutzte, mit der er von der Ministerin für Volksbildung ausgezeichnet worden war.

Bereits zehn Tage nach meinem Amtsantritt meldeten sich zwei Absolventen der Pädagogischen Hochschule in Dresden bei mir, Rudolf Schröder hatte sein Versprechen gehalten und mir die beiden jungen Lehrer zugeteilt, einer von ihnen war Mitte zwanzig, der andere war dreißig und promoviert. Ich behielt zwei Klassen als Lehrer, eine neunte und eine zehnte, konnte meine ständige Stundenzahl auf fünfzehn begrenzen und hatte somit Zeit für meine Direktoratspflichten, denen ich zuvor als Stellvertreter zumeist am Spätnachmittag und Abend nachgegangen war. Marianne genoss es, dass ihr Mann nun nicht mehr nur an den Sonntagen arbeitsfrei hatte, sondern auch an den meisten Abenden in der Woche. Es ergaben sich wieder so viele freie Abende, dass ich sogar einmal im Monat in die »Krone« gehen konnte, um dort mit unserem Bürgermeister, dem Chorleiter und dem Chef des Möbelwerkes Skat zu spielen.

Neunzehn Monate später endete mein Direktorat. Im März 1989 erschien zwei Stunden nach einer kurzen telefonischen Ankündigung Rudolf Schröder an unserer Schule und stürmte direkt in mein Büro. Er war erregt und hatte erkennbar Mühe, sich bei der Schilderung der zuvor von ihm geführten Gespräche zu mäßigen und zurückhaltend auszudrücken. Das Ministerium, nach Aussage des Referenten, der ihn anrief, war es die Ministerin selber, hatte meine Absetzung verlangt, und da der Bezirksschulrat sich weigerte, sei ihm bereits eine Stunde später eine entsprechende Weisung erteilt worden. Berlin sei nervös, die politische Situation des Landes verlange klare, unmissverständliche Signale, um feindliche Kräfte zurückzuweisen. Der liberale Kurs der letzten Jahre sei ein Fehler gewesen und man wolle sich künftig deutlich und für alle erkennbar auf die Genossen stützen und die gesamte Volksbildung klassenbewussten Pädagogen anvertrauen. Der Referent im Ministerium habe mehrfach den Namen Steffen Rutzfeld erwähnt, um ihn, den Bezirksschulrat, auf Versäumnisse und fehlerhafte Entscheidungen hinzuweisen, und er habe dagegen wiederholt beteuert, dass er für die Direktoren seines Bezirkes persönlich bürge und die Einsetzung jenes Rutzfelds gegen seinen Willen von Berlin durchgedrückt worden sei. Nichts habe geholfen, das Ministerium blieb bei der Entscheidung und kurz danach erhielt er die Weisung, der er Folge leisten musste. Ein neuer Direktor werde gleichfalls von Berlin aus bestimmt, man habe ihm bisher noch nicht einmal einen Namen nennen können, ihm lediglich mitgeteilt, der neue Schulleiter werde binnen achtundvierzig Stunden in der Pestalozzi-Schule seinen Dienst antreten. Er, Rudolf Schröder, überlege, ob er noch weiter in diesem Bezirk einen Schulrat spiele, denn in Wahrheit sei er dies nicht, vielmehr sei er ein Hampelmann, an dessen Strippen man nach Belieben ziehen kann, um ihn tanzen zu lassen.

Tut mir leid, Konstantin, beendete er seinen Bericht, Berlin ist offenbar so nervös, als ob ein neuer 17. Juni vor der Tür steht. In der Parteibezirksleitung hat die Hektik ebenfalls zugenommen, und ich hörte, in unserer Polizeidirektion erwägt man bereits ein Urlaubsverbot. Irgendwie steckt allen die Angst vor diesem Gorbatschow in den Knochen. Man hat vor kurzem erst diese *Sputnik*-Zeitschrift verboten, immerhin ein von der Sowjetunion für unser Land hergestelltes Blatt, man hat vier oder fünf sowjetische Filme abgesetzt, das hat es noch nie gegeben. Ich habe keine Ahnung, welchen Kurs Berlin steuert, aber ich merke, die da oben sind beratungsresistent. Und nur in Magdeburg auf meinem Stuhl zu sitzen, um den Unsinn zu verbreiten und die Weisung durchzuführen, die sich die Ministerin zurechtlegt, ich weiß nicht, aber das war nicht das, weshalb ich Lehrer werden wollte, das ist ein pädagogischer Albtraum.

Fang bei uns an, Rudolf, sagte ich, hier ist ein Direktorenposten frei und die Position eines Stellvertreters wird auch bald vakant sein, denn ich glaube nicht, dass Michael Winkler weiterhin diese Arbeit übernimmt.

Mehr konnte ich nicht für dich tun, Konstantin, erwiderte er hilflos.

Ich stand auf, öffnete die Tür zum Vorzimmer und bat meine Sekretärin, mir drei leere Umzugskartons vom Hausmeister zu bringen.

Dank dir, dass du persönlich gekommen bist. Ich will mit dem Packen anfangen und das Büro räumen, sagte ich zu Rudolf Schröder und reichte ihm die Hand, ich weiß, du hast mir viel geholfen, Dank dir.

Wer weiß, wie das enden wird, sagte er zum Abschied.

Vermutlich wie üblich, erwiderte ich, mit einem Ende. Komm gut zurück.

Dr. Frieder Cornelius erschien am nächsten Morgen um sieben Uhr in der Schule. Der Hausmeister ließ ihn ein und schloss ihm das Direktorat auf. Eine halbe Stunde später bat er alle anwesenden Kollegen zu sich, stellte sich vor, dankte mir für die geleistete Arbeit und bat darum, dass das gesamte Kollegium am späten Nachmittag in der Aula zusammenkomme. Cornelius war acht Jahre jünger als ich und kam direkt von der Parteihochschule, wo er nach seinen Jahren als Lehrer und Schulleiter in Thüringen über ein Jahr lang für weiter gehende Aufgaben vorbereitet worden war und seine Promotion abgeschlossen hatte. Hermann Dümmel erzählte mir später, er habe über die Magdeburger Stadtbibliothek und die Deutsche Bücherei in Leipzig versucht, diese Doktorarbeit einsehen zu können, doch er habe lediglich erfahren, diese Promotionsarbeit sei unter Verschluss und eine Einsicht nur mit einer Genehmigung seines Schulleiters, also von Cornelius selbst, möglich, nicht einmal das Thema der Arbeit habe man ihm mitteilen dürfen.

Um vier versammelte sich das gesamte Kollegium in der Aula und der neue Direktor erläuterte uns seine ersten Pläne für eine Neustrukturierung der Schule. Das Parteilehrjahr sollte zu einer für alle Kollegen offenen und verpflichtenden Weiterbildung ausgebaut werden und einmal wöchentlich stattfinden, an jedem Montagabend. Die ersten drei Kurse würde er selbst bestreiten, für die folgenden Abende habe er ausgezeichnete und kompetente Fachleute von der Universität und aus Berlin gewonnen, die uns allen eine hilfreiche Vervollkommnung unserer Methodik vermitteln können, um die Pädagogik als bewusste Menschenführung zu gestalten.

Am darauffolgenden Montag gab er uns eine erste Kostprobe seines Versuches einer Veredlung unserer Kenntnisse. Er sprach über die derzeit zunehmenden Versuche des Imperialismus, unsere Staatengemeinschaft zu zerstören, wobei die Gefährlichkeit in der jetzigen Epoche darin bestehe, dass die feindlichen Kräfte im Inneren zunähmen und aggressiv würden, da sie sich durch eine verfehlte Politik der sowjetischen Führung in ihrem zerstörerischen Bestreben gesichert fühlten und für ihre Wühlarbeit sich der Reden und Worte des sowjetischen Generalsekretärs bedienten. Er sprach über Popmusik-Gruppen, die mit unverhohlen konterrevolutionären Texten die Jugend verführten und aufstachelten, und alle zehn Minuten betonte er, dass alles das, was er uns sage, eigentlich Verschlusssache und nur für den inneren Dienstgebrauch vorgesehen sei, er aber für unsere Unterrichtung erwirkt habe, diese vertraulichen Entscheidungen uns mitzuteilen, damit wir in unseren Klassen den möglicherweise gleichfalls vorhandenen feindlichen Tendenzen wirkungsvoll entgegentreten können.

Es geht um unser Land, beendete er pathetisch seinen Vortrag und forderte uns auf, Fragen zu stellen und unsere Meinung zu sagen.

Die Kollegen hielten sich zurück, in der entstehenden Pause musterte Cornelius jeden von uns eindringlich, als wolle er sich einen Eindruck von uns verschaffen. Schließlich forderte er mich als seinen Amtsvorgänger auf, meine Ansichten zur aktuellen politischen Lage zu äußern. Ich erhob mich, sah ihn an und sagte, ich sei kein Mitglied seiner Partei und lediglich Lehrer für Englisch, Französisch, Deutsch und Kunst. Als ich mich setzte, sah er mich fassungslos an, entgegnete aber nichts und wartete weiter auf Wortmeldungen.

Nach ein paar Minuten stand mein Freund Michael Winkler auf.

Nur, dass ich Sie recht verstehe, sagte er, wenn die heutige Situation in Moskau den Prager Verhältnissen von 1968 gleicht, wie Ihre vertraulichen Informationen besagen, bedeutet das, unsere Staatsführung erwägt, allein oder zusammen mit den Bruderarmeen, in der Sowjetunion einzumarschieren?

Es gab verhaltenes Kichern und belustigtes Husten. Cornelius beendete seinen Schulungsabend und entließ uns mit einem bedrohlich wirkenden Schweigen. Die montäglichen Stunden zu unserer Qualifizierung behielt er bei, ich ging bereits zur zweiten Stunde nicht hin und andere Kollegen folgten meinem Beispiel, Cornelius ermahnte uns und verlangte vollständiges Erscheinen, doch hatte er keine Handhabe, es zu erzwingen. Im Sommer zog er mit seiner Familie in ein Einfamilienhaus am Eichenpark, das Haus stand ein Jahr leer, es gehörte zuvor unserem Zahnarzt, der vier Jahre zuvor einen Ausreiseantrag gestellt hatte und nach einer langen Wartezeit mit seiner Frau und seiner halbwüchsigen Tochter, die ich in ihrem letzten Schuljahr in unserem Städtchen unterrichtet hatte, in den Westen gegangen war.

Als die Herbstunruhen begannen, musste Cornelius seine Weiterbildungsabende beenden, keiner meiner Kollegen erschien am Montagabend in der Aula, er war mit dem eingeladenen Dozenten und der jungen Pionierleiterin Simone allein. Simone, die junge Frau, die seit vier Jahren bei uns war, hatte er zwei Wochen nach seinem Amtsantritt zu seiner Stellvertreterin bestimmt, da sich keiner aus dem Kollegium dazu bereitfand. Sie hatte sich mit einem Hinweis auf ihr fehlendes Studium zwar auch geweigert, schließlich aber aus Hilflosigkeit nachgegeben und eine Position übernommen, die sie völlig überforderte. Sie hatte weder die logistischen Fähigkeiten für die Erstellung einer Stundentafel, geschweige denn der Vertretungspläne, noch besaß sie die Autorität, ein Kollegium von ausgebildeten, langjährigen und erfahrenen Lehrern zu leiten. Wenn das halbe Jahr des Direktorats von Dr. Frieder Cornelius ohne größere Katastrophen ablief, war dies lediglich dem Mitleid aller Kollegen zu danken, die der armen Simone, die jeden Tag mit hochrotem Kopf durch die Schule lief, behilflich waren, um größere Planungsfehler zu vermeiden.

Im September öffnete Pfarrer Sperber jeden Montag die Stadtkirche für den Jugendkreis seiner Gemeinde, der unter dem Titel »Gorbi et orbi« eine öffentliche Diskussionsrunde auch in unserem Städtchen veranstalten wollte. Bereits am dritten Montag war die Stadtkirche überfüllt, und die Jugendlichen, aber auch die älteren Einwohner benannten in aller Öffentlichkeit die kommunalen Probleme, aber auch all das, was ihnen an der Politik des Staates missfiel. Cornelius bestellte mich zu sich und verbot mir, nochmals zu diesem staatsfeindlichen Kirchenkreis zu gehen. Ich sagte ihm, es sei meine Pflicht als Pädagoge, da meine Schüler jeden Montag sich dort versammeln. Cornelius erteilte mir darauf ein Verbot als Weisung, und ich sagte ihm, ich könne dieser Weisung nicht folgen, meine Pflicht als Lehrer und Erzieher verlange, dass ich an der Seite meiner Schüler stehe. Am darauffolgenden Montagabend bemerkte ich Michael Winkler, Hermann Dümmel und zwei weitere Kollegen in der Kirche.

Vier meiner Schüler aus der Zwölften hatten einen Versuch gestartet, zu einer der Demonstrationen in Leipzig zu gelangen, waren aber von der Transportpolizei daran gehindert worden. Als Anfang November zu einer großen Kundgebung in Berlin aufgerufen wurde, an der meine halbe Klasse sich beteiligen wollte, entschied ich mich, mit ihnen zu fahren, um als begleitender Lehrer notfalls einzugreifen, falls sie wiederum an der Fahrt gehindert werden sollten. Auf dem Bahnhof trafen wir uns kurz nach sieben, dreißig Schüler unserer Schule und vier Lehrer. Die Zugreise verlief ohne jedes Problem und die Demonstration in Berlin blieb friedlich, die Leute auf der Straße und auf dem Alexanderplatz waren heiter und freundlich, die mitgeführten Spruchbänder waren von frechem Witz, meine Schüler und ich erlebten einen beglückenden Sommertag im grauen November.

Am Abend erhielt ich mehrere Anrufe, die Demonstration war im Fernsehen übertragen worden und wir alle, die kleine Delegation aus unserem Städtchen, seien mehrmals von der Kamera erfasst worden und deutlich erkennbar gewesen.

Am nächsten Morgen erwartete ich eine Bemerkung oder einen Rüffel von Cornelius, er ging jedoch mit keinem Wort auf unsere Reise nach Berlin ein, auch nicht, als andere Kollegen, die die Kundgebung im Fernsehen verfolgt hatten, mich im Lehrerzimmer und vor ihm darauf ansprachen. Drei Stunden später, um halb zehn, hängten die Schüler der beiden Zwölften handgeschriebene Zettel in allen Fluren aus und luden die gesamte Schule, alle Schüler und alle Lehrer, für vierzehn Uhr zu einer Versammlung in die Aula. Als Cornelius für fünf Minuten das Lehrerzimmer betrat, bat er zwei Kollegen um Leistungszertifikate, die Aushänge im Flur und die Einladung zu einer Vollversammlung am Nachmittag erwähnte er nicht.

Um fünf nach zwei gab es in der Aula keinen freien Platz, die Schüler saßen auf den Fensterbrettern und auch rund um das Podest mit dem Rednertisch. Vermutlich waren tatsächlich alle Schüler in der Aula versammelt und auch alle Lehrer, beim Überblicken der Menge vermisste ich jedenfalls keinen, selbst die kleine Pionierleiterin Simone, unsere Stellvertretende Direktorin, war erschienen. Es fehlte nur einer, Dr. Frieder Cornelius, der Schulleiter. Sechs Schüler aus den beiden Zwölften waren die Versammlungsleiter, sie verlasen politische Erklärungen, die sorgsam abgefasst und keck waren, aber nicht das Maß der Erklärungen vom Vortag überstiegen. Dann wurden die Anwesenden zu einer Abstimmung über einen Antrag der beiden Abiturklassen aufgerufen, in der über die sofortige Absetzung des Direktors entschieden werden sollte. In einem zweiten Antragsentwurf wurde vorgeschlagen, ich solle mit sofortiger Wirkung wieder als Direktor der Pestalozzi eingesetzt werden. Es gab lärmende Zustimmung zu beiden Anträgen, eine sofortige Abstimmung wurde verlangt, einer der sechs auf dem Podium bat mehrfach um Ruhe und ließ dann über beide Anträge nacheinander abstimmen. Die sechs Schüler hinter dem Rednertisch hatten sich erhoben, um die Stimmabgabe per Hand zu überprüfen und zu registrieren. Bei der Abstimmung über Cornelius' Absetzung gab es zehn Stimmenthaltungen, die sämtlich von Lehrern stammten, und eine Gegenstimme, zu der sich die kleine tapfere Simone als Stellvertretende Direktorin überwunden hatte. Der überwältigende Rest verlangte die sofortige Absetzung des vor einem halben Jahr ernannten Direktors. Bei der Abstimmung über mein erneutes Direktorat wurden zwei Stimmenthaltungen registriert, eine kam von Simone, die andere von mir, ansonsten wurde ich ohne jede Gegenstimme wieder für das Amt nominiert. Die Schüler fragten mich, ob ich die Wahl annehme. Ich ging zum Tisch, stieg aufs Podest, dankte für den Vertrauensbeweis und sagte, dass ich vorbehaltlich der Zustimmung des zuständigen Schulrates die Wahl annehmen würde.

Noch im Lehrerzimmer rief ich Rudolf Schröder an. Er war nicht in seinem Büro, und ich erklärte der Sekretärin, es sei unaufschiebbar, dass ich den Schulrat unverzüglich spreche, es gehe um möglicherweise gravierende Veränderungen an der Pestalozzi-Schule. Sie meinte, damit könne ich sie überhaupt nicht schrecken, momentan fänden überall gravierende Veränderungen statt, sie werde aber Schröder informieren, sobald er zurück sei, und mich umgehend anrufen. Ich gab ihr die Telefonnummer von daheim, verabschiedete mich von den Kollegen, die mir auf die Schulter klopften, und fuhr heim.

Marianne war noch in der Klinik, sie würde erst nach sechs Uhr zu Hause sein. Ich setzte mich in mein Arbeitszimmer, um die Situation zu bedenken und mich auf das Gespräch mit Rudolf Schröder einzustimmen.

Kurz vor fünf rief seine Sekretärin bei mir an und verband mich mit dem Schulrat. Ich erzählte ihm von der Vollversammlung und der das gesamte Kollegium überraschenden Wahl und Abwahl, er war bereits darüber unterrichtet und fragte, wie weit ich hinter diesem ungewöhnlichen Nachmittag stecke. Ich sagte, ich sei wie alle anderen Lehrer überrumpelt worden, er könne die Lehrer und Schüler befragen, ich hätte, bevor der Antrag verlesen worden war, nicht die geringste Ahnung von den Absprachen und Plänen der Schüler gehabt.

Er fragte nach der Wahlbeteiligung und dem Abstimmungsergebnis, ich teilte ihm mit, außer Cornelius seien alle Lehrer und Schüler in der Aula gewesen, für Cornelius habe es nur eine Stimme gegeben bei zehn Enthaltungen, einer, der sich der Stimmabgabe enthalten habe, sei ich gewesen, der Rest hätte seine Absetzung verlangt, bei der Forderung nach meinem erneuten Direktorat hätte es keine Gegenstimme gegeben und lediglich die kleine Pionierleiterin hätte sich der Stimme enthalten.

Also zwei Stimmenthaltungen, stellte er fest, denn

außer eurer Pionierleiterin hat ja auch Cornelius keine Stimme abgegeben.

Richtig, erwiderte ich, aber ganz genau waren es drei, denn auch ich habe nicht für mich gestimmt.

Er schwieg, ich wartete einen Moment und erkundigte mich dann, was er machen werde als verantwortlicher Schulrat.

Erkennst du die Wahl an?

Er räusperte sich mehrfach und erwiderte schließlich: Das ist direkte Demokratie, Konstantin. Auch wenn es nicht vorgesehen ist, dass Lehrer und Schüler sich ihren Direktor selber wählen, sondern darüber der Schulrat zu entscheiden hat, werde ich mich einem so überzeugenden Votum nicht entgegenstellen. Ich werde es Berlin mitteilen und ihnen sagen, dass ich deine Ernennung akzeptiert habe. Schau'n wir mal, wie's weitergeht.

Das heißt, ich marschiere morgen früh ins Direktorat und bin mit deinem Segen wieder Schulleiter?

Nicht mit meinem Segen. Gesegnet haben dich deine Schüler. Ich akzeptiere es lediglich.

Ich danke dir. Und Cornelius? Gibst du ihm deine Entscheidung heute noch bekannt? Sonst stehen morgen früh zwei Schulleiter im Direktorat.

Er kennt sie bereits. Er war vor einer Stunde bei mir und gab mir seine Darstellung des Vorfalls. Er sagte, du hättest diese Versammlung in der Aula angeregt und wärest der spiritus rector des Ganzen.

Nichts wusste ich davon. Wir glaubten, sie wollten irgendwelche Forderungen aufstellen, über eine Resolution für mehr Demokratie abstimmen und ein paar Sätze wie in Leipzig und Berlin äußern.

Ich habe ihm bereits gesagt, dass ich nicht vorhabe, mich gegen diese Wahl zu stellen. Vermutlich ist dieser

Herr Doktor Cornelius auf dem Weg zur Bezirksleitung, oder er ist gleich nach Berlin gefahren, um dort sein Fell zu retten.

Du beeindruckst mich, Rudolf. So viel Courage hätte ich dir nicht zugetraut. Denn ich fürchte, jetzt geht es um deinen Kopf.

Vermutlich. Vermutlich werden in den nächsten Tagen ein paar Köpfe rollen, und vermutlich auch meiner. Wir werden sehen, Konstantin. Ich wünsche dir Glück. Und dass es ein längeres Direktorat wird als beim letzten Mal.

Eine Stunde später erschien Marianne zu Hause, ich erzählte ihr von den Vorgängen an der Schule, sie hatte in der Klinik bereits einiges darüber gehört. Am Abend klingelte fortwährend das Telefon, die Aktion der Schüler war Stadtgespräch, die Eltern und Verwandten der Kinder waren alle informiert und einige von ihnen riefen bei mir an, um mir zu gratulieren. Kurz vor acht tauchte Otto auf, der Bürgermeister, er brachte mir einen Blumenstrauß und betonte, die Blumen werden aus der Stadtkasse bezahlt, das Geld werde er sich in der nächsten Sitzung erstatten lassen. Er gestand mir, dass er vor drei Tagen aus der Partei ausgetreten sei, er habe in einem Schreiben an die Bezirksleitung, in dem er mit drei Worten seinen Austritt bekanntgegeben habe, den Parteiausweis in einem Umschlag einfach zurückgeschickt.

Wollen wir sehen, was sie machen, meinte er, in diesen Verein bin ich nur eingetreten, um hier Bürgermeister zu werden. Und um es zu bleiben, trete ich nun aus. Jetzt habt ihr einen parteilosen Bürgermeister, und zur nächsten Wahl stelle ich mich ohne irgendein Parteibuch selbst auf. Wir werden sehen, ob die Bürger auch so viel Zivilcourage aufbringen wie deine Schüler. Die nächsten Wochen werden jedenfalls für mich bunt werden.

Bunt wurden die nächsten Wochen auch für mich, denn in Berlin fiel die Mauer, die Erregung der Schüler und Lehrer wuchs geradezu stündlich, und ich war jeden Tag drei Stunden länger in der Schule als in den Monaten zuvor. Die Schüler verlangten, dass sie in einigen Fächern, in Staatsbürgerkunde und Geschichte, nicht weiter nach dem vorgesehenen Lehrstoff unterrichtet werden, sondern wollten mit den Lehrern stattdessen die tatsächliche Entwicklung der Gesellschaft diskutieren. Es gab den Antrag, den Russisch-Unterricht abzuschaffen, um Sprachen zu lernen, die hilfreicher und nützlicher wären. Den Lehrern in den politischen Fächern riet ich, den Forderungen der Schüler nachzukommen, empfahl ihnen, in den nächsten Schulstunden aktuell zu reagieren und auch über die Demonstrationen zu sprechen und über die beiden deutschen Gesellschaftssysteme, ihre Vor- und Nachteile. Ich sagte ihnen, unsere Schule, unser Schulsystem und auch wir selbst hätten viel versäumt, was nachzuholen sei, weshalb es keinerlei Vorgaben gebe, sie müssten selber entscheiden oder gemeinsam mit den Schülern.

Zum Russisch-Unterricht gab ich während des Schulappells, den ich in diesen unruhigen Tagen wieder eingeführt hatte, eine Erklärung ab. Ich sagte den Schülern, sie sollen das Pfund, das sie zur Hälfte erworben hätten, nicht wegwerfen, sondern vervollständigen, um einmal damit zu wuchern. Sprachen seien ein sicheres Fundament, auf denen man einen beruflichen Lebensweg, eine Karriere, aufbauen könne. Sprachen seien unabhängig von Ideologien und Staatsgebilden, und ohne die großen Sprachen, und dazu gehörten einige europäische, aber auch Chinesisch, Russisch, Japanisch, könne man sich in einer Welt, in der man nicht mehr mit der Postkutsche reise, nicht zurechtfinden. Und reisen, fügte ich hinzu, reisen wollt ihr doch alle, oder?

Indien ist ein Subkontinent, sagte ich ihnen, wenn einer von euch Hindi beherrschen würde, müsste ich mir um ihn keine Sorgen machen, er hat ausgesorgt. Und Russisch ist eine Weltsprache. Wollt ihr das, was ihr seit Jahren lernt, einfach wegwerfen, um dann später in eurem Beruf für teueres Geld einen Russischdolmetscher einzukaufen?

Der Russisch-Unterricht konnte mit kleinen Einschränkungen weitergeführt werden, ich bot den Schülern meine Sprachen an, erhöhte die Wochenstunden für Englisch, sorgte für einen Spanischlehrer, und ich suchte im gesamten Bezirk vergeblich nach Lehrern für Chinesisch und Japanisch. An die große Tafel vor dem Lehrerzimmer hatte ich ein plakatgroßes Schreiben geheftet mit den Worten: Keine Gewalt. Keine Gewalt in der Schule und keine Gewalt außerhalb der Schule. Und keine Provokationen, die Gewalt erzeugen. Unterschrieben hatte ich den Text mit: Euer Direx.

Das erste halbe Jahr nach der politischen Wende überstanden wir gut. Zwei Lehrern legte ich eine Kündigung nahe, da ich sie mit ihren Haupt- und Nebenfächern künftig nicht mehr einsetzen könne, vier andere Lehrer kündigten von sich aus, um sich in einem westlichen Bundesland zu bewerben. Die Ausfälle konnte ich komplikationslos und zügig kompensieren, zwei vor einigen Jahren aus politischen Gründen suspendierte Kollegen hatten sich bei mir gemeldet und ich stellte beide nach einem längeren Gespräch ein. Das gesamte Kollegium befand sich in einer Aufbruchstimmung und war bereit, die Veränderungen mitzutragen, der sich ankündigende sichere Arbeitsplatz im öffentlichen Dienst und die damit verbundene soziale Sicherung erfüllte alle mit Zuversicht.

Im März rief mich Rudolf an, er teilte mir mit, er scheide als Bezirksschulrat aus, er habe gekündigt, um einer Entlassung zuvorzukommen. In den nächsten Tagen würde mich ein dicker Umschlag erreichen, ein Brief ohne Absender, es sei meine Akte, die er vor seinem Ausscheiden an sich genommen habe und mir nun als einen letzten Freundschaftsdienst und etwas außerhalb der gesetzlichen Bestimmungen zuschicke.

Ich dankte ihm und erkundigte mich nach seinen weiteren Plänen. Er schwieg lange, dann sagte er, er wisse es nicht.

Ich habe prächtige Qualifikationen und Beurteilungen, sagte er, aber die taugen nur alle etwas in einem Staat, der sich gerade auflöst. Ich werde wohl bei null anfangen müssen. Allerdings bin ich nicht mehr achtzehn, in meinem Alter bekommt man auf der Position null eine sehr schlechte Startnummer.

Ich dankte ihm nochmals für seine Hilfe, für sein Rückgrat im letzten Jahr und auch für die Zusendung der Akte.

Vielleicht hilft's, sagte er, aber vergiss nicht, irgendwo liegen da noch Kopien und Abschriften. Dies Zeug verschwindet nie spurlos von der Erde. Was uns alle überlebt, das ist die Akte.

Einen Monat später wurde ein neuer Schulrat für den Bezirk ernannt, der nach der bevorstehenden Verabschiedung des Gesetzes zur Wiedereinführung der Länder durch die Volkskammer Schulrat für das ganze Bundesland werden sollte. Der Neue, ein Herr Heiner Brunkenhorst, war ein Lehrer aus Halle, er hatte dort Staatsbürgerkunde unterrichtet, war aber im Herbst des vergangenen Jahres auf die andere Seite gewechselt und galt seit dieser Zeit als einer der führenden und aktivsten Bürgerrechtler seiner Stadt.

Im Juli erhielt ich einen Brief aus G., der mir über das Schulamt nachgesandt worden war. Cornelia Bertuch, meine vorgebliche Cousine, schrieb mir, sie bedauere, dass wir uns ganz aus den Augen verloren hätten, und riet mir, doch so bald wie möglich in meiner alten Heimat vorbeizuschauen. Mein Bruder Gunthard und seine Frau Rita hätten acht Monate nach der Wende aus ihrer Jugendstil-Villa ausziehen müssen, da der Alteigentümer, der frühere Veterinär der Stadt, seinen Anspruch gerichtlich durchsetzen konnte. Der Verlust des Hauses hätte die beiden offenbar heftig getroffen, so heftig, dass sie sich getrennt hätten, Rita sei mit den Kindern, einem Jungen und einem Mädchen, zurück nach Berlin gezogen, und Gunthard habe eine Wohnung in einem der prächtigen Bürgerhäuser am Markt gemietet. Er sei unentwegt mit Anwälten und Notaren in der Stadt unterwegs, um das Eigentum seines Vaters einzuklagen, das Werk BUNA 3, die Mietshäuser und die Ländereien. In der Stadt gebe es deshalb Unruhe, man befürchte Kündigungen in den Mietshäusern, die einmal seinem Vater gehört hatten, und Entlassungen bei BUNA 3, die in dem Werk, wenn es Gunthard gehöre, drastisch ausfallen würden, während für die jetzige Werksführung, die seit der Wende aus früheren Angestellten von BUNA 3 bestehe und mit der Hilfe von westdeutschen Gewerkschaftlern der Treuhand eine Eigenverwaltung abgenötigt hätten, der Erhalt der Arbeitsplätze oberste Priorität besäße. Cornelia Bertuch schrieb mir, ich solle in die Stadt kommen, ich hätte dieselben Rechte wie mein Bruder auf den alten Besitz und könne ihn vielleicht bewegen, weniger rabiat vorzugehen und nicht wie sein Vater die gesamte Bürgerschaft zu entmündigen und die Stadt unter Kuratel zu stellen, was er offensichtlich mit Hilfe seiner Anwälte betreibe.

Ich antwortete ihr sofort und schrieb, ich könne nicht kommen und wolle auch nicht kommen. Auf das Erbe jenes Mannes, der mein Vater ist, hätten sowohl meine Mutter als auch mein Bruder und ich vor Jahrzehnten verzichtet, und es bestünde kein Anlass, diese Entscheidung zu revidieren. Damals sei ich zwar ein Kind gewesen, also unmündig, aber dieser auf Anraten von Mutter amtlich erklärte Verzicht sei für mich weiterhin bindend. Überdies habe ich als Direktor eines Gymnasiums für einen solchen Ausflug keine Zeit, da ich, ähnlich den Arbeitern von BUNA 3 in meinem Städtchen zu retten versuche, was noch zu retten sei.

Zeitgleich mit der Landtagswahl wurde der Bürgermeister unseres Städtchens gewählt, sieben Parteien hatten Kandidaten benannt, dazu kam als achter Kandidat Otto, dem als parteilosem Bewerber trotzdem gute Chancen eingeräumt wurden. Allgemein rechnete man mit einer Stichwahl, doch Otto kam bereits im ersten Wahlgang auf zweiundsiebzig Prozent der Stimmen und war weiterhin Oberhaupt der Stadt. Als ich ihm gratulierte, riet er mir, mich an der Schule erneut als Schuldirektor zur Wahl zu stellen, da meine überraschende Ernennung im Herbst 1989 in der hektischen Zeit der Wende erfolgt sei, also noch zur Zeit des alten Regimes. Er meinte, es könne ansonsten ein Oberschlauberger daherkommen und die Rechtmäßigkeit anzweifeln. Ich erwiderte, wir hätten einen neuen Schulrat, der für Berufungen zuständig sei, wenn dieser die Wahl nicht anerkenne, würde auch eine Neuwahl daran nichts ändern, Schulleiter werden ernannt und nicht gewählt.

Otto grinste und erwiderte: Jajaja, aber man muss Fakten schaffen, die sind dann nicht mehr aus dem Weg zu räumen. Schulrat hin oder her, ernannt oder gewählt, wenn du das Vertrauen der Lehrer und Schüler hast, muss er darauf Rücksicht nehmen.

Ich sprach im Kollegium darüber, die Mehrheit fand Ottos Rat vernünftig, und Anfang Dezember gab es eine erneute Wahl in der Aula, bei der ich mit gerade einer Handvoll Gegenstimmen in meinem Amt bestätigt wurde.

Im April endete abrupt mein Direktorat. War ich bei meiner ersten Ernennung für neunzehn Monate im Amt, waren es diesmal nur siebzehn.

Brunkenhorst, der neue Schulrat, rief mich an und informierte mich, dass er für unsere Pestalozzi-Schule endlich eine alle Seiten zufriedenstellende Lösung unseres Leitungsproblems gefunden habe, einen promovierten Pädagogen aus Baden-Württemberg, der in mehrfacher Hinsicht als Schulleiter der Pestalozzi geeignet sei, da er ursprünglich aus dieser Gegend stamme, mit dem ostdeutschen Schulsystem vertraut sei, über das er auch promoviert habe, und andererseits mit dem neu zu übernehmenden Schulrecht, den Grundsätzen des öffentlichen Dienstes und Berufsbeamtentums bestens vertraut sei und daher für das Kollegium eine auch rechtlich wirksame Hilfe sein werde.

Das heißt, mein Direktorat ist wieder einmal beendet?, erkundigte ich mich überrascht.

Beendet? Nun ja, Sie waren doch meines Wissens gar nicht berufen worden, nicht von meinem Vorgänger, diesem Herrn Schröder, einem Mann des alten Systems, und auch nicht von mir.

Ich wurde gewählt, erwiderte ich, ich wurde nahezu

einstimmig vom Kollegium der Schule und allen Schülern gewählt.

Ja, so hörte ich es auch. Das war eine grandiose Leistung, Herr Boggosch, wozu ich Ihnen auch nachträglich nur gratulieren kann, ein revolutionärer Akt in den Wendewirren, aber Schulleiter werden nach unserem deutschen Schulrecht nicht gewählt, sondern berufen, und dafür ist allein das Kultusministerium zuständig. Nein, Herr Boggosch, so respektabel Ihre Wahl auch ist, wir müssen uns nach dem Beamtenrecht richten. Die Wahl eines Schulleiters ist auf das Genaueste im Bundesbeamtengesetz geregelt. Recht muss Recht bleiben, Herr Boggosch. Morgen werde ich Sie persönlich Herrn Doktor Rutzfeld vorstellen und ihn als neuen Direktor in sein Amt einführen. Und seien Sie versichert, ich werde Ihre Leistungen ausreichend und für Sie zufriedenstellend würdigen. Ich darf Ihnen schon jetzt mitteilen, wo immer Sie weiterhin als Pädagoge arbeiten werden, Sie behalten die Bezüge eines Schulleiters, das habe ich durchgesetzt.

Rutzfeld?, fragte ich entgeistert, ist dieser Doktor Rutzfeld der ehemalige Direktor meiner Schule, ein gewisser Steffen Rutzfeld?

Ja, Sie kennen sich, ich weiß. Das wird vieles erleichtern. Darf ich Sie bitten, für morgen Nachmittag fünfzehn Uhr das Kollegium zusammenzurufen. Wir werden pünktlich eintreffen, das ist bereits geregelt.

Beim Mittagessen erzählte ich Michael Winkler und Hermann Dümmel, unser geliebter Rutzfeld würde in unser Städtchen zurückkommen. Sie waren überrascht und Michael meinte, es würde immerhin Mut und Zivilcourage beweisen, wenn dieses Arschloch sich traue, hier nochmals zu erscheinen.

Achte auf deine Worte, wies ich ihn zurecht, so solltest

du nicht über deinen Chef sprechen. Das könnte disziplinarische Folgen haben, bei denen dir dann kein Arbeitsrechtler mehr helfen kann.

Beide brauchten Sekunden, ehe sie begriffen, was ich gesagt hatte und was auf sie zukam.

Brunkenhorst und Rutzfeld trafen auf die Minute pünktlich in einem Dienstwagen vor der Schule ein. Ich trat vor die Tür, um sie zu begrüßen und dem Anlass gemäß in unsere Aula zu führen. Brunkenhorst bat mich, ich möge mich zu ihnen an den Präsidiumstisch setzen, ich lehnte ab und verwies darauf, ich sei nicht mehr im Amt und ich sähe keinen Anlass, einen Vorsitz in der Versammlung einzunehmen. In der zweiten Reihe saß Michael, ich setzte mich zu ihm.

Brunkenhorst dankte allen Lehrern und mehrmals mir, er lobte mich unentwegt für meinen Mut, meinen Einsatz für die Schule und hob besonders das gute Verhältnis zwischen Schulleitung, Kollegium und Schülern in der schwierigen Phase der Umbruchszeit hervor, in den Monaten des Übergangs vom System zu demokratischen Strukturen, wie er sagte. Er erklärte, dass er als Schulrat gemäß den Festlegungen des Kultusministeriums auch für die Pestalozzi einen neuen Direktor zu ernennen habe, der den getroffenen und verbindlichen Vereinbarungen entspreche. Bei all meinen Verdiensten sei ich jedoch als Direktor nicht tragbar, da nach stillschweigendem Übereinkommen der Kultusminister kein Pädagoge als Schulleiter geeignet sei, der in der Systemzeit Direktor war. Dann strich er die Qualifikationen von Rutzfeld heraus und sagte, dessen Kenntnisse des nun erreichten Rechtssystems und des neuen Schulrechts wären sowohl der Schule wie auch jedem Lehrer persönlich von Nutzen.

Rutzfeld war hier auch Direktor, rief Hermann Dümmel in den Saal.

Brunkenhorst warf nach diesem Zwischenruf einen missbilligenden Blick in den Saal und suchte nach dem Kollegen, der ihn unterbrochen hatte.

Ja, sagte er schließlich, das ist korrekt. Doktor Rutzfeld war einst in das System eingebunden, aber er hat sich beizeiten davon lösen können, und mehr noch, er hat in einer fulminanten und mit einer cum laude ausgezeichneten Promotionsarbeit zur Schule in der Systemzeit deren Strukturen enthüllt. Diese Arbeit wurde allen Kultusministerien zur Verfügung gestellt und hat einen wesentlichen Anteil bei der Regelung der Hinterlassenschaften des Systems. Doktor Rutzfeld war, wie ich selbst, das will ich freimütig gestehen, einst gefangen in dem System. Er hat sich, wie ich selbst, aus eigener Kraft und nicht erst nach dem Zusammenbruch des Systems davon befreien können, daher gab es im Ministerium keinerlei Einwände gegen sein Direktorat. Auch unser Minister hält Doktor Rutzfeld für einen Glücksfall, einen Gewinn für das Bildungswesen unseres Landes wie des Pestalozzi-Gymnasiums.

Er hielt inne und wartete auf eine Reaktion, aber keiner von uns meldete sich zu Wort, und Brunkenhorst gab Rutzfeld das Wort. Rutzfeld sprach über soziale Netzwerke, die in einem modernen Schulsystem zu konzeptualisieren seien, Wissenstransfer und Wissensaustausch stünden in komplexen Beziehungen zu Dichte, Reichweite und Beziehungsstärke des Netzwerkes. Er dozierte, zu starke Beziehungen behindern Kommunikationswege, für die Diffusion von neuen Wissensinhalten seien schwache Beziehungen besser geeignet, da hier eine größere Anzahl von Akteuren erreicht würde.

Die schwachen Bindungen, führte er mit großen Gesten aus, sind der Grundstein für Kreativität und innovative Entwicklungen. Mediation, Moderation und Coaching, das sind in der Schule von morgen unsere Netzwerkpartner. Das neue Wissen muss nicht allein von außen eingebracht werden, sondern wir nutzen das bereits latent vorhandene.

Ihr Wissen, Ihr Vermögen und Ihre Bildung, erklärte er uns, sind die Grundsteine bei allen unumgänglichen und zukunftsweisenden Veränderungen. Wir werden keinen zurücklassen, sondern auf Ihre Kreativität setzen, liebe Kollegen.

Brunkenhorst folgte mit Bewunderung den Ausführungen seines neu ernannten Schulleiters und klatschte nach dessen Ansprache lebhaft Beifall, den er jedoch bald abbrach, da keiner der Lehrer sich rührte. Die feindselige Stimmung im Saal überspielten beide am Präsidiumstisch, sie erhoben sich, schüttelten sich die Hand und verließen gemeinsam die Aula. Wir blieben schweigend sitzen, und wortlos standen wir nach einigen Sekunden auf und folgten ihnen. Die Kollegen, die an mir vorbeigingen, legten mir kurz eine Hand auf die Schulter, eine geschlagene Mannschaft folgte den zwei Siegern der Geschichte.

Gisela, die Lehrerin für Biologie und Mathe, blieb einen Moment bei mir stehen und sagte, sie würde die beiden kennen, den Brunkenhorst und Rutzfeld, sie hätte mit ihnen in Rostock studiert, die beiden waren vier Semester weiter und schon damals ein Herz und eine Seele gewesen.

Und schon damals im Widerstand?, erkundigte ich mich.

Natürlich, sagte sie, alle beide. Und gut verborgen hinter einem Parteiabzeichen.

Laut lachend folgten wir den Kollegen.

Eine Woche später lud mich Rutzfeld in sein Büro und erkundigte sich nach meinen Plänen. Er sagte, er würde mir alle Unterstützung zukommen lassen, wenn ich an einer anderen Schule unterrichten wolle. Auch der Schulrat habe auf seine Bitte hin versprochen zu helfen, jede Schule innerhalb des Bundeslandes stehe mir offen, und wenn ich künftig in der Landeshauptstadt leben wolle, so reiche ein Wort von mir.

Ich sagte, ich würde in meinen restlichen Berufsjahren das Städtchen nicht verlassen, ich wolle an der Pestalozzi weiterhin unterrichten. Meine Entscheidung verärgerte ihn offensichtlich, er hatte gehofft, mich loszuwerden, und sagte, er habe dann Schwierigkeiten mit meinen Fächern. Deutsch und Fremdsprachen seien bei uns bestens aufgestellt, er könne mich an der Pestalozzi künftig nur für den Kunstunterricht einteilen, was bedeuten würde, dass ich, um auf meine Stundenzahl zu kommen, den gesamten Kunstunterricht in allen Klassen zu übernehmen hätte. Es war Unsinn, was er behauptete, in Französisch gab es nur eine einzige Lehrkraft, die unerfahren und überfordert war, und für Italienisch gab es nur mich, aber dieses Fach sollte nicht weiter angeboten werden, dies war eine seiner ersten Entscheidungen, es war Unsinn und Unfug, aber ich nickte und war seitdem nur noch Kunstlehrer, allerdings zu dem tatsächlich weitergezahlten Gehalt eines Schulleiters der Besoldungsgruppe meines Gymnasiums.

Krummrei, der frühere Direktor der Pestalozzi-Schule, war vor ein paar Jahren gestorben, aber der andere Schulleiter, Frieder Cornelius, lebte noch immer im Städtchen. Er war nach seiner überraschenden Ablösung ein paar Wochen in Berlin geblieben und wurde dann Lehrer an unserer Grundschule, doch nach der Vereinigung der beiden deutschen Staaten wurde er entlassen, da die Akten ihn als einen der aktivsten Spitzel im Bildungswesen auswiesen. Ein Jahr lang leitete er eine jener Annoncenzeitungen, mit denen neuerdings jeder Briefkasten vollgestopft war, später eröffnete er in Räumlichkeiten von Schloss Wasserburg, einem Bau aus dem 19. Jahrhundert, zwanzig Kilometer vom Städtchen entfernt, eine Akademie für Führungskräfte der Wirtschaft, die außerordentlich prosperierte. Er beriet nun Firmengründer aus den westlichen Bundesländern, dem Vernehmen nach soll er ihnen bei Ankäufen als Strohmann zu Diensten gewesen sein. Er ist reich geworden, was er auch gern ausstellt, und ist im Städtchen ebenso angesehen wie verachtet.

Im Juni bekam ich einen eingeschriebenen Brief einer Leipziger Notarkanzlei. Marianne hatte den Brief entgegengenommen und ihn mir verwundert übergeben. Als sie von ihrem Treffen mit ihrer Freundin Anna und der kleinen Esther zurückkam, fragte sie mich, was ein Notar mir denn Gewichtiges mitzuteilen hätte. Ich war auf ihre Frage vorbereitet und hatte mir eine Lüge zurechtgelegt. Ich sagte, meine Mutter hätte in G. ein Stück Ackerland besessen, einen Hektar, auf dem wir damals Kartoffeln anbauten. Dieses Stück Land wolle nun eine frühere Genossenschaft, die sich neu gründe, käuflich erwerben oder pachten und habe den entsprechenden Antrag gestellt.

Und was wollen sie dir dafür bezahlen?, fragte sie belustigt.

In dem Schreiben steht keine Geldsumme, aber ich werde es wohl verkaufen. Was soll ich mit einem Acker in einer Stadt, die ich nie aufsuche.

Aber ein so dicker Brief?, fragte sie verwundert, muss

man denn für einen Hektar Kartoffelacker solche dicken Briefe schreiben?

Anwälte, sagte ich nur zur Erklärung, die leben davon. Je mehr Papier, desto höher ihre Honorare.

Sie gab sich mit der Auskunft zufrieden. Ein paar Wochen später fragte sie, wie ich mich entschieden habe, und ich sagte, ich hätte dem Verkauf zugestimmt, da die jährliche Pacht lächerlich sei und wir mit dem Verkaufserlös einen Urlaub bestreiten könnten.

In dem Notariatsbrief wurde mir mitgeteilt, das Leipziger Amtsgericht habe entschieden, die Erbschaft von Gerhard Müller und seiner Frau Erika Boggosch, geborene Boggosch, verheiratete Müller, stehe den natürlichen Erben zu, da die sowjetische Besatzungsmacht zwar sämtliche Maschinen der Vulcano-Werke nach dem Kriegsende beschlagnahmt und abtransportiert hätte, das Werk von Gerhard Müller sowie seine Grundstücke, Immobilien und Ländereien damals unangetastet ließen, diese seien erst von der ostdeutschen Regierung enteignet worden. Ein Anspruch auf die von der sowjetischen Militärverwaltung beschlagnahmten Maschinen der Gummi- und Reifenfabrik bestehe nicht, dies schließe der Einigungsvertrag in Rücksicht auf sowjetische Interessen aus, doch das gesamte von der ostdeutschen Verwaltung konfiszierte Eigentum gehöre nach Recht und Gesetz den Kindern von Gerhard Müller und seiner Frau Erika, was durch einen Göttinger Gerichtsentscheid bereits im Jahre 1951 nach einem von Richard Müller angestrengten Prozess unzweideutig geregelt worden war. Der Maschinenpark von BUNA 3 gehöre nicht dazu, da diese Maschinen nicht im Austausch und als Ersatz verschlissener Maschinen angeschafft worden waren, sondern nach der Beschlagnahme durch die sowjetische Besatzungsmacht vollständig neu aufgebaut werden musste. Ein Anspruch auf diesen Maschinenpark wäre nur durch einen weiteren Prozess durchzusetzen.

Gunthard und Konstantin Boggosch seien als einzige Kinder des Erblassers daher die rechtmäßigen und amtlich bestätigten Erben. Es liege allerdings eine Erbverzichtserklärung vom Mai 1951 vor, in der Erika Boggosch, verheiratete Müller, sowie ihre Söhne Gunthard und Konstantin schriftlich beurkunden, dieses Erbe nicht antreten zu wollen. Die Verzichtserklärung von Erika Boggosch, geborene Boggosch, verheiratete Müller, sei für die Verstorbene bindend, die Erklärungen der beiden Söhne wären es jedoch nicht, da diese zum Zeitpunkt der Beurkundung minderjährig waren. Gunthard Boggosch sei bereits von seiner Verzichtserklärung zurückgetreten und habe seinen berechtigten und gerichtlich bestätigten Anspruch erklärt. Er, Konstantin Boggosch, müsse sich gleichfalls neu erklären, also notariell seinen Verzicht oder seinen Anspruch amtlich und bindend vermelden. In einem beigelegten Stapel von Kopien wurde der Besitz aufgelistet, er bestand aus den früheren Vulcano-Werken, dem heutigen BUNA 3, aus zwölf Häusern in G., den vier Stadtvillen am Markt und acht weiteren Mehrfamilienhäusern, vier unbebauten Grundstücken in G. sowie vierundzwanzig Hektar Ackerland und dreiundvierzig Hektar Wald.

Ich erzählte Marianne nichts von dem Inhalt des Briefes, wie ich ihr nichts von meinem Vater erzählt hatte. Ich erzählte es niemandem. Immer wieder, Tag und Nacht, beschäftigte mich diese Anfrage der Notarkanzlei. Es ging um einen großen, um einen riesigen Besitz. Jedes der Häuser am Markt war gewiss eine halbe Million wert, und BUNA 3 besaß vermutlich einen sehr viel höheren

Wert als alle Häuser von Gerhard Müller in G. zusammen. Konstantin Boggosch, der zweifache Schuldirektor, der zweifach geschasste Schuldirektor und jetzige kleine Kunstlehrer der Pestalozzi-Schule wäre, wenn er die Verzichtserklärung widerruft, plötzlich der reichste Mann des Städtchens.

Mein Leben lang habe ich mich bemüht, dem verhassten Schatten meines Vaters zu entgehen, ich war aus G. geflohen, hatte in Marseille Unterschlupf gesucht, ich hatte mich sogar um Aufnahme bei der Fremdenlegion bemüht, nur um diesem gefürchteten und verhassten Gerhard Müller zu entkommen. Sollte ich mich durch Geld verführen lassen, nun doch zum Sohn meines Vaters zu werden? Mit meinem Direktorengehalt gehörte ich zu einer gut versorgten Besoldungsgruppe, ich würde eine mehr als ausreichende Pension beziehen, ich brauchte das Geld nicht, nicht wirklich. Ich fragte mich auch, wie ich mich entscheiden würde, wenn meine finanzielle Lage weniger rosig wäre, wenn ich wie Rudolf Schröder vor dem Nichts stünde. Wenn ich die Verzichtserklärung erneuerte, wäre Gunthard der Begünstigte und Alleinerbe, und ich wusste, er würde mich nicht mit Dankbarkeit überschütten. Er würde über mich lachen, seine Verachtung für mich sich ins Grenzenlose steigern.

Ich entschied mich gegen meinen Vater und folgte meiner Mutter. Drei Wochen später teilte ich der Kanzlei in Leipzig mit, ich würde bei meiner damaligen Entscheidung bleiben und die Verzichtserklärung von 1951 vor dem hiesigen Notar bestätigen oder wiederholen und ihnen zusenden. Marianne erzählte ich nichts davon, ich hoffte, sie würde nie etwas davon hören, nichts von meinem Vater und seinen Untaten und nichts von dem Verzicht auf ein Millionenerbe, einem Verzicht, den ich vermutlich keinem anderen Menschen erklären kann. Ich war erleichtert, als ich den Brief eingesteckt hatte, und hatte nicht das Gefühl, mir sei etwas entgangen, vielmehr hatte ich mich ein Stück weiter aus dem Schatten des Vaters herausgearbeitet.

Bis zu meiner Pensionierung blieb ich an der Pestalozzi-Schule. Rutzfeld sorgte dafür, dass ich nichts anderes unterrichten konnte als das Kunstfach. Die Stimmung zwischen uns blieb feindselig, aber er stand auch mit fast allen anderen Kollegen auf keinem guten Fuß. Als er 2008 pensioniert wurde, war das Aufatmen des Kollegiums hörbar. Ihm folgte ein Dr. Meyer-Keller im Amt, ein vierzigjähriger Mann mit vier Kindern, der zuvor in zwei anderen Bundesländern tätig war. Bei seinem Amtsantritt hatte ich noch zwei Jahre vor mir, ich wich dem neuen Direktor nicht aus, aber ich legte auch keinen Wert auf eine nähere Bekanntschaft. Die Zuneigung meiner Schüler hatte ich mir erhalten, und es gelang mir, sie jedes Jahr und bei jedem neuen Jahrgang zu erobern, das war die Anerkennung, die für mich wichtig war.

Marianne musste sich immer wieder krankschreiben lassen. Ihre Wirbelsäule schmerzte, das ständige Stehen an den OP-Tischen hatte ihr zwei Bandscheiben-Vorfälle beschert und sie hatte darum gebeten, als Hygiene-Schwester arbeiten zu können. Ich bemühte mich, möglichst viel der Hausarbeit zu übernehmen, damit sie sich daheim erholen konnte. Sie bemühte sich, sich nichts von den Schmerzen anmerken zu lassen, aber wenn sie sich unbeobachtet fühlte, sah ich, wie mühsam sie sich bewegte.

Im Jahr 2010 wurde ich pensioniert, ich war fünfundsechzig, und ich ging gern. Ich war müde geworden und freute mich auf die freie Zeit und die Ruhe. Der Abschied an der Schule wurde zu einem großen Fest, zu dem auch

Alumni, frühere Schüler der Pestalozzi, kamen, um mir Dank zu sagen. Otto, der bereits zum vierten Mal wiedergewählt worden war und nun bereits mehr als zwanzig Jahre Bürgermeister unseres Städtchens war, hatte im Stadtrat versucht, mich zum Ehrenbürger zu machen, aber das ging einigen Mitbürgern, die mich durchaus schätzten, zu weit und sie sprachen so energisch dagegen, dass Ottos Vorschlag mit Stimmenmehrheit abgeschmettert wurde, was mir lieb war, denn einen Ehrenbürger hatten wir bereits in der Familie.

Ein Jahr nach meiner Pensionierung fuhr ich zum Grab meiner Mutter nach G., obgleich ich wusste, dass dort nichts mehr zu finden war. Marianne hielt sich Mitte September zu einer Kur im Harz auf, ich war für drei Wochen allein und fuhr in die kleine Stadt, weil ich nicht weiter vor den Erinnerungen fliehen wollte, die mich beunruhigten und mir den Schlaf raubten. Ich fuhr dorthin, um mich meinen Ängsten zu stellen. Jahrzehntelang war ich nicht mehr dort gewesen und hatte die Stadt längst vergessen, doch an dem Tag, an dem Marianne ins Reha-Zentrum abreiste, fand ich am späten Nachmittag in meinem Postkasten einen Brief aus G., ein Schreiben des Rats der Stadt. Ich verstand nicht, was man mir in dem Amtsschreiben mitteilen wollte, wieso ich einen Brief aus diesem G. bekam und was ich mit einer aufgegebenen Grabstelle zu tun hatte.

In der Nacht schreckte ich auf. Plötzlich wusste ich, es ging in dem Brief um das Grab meiner Mutter. In dem Schreiben teilte mir die Behörde mit, man habe im vergangenen Monat ihr Grab eingeebnet. Ich stand auf, ging an den Schreibtisch und nahm den Briefbogen in die Hand. Ihre Grabstelle hatte ich nur einmal gesehen, am Tag ihrer Beerdigung, es hatte sich später nicht mehr ergeben, oder vielmehr, ich hatte mich bemüht, G. zu entgehen. Ich legte mich wieder ins Bett, aber ich konnte nicht schlafen. Ich sah G. vor mir, das Haus meines Vaters, seine Häuser, die Vulcano-Werke, meine Mutter, meinen Bruder. Erinnerungen kamen und mischten sich mit meiner Angst, und sie ließen mich die ganze Woche nicht zur Ruhe kommen.

Aber die Erinnerungen überfielen mich ankündigungslos in der Nacht und selbst am Tage. Erinnerungen, Träume, Bilder, die mich zuvor nie heimgesucht oder beschäftigt hatten. Ich wusste, diese Fantasien waren die Folge von Dr. Smolkas Diagnose. Sie hatten eine Saite in mir erklingen lassen, die nicht zu meinem Leben gehörte, hatten unerwünscht einen Ton von Ende und Ewigkeit in meinen Alltag gebracht, womit ich mich nie zuvor befasst hatte. Ich hatte nie etwas damit zu tun, mein Leben hatte ich anders aufgebaut. In meinem Leben ging es nicht um die sogenannten letzten Fragen, um Jenseits und Schuld, um das Woher und Wohin des Menschen. Über das Schicksal hatte ich mir nie den Kopf zerbrochen oder mich mit dem vielberedeten Geheimnis der Schöpfung befasst. Gelegentlich fiel mir ein Büchlein zu diesem Thema in die Hände, ich las es amüsiert und gelangweilt. Wozu, dachte ich nur, wieso glaubt dieser Bursche mehr vom Leben zu verstehen, nur weil er ebenso geheimnisvolle wie nebulöse Sätze zu Papier bringt und als bedeutender Philosoph gilt. Alles, was er über den Tod sagt, ist pfäffisches Gewäsch, solange er nicht die Spur eines Beweises präsentieren kann. Diese Fantastereien sind für mich unwichtig, da sie einem die Lebenskraft und Freude rauben. Man muss nicht über das Leben nachdenken, sondern leben, mehr nicht. Ein solches Nachdenken bringt nichts, es kann zu keinem stabilen, belastbaren Ergebnis führen.

Es wäre vertane Zeit, da es der Vernunft und Logik widerspricht, über das Unbekannte Aussagen zu treffen. Ich akzeptiere, was ich nicht erfassen und begreifen kann, und kann damit leben. Schon die Unendlichkeit des Universums übersteigt die Kräfte meines Verstandes, ich kann mir einen solchen Raum kaum vorstellen, und ihn zu erfassen, ihn zu benennen und auf dem Papier auch nur beweisfähig darzustellen, übersteigt meine Möglichkeiten. Aber ich kann mit dem Unbegreifbaren, dem Unfasslichen leben, ich benötige keine Krücken des Glaubens oder der Philosophie, keine lyrischen Ergüsse, um dieses Dunkel zu ertragen. Ich weiß, es existiert eine Welt, die ich nicht erfahren und erkunden kann. Große, erhabene Worte, um das unerreichbare, sich mir entziehende All zu beschreiben oder gar anzurufen, sind mir zuwider, ich kam mit mir zurecht. Ich lebe und ich weiß, eines Tages werde ich sterben. Ich werde verschwinden und alles wird sich auflösen, wird gelöscht, was ich einmal war und bewirkte. Ich war damit einverstanden, es gab keine Probleme.

Doch acht Tage nach einer der jährlichen Routineuntersuchungen hatte mich Dr. Smolka angerufen und gebeten, nochmals bei ihm vorbeizukommen. Der Anruf kam unerwartet. Ich war nicht so weit, noch nicht.

Sie haben schlechte Nachrichten für mich?, fragte ich ihn am Telefon, doch er wiederholte nur, dass er mich erwarte, am besten sofort.

Als ich in seiner Praxis erschien, war jeder Stuhl im Wartezimmer besetzt. Smolka bat mich zu sich, nachdem die Schwester meine Unterlagen in sein Sprechzimmer gebracht hatte. Er eröffnete das Gespräch mit der beruhigend gemeinten Erklärung, dass ich mir keinerlei Sorgen machen müsse.

Ist es so schlimm?, sagte ich und bemühte mich zu lächeln.

Er wiederholte, dass es keinen Grund für mich gäbe, beunruhigt zu sein. Wir hätten das Karzinom frühzeitig entdeckt, es sei so klein, dass es noch nicht gestreut haben könne, und mit einer winzigen Operation sei wieder alles in Ordnung. Er rate mir allerdings dringend, nicht zu warten, sondern es umgehend operieren zu lassen, und empfahl mir die Hamburger Universitätsklinik.

Wollen Sie es sich noch überlegen?, fragte er, da ich nichts sagte, oder soll ich gleich einen Termin vereinbaren? Sie sollten nicht warten, Herr Boggosch.

Es ist unumgänglich?

Ja, sagte er eindringlich, unumgänglich und möglichst umgehend. Wir wollen diesem widerlichen kleinen Gnom keine Chance geben. Wenn Sie einverstanden sind, rufe ich selbst in Hamburg an. Ich bekomme schneller einen Termin für Sie.

Wenn es sein muss, sagte ich lediglich. Ich war zu benommen, um mich gegen seine energische Fürsorge zu wehren.

Er griff zum Telefonhörer und bat die Schwester, ihn mit Professor Paulus zu verbinden. Dann setzte er sich an seinen Schreibtisch und sagte nochmals, dass es keinen Grund gäbe, besorgt zu sein. Als das Telefon klingelte, nahm er den Hörer ab und lief während des Gesprächs im Zimmer umher und verschwand kurzzeitig in seinem kleinen Waschraum. Er erzählte vermutlich diesem Professor Paulus ein paar Einzelheiten, die ich nicht hören sollte. Dann kam er zurück, fragte mich, ob ich bereit sei, mich in sechs Tagen operieren zu lassen, er habe für mich einen Termin für den kommenden Mittwoch, ich müsste am Montag anreisen und für eine Woche in der Klinik bleiben. Ich nickte, und er bestätigte seinem Gesprächspartner den Termin.

Alles wird gut, sagte er, als er den Hörer auflegte, das kann ich Ihnen garantieren. Dafür bin ich dann da.

Wie viele Jahre geben Sie mir noch? Zwei Jahre? Drei?, erwiderte ich lediglich.

Wenn Sie aufhören zu rauchen, können Sie hundert werden, sagte er lachend, die Schwester gibt Ihnen die Überweisung und ein Informationsblatt. Wir hatten Glück, das Ding so früh zu erkennen.

Ich verabschiedete mich mit Handschlag von ihm. Er nickte aufmunternd und ich sagte: Ich weiß nicht wieso, aber ich kann Ihnen nicht glauben. Sie sollten mir die Wahrheit sagen.

Nun, ob Sie es nun glauben oder nicht, die Wahrheit ist, Sie müssen sich keine Sorgen machen, sagte er.

Ich war erleichtert, dass Marianne im Reha-Zentrum war, ich musste ihr nichts davon erzählen und sie nicht über meinen Arztbesuch belügen.

Am nächsten Morgen kroch ich müde und zerschlagen aus dem Bett, machte mir in der Küche einen Kaffee und sagte mir, wir sollten, sobald Marianne zurück sei, eine Reise machen, die mich auf andere Gedanken bringt, anstatt mich weiter mit diesen Sorgen zu quälen. Gemeinsam sollten wir irgendwo hinfahren, in irgendeine europäische Stadt, nach Madrid oder Paris. Auch an Marseille dachte ich, an ein Antiquariat, das jetzt einem anderen Antiquar gehören wird, an das Zimmer von Madame Durand. Ich könnte Raphaël besuchen, vielleicht war es ihm gelungen, Filme zu drehen. Oder ich könnte mit Marianne eine Woche durch Venedig wandern, auch eine Kreuzfahrt war denkbar, ein paar Tage Luxus auf dem Meer. Wir könnten uns die teuerste Kabine leisten, denn ich musste nichts mehr sparen, nun war ausgesorgt.

Eine Stunde lang schaute ich mir im Computer die Angebote an. Die Fotos der prunkvollen Räume, Kabinen und Pools schreckten mich ab. Ich wusste, als ich die Bilder sah, dass nur alte Leute diese Reisen buchen und ich mich auf dem Schiff und bei den vielen gemeinsamen Mahlzeiten langweilen würde.

Beim einsamen Mittagessen am Küchentisch sagte ich mir, dass ich ebenso gut nach G. fahren könne. Zu einer Grabstelle, die aufgegeben worden war und an der ich nur einmal gestanden hatte, zum Grab meiner Mutter. Vielleicht sollte ich einmal in meinem Leben, in der Zeit, die mir noch zur Verfügung stand, das Stückchen Erde aufsuchen, unter dem sie lag. Noch einmal durch die Stadt gehen, in der ich laufen und lesen lernte. Die Stadt, in der ich aufwuchs und mit mir meine Träume. Die Stadt, in der jene Freunde leben, mit denen ich die Sommermonate am Fluss verbracht hatte und stundenlang auf dem Anger saß. Ich könnte noch einmal die Wege der Kindheit gehen. Und vielleicht würde ich sogar meinen Bruder sehen, den Einzigen in meiner Familie, der noch lebte, den wahren Sohn des großen Gerhard Müller und seinen einzigen Erben. Und ich könnte mit dieser kleinen, dummen Reise einen Kreis schließen und so die Zeit bis zu dem Hamburger Termin überstehen.

Im Computer schaute ich mir die Angebote der Hotels in G. an. Ich telefonierte mit dem Goldenen Löwen und bestellte ein Zimmer für den nächsten Tag. Als mich die Hotelfrau fragte, wie lange ich bleiben wolle, sagte ich, ich käme sicherlich für ein paar Tage, könne es aber noch nicht genauer sagen, ich wolle vorerst für zwei Nächte buchen.

Ich traf Mitte September in G. ein, am siebzehnten, einem Mittwoch. Als ich an der Rezeption des Goldenen Löwen das Anmeldeformular ausfüllte, erkundigte sich der Mann hinter dem Tresen, ob ich mit Gunthard Boggosch verwandt sei.

Ja, sagte ich, ja, irgendwie sind wir miteinander verwandt.

Er reichte mir unvermittelt die Hand, murmelte seinen Namen und sagte, er sei der Besitzer des Hotels. Gunthard Boggosch sei ein großer Mann, sagte er unterwürfig, dem die Stadt viel verdanke.

Sie werden bei uns wohnen und nicht im Haus der Familie?

Deswegen habe ich bei Ihnen gebucht.

Ich verstehe, natürlich, natürlich. Bei der Hochzeit hatte ich Sie nicht gesehen.

Bei welcher Hochzeit?

Von Gunthard Boggosch. Er hat im Juli geheiratet.

Ich war im Ausland, erwiderte ich, um nichts erklären zu müssen, und ließ mir den Zimmerschlüssel geben.

Wenn ich Ihnen irgendwie noch behilflich sein kann ...

Haben Sie einen Stadtplan?

Er nahm ein bunt bedrucktes Blatt aus einem Fach unter dem Tresen, brachte zwei Markierungen an und wies mit dem Stift auf sie hin: Hier ist das Hotel und hier das Palais der Familie Boggosch am Markt.

Ein Palais?, sagte ich erstaunt, Gunthard Boggosch ist offenbar wirklich ein großer Mann.

Nun, es ist ein besonders schönes Haus. Es ist das schönste von G. Eine wahre Pracht. Sie werden es ja sehen, wenn Sie sie aufsuchen. Seine Frau, ich weiß nicht, ob Sie sie kennen, plapperte er weiter, nun, sie ist nicht von hier, sie ist eine ...

Er unterbrach sich und zog die Mundwinkel nach unten.

Sie ist eine ganz außergewöhnliche Erscheinung, beendete er schließlich den Satz.

Ich nahm den Stadtplan, wandte mich um und ging mit meinem Koffer zu meinem Zimmer, um einer weiteren Unterhaltung mit dem geschwätzigen Hotelier zu entgehen. Eine halbe Stunde später verließ ich das Hotel.

Ich ging durch jene Stadt, die ich vor einundfünfzig Jahren verlassen und seitdem, von den wenigen und kurzen Besuchen bei meiner Mutter abgesehen, nie wieder besucht hatte. Ich lief langsam durch die Straßen, blieb vor jedem Geschäft stehen, um mir die Auslagen anzusehen, las alle Anschläge und Bekanntmachungen, die Metallschilder neben den Eingängen der Geschäfte und Kanzleien und die Namen der Ladenbesitzer auf den Schaufensterscheiben oder über der Eingangstür. Meinen Blick ließ ich über die Häuserzeilen der Straßen gleiten, ich versuchte zu erkennen und mich zu erinnern, aber alles, was ich sah, schien neu zu sein und war mir fremd. Nichts in mir signalisierte auch nur den Hauch eines Wiedererkennens, kein heimatliches Gefühl rührte mich, was ich sah, war mir nicht vertraut. Ich spürte nichts vom Geruch der Kindheit, nichts von dem, was ich auf der Fahrt hierher erwartet und mir ins Gedächtnis gerufen hatte. G. war eine Kleinstadt wie jede andere, in ihr war ich aufgewachsen, meine Mutter hatte hier gelebt und mein Bruder, aber ich hatte diese Stadt vor vielen Jahren verlassen, war so früh weggegangen, die Erinnerungen waren von der Zeit getilgt worden und andere Städte hatten sich vor die Bilder dieser Stadt geschoben. Die Stadt meiner Kinderjahre gab es nur noch in meinem Kopf, ich hatte sie vor einundfünfzig Jahren verlassen und konnte nun auch die Erinnerungen an sie löschen. Ich war hierher gekommen, weil ich eine Rechnung offen hatte, weil in all den vielen Jahren immer wieder etwas in mir genagt hatte, ein Wurm der Enttäuschung und der Scham. Es gab eine große offene Rechnung, und der Groll darüber meldete sich hartnäckig und bei den unpassendsten Gelegenheiten in mir, doch als ich nun durch die Stadt lief, schwand das Gefühl von Schuld und jeder Schmerz, und ich dankte meinem Schicksal, mich beizeiten in die Welt hinausgeführt zu haben.

Ich setzte mich auf eine der Bänke in der Grünanlage auf dem Neumarkt. Die Sonne wärmte noch, das Laub der Bäume begann sich bereits zu verfärben, ein paar Kinder spielten fast lautlos miteinander, sie lachten nicht, sie riefen sich nichts zu, sie wirkten so geduckt wie die vielen kleinen Häuser in dieser Stadt, die neu verputzt und gestrichen waren, wodurch sie mehr als zuvor wie enge, unbewohnbare Puppenhäuser wirkten. In der Molkengasse standen Häuser, deren Regenrinnen ich als Zwölfjähriger mühelos erreichen konnte, winzige Behausungen, die damals in meiner Fantasie von Zwergen und Gnomen bewohnt waren, zumal in den geöffneten Fenstern häufig alte Leute zu sehen waren mit kleinen runzligen Gesichtern, die stundenlang die Straße betrachteten und nach mir riefen, wenn ich als Kind an ihnen vorbeilief, und vor denen mir ekelte und ein wenig graute.

Hier am Neumarkt aber standen die großen Bürgerhäuser, sieben prächtige Bauten, mit Stuckwerk übermäßig verziert. Alle waren dreistöckig und hatten hohe Eingangstüren mit schweren metallenen Türknaufen. Ihre imposanten Fassaden unterschieden sich voneinander, als wolle jedes seine Einzigartigkeit in der stolzen Erscheinung und der Gemeinschaft ihrer Würde behaupten.

Die Häuser waren, wie es den Anschein hatte, erst kürzlich restauriert worden. Eins von ihnen hob sich durch seine Größe und eine steinerne, mit Säulen versehene Eingangstreppe gegenüber den anderen deutlich hervor. Gewiss war dies das Boggosch'sche Haus, das Palais, wie der Hotelier es genannt hatte. Nirgends war ein Fenster geöffnet, es war, als ob die Häuser noch nicht erwacht waren, zumal auch kein Passant auf dem Bürgersteig zu sehen war. Das Knattern eines Mopeds in einer abgelegenen Nebenstraße zerriss für wenige Momente die Stille. Tauben flogen auf, um sich gleich wieder auf verschiedenen Dachgauben niederzulassen und bewegungslos den Nachmittag zu verschlafen, bis man sie erneut aufschreckte. An einigen Fenstern bewegten sich die zugezogenen Stores, man beobachtete mich, hielt Ausschau nach dem Fremden, der von einer Parkbank aus die Häuser betrachtete. Ich lächelte und nickte den hinter schweren weißen Gardinen verborgenen Beobachtern zu. Ja, sagte ich zu den heimlichen, den versteckten Spähern, fast wäre ich einer von euch geworden. Ich gehörte einmal dazu und hätte beinahe mein Leben in dieser Stadt und in einem eurer Häuser verbracht. Und nun stehe ich am Ende meines Lebens und will mir eure nette und zweifellos hübsch eingerichtete Hölle anschauen, will sehen, was mir entgangen ist und wem ich entging.

Fast eine Stunde saß ich auf der Bank. Ein Bus hielt an der Haltestelle, Leute stiegen aus, die offensichtlich von der Arbeit kamen und müde nach Hause liefen. Sie hoben kaum den Blick, keiner beachtete mich. Drei Frauen kamen vorbei, sie hatten sich untergehakt und schienen zu einem Vergnügen zu gehen, in eine Gaststätte vielleicht, ins Kino oder zum Tanz. Sie waren Mitte vierzig, vielleicht war eine von ihnen Cornelia. Sie blickten nur kurz zu mir und liefen schwatzend weiter. Ich sah ihnen nach und erinnerte mich an Cornelia. Ich lächelte, als mir einfiel, dass keine dieser Frauen Cornelia sein konnte, sie war ein Jahr älter als ich, sie war schon stolze fünfzehn, als ich dreizehn oder vierzehn Jahre alt war, sie konnte kein junges Mädchen mehr sein.

Ein alter Mann mit einer Bierflasche in der Hand betrat den kleinen Park. Er setzte sich auf eine Bank und begann sich eine Zigarette zu drehen, ab und zu sah er zu mir herüber. Er verstaute sein Tabakpäckchen umständlich in der Jackentasche und steckte sich die Zigarette zwischen die Lippen. Bevor er sie anzündete, erhob er sich, kam zu mir und deutete mit der Hand auf die Bank, auf der ich saß. Ich vermutete, dass er mit der Geste fragen wollte, ob er neben mir Platz nehmen dürfe, und nickte. Er setzte sich, zündete seine Zigarette an und nahm sie nur aus dem Mund, um aus der Bierflasche zu trinken. Wandte ich den Blick ab, starrte er mich an. Drehte ich den Kopf zu ihm, blickte er zu Boden. Ich nahm an, er werde mich gleich ansprechen und um Geld betteln, aber er schwieg weiter und betrachtete mich nur aufmerksam.

Boggosch, sagte er schließlich, Konstantin Boggosch, oder ich müsste mich sehr irren.

Ich sah ihn überrascht an: Kennen wir uns?

Es ist eine Zeit her, sagte er, aber auf mein Gedächtnis kann ich mich verlassen.

Er lächelte zufrieden, nahm einen genussvollen letzten Zug und warf dann die Kippe weit von sich.

Peter Fischler, sagte er lauernd, sagt Ihnen das was?

Nein, ich glaube nicht.

Ja, die Boggoschs und die Müllers, die kennen keinen. Haben es nicht nötig. Damals nicht, heute nicht, das ist geblieben.

Er stand auf, deutete eine Verbeugung an und wiederholte: Fischler, Peter Fischler. Man hatte mal miteinander zu tun.

Bevor ich ihm eine Frage stellen konnte, drehte er sich um und verließ den Neumarkt. Er humpelte leicht und einen Arm hielt er dicht am Körper, als schmerze er ihn. Ich versuchte mich an einen Menschen mit seinem Namen zu erinnern.

Zurück im Hotel, ließ ich mir an der Rezeption das örtliche Telefonbuch geben und nahm es mit auf mein Zimmer. In dem kleinen Heft der Region waren auf sechzehn Seiten die Namen und Nummern von G. aufgeführt, und ich hoffte, diese Auflistung würde mir helfen, mich zu erinnern. Einen Peter Fischler fand ich nicht, er musste etwa fünf Jahre älter als ich sein, ich konnte damals kaum etwas mit ihm zu tun gehabt haben. Ich ließ mir einen Kaffee auf das Zimmer bringen und las dann langsam die sechzehn Seiten durch, Namen für Namen. Immer wieder horchte ich in mich hinein, suchte nach dem Echo, das einer der Namen auslösen könnte. Wenn mir ein Name vertraut erschien, ein dunkles, ungewisses Erinnern weckte, schrieb ich mir die Adresse auf. Irgendwann, als ich im Restaurant saß, um etwas zu essen und ein Glas Wein zu trinken, fragte ich mich, was ich da eigentlich treibe, wieso ich nach Jahrzehnten wieder in G. bin. Im Zimmer griff ich zum Telefon und rief Cornelia Bertuch an. Ich hatte ihren Namen im Telefonbuch gelesen, ich erinnerte mich an sie, an meine vorgebliche Cousine und Kinderliebe, an die Frau, die mir kürzlich einen Brief geschrieben und um meine Rückkehr gebeten hatte. Ich meldete mich mit meinem vollen Namen und fragte, ob sie wisse, mit wem sie spreche.

Ich hatte mich darauf eingerichtet, ihr ausführlich

erklären zu müssen, wer ich bin und weswegen ich sie aufsuchen wollte, aber bereits nach dem ersten Satz unterbrach sie mich: Ich weiß, wer du bist, Konstantin. Ich habe dich nicht vergessen. Komm vorbei, wann du willst. Ich wohne noch immer in der Mühlengasse, im selben Haus wie damals, falls du dich erinnerst.

Sie fragte, von wo aus ich sie anrufe, und als ich ihr sagte, ich sei in der Stadt, erwiderte sie: Dann komm vorbei, wenn du Zeit hast.

Ich sagte, ich würde, wenn es ihr recht wäre, sie sofort besuchen, und sie war einverstanden. Bevor ich das Hotelzimmer verließ, rasierte ich mich ein zweites Mal, tupfte das Gesicht mit Rasierwasser ab und band mir eine Krawatte um. An der Rezeption fragte ich nach Blumen. Der Blumenladen sei bereits geschlossen, aber dann konnte ich die Frau hinter dem Tresen überreden, mir eine einzelne weiße Rose aus der Dekoration zu geben.

Das Haus von Cornelia Bertuch in der Mühlengasse erkannte ich nicht wieder, doch aus dem Telefonbuch hatte ich mir ihre Adresse notiert und fand mühelos die richtige Tür und das Schild mit ihrem Namen.

Du kommst zwei Monate zu spät, sagte sie statt einer Begrüßung, dein Bruder hat im Juli geheiratet.

Nein, Cornelia, ich komme nicht zu spät. Von Gunthards Hochzeit wusste ich nichts. Er hatte mich nicht benachrichtigt, wir haben keinen Kontakt mehr. Es ist ein Zufall, dass ich hier bin. Ich wollte meine Heimatstadt noch einmal sehen. Die Stadt, ein paar Leute und dich.

Cornelia Bertuch war ein Jahr älter als ich, doch trotz der Jahre hatte sie noch ihre wilden roten Locken, auch wenn diese heute sicherlich gefärbt waren, und noch immer war sie eine stolze und beeindruckende Frau.

Ich wickelte die Rose aus und überreichte sie ihr, sie nahm sie mit einem spöttischen Lächeln entgegen.

Nur eine Rose? Du hattest mir einen großen Strauß versprochen?

Ich sah sie überrascht an.

Hast du es vergessen?, fragte sie, ich war fünfzehn und du wolltest, dass ich dir meine Brüste zeige. Dafür wolltest du mir einen riesigen Strauß Rosen schenken und eine große Schachtel Weinbrandbohnen.

Ich lachte und sagte, ich könne mich nicht daran erinnern.

Und?, fragte ich, hast du sie mir gezeigt?

Was denkst du denn?

Ich weiß es nicht mehr, tut mir leid. Es ist so lange her.

Sei unbesorgt. Ich gehörte nicht zu den Mädchen, die dir lange nachgeweint haben. Und wenn ich dir meine Brüste gezeigt hätte, du hättest sie dein Lebtag nicht vergessen.

Und dann erzählte Cornelia mir von meinem Bruder Gunthard und seiner zweiten Heirat. Sie berichtete von der Hochzeitszeremonie in der Stadtkirche, an der offenbar die ganze Bürgerschaft aus Neugier, aus Neid oder Langeweile uneingeladen teilgenommen hatte.

Die Kirche war überfüllt, selbst auf den beiden Emporen, die sonst nur zu den Weihnachtsfeiertagen freigegeben werden mussten, drängelten sich Neugierige. Keiner wollte jenes Ereignis versäumen, das seit zwei Monaten die Bürger von G. in Erregung versetzte, seit dem Tag, an dem Gunthard Boggosch die junge Frau in die Stadt gebracht hatte und in seinem Haus am Markt mit ihr lebte.

Die Braut, erzählte mir Cornelia Bertuch, sah weder den Pfarrer an noch den Bräutigam, sie blickte unverwandt auf die Lilie in ihrer Hand, beantwortete jedoch die Frage des Geistlichen mit einem deutlich vernehmbaren Ja, und so fassungslos und bestürzt die Kirchgänger auch die Eheschließung beobachteten, es gab keinen Mann und keine Frau unter ihnen, die sich nicht insgeheim und voll Groll eingestehen mussten, dass seit Menschengedenken in dieser Kirche nie eine schönere Braut vor den Altar getreten war. Und als Pfarrer Eberle das frisch vermählte Paar mahnte, bis zum Ende ihres irdischen Daseins ein Leib zu sein, wurde im Kirchenschiff ein schweres Atmen hörbar, ein Seufzer der Empörung und der Begierde.

Die Braut hatte am Arm ihres künftigen Ehemannes die Kirche betreten. Sie steckte in einem weißen schulterfreien Kleid, dessen Oberteil aus einem zarten Seidengewebe spanischer Solspitze ihre dunklen Brüste kaum verbarg. Der einzige Schmuck war ein Diadem, das in ihrem krausen Haar steckte, und die weiße Lilie in der Hand. Sie trug weder ein Medaillon noch eine Kette, so dass nichts den Blick von der dunklen, nackten Haut des jungen Mädchens ablenkte. Das Hochzeitspaar, da waren sich alle Kirchgänger einig, wollte die Braut so enthüllt präsentieren, es wollte so viel nacktes Fleisch darbieten, wie es ein Kirchenraum nur zuließ. Übereinstimmend war man der Meinung, das Paar wolle mit dieser freizügig ausgestellten Schönheit der gesamten Stadt bekunden, dass es nicht bereit sei, sich um die öffentliche Meinung und den Anstand zu scheren, dass die Sitten und Regeln der Kleinstadt für dieses Paar bedeutungslos seien, dass die ungeschriebenen ehernen Gesetze des Zusammenlebens für den Mann, dem mittlerweile die halbe Stadt gehörte, keine Gültigkeit besäßen. Uneins war man sich nur in der Schuldzuweisung, denn während die weiblichen Kirchgänger die Braut bezichtigten, mit diesem obszönen und gotteslästerlichen Kleid den Kirchenraum entweiht zu haben, nur um durch ihre fast unverhüllte Schönheit die sittenstrengen Frauen herabsetzen und beschämen zu wollen, waren sich die Männer gewiss, dass Gunthard Boggosch seine Braut genötigt hatte, halb entblößt vor den Altar zu treten, um allen die Anmut und Grazie seiner neuen Frau zu präsentieren, um den Neid seiner Mitbürger zu erregen und um selbst im Gotteshaus seine Macht zu demonstrieren. Er hatte, dessen waren sich alle sicher, während sie regungslos dem Schauspiel folgten und mit schwerem Schweigen die Frau anstarrten, für diese Zelebrierung seiner Bedeutung den Tag und den Ort der eigenen Eheschließung gewählt, um es uns allen zu zeigen, den Bürgern der Stadt, dem Pfarrer und vielleicht auch Gott selbst.

Und obwohl kaum einer in der Stadt auf dieses Spektakel verzichten wollte, war nicht ein einziges Familienmitglied bei der Zeremonie anwesend. Weder war der Sohn von Gunthard Boggosch in der Kirche zu sehen noch seine Tochter, und auch die Eltern und Verwandten der Braut waren nicht angereist, um bei der Hochzeit ihrer Tochter dabei zu sein.

Und du warst auch nicht da, sagte sie.

Ich war nicht eingeladen, ich wusste nichts davon, und ich wäre auch nicht erschienen.

Wie groß und bedeutend auch immer Gunthard Boggosch seine zweite Eheschließung zelebrieren wollte, was keinem Kirchenbesucher entging, was ein jeder gesehen und worüber später jeder zu sprechen hatte, das war das Ausbleiben der gesamten Verwandtschaft. Denn auch das war neu in dieser Stadt, auch das hatte es nie zuvor gegeben.

Vier Ehepaare, Geschäftsfreunde von Gunthard Boggosch mit ihren Frauen, waren die einzigen geladenen Gäste der Brautleute. Sie saßen hinter den Brautleuten auf den um das steinerne Taufbecken im Halbkreis aufgestellten Stühlen im Altarraum, und nach dem abschließenden Segen folgten sie dem hinausgehenden Paar, während die Kirchenbesucher auf ihren Plätzen verharrten. Vor der Kirche wurden keine Blumen gestreut und auch kein Reis, es gab keine Kinder, die mit Stoffbändern den Ausgang verstellten, damit der Bräutigam die Hochzeitsgroschen um sich wirft, und es gab keine Musik, keinen Beifall und keine gratulierenden Zurufe. Ein paar Leute, die nach ihnen aus der Kirche gekommen waren, traten auf das Paar zu, griffen nach dessen Händen und wünschten Glück, aber das erfolgte fast lautlos, jedenfalls konnten auch die Umstehenden kein Wort vernehmen. Dann fuhren die Wagen vorm Kirchenportal vor, große schwarze Limousinen mit Fahrer, das Brautpaar und seine Gäste stiegen ein und brausten davon. Für einen Moment standen die Kirchgänger noch auf dem Platz, aber da Pfarrer Eberle in die Kirche zurückgegangen und nichts mehr zu erwarten war, ging schließlich jeder nach Haus.

Eine solche Hochzeit, so feierlich, schweigsam und stumm, habe ich mein Lebtag nicht erlebt. So wünschte ich mir meine Beerdigung, sagte Cornelia.

Das Brautpaar und seine Gäste feierten nicht in G., wie es Gunthard Boggosch offenbar ursprünglich vorgesehen hatte, denn noch Anfang Mai, acht Wochen vor seiner Vermählung, hatte er mit Konstantin Pichler von einem großes Bankett gesprochen, bei dem mit zweihundert Gästen zu rechnen sei. Da die Galeräume des »Schwarzen Adlers« für einen so außerordentlichen

Empfang nicht ausreichten, hatte ihm der Hotelier angeboten, einen beheizbaren Pavillon hinterm Wintergarten aufstellen zu lassen, doch drei Tage später rief Gunthard Boggosch ihn an und sagte die Feier ab. Konstantin Pichler versuchte noch, ihm einen anderen Festplatz zu empfehlen, er schlug ihm vor, die gewaltige Eingangshalle der Burg und ihren prächtigen Audienzsaal an diesem Tag für seine Gesellschaft zu mieten sowie den inneren Burghof. In der Burg war seit Jahrzehnten das Heimatmuseum untergebracht, große Glastische zeigten den Besuchern die Fundstücke aus prähistorischen Zeiten und unter den gewölbten Decken waren bizarre Fossilien aufgehängt und die aufgefundenen Reste früher menschlicher Siedlungen. Seit der vielräumige und hochgelegene alte Fürstensitz Eigentum der Stadt war, hatte das fünf Jahrhunderte alte Gemäuer nie jemand für eine private Feier nutzen können, doch Konstantin Pichler war gewiss, dass der Bürgermeister sich einem Wunsch von Gunthard Boggosch nicht verweigern würde. Der Hotelier erging sich in einer Beschreibung der Festivität, die er in den Räumen der Burg und im gesamten Burggelände ausrichten wollte, doch der Bräutigam unterbrach seine Ausführungen und sagte, er habe anders entschieden, die Hochzeit werde nicht in G. gefeiert.

Wohin die Hochzeiter nach der Trauung fuhren, wo sie gefeiert haben und dann ihre Flitterwoche verbrachten, wusste keiner und hat nie jemand erfahren. Acht Tage später war Gunthard Boggosch wieder zurück in G. und fuhrwerkte herum wie zuvor, war überall und nirgends zu sehen, nichts entging ihm, und wer bei ihm angestellt war, vermied es weiterhin, während der Arbeitszeit eine Zigarettenpause zu machen.

Dein Bruder hat seine eigenen Gesetze, und wer in G.

eine Arbeit haben will, muss sich nach ihm richten, sagte Cornelia.

Seine zweite Frau hatte Gunthard von einer Reise nach Cuba mitgebracht. Die junge Studentin der Germanistik hatte er als Reiseführerin engagiert, um sie nach den zwei Urlaubswochen in seine Heimatstadt zu entführen. Er sorgte dafür, dass seine junge Frau ihr Studium in Leipzig fortsetzen konnte, jeden Morgen wurde sie in einer der Firmenlimousinen zur Universität kutschiert und am späten Nachmittag wieder abgeholt. In der Stadt sah man seine schöne Ehefrau nie, sie kaufte hier nie ein, ging nicht spazieren, war nie an der Seite ihres Mannes zu sehen. Es schien, als sei die Mulattin, wie man sie in der Stadt nannte, eine Gefangene im schönsten Haus von G.

Nachdem Gunthard Boggosch als rechtmäßiger und alleiniger Erbe des gesamten Besitzes von Gerhard Müller anerkannt worden war, sorgte er für eine umfängliche Modernisierung des Werkes BUNA 3, das nun wieder Vulcano-Werke hieß mit dem in Klammern eingefassten Zusatz: Müller&Boggosch. Gleichzeitig ließ er sämtliche Immobilien nahezu zeitgleich renovieren und die Fassaden seiner Prachthäuser am Markt in den Originalzustand bringen. Nach fünf Jahren galten die Produkte der Vulcano-Werke wieder als Fabrikate einer Spitzenmarke und Boggosch war ein gewichtiges Mitglied im Unternehmerverband und einer der erfolgreichsten Mittelständler des Landes. Seine Mehrfamilienhäuser waren ihrer gediegenen und luxuriösen Ausstattung wegen begehrt und vermietet, für die Bürgervillen am Markt gab es anfänglich keine Mieter und Käufer, die Preise waren für die Einheimischen unbezahlbar, doch nach zwei Jahren, in denen auch in G. die Wirtschaft prosperierte und Anwälte, Notare und Unternehmer in die Stadt gekommen waren, waren alle Wohnungen in diesen Häusern verkauft oder vermietet.

Boggosch begann ein zweites Werk zu errichten, eine Dependance, das größer und bedeutender als das Kernwerk werden sollte, doch wurde er dabei gestoppt. Eine Gruppe von Umweltschützern erreichte mit dem Naturbund, dass die von der Stadt, dem Land und dem Umweltamt erteilten Baugenehmigungen zurückgezogen werden mussten. Das Wohnhaus eines in der Stadt lebenden Umweltschützers brannte ab, eine ältere Frau, die Mutter des Aktivisten, erlitt so schwere Rauchvergiftungen, dass sie fortan in einem Hospiz betreut werden musste. Eine Brandstiftung konnte nachgewiesen werden, ein Brandstifter wurde jedoch nie ausgemacht.

Gunthard Boggosch erwarb mit der Hilfe der Stadtverwaltung einen neuen Baugrund für seinen Werksneubau und wiederum gelang es den Naturschützern, dass der bereits erteilten Baugenehmigung gerichtlich widersprochen wurde.

Der Herr der Vulcano-Werke war die Kämpfe mit den Naturschützern leid. Er entschied, das neue Werk werde im Ranenwäldchen gebaut, wogegen kein Einspruch möglich war, da dieses Flurstück bereits einmal bebaut und im Grundbuch als Baugrundstück ausgewiesen war und durch den ausreichenden Abstand zur Stadt, das Ranenwäldchen lag einen Kilometer östlich von G., keinerlei Belästigungen der Einwohner zu befürchten waren. Überdies waren die früher errichteten Gebäude im Ranenwäldchen nach dem Krieg zwar abgerissen worden, doch war man bei der Demontage so rasch oder nachlässig vorgegangen, dass die Grundmauern noch immer standen, wenn sie auch durch die Aufforstung zerstört waren und bröckelten.

Innerhalb von vier Jahren wurde das neue Werk, Vulcano-Werke Ranenwäldchen Müller&Boggosch, errichtet und betriebsfertig. Die Stadt wurde genötigt, eine Asphaltstraße mit direkter Zufahrt zum neuen Werk zu bauen sowie eine Wendeschleife unmittelbar vor dem Werkstor. In diesem Werksteil gab es über hundert Beschäftigte, fast doppelt so viel wie im Kernbetrieb, in dem Boggosch gleichzeitig ein neues repräsentatives Empfangs- und Direktionsgebäude hinstellen ließ.

Im Ranenwäldchen?, fragte ich fassungslos, ausgerechnet im Ranenwäldchen?

Ja, meinte sie, wegen der Baugenehmigung war das für ihn einfacher.

Aber das Ranenwäldchen ...

Gewiss, unterbrach sie mich, und das wissen auch alle. In der Stadt sagt keiner Ranenwäldchen oder Vulcano-Werk Ranenwald. Hier heißt es einfach: Mein Mann hat Arbeit im KZ gefunden. Man denkt sich nichts dabei, es heißt halt so.

Mutters Grabstelle wurde aufgelöst. Ich bekam eine Information über ein bevorstehendes Ende der Liegezeit. Das Schreiben wurde mir nachgesandt, bevor es mich erreichte, war das Grab bereits eingeebnet worden. Warum? Wieso ließ Gunthard das zu?

Woher soll ich das wissen? Vielleicht musste er sparen, und irgendwo muss man damit anfangen. Wirst du Gunthard sehen? Willst du ihn aufsuchen?

Nein, ich will ihn nicht sehen. Ihn nicht und nicht das Ranenwäldchen. Das tu ich mir nicht an.

Und deine schöne, schwarze Schwägerin? Du könntest ihr deine Aufwartung machen. Das gehört sich so in einer Familie.

Sie könnte seine Tochter sein.

Seine Tochter?, sagte sie lachend, seine Enkelin. Er ist achtundsechzig und das Mädchen ist dreiundzwanzig.

Bevor ich ging, erkundigte ich mich, ob auch Onkel Richard, Richard Müller, bei Gunthard erschienen sei, aber das wusste Cornelia nicht.

Er hat immerzu Besuch. Die feinsten Autos aus Hamburg, München und Frankfurt. Wir können nur staunen, was es für großartige Autos auf der Welt gibt, aber vorgestellt hat er seine Besucher wohl keinem in der Stadt. Vielleicht war dein Onkel Richard dabei, ich weiß es nicht. Kennst du ihn?

Ich hatte einmal mit ihm zu tun, aber das ist lange her.

Wie lange bleibst du? Du bist pensioniert, du hast Zeit, du könntest auch hier leben. Irgendwie gehörst du doch hierher.

Nein, Cornelia, ich gehöre nicht hierher. Ich weiß nicht, wohin ich gehöre, aber hierher ganz gewiss nicht.

Beim Abschied umarmten wir uns und Cornelia küsste mich überraschenderweise heftig und mit Leidenschaft.

Am nächsten Morgen verließ ich G. Drei Tage später besuchte ich Marianne in ihrer Reha-Klinik. Im »Kleinen Knollen«, einem Hotel in der Nähe der Klinik, hatte ich mir ein Zimmer reservieren lassen, ich ließ mir den Schlüssel geben und stellte meine Reisetasche dort ab, bevor ich meine Frau besuchte.

Die Patienten hatten bereits Abendbrot gegessen, einige saßen auf den Bänken vor dem Haus und genossen die Abendsonne, Marianne saß bei ihnen und wartete auf mich. Als sie mich entdeckte, stand sie auf und kam mir ohne ihre Krücke entgegen, ich bemerkte, wie stolz sie auf ihre Leistung war. Wir umarmten uns, sie fragte, ob ich ihr Zimmer sehen wolle, aber das lehnte ich ab, Krankenzimmer deprimieren mich und ich würde in zwei Tagen selbst eins beziehen müssen.

Wir gingen in mein Hotel und setzten uns in das Restaurant. Ich bestellte eine Leber mit Zwiebeln und Spätzle und sie erzählte mir, was sie in den vergangenen Wochen erlebt hatte. Die Kur habe ihr tatsächlich geholfen, sagte sie, die gymnastischen Übungen fielen ihr schwer, aber sie hätte recht bald die Besserung gemerkt und sei jeden Tag zu der Heilpraktikerin gegangen. Daheim im Städtchen wolle sie versuchen, eine solche Heilpraktikerin zu finden, sie habe gehört, hinter dem Markt hätte neuerdings eine solche Praxis aufgemacht, und sie hoffe, diese Frau verstünde ihr Handwerk ebenso gut wie die Frau hier im Harz. Ihre Mitbewohner seien erträglich, sie würden den ganzen Tag über immerzu Fotos von ihren Kindern zeigen und von ihren Enkeln.

Nur ich, sagte sie, nur ich habe nichts vorzuzeigen ...

Sie unterbrach sich und schwieg, ich tätschelte verlegen ihre Hand und bestellte zwei Gläser Wein. Ich verstand ihren Schmerz, es war auch meiner.

Hat sich das Mädchen wieder bei dir gemeldet, die junge Frau vom *Kurier*?, fragte sie.

Nein, sagte ich, ich hatte ihr ja abgesagt. Und was sollte ich ihr auch erzählen? Von irgendwelchen Lehrerkonferenzen? Von einem lächerlichen Streit mit einem Schüler? Sollte ich ihr eine spannende Geschichte über die Zeugnisvergabe auf ihr Tonband sprechen? Das interessiert doch keinen Menschen.

Du warst immerhin zweimal Direktor der Pestalozzi. Und man hat dich entlassen und wieder eingestellt und wieder entlassen, das war doch eine spannende Zeit. Und du hättest über dich etwas erzählen können, über deine

Mutter, deinen Bruder. Das würde ich gern lesen. Oder über deinen Vater.

Ich lächelte, hob mein Glas und sagte: Meinen Vater! Mein Gott, Marianne, den habe ich nicht einmal kennengelernt, wie kann ich da etwas über ihn erzählen. Und meinen Bruder habe ich ewig nicht gesehen. Was soll ich, was kann ich einem kleinen Zeitungsmädchen über mein Leben berichten? Dass wir vorher nicht wissen, was uns hinterher vollkommen klar ist? Oder dass es sich für uns alle im Nachhinein besser leben würde?

Marianne schüttelte den Kopf: Konstantin Boggosch, der große Schweiger! Aber auch wenn du es keinem erzählen willst, ich würde gern wissen, wer du bist und wer du warst.

Ach, Marianne, sagte ich, du kennst mich doch. Ein deutscher Schullehrer, was gibt es da groß zu erzählen?

Von der kurzen Fahrt in meine Geburtsstadt erzählte ich ihr nichts, auch nicht davon, dass ich direkt von ihr nach Hamburg fahre, um mich operieren zu lassen. Ich wollte nicht, dass sie sich ängstigt und aufregt.

Kurz vor acht brachte ich meine Frau zur Klinik zurück, wir verabredeten uns für den nächsten Morgen, ich sagte, ich wolle im Hotel frühstücken und nicht mit ihr zusammen und den anderen Kranken, ich hätte keine Lust zu frühstücken, wenn rechts eine künstliche Hüfte sitzt und links ein entferntes Magengeschwür, die dann auch noch ununterbrochen über ihre Leiden reden.

Und du?, fragte sie, was machst du heute Abend?

Ich werde wohl in die Nachtbar gehen. Jetzt, wo ich mal fern der Heimat bin und unbeaufsichtigt, werde ich eine verrufene Nachtbar aufsuchen.

Vergiss deinen Ausweis nicht. Am Eingang werden alle überprüft. Minderjährige lassen sie nicht rein.

Ja, gut. Aber vielleicht habe ich Glück und eine Barfrau erkennt mich, weil ich ihr vor zwanzig oder dreißig Jahren Deutsch und Englisch beigebracht habe.

Am nächsten Abend verabschiedete ich mich, um nach Hamburg zu fahren. Marianne bat mich, sie jeden Tag anzurufen, und ich sagte, so viel Neues gäbe es nicht im Städtchen, ich würde sie jeden zweiten Tag anrufen. Ich hatte die Operation vor mir und wäre in der kommenden Woche sicherlich einen ganzen Tag nicht fähig, auch nur ein Telefonat zu führen, ich wollte nicht, dass Marianne beunruhigt ist, nur weil ich sie an dem Tag, an dem man mir das Karzinom herausschneidet, nicht anrufe.

Die Klinik im Hamburg wirkte wie ein gutbürgerliches Hotel mit Lobby und Fernsehzimmer, zu allen Mahlzeiten konnte man sich ein Menü zusammenstellen und unter den angebotenen Getränken waren sogar zwei gute Weine und Champagner. Von der Operation und der Narkose bemerkte ich nichts. Anschließend wurde ich in den Aufwachraum gebracht; ich hätte geschrien und viel Wirres erzählt, wie mir die Schwester sagte, doch daran erinnerte ich mich nicht. Der Eingriff würde nur eine winzige Narbe ergeben und kaum sichtbar sein, sagte sie, und tatsächlich bereitete er mir bereits zwei Tage später keinerlei Beschwerden.

Es sei alles gut verlaufen, sogar vortrefflich, sagte mir bei der Abschlussvisite der Chefarzt, jener Professor Paulus, den mir Dr. Smolka empfohlen hatte, ich müsse regelmäßig zu Nachuntersuchungen, hätte aber nichts zu befürchten, ich würde die Klinik als gesunder Mann verlassen. Vier Tage nach der Operation war ich im Städtchen zurück.

Ich hatte Marianne am Tag vor meiner Operation angerufen und am Tag danach. Sie beschwerte sich, weil ich sie an einem Tag vergessen hätte, wie sie sagte. Die Operation hatte ich ihr erfolgreich verheimlichen können, ich würde ihr davon erst erzählen, wenn auch Smolka mit meinem Zustand zufrieden ist. Marianne soll gesund werden und sich darum kümmern, sie soll sich nicht auch noch um mich sorgen müssen. Man soll die, die man liebt, nicht unnötig beunruhigen.

In der Nacht bevor Konstantin Boggosch zur Reha-Klinik fuhr, um seine Frau nach Hause zu holen, träumte er wirres Zeug. Er schreckte aus dem Schlaf auf und war sich auf eine seltsam sichere Weise gewiss, dass er nochmals den Traum nach der Narkose im Aufwachraum des Hamburger Klinikums erlebt hatte, den Traum nach seiner Operation.

Erinnerungen kommen und überstürzen sich, Bilder tauchen aus vergessener Tiefe auf, Landschaften, Unwetter, Eisgang, Überschwemmungen, Mädchengesichter, Beates runder Bauch, Beate im Hochzeitskleid, die blutleeren Wangen von Beate, Mutters Augen, eine Schulklasse, die am Grab eines Mitschülers steht und heult, ein kenterndes Boot, Julianes winzige Finger, ein schwerer Motorradunfall, eine Prügelei, eine wirklich schwere Prügelei, die einen Jungen ein Auge kostet, ein verwirrter Mann, der mit ihm irgendwie verwandt ist, die Eiseskälte der Tante, der hasserfüllte Blick eines Lehrers, das Ranenwäldchen, der triumphierende Bruder, das qualvolle Sterben einer Katze.